八閩文庫

要籍選刊

126

陔南山館詩話

［清］魏秀仁 著

陳叔侗 點校

二〇一九年八閩文庫出版工程領導小組

組　長　梁建勇

副組長　楊賢金

成　員　施宇輝　馮潮華　賴碧濤　陳熙滿　王建南　黄　誌　卓兆水　葉飛文　陳　强　林守欽　王秀麗　蔣達德

二〇二〇年八閩文庫出版工程領導小組

組　長　邢善萍

副組長　郭寧寧

成　員　施宇輝　馮潮華　賴碧濤　陳熙滿　肖貴新　王建南　黄　誌　卓兆水　葉飛文　陳　强　林守欽　王秀麗　林義良

二〇二二年八閩文庫出版工程領導小組

組　長

張　彦

副組長

鄭建閩

成　員

林端宇　鄭家紅　顔志煌　黄國劍

許守堯　肖貴新　林　生　黄　誌

卓兆水　吴宏武　陳　强　張立峰

鄭東育　林義良　林　彬

二〇二三年八閩文庫出版工程領導小組

組　長

張　彦

副組長

王金福

成　員

林端宇　鄭家紅　顔志煌　黄國劍

許守堯　肖貴新　黄　誌　陳熙滿

吴宏武　林　生　李　潔　張立峰

鄭東育　黄葦洲　林　彬

八閩文庫編纂委員會

八閩文庫總序

葛兆光　張　帆

一

在傳統中國的文化史上，福建算是後來居上的區域。經歷了東晉、中唐、南宋幾次大移民潮，浙、閩之間的仙霞嶺，早已不是分隔内外的屏障，而成了溝通南北的通道。歷史使得福建越來越融入華夏文明之中，唐宋兩代，特别是在「背海立國」的宋代，東南的經濟發達，海洋的地位凸顯，福建逐漸從被文明中心影響的邊緣地帶，成爲反向影響全國文明的重要區域。在七世紀的初唐，詩人駱賓王曾説「龍章徒表越，閩俗本殊華」（駱臨海集箋注卷二晚憩田家，陳熙晉箋注，上海古籍出版社一九八五年，第三六頁），前一句説的是華夏的衣冠對斷髮文身的越人没有用，後一句説的是閩地的風俗本來就與華夏不同，意思都是瞧不起東南。但是，到了十五世紀的明代中期，黄仲昭在弘治八閩通志序裏卻説，八閩雖爲東南僻壤，但自唐以來文化漸盛，「至宋，大儒君子接踵而出」，實際上它的文明程度，已經「可以不愧於鄒魯」（四庫全書存目叢書史部一七七册，齊魯書社一九九六年，第三六四頁）。

的確，自從福建在唐代出了第一個進士薛令之，而且晉江有歐陽詹，福清有王棨，莆田有徐夤、黄滔這些傑出人物之後，到了更加倚重南方的宋代，福建出現了蔡襄（一〇一二—一〇六七）、陳襄（一〇一七—一〇八〇）、游酢（一〇五三—一一二三）、楊時（一〇五三—一一三五）、鄭樵（一一〇四—一一六二）、林光朝（一一一四—一一七八）、朱熹（一一三〇—一二〇〇）、蔡元定（一一三五—一一九八）、陳淳（一一五九—一二二三）、真德秀（一一七八—一二三五）等一大批著名文人士大夫。這些出身福建或流寓福建的士人學者，大大繁榮和提升了這裏的文化，甚至使得整個中國的文化重心逐漸南移，也許，就像程頤説的那樣「吾道南矣」（宋史卷四二八道學楊時傳，中華書局一九七七年，第一二七三八頁）。也就是説宋代之後，原本偏在東南的福建，逐漸成了中國重要的文化區域。

不過，習慣於中原中心的學者，當時也許還有偏見。以來自中心的偏見視東南一隅的福建，那時福建似乎還是「邊緣」。雖然人們早已承認福建「歷宋逮今，風氣日開」

（黄虞稷閩小紀序，撰於康熙五年，續修四庫全書史部七三四册，上海古籍出版社二〇〇二年，第一二七頁），但有的中原士人還覺得福建「僻在邊地」。像北宋樂史的太平寰宇記，一面承認「此州（福州）之才子登科者甚衆」，一面仍沿襲秦漢舊説，稱閩地之人「皆蛇種」，並引十道志説福建「嗜欲、衣服，别是一方」（樂史太平寰宇記卷一〇〇江南東道一二，中華書局二〇〇七年，第一九九一頁）。所以，歷史上某些關於福建歷史、文化和風俗的著作，似乎還在以中原或者江南的眼光，特别留心福建地區與核心區域不同的特異之處，筆下一面凸顯異域風情，一面鄙夷南蠻鴃舌。但是從大的方面説，我們看到宋代以降，實際上福建與中原的精英文化越來越趨向同一，正如宋人祝穆方輿勝覽所説，「海濱幾及洙泗，百里三狀元」，前一句裏所謂「洙泗」即孔子故鄉，這是説福建沿海文風鼎盛，幾乎趕得上孔子故里；後一句裏「三狀元」是指南宋乾道年間福建登第的三個狀元，即乾道二年（一一六六）的蕭國梁、乾道五年的鄭僑和乾道八年的黄定，他們都是福建永福（今永泰）這個地方的人（祝穆新編方輿勝覽卷一〇，施和金點校，中華書局二〇〇三年，第一六三頁）。

文化漸漸發達，書籍或者文獻也就越來越多，福建文獻的撰寫者中不僅有本地人，也有流寓或任職於閩中的外地人。日積月累，這些文獻記録了這個多山臨海區域千年的文化變遷史，而八閩文庫的編纂，正是把這些文獻精選並彙集起來，爲現代人留下唐宋以來有關福建的歷史記憶。

二

福建鄉邦文獻數量龐大，用一個常見的成語説，就是「汗牛充棟」。那麽多的文獻，任何歸類或敘述都不免挂一漏萬。不過，我們這裏試圖從區域文化史的角度，談一談福建文獻或書籍史的某些特徵。

毫無疑問，中國各個區域都有文獻與書籍，秦漢之後也都大體上呈現出華夏同一思想文化的底色，但各區域畢竟有其地方特色。如果我們回溯思想文化的歷史，那麽，唐宋之後福建似乎也有一些特點。恰恰因爲是後來居上的文化區域，所以福建積累的傳統包袱不重，常常會出現一些越出常軌的新思想、新精神和新知識。這使得不少代表新思想、新精神和新知識的人物與文獻，往往先誕生在福建。衆所周知的方面之一，就是宋代儒家思想的變遷。應當説，宋代的理學或者道學，最初乃是一種批判性的新思潮，一些儒家士大夫試圖以屬於文化的「道理」鉗制屬於政治的「權力」，所以，極力强調

「天理」的絶對崇高，人們往往稱之爲道學或理學，也根據學者的出身地叫作「濂洛關閩之學」。其中，「閩」雖然排在最後，卻應當説是宋代新儒學的高峰所在，以至於後人乾脆省去濂溪和關中，直接以「洛閩」稱之（如清代張夏雒閩源流録），以凸顯道學正宗，恰在洛陽的二程與福建的朱熹，而道學最終水到渠成，也正是在福建。因爲宋代道學集大成的代表人物朱熹，雖然祖籍婺源，卻出生在福建，而且相當長時間在福建生活。他的學術前輩或精神源頭，號稱「南劍三先生」的楊時、羅從彦（一〇七二—一一三五）、李侗（一〇九三—一一六三），也都是南劍州即今福建南平一帶人，他的提攜者之一陳俊卿（一一一三—一一八六），則是興化軍即今莆田人，而他的最重要的弟子黄榦（一一五二—一二二一）是閩縣（今福州）人，陳淳是龍溪（今龍海）人。

正是在這批大學者推動下，福建逐漸成爲圖書文獻之邦。慶元元年（一一九五），朱熹在福州州學經史閣記中曾經説，一個叫常濬孫的儒家學者，在福州地方軍政長官詹體仁、趙像之、許知新等資助下，修建了福州府學用來藏書的經史閣，即「開之以古人敦學之意，而後爲之儲書，以博其問辨之趣」（朱文公文集卷八〇，朱子全書第二四册，上海古籍出版社、安徽教育出版社二〇一〇年，第三八一四頁）。宋代之後，經由近千年的日積月累，我們看到福建歷史上出現了相當多的儒家論著，也陸續出現了有關儒家思想的普及讀物。大家可以從八閩文庫中看到，這裏收録的不僅有朱熹、真德秀、陳淳的著述，也有明清學者詮釋理學思想之作，像明人李廷機性理要選、清人雷鋐雷翠庭先生自恥録等等，應當説，這些論著構成了一個歷經宋元明清近千年的福建儒家文化史。

三

説到福建地區率先出現的新思想、新精神和新知識，當然不應僅限於儒家或理學一系。更應當記住的是，從宋代以來，中國政治、經濟和文化的重心，逐漸從西北轉向東南，一方面由於中原文化南下，被本地文化激蕩出此地異端的思想，另一方面海洋文明東來，同樣刺激出東南濱海的一些更新的知識。

我們注意到，在福建文獻或書籍史上，呈現了不少過去未曾有的新思想、新精神和新知識。比如唐宋之間，福建不僅出現過譚峭（生卒年不詳）化書這樣的道教著作，也出現過像百丈懷海（約七二〇—八一四）、潙山靈佑（七七一—八五三）、雪峰義存（八二二—九〇八）那樣充滿批判性的禪僧，還出現過禪宗史上撰於泉州的最重要禪史著作祖堂集。又如明代中後期，那個驚世駭俗而特立獨行的李贄（一五二七—一六〇二），有人説他的獨特思想，就是因爲他生在各種宗教交匯融合的泉州，傳説他曾受到伊斯蘭教之影響，當然更因爲有佛教與心學的刺激，使他成了晚明傳統思想世界的反叛者。而另一個莆田人林兆恩（一五一七—一五九八），則是乾脆開創了三一教，提倡「三教合一」，也同樣成爲正統的政治意識形態的挑戰者。再如明清時期，歐洲天主教傳教士「梯航九萬里」，也把天主教傳入福建，特別是明末著名傳教士艾儒略（一五八二—一六四九）應葉向高（一五五九—一六二七）之邀來閩傳教二十五年，從而福建才會有「三山論學」這樣的思想史事件，也產生了三山論學記這樣的文獻，無論是葉向高，還是謝肇淛，這些思想開明的福建士大夫，多多少少都受到外來思想的刺激。最後需要特別提及的是，由於宋元以來，福建成爲向東海與南海交通的起點，所以，各種有關海外的新知識，似乎都與福建相關，宋代趙汝适撰寫諸蕃志的機緣，是他在泉州市舶司任職；元代汪大淵撰寫島夷志略的原因，也是他從泉州兩度出海。由於此後福州成爲面向琉球的接待之地，泉州成爲南下西洋的航線起點，因而福建更出現了像張燮東西洋考、吴朴渡海方程、葉向高四夷考、王大海海島逸志等有關海外新知的文獻，這一有關海外新知的知識史，一直延續到著名的林則徐四洲志。老話説「草蛇灰線，伏脈千里」，歷史總有其連續處，由於近世福建成爲中國的海外貿易和海上交通的中心，所以，這裏會成爲有關海外新知識最重要的生産地，這才能讓我們深切理解，何以到了晚清，福建會率先出現沈葆楨開辦面向現代的船政學堂，出現嚴復通過翻譯引入的西方新思潮。

甚至還可以一提的是，近年來福建霞浦發現了轟動一時的摩尼教文書，這些深藏在道教科儀抄本中的摩尼教資料，説明唐宋元明清以來，福建思想、文化和宗教在構成與傳播方面的複雜性和多元性。所以，在八閩文庫中，不僅收錄了譚峭化書，李贄焚書續焚書、藏書續藏書，林兆恩林子會編等富有挑戰性的文獻，也收錄了張燮東西洋考、趙新續琉球國志略等關係海外知識的著作，讓我們看到唐宋以來，福建歷史上新思想、新精神和新知識的潮起潮落。

四

在八閩文庫收錄的大量文獻中，除了福建的思想文化與宗教之外，也留存了有關福建政治、文學和藝術的歷史。如果我們看明人鄧原岳編閩中正聲、清人鄭杰編全閩詩錄收錄的福建歷代詩歌，看清人馮登府編閩中金石志、葉大莊編閩中石刻記、陳棨仁編閩中金石略中收錄的福建各地石刻，看清人黄錫蕃編閩中書畫錄中收錄的唐宋以來福建書畫，那麼，我們完全可以同意歷史上福建的後來居上。這正如陳衍（一八五六——一九三七）在閩詩錄的序文中所説「余維文教之開，吾閩最晚，至唐始有詩人，至唐末五代中土詩人時有流寓入閩者，詩教乃漸昌，至宋而日益盛」（續修四庫全書集部一六八七册，第四一一頁）。可見，宋史地理志五所説福建人「多向學，喜講誦，好爲文辭，登科第者尤多」，「今雖閭閻賤品處力役之際，吟詠不輟」（杜佑通典州郡十二），真是一點兒不假。

清代學者朱彝尊（一六二九——一七〇九）曾説「閩中多藏書家」（曝書亭集卷四四淳熙三山志跋，四部叢刊初編集部二七九册，上海書店一九八九年，第六〇一頁）。千年以來的人文日盛，使得現存的福建傳統鄉邦文獻，經史子集四部之書都很豐富，翻檢八閩文庫，就可以感覺到這一點，這裏不必一一敘説。需要特别指出的是，福建歷史上不僅有衆多的文獻留存，也是各種書籍刊刻與發售的中心之一。福建多山，林木葱蘢，具備造紙與刻書的有利條件，從宋元時代起，福建就成爲中國書籍出版的中心之一。宋元時代福建的所謂「建本」或「麻沙本」曾經「幾遍天下」（葉夢得石林燕語卷八，侯忠義點校，中華書局一九八四年，第一一六頁），更有所謂「麻沙、崇安兩坊産書，號稱『圖書之府』」的説法（新編方輿勝覽卷一一，第一八一頁）。版本學家也許將它與蜀本、浙本對比，覺得它並不精緻，但是，從書籍流通與文化貿易的角度看，正是這些廉價圖書，使得很多文化知識迅速傳向中國四方，也深入了社會下層。淳熙六年（一一七九），朱熹在建寧府建陽縣學藏書記中曾説到，「建陽版本書籍行四方，無遠不至」，可當時嘉禾縣學居然藏書很少，「學於縣之學者，乃以無書可讀爲恨」，於是一個叫姚耆寅的知縣，就「鬻書於市，上自六經，下及訓傳、史記、子、集，凡若干卷以充入之」。當地刊刻的書籍，豐富了當地學者的知識，也增加了當地文獻的積累，甚至扭轉了當地僅僅重視「世儒所誦科舉之業」的風氣（朱文公文集卷七八，朱子全書第二四册，第三七四五頁），這就是一例。到了清代，汀州府成爲又一個書籍刊刻基地，近年特別受到中外學者注意的四堡，就是一個圖書出版和發行中心，文獻記載這裏「以書版爲産業，刷就發販，幾半天下」（咸豐長汀縣志卷三一物産）。所以，美國學者包筠雅（Cynthia J. Brokaw）文化貿易：清代至民國時期四堡的書籍交易（劉永華、饒佳榮等譯，北京大學出版社二〇一五年）就深入研究了這個位於汀州府長汀、清流、寧化、連城四縣交界地區的客家聚集區的書籍事業，繼承宋元時代建陽地區（如麻沙）刻書業，這裏再一次出現中國書籍出版史上佔據重要位置的福建書商群體。

可以順便提及的是，福建刻書業也傳至海外。福建莆田人俞良甫，元末到日本，由九州的博多上岸，寓居在京都附近的嵯峨，由他刻印的書籍被稱爲「博多版」。據説，俞氏一面協助京都五山之天龍寺雕印典籍，一面自己刻印各種圖書，由於所刊雕書籍在日本多爲精品，所以被日本學者稱爲「俞良甫版」。

從建陽到汀州，福建不僅刊刻了精英文化中的儒家九經三傳、諸子百家以及文選、文獻通考、賈誼新書、唐律疏議之類的典籍，也刊刻了很多大衆文化讀本，諸如西廂記、花鳥爭奇和話本小説。特別在明清兩代書籍流行的趨勢和作爲商品的書籍市場的影響下，蒙學、文範、詩選等教育讀物，風水、星相、類書等實用讀物，小説、戲曲等文藝讀物，在福建大量刊刻。如果我們不是從版本學家的角度，而是從區域文化史的角度去看，這種「易成而速售」（石林燕語卷八，第一一六頁）的書籍生産方式，使得各種文獻從福建走向全國甚至海外，特别是這些既有精英的、經典的，也有普及的、實用的各種知識的傳播，是否正是使得華夏文明逐漸趨向各地同一，同時也日益滲透到上下日常生活世界的一個重要因素呢？

五

八閩文庫的編纂，當然是爲福建保存鄉邦文獻，前面我們説到，保存鄉邦文獻，就是爲了留住歷史記憶。

這次編纂的八閩文庫，擬分爲三個部分。第一部分是「文獻集成」，計劃選擇與收錄唐宋以來直到晚清民初的閩人各種著述，以及有關福建的文獻，共一千餘種，這部分採取影印方式，以保存文獻原貌。這是八閩文庫的基礎部分，按傳統的經史子集四部分類，這是爲了便於呈現傳統時代福建書籍面貌，因而數量最多；第二部分是「要籍選刊」，精選一百三十餘種最具代表性的閩人著述及相關文獻，以深度整理的方式點校出版，不僅爲了呈現歷代福建文獻中的精華，也爲了便於一般讀者閱讀；第三部分則爲「專題彙編」，初步擬定若干類，除了文獻總目之外，還將包括書目提要、碑傳集、宗教碑銘、官員奏折、契約文書、科舉文獻、名人尺牘、古地圖等，我們認爲，這是以現代觀念重新彙集與整理歷史資料的一個新方式，它將無法納入傳統的四部分類，卻是對理解福建文化與歷史至關重要的文獻，進行整理彙集，必將爲研究與理解福建，提供更多更系統的資料。

經歷幾年討論與幾年籌備，八閩文庫即將從二〇二〇年起陸續出版，力爭用十年時間，經過一番努力，打下一個比較完備的福建文獻的基礎。

當然，不能説八閩文庫編纂過後，對於福建文獻的發掘與整理就已完成。八閩文庫僅僅是我們這一兩代人的工作，還有更多或更深入的工作，在等待著未來的幾代人去努力。無論從舊材料中發現新問題，還是以新眼光發現新材料，都是建立在前人的基礎上，而又對前人的工作不斷修正完善的過程。還是朱熹寫給陸九齡的那句廣爲流傳的老話：「舊學商量加邃密，新知培養轉深沉。」用舊的傳統融會新的觀念，整理這些縱貫千年的歷史文獻，也就無論「人間有古今」了。

八閩文庫要籍選刊出版説明

福建自唐代以降，名家輩出，著述繁興，流傳千載，聲光燦然。遺存之文獻，多可彰顯福建歷史發展脈絡，展示前賢思想學術及文學藝術成就，爲研究福建區域文化之基本典籍。八閩文庫「要籍選刊」擇取重要之閩人著作及相關福建文獻百數十種，予以點校。其中具備條件者，將採用編年、箋注、校證等方式整理。諸書略依經史子集分部編次，陸續出版。

二〇二一年八月

陔南山館詩話目次

陔南山館詩話整理前言……一
敘……一
陔南山館詩話卷一……一
陔南山館詩話卷二……二五
陔南山館詩話卷三……五六
陔南山館詩話卷四……八三
陔南山館詩話卷五……一一一
陔南山館詩話卷六……一九四
陔南山館詩話卷七……二七九
陔南山館詩話卷八……三五四
陔南山館詩話卷九……四一〇
陔南山館詩話卷十……四八一
後序……五五九

陔南山館詩話整理前言

陔南山館詩話十卷，清魏秀仁撰。魏秀仁（一八一八—一八七三），字伯肫，一字子安，福建侯官人。道光二十六年（一八四六）舉人。累試春官不第，乃教讀、遊幕於陝西渭南、山西太原、四川成都，福建晉江、建寧等地。著有正始石經考、開成石經校文、陔南山館詩集、咄咄錄、榕社叢談等數十種，所撰説部花月痕最爲知名。

陔南山館詩話輯錄評論時人之詩，以宏大架構敘述清道光、咸豐、同治三朝禍乱史事，多涉兩次鴉片戰爭、太平天國、捻軍、小刀會等，以及回變、各地匪盗之害、河决之患等重大歷史事件。魏秀仁一生懷才不遇，飄零四方，且身經喪亂，干戈滿眼，其悲憤抑郁之氣，盡寄於詩話之中。是書卷一、卷二紀祖輩、父執及戚黨之詩。卷三載平生諸師友之詩。卷四乃丁未（一八四七）以後遊秦、晉、蜀等地及在閩交遊之詩。卷五紀兩次鴉片戰爭之詩，亦有人將此卷别立一編，名曰海氛詩話。卷六紀有關太平天國之詩。卷七列論陝西回變、捻軍、四川軍務、雲南回變、貴州苗變及各省軍政弊病之詩。卷八論福建海防及各地匪患之詩。卷九録科舉、銓選、鹽法、河防、水利、貨幣、租税等經濟民生之詩。卷十引詠各省殉節死難忠臣、義士之詩。

陔南山館詩話草創於咸豐六年（一八五六）左右，時魏秀仁入同鄉父執陝西巡撫、四川總督王慶雲幕府，「節署四方文報所集，而一時名人詩文集亦易備，子安據以成編。其中夷務、海寇、髮賊、回逆、捻匪、時政得失，無不羅列。」（謝章鋌課續續録卷一）初稿撰成後，曾出視友人謝章鋌，謝氏評以書稿抉择未精，失之繁蕪，遂擱置之。至同治三年（一八六四），魏秀仁在里中早題巷何家教讀，復重拾舊稿，披閲增删，「自甲子十二月，迄乙丑二月書成」，於同治四年完稿。是書之成，多得益於謝章鋌襄助，蓋謝氏聞其有詩話之作，盡舉己所欲撰詩話之素材蒹葭録、我見録贈之，以資採擇。即魏秀仁在與謝枚如書中所言：「此書體例，悉出緇帷指授，近方重加梳剔，使之骨節通靈。」另詩話引録謝章鋌之詩與議論甚多，蓋二人性情相近，持論多不謀則合，以致魏秀仁在詩話中稱：「乃知天下自有同心，雖偃蹇以死，何恨乎？」

是書前四卷，於平生學問淵源，師承關係，多有記述，頗備掌故。從卷五起，則專門引録道、咸、同三朝「變風」之作。以詩詠事，揭示數十年間種種禍亂下之社會現象，百姓被蹂躪之慘况。書中對夷人强侵驕獷，賊匪肆掠焚戮，長吏貪蠹奸黠，官兵暴戾無能，士大夫虛僞卑污等，不避忌諱，予以揭露。書中對「賊匪」固是痛恨，對官兵也頗所失望，如直言兩軍交戰，是「竟把蒼生充戰格」，又謂官兵「遇民則虎遇賊鼠」，「官兵淫掠甚於賊」，更言「賊至或不死，兵至無一生」，指出揭竿反側始禍之端是「縣官喪廉耻，刻剝削民生，驅之爲奸宄」。魏秀仁自言「請援臚言之古義，以備太史之咨詢」，多以採錄時人感諷之詩，又廣引時論文章，熔辭章、政論、史傳於一爐，經世色彩之濃烈，敘事之詳贍，與同時期林昌彝之射鷹樓詩話正相若。因而又言「吾願當局者三復其言也」，冀有所補於世。詩話完成後，魏秀仁嘗作詩云：「杜牧罪言信手寫，唐衢慟哭逐時添。烏臺怕又成公案，我未聲名到老髯。」引爲平生用意之作。謝章鋌也稱爲「庀史必傳之作」。

陔南山館詩話迄未刊刻，流傳未廣。其稿本十册，今藏中國社會科學院文學研究所。福建省圖書館、福建師範大學圖書館、湖北省博物館皆藏有抄本，福建師範大學圖書館藏抄本係從福建省圖書館藏本謄抄。以閩、鄂兩地藏本相校，福建省圖書館藏清抄本十册，卷五之後缺脱數十則。而福建省圖書館藏海氛詩話清抄本一册，即詩話之卷五部分，則將該卷缺脱之條補錄於卷末，蓋各有所本。湖北省博物館藏清抄本八册，係謝章鋌舊藏錄副之本，工楷謄寫，校勘甚精，較爲完善。

本書由陳叔侗先生據福建叢書影印福建師範大學圖書館藏抄本整理，後得湖北省博物館支持，將館藏清謝章鋌抄本付八閩文庫影印，而其時陳先生已去世，我们在陳先生整理工作基礎上，先將底本更换爲謝氏鈔本，再做編輯加工。底本遇有明顯訛字，均徑改不出校。餘則保持謝氏抄本面貌，不予改動。

八閩文庫編輯部

二〇二三年十二月

敘

嗟夫，人生不過數十寒暑耳。自少而壯，既逐逐於名場；自壯而老，復勞勞於人事。俯仰浮沉，歲不我與，豈不哀哉？雖然，有命焉。小子幼受庭訓，長辱名賢之知，勵志讀書，亦思欲自見於世。於是走吳越，泝江淮，以達燕趙；趨并豫，登嵩華，以遊秦蜀。值時多故，每讀朝廷憂民之詔、選將之書，輒咨嗟久之。竊惟我朝定鼎以來，四海一家，振古爲隆，弱水流沙，撤防置吏。每歲蠲賑疊沛，恤賚頻頒。嶺海黔黎，沐浴膏澤；億萬島夷，罔不率俾。蓋治平二百有餘年矣。物衆地大，蘗芽其間。封疆大吏安常習故，以簿書期會爲大計，而利鈍功罪之念先入其中，以致中外交訌，公私交困。風有萇楚，雅有苕華，毋乃傷乎？夫詩有正變，其正而忽變者泰之，無平不陂也；其變而可正者否之，有命无咎也。然則詩之正變，雖曰天命，豈非人事哉？方今内外臣工翊贊中興，釐弊剔奸，尤惓惓然於人才抑塞，思欲有以振拔之，可謂知道矣。夫有一分之道心者，固足以就一分之事功，重以國家涵濡之澤，及人者深。故自今上即位以來，直省之地，旋失旋得；流離之民，旋散旋歸，而十餘年劇賊卒授首於一旦。繼自今，衮衮諸公，斲雕爲璞，蕩滌瑕穢，各懋乃功，悉心民瘼，有若魏裔介辨舉劾之實者乎？有若王益朋陳五府之盛者乎？有若粘本盛定考績之法，胡爾愷、雷一龍正漕儲之制者乎？有若蔡公士英布惠於江右，秦公世楨、何公可化振聲於江左，朱公昌祚、王公元曦、趙公廷臣剔蠹於兩浙者乎？後先濟美，遠蹠崧高。草茅下士雖卑賤不得致，亦無懵焉。第平居深念父師之教澤猶新，朋舊之風流如昨。海氛妖霧，毒螯未銷；毅魄貞魂，遺編具在。因就見聞所及，集爲詩話，以誌隱痛。後之覽者，其亦有感於斯文。

陔南山館詩話卷一

侯官　魏秀仁　子安

昔太史公自序首述先世，班固因之作序傳，自是而陸機、潘岳遂以詩闡家風、揚世德。小子有志而未逮也。先君生八歲，而先大父裕菴公見背。先大母林太孺人，諸生諱亮北公女也。苦節撫孤踰十稔，復見背。孑然一身，依族祖香士孝廉齡以居。勵志力學，試輒冠軍，極爲游彤卣山長光繹器重。丙子二十六歲，受知於鄭灌甫大令佐廷，試第一，入郡學。學使爲汪雨園先生。秋闈報罷，就婚漢陽外祖謝一舟公在觀行館。明年冬，挈眷歸，香士公歸道山矣。當在漢陽，有代書二十六韻詩寄呈云：「孤苦今爲客，詩書昔與傳。周南王化地，嘉禮士昏篇。念罷趨庭日，生當就學年。囊空難索米，廬敝久無椽。志行教追古，家聲勉共肩。望深成器大，喜動采芹先。門祚單丁薄，因緣遠宦牽。此行非得已，就贅且從權。春仲良辰叶，花朝吉日蠲。遠睽新婦贊，乍薦季蘭籩。賣犬供奩具，牽牛貸聘錢。孤兒能繼體，血淚滴重泉。江漢流風古，關山別思緜。樹濃迷鄂渚，瀾闊俯秦川。黄鶴雲偕往，芳洲草又芊。光陰真逆旅，歲序倐推遷。未覺羈居慣，彌思侍側便。詩歌裁激楚，哀樂忘絲絃。狗鶩箴規佩，龍豬訓誨宣。奴厮知寵極，族從妒恩偏。跨葦方航漢，揮旌佇入燕。文章題五鳳，名德兆三鱣。夜夢歡趨侍，平居話食眠。自然關睠念，何以慰殷拳。報敢須臾緩，恩祇肺腑鐫。睽違無限意，珍重達郵箋。」

先君就贅漢陽，同社贈詩甚夥。余温如先生國琛詩云：「我曾遠泛洞庭流，君亦長江賦遠遊。好記瀟湘分水處，三年前泛故人舟。」陳良皐先生茂堅句云：「吹簫有客騎黄鶴，戴笠他年下紫騮。」陳偶峰師趨跋先君漢陽新咏後云：「腐遷挾筆周寰宇，歷遍齊梁燕趙土。胸無芥蒂魄力雄，史眼遂以空千古。子瞻所見亦頗多，於山嵩華水黄河。名言絡繹赴其腕，筆陣長驅卷白波。乃知靈氣彌蒼昊，高人觸之達懷抱。古來名輩必好遊，不肯三家村内老。」又題漢陽歸舟圖云：「十里湖山雙璧照，百年箏笛一帆清。」

外祖一舟公，少慷慨有大志。長隨伯父錯三公宦遊江南，中歲筮仕湖北。每至一處，必實力爲民。丙戌，以内艱回籍。時先君方在都下，秀仁獲侍數月，匆匆復出。壬辰春，卒於漢陽行館。先君感念詩云：「舊業飄零亦可哀，壯心猶望上嵹臺。非貪薄宦歸無計，有盡生涯志不灰。百口常兼諸累重，卅年終困出群才。漢陽一别成千古，寂寞江天魂尚來。」此「漢陽一别」，指庚辰言之。蓋先君庚辰報罷，嘗迂道省問也。外祖有詩集若干卷，先君於丁丑序之。舅氏貧不得歸，自壬子武昌、漢陽相繼失守，音問闊絶。每一念至，輒用憫然。

偶峰師，長樂諸生。性醇厚，文思敏捷。卒後有賦鈔、詩集若干卷。我樂吟云：「我樂忘悲，我悲忘樂。悲樂兩心，豈能相若。破屋無光，鄰鏄燈爍。執書就觀，充類剽掠。聚火於盆，焚其少作。注目紇烟，血色脈絡。朋友之交，以枘量鑿。蹇蹇忠言，不如善謔。文字之好，各有魔瘧。持以示人，毋乃隔膜。肉爲蝨巢，血爲蚊橐。可捫可聽，殊不寂寞。蜉蝣朝生，箬華暮落。未動墉垣，何所丹雘。天地之氣，四塞旁魄。風水相遭，舟不得泊。葛天浩歌，皇娥拊搏。美人滿堂，願言永託。」贈先君詩云：「吾愛魏夫子，談文有奇癖。到門無寒温。但吐所蓄積。口吃舌不窮，神摹貌爲瘠。我家九歲兒，隅坐悶肝膈。作勢述所聞，眉宇傳逼窄。有時希足音，閉關知謝客。天然傑構成，召訊虛前席。此道我如盲，恣觀蕩魂魄。每承劘切情，口講手指畫。險隘搴旗先，髖髀奏刀砉。律細抒精心，氣盛無弱格。錯綜伍以參，精悍一當百。爲僕十餘年，深愧無寸獲。汗漫增債驕，暴棄費鞭策。唧唧秋蛩吟，持謝文章伯。」先君之持己待人，讀是詩，可想見一端矣。

辛丑，師作記事詩若干首，名曰驚夢集，又曰日表。其九月十七日詩云：「可知吾道屬艱難，浮海依然一冷官。况值邊氛阻舟楫，雁鴻能勿滯狂瀾。」「道義今成兩世交，少年情性互嘐嘐。相期麗澤開三益，更望同聲蔚九苞。」自注云：「魏又瓶司鐸臺郡，家書多滯。其子幼從余讀，後隨任永安，又瓶出餘緒督之，今則斐然成章矣。本歲在家卒業，與合還往來頗密。挹其言論丰采，略似又瓶早歲與余交也。」嗟乎，吾師云殂十餘年矣，而秀仁依然故我也。讀此蓋不勝梁木哲人之感云。合還，詡夫乳名。

先君愛卓齋詩集答師詩最多。今錄自漢陽寄贈詩云：「山巖伐木聲丁丁，二鳥嚶嚶飛且鳴。學分漢宋黨洛蜀，反覆詰難矜鋒稜。爲古擔憂兩負氣，軒翔破壁孤燈青。夜闌堂上促尚寐，眷戀殘月姑徐行。椿庭鶴髮鬚眉古，磊落真氣浩縱橫。時時緼袍拜牀下，戲呼小友稱忘年。叶奴京切。聞余試捷已易簀，猶顧兒輩詢微名。天涯淪落已如此，熱淚到今傷典型。從來忠孝有至性，君行用世非長貧。慈闈侍養康且壽，春蘭芬潔南陔循。茅容殺雞非待客，陶母截髮恒留賓。元方兄弟式相好，教授舌足代其耕。杖頭陌錢三日穀，閉門亦可窮諸經。定知梁月繞君夢，照我顔色風塵驚。」

春秋之法，所見異辭，所聞異辭，所傳聞又異辭。説者謂「當吾身之世爲所見，祖父之世爲所聞，高祖之世爲所傳聞」，然則由後視今，亦猶今之視昔。君子之流風餘韻，其有時而止也固宜。獨至詞章一道，神明之相感，氣脈之相通，或曠世而如在一堂。謝甸南先生震，余外從祖也，與陳恭甫太史、薩檀河大令齊名，時稱三傑。櫻桃軒二卷，古體如南棧謡云：「去年東省嗟無禾，今年西蜀霪雨多。東民出關西入棧，天公奈此蒼生何。子馱母走夫携婦，糗糒裹腰釜戴首。呱呫聲嘶索乳兒，蹣跚淚落懸鶉叟。可憐但望生處樂，誰知展轉仍溝壑。紇干饑雀凍不飛，濠濮枯魚死猶涸。天寒日暮嚇鳶蹲，啄月爭呼愴客魂。千古哀鴻同一轍，秋風鬼哭鄭監門。」近體如聽鸝曲云：「邂逅盧家白玉堂，娉婷未嫁惜年芳。湖中蓮子堪求偶，天上弧星只對狼。自有珠囊承絳雪，不勞玉杵擣玄霜。鏡波一曲横斜水，珍重三生問阮郎。」「瘦盡文園馬長卿，秋風秋雨不勝情。車輪腹内應常轉，棋局心中總不平。都尉鴛鴦驚絶豔，盧江孔雀惜分明。定知兩美須并合，底事香車滯六萌。」惆悵云：「憶攀寒桂問星躔，惆悵銀潢尺五天。河鼓聘錢賒百萬，碧桃花信待三千。漫誇靈運先成佛，枉惜嵇康不遇仙。記得霓裳同日詠，有人奏賦白雲邊。」陳恭甫傳曰：「震嘗約閩縣林芳春、林一桂，甌寧萬世美等十人，倡爲通經復古之業，號會所曰殖榭。芳春年最長，爲祭酒；震爲職志。既殖榭同人率通籍、登館閣，而震終不遇。震久羈旅，數往來河洛、關隴、荆益之間。匹馬踟躕，周覽古來用兵形勢，成敗得失，輒喟然悲吒，酒酣縱談，覼舉天下山川阨塞，畫地成圖。口若波濤，滚滚可聽。乾隆末，自四川歸，過漢中，謂人曰：『終南亘七百餘里，連跨數郡，秦蜀門户也，守險安可忽。且鄖庸以西，夔巫以東，巴閬之北，武都之南，大山老林，螘蝝其間。今將吏狃承平而弛控馭，不數稔，難其作乎？』及嘉慶初，邪教起襄陽，蔓延秦蜀，果以南山爲巢窟。朝廷於是即山内置大帥，宿重兵，改五郎營爲寧陜鎮。震言皆卒驗。」子繩芳景遵，以幕遊老；槐孫茂才景鎬，勤於治經，病瀕危，注疏本猶在枕畔也，蚤卒。槐孫子贍洛，字澹人，侯官廪生，少孤苦，能自立，諳練世事，深沉不露，吶吶不出諸口云。

族從祖香士公，四歲上學讀書，過目成誦，十七入邑庠，既而游浙江歸，詩思大進，受知於陳春溆嗣龍學使，食廪餼。性豪爽，不治生産，家漸貧，猶時時存問故舊也。林蓼懷大令軒開贈詩云：「雄心結客囊金散，奇句驕人傲癡成。」切矣。久躓場屋，至甲子始與鄉薦，凡歷九科。是年自粤東歸，蓋依鎮平令劉心香士棻。其贈行詩云：「煉鼎丹經九轉成。」又云：「豈爲尊鱸憶故國，奉香介壽太夫人。」蓋母林恭人壽值八月也。乙丑會試罷歸，未抵里而恭人卒。治喪後，家益貧。梁芷隣中丞章鉅時以儀部家居，贈詩云：「我愛魏公子，風流見性真。詩才不關學，潔癖欲離塵。天與酒星大，人忘高士貧。祇應共遊好，來往道山鄰。」後挑取教職，未補官，卒。楊雪椒慶琛光禄懷香士云：「酒懷如海句如仙，咳唾風前舌吐蓮。可歎才人天不管，冷官未許坐青氊。」

香士公詩學甚深，同年何玉田先生青芝稱之，曰：「派出晚唐，合阮亭、莘田爲一手。」有香士初稿、西鏞近稿、南澳近稿詩集若干卷。今僅存南澳近草八首，録之。登太子樓自注：宋帝昺駐蹕時新築。云：「鼎湖龍去水悠悠，遺跡猶傳太子樓。戰艦雲沉荒壘晚，海門潮落暮天秋。懸崖畫劍捫難讀，石上字刻，相傳係用劍畫，皆不可辨。獨樹盤空翠欲流。憑眺不勝懷舊事，厓山曾作帝王州。」宋陸丞相墓在青徑口。云：「十六舟師困海濱，難將一綫繫千鈞。運移莫展回天力，志定終捐報國身。魚腹共沉隨少主，龍髯獨抱痛孤臣。祇今青徑蕭蕭路，坏土猶留草色新。」辭郎洲按本傳，宋都統張達扈從帝舟至紅螺山，其妻陳璧娘送至海洲，人因名其地爲辭郎洲。及達殉難厓山，璧娘求得其屍，葬之，不食而死。」璧娘嘗作平元曲一篇。云：「荒洲風緊寒如鐵，捲起濤聲作嗚咽。潮去潮來自古今，盡是璧娘眼中血。憶昔辭郎洲上來，兒女私情都斷絶。明知送郎郎不歸，辭郎直是與郎決。夫死忠，婦死烈。慷慨捐軀完大節。平元一曲海上傳，巾幗之中亦英杰。」蟋蟀云：「孤枕夢難成，惟聞唧唧聲。何曾驚懶婦，偏易觸離情。入耳寒風急，窺窗皎月明。微蟲緣底事，也作不平鳴。」蹉跎云：「蹉跎四十一年過，往事茫茫歎逝波。癡在也知諧俗少，貧來惟覺累人多。清門世業猶難振，壯歲光陰已漸磨。略把平生閒細數，且憑造物定如何。」漁翁云：「垂綸結網去來頻，一葉輕舟泛海濱。滿眼風霜滿頭雪，尚將辛苦事他人。」鄰屋有白菊舊栽棄擲牆隈予移種窗外晚秋放花倍盛成詩二首云：「移得牆陰舊菊苗，清泉不厭日頻澆。秋來似解羈人意，爛熳開花伴寂寥。」「不共閒花寄短籬，客來誰看未開枝。而今箇箇誇顏色，也似人生運到時。」過陳氏書館看菊贈主人云：「看花自顧我猶狂，乘興招携到草堂。秋士風情閒處領，幽人臭味淡中忘。離披竹架摇疎影，錯落磁盆供晚香。博得相逢開口笑，歸來涼月上東牆。」

心香先生與先叔祖交最摯，後以庶常改官粤東歸善，民愛之。去官後，囊槖蕭然，猶以詩酒自娱。與先君爲忘年交，延主家塾，故手跡藏余家甚夥。北行有感云：「五齡便已罷庭趨，叔父艱難鞠藐孤。常把遺箴談畫虎，卻將餘望託家駒。事當憶舊捫心熱，淚到傾情擦眼枯。今日更誰憐小阮，淒涼北道重嘻嘘。」「憶從蕊榜附群仙，遠上城南尺五天。早歲賈生初入洛，先聲祖逖正揚鞭。尋春小駐看花馬，上廟時攤買畫錢。一種豪情與遊興，思量猶自豔當年。」「烟波宦海正茫茫，博得邯鄲夢一場。勸駕親朋詞慰藉，治裝僕從意徬徨。駑駘雖劣猶懷棧，魯縞難穿尚挽强。慚愧蓬門舊貧女，年來重理嫁衣裳。」蓋罷官後復將出山作也。又姑蘇云：「三千甲士勢何孤，二十年來卒沼吴。留得大夫雙眼在，越王宫殿又啼烏。」「碧血堆邊草不春，黑雲黯黯最傷神。魏璫祠宇今何處，三尺荒墳拜五人。」夜泊即事云：「樹不成陰草不芊，半篷霜色半篷烟。可憐水水山山夜，一葉扁舟月在天。」建溪雜詩云：「長橋無浪水無烟，一葉舟開萬里天。便趁征篷從此去，六年三買建溪船。」「荒郊幾處隱梅花，錯認孤山處士家。五里塘前香不斷，一帆春色過金沙。」

香士公自蕉陽歸秋試，龔沚亭景湜贈詩云：「離筵不復唱驪歌，雲外奇峰嶺上多。醉聽鑾妃三百曲，秋風一曲是嫦娥。」「靜虛亭畔吏如仙，瀟灑風流恰後先。原注：署側靜虛亭，爲吾鄉許石泉先生所建，今六十年矣。歸語陶瓶花下客，至今父老話當年。」「西曹昔日拜都官，騷雅誰云再覯難。原注：尊岱巖先生在刑曹日，同好唱和極多。曾讀春明遥寄句，不妨米貴入長安。」「湖海飄零二十霜，升沉踪跡本何常。君歸我亦穿雲去，魂斷遥天雁數行。」

梁芷鄰中丞章鉅、林硯樵慶章，皆香士公詩友。梁過仙霞嶺和周櫟園壁間原韻云：「不信人間萬仞峰，都疑天際落芙蓉。彌山竹色連雲遠，殷地泉聲隔霧舂。勝蹟况聞兼扼要，行人但解數遊踪。朅來我亦塵勞倦，賸有登臨興未慵。」「當年禁旅控長途，天險神威並力扶。虎口遊氛銷信越，龍頭勝算憶孫吴。代非封建誰當守，防到東南古所無。八扇巖關千尺嶺，故應長伴夕陽孤。」「盤紆磴道枕山長，拔地樓臺兩翼張。篁語隨風參梵課，薜皮過水助茶香。楹楊照眼都陳跡，墨瀋流馨遍上方。自分碧紗籠不到，閒將天籟答滄浪。」「客途那復計窮通，回首青冥曉日曨。一笑因緣蓬島上，十年滋味筍輿中。

在山水好參心跡，出岫雲仍信化工。畢竟區區懷抱寄，草堂何處看歸鴻。」晚過渭水云：「紫閣雲迴白閣西，天風吹劃碧痕齊。渭流向晚無人渡，一片平沙没馬蹄。」沔縣道中云：「防秋畫角動巖關，彍騎長驅射虎還。幾樹冬青殘照裏，行人指點定軍山。」送人之任榆林云：「迢遞榆林塞，西風曉建牙。清時無虎豹，邊地盡桑麻。墨水孤城月，黄雲古戍笳。訟庭人跡罕，遠道莫咨嗟。」犍爲舟中云：「嘉州城郭送清暉，直下青衣翠黛圍。萬竈鹵烟天欲暝，一江春水岸如飛。蒼茫路指峨眉轉，漂泊帆從劍外歸。悵望家山何處所，子規聲裏淚頻揮。」武侯墓云：「野色秋高五丈原，三分事業不堪論。悠悠龍卧成千古，惆悵西風酒一罇。」俯仰遺墨，如見先輩風流。

薩珠士大令察倫，先叔祖香士公同年也，健於談。乙丑春闈後有忌君者飛語云：「飲醇酒，卒於妓樓。」君聞之大笑，戲成一律，有「酩酊場中仙夢短，温柔鄉裏墓門開」句。自題花香琴韻引書聲小照二絶云：「狂奴逾分作豪奢，貧愛藏書老愛花。一種癡情更貪絶，結廬門對美人家。」「貂帽狐裘忽漫新，想憑粧點炫芳鄰。被他看破茶烹雪，不是銷金帳裏身。」其風趣可想。著有珠光集。

林梅友學博國士贈香士公云：「慷慨依然義俠風，元龍湖海卻歸君。有金解用真豪傑，能不持籌笑阿戎。」學博自號三山醉者，有三山醉者歌，見所著養雲書屋吟草。句如登鼓山云：「地寒釀雪不成雨，雲冷得風時出山。」

馮笏軿先生縉甲戌初度感懷云：「斫桂浮槎到月邊，步虛瓊苑阻登仙。鬒無可效希專寵，首自飛蓬强鬬妍。細字眼花疎握管，乾餱齒缺嬾登筵。可憐庾信哀時客，冷落鄉關卅七年。」又句「身輕涉世同秋葉，骨瘦前生是菊花」，語特名雋。先生居陶舫，饒亭臺花木之勝。每招香士公及名流雅集分箋，殆無虛日。孫憲曾，字伯何，余同年生。

周蒼士先生嘉璧郡齋述懷云：「堂東老屋兩三間，瀟灑書齋遠市闤。躡屐何嫌山是假，傳經差幸石非頑。門寬有客投文卷，交少無人欵木關。館課早完閒不耐，偶携詩草自家删。」「五年薄宦别家山，又向衙齋忝抗顔。獨客真如嫠婦寡，冷官渾似老僧閒。地當莊嶽咻非楚，人笑參軍語尚蠻。骨肉漸疎年漸老，夜深未免想刀環。」「功名愧謝九霄鵬，顧此頭顱百感增。官庾穀惟支五斗，墨池水已飲三升。面無華色應窮相，老有文花或壽徵。造物可能常與健，小人有母髮鬅鬙。」「頻年魚鹿歷風塵，曾向名場閱苦辛。富有求乎知有命，臣之壯也不如人。閒曹容易藏疎拙，生計艱難耐窶貧。數畝蓿田逢歉歲，北堂何以慰昏晨。」「非見非潛過五旬，天公位置不才身。文章覆瓿聊焚棗，姓字籠紗讓積薪。多病頗於醫理熟，晚年漸與佛書親。而今我相都忘卻，劉四何心敢罵人。」「時鳥經春屢變聲，方塘又聽亂蛙鳴。詩文遺悶攤長卷，風雨吟懷對短檠。夜悄怕聞人説鬼，年多幾訝樹成精。齊荒曠多古木，有以鬼物木魅言者。索書屢作回家夢，好夢醒來記不清。」著有經説數種。亦香士公詩友也。

金孺人，曾從祖岱巖公側室也，蘇州人，喜讀書，能詩。岱巖公卒，家中落。孺人父自蘇來迎之歸，孺人曰：「如兒去，則女君誰與共？且嫡孤幼，正相藉扶持也。」父自歸，兒計決矣。」孺人奉女君及孤，凡百周悉。嫡孤，即香士公也。孺人八月十三日生，許素心老人嘗作小幅畫並係以詩壽之。詩云：「菊花延壽竹平安，勁節淩霜贈爾看。告我八年悲劍履，秋風涼月不知寒。」香士卒，以庶兄子嗣，粥粥無能，依先君以居。余少時以孃呼之，寢食相隨，如慈母然。卒年八十九，葬祭酒嶺邊。遺詩二卷，今佚。有寒鴉云：「一群爭噪夕陽天，料峭寒生野渡邊。無那鵯聲催太甚，銜烟撲雪又迴旋。」「西風懊惱侶相呼，瑟縮慵梳尾畢逋。都道垂楊終古託，如何集屋有瞻烏。」

曾祖母王太孺人傭媪周，夫外出，以其傭之入奉姑。姑殂，媪養疾、送死如子。太孺人義之。歷廿載，其夫歸。時乾隆乙卯，福州饑，米價至一斗七百錢，歸則孑然，將復棄去，先大父給之食，居之廊廡，舉一男一女。後大父卒，家壁立，先大母遺之歸，猶時時左右先大母及先君者甚至。厥後先君每展墓，必偕至墓所。至則號咷慟哭，蓋深感先大父之德、先大母接下之恩也。而媪之爲人亦足傳矣。金孺人贈媪詩云：「膝下雙雛償孝婦，手中一餅愴孤兒。」可謂沉摯。

素心老人名琛，字德瑗。幼聰穎，能詩，工書畫。隨父石泉大令良臣官嶺南。婿何燧隆，就婚焉。踰二年，婿卒，無子。父罷歸，仍依以居。小樓一間，顔曰疎影，一蓬頭老嫗應門執爨。閒臨書作畫，書蒼勁，畫多寫梅、竹及寒菊數枝。林樾亭孝廉嘗爲之傳。余家藏有帳緣一、小橫幅一，並手鈔疎影樓詩草一卷，詩多五七古，直攄胸臆，不藻飾規橅以爲工。其記事珠一篇，哀感凄涼，令人不忍卒讀。今錄元月十九夜留魏夫人及金如夫人同宿疎影樓詩云：「一樹寒梅數竿竹，就中置有疎心屋。屋小臨街上有樓，樓頭春雨飛如瀑。樓窗正對烏山雲，雲濛樓檻如山麓。與君氣味喜相投，挽袖留君伴幽獨。邀同阿嫂復三人，閒談世事多寒燠。嗟嗟衰鬢影甇甇，不問滄桑愛淇澳。約君倚竹待清晨，去採新蔬不買肉。欲留韻事記他年，墨瀋淋漓揮素幅。雪梅霜竹兩俱清，寫出精神雙管禿。上元三五已沉沉，夜半微醒思盥沐。布衾草榻一蕭然，停燭同君樓下宿。」魏夫人，岱巖公德配也。詩有再疊，三疊。又五朵雲集一卷，胡采齋慎儀、妹臥雲、方芷齋、李筠心、王宜鸞五女士詩也。此皆金孺人所珍藏，今則剝落不完矣。

老人姑蚤死。舅元祥率長子光年及媳旅食於吳。辛卯，舅及光年父子相繼而殂。老人乃大慟曰：「吾所不忍死卅年，徒以翁及嗣子耳。今俱已矣。」乃罄綿薄，馳書於吴，促其姒扶柩歸。買地旗帶山以葬。作梅竹圖贈守塚山人，有「竹梅聊當子孫賢」句，見者哀之。從弟畫山先生携入都，題云：「十年曾葬夫，十年復葬舅。葬夫夫心安，葬夫父母夫心歡。金高南山葬坏土，馬鬣牛眠何足數。凄涼獨作無米炊，血淚多於孝婦雨。」一時名宿自朱文正以下，題詠甚夥，有副本存余家。

從祖維惠公，工書。以親老家貧，爲人商湘漢間。先君詩集有喜晤維惠叔又言别詩云：「骨肉能餘幾，風塵共此身。天涯團聚乍，客路别離新。家室思先業，迂疎愧世人。勞生仍守拙，分手問歸津。」蓋先君時方就贅漢陽將歸，而公適至也。公性嚴毅，秀仁早歲有過，知之，面斥不貸。間與言論，必折其妄，而私謂先君曰：「此兒可造。」丙戌，隨侍先君永安，公適會計延平，凡有往來，輒留數日。不謂年未五十，竟以中暑殂於白沙舟次。遺孤六齡，即遥稽叔也，長從秀仁遊，能文，先君爲之成室。甫壯歲，亦賫志以殁。門衰祚薄，至於此極，可勝痛哉。

昔柳柳州作先友記，以見先世隱德不曜，所交多方聞有道之士。小子幼侍先君側，摳衣趨隅，間承長者辟咡。及長，遊學西北，恒獲隴西公憐，收宗。武任華所謂「去溝壑而寄乎南山，罷轉蓬而蔭於桃李」者，蓋近之矣。曩年少氣盛，方冀努力清時，或有以自見。今則此意蕭條，青冥垂翅。近愧析薪，遠慚廣廈，捫心負負，不知涕之烏乎從也。尤痛者，汀州之變，凡先君晚年遺書及親故墨蹟，悉淪浩劫。小子歸里，檢於餘燼者，百不獲一。悲夫，將欲援柳州之例，敘述一編。有其方心，無其峭筆。今借詩話存其梗概，其亦柳州之意哉。協社者，先君與王莨生義樟、林士珍崇聘、任硯農學莘、陳敘齋功、何左卿大經、劉聞石建韶、沈丹林廷楓諸名宿所建文社也。硯農先生詩云：「北隴一惰農，不殖已將落。南山一壯夫，努力事耕作。受田一萬頃，朝夕峙錢鎛。非種必務鋤，别擇嚴芟柞。良苗已懷新，硯田歲不惡。宜其大有收，滯遺飽燕雀。胡爲將收成，剛風掃如籜。豈其秀實難，毋乃菑畬薄。寄語耦耕人，勉哉無畏卻，齊民有要術，利器磨犁钁。」蓋紀其事。

左卿先生，先君密友也。後爲同年。先君自壬辰歸里後，旋改教職，不復出山。而先生以部郎出守施南，遂不復相見。戊午，余遊成都，王文勤公爲下榻於不繫舟中，蓋即先生寓齋也。先生引退後，避地黄陵廟，旋徙夔州。是時復由節署移居惜字宮客邸，余即趨謁。憶少時侍側，奉茶拂硯，每至漏三四下，此境竟不可復得矣，爲之愾然。先生閲余文，許其「能守家法」。命少子同律就余讀書，相處甚歡。既而哲嗣藻亭大令同文宰宜春，迎養以去。辛酉，歸東冶。壬戌九月，没於里第。余歸，不及見也。先生晚年著述甚富，左、國以下，皆有定本。詩稿，癸未前主講玉屏時爲黄心齋太守袖去；癸未後又爲楊翠巖出都携之洮隴。兹同律所出示余者，爲陳麟如茂才熙瑞鈔本，特其散餘耳。輓翁惠農云：「一官誤汝賦歸兮，連歲干戈阻馬蹄。贏得此邦蒼赤淚，天留遺愛在鄖西。」「同官楚北不同區，聚首終嫌見面疎。不及里居道山麓，盛聯文讌罷公車。」庚辰試春官罷歸，與魏又瓶、汪、吳、林諸同年，各自挾筆硯、茶具，日集君家避暑。「前年盡室理歸裝，我有金蘭勸駕章。不識置書三篋富，可曾親付與兒郎。」名句如藤花廳值宿早起云：「涼露爲霜寒有信，虚堂如水吏無譁。」和朱恕齋方伯云：「高鳥詎忘歸翼早，幾人如願買山回。」菜圃云：「味最難知惟淡泊，種還如許費艱辛。」竹籬云：「窺客誰能當韻士，居中畢竟有高人。」芭蕉坨云：「偶得一遊因假道，已經九折尚爭奇。」同律，字繼亭。簾影云：「玲瓏湘竹綠迴環，彈指秋深損玉顔。香篆模糊疎密處，花光隱約有無間。日痕微漾波紋細，草色深侵竹粉斑。寂寂西風人比瘦，玉鈎初掛一痕彎。」先生孫子翊茂才心貽，聰穎絶倫，讀書等身，亦工詩。

先生哭龔蔗汀侍郎云：「烽火連天落赴音，百年一淚九泉深。艱虞時事難全璧，道義朋交失斷金。代識孟舒爲長者，史編循吏本儒林。誰知四海澂清願，只在文章報國心。」侍郎諱文齡，庚辰進士，老成和雅，先生詩無溢詞也。嗣禹疇太守履中，爲余同年。

先生族弟杰夫中丞，亦先君文字交也。咸豐初官御史，敢言，天下憚之。出守銅仁，尋擢東道。丙辰三月二日詣趙茂才宅看牡丹詩云：「寂寥官舍似僧寮，何處尋芳勝侶邀。解事高人開竹徑，關心春色過花朝。瑶臺醉月曾翻曲，金屋圍香好貯嬌。忽怏臙脂零落盡，無情風雨太飄摇。」「勝地宜稱小洛陽，滋培大力仗東皇。祇愁富貴無多日，尚倚闌干有異香。仙子自然饒豔質，美人不礙卸紅妝。雙鳧飛到閒携酒，合爲名花一舉觴。」此可想爲政風流，不減宋尹成都、蘇刺杭州矣。

聞石先生雄於文，與先君及王莨生大令齊名，所謂「福州三管筆」也。亦喜談詩。貧老將云：「將軍新脱鐵兜鍪，回首沙場十六秋。底事草堂陰雨夜，雄心獨自看吴鈎。」貧女云：「繡盡鴛鴦竟爲誰，年年辛苦下羅幃。從今收拾閒針線，不待他人作嫁衣。」蓋先生早歲以文自給，中年漸豐，不復作嫁矣。登乙未進士，官陝西。室林恭人，工作大字，卒無子。寵一妾，以風痺罷。莨生先生督使作書促其姪致齋茂才至，立爲嗣。遲二年，先生遂捐館。妾繼殂。女一，爲莨生子婦，近亦死。茂才名式蒲，現以縣令需次西安。

嘉慶己卯，先君領鄉薦第一。房師爲張亞滄大令富經，座師爲道州何文安公、廬陵王霞九觀察。闈墨出，時人傳誦。是冬計偕，贈行詩盈篋，然無如孟井文曾貽、林説樵瀋兩先生詩爲人稱道也。孟詩云：「兩朝文物昔曾諳，自注：張無悶先生領康熙己卯省元。玉兔重圓戰獨酣。棘院新題人第一，熙朝舊話袖掄三。自注：本朝錢湘齡先生，三元及第。」林詩云：「一朝理學孟夫子，七字詩才張步兵。知否新傳坊樣錦，家家團扇畫玄成。」厥後，先君卜宅烏石山之麓，王成旟溱先生亦以「無悶堂高，帳中明月；亦園亭敞，座上春風」句落之。「帳中明月」，蓋用無悶讀書帳記所云「中宵夢醒，明月透光。」亦園亭，蓋瓶菴齋名也。無悶名遠，瓶菴名超然。

福清三山積穀寺，康熙間六世祖璞園公、五世祖龍川公遞經修造。時自八世祖捷峰公避氛會城，省居三世矣。今且百又數十載，獨此寺尚存。是歲先君歸三山展謁祖墳，嘗誌以詩云：「堂構重尋劫後村，直修廢墜到山門。臺江早定貽謀遠，佛宇猶緣世德尊。滄海遷流人事換，靈光仰止典型存。綿瓜衍瓞無窮意，想見精神庇本根。」捷峰公始家南臺，至璞園公移入城。今花巷李曉峰以烜孝廉宅，魏氏故居也。

鄉賢陳惕園庚煥，廉隅自礪，卓然人師。詩亦根底深厚，不作宋儒習見語。家居會垣鼇峰坊，有感於曹石倉作鄭圭甫父母墓誌「每過鼇峰，必式之」語，賦里門懷古二篇。敘述既詳，疏解尤晰，可作閩中耆舊傳讀之。詩云：「吾家于山陰，坊間盛舊德。云自勉齋來，風流遠未熄。兒時出里門，華表跂斯冀。題名列前賢，頭銜黯遺墨。童稚寡見聞，仰視若未識。一朝付煨燼，念之三歎息。每從故老詢，十不一二得。坊舊有鄉賢前輩題名，列棹楔間。今燬於火，無能記憶矣。少谷昔買山，十子日登陟。遂令大雅名，長屬鼇峰北。朱竹垞詩話：少谷居鼇峰北。高、傅諸公從之。時人目爲「鼇峰十子」。按，吏部少谷山居雜詠，今詹氏山亭，即其地。危樓有二徐，宛羽富敵國。徐氏紅雨樓，今楊孝廉日光宅也。其綠玉齋、宛羽樓，今屬觀巷尼菴。陋巷有二孺，共肆扶輪力。陳伯孺、幼孺二先生著存堂，國初高雲客居之，今庚煥所居及祠並許南樂鼎亨宅皆是。吴非熊詩「伯孺佳公子，簞瓢居陋巷」是也。自時平遠社，名與臺無極。少谷、興公兩詩社後，國初有前後平遠臺詩社，則高雲客、許鬫香諸公，先高祖叔舉府君兄弟與焉。毛西河、朱竹垞入閩，嘗與讌集。後則林松址、郭約園、藥邨、何上林、北海、李鹿山諸公也。時三山詩人有平遠臺派、光祿坊派之目。又聞昔世家，衣冠多古則。傅丁戊集有述里中陳氏世德詩，未詳誰某。伯孺祖中丞達，一門多聞人。鄭少參述子孫居此坊三百年，多有聞者。所居山圍堂，今屬王進士有爲，其東宅今屬劉姓。又街南陳殿元謹宅，今屬林姓矣。諸陳既競爽，諸鄭亦脩飭。鷺洲厄時屯，邵侍郎捷春宅，今爲書院。忠愍死罵賊。鄭少僕逢蘭謚。少參曾孫。身後孰求多，節義要天植。二公之死，論者有微詞。然鷺洲盡瘁蜀中，忠愍致命遂志，要不可没。自餘鄉先生，姓氏莫能憶。讀書愧不多，未能遍物色。不知此中人，幾許稱傑特。而今石倉翁，高軒過必式。顧我獨何爲，藐然介其側。彝訓聽不聰，艱難昧稼穡。閩山靈秀鍾，昔豐今豈嗇。慷慨思古人，仰屋發慚恧。」先君曰：「己卯春，惕園先生囑題采菊圖曰：『無褒我，必有以規我。』因題云：『先生味道腴，和情盎懷抱。淵然與花期，無謂我耄老。』」蓋即謂先生之不自滿假也。後晤劉心香先生適題此圖，謂「舊作切當」，則先生已即世矣。此一則，見懷人集鄉賢文跋尾。孫文翶，字荷生，丙午舉人。

庚辰春闈，先君卷出潞河白小山鎔尚書房，力薦不售。榜後批云：「滿擬入彀，竟至見遺，深爲惋惜。然遇合有時，奇寶必不棄於道側。更期積學，以俟知音。」先君出都雜感云：「豈無名宿尚蹉跎，十載心期信未訛。知己轉增懷舊感，不才深愧受恩多。」自注：「憶丙子闈藝錄呈何玉田丈，亟加獎勉，謂『遇小山先生，當不出五人之外。』由今追昔，良用慨然。」是科玉田爲其先人營葬，未與計偕，同人深惜之。玉田先生少與廖鈺夫鴻荃尚書、林文忠公齊名，同受知於陳春溆學使，同舉甲子孝廉，而三上公車，皆列薦不售，年四十二卒。學問淵博，遇事能斷，尤重氣誼，與周蒼士學博爲金石交，獎掖後進，如恐不及。著有耘芳亭吟草。西郊見老丐詩云：「半生辛苦逐風塵，老去墦間策救貧。閒看浮雲山作主，醉眠荒塚鬼爲鄰。白楊暮雨吹簫慣，寒食春風嘬炙頻。寄語當途休冷眼，朱門多少折腰人。」足以訓世矣。子震亨，字蒼筠，優貢生，亦有文名。

聞之先君曰：乾隆辛亥，小山尚書方春官下第，應考教習。中途遇秀水汪宮詹潤之，亦以解元赴試者。時銅街月落，清露砭衣，金碧樓臺，飛鴉向曙。兩公蘭單而進，已扃，不及試。方惆悵間，突有綠帷轎騎從彪彪然自內出者，則柄臣某相國也。自帷中問：「道左少年奚爲者？」具以對。復詢名貫，欣笑曰：「若來晏矣。然若皆知名士，吾當爲若計。」即頤指其奴，有所語，仍驅車去。少頃，門忽啓，兩公因得入。及榜發，尚書首列，宮詹殿焉。某柄臣雅重尚書，欲如令狐楚之蓄玉溪生者，招致之，尚書竟不爲屈。時名流不污某黨者，尚有吴祭酒錫麒。祭酒故重於阿文成公，令孫受經，即那文毅公也。某亦欲延課其子，辭不就，遂乞病歸，主廣陵書院講席。尚書於祭酒爲翰林教習師，丁卯奉諱後，適應鹺使阿公克當阿聘修府志，居揚州三年，與祭酒轉旋益樂。及入都，有正味齋萍聚集贈行二律，有云：「著述已留千古在，聲名早達九重知。」蓋已受知在睿廟親政時矣。又云：「憐余若有同朝問，爲道文園病已成。」則祭酒秦亭卜居之志定也。文章氣節沆瀣一脈，宜相得如此。後丁丑科，祭酒第九子西穀京兆清鵬探花及第，而尚書奉派教習庶吉士，京兆執贄往修弟子儀。兩世互爲師生，亦玉堂佳話歟。

王成旗先生著有足雨宧詩鈔。其入都話別云：「話別太匆匆，驪歌唱未終。長橋三月雨，小舫半帆風。江水侵衣綠，山花着眼紅。漫言離別好，兒女此情同。」蓋癸酉得拔萃後詩也。廷試入彀，覆考以「荷花新世界」句被黜。張家灣舟中云：「小港船初泊，風窗四面開。無山天更闊，近水月先來。鄉思驚寒柝，名心付冷灰。只應同貧客，拚醉勸持杯。」己卯公車，與先君寓何文安邸第。丙戌大挑，得河東，未補官，謝病歸。先生精反切之學，時劉奂爲孝廉家鎮將修韻書，延主其事，惜乎草創未成也。後改補福鼎教諭。未幾，以目疾罷。歲甲寅卒，先君哭之哀，挽句云：「時事孔艱，嗣祖安知非福；斯文未喪，偉長自足以傳。」

先生詩和平蘊藉，讀之令人意銷。其途中雜感云：「讀書固已遲，莫待他生補。光陰惜分寸，文章本千古。」「非分諒不敢，用情貴有宜。求援復求繫，受恩無已時。」「潎裘三十年，緬想萊夷濰。千金報一飯，淮陰良足奇。」洵乎有道之言也。

先生喜先君至，詩云：「佳景君高寄，幾經窮匱家。居官期較急，過顧客皆嘉。肝膈結交久，古今見解加。故教極感激，句格繼琚瓜。」此「吃語詩」也。趙雲松謂「始於姚合葡萄架」，然庾信示封中錄二首已開其端，蘇子瞻、徐興公皆有此體。要必合雙聲，故又名「雙聲詩」。

癸巳先君未與計偕，同年翁惠農吉士先生，自白下郵寄以詩，序云：「別後布帆無恙，行人安穩。以元宵前五日抵闔閭故國，少俟印招，即占利涉。遙計吾兄近日，浮白讀漢史，剪紅哦杜詩，興復不淺。吉士過胥江，眷念昔遊，舊雨今雨，未能去懷。率吟二律，即以奉寄。」老母倚閭則恃故人之風義在詩云：「鶯花杜曲別經年，回首城南尺五天。梁月分明顏太瘦，江雲舒卷思飄然。過牆酒盡論文夜，擁鼻詩吟讀史篇。可記寒山同晚泊，書聲連艤孝廉船。」「區區俊乂計全迂，未信人間有八廚。下酒可能消塊壘，過江孰敢問葫蘆。由來名士流連物，時露雄心廣武呼。近日袁安高臥穩，定知作論準潛夫。」

「過牆」用杜詩「牆頭過濁醪」，蓋先生住山兜尾三營，與敝廬僅隔一家。後先君司訓永安，先生携眷之官湖北，自邵武來書云：「舟抵延平，内人及婢媪猶詢路出永安與否也。」

乙酉，先君計偕，偶峰師贈詩云：「風雪漫天病未蘇，喜聞旌旆動眉鬚。良工不負三投璞，滄海曾遺兩度珠。話昔尚增人慷慨，送行豈有鬼揶揄。每逢雅集須緘口，莫把春秋語蟪蛄。」「酒酣耳熱慣喁于，唱到陽關一字無。婣婭不嫌王霸子，湫囂難寄虢公孥。蹩躠兩陷憂滋甚，蛩蟨相依信豈渝。至寶天生終弗棄，網羅尤貴舊珊瑚。」時維惠公以女許字訒夫，故有「婣婭不嫌王霸子」句。

先君每於冬至邊，輒誦詩云：「滿城賣歷市聲譁，白粲春成雪屑誇。齊趁朝暾攤栲栳，木奴頭插一枝花。」蓋鄭松谷太守鵬程橘枝詞第一首也。後六首詞云：「椒觴飲罷未成眠，瓜果安排壓歲錢。最是陸郎懷橘熟，家家打點拜新年。」「盈筐摘盡滿林霜，搗餅餘甘倩釀王。自笑老羌空吻喝，皺眉不慣洞庭香。」「三五宵從寶月升，六街烟火晚霞蒸。女兒不肯邀頭看，閒鏤霜皮鬭橘鐙。」「匀鋪酒脯與溪鱗，歲事殷勤速六親。多少村姬紅壓擔，滿頭花朵插長春。」「江鄉風味薦天家，錫貢揚州比建茶。打鼓開船説供奉，威稜差遜荔枝花。」「金衣璀璨色華滋，氣味清芬佐藥宜。幾處檐牙風曬足，夕陽門巷唤收皮。」太守著有睫巢書屋詩集。「零星舊稿付薇園，檢點申徽手跡存。讀罷人間可哀曲，和烟和月與招魂。」此林香溪哭家識凡處士詩之一也。識凡，名□□，□□教諭。季子業僕，而託於禪，蓋其所處有難言者矣。林祖瑜上舍文儀，與爲密友，爲刊其遺草。上舍，家弟子淵丈人也。

先君花塚詩及感秋賦，蓋有慨於甲申、乙酉間福州時事而作。其所云「風流掃地矯司命，妖霧漫天詭降神」者，實有其人。詩錄入屏麓草堂詩話。花塚係陳上鐘茂才所築。茂才，偶峰師胞弟。

陔南山館詩話卷二

侯官　魏秀仁　子安

丙戌，先君以大挑得一等，籤掣直隸，截取回籍，病虐。詩集有瘧詩。丁亥，爲某聘赴粵。和接蔭亭題壁云：「思歸纔卸北來驂，又抱離心向嶺南。記取山亭留宿處，春風無賴月初三。」旋即言歸。閏五月五日詩云：「前月逢重五，歸舟阻上流。時自粵旋，寓沙縣數日。依人千里誤，逐客十年愁。京國思良會，去歲出都前一夕，適逢五日。與游曼堂、翁惠農明府，王葨生孝廉，飲林湘帆刑部、何左卿吏部邸宅。江湖感舊遊。景光真可補，歲序望悠悠。」

歲己丑十月，先君奉直隸大府檄，咨取赴直。先君念魏氏自遷會城，未有家譜，於是遠紹旁搜，輯成六册。王成旟贈行詩所云「高文初就眉山譜」是也。辛卯三月十二日出山，時王文勤以庶常入都，先抵蘇州，訂與同行。途中倡和詩甚夥，今愛卓齋集僅存遊趵突泉用杜工部宴歷下亭韻一首，餘皆散失。

先君赴直補官。莫若愚先生贈詩云：「朋舊高才半駿奔，春風又喜送乘軒。六千路遠長安近，七品官卑縣令尊。此去栽花天北極，何當折柳國西門。遙知早得樓臺月，好著循聲副帝閽。」和者十數人。先生名友棠。其丁亥除夕前五日醉後偕友人登鄰霄臺詩云：「淩霄形勢俯崔嵬，春入殘年景色催。清福一時歸我輩，名山自古有高臺。江天漠漠稀人影，雲樹蒼蒼隱巨材。多少題名石壁在，與君既醉許同來。」雅音也。先生至性過人，敬嫂慈姪。家貧，終身不娶。脩脯所入，撫養一家，數十年如一日。少遊鄭蘇年進士之門，以詩受知。顧數奇不偶，終於布衣。有詩話十六卷，其門人黃浣雲鶴齡請序於先君，刊之行世。未幾，家燬於火，遺著無一存者，即此板亦煨燼矣。

先君與若愚論東越詩人即用原韻詩云：「志士懷苦心，晚歲頻搔首。直輕萬户侯，金印空懸肘。東冶古儒林，於詩乎何有。風雅漸闃寥，斯道廢且久。醉筆騁詞壇，豪若戰鏖牳。屈指唐宋賢，神摹追以手。綱羅歐行周與翁文堯，如輻聚於藪。明月在長溪，不容竟絕口。發倡自盛唐，廉讓尤無偶。宋世諸大儒，理學仰山斗。性情共關濂，文字薄韓柳。淵源遞師承，豈以詩不朽。固當數蔡忠惠李忠定，非是脱綱紐。闕疑史亦然，且字禮曰某。人生貴自立，勿爲聲利誘。二藍十子興，遺派繼之守。正聲固未希，等閒同扣缶。石倉再起衰，大力負之走。論世愧未能，論古敢尚友。孤抱平生心，甘落時賢後。獨恨學無成，談經恥蔑叟。望道更茫然，有若嬰離母。少小頗好名，早衰驚老醜。虛願浩莫酬，爭食嚇或苟。卑棲日喧聒，淩雜及瓮瓿。吾叔香士老詩家，一篇幼曾受。舊稿儘飄零，沉埋幾時掊。問學渺難期，咏吟況深負。嗟我路多歧，感子氣良厚。自子之有行，何時一樽酒。成句。蛩然足音求，時若愚自海壇解館抵家。新詩滿座右。」詩凡三疊。

先叔烺馨，生二歲，以痘殤。先大母卒，時先君僅與先姑相依爲命也。姑適陳。先君赴直，挈姑夫有鑑行。秋抵直，謁大府。詢知貧士自守，咸拭目相待。然本班積壓，需次無期。壬辰由直赴都，應禮部試，以例格不行，遂決計南旋。寄何左卿比部兼柬王雁汀庶常陳敘齋侍御杜蕉林儀部王莀生任硯農劉聞石姚履堂四孝廉詩云：「春明重遇盍簪占，自笑遊踪吏隱兼。待士乍疑東閣廣，抗塵翻笑北山巖。聚知有數行仍戀，出本無心退亦恬。不是浮雲留不住，人才多少積薪淹。」四月戒途賣朝衫一襲以資旅費詩云：「日持手板署空銜，逐隊登場例發凡。冠帶送迎彭澤嬾，尊鑪風味季鷹饒。名山暫別非逋客，宦海無邊且卸帆。那有歸裝容長物，征衫未辦賣朝衫。」

先君保定旅次手書云：「直隸風土人情，染習雖深，而田土以外少利。俗尚務本，其人多勁直，惟乏錢耳。如不要錢，此地官非不可認真做也。獨挑班補闕無期。到省後，始知此官必不可做。既做官，以公事爲重。猶懷内顧，是無志也。若未補官，公事實非其責。即承委問案，不略爲異同，則無以服人心，勢必再控；必平反，勢且窒礙難行。此中或別有取巧一法。至尋常差事，則長隨書辦優爲之。今既補缺無期，此十年、八年，恐浮沉俯仰，將埋没性靈，不大可惜乎？不深可悲乎？此所以翻然決去也。必認真打算，則前信所云『咨追』，亦爲非策。惟改教，爲脚踏實地。大約改教三年後，必得補官。以此全副精神讀書、課子，必有所就，愈於風塵僕僕多矣。吾亦非不知福州光景艱難，與道途往返勞費也，然天下事皆不可知，求人不如求己，此吾意也。」噫，先君自此不復出山矣。嘗有短歌云：「人生何時須富貴，馬如遊龍車如水。叶式類切。貧賤衣食於奔走，車如雞棲馬如狗。歸去來兮吾自由，海天廖闊逍遥遊。」讀之可見先君較然不自欺其意。浦城詩云：「十四年來七度過，可堪南浦别情多。從今省識文通賦，心比秋江水不波。」「一行吾已悔浮沉，世味初嘗本不深。倘待彊臺回首日，得歸仍恐負初心。」乙未冬，請改教職，借補永安訓導。

先君在直需次未及一年，然勘案必有平反，不能隨人俯仰也。文集有繼父同居説一篇爲勘南樂一案而作。南樂縣民婦，夫死改嫁，携十五歲女往。其故夫族弟、邑附學生某訟諸官，以「女及笄隨往有嫌疑，乞斷歸宗」。女戀母，意不欲歸，亦未遠人情也。或援同居繼父有服，從爲之辭。先君因作説以辨之。其奉府檄赴高陽勘問祭田一案詩云：「面目書生舊，風塵奉檄初。息爭期古處，讀史愛公餘。寓齋借閲舊唐書。吏覺方田習，吾慚小學疏。豈無懷抱事，内省惕庸虛。」嗟乎，漢人以經治獄，後世法令滋多，究其精意，亦本於經，特難爲幕中人道耳。

尚書王文勤公，道光己丑翰林。丁未大考第一，擢學士，時資俸爲編檢最。同年及後輩之敭歷顯達者，蓋指不勝屈矣。文宗登極，擢詹事，佐司農。三年，簡任陝西巡撫，調山西，升川督，調廣東，引疾乞休。今上龍飛，以都御史召，未至，晉工部尚書，薨於山西汾州旅次。賜謚「文勤」。公行政與用人時以「有恒有忍」自勗，作二有堂額，使門人龍翰臣方伯銘之以自勵。所有奏議，令嗣子恒主事傳璨當已付之手民。公鄉榜與先君同年，後家舊米倉，密邇公夾道坊舊第，輒以文字相質。蓋晨夕過從，菜蔬共飽矣。秀仁少獲趨隅，長依廣廈，凡公墨蹟，收之最夥。中更喪亂，散佚無餘。茲於舊簏得公詩箋一，自跋云：「丁巳正月三日，盼雪甚殷，檢舊稿。岵瞻招飲，醉歸，喜雪之作。」詩不足存，月日正合，殆戊申間所作。爲介石賢倩之詩云：「主人日日值樞省，退食不厭人造請。咄咄頃刻羅珍羞，自品酸鹹教調鼎。正月三日天氣晴，策馬走遍長安城。紛紛投刺幾謝客，欲索甌茗如祥霙。晚來招我洗杯斝，酒客初筵集魚雅。忽然犄戰張一軍，欲學投壺立三馬。主人催酒聲不停，左呿右嚌如流星。圍爐屋深花氣暖，不知雪片飄前庭。一冬無雪飲不樂，對此須傾三百勺。主人厚意感太和，當筵玉戲千花落。」岵瞻，林公揚祖也，時以部員直樞廷。陳介石嵋，文勤婿。

履堂先生懷祥，嘉慶戊寅孝廉，以大挑一等官浙江。道光辛丑六月初八日，英夷竄入定海。定海四面環海，居民不及千户。先生甫涖任，援兵不至，倉猝投北門成仁塘。事聞，詔恤襲蔭。先生以文鳴，亦工詩。嘗手訂詩稿二十卷，今僅存一卷，近體詩已見近人詩話。茲録其抵家五古云：「載輿入城闉，簾隙見闤闠。坊衢了不異，舊識亦復在。一氣到門首，鄰人愕然怪。知是都中回，未問爭先睞。開簾出相見，不免有慚態。方當訊問時，忽覩兒童輩。聲聲趨呼爺，含笑牽衣佩。不許敘寒暄，競要入庭内。爭報曰爺回，一一歡聲環來沓。姑氏問勞苦，嫂氏問安危。庶母前相慰，内人後相隨。此時不能答，一一笑承之。謂將拜阿兄，大姪前致辭。連句擾簿書，出門歸或遲。既而兄亦歸，相見顔怡怡。前日到閩門，便聞福州疫。流災及小兒，十家九連厄。及到建寧郡，所聞更悽惻。一室七男女，同作泉臺客。歸來視家人，謝天幸全璧。繞膝者兒郎，幼弟喜跳躑。大姪小姪輩，排衙戲呵叱。團聚結成群，嬉笑隨所適。阿兄顧母氏，盤飧兼味無。驟聽怛然驚，如何客視吾。不用設筵席，不用治庖廚。不用買猪肉，不用出行酤。在己有麥飯，麥飯勝赤稃。在瓢有葱湯，葱湯勝酪酥。藉此爲讌聚，何必無真腴。即席大餔餟，頓改憔悴膚。」情真語摯，居然漢魏之遺。

先君謁何文安公湖州試院詩云：「去歲尋師到帝畿，剛瞻使節出綸扉。一官偶逐常參隊，萬里來歸校士闈。老大公門桃李樹，行藏遊子芰荷衣。欲從函丈尋真樂，生事簞瓢亦已微。」時文安督學浙東，案臨湖州府。先君自直假旋，迂道晉謁，因留分校試卷。先君與維惠公書云：「此番告假，老師極以爲然，自是生平第一知己。」蓋自分平日性疎才拙，於此官甚不宜也。與家慈書云：「昨謁仙槎師，詢及家事，具陳中饋一切。蒙深奬『健婦難得』，正不知病婦、瘦婦勉强撐持，如何辛苦也。」蓋師弟之間，言無不盡如此。後抵杭州，下榻試院，與何子貞太史兄弟及許印林瀚、陳九香瑞琳、林朗如有融輒爲西湖之遊，恒多倡和。是秋辭歸，奉别文安詩云：「三月杭州駐客程，歸心降爲惜離情。誼商出處無成局，文溯淵源有正聲。當代道高尊北斗，及門恩重戀南衡。自憐不舞羊公鶴，倦極襂襹顧影驚。」「嶺桂巖松所託高，論文妙絶一時髦。古文攷訂期攻墨，許印林。詩卷推敲擬和陶。陳九香。共樂應求新把袂，况披情愫舊同袍。林朗如。臨歧賦别重傷逝，回顧清江首怕搔。近日，子貞家書來，道及鄭研卿卒於清江。猶憶去歲赴直時，與王雁汀艤舟過訪，文酒竟日。此景如昨，不禁愴然。」「都門假館話當年，庚辰與王成渠同寓師邸第。學舍仍同子舍連。纔得合并翻聚散，子貞、子敬先赴秋試，余亦逾月告歸。可知觴詠亦因緣。入秋來，日與子毅、子愚和詩聯句。讀書各有千秋抱，邀月留看萬古圓。畫筆文心兩奇絶，頓教人羡米家船。子毅作文及畫送行。」「錢塘江上片帆開，風色蒼茫入酒杯。忙殺馬蹄催北去，留將鴻爪笑南來。河梁共惜三秋賦，詞筆猶憐八月才。四照堂西殘夢遠，夜涼梧竹影徘徊。使院四照堂西偏爲余下榻處。」先君嘗言：子愚閒道其先世軼事。先是，何氏家素少有。至公祖殁，諸父惑於世俗風水，遲至數年未葬。最後相一地得吉，惟不利三房，即公父。公父慮親柩之久停也，願身受其害，乃固請葬。術者爭言其不可，弗聽，竟葬之。葬後，徐詰其説，曰：「是必有三十年破敗，斷非尋常所可堪者。」再詰其「過此如何」，曰：「能過此，子孫當大貴。」時文安公生甫三齡耳。已而家事日落，艱難困頓，幾無以爲生。辛酉、壬戌，公始以拔貢得七品官。甲子、乙丑，連捷及第第三人。迄今思之，術者之言殆無弗驗。是非術之神也，孝弟之至，源遠流長，可風也。

陳九香茂才，湖南人。漢陽月湖云：「酒樓帘影颺輕烟，一帶湖堤泊畫船。雪藕香菱沽一盞，游魚都聚水窗前。」「湖西十里捲風荷，三日蘭橈兩度過。人影衣香如夢覺，水光山色奈愁何。」「南北高峰相對間，碧玻璃展翠屏環。吾鄉似此佳山水，小小湖光大別山。」西湖消夏絶句云：「裏六橋連外六橋，裏湖初日外湖潮。遊船四面湘簾隔，萬柳陰中一櫓搖。」「湖心亭畔三潭月，一霎搖船到淨慈。坐對南屏山下榻，松風吹到晚鐘時。」「靈隱峰邊泉澒洞，韜光寺外海微茫。能與老僧參一偈，人間何處不清涼。」立秋日苦熱云：「欲雨不雨天氣蒸，赤日卓午光騰騰。人間何處得秋意，我倦欲臥思春冰。幾時甘澤遍郊甸，苦憶早稻屯畦塍。薄田二頃究何似，歲凶一飽愁未能。」池上晚涼云：「秋暑酷如熾，蟬聲苦晝長。獨於斜日後，閒立小池旁。水竹有涼意，風荷無定香。北窗高臥者，曾否夢羲皇。」秋蝶次韻云：「一生花裏結因緣，過眼繁華易惘然。南國春風原是夢，西園秋草又如烟。何堪金粉飄零地，恰植青衫冷落天。羅幕漸寒團扇棄，葛仙衣薄倩誰憐。」跋云：「壬辰客杭州，得識又瓶先生，盡讀大著。溽暑多暇，遂連作西湖三遊，日有倡和，都書於箑，以志此一段翰墨緣也。」

何子毅先生秋色限巧飽鮑拗炒茆韻詩云：「秋色來幾時，倏忽過祈巧。排軒當遠山，坐使雙眸飽。世情易炎涼，我意淡蘭鮑。月靜花欲眠，風迴竹能拗。有客貽遠來，苦筍足清炒。倘逢張季鷹，更來西湖茆。」樂論云：「魏子去官將歸閩。何仲子問曰：『子之歸也，將何載乎？』曰：『始吾載樂而出，見難而止。今載樂而歸耳。』仲子曰：『噫，子其殆哉。子之道，人之道也。且吾與子遊於詩書之林，獵於禮義之藪，混乎帝王之世，縱橫乎車馬塵埃之域，而不可以厭。爲人耶，爲己耶，時日計耶？且夫大匠之操刀也，遇美材而鑿；不遇，則終屏矣。然而其徒構層臺、營大廈，奔走都邑間，而匠氏不以爲工。且夫任子之秉鈞也，餌十二犗，倚百仞之危。遇鯨鯢，則獲焉；不遇，而終身廢矣。然而其徒伐黿鼉，罭魴鯉，方勤體終日，逸食兼旬，而任子不以爲喜。二子者，衆人所嗤，志士所仰跂也。君子則不然。君子者，物也。小人者，土也，水也，菽粟也，枕席也，日月也，風露也，笥篋也，百器之區也。故萬物之不靈者，莫如人。』魏子悚然曰：『子之説誠味矣。然則吾之樂其果非乎？』曰：『是子所不欲聞也。夫樂者，天地之敗氣也。天地不樂而成春，樂而厲秋。萬物不樂而生，樂而死。人不樂而聖哲，樂而愚。國家不樂而興，樂而亡。未可樂也。彼二子者，亦樂其樂矣。是故終歲不得一鑿，終身不得一魚。』魏子於是避席曰：『謹受教。』」

先君同子毅夜棋聯句云：「鳴蛩在高樹，夜氣成清秋。心境各閒曠，冷然撫枰楸。何。揮麈佐談讌，落子宣滯幽。守株笑作罫，遠勢分上游。魏。靜觀離合趣，已忘得失憂。蒼茫烏挂幕，摇曳魚出鈎。何。伊古井田法，開方試持籌。算學立博士，畫紙供冥搜。魏。塗山千八國，姬代十二州。當其割據初，圖象如此否。何。玄精貫當中，列宿凝雙眸。指揮落星斗，旋轉天如毬。魏。俯仰意殊邈，傲睨招浮邱。且呼爛柯客，郡識人世愁。何。名場幾潦倒，宦局真浮漚。懸崖立撒手，一着饒先收。魏。」又池荷聯句云：「鑿池引泉泉力窮，綠荷貼地難翻風。枯魚黑白聚葉底，可憐殘蕊猶擎空。何。蘊隆三月何蟲蟲，小雨未濟期濛濛。此地灌輸藉湖水，旱湖不得餘波通。魏。憶昔放舟六湖去，荷花十里胭脂紅。呼魚買酒柳陰裏，何。納涼啜茗水窗中。前頭佳氣鬱青葱，一湖之勝環行宮。文淵閣上對靈沼，花時賞勝君臣同。即今曬書許放入，翠華何日來浙東。蘇堤一碧淨於洗，魏。飲酣乘興吟孤蓬。那知旱魃忽爲虐，何。欲覓涓滴非人工。紅衣漸褪黯無色，魏。黃玉差含瘦不豐。何。我聞太液池中荷，香遍金鼇與玉蝀。近聞京師亦憂旱，宵旰彌復勞聖躬。此月常占宿直畢，滂沱大沛群生蒙。魏。宵來雲翳卻星斗，何。洗耳策策喧芳叢。魏。」子毅名紹業，與子貞太史孿生，而年甫强壯，遽召玉樓，惜哉。子毅弟子敬，子敬弟子愚紹京。

先君蘭溪舟中感懷云：「行義艱難詎爲貧，乍縻世故悔風塵。美人金錯傾囊贈，知己蘭言作佩紉。謂林梅甫、林澤夫、何左卿、王雁汀、何子毅。寡鵠一聲幾誤響，没鷗萬里本難馴。濟南路迴王霞九師杭州別何仙槎師，落落形骸只自親。」蓋拳拳於師友，不貶損素志如此。

先君需次直隸，與林梅甫靖光、林澤夫逢年兩大令交甚深。梅甫以道光季年卒，入祀名宦。澤夫以憂歸，每爲余評定課文，極蒙器重。後改官湖北，緣事罷，不竟其用，惜哉。

甲寅福州郡試，高樹人師校卷，以夢漁璜孝廉冠軍。師贈詩有「筆饒犀利穿重甲，境闢蠶叢役五丁」句。夢漁者，梅甫先生仲子也。登己未賢書，遽召玉樓，可勝浩歎。近於梁禮堂同年筆記中得讀夢漁詩，云：「烽火連天未罷兵，唏嘘况送子長征。關山瘦馬馱愁走，湖海饑鴻弔影鳴。别有風波嗟世路，肯將面目老諸生。蘇臺烟柳燕臺雪，值得清狂載酒行。」蓋戊午送禮堂姑蘇之行也。

先君八月十五夜衢州舟中遲月不至俄有小雨感遇述懷詩云「吾鄉老宿有二陳」，謂良臯、偶峰二先生也。良臯先生贈若愚布衣以「古之傷心，别有懷抱」八字藏於句首，布衣心折之。然先生不喜作詩，亦不屑爲時文。陳碩士學使於落卷中拔置高等，覆試不令作文，給紙十，每紙十二行二十五字，令書其平日所得。日中紙盡，而詞猶未畢也，遂食餼。甲午秋闈，幾獲雋矣，以經藝謄錄模糊黜之。嗟呼，如先生者，其生固有自來，不足爲衆庶憑生者道也。向過先君齋頭，輒口劇談，手作字。今猶存一對云：「夢可告人方是學，書猶近我未爲貧」。自跋云：「出句得之數年，以告同輩，迄無對者，昨日乃得之。癸亥十月。」又古意云：「將君置我心，結作君顔面。化爲一片石，千載終不變。」先生熟東越典故，一名一字，如數家珍，談節義事，鬚眉俱動。家貧，有女七人，晚始得子。

施邦鎮，字怡巖。始家小西湖，後移城内天心閣故址。於後街結西林畫室，名輩恒從之遊。余少輒侍先君過訪，見其恬淡簡默，蓋有道人也。著畫餘詩草兩卷。其題陳良臯八蠻圖云：「良臯乃奇士，每每接清談。粲花生妙舌，奇論破天慳。遊戲作此圖，示我初未諳。詭形雜妍醜，殊服炫斑斕。花鬘翹雉尾，儋耳垂金環。吹笳並擊鼓，跳舞驚群蠻。詎知八人中，乃有良臯顏。初疑楊升菴，傅粉塗朱殷。又疑古太伯，竄跡文身間。既異八俊儔，亦非八仙班。如龍溷鰍鱔，如蘭伍蓁菅。豈無鐘與鏞，此樂胡爲耽。豈無賢與哲，奚廁蠢且頑。是微古之愚，此意誰能參。」題林壽峰所摹金石文字篆册云：「學書不學篆，猶讀遺典墳。但學晉以下，於古道則分。壽峰古道人，能書金石文。三代法物銘，秦漢交紛紜。當其摹寫時，注想何殷勤。剛健屈釵脚，婀娜盤蝸紋。匪獨肖蟲鳥，其實皆骨筋。以之作俗書，突過王右軍。斯翁至小生，此語持贈君。」畫箑歌爲趙藤菴作云：「藤菴秀才向我揖，袖出素箑向我畫。畫成滿箑自題詩，輸寫性情必愉快。或作長篇或短草，妙處真堪令絶倒。我謂藤菴何太癡，詩畫不療腸中饑。君言無事聊復爾，强於非分妄爲耳。我聞斯語長太息，古來未遇誰物色。君詩我畫可惜不值錢，不然換酒共醉涼風前。」聞之先輩曰：先生幼入童子塾，戲寫人物輒肖。後遂習畫，善傳神。凡四方之遊宦來閩，及里中縉紳大夫、知名士欲圖其像，咸曰「惟施先生神似」。懸之市上，過者指而笑曰：「是某人也。」其技之精如此。嗜讀書，嘗從林竹佃前輩問詩法，前輩授以全唐詩錄，俾自出手眼評之，而詩大進。後復流覽各家集，而詩益工。寫其胸中所欲言，真樸有味，五七古尤超然塵俗之外。年八十，輕健如少年。子鳳歧，亦工畫善詩。何子貞太史入閩，深賞鑒之。壽峰名建屏，藤菴茂才名建封，均先君舊友。

先君壬辰歸，侯官令程考溪績延課其子。尋移入海防廳，甲午偕往詔安。先君性嚴毅，人敬憚之。一日晨起授書，見生徒有倦容，詰老僕，知夜來恒聚賭，遂辭歸。乙未，就同里陳蘭陵大令徵芝聘，令子延詮、延詵受業焉。是冬，改就教職，補永安。丙申，携眷赴任。督秀仁兄弟輩讀書史及古文詞，每講貫，輒終日。不屑屑課時文，即課士亦然。己亥冬，調臺灣訓導。

時先君擬請咨應禮部試，留別燕江詩云：「燕江薄宦便爲家，廿載春明舊夢賒。卻望長安西向笑，紅塵逐隊要看花。」「春風小別綠榕城，朔雪歸期歲屢更。數擔囊書數枝筆，挈家來去共鷗輕。」「海外移官且未除，京華傾蓋定何如。臨行更進諸生語，報國文章在讀書。」已而不果行。庚子夏，携秀孚、秀銅赴東瀛。

周篠峰大令培，四川銅梁人。弱冠以名諸生遊京師，得瀘州訓導。歸後登薦剡，改延平參軍。時徐松龕任延建邵觀察使，器重之，擢漳浦令，調海澄。值會匪滋事，全家死之。歲丙申，先君任永安，值大令攝縣篆，恒以詩酒相往來，余兄弟輩因得隨侍，談藝論文，獎借備至。不謂轉瞬之間，竟成陳跡。猶憶其留别涇陽諸生云「滿樓山水移交册，一擔琴書去住身」，亦可想見其風趣矣。大令著有篠峰詩鈔兩卷。辛亥，家弟叔淵起，爲陳錦園游府光標延至海澄，大令以此卷授之。詩近袁子才、張船山兩家，而無其打諢之陋習。如「莫唱鷓鴣愁裏曲，且抽蝴蝶夢中身」「結屋藏雲山亦幻，穿池引水月先知」「走險詩疑天外落，隔溪山似鏡中看」「閣臨水面凉先到，樓建巖腰午不知」「儘有高情吹紫玉，恨無好句負黄花」「客况窮時詩是業，家庭離後酒爲鄰」「謀生計拙妻長笑，避俗情多客漸稀」，皆雋語也。

道光己亥，何子貞太史典福建試，有句云：「是秋司農公，京兆職賢書。並典中外試，三見二百年。」蓋本朝父子同典京外試者凡三見，劉文正、文定並文安公而三也。是科鄉墨出元爲葉句卿脩昌，内外折服，呼爲「兩已」，謂己卯及是科也。時先君任永安，遲之延平。贈詩云：「一自錢塘江上别，風光飛越七年餘。貧無甑石猶沽酒，閒對青山勤著書。肯向紅塵虚日月，更從海外狎樵漁。時調臺灣。相逢燕雁難相聚，記取江天葉落初。」

太史遊峨眉瓦屋詩，門人朱眉生孝廉序，略云：「東洲先生視學蜀中三年，既去官，迺得作峨眉瓦屋遊。歸有詩盈卷，授其弟子朱鑑成曰：『峨眉之聞於天下也久矣，瓦屋則無人跡，惟採筍者往焉。徑險仄懸峻，類鳥道。余側身横蹋或直走偃樹背數里，兩人前後翼以行，顛且不可測矣。所産盤石、灌木悶不見日色，形狀恢詭，不與人間類。蒙茸薜數尺，如虬螭鱗鬛，如獸爪牙，鬼神猛厲狀，令人悸而不怡。非余莫能遊也。子蜀人也，宜何言？』鑑成曰：『惟天地之奇，待人而闢。峩眉未顯之先，一瓦屋也。峩眉以浮屠重，攬勝者樂之，愚夫婦之嗜利徼福者亦趨之。而瓦屋負其突兀奇傑，寂居荒野之墟，無紺宇崇祠以相輝耀。千數百年，士大夫之嗜奇者，或莫舉其名。茲山之靈亦必有拂鬱不自得者。先生縋幽險以著文章，闢草昧而新日月，非豪傑之士烏能。夫賞人所共賞，被賞者謂自足致之；賞人所未賞，且斷不能賞者，被賞者之矜奮何如？瓦屋自茲出雲氣以霖雨蒼生，蕃茂材木以備物利用，不獨無慚於峩眉而已。』」予就其詩考之，先生蓋以咸豐乙卯七月初一日登舟，至八月初二歸成都，緣來恰恰一月。此路皆余庚申避地所曾經，而瓦屋則未之至也。夫廬山表奇於遠公，天台發秀於孫綽，不有名賢翩然戾止，將介在荒裔，恐至今人跡猶罕至耳。先生屢特文柄，所振拔者率多傲岸獨立之士，猶此意也。惜乎其遽引退也。

模山範水之作，導源於康樂，揚波於右丞。然吾儒行萬里路，當以天下爲己任，登高賦詩，蓋非徒吐納烟霞已也。太史詩深得此意，其普賢西嚮云：「今夕是何夕，此鄉是何鄉。一登峩眉顛，精神多彷徨。東眺齊豫西蕃羌，北瞻秦晉南荆湘。屈指五年來，多成兵馬場。但見城郭破壞，人民夷傷。猛將損折，庸臣逃亡。衙廟化焦土，婦孺如驅羊。國帑民脂膏，剪肉難補瘡。見刼不救，何爲空王。見賊不勦，何爲金剛。近者廓夷頗蠢動，覬我衛藏侵封疆。何不一放智炬火，何不一動慧劍鋩。制而伏之爲剛猛力，柔而化之爲慈悲腸。乃獨選此清淨處，無言下視人奔忙。山下千千萬萬人，終年朝佛來進香。兒童隨翁媪，夜住冷雨廊。絲縠化金錢，來充僧齋糧。番回瞻禮更勤苦，一二三萬里踐雨霜。我心急迫無可商，來此愬佛非荒唐。菩薩亦可憐，斂盡玉毫光。死灰槁木然，悲憫向西方。不敢回頭一東顧，萬年枯坐看夕陽。」蓋其時粤匪方張，東南日在水火之中，而西蜀亦有夷警也。銅厰云：「四邑環治瓦屋山，山場惟有洪雅寬。地不愛寶人樸完。經營商民有心計，始以采銅媚長官。私開幾年漸登税，毛礦易竭財力殫。雙溪寺前新礦出，天爲官商補澀難。豈知滋發未三載，礦苗漸少人夫閒。銅歸滎經地洪雅，累年官牘爭端煩。利不易興害易積，巧不可恃拙可安。軍興未已帑藏絀，京師郡國添鑄錢。滎經之苦方未已，有言利者尚慎旃。」名山蒙頂貢茶示新盤明府云：「蜀茶蒙頂最珍重，三百六十辦充貢。銀瓶價領布政司，祀事虔將郊廟用。旗槍初報穀雨前，縣官潔祀當仲春。正茶七株副者三，旋摘輕烘速馳送。仙人手植東京前，後來化身入蒙泉。古風古雨飽嘘吪，高三尺壽二千年。朱闌環之鎖鈕貫，縣官來時一開看。我於茶品大疏略，喜陟高山到天半。夾江昨讀酒官碑，名山今謁甘露師。敢云飲啜事瑣瑣，民生國典相網維。榷酤源流有通塞，當官桑孔要深思。」蓋其時中外方孜孜言利，鈔票、鐵錢、抽釐、借餉，囂然道謀，先生憂之深也。先是滿洲某公督蜀，賄賂公行，倡優雜進。先生列款入告，上遣大臣按問，自督以下得嚴譴者數人。未幾而先生請更定科場事，降三級調用。先生好作名山遊，猶憶丁未侍坐時，嘗自述其典閩試歸，欲赴崇安登武彝，副使以驛程不便紆折，且程期有限，因單騎往，得以遍覽諸勝。及還，崇安令某竟以騶從候山下。敗人意者，此令也。

先君將渡東瀛，有以美人圖索題者。題云：「蛾眉見嫉况識字，絶代天生難位置。神仙眷屬水墨緣，人生聚散真雲烟。香草天涯渺何處，歲華彈指驚遲暮。青琴寂寂海上尋，西方之人如或遇。」此詩未收入集，謹録之。

先君由泉蚶渡臺，鹿港山頭儼然在望，遇風，飄泊厦門，時七月二日也。紀事云：「老夫東渡風波惡，薄宦饑驅性命輕。鹿港群山空望見，鷺門一水托更生。近聞蕃舶搆嫌猜，險要津流禦侮才。童稚能文竟何用，錯疑風送子安來。」於時資斧幾罄，乃走龍溪。龍溪曹子安大令璟，王霞九先生門下士也。辛卯先君赴直，訂交於濟南。得其力，甫獲渡海。集中有贈龍溪曹子安明府詩。

子安一字懷璞，河内人。令臺灣鳳山時，始開九曲塘，引淡水溪，壘石爲五門，以時啓閉，自東而西入於海。計鑿圳道四萬三百六十丈，分築十四壩，灌田三萬一千五百餘畝，歲可加收早稻十五萬六千六百餘石。踰一歲而功成。熊介臣觀察一本名以曹公圳。芑川海音云：「誰興水利濟瀛東，旱潦應資發洩功。溉遍陂田三萬畝，至今遺圳説曹公。字書無『圳』字，俗製也，音若畯。」

總兵達洪阿於所轄各營抽選六百人，自練爲精兵，歲計犒賞錢二萬五千餘緡，道、府、廳、縣捐助其半。周觀察凱下各屬酌議。於是子安上書極言其弊，略云：「朝廷慎重海疆，額設水陸步兵一萬二千六百七十名，無一非鎮帥之兵，即無一非鎮帥當練之兵。今所練之兵，僅全臺二十分之一，所賞較本營糧餉倍之。是予各兵藉口之端，而開各營推諉之漸。且臺地綿亘一千餘里，精兵六百，以之自衛則有餘，以之衛人則不足。一旦南北交警，此六百人者顧此則失彼，顧彼則失此，勢不能不仍驅未練未精之兵相與從事。夫平居各籌練兵之資，有事不獲共享練兵之用，與平居未沐練兵之賞，有事不免蹈精兵之危，皆情所難堪而理之弗順者也。」可謂愷切。達不能用。芑川海音曰：「十六營兵餉已縻，更煩籌畫到荒陲。千言侃侃飛書上，獨有曹參不肯隨。」

臺灣僻在海外，士之談經者益尠。先君窮窮然以實學相期，月課、時文以外，兼及經解、史論。時㖫夷滋事，長官檄募勇勸捐，守東南城。先君黽勉從事，卒不敢以此干進，士論歸之，而長官亦心韙焉。以故姚石甫瑩、熊介臣一本前後兩觀察均不以吏屬相待，且令子姪及門下士執贄受業。蓋先君弱冠即以文重於鄉，而立品讀書，尤卓然爲人所共信。至論事論人，恒能識之於先，無如當途不能用也。辛丑立春日飲再到堂座客賦詩索和即用其韻有十數疊七律，其於夷事，惓惓言之。如云：「軍機新罷和戎議，苞蘖非從革弊年。」又云：「慎固封圻驅出境，無縻糧餉誤他年。」詞嚴義正，寒芒四射。石甫觀察負經濟之才，尤長於論兵，道光二年宰臺灣，兼攝南路同知。時大府以前臺道葉世倬言，欲解班兵爲召募。總兵觀喜疑不能決，就觀察問策，爲議上之。觀公以爲然。葉公旋擢閩撫，面對尚及此事，上命與督撫籌之。三年，趙文恪公來督閩浙軍，見此議，乃罷其議。大略以爲：「臺灣自康熙時入版圖，迄今百餘年。設立重鎮，水陸十六營，弁兵一萬四千有奇，皆調自内地，三年更易。既有兵糈，復有眷米，歲費十數萬天庾正供不少惜，此何所取而爲之哉？蓋嘗推原其故，竊見列聖謨猷深遠，與前人立法定制之善，不可易也。夫兵者凶器，至危，以防外侮，先慮内訌。自古邊塞之兵皆由遠戍，不能用邊人，何也？欲得其死力，不可累以室家也。邊陲，戰爭之地，得失無常。居人各顧家室，必懷首鼠。

苟有失守，則相率以迎，朝楚暮秦，是其常態。若用爲兵，雖頗牧不能與守。故不惜遠勞數千里之兵更迭往戍，期以三年，贍其家室，使之盡力疆埸，然後亡軀效命。臺灣海外孤懸，緩急勢難策應，民情浮動，易爲反側。然自朱一貴、林爽文、陳周全、蔡牽諸逆寇亂屢萌，卒無兵變者，其父母妻子皆在內地，懼干顯戮，不敢有異心也。使罷換班之制，改爲召募，則以臺人守臺，是以臺與臺人也。設有不虞，彼先勾接，將帥無所把握。吾恐所憂甚大，不忍言矣。且兵必使常習勞苦，屢陷危機，庶不至畏葸而卻步。此惟班兵則能之，雖不免調發之煩、養贍之費，而恃此以保障全海，其利甚大。若召募，則其害不可勝言，並無所利。可以決所從違矣。」觀察常言：「近時武人大都習爲文貌，棄干戈而講應酬，馴順温柔以取悦上官，文人學士尤喜之以爲雅歌投壺之風。嗟乎，行陣之不習，技藝之不講，一聞礮聲，驚惶無措，雖有弧矢百萬，其能以投敵人哉？馴弱如此，無寧粗猛之甚，不過强梁。强梁，即勇敢之資，善馭之猶可得力。馴弱，鞭之不能走矣。」語尤切中要害。

乙巳，先君自東瀛歸，移官上杭。若愚布衣送詩云：「舊雨復遊宦，新春當贈行。十年疏謦欬，一晤見生平。過海才逾壯，歸裝浪不驚。矧茲金沙水，風送布帆輕。鐸秉無民社，實兼文獻司。况君大雅範，不僅秀才師。琴管非關細，搜羅勿厭疲。拙編慚未廣，自注：予編屏麓山堂詩話。增美顧前追。自注：林蒼巖學博，鹿原先生子也。與鄭荔鄉太守友善。荔鄉編全閩詩話，福寧一郡皆蒼巖采輯。予雖不敢比荔鄉，而君留心風雅，實過蒼巖，故期望有以光斂集焉。」蓋以詩索序也。其後二年，先君以校勘省志抵里，則布衣老且病，一再晤，遂不起。越明年，其門人黄浣雲自海外寄資梓其遺集。先一夕，先君忽夢布衣來，執手欣然，似欲有言者，驚覺。遲明，布衣姪洪濤奉其詩話至，求先君删定。先君始恍然於夢之有因也。

福建通志重纂於道光己丑。是時延名下士設局分纂，總裁則陳恭甫太史也。至甲午書成，太史歸道山矣。未幾，梁芷鄰中丞起而議之。其見於公牘者五條，一曰「儒林混入」，二曰「孝義濫收」，三曰「藝文無志」，四曰「道學無傳」，五曰「山川太繁」。射鷹樓詩話辨之，且證以十失，閎通博辨，可謂鉅觀。丁未，先君奉檄校勘，於山川、古蹟、沿革等卷，悉多補訂。海防一志，原纂在十二年前，與十九年後時勢頗殊，用意自别。洋市，自二十二年後，始有西洋夾板入閩。先君更爲類次編定，以廣向來所未及。惜全書卷帙浩繁，未易旦夕竟。而總其事者漠不經心，至癸丑以後，鄉先生日爲大府檄令，勸捐團練，遂無復談及此事。數百卷叢稾，先輩精神手澤俱在是焉，乃喧爭暖姝，徒飽蠹魚之腹。先君有詩云：「喧爭不自覺卑污，有鳥高棲百尺梧。一笑饑鴟銜腐鼠，如何仰視嚇鵷雛。」「苟利偷安豕蝨徒，擇居疏鬣豈通衢。書生一例依門户，不是濡需即暖姝。」

或因以洩忿，或因以謀利。噫，可歎也。

己酉，先君調任晉江，捐俸修葺學舍。庚戌，秀仁自西安赴禮部試，罷歸，病瘧。遲至九月十五日，甫獲奉母隨侍。蓋違定省者，將五年矣。

梁蘭笙先生雲鏞，先君同年生也。丙戌自都門偕歸，文酒遊讌，傳者以「李郭同舟」美之。及任晉江，左齋實爲先生，然先生輒留省，未幾推升福寧教授矣。先君嘗謂先生「詩、字爲同譜冠，惜乎不爲内翰也」。近哲嗣聿涵出其藏藁相示，特散餘耳。寒柝云：「擊柝重門警夜闌，籠燈老卒踏霜寒。敲風響徹巷南北，戛月點隨更渺漫。喚起鯨鐘催轉急，誤將蛙鼓辨應難。雄心欲作聞雞舞，幾度披衣睡未安。城市。」「紫籞沉沉夜漏殘，雞人叫旦五更寒。喧催曉箭趨貔虎，響答風珂集鳳鸞。鐵鎖九關傳警蹕，雲裘三殿報鳴鑾。繁星散盡晨光動，試向觚稜拭目看。宮禁。」「刁斗連營晝戟攢，邊聲敲斷鐵衣寒。傳來朔氣野皆響，迸起旅愁風更酸。警衛鈴韝齊臥甲，戒嚴玉帳早登壇。宵來醉尉多呵問，歸獵驚心又夜殘。邊營。」「繡户挑登月向闌，中宵傾耳更凭欄。寄衣絶塞驚冬晚，欹枕空房怯影單。撲落錯刀爭送響，淒清鳴杵鬭催寒。閨愁盼殺更籌盡，衹恨遼西夢到難。閨閫。」英姿颯爽，猶憶早年親承辟咡時也。

林説樵先生藩，道光甲午舉人，大挑一等，分發湖北。著有學吃虧齋詩草。余少每以詩文就正，輒爲獎借。哲嗣鶴修孝廉壽齡遠遊秦蜀，卒於都中。先生遺稿殆多散失，余家存旱魃一詩，已錄入屏麓草堂詩話，今錄泉州贈先君詩，以抒耆舊之思。詩云：「意外重謀面，相逢喜不禁。家鄉三月別，金石百年心。砌草皆春色，林鶯盡好音。祇當風雨夕，躡屐亦來尋。」是時先生蓋爲郡守沈海如汝瀚延校卷。

浦城黄香滕孝廉蕙田，道光間入都，獻策禦夷，不見用。有句云：「天地心灰千古事，江湖淚盡一封書。」就館晉江，與家弟叔中談經，來往極密，因得讀所獻策。其言「天津重地當十面埋伏」一條，甚屬曉切。後來咸豐季年情事，竟如目擊，然孝廉死已久矣。

癸丑四月十三日，會匪滋事，漳州郡城不守，漳浦、海澄、長泰俱陷。時學使吳晴舫先生案臨泉州，文試乍竣，聞變大擾。校官散歸，郡學正、左齋俱以病辭去，縣學左齋亦以鼇峰監院差事歸。郡檄先君領三學事，守北門。時永春、延平皆警，而泉州勢尤岌岌，因命奉母旋省。有句云：「脱躧竟如妻子去，恐成窮獨未成仙。」秋七月，奉部文，推升汀州教授，先君甫得卜居烏石山下。

吳晴舫侍郎鍾駿，兩次督學閩中，以小學、經解課士，蓋百年來所僅見者也。值先君一任永安，一任晉江，每從公謁見，禮敬逾常，考校輒第一。嘗見其膏餘小草，瓜步歸舟云：「歸舟難自泊，舟子枉停橈。今夜江南夢，還隨京口潮。落霞沙鳥出，夕照岸楓飄。

已見吴山路，鄉雲望轉遥。」雋句如「熱腸那忍負知己，鉅眼何難識古人」「笠澤雁來曾幾日，松陵蟹熟又重陽」，蓋清華典雅之作居多云。侍郎爲正誼書院朱蘭坡山長珔高弟，吾鄉梁芷鄰先生撫蘇時，延課子姪。辛卯冬赴會試，佽以百金。新歲復至，不言所以，但請開學，生徒愕然。探知值兄喪，金已用盡，復佽之北上，遂大魁。聞其司直金鼇時，頗爲同輩所侮。一日宣宗命賦白蝴蝶詩，立就七律三十首，衆始駭服。

甲寅，先君抵汀州任，有感事述懷四章，云：「鳳泊鸞飄又一方，浮生若夢夢何長。人皆詬病儒爲戲，我自婆娑老益狂。紓難策先籌管庫，救時才豈乏巖廊。虚縻學俸真無補，適用權宜有卜桑。」「昔歲和戎費不訾，虚聲恫喝至今疑。中華元氣猶難復，伏莽高陵況有疵。詎謂列城環内地，翻緣小醜借夷師。近聞定海軍全勝，報捷江南可剋期。」「東渡依稀十五年，清源小住已華顛。宦遊再遇風塵警，銓次方隨日月遷。獻馘訊囚勞底定，擔囊揭篋故夤緣。此行踰卻延津險，稍喜臨汀尚晏然。」「琴川前度記曾經，七載光陰感旅萍。聞見蕭條春暮雨，知交零落曙天星。涣邱冰釋猶堪憶，蹙國風傳不忍聽。難得乾坤清氣在，龍山仰止亦儀型。余初蒞上杭，議毀學内淫祠，中傷者衆。督學李鐵梅先生力爲消弭。客歲先生以徽撫罷歸。」時同官及諸生和者數十人。是年冬，先君奉調晉省校勘。有口號二十八字柬武平教諭林書甫寶辰，原名丞英，遂於十一月十二日抵家。十三日，先君誕辰也。

自是家居二載，維時居烏石山下葉毅菴先生舊宅，與高琳圃炳望、林裕純士霖、可舟士傳諸公對衡望宇，晨夕過從。歲晚春初，杯盤欵洽，無虚日也。

丙辰秋，先君復赴汀任。十一月十二日口占云：「前年此日返吾廬，兒女團圞拜起居。悵觸老人傷感處，小功五月服初除。次婦王氏仲夏即世。」「吳頭楚尾盡彫殘，行路翻忘蜀道難。七月間，秀仁將由太原入川。東望白雲親舍在，家書好與報平安。」「咫尺延津盜弄戈，鄞江且喜盍簪過。九人五百有餘歲，時郡試童子。是日請博士及長樂王茂才潤卿小集余寓齋。林書甫、張超齋皆年七十有三，張彝庭六十有八，袁誠齋、王秋崖、黃錫九各五十有八，吳儀甫五十有三，余六十有六，惟潤卿最少，二十有八。志士蹉跎奈老何。」「卅五年間轉瞬剛，少曾同學仕同方。儀甫九歲時從余遊。行藏屢欲歸休去，樺燭清樽興尚狂。」丁巳三月，粵警猝至，郡檄出城催鄉團入保。甫行，而城已不守，四弟秀銅遂及於難。先君悼之，遂歸。忽忽不樂，然日猶校前後漢書數卷也。入秋，疾作。十月十七夜口占詩云：「只知問學成名士，詎料平時有賊民。嬴博招魂安可比，殽陵收骨竟無因。老夫自此亡精爽，我輩祇應困病貧。逝者隙駒泡影世，嗒然槁木死灰人。」嗚呼，此絕筆也。遂於十一月初七日不起矣。維時秀仁方旅食太原，道塗阻隔，凶耗遲至戊午二月十一夜始獲到晉。不孝之罪，擢髮可數耶？

先君篤於學，雖值嚴寒，綈袍一領，兀坐校讐，漏四下未輟。每束裝，必以書簏行。

嘗曰：「吾所到之地，不設書案，便忽忽不樂。」著有夏小正校注二册、經解二册、魏氏家譜六册、東越沿革表四册、散體文八册、古近體詩二册、四書文八册、試帖詩鈔一册。平生於師友，意尤拳拳。哭鄭灌甫師云：「忽驚海外台星隕，長憶天南五馬臨。愷切愛人慈母意，勤劬造士大儒心。百年史傳登循績，一代文章振雅音。不獨及門知己感，榕城父老盡沾襟。」哭座師何文安公云：「泰山北斗最高寒，德業分明竹帛看。帝念民依資政本，天教文運障狂瀾。哲人何處瞻梁木，仲子先期悼畹蘭。聞子毅先數月前逝。廿載可憐題國士，謬稱三賦紀恩難。」鄭灌甫先生諱佐庭，南京人，其宰侯官，拔先君及石仙舟上楷孝廉、林崇聘士珍明經童試中，又招先君至署讀書。嗣任淡水同知，權臺灣府篆，卒於任所。

閩小紀：「閩中壤狹田少，山麓皆治爲隴畝，所謂『磳田』也。」霞浦游彤卣光繹先生取以爲號，意有所託也。初官御史，以言事去，直聲震天下。出都句云：「陳根有日還承露，秋水無波穩放船。」胸次灑落，迄今如見之。先君少受知於先生，有行述題後，見文集。

可舟先生士傅，余室人叔也。贈先君聯云：「牆頭山色飛朝爽，巷裏書聲續夜分。」自跋云：「又瓶丈卜居於烏石山下，同巷皆讀書家也。門無雜賓，其齋前面山，秀色可挹。每至其中，坐而忘倦。因撰擬二語。」今屋已非，而楹帖猶在也。其輓先君句云：「戚好又鄰居，憶曩時春盤小酌，夜燭清淡，回首都成幻夢；樂群常廣益，悵他日考訂新知，商量舊學，同心難得斯人。」每諷之，輒爲淚下。題先君詩集後云：「夫子工文者，歌詩亦可人。別裁宗大雅，矩矱見先民。自昔高山仰，於今舊雨親。琳篇時惠我，不負接芳鄰。文字難爲役，交情固有真。談心忘我拙，沾馥饋予貧。此意良爲厚，幽懷藉一伸。瓊瑶何所答，聊以誌緣因。」嗟乎，日月逾邁，先君之潛德獨行與其遊好之迹，漸近湮歿，謹就所聞，借詩略存梗概。臯魚之痛，蓋亦有不自概於心者也。

郭遠堂廉訪柏蔭，道光季年以甘涼道左遷部曹，歸主泉州清源講席，與先君每有文酒之遊。後主鼇峰，值先君以校勘省志留省，往來尤密。其懷先君云：「澂圃東齋啓，筍香入座初。論文奇共賞，煮酒會無虛。遭亂甘投劾，垂危尚著書。虞淵餘落日，聞笛動欷歔。」澂圃者，故靖海侯施氏園也，即今清源書院。題先君遺照云：「茫茫塵海滿雰雺，談麈微揮萬態空。拔俗卻無名士習，論交況有古人風。敬通卻掃猶齎恨，任昉初喪已告窮。此夜虛堂展遺挂，芭蕉陰裏兩聲中。」

本生曾祖妣、節孝蔣太孺人，父諱上豸，號繡巖。康熙丁酉舉人。有詩草一卷未刊，今尚存余家。其辛亥都門除夕云：「明朝好景待更闌，屈指年華思萬端。椒酒七離閩嶠醉，松盆三弄薊門寒。水仙香欲迎春暖，鸚鵡聲知報臘殘。寓中水仙撲鼻，鸚鵡能言，頗不寂寂。大塊無私頻往復，曾憐守歲慣長安。」

秋日遊石鼓寺云：「帆落東山下，同爲石鼓遊。眼隨天鏡闊，身與白雲浮。巖曲松聲轉，林深日影收。風光真象外，况乃序經秋。」

劉薇卿先生，先君社友也，著有瓊臺吟史詩集二十七卷。同人分詠得明樂府四首。封晏公云：「封晏公，神有功。毗陵戰不利，渡汝迴江風。江岸大鼉恣荼毒，神言以甕掣其足。猪婆龍起沙堤城，帝命神霄作都督。君不見後藍面，前紅袍，君臣皆得成功高。由來人事總天意，彌勒韓山童鑾子倪文俊空勞勞。」黄蔡葉云：「黄蔡葉，做事業，西風起兮化塵劫。醫家星士安足論，一个書生膽尤怯。九月初八涼颼高，將軍殺賊如蝟毛。平章城上距銀河，飛礮碎首方進桃。黄蔡葉，莫太息。後來亦有牛金星，身列衣冠從闖賊。」大法師云：「周公入，成王走。千秋只有一周公，有志則可無則否。大法師，髡而緇。神宗不得謚，老佛將安之。吁嗟乎，燕啄皇孫亦天意，殿中早見二龍戲。袈裟一領真家傳，厥祖曾居皇覺寺。」八字好云：「八字好，難到老。五十餘天將旂倒。寧王豈比燕王才，婢妾針兒真禍胎。昨夜一家犬咬盡，明朝寢殿鴟哀鳴。天生妖孽不湻死，留與文成壯青史。黄石磯頭江風腥，舳艫如櫛火光起。嗚呼王失基，宗族皆誅夷。八字如何一片石，婁妃古墓今傳奇。」先生弟藻庭茂才萃琛，林石甫茂才妹倩，著有秉雅堂詩集。猛虎行云：「山南有虎橫路旁，少年帶箭眉態揚。白日無光墜金狗，沿途觀者駭爭走。虎猶如此吏那知，世間怪事皆情癡。噫茲吏兮貪可爲。」

先叔祖篤軒公慶善，至性孝友，學問精勤。每嚴寒盛暑，夜漏三四下，雒誦詩古文詞不輟。再應童子試，不售。年十九卒，有遺稿二卷。消夏分詠聽松云：「松間明月一輪停，殷殷釵痕上畫屏。天半飛濤風起後，倚樓人在幾層聽。」坐竹云：「竹牀竹簟竹夫人，竹籟窗前不染塵。爲語朱門消夏客，貧家清味得來真。」

四弟子堅秀銅，一字季士。年三十，死於汀州之變，所有讀本及詩文稿悉付劫灰。壬戌，余自蜀歸，思作小傳，把筆心痛。近檢破篋，得其遺詩數首，蓋應書院古學課作也，亟錄之。擬太白夢遊天姥峰云：「我家乃在江油之北，平武之南。龍門崗連十八隴，天際沓沓矗層嵐。大匡小匡頂，小鑿讀書龕。平頭奚奴負琴劍，崎嶇步道左肩擔。壘石爲臺瞰石紐，奇文禹穴恣幽探。邂逅來越父，爲我談天姥。天姥峰在天台西，屹然揞挂海州土。俯蹴金鼇，仰淩委羽。碧林醴泉，瓊樓玉宇。瀑布激其衝，赤城阻其户。自非卒生忘形，曾不能躋其巔以一睹。我聞此語適然驚，爲浮一白累十觥。十觥不醉再呼酒，惺忪有夢夜三更。夢入千巖萬壑裏，砉然一聲聾里耳。翠崖蒼壁洞天開，萬八千丈丹霞起。縹渺樓臺咫尺間，谽呀蹲獸勢相䑛。潤聚金碧清無痕，十目十手空顧指。迷離不識夢中身，猶認烟霞幻作真。涪江江上曉光越，醒來道是鏡湖月。湖月昨宵照我衣，去踪歷想尚依稀。人生俯仰皆陳跡，白日堂堂駒過隙。我欲馭天風，訪崆峒。安能鬱鬱久居此，蹉跎白日事雕蟲。」小西湖櫂歌集句云：「三山佳景擬杭州，明林垠贈徐憲長湖上舟成詩。積水風光五月秋。明林濂游西湖詩。烟雨偏宜晴更好，宋辛棄疾遊西湖詩。樓船遥在鏡中遊。明王應鍾泛舟西湖詩。遠村樹色帶斜陽，明袁敬烈西湖詩。風入荷花冉冉香。宋李綱會宴西湖詩。乘興共尋塵外境，明陳全之遊西湖詩。孤山宛在水中央。明傅汝舟擬築宛在堂詩。中流簫鼓福山隈，明郭波泛舟西湖詩。飛閣遥臨鏡裏開。明林烴次王懋宣西湖詩。梅柳兩堤連綠蔭，明陳俊卿西湖紀遊詩。菱歌疑自斷橋來。陳椿湖心亭詩。芙蓉十里水晶宫，宋辛棄疾詩。滄海潮連浦溆空。宋羅願和趙汝愚開西湖詩。堤上有情觀士女，明曹學佺泛舟西湖詩。一心憂國願年豐。朱子次趙汝愚韻。」玉簪花集句云：「玉虹横貫水晶簾，楊萬里。月姊初逢下彩蟾。李商隱。釵留一股合一扇，白居易。這回得見玉纖纖。杜牧。對鏡依稀雪一簪，黄師泰。晚粧明月拜深深。王穉登曲。桃花流水渺然去，李白。碧海青天夜夜心。李商隱。」

陔南山館詩話卷三

侯官　魏秀仁　子安

古之爲師也，以道德；次則經術，如田氏之授易、孟氏之授禮是也；次則詞章，如韓子答李翺書、柳州答韋中立書是也。漢唐人最重師承。秀仁少受庭訓，自外則偶峰師、葛香雨師作霖隨侍最久。生九歲，嘗遊侯官歲貢生陳紫南師嘉玉門，師設設鍾山數十年，門下士約有千人。師配謝孺人，余從母也。遺詩不可得矣。外舅香雨師爲吾鄉陳恭甫先生高弟，經學、史學，綽有淵源。自戊子登賢書後，益肆力於詩古文詞。講學烏石山麓，從遊者日益衆。今中山貢使東子祥及其國人某皆受業焉，秀仁兄弟輩追隨尤久。遺集有鍾峰草、一房山館集、環翠山房詩鈔、昭武鐸餘吟，凡六卷。贈姪心餘之永南云：「卅載不離膝，饑驅走炎方。修途防温飽，當道辟豺狼。莫以行役暫，而吝音問常。吾生已云邁，館穀無餘糧。三年道山亭，恃子一臂强。十年苦珠桂，彌縫勞周章。矧復微官滯，苜蓿幾時香。憂虞姑謀樂，浩歌相低昂。登壇豎旗鼓，角勝紛披猖。惟子亦能軍，一面獨可當。其中颯爽姿，懷哉未能忘。長卿築長城，（雲圖。）鋒鋭如干將。丘遲割片錦，（蔭軒。）文采生毫芒。魏徵五言祖，子昂開初唐。二子步其武，（子安、乙巖。）氣象殊光昌。薛侯爭雄長，始志或不償。（謂秋航鬬橘獨少。）水部工梅花，（午樓。）百步時穿楊。小阮最苦思，（茉坡。）嘔肝而搜腸。均爲後來秀，老懷亦舒張。歌舞月易低，聚散同隙光。所願平意氣，勿遑詩中狂。弧矢乃本念，險阻猶康莊。不愁遠遊人，但愁海波揚，榕嶠黑子耳，小醜縱跳梁。大官充囊橐，小吏飽囷倉。吴山立馬人，（英夷踞烏石山。）俯視傲侯王。天地且示警，（臘月念六大雷，正月念八地震。）震動豈渺茫。胡然任荼毒，弗克早胥匡。于茲攬轡去，無言神已傷。兔窟不能營，况值芸田荒。贈子臨别詩，餞子臨行觴。得失且勿問，他鄉非故鄉。」詩蓋作於乙巳，時夷人就欵，師孤憤侘傺，率弟子輩結蔭香亭詩社。心餘名以綏，余仲子發鍠丈人。蔭軒名瓊琳，余外姑邱孺人胞弟。

丙申，師權福鼎學篆。長女蘭儀，秀仁聘室也，年十九，卒於四月十九日。師哭以詩云：「瞿曇一現想前因，鞠育艱難總愴神。泉下兒歸依有母，膝旁妹小靠何人。牽衣尚躋臨歧淚，屬纊還留舊締姻。回首家山枉惆悵，荒郊白骨夢中身。」

林鑑塘師，道光甲午後主講鼇峰書院。其第一課古學賦，題爲曹參守法，蓋不改恭甫先生舊章也。而日手一編，不談公事，尤令人慨想先正典型。秀仁兄弟及門雖晚，受知實深，惜潦倒名場，皆無以副吾師造就，每檢課藝，輒用憮然。吾師以咸豐戊午重宴鹿鳴，楊雪椒光祿贈詩有「無書不讀原關福，有壽能康是大難」句，可謂得其概矣。

師爲吾鄉鉅人碩德，所著書已刊者竹柏山房十五種，更袖珍本三種，未刻者尚有十餘種。詩，其餘緒也，近從文孫輩遊，竹坪茂才齊霄嘗錄示數章。初秋偶成云：「霜葉掃還落，寒蟬晚更多。那堪秋後思，都向客中過。同學誇桃李，幽居憶薜蘿。倚欄獨惆悵，壯志恐蹉跎。」都中夜雨書懷贈朱甥菽原云：「獨坐悄無語，孤懷誰與同。年華燈影裏，客思雨聲中。地僻交遊少，家遙夢寐通。祇應鑽故紙，作蠹老書叢。」「昔我少年契，相逢各愴神。升沉徒雪爪，聚散幾風塵。去日多方覺，離情久更親。共期崇令德，珍重愛良辰。」

師嘉慶戊午舉於鄉。試事甫畢，夜夢復入三場，蓋即後日重宴兆也。壬戌，今上即位，特開慶榜，大府先期以師重宴瓊林入奏。是年恩命下，則師歸道山矣。感懷詩云：「嗟余空切京華望，安得霓裳會衆仙。」殆詩讖也。冢嗣銘石儀部懋勳主講越山，家弟輩及大兒發鏞又以文字受知。竹坪茂才嘗錄示儀部都中舊作秋海棠和卓海帆相國用王漁洋秋柳韻。云：「一見能銷楚客魂，扶持秋影正當門。居然花面如人面，未褪脂痕與粉痕。香在金尊歌院院，春歸步屧數村村。得逢姚魏腸休斷。位置須將上品論。」「禁城萬瓦早飛霜，願乞秋陰護畫塘。絳蠟也燒深夜燭，紅綃欲疊美人箱。風神窺到牆東宋，手植吟追歷下王。底事能詩杜陵老，移栽但覓果園坊。」「花想容華雲想衣，生前顏色未應非。當開莫使閨人見，相賞休教酒伴稀。根濕冷蛩時共語，葉棲瘦蝶夢雙飛。相公大有迴溫力，八月猶春興未違。」「柔姿弱態總堪憐，漠漠簾櫳隔暮烟。人意爭禁秋宛轉，芳心暗與草纏綿。生爲思婦原情種，我想花神亦妙年。欲借荆州盈尺地，拚將一醉石闌邊。」

李鐵梅師乙巳科試，拔余落卷中。招覆，余集原道、正氣歌、學庸序及杜詩成篇，師喜。謁聖日，特呼至案前，諭曰：「爾文高古，倘降格，秋試必捷。」已而果然。師益喜，挈入都，飲食教誨，纖悉備至。後報罷，遠遊西安，而師督學安徽，甫復命，粵匪陷安慶。朝廷授師巡撫，駐廬州，力守判年，兵餉支絀。師據情入告，詔江忠烈公代，廬州遂不守。師歸，室如洗，饔飧幾不給，門前債主且雁行立也。不得已，出就關中講席。余丁巳、戊午兩度遊蜀，師猶爲籌行資。仲子伯龍大令，近以仙游調尤溪，亦與余厚。嗟乎，白髮師門萬里遥，一燈相對，恍惚東坡遇叔弼時也。師詩舊有鈔本，疊次避兵，書篋委棄。今僅存墨搨一軸，題爲過敬亭山不得登戲題長句奉簡鄧介槎太守瀛兼懷王雁汀通副都門云：「慣作萬里遊，五嶽未登一。聞人説名山，往往高興發。奈何纓綏苦局縻，那辨青鞋與布襪。昨持使節來宣州，但見敬亭山色翠彩如烟浮。仰照丹崖，俯瞰清流。此中指點有佳處，胡不鞭白鹿驂青虬。玉女亭亭晚粧靚，徑欲振衣臨絶頂。黄山白嶽指顧間，飄渺芙蓉天外影。豈無濟勝具，難得浮生閒。烟霞若可即，蘿葛無由攀。向禽婚嫁幾時畢，毋乃山靈與我緣終慳。輸與清時賢太守，訟庭似水簾垂晝。爲政風流誰得如，自闢高齊看遠岫。舄下謖謖天風來，長携賓從淩崔嵬。詩成落筆走風雨，謫仙仙去誰仙才。下視富貴真塵埃，何如痛飲三百杯。兒童蹋歌樂復樂，爭識使君騎馬回。君且留，吾欲去，後日相思隔雲樹。令人更憶王元長，曾誇謝朓驚人句。介槎所作登敬亭山頂詩，神似太白，雁汀尤愛之，爲之手書一通以贈。有約重來策短籐，故人高興尚飛騰。會當遲汝北樓上，共踏丹梯一萬層。」

座主蔡蘧菴師，浙江仁和人。辛丑冠南宮，旋典閩試，闈後謁見，師獎以「學有淵源」。丁未抵都，每以片紙召之，與論經説。庚戌，師甫入南書房，遽丁内艱。時太師母迎養伯兄廣東任，師留眷都門，奔至南海，猝病不起，年方四十有一。嗚呼，可勝痛哉。師詩不數見，僅憶贈黄質軒同年光彬之官湖北云：「勝地千秋餘漢水，名山萬里控荆門。此中多少蒼生待，撫字催科好細論。」

房師高樹人先生會嘉，江西彭澤人。乙巳恩科進士，著有時讀我書齋草。乙卯，師任霞浦，過飛鸞嶺遇雨云：「一峰高插青雲表，曲徑穿空踏樹杪。及到峰巔勢轉平，回眸一覽衆山小。我來六月過飛鸞，天風浩浩生夏寒。寸雲觸膚起石罅，頃刻淡墨遮全山。偶從路轉峰迴處，隱隱望見飛鸞渡。翻海驚颱挾石飛，沉天驟雨傾盆注。僕從星散趨團焦，相依幸賴將軍樹。漂疾之勢不終朝，萬壑洪流逐漸消。絮帽霽雲歸嶺上，銅鉦斜日挂林梢。輿人競聚笱將舉，騶從欣欣色飛舞。是時久旱傷禾黍，道逢農夫相勞苦。道是使君隨車雨。」「笱將」，齊語也，見公羊傳，即今之篙。時余隨行，今讀此詩，情景尚依依如昨也。

師有贈先君詩，今失其稿。其爲先君畫蘭云：「欲折芳馨寄所思，江南回首隔天涯。宦情真箇清如洗，贏得生花筆一枝。」「葉葉花花信手開，冷香暗上筆尖來。倘教紉作美人珮，移向碧桃天上栽。」

鷗汀漁隱集十卷，陳少香師著。師江西宜黄人，幼穎慧絶人，九齡嫻對偶。祖鎮堂公曝書中庭，師見書帙中有昭明文選，索之。公曰：「唐諺云『文選熟，秀才足』，汝能屬對，將書去。」師即應聲曰：「槐花黄，舉子忙。」公喜，以文選與之。辛巳舉於鄉。春官報罷，遊吴越，東南諸大府自相國阮芸臺、宫保陶雲汀以下，咸以文章氣誼相契洽，刺史吴蘭雪尤爲推服。顧九上公車，五以額溢見遺。道光戊戌，以教習宰閩中，初權長泰，繼攝惠安，乃爲言者中傷，待罪逆旅。壬子冬，了當公事，江右告警。延至乙卯，甫獲賦歸。

蓋師宦東冶不及兩載，留滯且十九年矣。於是有焚餘草、春雨樓近詩、呻吟小草諸續集。丙辰，粵匪竄擾江右，師又携眷避地光澤，居久之，復來福州，於是有歸去來草一集。壬戌二月初十日，卒於旅邸。嗚呼，人琴俱亡，典型頓謝。是冬秀仁自蜀歸，則已不及見矣。甲寅，師贈詩云：「道山高百尺，山下子雲區。樸學東西漢，文名父子蘇。新詩裁錦瑟，黼體解明珠。余嘗序君百美帖體詩。努力勤秋實，聲華重海隅。」

余久困童子試。歲乙巳，李鐵梅師科試。余試卷已爲某所擯，時總校者少香師也。將定榜，偶至某案頭，某方抗言其無佳卷也。師檢一卷，詰之曰：「此卷文字非好手不能作，何講首只點三語便付之不閱乎？」李師適至，取覽之，大喜，指次藝破題云：「即此破，亦通場所無也。」拔之。謁聖日，李師於堂上備述前事，令趨謁焉。次年秋闈，獲雋。師贈句云：「一第早登蘇伯子，去年欣識魯諸生。」蓋紀實也。

師癸酉闈卷已入彀，因詩中有「嫦娥」字，竟致見擯。詩云：「書劍飄零且自堅，棘闈辛苦尚依然。從來名士多傷遇，不信嫦娥妒夙緣。詩骨瘦於秋盡鶴，塵懷空似定中禪。狂奴故態今磨折，奇句何當更問天。」

師畫大幅竹贈先君云：「閒將醉墨寫琅玕，滿地秋陰上石闌。不是毫端餘怒氣，要留清節與人看。」今墨跡尚如新也。

乙卯，少香師賦歸留別詩云：「寬大乾坤不繫身，廿年滄海返羈臣。無田志豈終留滯，亂世才疏合隱淪。欲别難禁知己淚，得歸已算再生人。故山猿鶴休相笑，半舫琴書尚未貧。」「落寞生涯類轉蓬，茫茫人海欲飛鴻。幾時虎穴銷兵氣，此去鷗汀覓釣篷。身外浮名憑豎子，眼前時事仗群公。臨歧不少辛酸話，惆悵河梁夕照中。」此詩同官及門下士和者以百數，余輯有驪唱詩鈔一卷。今中丞徐公樹人時以臺灣道引疾歸，和詩有「同是功名局外人」句。師晚子，張莘田大令云：「家山千里携雛鶴，便是無田不厭貧。」蓋指令嗣子椒（時馨）時年十三。今子椒以佐貳需次福建，余自蜀歸，子椒每持詩相質。囦闗舟次云：「落日放船好，浩歌風正清。滿江長蘆草，隨地起秋聲。早具烟波志，常輸鷗鷺情。鱸魚肥更好，何事獨長征。」清風驛用壁間韻云：「旅館月初落，蟲吟夜獨幽。倦憑窗下榻，夢到水邊樓。故國滿衰草，吾生尚黑頭。且携故劍去，策馬四山秋。」泠泠可誦，不愧能讀父書矣。

琴韻閣遺草，師簉室沈孺人（香卿）詩也。其元宵曲云：「鼓樓夜靜陰如水，九陌香塵吹不起。東家絃管西家簫，一樹珊瑚千樹綺。後街風嫩試燈天，絳蠟高燒敞夜筵。聞道星橋啓銀鑰，小西湖上月初圓。」「油壁香車逐隊忙，魚龍曼偃燭千行。柳邊月挂秋千影，花外風吹笑語香。今宵有酒且須醉，風露珊珊怯衣薄。買燈無用納金錢，笙歌譜出昇平樂。」此篇極爲詞壇鉅公所激賞。又冶春詞云：「杏花時節千家雨，楊柳樓臺二月天。」亦爲人傳誦。孺人籍毘陵，生長福州，穎慧絶倫，書過目即能背誦，嗜詩工畫。往侍吾師之官長泰，駐臨江驛，吏役鹵簿迎候於門，師方與孺人燒燭畫壁，合作修篁圖。孺人詩云：「百里春迎花縣雨，一亭短護墨池波。」

卓峰草堂詩鈔，雪樵先生著。江弢叔序云：「自少壯而衰而老，自家而客而南北。宦而起，起而廢，廢而淹滯以窮。一經一緯，獨出獨入，百狀、千狀、萬狀莫能名也，難悉究也。總而成爲雪樵之詩。」可謂善於持論矣。贈先君詩云：「春花秋月自精神，老屋三間不受塵。海内文章重知己，閩南耆舊見斯人。繞池疊石皆山意，計口添糧爲鶴貧。容我偷閒來問字，草玄亭上數逡巡。」「伏櫪君先壯志虚，塵途十載渺愁予。尚容官罷狂耽酒，自覺年衰懶讀書。身後之名殊寂寞，眼前此席亦蕭疏。何時放我還山去，料理春風藥草鋤。」時乙卯三月也。又疊韻贈余云：「海上鯤鵬變化神，早看鵰鶚離風塵。文章里社追先哲，科第朝廷要正人。投筆卻嫌登仕早，讀書何媿養親貧。紀群交誼湖山興，來共天涯酒數巡。」「少壯先鞭願已虚，老逢棧豆益愁予。催科自署陽城考，薦士慚無北海書。但看岑苔知臭味，擬栽門柳寄蕭疏。荒齋風雨雞鳴夜，竊喜因君舊學鋤。」壬戌冬，余歸自重慶，先生以卓峰草堂詩文集贈。題先君愛卓齋詩集云：「期人不重見，見日已婆娑。老友復存幾，浮生將奈何。文章通謦欬，集中有和余詩數首。風雨雜悲歌。舊日草堂在，紀群交不磨。」題余陔南山館詩鈔云：「圖經如挂眼，山水自蟠胸。頓醒塵途夢，何勞飯後鐘。春城謝桃李，秋渚惜芙蓉。開徑望三益，臨風扶一筇。」「往事浮雲散，閒門舊雨來。斯人尚憔悴，令我益徘徊。招隱淮南作，空群冀北材。直須携此卷，弔古上高臺。」復柬以詩云：「乾坤洶帶甲，歲月送儒冠。短褐竟何補，秋風偏早寒。此聯山左幕中舊句。昔年詠懷作，今日贈君看。的有書空處，文章造命難。」又疊韻云：「時兮本不易，賢者當其難。賤日豈殊衆，家風尚守寒。長鑱如可託，短劍且休看。不爲鱸魚膾，張翰亦挂冠。」嗟乎，八年奔走，皮骨空存，負先生多矣，而先生猶眷眷若此。編輯此卷，適先生訃至。嗚乎，賞我文者，慭遺此老，此老乃亦棄我而去耶？先一月走謁先生，先生病已殆，召入榻前，執余手曰：「當與子永訣矣，尚有此一面緣耶？」余泫然，爲不懌者數日。時余有稽查西城之役，逾旬，命僮探之，曰少愈矣。余方冀繼見有期，不謂先生竟預知之也。聞先生臨終自書遺諭，略云：「附身附棺，悉從簡約。吾不慕紛華於生前，豈希寵榮於身後？」又作一絶云：「眼看廿載困烽烟，身坐監追又八年。及見昇平吾事畢，傳家惟願子孫賢。」蓋是時官軍方收復金陵。噫，若先生者，可謂神明不昧矣。

葛茉坡師，秀仁十三歲嘗受學焉。師以大挑官四川，所至有惠政。吾鄉兩開府皆以

「謹慎」稱之。乙卯，分校川闈。九月念五日，使者章采南殿撰鑒告之曰：「昨閱卷內有冠字號卷，已屏不錄。是夜五鼓夢中忽得一絕云：『千林色褪幾多般，昨夜霜華已釀寒。獨有猩紅逾燦爛，亭亭牆下矮雞冠。』醒而異之，因取棄卷重校，而冠字卷甚覺愜懷，遂取中。」信乎科名真有主之者矣。

鄭夢白先生，余嘗以文字受知。先生以循吏起家，著有小谷口詩鈔、調秀詞雅。行間感興云：「半杯入手誰共論，寸管從教掌北門。東海羽書馳赤緊，西興鐘鼓斷黃昏。驚沙雁影寒雲渡，小隊鴉兵細柳屯。悽絶曹娥江上思，九旬慈母九重恩。」蓋夷警時作。時先生以藩在制，綜理浙省軍需大局，大吏甚依賴之。津門新樂府云：堆鹽坨（警侈靡也）：「船頭擊鼓聲琅琅，大包捆載來蘆場，萬夫連臂如雁行。一堆兩堆作山立，千堆萬堆苦未息，赤足踏沙白於雪。海門落日寒無衣，得錢且免全家饑，東門換米西門歸。道逢主翁不相識，豪奴夜擁飛輿出，紅燈高宴梨園客。」十字圍（思水利也）：「忠毅疏，潞客談。冀北何地無江南。咿咿啞啞水車動，綠楊委地春毿毿。長官一片心，農夫千日力。碁盤畫出十重圍，白沙化作黃金色。斥鹵可農渠可通，古今農事將毋同。吁嗟乎，落落海濱地，茫茫古人意。居民懶畚鍤，競逐魚鹽利。豐碑下馬拜賢王，苔痕綠上斜陽字。」斷句如長城驛云：「畫本夕陽人影淡，棋盤亂石馬蹄斜。」新綠云：「含笑眉痕初嫁女，稱心袍影乍官身。」歌風臺云：「貧賤人情邱嫂釜，艱難世味太公羹。」青山鎮云：「分水入江湖尾大，背山成屋市腰長。」皆刻意新警，不落恒蹊。先生服闋，奉命撫閩。夷酋投刺求見，麾之不答。於是閩民知先生無周旋夷人之意，乘其猖獗，創艾之，夷始怖不敢肆。未幾，而先生調廣西矣。

林石甫夢蛟先生，紫章儀部東垣少子也。產於京畿，有北方亢直之氣，聰慧過人。十餘歲，隨叔祖蓼懷先生官署。文章、詞賦、騎射、音律，無不精嫻，而尤長於詩。顧性簡傲，凡顯宦、巨紳，雖故舊，概不晉接。又多所可否，於是人皆以爲狂。久之得一衿，仍淪落不偶，益以詩酒自晦。年未五十卒，無子。著有此中軒詩稿，散失久矣。其配，余從母也，後先生一年卒。余舊藏先生紀事樂府手跡，謹錄之。樂府云：「辛卯之冬旱，一百餘日不止。數百里中禾盡死。一解。越壬辰，春雨又不止。數十日，人欲死。二解。商賈不通，米價日起。遠村近鄉，避糴禁米。三解。米價起，米儈喜。日向米中肆奸宄。四解。一斗米，六百錢，一升米，四合水。不得不食不得已。五解。窮民苦饑，告之有司。有司曰噫，吾何能爲，吾官且卑。六解。饑民轉苦，再告知府。知府曰噫，吾民滋楚。吾將爲汝上督撫。七解。督撫此時無奈何，饑民號饑聲嗷嗷。聲不可禁如動地，勢不可遏如奔濤。八解。萬人聚觀，齊呼上官，上官懼亂心膽寒。告之不知麾不去，紛紛爾民毋乃頑。九解。

於是上官怒，頑民法無恕。殲厥渠魁，爲亂者度。可憐求食不得食，一時身首已異處。十解。尚有餘人人百數，抑抑下情向誰訴。長官入告方有辭，爾民獲罪各有故。十一解。既誅罪人，乃安兆民。安爾兆民勿病貧，吾療爾貧教誡申。十二解。文告大張，謂將開倉。百姓聞之色喜慰，有司捧檄心旁惶。中心旁惶憂無糧，無糧平糴何可長。十三解。爰召里長，跪於堂前。爲我稽户口，户各爲一編。無或贋報無濫延。十四解。久之久之，倉米乃出。大筐小筐滿街走，人人都説糴倉穀。倉穀半朽腐，略有百年物。不能下咽，安望果腹。十五解。老兒無言歎仰屋，小兒無知繞户哭。手中更不名一錢，市有好米手亦束。十六解。東鄰提腥鮮，西家矢粱肉。彼何人斯，口腹自足。十七解。我有老母仰莫事，我有妻孥俯莫畜。七尺鬚眉羞碌碌，七尺之軀空鹿鹿。十八解。讀書萬卷不果腹，名士不知是何物。此時啼笑兩無由，始信文章憎薄福。十九解。哀我生，胡不辰，羌求死兮復不速。吁嗟噫嘻，胡不遄死生難求，天實爲之天悠悠。二十解。」嗟乎，市價不平，遂洶湧至此，可怪也。時先君自直假歸，途次有聞所聞行，亦紀其事。先生詩見於越麓草堂詩話、射鷹樓詩話、消寒避暑二録者尚多。近從禮堂同年處得其旅遊雜詩云：「故人別我峩眉峰，我亦相將騎白龍。昨宵夢臥峰頭月，下界星星聞曉鐘。」「寒雲幕幕天沉沉，樓臺影影浮空冥。扁舟一葉去何許，滿池江湖烟雨深。」送春云：「小雨霏霏更困人，馬蹄無力蹴芳塵。子規啼罷山花落，今日天涯又送春。」又聞諸薛秋航茂才舊衫斷句云：「呼兒搜篋覓不得，忽憶春來付酒家。」憶少時極蒙先生及從母愛惜，每索詩文閲之，輒曰：「獅兒難與爭鋒也。」而蹉跎白首，竟無以張其軍。檢讀遺詩，良用憮然。紫章儀部號退巖，有聞悦軒詩集。

陳詡夫孝廉鶚聯，性亢直，不能飲而喜醉，醉則舉其胸中壘塊，揮斥而出之。梅聖俞詩云：「始時語且横，既醉論益堅。曾不究世務，閒氣爭古先。」可爲詡夫誦之。家貧甚，老幼十餘口無宿糧。余少與同學，長與同社，在戚誼又爲尊屬。蓋自庚子以迄丙午，七年之中，無三日不晤，晤每終日，或漏三四下始散。後則南轅北轍，動多契闊矣。癸丑，余計偕至鎮江，聞警而歸。詡夫由西安晉都，尋亦報罷南旋。過從猶昔，無何而病，病竟死。死之日，上有祖母，下有藐孤，旁有世母。未幾，祖母、世母俱卒。窀穸之安，饘粥之食，蓋余姑之心力殫矣。今則次君子如遂、訥如世英俱以幼童入泮，高等，食餼。長君徵麟，亦能文。茹苦集蓼，漸次回甘。陳少香師詩云：「摇落勿復傷，物極必反矣。所以松柏姿，不必爭桃李。」天意可微會也。庚子七月二十八日，詡夫貽余詩云：「窮經鼻祖功歸漢，説理心傳宋始精。萬古江河俱不廢，可憐末學枉紛爭。」「經臣廿二互傳薪，五厄難磨道在人。歎息束書徒飽蠹，何如劫火委灰塵。」「行年廿六感蹉跎，慚負過庭訓誨多。養氣讀書兩難事，願聞規益果如何。」「請纓無路筆難投，早歎彌艱俯仰謀。多少天時人事感，於今閉户且埋頭。」時寇警鷺門，重以旱虐，余兩人兀兀相對，雖未免無益之談，不急之辯，然大旨亦不外出所治經義相質也。丙午秋闈報罷，贈家弟叔中秀孚詩云：「叔中吾畏友，□□□□□。方其開卷讀，心醉神先馳。深入鄭孔室，直决馬班籬。是謂淫於古，樂此忘其疲。盎然詩書氣，接之使人怡。憶余年少日，負質頗瑰奇。庭訓深且切，遠大以相期。四齡教爾雅，五齡誦毛詩。稍長學爲文，繆荷鉅公知。自謂扶摇上，利見瞬乘時。經綸蘇伯子，氣節韓退之。豈意年已壯，遭際尚淹遲。季子書十上，慚愧面目黧。發憤重揣摩，擬爲簡之師。每與叔中語，喜得饋貧資。窮達本前定，廢書果何爲。寧癡不易黠，此語真可思。與君同菑畬，努力勿復疑。」詡夫不必以詩傳，而間有吟詠，純從真性真情上流出。今錄之，以見早歲切磋有自。惜余兄弟兩鬢星星，無以慰良友於地下也。悲夫。

永安陳壽山大令如嵩，先君門下士也。幼隨任山東，其泰安道中口占云：「來往記遊筒，飄飄類轉篷，東風吹水綠，初日映塵紅。城市濃烟裏，林嵐古畫中。看山心倍勇，前路又匆匆。」先君以能詩許之。後入鼇峰肄業。七夕雜詠云：「貧不能償天帝債，年年被謫累嬋娟。成家天上猶如此，何處人間借聘錢。」蓋其時大令尚未婚也。

霞浦陳少孚孝廉德先，先君校福寧郡試所得士也。入泮後，即食廩餼。而妻亡女夭，無以爲家，來會城從先君遊。己酉得拔萃，廷試報罷。癸卯登賢書，年已五十餘矣。後遊山右，因家焉。甲寅死，無子。余至太原，因促其喪歸。繼室暨一女仍留外家，今不知何若也。孝廉有送春詩，錄之。詩云：「辜負東皇顧盼輝，年年如此送將歸。賦成南浦新聲換，帳設西門舊侶稀。山上蘼蕪驚草色，門前溝水長苔衣。千金買刻能如願，心事何因八九違。」「群芳莫復戀餘輝，未久春來未久歸。白到少年頭甚易，青回枯樹葉常稀。安排世事原成局，脱換時光等敝衣。釃酒東風修後約，有期重會莫相違。」孝廉性質直，余多言而躁，孝廉輒面斥之，余間亦不能受。迄今思之，良友不可多得也。

王煦甫大令桐歐冶池懷古詩云：「冶城北去屏峰矗，迤邐冶城傍東麓。淬劍相傳古冶池，亭上登臨憑送目。薛燭風胡共得名，當年五劍鑄初成。水映霜花三尺豔，波涵星彩半塘明。釣龍廢井生光怪，射鱔長溪息淜湃。延津神物乍飛騰，高臺又下閩王拜。漢歲唐年去等閒，碧流廢沼自潺湲。遺老惟聞前冶竈，殘僧猶拾舊刀環。藏春洞府知何處，衰草毬場朝復暮。秋水長天把劍看，斷虹疑挂斜陽樹。」煦甫，成旗先生冢嗣也，少時輒與角藝論文。丙辰偕遊太原節幕，今契闊九年矣。其弟于灊茂才起，余妹倩。

余與薛秋航茂才凌霄少同受業於外舅香雨師，遂有公冶、南宮之誼。續娶林孺人，又茂才舅子，以此交益摯。前此十五年，蓬門剝啄，非訒夫則秋航也。自丙午後，余輒賦遠遊。甲寅，訒夫死矣。余兩人貿貿以生，聚首亦覺無聊也。秋航嘗贈古風一篇，今其稿不可復得。近出己未榜後登天開圖畫樓詩見示云：「迢遞層城倚碧秋，海天萬景眼中收。功名漸近朱翁子，意氣終輸馬少游。白雁穿雲長笛裂，黄花斟酌晚樽留。龍泉那及毛錐利，卻怪班超筆浪投。」「應識今吾即故吾，逢人開口但胡盧。甕頭白米煩中婦，篋底青衫戀腐儒。病馬歌殘憔悴後，唾壺擊缺慨慷餘。東南大將還旗鼓，誰獻扶桑捧日圖。」又破篋中舊存送少香歸詩云：「名山海内幾峩峩，不近名山可奈何。咫尺仙巖遊未到，更從何地禮維摩。」「驚聞即日唱驪歌，可是春深長緑波。誰信人間離别意，龍門未上也情多。」風流藴藉，令人憶張緒當年也。秋航客清江浦月夜寄内云：「碧漢風清夜色闌，離人坐對水晶盤。思卿料得卿思我，脈脈含情自倚欄。」哭内聯云：「倘逢堂上雙親，爲道我識字讀書，此業未曾放手；竟失閨中老友，怎免得風瀟雨晦，一燈儘費沉思。」貌不瘁而神傷，平居琴瑟之樂，可想見矣。

薩松友喧，余友婿也，恂恂儒雅。二十年前外家鼎盛，每宴集友婿，輒作終日歡，今則松友及祝建祺、曾叶綿、楊則友、劉壽南皆作古人矣，存者亦無幾相見。松友壬辰賢書，屢試春官，輒薦不售，以三十餘年老舉人竟不得一官，卒於浙幕，可傷也。秋航茂才出其悼亡遺詩，囑余輯入詩話。爲録二章云：「計偕猶苦暫相離，此别黄泉竟霎時。嗚咽聲停雙眼淚，一瞧夫婿一瞧兒。」「翠雲箱裏减衣香，鍼線零星引恨長。雛女不知儂意緒，偏拈遺挂叫聲娘。」

余舊與陳藹人茂才翽鳳、訒夫孝廉、何菊臣太守翼爲、范新谿太史熙溥，及鄭蕖皋茂才渠、直士外郎植兄弟輩，結社鼇峰致用齋。會文之暇，輒賭酒分鬮，相處樂甚。已而余遠遊，菊臣失偶，蕖皋云殂，雲散風流，此會不可復得。今則訒夫、直士、菊臣先後謝世矣，新谿讀書東觀，藹人遠居長樂，回首舊游，黯然自痛。檢故紙，得直士曩時贈句云：「君家伯仲玉珊瑚，珠樹分明第一株。白眼看人偏説項，青燈啜茗笑呼盧。君自製紅樓夢圖，蓋仿美人圖爲之。十年我少當師事，萬卷君能讀父書。著述名山紹家學，漫言習氣未能無。」爲低徊者久之。菊臣倜儻不群，工書善畫，詩有奇氣。咸豐間，時事方亟，而黔則苗匪、教匪嚣然蠭起。尊甫杰夫先生遠官黎平，菊臣棄教官，航海至廣，入黔省問左右。已而從田忠普軍門勦賊，力解省圍，積功得四品官。辛酉丁憂，護喪歸。時余遊蜀，值之重慶，因偕歸。甲子需次廣東，未幾卒。其自題從軍小照云：「盧陽且喜奉晨昏，又趁軍書逐隊奔。露布英雄誰傳永，枕戈壯志尚劉琨。山河半壁多遺恨，笳鼓深秋易斷魂。爲問虎頭工寫照，書生面目幾分存。」

陳乙巖孝廉廉臣，聰穎絶倫。余少與同學，長與同社，今且居同巷，對衡望宇，晨夕過從。詩不多作，哭内聯云：「後望究如何，痛辛苦備嘗，到此反成極樂界；他生難預卜，倘宿緣未了，願吾不作讀書人。」其境遇迍邅，可想見矣。嘗出其祖德泉先輩治滋學圃觀梅圖見示，題者二十人。發倡者謝古梅道承、黄莘田任，余獨愛張石坪漢二絶云：「君即梅花花即君，生綃一様寫清芬。歲寒冷署成三友，二老風流醉後分。」時許竹君在座。「小謝題詩號古梅，何如寫影對花開。梅花嶺上春多少，吹入長安酒社來。」

閩縣何翊卿大令履亨，少聰穎，香雨師器重之。丙辰禮闈，余與同巷，以三藝相質，余曰：「子必聯捷。」榜出，果然。後余馳騁并梁、荆益間，忽忽者八年，而翊卿令甘肅之鎮番，旋丁母憂歸。迢迢數千里，魚雁渺如。壬戌冬歸，翊卿過訪，乃得暢敘兩人蹤跡。越癸亥春，翊卿築室成，召余落之，蓋舊十硯翁香草齋也。著有籐香書屋吟草，秀骨天成，不假雕飾。五律如過淮安云：「塔影隨流轉，波光冷夕陽。孤村偏近水，舊縣自成鄉。入市魚蝦賤，沿溪橘柚香。榕陰回首處，暮靄但蒼蒼。」七律如仙霞嶺云：「一鞭夕照萬重山，冒冷衝烟客度關。巖壑祗應飛鳥過，籐蘿時有路人攀。泉分衆派趨雙浙，天設諸峰控百蠻。半壁東南資扼要，戍樓横鎖亂雲間。」「參差樓閣聳流丹，琳宇莊嚴敞大觀。萬壑雲濤松幹古，半天風雨竹聲寒。下方俯視三千界，絶頂高搴廿八盤。獨爇心香申一拜，桂旗縹緲白雲端。嶺杪關廟壯麗。」寄陳乙巖云：「下筆文章最有神，千秋慧業屬才人。眼中有幾稱同調，醉後如君見性真。但得讀書原是福，可知名士不憂貧。從今我是風塵客，揮手河梁別恨新。」

林范亭觀察廷禧，少與兄涑亭廷祺皆有神童之目。范亭年十八登許眉榜，居郎署二十年，以京察一等，出巡迤西，死難。其聞吾鄉夏間大水愴然有作云：「狂潮怒薄三山東，積潦急挾溪流衝。冶城災異見者罕，二十五載今重逢。我聞水勢乃更虐，驚濤捲地來天風。躍劍灘前沒古郭，釣龍臺下漂孤篷。蝦莊蠏舍飽魚腹，稻畦瓜圃連鮫宮。城堞露栖市乘筏，嗷嗷誰忍聞哀鴻。行糜移粟救眉睫，西成敢博田畯豐。南服波臣日奇横，巖疆幸不江湖通。海澨奔波已駭聽，此況氣數難爲功。里閭生理坐凋瘵，潰裂漸恐同疽癰。福災相倚理或有，燮理何以回天聰。無聊鄉思逐歸鳥，金臺矯首迷秋穹。」蓋紀道光十四年事。

李鏡芙茂才劍潭送人之白沙云：「故人別我臥林邱，茅屋雲深誰去留。雁影北歸音渺渺，滄江南下水悠悠。」上巳冶遊云：「山鳥冥冥波亂飛，成連如夢伯牙稀。炎州白雪天難到，自聽巴歌淚滿衣。」聞歌云：「蠻歌噍殺露邊聲，酒醒風饕浩蕩行。記得中年淹海外，滿窗殘燭事分明。」夜發云：「淡雲籠月晚悽悽，滿袖輕寒下碧溪。好載片帆過沙口，竹枝多處鷓鴣啼。」重遊鼓山云：「嫏嬛禹穴不冥冥，金檢玉泥上帝扃。終日雲烟寫蝌蚪，半空瀑水下雷霆。偶來坐臥先忘老，每至摩挲似未經。拂袖峰前深一笑，尚多結習誤仙靈。」最憐云：「最憐杯酒消閒夜，如許春光盡客程。驛路鶯花趨上巳，水鄉蝦菜度清明。籐蘿嫋嫋猿空至，桑柘陰陰蠶欲生。昨夜夢中山更好，半峰殘雪雪中行。」有贈云：「伊生弓馬士，見乃似崔公。洗盞啼鴉起，明燈古劍紅。青春間暮雨，長嘯弄天風。獨念風塵際，而逢草澤中。」送人云：「杜宇娟娟喚秋曙，山人側耳行人去。道傍祠下雙石人，似抱寸心不相語。」其五言斷句如「自來天馬氣，不向狹途開」「業富文章重，才隨氣數尊」，皆有奇氣。茂才聰明絕世，惜不就範圍，竟以淪落死也。悲夫。

徐雲汀一鶚淮安晚興云：「江魚入饌晚加餐，對酒悲歌歲又殘。日暮淮流千里急，不知何處下魚竿。」「詩調多慚韋左司，江湖搖落鬢成絲。朔風歸雁蕭蕭遠，又是淮南夜雨時。」望太湖作云：「寶帶橋橫五十門，憑高西望最傷魂。不堪斜日登林屋，青草湖頭水氣昏。」不寐云：「不寐復何待，春江燈欲殘。月行雲表疾，風起水澇寒。作客知春早，鄰舟語夜闌。悠悠隔鄉土，欲返夢魂難。」曉過衢州云：「何事南歸客，朝朝布穀啼。浙山雲外盡，婺樹雨中淒。度日依舟楫，傷春厭鼓鼙。郡城行繫纜，未及夕陽西。」小別江船云：「畫舫今將別，傷春一水間。吾生衰老易，江路再來慳。殘雨初辭漲，浮雲最戀山。津頭撫楊柳，司馬豈重攀。」曉度楓嶺云：「嶺路盤蛇峻，溪泉怒馬奔。晴天軒物態，春日斷歸魂。雜樹花無數，前山鳥自喧。已聞鄉土近，遼闊豈堪論。」又紅豆句云：「青春脈脈人俱瘦，暮雨離離子又生。」「愁裏唾壺疑有淚，夢中斗帳見垂珠。」「倘招離緒應難記，自結勞生未肯枯。」花朝云：「沽酒還愁行路滑，看花衹是曉寒深。」人傳誦之。余之識孝廉也，從林漢槎。漢槎與孝廉同案，而與余同年。丁未計偕，訪酒徒於燕市，探花信於豐臺，三人意氣俱豪甚。曾幾何時，漢槎客死矣，余兩人無幾相見，每途中執手，漸覺老蒼。往歲枚如重開聚紅榭，余因得一月兩晤孝廉，今則蹤跡復疏。此從禮堂借鈔之，蓋癸丑北上，中道謁來之作也。讀小別江船詩，不禁淒然欲絶。漢槎名星海，先君弟子也，亦工詩，遺稿不可得矣。竹情齋詩話曰：「漢槎詩結響清空，於劉隨州爲近。如同友人登江樓云：『一雨旋增滿目秋，燭邊心事總悠悠。養成手爪同長吉，瘦到腰圍似隱侯。一代才名誰結襪，百年身世幾登樓。漫誇老子多清興，滿地江湖屬白頭。』」

高霞城起標秋柳云：「蕭蕭瑟瑟不勝秋，楊柳西風古渡頭。疎葉抱蟬心欲死，空林啼鳩聽應愁。於今張緒丰神損，安禁桓温涕泗流。吹笛何人起哀怨，一聲長嘯欲凭樓。」起標居白水井，甲午春與余結文社，借水月菴爲會所。起標文超心鍊冶，不著一字，先君激賞之，而卒不得一衿，壯年以嘔血卒。有鄉嬛山館試帖鈔，先君序之行世。

馮弼甫承基大令平河夜泊云：「篷底炊烟生，暝色滿平楚。櫓聲晚逾柔，似聞兒女語。明月頭上照，顧影怪羈旅。兩岸擊柝喧，隱隱答霜杵。遥見隔林外，漁燈出沙渚。歲晚鴻鱗稀，川梁歎修阻。」丹陽云：「十字殘碑淡夕曛，原頭楓葉落紛紛。江南歲晚無人識，獨上延陵季子墳。」弼甫，余中表，庚戌進士，分發浙江。王文勤時官詹事，送以詩云：「此去好修循吏傳，自言曾讀養生編。」蓋箴之也。未之官，遽死於家。

王叔蘭茂才道徵，久困童試。攤故書賣於市，湫隘囂塵間，不廢著述。有消寒、避暑二録。彭詠莪相國督學東冶，拔之。陳少香大令、江弢叔鰱尹每與唱和。詩樸老，嘗憶其哭師詩有「痛極翻無淚，思深倘有靈」句。

甲辰，郭蒹秋孝廉柏蒼結榕陰吟社，以落葉命題。侯官諸生何午樓卓然有七絶八首云：「涼風吹過洞庭波，無限飄零感楚歌。請看羈臣衣上淚，比他落葉十分多。」「萬里西風撼不停，茫茫湖海共飄零。無端吹出長安道，不及楊花穩化萍。」「萬木無陰塞月孤，樹猶如此況人乎。可憐零落沙場上，戰骨同渠一樣枯。」「長門徹夜起西風，明月當階秋滿宮。每欲題詩付溝水，怨他憔悴不能紅。」「秋入寒閨冷露華，葉疏庭樹不棲鴉。西風更比東風惡，只合從輕怨落花。」「離離結子緑陰間，着力扶持豈等閒。一自道旁輕棄擲，好風吹上望夫山。」「梧桐亭館痛相思，滿地秋痕瘦不支。惆悵故交共零落，那堪風雨打門時。」「虛堂風雨獨鳴琴，颯颯秋聲撼四林。撫樹莫增遲暮感，春風桃李又成陰。」

蔭香亭，香雨師講學地也。嘗以八景詩命及門和作。午樓詩云：「捲簾山愛夕陽初，半日看山當看書。喜我撥開雲霧後，敢將面目對匡廬。遥山夕照。」「五更敲月出禪林，知在前山深復深。忽憶去秋蒙被睡，怕他勾起白雲心。隔院曉鐘。」「一襟秋味大家嘗，四座緜緜蔭衆香。長得高人揮麈坐，耳根清淨舌根涼。瓜棚茶話。」「萬綠叢中閃數燈，紙窗如雪月如冰。自憐風雨無人夜，門掩梅花讀少陵。竹陰書聲。」「碧天如水浸樓闌，長笛聲中萬籟乾。我亦元龍有豪氣，一登高處不勝寒。南樓涼月。」「由他蝴蝶上階飛，松菊怡人不掩扉。慚愧米囊花又落，霜晨月夕到門稀。閒庭秋色。」「苦語王孫訴不平，相思河畔綠盈盈。十年燈火秋風裏，悔不如他懶婦驚。草徑蟲吟。」「萬朵淩波涼露華，五更月影六更斜。今年鼓吹排場甚，着力催開君子花。蓮塘蛙鬧。」午樓，人如其詩，頎然骨立。嘗受業香雨師，後淪落不偶，劉雲圖茂才紹綱以空宅捨之。死焉，僅遺二稚子，雲圖力爲經紀，數十年如一日，惜皆無成也。何南霞茂才軒舉哭午樓詩云：「遊戲饑寒四十秋，風塵如海一身浮。酒杯何處高陽侶，詩卷長念杞國憂。垂死疏狂猶不減，於人落落欲誰尤。獨憐志廈齋頭草，從此南皮是舊遊。」南霞亦香雨師弟子，嘗與王秋士以澄、惕侯秉乾結社西湖。後午樓暨二王先後殂謝。南霞乃就上下游及浙東幕，所學尤深造有得。著有竹情齋詩話及詩鈔，皆傳作也。余與別久矣，近家居與南霞鄰，方喜得以晨夕過從，詎謂一再晤間，南霞亦修文去矣。南霞身後略與午樓同，而雲圖力不如前，猶鋭焉任之，可感也。

王惕侯孝廉，蔭香亭社友也。少聰穎，顧盼不凡。嗜詩，每邀詩人讌集，累日不倦，余間與焉。乙巳科試，與余同坐，顧余曰：「汝猶困於此，我何爲者？」既而余獲雋，輒賦遠遊，不復聚首。壬子歸自温陵，惕侯秋捷，方爲快，然未幾殂，曇花一現，亦可哀矣。惕侯與雲圖遊最狎，是出其遺箋數紙相示，錄之。夜坐云：「伏枕不能寐，挑燈還苦吟。明星疎碧漢，殘月影虛林。雲闊人何處，秋來渴更深。斷鴻動愁絶，叫破遠天陰。」和雲圖韻云：「畏向風塵説少年，蹉跎已負古心鞭。渴深病况憐司馬，瘦入吟懷感浪仙。三萬虛評香譜艷，十年未惜醉鄉錢。清秋氣味些些領，看取黄花晚節堅。」疊韻云：「驅使青春一十年，五陵未到枉揚鞭。玉山滿望追才子，洛浦回頭失水仙。寶氣不騰三尺劍，浮名卻值幾文錢。相看莫太憐消夏，病骨翻成傲骨堅。」懷雲圖云：「秋水今云逝，伊誰交最深。惟君素高誼，與我結知音。杯酒千秋淚，孤燈十載心。江山無恙在，何處拓胸襟。記丙午秋在西湖聯句有『江山無我輩，終古不風流』句，今江山如故，朋輩凋零，曷勝凄然也。」同雲圖遊西湖憩禪室詩云：「半日來爲方丈遊，四邊寒色上僧樓。着烟野水停群鴨，返照平田散亂鷗。一度鶯花今夢幻，十年文酒幾勾留。主人雅有憐才意，應許題詩在上頭。」諷誦再三，如噉蛤蜊，清脆可喜。

雲圖茂才性靈警，詩筆敏捷，著有雲圖初稿。其贈王惕侯云：「一硯心交共十年，每驚着我祖生鞭，聰明文境爭冰雪，靈變詩才雜鬼仙。對酒當歌常拔劍，愛花成癡不論錢。唾壺莫使尊前擊，知否南金百煉堅。」

孫穀庭侍御翼謀旅感句云：「身世馬牛憑衆論，天涯蛩蟨若前因。」蓋庚戌與曾鏡如大令照、李達甫同年應午、王鶴汀教諭壽禧都門過夏作也。鶴汀與余少爲密友，後乃契闊。鏡如伯兄叶綿，於余有惟私之誼。迨壬戌歸，叶綿怛化，而鏡如亦官河南矣。回首前塵，讀侍御此詩，能無惘然？

劉烱甫大令存仁晚泊平望云：「東南流水歸何急，西北浮雲鬱不開。送我萍蹤舟一葉，惱人春色酒千杯。荒涼戰壘銷王氣，寂寞江亭感霸才。薄暮遊人頻悵望，不堪懊惱上吟臺。」臘月念九日抵姑蘇云：「烟汊雪港兩模糊，送入江天影有無。雲樹迷茫平野闊，炊痕明滅一亭孤。吟眸已渺隨歸雁，涼夢初醒看浴鳧。滿引一帆到吳下，拚將濁酒醉屠蘇。」此炯甫丙午舟中作也。時偕余及林賁巖同年弼初隨鐵梅師入都。今於故紙中檢出此箋，回首舊遊，猶昨日事也。炯甫著有屺雲樓詩鈔及篤舊集行世。

陔南山館詩話卷四

侯官　魏秀仁　子安

丁未，余隨鐵梅師入都。比至王家營，則正月盡矣。時初有覆考，當趲程前進，師以余未經車馬之勞，命同門沙柳橋孝廉晴挈一僕伴之。抵徐州，遇黃質軒光彬、梁禮堂鳴謙諸同年，因約偕行。次高唐，余與質軒招一垂髫女，命歌，而柳橋別有所遇也。近讀禮堂靜遠堂詩稿有夜聞琵琶作，蓋紀其事。追憶昔遊，恍如一夢，因錄之。詩云：「高唐城外車塵歇，高唐城頭月如雪。月華流影光翠翹，美人絃索青春嬌。低鬟轉軸響復停，一聲兩聲已有情。旋看纖指垂垂拂，似挾歌雲裊裊行。行雲遏盡邊風急，萬騎奔騰刀箭疾。塞外關河肅殺音，酒邊燈火蒼涼色。宿鳥驚飛櫪馬號，征衫況此天涯客。引觴痛飲聊爲豪，明星一丈簾前高。明朝整轡前途去，何處青衫照鬢毛。昆明才子多情者，酒醒別淚方盈把。莫怪聞歌便斷腸，柳絲容易遊人惹。」柳橋，雲南人。

是年報罷，將遊桂管，枉道濬縣，謀一車一馬之資。余寄視諸弟詩所云「寄寓再成軒，縣署寓齋。待禮真慚恧」也。已而入陝，陳梅莊先生捷魁留過夏，俾課季子秋畬福長讀。而渭南令王蓑生先生義樟延主象峰書院。每月往來，輒宿灞橋及臨潼行館。館爲華清宮舊址，勝迹名區，供余流憩，此福殊不薄也。惜關中名宿如路潤生先生德，良友如杜少備先生弼茂才、晁蓮舫濂明經所有贈詩皆已散失，而灞橋、臨渭今亦半作劫灰，可勝慨哉。

蓑生先生六十，鬚髮蒼然如四十許人，王文勤嘗謂其有卻老方。先生文名傾動一時。乙未以即用赴陝，值某邑災，奉檄馳勘，難民匍匐車前求賑，先生慨然許之。比商之令，令有難色。商之幕，幕曰：「不奉文，安得賑也。」先生奮袂起曰：「必待奉文，則此輩填溝壑久矣。某請一人任之。」於是開倉，所活者盡數萬人云。大府怒，責令獨償補。官延長，十年不調矣。先生多內寵，無子。至是三索皆男，人以爲美報。丙午，林文忠撫陝，以「關中第一吏才」奏調渭南。渭南劇邑，例請委員。先生曰：「令將何所事事耶？」乃日坐堂皇，案無留者，顔其堂曰「與民相見之堂」。迄今渭南人言及先生，猶以爲三百年無此好官也。先生詩不多作，而出語輒雋。向嘗以詩草相示，今忘之矣。僅憶題李易安荼蘼春去小像云：「一春花事了荼蘼，人比荼蘼豔幾時。刻意傷春憐瘦影，故教周昉畫添肥。」

虞足齋上舍一夔，梅莊先生婿，秋垣大令瑛哲嗣也。與余訂交於長安，贈詩有「一燈情話不知寒」句。己酉歸赴秋試，送之長樂門外，足齋執手，大慟而别。庚戌，余亦南旋，人事勞勞，咫尺里門，轉不若七千里外之晨夕相見。癸丑夏，足齋捐館，余深痛之。

西安碑林，天下鉅觀也。秦人謂足與太華三峰爭奇，然所存者皆唐碑耳。唐碑亦惟開成石壁九經爲寶貴。餘如玄秘、多寶、爭座位諸石，日爲帖估椎刷，字劃爛漶，其形雖存，其神不屬，尚不及舊搨翻印之本也。明楊一清曰：「長安古石刻尚多，散漫不一，往往爲都民鑱鑿，以致磨滅。」宋韓滇修灞橋急，民磨石以供。罹此二阨，存者遂鮮。後直移至郡庠，保全至今。詎知自明至今，不磨滅於鑱鑿者，轉將磨滅於印搨耶？李石蜀石室詩云「一槌只作一字譌，譌至萬千那可數」，吾願有心者思之。

庚戌不第歸，衢州舟次病虐，至漁梁，瀕於危，偕行鄭浩軒孝廉季中護持至家。卧牀約百餘日，甫獲奉母赴晉江省視。蓋違晨昏五載矣。壬子，不果行。癸丑，行抵鎮江，遇盜而返。每讀何翊卿聞警詩，輒惘然也。詩云：「風雪征裝早戒途，行旌迢遞上燕都。方期矯翼隨鵰鶚，翻遣催歸怨鷓鴣。此地竟成迴馬嶺，何人曾佩辟兵符。雲陽驛外停舟處，故壘蕭蕭遍荻蘆。」

黃小石比部紹芳、鄭直士義部，與余均以隨侍至溫陵。小石早歲已有詩名，時人評其五古「如春山雨過，秀削天成」。其寄别云：「琵琶底事感湓城，且作檀槽出塞行。戎馬關山多戰壘，乾坤日夜有江聲。中年絲竹陶哀樂，異地風霜戀弟兄。酒半不須嗟拊髀，與君抵足到鷄鳴。」曲盡纏綿，亦佳作也。

癸丑，余自溫陵挈眷歸，時福州米荒、錢荒，上下游警報狎至。入秋，積雨兼旬，北門忽而大水。南霞詩集有雨災志感古風一篇，紀之最詳。詩云：「十日不撞霹靂鼓，渴蜺瞞天飲水滸。蜿蜒回首飛半空，吐作黃雲如猛虎。飛廉與爾誠何親，還駕飇輪會清宇。土囊秘戲三昧開，鐵馬琱戈助豪舞。畢伯聞之亦踴躍，三萬六龍叱滄渚。飽吸溟池千日潮，漫天怒噴傾盆雨。驟雨都云不崇朝，愁霖詎料彌旬許。三坊七巷水平臍，越麓屏山泥拍肚。龍腰折斷何由伸，龍腰阪被水衝開。虎首摧頹不能俯。虎頭山忽陷一角。射烏樓圮雉焉棲，南門烏城樓崩十餘丈。喝水巖崩黿欲豎。喝水巖夜裂，涌泉寺微有震撼聲，僧衆駭傳老黿出矣。登木人懷魚鱉憂，乘船市勝江湖苦。月前延永妖氣揚，十室九室乏安堵。人害切膚猶未除，天災旋踵更難禦。枕藉寧知溝壑深，流亡殊畏干戈阻。蒼茫洪水迷塵烟，萬億哀鴻落何所。杜陵茅屋驚漂搖，饑腸爥爥日如煮。結願徒然廣廈奢，謀身秪與長鑱伍。中宵澎湃聲轉粗，枕畔殘燈照淒楚。浩歌豈耐脣舌乾，百感一時集腸腑。不如高臥盪遥魂，夢見監門乞圖譜。」

林子魚太守直，幼隨尊甫湘帆先生任，垂二十年，所至名區，輒多慷慨之作。癸丑九月，與林小銘齋韶、黃笛樓經、梁禮堂鳴謙、馬子翊凌霄、林錫三天齡、楊豫庭叔懌、陳子駒通祺、楊雪滄浚、郭穀齋式昌、楊子恂仲愈、陳幼仙鏘、龔靄仁易圖結南社。子魚著有壯懷堂稿，衛輝懷古云：「雄關百堞峙嵯峨，寶殿瓊樓近若何。西向雲山趨上黨，南來天地倒黃河。蘇門夜月孫登嘯，瓠水秋風漢武歌。歎息殷都留古郡，五陵沙草雁聲多。」洵黃鐘、大呂之音也。

楊子恂太史感懷云：「放歌縱酒氣飛騰，裘馬平生照五陵。儘把黃金擲虛牝，敢嫌白璧玷青蠅。窗前風雨知交盡，海内烽烟盜賊興。閒煞射蛟好身手，大弨挂壁百無能。」太史才氣蓋代，揮巨金若敝屣。今讀此詩，無亦有倦遊之意耶？

歲乙卯，南社以擬克復金陵凱歌、閩中十子咏、燈市、籐山觀梅、閩中詞等題徵詩，時徐樹人中丞以觀察自東瀛歸，主選政，擬余第一。中丞以循吏起家，歷官豫、蜀、浙、閩，著有斯未信齋全集。其咏浮雲云：「輕浮未可爲霖雨，蕩漾虛空枉出山。」又憂旱云：「狂飈不管蒼生苦，吹散爲霖多少雲。」又云：「四野禾苗枯欲死，官衙汲水種芙蕖。」又題畫云：「作吏如隱士，教兒讀父書。但須有山水，到處是吾廬。」亦略可得其概矣。

是年夏，余遊霞浦，值王子勤太守廣業守福寧，每有文酒之會。太守風流跌宕，善吟詠，守興化時，自題廳事云：「荔子甲天下，梅妃是部民。」一時傳誦。

梁禮堂吏部少余十歲，與余同受知於鐵梅師。明年，偕宴鹿鳴，余於稠人中見其談吐從容，心焉數之。後遊霞浦，吏部贈詩云：「瓦釜爭鳴日，誰將雅調彈。才人出餘緒，與古獨爲歡。河漢流原遠，星辰氣自寒。頹波不可挽，群當鼎彝看。」「數日不相見，方愁鄙吝生。況當秋水滿，送子海東行。嶺樹鎖詩夢，溪雲知客情。計車期將近，莫若戀山城。」

楊荎友工部和鳴漪園秋夜云：「秋信從西來，落葉墜金井。燈檠暗欲花，酒夢涼初醒。開門不着衣，下階猶露頂。松際似人行，獨鶴踏花影。」工部以養親解組歸，綜理崇安鹽筴。咸豐初，福州行用鐵錢，寒酸坐此，困不聊生。工部起而賙恤之。其於故舊，尤不遺餘力，綽有薩露肅前輩遺風，惜不永年也。

丙辰報罷，余與林鶴修壽齡孝廉都中分手，遇於太原，又遇於澤州，遂約入川。繼而相歧，則又遇於西安，遇於成都。明歲成都分手，余遭家難，孝廉亦遭家難。迨余由山西入川，孝廉則由川折回山西，死於都下。嗟乎，吾輩福命，顧若是其薄且勞哉？猶憶長安病中，送余入川詩云：「本作聯騎約，何堪病阻行。蜀山況無數，秦樹不勝情。吾道利艱險，前途多友生。先鞭讓君着，須監笠車盟。」

余自太原，北之雁門，南之澤潞。既旋太原，復西之秦，由秦入川，兩入緜竹，再遊成都，乃獲小住彭山度歲，余年四十矣。元夕後由成都折回太原，蓋疲於道路者一年零三十有一日矣。每日或得詩一首，或得十餘首，長短各隨其興之所至，情之所觸。抵西安，約有七百餘篇。醴泉王教諭炳堃題曰西征集，王萇生先生爲之序。李伯龍大令鐘霖，時以書生隨侍關中，爲之題詞。抵太原，更得數十首。節署諸君，題贈成册，慫恿付梓，聞汀州之變而止。戊午，余再入川，質諸左卿先生。未幾，而文勤調任兩廣，先生遽欲東下，繼之李、藍事起，奔竄戎馬荆棘中，此卷竟爲人携去，其副本存蓬州江蘭臯司馬庭槐處，亦不完。王序云：「余宦陝右二十餘年，故人子弟過秦者甚少。蓋公車北上，不必折而西行；而出都南轅者，又憚於逾太行而叩函谷，而能一再至焉者，則惟魏子安孝廉。孝廉前以丁未春官報罷，再至，且由陝之蜀。其明年春，還自蜀，小住青門，袖西征吟草二册，屬余加墨。夫子安兩度西安，先無詩，而今有詩，何也？人情於舊遊之地，流連風景，追溯年華。攬勝而如遇故人，弔古而轉增新感。即莊橋野店、古寺荒丘，往往訪舊停車，拂塵題壁。何者？境觸其新而情引其舊也。况關中古長安名勝之區哉？况益以劍南數千里之遊哉？其舊遊者，時異境遷，不十年而已分今昔；其新遊者，亦以舊遊者引而入勝。

宜其詩之佳者，雖紀程、即景諸詠，無不纏綿婉摯，一往而情深也。讀集中見懷、感舊二章，感慨係之矣。因憶壯年時，同其尊甫又瓶公公車計偕，泰安道上，欲紓道百里訪好友彭崧屏於日照古縣而不果。衹以余憚於行，苦於吟，爲又瓶笑。今子安一鞭一筆，遨遊千萬里，方將輪粟京師，而出膺民社。以詩之富，補囊之澀；以筆之健，策馬之疲。壯哉遊乎。於其行也，觴之而弁以言。」李詩云：「塵夢連番繞大羅，登天一第儘蹉跎。錦江春色收詩卷，華嶽秋風入嘯歌。君自榕城高領袖，我曾海嶠訪磐陀。回頭宛在堂邊路，十二年前載酒過。」

崧屏先生翊，先君同年。始宰山東日照，再出宰山西壺關，皆有循聲。咸豐間，擢孝義廳同知。廳在萬山之中，時年六十餘矣。課子之餘，猶作蠅頭小字，錄義疏於閣本注疏上。先輩讀書，令人心折，惜不得其詩。先生孝友性成，與人交有終始，至今鄉人猶能道之。

鳳臺令劉魯汀端，先君弟子。邃於經學，以大挑宦山西，領武鄉縣事。因公干吏議，降縣丞。尋捐復，補和順。值粵匪北竄，率郡民守險，賊不敢窺。以卓異調鳳臺，擢絳州。余遊太原，嘗兩訪之，得讀其與徐松龕中丞往復書札，考論山西邊腹形勢及古今沿革，精核淵博，蓋公餘手不釋卷矣。後以受誣罷官，既白，歸部，選得安徽某縣。曾相國極器重之。嗟夫，漢人以經術佐吏治，乃者大難初夷，中外方將更絃易轍以馭群下，老當益壯，魯汀倘能爲經生一張其幟乎？魯汀詩不多作，嚮於鳳臺嘗見其艾人、蒲劍等篇，蓋考試擬作，今亦忘之矣。

沈桐士教授韶九竹簾云：「輕風疎雨漸黄昏，棋子無聲酒有痕。漫向瀟湘圖十幅，一鈎斜月正當門。」神味悠然。又落月云：「闢河秋欲曙，刁斗夜無聲。」尤得遠神。桐士室人爲許星菴茂才端伯姊，向嘗鄰居。故桐士與余見於澤州，知余乳名漢哥云。

余巽吾茂才繹，祖籍山陰，少隨父比部繼生出關，遂入大興籍，幕遊甘肅。咸豐初，某中丞聘之來晉。爲人和婉，而遇事毅然，與余爲忘年交。性喜飲，斗酒不醉，每招余偕吳心穀助教飲齋頭。陳介石比部嵋題其舉杯邀明月圖云：「浮雲散盡現星斗，夜氣淩人入雙肘。春風浩蕩滿天吹，吹上皓月天邊走。余君將月入畫圖，圖中惟月陪君酒。酒氣醇釀薰月心，月影横斜入君口。當空月色憑人邀，君乃據之爲己有。想君即月之前身，月固樂君爲酒友。思君對月樂何如，自戌引觴直至丑。惟望余君將杯送我來，洗我胸前萬狀之奇醜。君曰吾與此杯交最久，無月亦不離吾手。異時有月可邀君，圖中之杯吾否否。」蓋介石亦豪於飲，然不及巽吾之無量也。猶憶并州雅集，羯末、封胡皆以百鍾爲户，獨余不能飲，子恒刑部率以十鍾醉余。由今思之，此樂不再矣。心穀名福田，蘇州人。

山川靈淑之氣與人呼吸息息相通，此殆青囊家言，而皆微矣。山西節署後爲御書樓，樓後有荒山，其巔爲北極閣。余自蜀抵晉，病幾殆。稍瘥，以寓齋與山相隔不遠，每當旭日初升，新月欲上，輒扶杖獨登閣上，攬取絪緼妍媚之氣，以自怡悦。胸中遂有無限活潑之意，與太空互爲鼓盪，一時無古無今，殆索解人不得也。於是病愈，於是荒山竟爲余遊憩地矣。心穀助教招飲北極閣詩云：「解衣箕踞坐，對酌相忘形。落日半丸紫，寥天一幕青。河流環玉帶，峰勢列圍屏。到此足我樂，怡然任醉醒。」又荷花生日招飲節署後小山詩云：「幽徑少人跡，微涼生樹蔭。」

保眠琴太守齡，善書畫，工詩，尤精音律。余遊太原，延課其公子月濤及女公子浣雲，甚相得也。太守有十寒吟寒月云：「垂簾靜夜對銀缸，篆裊爐烟護碧幢。耐冷素娥偏解事，輕扶梅影上書窗。」寒寺云：「亂山聳翠挂斜暉，松檜參天鸛鶴飛。古佛無言鐘磬寂，衡門時有凍雲歸。」寒雁云：「月明天際唳歸鴻，凍浦寒雲任轉蓬。怪爾利名渾不爲，關河底事亦匆匆。」月濤漢宮春曉云：「瑞靄遥看繞禁牆，彤雲吹上杏花香。垂楊處處東風暖，一杵晨鐘出未央。」浣雲年十三，其送余歸有句云：「文章幸入春風座，潢潦曾分積石源。」時長沙李景樓茂才燮與余共事，有修竹軒詩草二卷。春草云：「山光水色共如藍，屈指韶華月又三。望裏晴痕生塞北，年來春恨屬湖南。陽關客去青千里，古寺僧歸綠一菴。零露漸消人不見，亂拋詩思滿江潭。」

魯通甫同孝廉，一字蘭岑，山陽人。著通甫詩錄。梅花詩云：「湖山欲雪晚暝暝，湖上青山着意青。折取一枝何處寄，放船先上冷泉亭。」「孤山湖畔水明沙，一路春風送酒家。淡到無言併無色，素心人本似梅花。」

貴陽何夢廬大令鼎，王文勤公門下士也。工詞，詩亦俊逸。當余寓節署也，大令就薇垣月川恒公福之聘，僅於公宴中一再晤其人。忽一日，大令投以花魂詞一闋，讀之幾爲淚下，遂訂交焉。后文勤移節四川，而恒公受命巡撫。余寓郡署，署中寶晉齋與節署後小山相接，登山呼之則諾，余兩人遂無日不相見矣。大令有愛姬，小字鳳仙，能以大令所製詞譜入絃索。余素不飲，爲寵姐歌聲，輒一釂。其病中示余詩云：「照窗寒月影迷離，徒倚空牀病不支。長吉詩心都化血，前夕唾血滿地。杜陵客鬢欲成絲。家山迢遞悲萍梗，藥裏殷勤念柳枝。鳳姬侍疾終夜。㟃㟃荒雞天未曉，浮生悟徹在斯時。」長至後三日，雪中寄余詩云：「崢嶸病骨耐清寒，如此乾坤臥亦難。銀海無邊誰放鶴，瓊樓有約只棲鸞。烽烟遠道悲空寄，鼓角荒城歲欲闌。小閣梅花邊塞柳，關情兩字是平安。」皆爲姬而作也。姬大同人，時以母病歸。戊午，余自山右奔喪，阻於兵燹，不得已而入蜀，大令送以詩云：「蜀道蠶叢未易行，憐君底事又長征。頻年作客終何補，一載論心最有情。憂患朋儕同骨肉，艱難時勢費經營。臨歧無限辛酸淚，莫唱陽關第四聲。」「蕭條雲物滿并州，汾水湯湯急暮流。曉發獨衝秦嶺雪，殘宵應夢太行秋。星光暫掩延津劍，霜氣同悲季子裘。身在未應終寂寞，聞雞猶自舞難休。」「浣花溪水淨無塵，天末回思定愴神。敢詡青衫成別調，可堪白眼遍時人。哀蟬落葉孤城遠，古驛殘燈客恨新。一曲廣陵誰繼響，子安著有花月痕小説，余曾借讀之。長空如練月如輪。」「伯勞飛燕兩分襟，我亦飄零感不禁。何日天涯重聚首，一番人事各傷心。嘉陵山色留歸棹，梁苑春光付苦吟。兩字平安還祝取，迢迢雙鯉望佳音。」委曲纏綿，迄今讀之，猶令人黯然魂銷。時福公移節河南，大令亦隨之去。其明年捷春闈，魚沉雁渺，兩人踪跡遂不相知。「海内存知己，天涯若比鄰」，其信然耶？抑人海茫茫，過此猶有相見緣耶？

成都三書院，一曰錦江，一曰潛溪，一曰芙蓉。芙蓉緣少陵書院頽廢而設，建於嘉慶六年，時邑侯張雲門人龍，山東濮州人，乾隆丙午舉人。實倡其議。初湖南聶蓉峰先生銑敏督學蜀中，得楊子雲墨池遺址爲別墅，既而捨爲書院，未迄事而殂。司其事者，因緣爲奸，地歸於官，遂爲蠹吏狡役所佔。咸豐初，何子貞太史奉命視學，牒翁次竹郡守祖烈清釐。雖前後左右盤據之深根固蔕，未易猝拔，而池及正屋，一洗污穢。太史遂立亭跨池上，雄偉牢實，亦傑構也。於是守令請以芙蓉東脩膏火移之墨池，而芙蓉舊地廢爲簾官公所，然而郡人不願也。未幾，太史去，無賴漸萌故智，山長不能禁。值余至，次竹延余主之。上學，因囑余嚴立院規，於是無賴斂跡，負笈者日至，墨池略復舊觀。未幾，藍、李滋事，風鶴倉黃。延至明年，生徒星散，余亦買舟東下。幼童王玉書呈詩云：「秋風此别若爲情，烽火連天照眼明。巴客能歌慙下里，公輸無計解圍城。蔭留桃李春多恨，淚灑梅花月有聲。薪木依然琴劍返，停雲長此盼門生。」玉書父少山，乙酉孝廉，現需次江西。

蜀石經勒於孟蜀，其工閲八年，其石凡千數，其經文悉依唐開成石刻，而益以注，其義例亦依唐碑而增其祖諱。創始爲毋昭裔，書丹爲張德釗等，然廣政間成書者，九經而已。其春秋三傳則續刻於宋田元，孟子則續刻於宋席益、彭慥。陸務觀劍南集訪楊先生不遇因至石室落句云：「出門還惝恍，到屋打碑聲。」自注：「牆東即石經堂。」則宋之石經堂，即今錦江書院之石室。余每至，輒誦全謝山語云：「不知五百年來，蜀石經何以澌滅殆盡？」

庚申，林勿村中丞鴻年自廣東陛見，移守臨安。以道茀留滯成都，寓芙蓉書院。贈詩云：「不爲蝴蝶也翩翩，腹笥居然邊孝先。才子性情惟嗜學，勞人身世且隨緣。登樓欲賦荆州土，捫井同遊蜀道天。一事知君應念遠，白頭凝望夜燈前。」時六月二十七日也。

是時藍逆圍簡州，屯元通場，距省垣不及百里，勿村促余挈小眷走潼川。時郡守阮受卿祜，芸臺相國季子；三台令陳秬堂福薌，梅莊先生仲子，皆可爲東道主。然抵潼之夕，則潼屬之遂寧警矣。余小住不及月，旋省，而勿村仍寓三台署之西齋，貽書云：「某校閱大稿已遍，大約諸作仍是經學見長。其清空題目，似尚未能俯視一切，散行佳於整比。凡人精神各有所注，捨其所短，專其所長，可傳不必多多。鄙意已成之篇，暇日再加自訂。爲之不難，則傳之不遠，斯言信也。名士氣習，斷斷不可沾染。淵默靜遠，求是而已，不獨文也。文章有價，毀譽無關。閣下信吾言否？」余謹識之。然三十年顛倒其中，姑留遺跡，不敢言傳也。已而潼川大擾，勿村亦歸芙蓉書院。秋深矣，自講舍至墨池，兩岸菊花萬本，雁來紅環之如紅牆然。岑寂之中，致足樂也。不謂湘營李英燦師潰趙家渡，賊氛大熾，旦夕撲省垣。勿村又偕余買舟走瀘州、重慶，寓塗山。明年三月，余別勿村東歸，過涪州，州牧姚蘭坡寶銘以黃州路梗，留余校試卷，未幾而勿村亦至。余寓州署，勿村駐燕治公所，意外相聚，來往甚懽。維時川之郡縣，率無寧土，獨涪州晏然無事。於是公子達官各乘鄂君青翰之舟，載其珍奩寶笥、翠樓金粉，卜居州城，方以桃源避秦，可忘漢晉，豈僅黃巾、銅馬不能飛渡此津也。魏太子南皮之遊，庾太傅西樓之夕，未及兩月，忽然警報狎至，則石達開竄入巴山。七月十五日，陷懷仁。明日，前隊至綦江。又明日，州署臨江樓已望見賊旗矣。上下洶洶，不知所爲，遂俱別去。勿村又偕余走忠州。抵忠，余以小眷舟居不便，以一笏銀賃城邊小樓。九月初三日，勿村貽短札云：「雨後寒甚，江上沙石稍露，想蘇子瞻赤壁、石鐘之遊，不過爾爾。而時事紛紜，則欲求長公之隨處逍遥，不可得也。今日作何排遣？人生莫不有數，然君子立身行己，不得諉之曰有命在天。人至五十餘，精神材力本是收斂之候，歸田之期將屆，尚挂征帆、浮巨海，亦自笑其愚，仍未得决然歸去。從者少我十餘年，不可不預籌之。」噫，勿村愛我，然稽今將四年矣，依然一籌莫展也。維時將爲北行計、南歸計，均以道梗不果。延至十月，從勿村返棹重慶，泊龍門浩。風雪飄蕭，烟波寒沍，遠樹低天，荒葭匝岸。兩舟從横深潦中，寂無人聲，正自使人斷魂耳。偪歲除前數日，移入塗山舊館。明年三月，從赴瀘州，居滇館。不兩月，則林軍門自清兵至。時回部馬如雲就撫，自清不自安，請以兵赴川助勦，拜摺即行。川督駱宮保諭止之，不從。瀘州官紳謀拒於江，上下洶洶，巡譙警諜。勿村避之，遂偕回重慶，仍居塗山。六月，勿村奉檄赴成都，余决計南旋，自是分手。今勿村官愈尊，任愈重，而滇事愈無可爲。回憶追隨之日，愛逾骨肉，懽若弟昆。自我不見，於今三年，烏能恝然而無念耶？英燦字子彦，湘陰人，候補知府，帶勇結營於金堂之趙家渡。賊乘不備，斫栅入，受重傷，投水死。自清伏誅於同治八年黔撫曾璧光。

林荷三茂才（怡年），勿村中丞母弟也。少穎異，長豪拓不羈。著有靈光一綫集。其閒香水榭記事詩末段云：「人生清福不易享，今者不樂後何追。但願此花開不歇，年年日日紅滿枝。話罷如聞花太息，如此主人求不得。愛花莫惜飼花工，我自能開好顏色。至哉言乎意何深，譬諸用馬惜馬力。吾今正以遵吾生，花耶爾莫擅傾國。」小中喻大，不徒敘其閨房之樂也。筆筆拔俗，讀之如見其人。余寓涪州，獲識沈意文觀察（壽榕），贈詩云：「宗派閩中海内知，青箱舊本見詩持。當初風雅流傳處，正是國家全盛時。二百年來餘韻遠，八千里外訂交遲。一文見虎君休悵，頷下驪珠已得之。」「下筆先妨正始乖，心緣綿邈力安排。才堪用世科名薄，道已傳經子弟佳。起舞便思劉越石，望旗遥指李臨淮。他時絶塞飛書罷，朱鷺歌聲樂府諧。」又序石經考疊韻云：「六籍秦灰恨可知，中郎一疏賴維持。乾坤元氣成文處，唐漢通儒正字時。浩劫曾經殘石化，名山未惜著書遲。書生已載玄亭酒，欲訪侯芭細問之。」「莫歎後生俗尚乖，紛紛異義力能排。（尊著石經考訂顧錄，獨具特解。）未銷烽火書難寄，偶愛江山住亦佳。客路且隨鴻印雪，人情偏似橘逾淮。聞嚶差喜能求友，伐木聲中韻已諧。」觀察著有玉笙樓詩藁。時黔省田軍門、何中丞和衷共濟，余擬往效力，故贈詩有「他時絶塞」句。詩持，家維度（憲）本朝百家詩選也。維度有枕江樓詩集。

壬戌三月，避地瀘州，舟泊澄溪口。念七夜，颶風大作，加以迅雷驟雨，木客踞山，松波攪石，如臥龍沙翰海中聽蒲牢吼，又如墜洪波疊浪中鬚髮盡濕。天明，破舟蔽江而下，余與一妾一婢相視無恙，真餘生也。沈朗山觀察慰以詩云：「久客愁如醉，扁舟火燭明。江山風雨夕，戎馬鼓鼙聲。廢寺還留塔，防邊早閉城。時危天地窄，漂泊幾儒生。」

温江王遲士明經侃，自號樓清山人。著筆談數十卷，嘗囑余校定，余爲訂正數十條歸之。贈句云：「濁酒十千容我醉，客懷一半向誰分。薄遊縱是飄蓬甚，放眼江山尚有君。」時寓重慶爲巴令張子敏秉堃課子，壬戌賦歸，遲士惓惓出自撰墓誌爲別。略云：「山人年六十有七，取精用物，不可謂不多且宏，而無益於天下國家。目擊世變，每祈死，而年復一年竟不死。山人某姓某名，遲士，其字也。隸籍温江，其先歸安人。山人少年時，亦冀以科目起家。在内，居科道，言人所不敢言；在外，當先歷州縣，爲人所不肯爲。今老矣，以恩貢終。顧猶冀上説下教，或亦有補於時，乃出而遠遊。方枘員鑿，易地皆然。因歸隱，自號栖清山人。粤事起，有私議七篇，既而知其不能用，焚之。詩文無關道理，概不存。存筆談若干卷，以俟知者。」子敏，貴州人，乙巳進士，王文勤門下士也。

龔少蓮禮，金匱人，習申韓業，家於蜀。著有樌園四種。其借箸錄一篇，論鹽法則請歸竈，論營制則請汰兵，論軍務則請明賞罰、行間諜，論軍餉則請易銀爲米，因地成屯。

而於蜀中防勦機宜，委曲詳盡，惜乎其不用也。嘗有句云：「空餘肝膽酬知己，莫把鬚眉付酒家。」又句云：「尚有雄心能射虎，絶無春思怕聞鶯。」

余以壬戌六月決計南旋。八月晤何鞠臣、立人兩太守，訂期東下。閏八月初三日登舟，延至十二月初四日甫獲抵家。舟次竹崎，詩云：「雪重山無色，年殘歲有聲。」八年遊子，萬里歸來，「兒僮相見不相識，笑問客從何處來」，情景偪真。憂患餘生，滂沱一哭。所幸萱堂無恙，兄弟怡怡，「生還且慰意，生理焉得説」，聊借杜詩以自解慰也。

癸亥，余就平寧鹾務之聘，説項者語余曰：「以後不容作詩。」余敬諾之。未幾，雪樵丈以詩來，彶叔、雪滄亦以詩來。尤妙者，余於鹾館中得聞謝枚如名，得聞枚如喜余詩，蓋李君少棠敬居停之戚屬也。余因之獲識少棠，獲交枚如，然而枚如則早識余矣。其識而不早定交者，或曰「子多遠遊」，余曰：「非也，緣未至也。」蓋余不信因果，獨喜佛氏「因緣」二字，以爲足通吾儒俟命之説。枚如贈詩云：「一代才名魏子安，奇書百輩快傳觀。談經頓覺吳蒙亭林有「吳蒙」印。誤，刊史猶嫌漢聖寬。秋氣冬心森矮屋，川雲嶽樹識儒冠。如何長向風塵下，不遣文章付寫官。」「二十年來想見之，每同淪落感鬚眉。傭書屢短才人氣，稗史空傳幼婦詞。天下傷心能幾輩，此生噩夢已如斯。閒階積葉蟲聲急，昂首秋風獨立時。」又七夕寄示云：「箕斗何因唱大東，蕭條星月暗寒空。天孫自抱支機石，不管人間雨又風。」「洗車連日竟滂沱，辜負秋雲薄似羅。借問九張機畔錦，折枝花樣又如何。」枚如名章鋌，長樂人。性伉直，落落尠合，交友有緩急，讀書能見其大。倜儻恢奇，上下千古。著有賭棋山莊詩鈔古文鈔、酒邊詞及雜錄十數種，出相質證，輒有合也，爲快然者久之。劉炯甫曰：「枚如每過余齋，高談雄辯，累日夜不倦。見生客，則噤不發一語，逡巡避去，故寡識者以爲狂。其實久與之處，涵養懇到，恂恂若孺子。而見理之明，任道之勇，則又賁育莫能奪也。」炯甫可謂善言德行矣。

劉芑川懷籐吟館隨筆曰：「枚如室人陳球，字淑慧，畫草蟲楚楚有致，小詩亦綿麗。」贈外云：「惟郎知儂情，惟儂識郎意。爲郎愛花香，金釵攢茉莉。」閨詞云：「輕輕小硯潑隃糜，十幅鸞箋欲寫時。回首忽然夫婿至，故拈綵筆畫蛾眉。」皆枚如所常誦者。枚如憶內詩極多，不能悉錄。

枚如桂樹詩云：「桂樹陰陰罷曉粧，樓臺七寶擣玄霜。自從消受嫦娥杵，染得衣衫十載香。」「羅列鴛鴦七二行，瑤笙一曲唱求凰，春風吹冷胡麻飯，無數桃花憶阮郎。」蓋爲篋室卞姬作也。姬小字桂卿，莆田人，識字，且能諷枚如詩。每曰：「君讀何書，乃會道人意中事耶？」性愛花，最愛水仙，曰：「水仙根不附土，故無塵氣。」皆雋語也。枚如爲著連蜷閣傷春錄一卷。

李星村上舍應庚，性拙直，善與人交，書法端麗，穎悟過人，吟詩能脱凡近。枚如云：「星村詩出入玉谿、昌谷之間，蓋以天資穎粹，不獨其警策處人不能及，即其頽率處人亦不能似也。特以不自愛惜，散佚殆盡。」今梓有琴寄齋詩剩一本。其訪遲清亭故址詩云：「抗疏南巡杖後回，海天痛哭此詩才。尺邱自署山人號，一卷如聞杜老哀。十子已亡壇坫屬，群賢宛在草堂開。蕭蕭榕葉鼇峰路，無復孤亭碧草隈。」律法清蒼，未曾收入，故録之。

劉贊軒刺史勷，著有窺竹精舍詩草，嘗屬余點定，清超拔俗，令人翛然意遠。其送二姪之官蘇州云：「門户艱難日，支持覺汝賢。故山空戀戀，時事迫年年。勿以官爲小，須知民可憐。離亭一樽酒，相對各淒然。」

道光間福州詩社極盛，余時方治經，不遑及詩也，然見獵心喜，偶亦爲之。癸亥秋，枚如招入聚紅榭。榭始丙辰，專以課詞，刊有雅集詞前後二集，間亦以詩而集。其在壬戌前刊有過存集。同社者星村、雲汀、高文樵思齊、雲圖、枚如、禮堂、宋已舟謙、陳彦士文翊、劉壽之三才、馬子翊淩霄、陳子駒通祺、林天齡錫三、楊雪滄浚、梁洛觀履將、王子舟彝、贊軒及余。甲子秋，金陵克復，余將摒擋赴選，先有温陵之行。雪滄舍人贈詩云：「春明逐客無聊賴，我卻歸來汝浪遊。十載重逢都老大，幾人早達已通侯。袖中閒煞泠泠手，水上輸於泛泛鷗。莫説著書有良計，青山萬笏是吾愁。」「西風獵獵逼人來，百事無成亦可哀。未許炎方銷傲骨，每愁箕斗困奇才。窮交數子同肝膽，吾道千秋不劫灰。怎奈爲君更傷別，狂歌白日一登臺。」「無田可佐腐儒餐，煮字千篇當飯難。何以入山慰老母，莫辭求米作麤官。及時正洗天河淨，大比庇生廣廈歡。知有温陵耆舊在，綈袍相送到長安。」於是星村、枚如、禮堂、贊軒各賦一詩，皆書於箑。時星村自皖歸，初與余相見。詩云：「未週旬日唱驪歌，再面匆匆奈汝何。劍可千年豈頑鈍，棋生一路莫蹉跎。衣邊望色芙蓉晚，酒半聞聲木葉波。只道平安無別淚，應知身世不殊科。」枚如詩云：「捷書屢報中興朝，綵筆應題萬里橋。此日出山非失計，三年閉户已無聊。頗思馬首憑浩蕩，莫遣猪肝話寂寥。捧檄定憐遊子意，肯教焚硯學君苗。」禮堂詩云：「短衣匹馬踏朝暉，昨夜江南露布飛。大野星辰動顔色，故山魚筍敢言肥。神弓挽臂秋方爽，長劍論交道未非。聞説風雷有奇識，休過滄海戀魚磯。」贊軒詩云：「出山無計在山非，太息年來百事違。有淚我於何處灑，無田君誤故鄉歸。男兒識字方多患，吾輩勞生幾息機。各抱元龍湖海氣，不須傷別更依依。」後赴選之謀竟不果。

晉江黃喈南孝廉梧陽，余同年生，蘭園以珪哲嗣也。未冠即食廪餼，得拔萃。至壬子，歷十有三科矣，舉於鄉。余侍先君學署，每從之遊，曩所梓百美帖體詩悉出孝廉手定。

癸亥錢塘江上一別，至本歲仲秋，纔得把袂，可謂闊別矣。贈詩云：「往事關心歲月馳，忘年交在少年時。百篇曾詠人如玉，十載重逢鬢有絲。歸橐貧應難養母，窮愁天特予工詩。偶隨江上秋風至，半日傾談慰渴思。」

彦士茂才讀留侯傳云：「即今海內無師佐，論古何妨引百杯。孺子竟能成漢業，素書賴未委秦灰。漫言意氣同游俠，似此功名豈吏才。微恨未能全國士，此身空負報韓來。」胎息之高，非俗手所能辨。末下貶詞，尤得未曾有。

洛觀茂才詩，如出匣太阿，光芒四射。太白酒樓云：「一醉足千古，無人再舉杯。高樓臨大道，餘子孰仙才。明月長如此，浮雲蔽不開。青天一招手，黃鶴待歸來。」洛觀尤工於詞。乙丑秋，遽以瘵卒。有木楠山館詞草一卷。

壽之孝廉，薇卿先生哲嗣也。詩筆清超，人亦如之。其和余作云：「斷無補履用干將，躍冶飛鳴又不祥。神鬼荒唐天且問，魚龍變幻海難量。紛紛俗態物交物，落落孤踪狂匪狂。我自山頭望江色，光芒起處是斜陽。」「鬱鬱窮愁尚著書，虞卿自計抑何疎。究觀世事終流水，還算名山近古初。先正典型家法在，滿腔悲憤劫灰餘。罵人我亦宗劉四，詩史摩挲愧不如。」

子翊，閩縣人，著有習靜樓詩草二十四卷，歷年時事，皆有詩紀之。其贈余詩云：

「見子眼自青，恨子頭已白。抱槧去鄉國，秦晉久作客。避寇從蜀歸，騷壇據上席。釜甑任生塵，考古富金石。談笑驚四筵，意氣閒且適。寶劍時吐芒，勁矢必破的。入世雖勞勞，在己不戚戚。讀書老更勤，夜鑿東家壁。一編欣入手，百感俱消釋。顧此豫章材，衰朽良可惜。」

余自晉江歸，值辦場務，巡防局派余就西城稽查士子。旋停場務，辦軍務。長右之貳尹有時與余共事，出示其尊甫隆□□大令善詩草。菊影云：「詩人留色相，畫本得精神。」佳語也。賢鹿峰貳尹姓亦出其夜泊山村絕句云：「小舟載夢過荒村，明滅燈光數點痕。更有板橋流水處，一燈漁火月黃昏。」庶幾摩詰詩中之畫。貳尹爲余誦常紫庭綬孝廉南沙河題壁云：「自慚萍梗此身如，幾度上船幾上車。三斗風塵一篙水，誤人少讀十年書。」尤爲入情。僕僕者倘亦廢然而返乎？

枚如稱江田生，又作「是癡邊人」印，余少亦號癡珠。今枚如居鼇峰坊，余居烏石山下。有句云：「沉淪不似舊時身，只有癡邊尚是真。慧福何如癡福好，鼇峰烏石兩閒人。」

乙丑春正月，枚如將有香山之行。留別詩云：「張任如劉芑川俱盡後，涕泗忽逢君。茅屋十年月，琴臺一片雲。得歸同養拙，此去忍離群。寸管猶餘熱，登堂愧論文。」「所恨非年少，平生缺憾多。何方堪負米，近日少狂歌。試問他山石，誰回滄海波。冰心貯熱血，噴勃待如何。」余寓蜀芙蓉講院，嘗以「片雲何意」顏其齋，故枚如詩及之。

家稼孫鹺尹錫曾，以仁和名諸生避地入閩，遂就今職。生平嗜金石，著有萃編補石，蓋益王蘭泉所無而訂其誤也。其南來詩云：「準備南來便北征，又携十口滯榕城。曾將身命拚妻子，忍值危難伴母兄。海嶠餘生何面目，江南群盜太縱横。上游欲效當關守，未許書生遂請纓。」其患瘡作末段云：「東南財賦區，烟塵慘漠漠。健兒委原埜，流民轉溝壑。膏塗黄蒿長，血凝碧火爍。非徒兵民苦，爲賊亦何樂。當其磨貐牙，荒腦肆吞嚼。一被官軍補，腰膂俱斬斮。嗟嗟衆赤子，誰非托鈞籥。天心未厭亂，瘡痍塞廖廓。」憂時感事，情見乎詞，讀之可想見其人。哲嗣名本存，字性之，從余受經。工隸，有志於詩古文。

芳州纘，枚如哲嗣也。好讀史，能工詩詞，有望仙樓集句一卷。寇警云：「傷心豈獨爲悲秋，李益。畫角三聲起百憂。皇甫冉。跨馬出郊時極目，杜甫。長安不見使人愁。李白。」鸚鵡詩有「融修未許稱知己，操表何嘗解愛材」句，亦顧盼不凡。

家弟叔淵，少英偉，能文。肄業鼇峰，每課輒冠其軍，而阨於童試。年將四十，始獲一衿，鋭氣銷磨殆盡矣。壬戌，闈卷出張蓉軒司馬夢元房，極薦不售。其海上觀潮歌云：

「茫茫塵海風波惡，驚湍怒浪終朝作。乍浥復乍堆，旋起復旋落。不盡感升沉，激勢紛相搏。但觀海上潮，可作茲中略。澌澌傑爲魁，譬彼豪門托。廣斥恣襄陵，譬彼單寒虐。欑聚糾沸騰，譬彼豐囊橐。泊陌潤相磓，譬彼勤逋索。匒匌振雷霆，譬彼肆搒掠。呀呷迭吐吞，譬彼强侵弱。滔滔皆是久成風，狂瀾誰復障而東。暴鱷怪螭緣橫志，潗濇鼓舞群稱雄。邇者潢池兵盜弄，開合解會將毋同。縱觀有志切澄清，望洋可許請長纓。但得斧柯堪藉手，會當京觀戮鯢鯨。」蓋憂患之餘，遇題則傾筐倒篋而出之矣。

從母葉孺人工詩，晚喜談禪，遂不復作。余少時偕許亭亭及中表輩結訪紅樓吟社，奉爲祭酒。然社中人率穉齡，詩既不足存，而曇花一現，半歸忉利，言之徒益傷心耳。今錄白菴居士許氏女墓誌銘一、送余隨任永安學署長歌一，聊以抒舊人之感。誌銘云：「女許姓，某名，侯官人。門第寒微，故名不出里鄗。年十九，未字卒。其父痛女之行而不永年，不忍女之以成人禮葬，來乞余銘。余聞之女之姻黨曰：『女生三歲失母，事繼母如母。五歲識字，七歲能詩，十一歲父病篤，割臂肉療父。十五歲母病，禱天減己算。父母瘳，不知其故。其純孝，天性也。爲人慷慨好施，而質直負氣，不受惡言。有潔癖，爐薰茗椀，不沾他手。常終日吟詩，撫琴以爲樂，而組織之事亦不廢。』余從他處得讀其詩，書法工麗，詞句秀雅，穆如清風，不愧謝道韞論葩經語矣。素羸弱善病。道光乙未長至前九日，具湯沐，易衣裳，自焚詩草，若預知死期者。趺坐三日，談笑而逝。距斂夕，坐不改處，面如生，異香盈室。夫世多疑仙佛之事，余謂鬼神者，天地之精神；仙佛者，人之精神。凡物，精神不可磨滅，皆能靈異於世，而况乎人？人能純固精神，得其精則仙佛，得其靈則鬼神。鬼神隨天地之化，仙佛不隨天地之化，形質則無不化者。是故人不由修煉而成仙佛，其道有三，忠臣孝子，仙佛氣也；慧業文人，仙佛因也；齋潔薰修，仙佛品也。三者得一爲難，而兼之，其於道也融融。爾女之生白如玉，瘦如梅，風趣亭亭，已有遺世獨立之意。與儔侶結訪紅樓吟社，社中人皆呼爲亭亭姐云。亭亭姐之卒，各賦哀詞，裒成一集，而以銘詞屬余。余不得辭，爲之銘曰：女身父身，女齡母齡，精感上達帝閽聽。天地冥冥，鬼神不靈，金石不鑄蘭蕙形。爾以生爲夢兮死爲醒，肌骨蜕化遺芳馨。山青青兮水泠泠，千古不壞兮皓月亭亭。誰叩幽扃，誰宰風霆。仙塵佛劫兮毋渝此石銘。」長歌云：「春草碧色春水波，洪塘江上聞驪歌。三月初頭二月尾，傷春感别如情何。人生聚散浮萍似，造化弄人何苦爾。去年讀我齋中書，今日送君江上水。心隨江水去悠悠，遠山不斷青含愁。請君聽我歌一曲，停雲不發江雲留。願君讀書如種植，培護本根待春色。願君作文如養花，删除繁葉標紅葩。桃李自栽君自有，若問旁人得知否。鏡裏分明不可欺，美人何必爭妍醜。我昔如君弱冠年，一場春夢西南箋。芳心幾化莊生蝶，妙色如參周子蓮。黑灰燒劫休重説，謂自焚西南箋。一點靈光磨不滅。結習猶存弟子肩，因緣已動豐干舌。十年香火夢通仙，一榻風花病亦禪。成佛不知誰我後，生天已讓他人先。君不談禪我何喜，執經絳帳隨夫子。予嘗受業尊甫。文章有道交有神，蘭譜聯吟從此始。一時詩袂振翩翩，遂結紅樓文字緣。鴻爪印泥終是幻，蟾心吐月妙能圓。清才濃福兼非易，歎息詩人多恨事。但願三生證淨因，何妨三昧供遊戲。君不知禪且學詩，無嫌唐突西家眉。若能刻苦推敲意，自得天然湊泊時。君今惜别知别未，離别辛酸存世味。浮雲物態總無常，金石不渝惟意氣。讀書先要義理明，鯉庭詩禮承家聲。他年相視笑莫逆，無復故態狂書生。」白菴居士，陳定齋德銓大令號也。

永安閨秀陳孺人，壬午孝廉士蘭繼室也，與家慈有姐妹約。己亥先君調臺，歲暮携眷歸。孺人以詩箋贈，詩云：「同雲密布寒栗烈，嶺上梅花皎映雪。一葉扁舟發燕江，握手匆匆驚話别。」

緜竹華嚴菴女尼來度，俗姓洪，名劍，拔萃劉肇宴之妻。工畫能詩。年未三十而寡，無子，立族人子爲子，殤。因捨宅爲菴，祝髮奉姑。余游蜀，得見肇宴畫册，山水筆意得之王石谷，花鳥得之惲壽平，惜其詩燬於火也。或傳其句云：「山川秀氣鍾名士，天地文章付早梅。」顧盼不凡，迄今可想。天不永其年，可勝浩歎。來度祝髮後，屏棄一切，惟日寫金剛經五百字，積十年，幾盈篋矣。持願「滿百萬卷始以分人」，小楷娟娟，余嘗見之。

安慶閨秀徐月珊，茂才葉耕雲莘室也。工詩，能畫松。其題余西征集詩有云「詩草半添行篋重，吟心不逐去蹄忙」，亦佳句也。

覺林寺，在重慶塗山。巴縣余蘭畹凝馥孝廉爲余誦其戚董女士游覺林寺句云：「古刹秋從黃葉老，隔江人帶斷霞來。」爲得其意。蓋塗山與郡城隔一江也。

丁巳，余自川折回太原，夜宿褒城。值閬中謝浣秋司馬澄奉諱歸從長安，彼此不相識。有女六歲，娟秀可愛，輒詣余，依依如戚屬者。因通姓名，知女善讀書，能屬對。余遂以「鳳嶺」二字使對，女應聲曰「龍門」，余爲欣然，出箋書一絶贈之：「無賴春風筆一支，偏逢謝女索題詩。他年林下談風雅，記取龍門屬對時。」後再入蜀，則浣秋又携眷宦遊矣。

陔南山館詩話卷五

侯官　魏秀仁　子安

新唐書杜甫傳曰：「甫又善陳時事，律切精深，至千古不少衰。世號詩史。」今考其颰流所自，則三百篇實具斯旨。紀盛，則風有小戎、東山，雅有出車、常武。刺衰，則風有擊鼓、清人，雅有板蕩、瞻仰。自詩亡，而孔子作春秋以維王迹，於是有史。然則有詩直可無史。漢人創爲五、七言之體，詞意簡遠，指事言情，非有爲而爲，則不妄作。建安七子，尤極遒壯抑揚之致。晉人以放曠爲高，徒以詩吟寫心靈，流連風景，蓋去詩教遠矣。沿至梁、陳，淫豔刻飾，佻巧小碎，既背於經，亦傷於史。子美仰探風雅之原，俯視徐庾之體，而「史」以稱。嗣是，昌黎、元、白接踵而起，三百篇之旨乃大白於天下。今人狃於忌諱，每見憤時感事之詩，輒相噤口。嗚呼，悠悠者亦知詩之爲教，固將以明治亂之跡、察廢興之故耶？

我朝德威遠播，懷柔諸夷，重譯梯航，嚮風慕義。西洋人居香山、澳門者日久，亦甚馴順，惟暎咭唎貪頑狡獷。彼見西洋安居澳門，頗有歆羡妒忌之意，包藏禍心，殆不可測。而督海關轉多方庇護之，謂非如是，則恐夷人不來也。道光十二年壬辰，先君需次直隸，讀史云：「消息全憑運大鈞，國家所患詎關貧。西征擬絶天驕子，南鄙何來渫惡民。自古殷憂原啓聖，即今善俗要還淳。富强究竟非良策，青史難寬聚斂臣。」此可以與張亨甫浴日亭詩同讀。水腐而後蠛蠓生，酒酸而後醯雞集。暎夷之禍，其釀之非一日，亦非一人矣。

己亥議禁海洋私販鴉片以洩漏中國金銀，從大鴻臚黄爵滋之請也。錢塘諸生陳覺菴春曉夷船來云：「南風薰，夷船來。皇恩浩蕩海門開。海不揚波捧紅日，中國聖人知首出。許爾夷船輸貨賓，奇技淫巧悉罷黜。天朝柔遠始通商，不貴異物詔語詳。豈知爾土産最惡，阿芙蓉乃腐腸藥。製成鴉片倆誰作，吸食家家一燈灼。勤者偷惰强者弱，爾國厲禁再三約。流毒中華以爲壑，宰官素稱賢，衙齋晏尚眠。健兒好身手，弓刀忽卻走。粧閣漫漫長夜長，禪房寂寂香复香。下至厮隸工伎役，不能一日無烟吸。人海迷茫齊沉溺，包藏誰識夷心黑。天朝藏富本在民，貫錢朽腐山鑄銀。以彼泥沙易我實，捆載而去來尤頻。數十年來億萬計，欲壑無窮販成例。高牙大纛職海疆，文臣不言武臣弊。鴻臚諤諤心樸忠，萬言入告陳九重。奸夷化外只圖利，嚴刑乃可除澆風。吸食者斬罪無赦，庶幾不墮彼術中。」元和孝廉朱仲潔（綬）紀事之二云：「海外驚章疏，中朝大有人。狡謀當可詘，頑俗庶能馴。奉法須良吏，防邊恃重臣。毋令狐兔輩，藉口啓兵塵。」按，黃疏實出建寧張亨甫（際亮）之手。承辦諸公，自林文忠外，或矜客氣，或護前非，事竟瓦裂，貽禍至今未艾也。亨甫故人詩云：「故人草疏直承明，門客當時獨竊名。危論自關天下計，僉謀翻啓海南兵。千秋難信真功罪，五嶺堪悲半死生。欲歎曹參饒智術，蕭規隨守荷殊榮。」蓋謂侍郎也。侍郎字樹齋，庚戌卒於都門，少香師哭以詩云：「鶯花回首太淒其，功罪千秋且未知。身外是非都不記，一燈風雨讀遺詩。」猶此意矣。泉州陳頌南（慶鏞）侍御，一疏劾三大臣，直聲震天下，相傳亦出亨甫手。疏載梁芷鄰（章鉅）中丞浪跡叢談。

香山縣澳門之有西洋夷人，自嘉靖十四年始。西洋夷人之聚居於澳，自萬曆二十九年始，詳張惕菴（甄陶）先生澳門圖記及張南山（繼屏）聽松廬文鈔。按，西洋英吉利，一名英圭黎，一名膺吃黎，距廣東五萬餘里。我朝康熙五十八年始來通市，雍正七年後互市不絕。嗣是一再來朝，均不克成禮去。乾隆間程啓生徵君（廷祚）憂西夷篇云：「迢迢歐羅巴，乃在天西極。無端飄然來，似觀聖人德。高鼻兼多髭，深目正黃色。其人號多智，算法殊精特。外此具淫巧，亦足驚寡識。往往玩好物，而獲累萬直。殘忍如火器，討論窮無隙。逢迎出緒餘，中國已無敵。沉思非偶然，深藏似守默。此豈爲人用，來意良叵測。側聞託懋遷，絶遠到商舶。包藏實禍心，累累見蠶食。何年襲呂宋，翦滅爲屬國。洽以西洋法，夜作晝則息。生女先上納，後許人間適。人死不收殮，焚屍棄山澤。慘毒世未有，聞者爲心畫。非族來何爲，窮年寄茲域。人情非大欲，何忍棄親戚。諒非慕聖賢，禮樂求矜式。皇矣臨上帝，鑒觀正有赫。」崑山布衣黃士龍（子雲）葵誠向樂府云：「荒服若四體，華夏亘當中。王道日昌熾，萬國咸來同。蠢爾東方夷，負固爲島雄。深維柔遠義，不責包茅供。小人志罔利，市舶反交通。官司具有言，泉幣資其功。湯冶莊山金，禹鑄歷下銅。洎乎秦漢後，未藉海物充。飛龍運乾綱，援手於魚蟲。嶺外盛金沙，往者曾銷鎔。近知滇南礦，足以給司農。寄語行化臣，遏絶無從容。不聞商旅入，驅之如僕僮。堂堂大國威，祇需一丸封。」蓋夷人狡黠，百年前已見其端矣。嗣踵和蘭謀噶喇吧故智，造鴉片誘中國人，害遠且鉅，於是朝議申禁。時祁中堂（雋藻）以侍郎視學江蘇，作戒烟新樂府四章，擢左都御史，偕大理卿黃爵滋籌辦。而林文忠公（則徐）以湖督赴廣東查辦海口。既至，召諸蕃夷，諭以利害，遂盡括其躉船鴉片二萬零八百八十三箱，一舉而焚之。諸夷皆俯首聽令，惟英吉利倔强難制。公尋開府兩粵，英吉利夷目伯陵因私販奸民起爲難，公不爲動，奏請勦撫兼施。上手勅報曰：「既有此番舉動，若再示柔弱，則大不可。朕不患卿等孟浪，但識卿不可畏葸，先威後德，控制之良法也。」尋請停貿易。又諭曰：「該夷自外生成。是彼曲我直，中外咸知，尚何足惜。」公前後所陳皆稱旨，夷已無可奈何，乃乘間游奕福建厦門，首犯浙江定海，陷之爲要挾計。時庚子夏六月初八日也。定海令姚懷祥、典史全福死之，總兵張朝發遁。事聞，以兩江總督伊里布駐劄寧波，相持數月，亦無以扼其吭而挫其鋒也。是時先君渡臺遇風，飄泊厦門，口號撥悶云：「軍門領海疆，水師扼要地。蠢爾兩夷船，突如一再至。長官廢寢食，汛口資禦備。飛礮勢莫當，交綏敵暫退。憑高庶足臨，望洋若無對。澆訛風俗憂，嚇詐小人態。嘆夷去中國，曠絕數萬里。原其所以來，欲賣鴉片耳。不有闌出交，立可制其死。射利甘通夷，指南暗比匪。饑或繼之糧，渴或濟之水。從來古聖王，外患先内理。貪常苟無事，適用難其才，因循亦已久，變動庸有開。請纓既歎老，浮海焉取材。窮途阮籍哭，時事賈生哀。」嗟乎，惕菴有言：「西洋桀驁不馴，蓋恃國家之懷柔，非真能不顧死命，悍然無忌也。」可謂得其情矣。吴縣張儀祖茂才鴻基有感五首云：「路隔中原萬里遥，是誰開館納鴟鴞。蠻奴有餅皆稱佛，商舶無烟不吐妖。尺土豈容輕假借，多金祇買禍根苗。重臣幾輩閒持節，未上籌邊議一條。自某督聽英夷設立夷館，借與粵東碼頭，内地烏烟遂充斥矣。」「抗疏拚將積弊除，漏卮浴塞竟何如。夷吾死後誰籌海，賈誼生平此上書。天以人多開殺運，民緣業少失安居。閉關就使交能絶，已是殘棋被劫初。」「斗大孤城倚夕陽，舶來猶是認通商。早知横海兵能渡，可惜嚴關備未張。頡利處心非旦夕，卞侯埋骨竟沙場。紙鳶信斷重圍急，大帥巡秋正出洋。」「望斷經年報捷旂，舟山仍舊陣雲飛。一城烈火轟銅礟，萬帳寒風擁鐵衣。見説用兵機貴密，敢云扼險計全非。怪他幕府偏無事，閒寫劉娘玉貌肥。」「消息傳來總未真，眉端憂喜襍頻頻。挺身赴國今何日，藉口和戎古有人。風鶴警猶傳粤海，水犀軍合復天津。寶刀不飲樓蘭血，多少英雄願未伸。」

海鹽諸生陳雲山景高浙東紀事云：「搔首臨風喚奈何，蒼茫碧海正干戈。艱難世事謀猷少，感慨人情涕淚多。重譯洪濤曾獻雉，横行白日竟鳴鼉。紅塵那有神仙窟，方丈瀛洲亦罽羅。」「落伽山色秀雲湄，烽火連天佛亦悲。馮諼豈堪爲將帥，睢陽不愧是男兒。怒潮泙湃爭宵濟，仄徑倉皇斷午炊。欲寫流民陳黼座，可憐鄭俠少當時。」「赫怒雷霆玉詔臨，空山猿鶴亦驚心。計窮難鑄防江鐵，才少空抛募士金。北去風霜臣罪重，南來雨露主恩深。升沉宦海尋常事，轉爲黔黎淚滿襟。」「涉筆家書幾斷腸，途窮未必死能償。侯封燕頷宜無負，命致鴻毛亦太剛。大吏千鈞辜付託，孤兒一綫續循良。福星當日輝煌處，只有青燐繞白楊。」時浙江寧紹台道覺羅桂昌於七月二十七夜自盡。桂遺書云：

「一介書生，未諳軍旅，適逢其會，命也何如。月餘以來，日於郡城、鎮邑奔馳。雖總局糧臺委員專司其事，我竝未經手，究爲顧此失彼。屢經面稟撫憲烏，未荷允行。猶冀即日勸除，庶免决裂。不意星使按臨，事益煩劇。撫憲又經革職，護院遠在省城，遇事無所稟承。自問才力精神，實不能當其任，設有貽誤，患曷可言。中夜自思，寸心如割。且自到任，已在封港之後，關稅無徵，例須賠出，造船急如星火，又須津貼，其累伊於胡底？現在薪水之資已難設措，而省城幼穉日有斷炊之虞，不能兼顧。若再有軍需，憑空更變，是無路可通。何惜拚此餘生，以符定數，但未斬樓蘭，不及復覩昇平爲恨耳。揮淚書此，留貽兒輩覽之，不必出示外人，被人恥笑也。苟有一線之途，愚不至此。奈何，奈何。」所云「星使按臨」，江督伊里布也。所云「撫憲革職」，浙撫烏爾恭額以擲還夷書逮問也。此詩之末章，蓋紀其事。

嚮秀仁隨侍燕江，或以南海竹枝詞十八首相示，今亡之矣。從枚如處錄八首，詩云：「聞道廷臣急理財，海疆新令走風雷。無多烟户供朘削，既倒銀河欲挽回。生道殺民原聖德，變通盡利仗宏才。此邦凋弊難堪命，况復年年水火災。」「遠物焉能遍市闤，舟師沿海可防奸。渴來不飲貪泉水，飛渡難過大嶼山。君子有財兼有土，今人爲暴即爲闗。燃犀試向源頭照，百怪呈形咫尺間。」「風土民情久漸移，烟霞錮疾急難醫。法當最密行宜恕，利未能興害轉滋。鬼滿棘林聞夜哭，人多菜色忍朝饑。怪哉寃積蟲無限，吉了能言鳳或知。」「羊狠狼貪案牘繁，狐埋狐搰孰平反。木人屢竊江充智，薏苡爭鳴馬援寃。士庶聯保濠畔街馬姓。黔赤萬家愁大索，蒼黄半夜走訛言。請看賢者巡軍日，秦境歡呼照覆盆。」「時平偏易立功名，不用文官只用兵。牙爪倍承祁父恤，腹心誰向武夫傾。一坏土繫愚民命，萬灶烟屯大將營。怪得牧猪屠狗輩，紛紛投策請長纓。」「但見纍纍日被拘，未聞研鞫脱寃誣。三章新改蕭何律，一卷誰陳鄭俠圖。執法敢辭民怨讟，宣威剛被鬼揶揄。感君寬厚培風俗，遮道牽衣盡博徒。」「官吏追呼遍石壕，尚防沾溉有殘膏。淡烟已逐波中散，明月應從浪裏撈。掩耳盜鈴聊自慰，拖泥帶水不勝勞。地皮剗盡君知否，猶尚黄金鎮日淘。」「希旨惟求固寵榮，全抛國計與民生。但將驚擾爲能事，幾見申韓致太平。入境逢人皆槁瘠，斷烟無日不清明。長歌當哭吾何敢，半是嗷嗷澤雁聲。」此殆鴉片初禁之時，有癮者作。然當日立峻法，廣搜捕，騷擾閭閻，固不必説。而以口腹之累，立置典刑，雖有應得之罪，而持之不無太驟。滇撫顔魯輿伯燾覆奏，略云：「吸烟者不過不自愛其身家，不自惜其性命，非姦盜兇鬭，侵損於人，有犯者治以常例，法與罪已足相蔽。如該寺卿所奏『立限一年之後，不斷癮者，皆置大辟』，直與大奸大惡同一科斷。況例載『大奸大惡，殲厥渠魁』之外，尚有『權其輕重，以次遞減』之條。今吸烟者但犯此禁，即罪無差等，亦無此用刑之典。且吃烟者如此其衆，立限一年之後，能必其無不斷癮耶？斷者半，不斷者半，此不斷癮者，又豈能盡拏耶？不能拏者半，能拏者半，今即以得半而論，一省所拏，至少亦有數百人，合之各直省，所拏則已有萬餘人，一概棄市，非常之舉。勢有難行及至難行，乃始收回前令，另作變通，是前令已爲虛設，而此後之吃烟者心有所恃，必益肆無忌憚，所謂『任法者，法有時而窮』也。記曰：『刑罰中故庶民安，庶民安故財用足。』蓋自古惟聞教民、養民以足民，從未聞刑民而以富國者也。」此老成練達之言，惜當時主其事者未嘗作退一步想耳。迨咸豐初，西臺果以有「減刑加罰」請者，季年又有以「弛禁抽釐」請者，不與立法初意大相徑庭哉？時有賀耦耕長齡中丞亦曰：「治國有經，安内必先攘外。未有不防其外，而自擾其内者。隋史，文帝以盜賊繁多，凡盜一錢以上者皆棄市。或三人共盜一瓜，事發，即死。於是行旅皆晏起早宿，天下懔懔，卒因衆怨沸騰而止。伏讀高宗純皇帝御批云：『盜一錢一瓜皆抵死，而行旅之戒心如故，是峻法固不足以遏奸徒，見其濫刑耳。』聖謨洋洋，誠萬世所當法守也。」

乙卯，孫琴西侍讀衣言消寒集林穎叔齋中題劉炯甫粵嶠從軍圖云：「冬半尚無冰，寒氣久未至。林侯招我飲，同志僅三四。越醪天馬駒，臨觴不能醉。坐客漢孝廉，下郡貢上士。腹中虎鈐經，征南昔書記。傳聞初視師，豺豕歛狂猘。茫茫鹿洲祠，文忠力疾至潮州，卒於藍鼎元祠側。大星黯墜地。遂令括輩來，妖燄不復制。寒宵拜遺影，四座或隕涕。我掌柱下史，頗悉海上事。當年辦西夷，鋒穎患過厲。留侯美婦人，善病乃無技。斯人今無徒，張韓蓋强吏。世變益才難，黃口半疆寄。兵氣久不銷，東南尚鼎沸。吾子兵間來，何以測天意。相向酒杯深，廟堂有高議。」此篇於文忠有微詞，亦正論也。鄭修樓教諭天爵林文忠詩云：「有詔林尚書，乘傳到海邦。爲國伸禁令，庶使庶民康。是時鴉片至，夷船千萬箱。奸商與爲市，浩蕩周遐荒。毒流百餘歲，赤子多痡瘡。巨浸無鐵鎖，何以回湯湯。尚書奉詔往，諭告森煌煌。群吏惕承令，稗民皆驚惶。英夷獨雄傲，自恃有飛艎。陽奉復陰違，睢盱相顧望。公念夷驕悖，導之實奸商。不刮風濤窟，鮫鱷翻披猖。轅門搥大鼓，畫戟開秋霜。衛卒夾階立，屬官凜趨蹌。我公肅衣出，色正寒斗芒。特召賈魁入，鞫之於公堂。賈魁擁巨海，鼻息摇扶桑。冠珮齊公侯，入見神揚揚。是時鴉片至，夷船千萬箱。公乃顧之笑，爾意殊非良。與汝約三日，悉獻夷所藏。奈何助夷人，相依爲貪狼。賈魁抗不承，公命取鋃鐺。引魁跪其上，汗出如走漿。既退不復入，乘風欲飄颺。我公乃大怒，此輩同犬羊。趣禽賈魁至，斷頭尸道旁。賈魁失魂魄，與夷暗裁量。頃刻如公約，暫以免摧傷。吁嗟大臣心，勞怨身所當。豈不知夷怒，力能制非常。其後多議公，消釁無周防。豈知公死後，畫像遍夷疆。萬里懸日月，一飯升芬香。誰言讐我者，感激沾衣裳。」自注：「厦門英夷懸公畫像，每飯必祭。每五日講耶蘇經畢，輒屬其輩曰：『此清朝第一忠臣也。』」修樓此詩足以釋琴西「過厲」之意，因悉錄之。

王文勤言：「聞之龐子芳通判云：『英吉利國在大西洋之西。其來中國，舊取道西洋。英夷曾與西洋鬨事，懼其報復，乃繞出大西洋之外，船行地底數十日，陽光所不照之處。風霾波浪，視西洋大崙山，其險倍之，豈能遠越重洋以與我爲難哉？』」余嘗以文勤言證之時事，猶信。當伊帥之駐寧波也，夷亦觀望數月，欲得講解，即以一船杭天津，叩閽陳愬。直隸總督琦善爲上其章，附奏：「該夷恭順，可以招撫。」廷議以爲然。乃以裕謙督兩江，琦善督兩廣。傳諭該夷：「速離定海，赴虎門聽令。」夷素憚文忠，聞其去，大喜。比至虎門，則大擾亂，不復受招撫，而琦遽撤戍守。夷乘不備，於十二月十五日攻破沙角、大角二礮臺，副將陳連升及子鵬舉死之，參將周枋、千總張清齡先後陣亡，琦始錯愕以聞。明年辛丑二月，賊驅火輪船入虎門。守兵僅數百人，水師提督關天培請援兵，琦堅不發。提督力戰不支，自刎死。游擊岑廷章殉焉。同時鎮筸鎮總兵祥福率楚兵守烏涌，戰歿。巖山游擊沈占鰲、守備洪連科先後被害。吳縣吳清如户郎有感之一云：「豈有腥羶可結盟，通侯籌略遜書生。降旛初豎朝開壁，遊騎潛來夜斫營。一隊孤軍關壯繆，全家併命卞忠貞。試憑烏涌東西望，月暗風高哭楚兵。」儀祖茂才讀史有感云：「血洗舟山浪作堆，羽書又報海南來。英雄效死偏無地，上相籌邊別有才。竟爾和戎曾地割，是誰揖盜又門開。從今敢笑陳陶敗，房琯猶曾戰一回。」「虞機斗發地雷鳴，竟有潛師夜斫營。挺戟行間來孝子，拔刀嶺上出殘兵。白衣殺賊聞尤罕，青簡論功忌尚生。

議戰議和紛不定，岳韓忠勇竟何成。」「海風橫捲礮臺腥，鼓角荒涼不可聽。狂寇稱兵猶跋扈，平章謀國是調停。戎韜誰解鴛鴦陣，相業難憑蟋蟀經。不信籌機諸大老，金人還守廟中銘。」「一春聞雨又聞風，蠶麥鶯花半已空。競見奇兵談紙上，也應枯骨念溝中。民窮可但能爲盜，俗裕由來易教忠。記得林霆嘗撫部，焚香深夜祝蒼穹。」時朝廷以御前大臣奕山爲靖逆將軍，尚書隆文、提督楊芳爲參贊大臣，蒞廣。夷方急攻五羊城，啗以重利，始罷去。孫琴西聞廣州賊退云：「聞道盧循遠遁逃，靈飈神雨沃腥臊。倒翻窟穴風雷陣，淨洗甲兵滄海濤。隴上老農思健犢，城南少婦泣征袍。更煩鐵弩追窮鱷，莫遣回瀾駕巨鼇。」今日云：「逾年下瀨駐雄軍，報捷飛書一夕聞。壯士笙歌都解甲，元戎襁褓亦論勳。幸聞毒霧消鮫室，恐有哀聲落雁群。今日封疆防再誤，九重宵旰獨憂勤。」按，辛丑四月二十六日，靖逆將軍奕山奏：「夷船退出省河，繳還炮臺，義勇勦殺漢奸及滋事夷匪，省城安堵。」隨奏：「六月初四日，海面颶風陡發，海島大雨傾盆，尖沙嘴所泊夷船漂泊擊碎，漢奸划船漂出大洋，淹斃夷匪、漢奸無數。帳房寮篷，吹撥無存。所築馬頭，掃除一空。」按，粵省六月初四、五、六等日颶風大作，唉夷嗎哩遜等爲三元里百姓一鼓擁殺，義律遁免，奕摺借作鋪張耳。上諭：「朕披覽之餘，感邀天貺既深，欣幸更屬愴惶。該夷惡貫滿盈，竟伏天誅，此皆冥漠之中神靈默佑，餘氛銷伏，綏靖海疆。允宜虔備瓣香，以申誠敬。」此侍讀詩所爲作也。其實閩浙總督顏伯燾密奏云「四月初六日，夷人炮子打入老城，直抵貢院。經廣州府余保純向逆夷面議息兵，該夷始索洋銀千百萬圓，後定六百萬圓。其銀已由藩運海關三庫湊給，俱各交訖。並聞四月十五日已作爲追交商欠議撫情形專摺馳奏。探聞之下，心膽俱裂」云云。侍讀詩「今日封疆防再誤」七字，可謂言近指遠矣。

嗟乎，凡夷人之桀驁抗拒，皆以視吾法之必行與否耳。自琦輕信夷愬，而邊事壞；自奕重啗夷利，而國體傷，夷遂愈横不可制矣，於是琦亦得嚴譴去。孫琴西先生銅柱云：「銅柱珠崖萬里通，伏波横海舊時功。百年筐篚誇炎徼，此日烽烟孰總戎。猶有鯨鯢留窟穴，豈能貔虎宴彤弓。從來楊僕持和節，雷雨兵威恐不同。」侯家云：「侯家東第勢桓桓，郎吏諸曹競羽翰。南海明珠收碧血，後堂私宴出金盤。螳螂黄雀嗟何及，絃筦朱門聽已闌。賓客都從今夕散，是非留與後人看。」王子壽比部柏心春興詩云：「重鎮徒聞節鉞懸，如何鼙鼓動經年。窮溟亦是天王地，横海非無漢將船。遂使蜮沙驕小醜，可能犀炬徹重淵。島夷來往仍鳴鏑，猶道飛書用魯連。」「潮頭翻動戴山鼇，倏見天吴跋浪豪。露布何曾三捷至，宵衣無乃九重勞。樓臺蜃氣當春暗，燧火羊城入夜高。太息國殤終不返，鬼雄魂魄葬波濤。」「文昌上將出天關，銅虎新從殿上頒。盡發千帆浮鶂首，先憑一戰慰龍顏。橐街應戮蠻夷邸，京觀高封島嶼間。南國轉輸連歲月，滄江日望凱歌還。」「番禺城上有嗚笳，壯士從征不憶家。旗幟青摇營外柳，烽烟紅入海邊花。艅艎戰舸連雲盛，組練軍容照水華。赤子瘡痍今不少，早銷金甲事桑麻。」尋而粤人公忿，以計邀之三元里，粤東北門外里名。大敗夷人。據閩督顔摺，係辛丑四月初十日。張南山太守維屏三元里詩云：「三元里前聲若雷，千衆萬衆同時來。因義生憤憤生勇，鄉民合力强徒摧。家室田廬須保衛，不待鼓舞同作氣。婦女齊心亦健兒，犂鋤在手皆兵器。鄉分遠近旗斑斕，什隊百隊沿溪山。衆夷相視忽變色，黑旂死仗難生還。夷打死仗則用黑旂。適有執神廟七星旂者，夷驚曰：『打死仗者至矣。』夷兵所恃惟鎗礮，人心合處天心到。晴空驟雨忽傾盆，兇夷無所施其暴。豈特火器無所施，夷足不慣行滑泥。下者田塍苦躑躅，高者岡阜愁顛擠。中有夷酋貌尤醜，象皮作甲裹身厚。一戈已揕長狄喉，十日猶懸郅支首。謂夷目伯陵。紛然欲遁無雙翅，殲厥渠魁真易事。不解何由巨網開，枯魚竟得悠然逝。謂夷目義律。魏絳和戎且解憂，風人慷慨賦同仇。如何全盛金甌日，卻類金繒歲幣謀。」蓋自夷人不靖以來，惟是役差强人意。後來三元里檄文云「困義律於北門，斬伯陵於南岸」，皆實事也。功在垂成，而廣州府余保純得義律私書，出城彈壓，大帥遽於城上豎白旗講和，人心大沮。隆參贊以此不起，日夕咨嗟，言：「有何面目見主子乎？」是役以前，尚有長總戎春鳳凰崗之捷，擊沉夷人三板船二隻，人船俱殁。蓋當日委曲議撫，不堪問矣。張儀祖茂才詠史云：「傳車百道走雷霆，上將威儀古衛青。萬帳已看屯虎豹，一碑可不仆蜻蛉。白虹氣亘南天雨，赤雁光騰北府星。咫尺海濱誰可問，牙旗閒捲浪花腥。」「了了機心在一枰，爛柯人奈眼雙盲。枕邊美妾呼松壽，閫外殘軍亂角聲。當世有誰嫻將略，諸公自合享承平。只愁慾海填難滿，未必黃金勢可行。」「紙上葫蘆豈足憑，相公覆轍急須懲。一編傳合裁關索，滇南有關索嶺，碑誌爲前將軍之子。五道兵偏誤李陵。玉壘荒涼留斷鏃，瓊筵歌舞又春鐙。那堪更話西征烈，望裏殘楊眼倦凝。」「斷無邊衅啓崇朝，二十年來養有苗。萬姓脂膏由土化，百官氣骨爲金銷。閉關未易逢朱鷺，開府相傳是李貓。從此日南流禍水，紅棉花拂陣雲飄。」「漆城何待冠來攻，囊括先愁百貨空。差喜齊桓猶不譎，可憐楊業竟無終。萬言建策惟輸幣，一笑扶桑待挂弓。此日從軍殊不惡，桃花開遍戰場紅。」「冰山六月槖駝僵，入夢先驚道路長。一輩貪夫懷有璧，十年藩鎮出無糧。江東設醮酬蘇軾，海上投兵哭李綱。竿下金雞原不遠，只愁憂國鬢先蒼。」「玉帳香籠翠袖温，胡姬淺笑捧金樽。趙佗久已窺南粵，杞子偏教管北門。一簻梅花春信漏，四山刁斗哭聲吞。可憐余闕常祠廟，末代何因有此孫。」「突聞祖臂市中呼，竟有人才在狗屠。一劍自磨生血性，萬金不換死頭顱。勁弓已分摧殘羽，契箭偏聞貸醜奴。似此兵機吾不解，挑燈重與讀陰符。」「議和議戰究誰差，聒耳官私兩部蛙。閉户豈能摧冠啖，揭竿猶恐起群譁。衣冠皆盜斯奇變，科目無人況世家。見説張皇須坐鎮，未妨宰相似棉花。」「玉石終須一炬焚，瓊州露布幾時聞。快心共讀陳琳檄，盡甲俄驚秀實軍。白馬清流嗤此輩，黄龍痛飲待諸君。普天自切同仇義，羞説麒麟閣上勛。」「詔旨重聞撻伐申，萬方觀聽一時新。古來將相原無種，天下英雄自有真。反正急須從海甸，歸邪昨已驗星辰。洗兵願及呼嵩節，齊傍紅雲祝聖人。」

時夷人義律就撫，臨桂朱伯韓侍御琦感事一篇，紀之特詳。詩云：「鴉片入中國，爾來百餘歲。粵人競啖吸，流毒被遠邇。通參軫民害，讜言進封匭。吏議爲條目，罪以大辟擬。粵東地瀕海，番商萃奸宄。天使布威德，陳兵肅幢棨。宣言我大邦，此物永禁止。獻者給茶幣，一炬付烈燬。積蠹快頓革，狡謀竟潛啓。飛帆擾閩越，百口騰謗毀。致釁誠有由，功罪要足抵。直督時入覲，便喋伺微指。節鉞遽更代，蠻疆重責委。豈料堅主和，無復識國體。擅割香港地，要盟受欺紿。況聞浙以東，醜虜陷定海。焚掠爲一空，腥臊未湔洗。虎鹿復逼近，鎖鑰失堅壘。總戎關天培，隻身捍賊死。開門盜誰揖，一誤那可悔。五管嗟繹騷，征召無暇晷。至尊勞旰食，軍書屢黼扆。機幄時咨對，震慴但諾唯。天討終必伸，整旅奮尺箠。冠軍伊何人，軀幹頗傑偉。驍鋭五千騎，索倫十萬矢。庶往麾天戈，一舉盪溟澥。義律何能爲，勾結餌群匪。所恃惟巨礮，以外無長技。常侯昔決戰，摧鋒氣披靡。艅艎坐饑困，如魚游釜底。阻隘斷其歸，彼虜無完理。惜哉失此機，奔突縱犬豕。大帥殊畏懦，高牙擁嶔巇。兵驕或食人，傳聞日詠詭。哀哀老尚書，自注：謂隆參贊文。遺奏何噓唏。上言海氛惡，下言抱積痞。箴砭輒乖謬，盭戾入肌髓。艱虞正須才，孤憤亦徒爾。先是春二月，番舶據沙觜。黑夜突憑城，舉火縱葭葦。樓堞幸少完，室廬剩荆杞。附郭尤慘悽，蹂躪其餘幾。可憐寶玉鄉，瓦礫積硫磦。回思承平時，海南誇麗侈。巨舶通重洋，珍貨聚寶賄。笙歌徹夜喧，紅燈照江水。豈知罹烽燹，園宅倏遷徙。竄身榛莽叢，流離迫凍餒。盛衰有循環，天道詎終否。比聞夷務輯，櫜弓竚旋凱。虜驕愁反覆，私憂切桑梓。昨覽檄夷書，疾聲恣醜詆。忠義乃在民，苟祿亦可恥。古人重召募，鄉團良足倚。勦撫協機宜，猖獗胡至此。我朝况全盛，幅員二萬里。島夷至么麿，滄海眇稊米。廟堂肯用兵，終當掃穅粃。微臣憤所切，陳義愧青史。蒼茫望嶺嶠，撫劍獨流涕。」係從所見詩鐸本刪。此篇洋洋灑灑，曲盡時事，韻語中有此鉅製，歎觀止矣。所云「直督」，謂琦侯善也。文宗登極，以川督下獄，籍其家。癸丑，廷臣薦其有將帥才，釋之，畀以重師駐江北，而糜餉三年，未嘗一戰，誠何心哉。馬子翊諸將詩云：「纍臣受勅總戎行，飽食厫倉萬斛糧。麗罽明珠空耀目，干將竟不露鋒鋩。」伯韓侍御立朝風采與陳頌南慶鏞、蘇賡堂廷魁齊名，而詩獨工。著有來鶴山房詩稿。

先是，琦善挐問。提督楊芳適先至粵，相持數日，撫議又起，而湘南之兵首先滋事，不能約束。詳顏魯輿密摺，善化孫芝舫侍講鼎臣官兵行云：「北風蕭蕭腥滿衢，廣州城中人跡無。家家閉户如逃逋，官兵横行來叫呼。官兵殺人食人肉，挺刃莫敢相枝梧。短領窄袖大布襦，三三五五遍里閭。宰割雞犬牛羊猪，突入酒肆懸雙弧。搜索盆盎及罌盂，飲食醉飽惟所須。八十老翁泣路隅，去年夷人到番禺，十家五家被賊俘。今年官兵望討賊，賊未及討民被屠。彼賊殺人兵得誅，官兵殺人胡爲乎。黄昏吹角聲嗚嗚，轅門半掩人吏疎。雙雙銀燭紅氍毹，大將夜坐治軍書。老翁欲歸無室廬，夜半卻立長欷歔。」蓋作於是時。侍講著有蒼筤詩集，其芻論二十五篇，曰論治者六、論鹽者三、論漕者三、論幣者二、論兵者三、通論唐以來大政者七、論明賦餉者一，詳明愷切，皆屬救時之急務。惟首章追溯今日之亂源，深咎近世漢學家用私意分別用户，其意蓋有所指，非篤論也。

海賈列肆在廣州城外，昔本十三家，自此役後，蕩然矣。臨川樂蓮裳孝廉鈞嶺南樂府十三行云：「粤東十三家洋行，家家金珠論斗量。樓闌粉白旗竿長，樓窗懸鏡望重洋。荷蘭呂宋英吉利，其人深目而高鼻。織皮卉服競珍異，海上每歲占風至。天子神聖海内足，不貴遠物遠人服。萬國梯航奉職貢，八荒舞蹈稱臣僕。此非外藩非内附，互市常來澳門住。魚目换將南海珠，木蝨苗蝗復誰悟。昔時勾致由貪民，大舶滿載波斯銀。豈知番人更狡詐，洋貨日貴洋行貧。圈鹿闌牛豈足載，海市蜃樓多變態。南山白物見無時，蕩盡私囊欠官債。」

辛丑四月，義律以罪趣歸。六月，領事噗嘯喳糾諸島以兵船百餘號至，再擾廣州。怵於義律覆轍，隨去之。七月，犯福建泉州之鼓浪嶼，直攻厦門，金門總兵江繼芸以護礮臺落水死，護延平副將淩志，都司王世俊，把總紀國慶、楊肇基、季啓明等皆力戰死，厦門陷。總督率道、府以下退保同安。八月，再犯定海，定海縣城東、西、北三面環山，南面臨海，離海約一二里。壽春總兵王錫朋、處州總兵鄭國鴻、定海總兵葛雲飛拒戰。自十二日至十六日，我軍屢捷。十七日，賊由陸路攻曉峰嶺，稻桶山左右。王鎮礮傷一足，猶揮軍進戰。賊憤，奪其尸去。轉攻竹山門，定海城門。鄭鎮中礮死。復攻東嶽宮，在東山。葛鎮勢孤，亦戰死，定海陷。吴清如户部有感之二云：「險絶孤城大海東，鴟張虐燄肆環攻。曉峰草化愁燐碧，遠島霞凝戰血紅。齧指霽雲能慷慨，納刀光弼本英雄。擁兵苦恨諸專閫，坐廢牙軍六日功。」夏靜甫經歷尚志追感錄云：「兵變由來已駭聞，開門揖盜更云云。將軍縱有捐軀志，士卒難逢敢死軍。借貉導蹤情狡獪，如蠅扇魄日紛紜。頑民梗化誠堪痛，玉石甘心與共焚。」「四圍攻擊已堪憂，况是孤懸島上州。不見援兵航海至，空聞拒礮土城修。潛師夜襲陰平險，逆夷假我軍裝，由山後潛進。示弱方知冒頓謀。坐視連營三帥殉，督師何事太悠悠。」夷於是游奕蛟門，窺視鎮海。欽使江督裕謙督兵駐鎮海。八月二十六日，賊船分泊沙蠏嶺、招寶山後及鎮海北門。先由沙蠏嶺登陸，攻占金雞嶺。狼山總兵謝朝恩拒戰死，提督余步雲自招寶山遁回攔江埠，賊遂踞招寶山，舉礮攻城。裕待提督之援不至，賊陷北門，遂自沉於泮水，縣民救送郡城，又送至紹，薨於途。鎮海縣縣丞李向陽殉難，余步雲後逮伏法。吴清如户部有感之三云：「寶氣衝天寇燄消，將軍擬準絶天驕。三公謀國終牽制，一柱迴瀾駭動摇。馬上方思擒頡利，軍中先哭失嫖姚。大星墜地餘芒在，膽落妖酋沸海潮。」漢軍徐鐵孫觀察榮招寶山放歌云：「君不見浹口江，寄奴大艦排旌幢。長生人潰水仙走，築城置戍來句章。劉裕擊孫恩於浹口。又不見巾子山，行人斷舌懸高竿。越國樓船出東海，天上白雲翻紫瀾。張越公世傑，度宗時爲水師統制，次定海。元將令部統卞彪説之降，公斷其舌，磔於巾子山下。朝潮夕汐改人世，豪傑相望異遭際。臨山破直亦論功，姑渡擒倭還就逮。明俞大猷破汪直於烈港臨山，又斬倭寇三百餘人於小姑渡。胡宗憲劾其縱倭，逮詔獄，疏辯得釋。雲中樓櫓鬱參差，都督威名鮫鱷知。盧鏜爲總兵，始築威遠城於招寶山上。天險尚傳盧氏壘，海烽爭避戚家旗。戚少保繼光爲鎮海總兵，倭人望其旗輒避去。英雄事去青山在，重見龍旂照瀛海。鬼皮韉軟馬韁腥，登騎一軍齊喝采。辛丑六月，鄉人獲夷鬼二名送軍中。裕節帥謙剝皮抽筋，令於衆。其奏疏有云：『活剝其皮以爲奴才馬韉，生抽其筋以爲奴才馬韁。』傳聞倏敗五羊盟，厦門險失全閩驚。滃洲血戰凡六日，絶盼竹山無救兵。救兵只在蛟門西，雲屯招寶分金雞。悲笳沸海風月湧，列帳連山霜雪低。旱潮忽打攔江岸，火輪飛過蟲沙散。傷心地上走元戎，空有蘭筋無欵段。威遠城頭落照新，山花又報太平春。我來只灑潮頭淚，此是古來征戰地。」小潮音洞作在招寶山後，路極險仄，逼臨外海，内鐫此洞名。云：「招寶南來面回顧，脚插海心無去路。忽聞洞口接狂潮，呼吸天風有餘怒。風怒潮狂霹靂驚，奇兵已入威遠城。將軍棄甲督師走，倒海翻江聞哭聲。夷人一艘攻招寶山南面，一艘攻金雞山北面，而潛以小舟由此洞上山，入威遠城，又以一舟由沙蠏嶺攻金雞山後，守兵是以俱驚潰。先是鎮海城外鉤金塘設四礮，可防此洞上山之路。余見其險要，白劉玉坡中丞添設大礮三門。及裕魯山督師來，令江蘇黄太守守金雞山，乃謂鉤金之礮無用，盡撤至金雞山。夷人後竟由此上山。按，黄太守寃後逮問戍邊。時平仍見横雲堞，我攬籐蘿有餘慴。雲影懸空路似繩，海光潑眼身如葉。往事空傳六國來，平倭勒石亦雄哉。不見周嵩出下策，定如李勢是奴才。洞外左壁刻『六國來王處』五字，右壁刻『平倭第一關』五字，大皆二尺餘。所署小字，苔纏不見。志云『王安石書』，無可據，當是俞大猷、盧鏜諸人所題。晚潮拍面催歸屐，南望金雞增歎惜。一樣飛來沙蠏旗，臨時不得郎機力。奇奇正正古來聞，爭遣排成一字軍。已看金湯重部署，莫令風鶴更紛紜。頃辦善後工程，余囑以留意鉤金塘。今已築海成隄，可安大礮一十九門矣。」觀察號容莽，咸豐乙卯討粵匪，於安徽殉節。著有懷古田舍詩鈔。

寧波，古甬東。八月之晦，夷船泊寧波靈橋門下，登岸劫掠，將吏閉城西靈橋門。忽開，賊衆大至，提督余步雲騎馬出南門，退守上虞，道府以下及兵民紛然奔竄。賊遂據郡城，出條告，通貿易，聽詞訟。官軍僅劃曹娥江以守，郡城、鎮海、定海，俱委之賊。鎮海孝廉姚梅伯燮樂府四首，寧波失守後作也。太守門云：「鬼官設座太守門，愚民號泣來訴寃。細書事狀長跪陳，鬼官不解民所語，旁有青衣相爾汝。小事雞一匹，大事犢一頭。我當釋爾苦，官當如爾求。爾不雞，褫爾衣。爾不犢，劙爾肉。縛雞牽犢來獻公，驅犢入柵雞入籠。鬼官點頭畫破紙，畫篆如符闊三指。歸貼門户堪辟災，有不得者心悲哀，明朝當辦肥犢來。君不見墨書朱印天朝字，門上猶懸太守示。」兵巡街云：「猾豎攜鞭作前導，群厮肩錢逐後笑。鐵矛三稜金鞴靫，鬼兵率隊來巡街。東街穿市門，西街入民户。穿門爲狼入爲虎，索錢一千充酒資。爾家有妻保爾妻，爾家有兒保爾兒。爾無妻與兒，爾身隨我敲梆執火，使爾朝朝飽餅粿。爾不隨我還無錢，爾不見鄰兒背受三百鞭，血肉狼籍城根眠。」毁廟神云：「神不殺鬼鬼殺神，陰陽顛倒棼屈伸。明州寧波，唐曰明州。城中二百廟，辛木森沉亂鴟叫。昔年廟神有威福，大祭平筵享酒肉。今朝廟神遭鬼欺，鬼攫神帽穿神衣。小鬼手搴神案旂，倒執神笏相娛嬉。折神手，作薪炭。支神頭，炊麥飯。炊麥飯，煮麥粥。弱鬼瘦死强鬼疫，神廟朝朝聞鬼哭。」捉夫謡云：「江頭白鴉拍烟起，飛飛呀呀入城裏。城鬼捉夫如捉囚，手裂大布蒙夫頭。鋃鐺鎖禁釘室幽，鐵釘插壁夫難逃。板牀塵膩牛血臊，碧燈射隙聞鬼嘷。當官當夫給錢粟，鬼來捉夫要錢贖。朝出擔水三千斤，暮縛囚牀一杯粥。夫家無錢來贖夫，囚門頓首號妻孥。陰風掠衣頭髮亂，飛蟲嚙領刀割膚，誰來憐爾喉涎枯。」讀是詩，鬼之恣睢可知矣。孫芝房侍講有君不見四首云：「寧波城中夜叫烏，紹興城中晝見狐。家家逃兵挈妻孥，紛紛涕泣滿路隅。病者委棄無人扶，十隊五隊來姑蘇。姑蘇今年復大水，田中高低長蘆葦。君不見蘇州民，一斗米值錢千文。」「大營前後兵八千，屹立不動堅如山。軍中無事相往還，蛇矛左右一百盤。引弓卻射雙鳴鳶，歸來夜傍刁斗眠。夷人麾兵出復没，東莊西莊日流血。君不見定海城，日夜涕泣望官兵。」「大船峩峩泊津口，小船營營匝前後。船中健兒好身手，白布裹腰紅帓首。船人登岸時八九，居民滿城走如狗。開府危坐諭堂皇，犒以酒食分兩旁。君不見天津市，連日官人買羊豕。」「北風蕭蕭殺氣横，番禺城頭日演兵。戈矛銛利鎧甲明，沿海百里舟爲營。壯士踴躍誓不生，意欲殺賊爭先鳴。樓船夜月滄海曲，夷人歌舞粵人哭。君不見制府林，單騎北走行駸駸。」讀是詩而東南之蹂躪，官軍之遷延，大帥之異議，中朝之用人，皆可想矣。夏靜甫參軍著有塵海勞人草，其寧波東鄉梟民坐亂因追憶辛丑年事詩云：「碌碌庸庸列鼎台，祇應仗馬共徘徊。片言妄博中朝譽，百里空糜内庫財。戍卒經年猶裹甲，居民沿海半罹災。可知興革關邦計，竊位何堪逞辯才。」「綏帶輕裘號令明，參戎智勇足干城。無分帳下均甘苦，不獨胸中有甲兵。細柳軍容周太尉，渭橋紀律李西平。但教同德申天討，蠢爾鯨鯢敢横行。」「何事前軍遽引回，流民蟻附渡江來。哥舒竟拔襄城遁，趙括原非上將才。玩寇失機詎執咎，以兵資敵更堪哀。紛紛赤子誠何罪，一夕無端賸劫灰。」「海防重鎮此咽喉，何事中樞少運籌。禦寇宛同兒戲事，稽勳應錫醉鄉侯。頗聞公宴軍中樂，不見韓刀陣上抽。胔骼如山尤可慘，礮轟兵解付東流。」「奸情如蜮費防猜，射影含沙去復回。纔聽凱歌關外入，已聞警報夜深來。軍中不少封侯夢，海上難求捍患才。撫卹流亡安反側，莫教邊釁再重開。」「連日諸軍振旅還，前茅後勁士桓桓。弓刀隊列皆精卒，蛇虎旗分頗壯觀。似此嚴師同細柳，何緣轉戰失樓蘭。功高誰似張英國，三縛降王海甸安。」

是年九月初五日。上以御前大臣、宗室奕經爲揚威將軍，文蔚參贊，前往浙江辦理軍務。以牛鑑督兩江。代州馮魯川觀察志沂九月十二日作云：「嶺海烽烟又浙東，羽書夜半達深宮。宵衣誰遣勞明主，專閫頻聞策上公。此日天心應悔禍，嚮來廷議但和戎。賸黄詔下三軍泣，早晚舟山看挂弓。」閻問樵保庸上奕將軍書發策六條末云：「伏思鎮海、寧波，創深痛鉅；杭、紹接壤，一日數驚。其翹首企足待援望救之急，不啻大旱之望雲霓也。今大兵駐蘇一月有餘，擬俟來春進發。極知行兵之道，持重爲先。而外間無識者流不諳兵法，徒見大纛留蘇，從容度歲，未測意旨所在，難免人心惶惑。設一旦復有餘姚之失，内外臣工必有操白簡議其後者。將軍何以上紓睿慮，而下慰輿望也乎？」王子壽比部竝海云：「竝海瞻妖孛，當秋落將星。頻干天震怒，不念國威靈。泰望烽烟斷，句章戰血腥。投醪多壯士，慷慨靖鯤溟。」巨海云：「漢遣樓船日，殷歌撻伐辰。旌旗連巨海，斧鉞授宗臣。多壘猶相望，奇兵自若神。豈無謝安石，談笑靖烟塵。」

壬寅春正月，揚威將軍至浙東，八省大兵雲集。二十五日祭旗，二十八日寅時收復寧波，誤用間諜，爲敵所紿，師熸焉。朱伯韓書憤云：「城頭黯淡城門開，天狼星墜聲如雷。赤髮猙獰遽突出，飛礮如雨從天來。我兵直入不畏死，前軍失陷後軍止。妖童噴霧作狡獪，截江闌殺火又起。迴車與角者爲誰，巴州都士幽并兒。手中剩有槍半段，大呼斫陣山爲摧。危哉銜枚誤深入，一賊橫刀勢將及。抽刀斷賊撾其馬，揮鞭疾渡水没踝。背後但聞號呼聲，狼兵三五奔出城。可憐此輩號驍敢，手搏鮫魚口生啖。奈何一炬付燼灰，勾餘山頭鼓聲慘。將軍失計空頓足，潰軍兩岸詈且哭。斷後幸有牛松山，强弓百尺力能彎。不然三百虎士無一還。」二月初四日，參贊文蔚復敗衄於慈谿，副將朱貴及子昭南，參將阿木穰，游擊黄泰，守備徐宧、陳芝蘭、哈克里，候補知縣顔履殷死之，揚威將軍遁入杭州。自是軍謀不敢輕言用兵。震澤諸生趙艮甫函哀甬東詩錄云：「軍謀紿賊墜賊計，入城已無旋馬地。大軍拔寨回旌幢，一水劃斷曹娥江。」孫琴西志憤云：「冠軍驃騎舊威名，帶甲還兼七校兵。早合偏師臨狡窟，如何並海失連城。雄關赤堇誰先走，濁浪錢塘不可行。更恐長驅遂深入，速憑天險遏奔鯨。」「曾聞大將讀兵書，黄石陰符迴不如。談笑自宜收脱兔，兵機何自漏多魚。出奇馬邑無全策，學古陳陶有覆車。回首長平成碧血，當時容易薄穰苴。」「狼烽海外照狂瀾，一夕迴戈勢已單。未報前軍誅馬謖，空聞壯士哭陳安。驚心風鶴倉皇甚，失險貔貅進退難。自昔旌旗尊節制，草間今亦媿登壇。浙江提督余步雲聞敗亦走。」「况聞薪槀酷誅求，珠玉三吴氣亦愁。越使資裝誇寶劍，吴孃顔色擅迷樓。儲胥餓虎威猶在，粳稻哀鴻命孰謀？今日萑苻防内亂，急須借箸問良籌。」長興朱立齋司訓紫貴諸將擬杜云：「元戎寵冠百僚班，共盼膚功指顧間。緩帶輕裘羊太傅，圍棋賭墅謝東山。馬馱殘月宵移帳，旂捲清風晚渡關。隊隊銀刀人簇擁，錯疑新破蔡州還。」「潛師宵濟費安排，誰遣多魚漏泄來。爛額焦頭新鬼大，短兵狹巷幾人回。豈容小醜成堅壁，敢向危時議將才。赤手長鯨疇縛取，至今燐火有餘哀。」「寂寂蘭陵破陣歌，運籌借箸定如何。空將併命憐盱眙，終冀防邊有牧頗。犄角先同猿鶴化，蒼黄轉眼兕犀多。伏波横海登壇久，肯向雷池一步過。」「翁洲消息斷經年，島嶼波濤路渺然。風利爭傳黄蓋艦，火攻競報李苗船。果能志奮中流楫，自可功書幕府箋。烽燧未消憂水旱，何人籌及大農錢。」「雪花消後杏花紅，誰製鯨魚駭浪中。鼠目麞頭膺上賞，雞鳴狗盜奏奇功。親賢授鉞風雲壯，巴蜀飛符士馬雄，不有捷書馳海甸，諸君何以答宸衷。」

俞家莊者，浙江嵊縣一小村落也。夷寇寧波，官兵莫能禦，鄉民切齒，欲甘心焉。一日捕魚海上，見有夷船停泊，突入其船，奪其兵仗，殺夷人過半，拆毁其船，取其貨物以歸。意夷人必能報復，乃操小舟十餘隻，載稻草、菅索，捕魚海上如故。不數日，果見火輪船二揚帆來。鄉民俟其近，各懷利刃躍入水中，密以所携稻筐繫兩輪旁，船不得動。夷人方愕然，鄉民已躡火輪上，出利刃擊刺夷人，盡殲焉。取其貨物，防守益固。夷人因不敢入嵊縣境，而一邑無恙。陸伊湄大令有庚辛日記，言之甚詳。顧蒹塘大令俞家莊歌云：「英夷聲勢不可當，到處焚掠恣披猖。聞風畏懼爭逃亡，挫衄乃在嵊縣鄉。嵊縣鄉民有何長，終年力田藝稻粱，入水捕魚以爲常。側聞夷人紛劫攘，胸懷義憤志激昂，恨不剚刃屠其腸。一朝拏舟在内洋，瞥見海舶高帆檣。乘勢突入夷人艙，舉手奪得刀與槍。夷人多半被殺傷，僅有一二得遠颺。拆毁船板如排牆，抛棄毒土無遺殃。所獲財物兼軍裝，父老竊歎見未嘗。鄉民歸去心思量，重來報復勢必張，有備無患宜熟商。各挾匕首懷中藏，依然海上鳴漁榔。載有菅索與稻筐，如俟寇至來齎糧。天風海水聲浪浪，果見萬斛來龍驤，游鯤擊水同飛翔。鄉民此時亦不忙，一一躍入波中央，潛行水底如周行。

密將所携擊兩旁，使彼火輪似耳璫，不得轉動如旋牀。夷人猶然蜂綴房，鄉民猝至殊倉皇。斫落夷首如刲羊，但見鮮血流滂滂。遺有貨貝數百箱，遂令窶俗成豐穰。夷人自此心怯恇，不敢擾害來茲方。庚辛日記言甚詳，我初聞之喜欲狂。我思將帥身堂堂，天戈所指天威揚，詎無弧矢射天狼。我思材官羽林郎，冠飄孔翠乘飛黄，詎無勇氣赴敵場。我思節鉞專封疆，高牙大纛何輝煌，詎無偉略籌邊防。我思牧令稱循良，平時惠澤流甘棠，詎無衆志成金湯。我思宰輔居巖廊，出入帷幄資贊襄，詎無碩畫恢宏綱。我思侍御依天閶，手執白簡排風霜，詎無上策呈封章。我朝德意何昭彰，能令萬國來梯航，臣民累世蒙樂康。妖星偶爾吐角芒，爭願同澤兼同裳。君不見小可敵大弱敵强，靜能制動柔制剛。保護宅里如苞桑，小小乃有俞家莊。俞家莊，歌慨慷，作此歌者顧蒹塘。」

是年三月二十七日，夷人退出寧波，官軍奏報收復。四月初九日，乍浦失守。乍浦在嘉興府平湖縣東南。明洪武中築城，國朝設都統及鎮、道以下官。先是，浙軍募鄉勇，有糧船水手青皮黨李姓者，率衆數百人應募，給六品頂戴，統其衆守乍浦。夷人昔時至浦賣烟土，有閩省鄉勇爲之交鬬，李率其黨刼掠閩人。閩人訴於夷，夷遂至浦，舉礮焚滿洲營。李衆爭先出戰，閩勇倒戈相向，夷乘間陷乍浦。同知違逢甲、千總韓大榮死之，都統、鎮、道以下退避嘉興，兵勇四散。李黨復在嘉興殘殺閩人，嘉興大擾。後將軍耆英至，擒治數人，民心始定。趙艮甫哀乍浦云：「群夷巢越東，久有浙西志。龕山潮不平，尖山潮又滯。打鼓揚帆抵乍浦，此是商船舊門户。往時賣土不帶兵，今日帶兵兼賣土。軍門召募多害民，紛紛烏合本不馴。青皮入伍更狡猾，劫奪閩勇官難申。黄槃洋外報夷警，一礮燒營風力猛。兵勇出鬬乃倒戈，夷人乘間得一逞。吁嗟乎，官民雜遝走秀州，鄉兵露刃仍相讎。郡事倉皇疆未靖，夷船又入江南境。」五月初一日，夷船數十艘犯寶山。提督陳化成防守，相持七日。初八日，夷船近海塘。登塘督戰，礮毁夷船三，又擊斷大夷船一桅，斃夷數百。夷少卻，復連檣進，縛大礮於桅顛下擊，化成中礮死，守備韋印福，千總錢金玉，把總龔齡垣，外委許林、許攀桂、徐大華、姚雁字殉焉。總督退駐崑山，夷遂長驅入吴淞江，至上海。官民先期遁，城空不守，典史楊慶恩沉江死。夷晏然入城，踞城隍廟，點視夷衆。十三日，分船由黄浦攻松江。壽春總兵尤渤拒戰，再拒，再卻。十五日，夷退出吴淞江。艮甫哀滬瀆云：「擡槍千百來金陵，如山火藥吴淞營。四方勁旅復調集，區區㖒夷何足平。豈知賊入吴淞口，將士乘舟望風走。礮臺峩峩數千重，一夕摧枯還拉朽。夷人登岸城門開，遍尋官吏無人來。一尉沉江識大義，城亡與亡良可哀。貧民早罷東門市，富民皆向蘇州徙。蘇人亦擬徙他鄉，捆載連船水邊艤。吁嗟乎，中流千金得一壺，寶帶橋畔停須臾。須臾又報夷船退，鼓櫂仍還三泖湖。」

夷之犯舟山也，乍浦陳君佩蓮募義勇防堵。餉貲不繼，遂獨肩其役。乍浦陷，逃難胥江，室家流離，不知其所。賊懸重賞購之不得，肆掠其室廬一空。越月賊退，而佩蓮始歸，重葺舊廬，家人得完聚焉。好事者作胥江歸棹圖弔之。丁樸夫教諭汝恭題云：「吁嗟乎，爲國竟傾家。是時霜鋒雪鍔皆無色，百里之外殺人無數如射沙。大將觀望膽先落，游卒亡命刃未加。乍浦陳君真義士，首招義旅屯水涯。籌備軍糈兼火器，載將輜重進小刬。當家之錢不繼陳家繼，但得賊退城完無怨嗟。那知百姓恃官官恃城，夷船逼城城門兩扇不能遮。嗟爾陳君隻身浮隨艖。紀年維寅月維巳，夷氛甚惡聚鼂黿。況復懸賞購千金，陳君頭在命猶賒。越月夷人滿載去，君亦理棹隨歸鴉。骨肉生還疑死別，妻孥坐對相驚呀。稍葺舊廬防日炙，漸調殘喘怯風呀。從茲出險脱兵燹，魂定且擎一杯茶。茫茫四壁悄無語，日落城頭起暮笳。」

六月十三日，夷船入圌山門。官兵遁。副都統海齡閉城不敢出，參贊齊慎、湖北提督劉允孝駐防鎮江亦退守新豐。十四之夕，賊以大礮攻北門，用皮梯登城，民人相挈遁竄，城鎖不得出，夷開門縱之，旋至旗營，大肆屠戮。都統匿避，不知所終。守土官無一死事者。夷踞城兩月，居民死者枕藉。婦女不辱，嬰刃、投繯、入井死者，不可勝計。艮甫哀京口云：「江頭戰艦埋蘆根，火輪飛入圌山門。橫江鐵鎖虛語耳，賊未至京口時，總督檄常州府屬八縣各購鐵索千條，解鎮郡備用。迨解到，而城已破。浪打金焦無一二。都統閉城兼下鑰，不許城門出老弱。須臾賊破北門來，盡逐民人向南郭。郭門大開縱夜行，翻身乃至蒙古營。蒙古官兵睡方熟，夢裏人頭血漉漉。都統倉皇走且伏，剺面割鬚逃鬼錄。吁嗟乎，夷人據城兩月餘，一城將吏俱亡逋。官廨作馬廄，民舍作行廚。有子遣其父，有婦逐其夫。女使薦寢男樵蘇，稍不遂意悉就屠。餘者創痍滿道途，官兵盤詰無時無。」夷於是封瓜州之渡，焚儀徵之船，疾驅二百里抵金陵觀音門。上元許海秋先生宗衡玉井山館詩集壬寅七月十八日雨中得西澗書慨然有作云：「已失長江險，書來問道難。六月十四日京口失守，夷舩連檣犯金陵。西澗書繞道由瓦梁至。亂離思骨肉，風雨雜悲歎。得信真如見，懷疑且再看。誰當生死際，猶自勸加餐。」「文章能誤國，此語西澗自知之。今此待何如。變局難評史，深憂悔讀書。不妨狂任殺，至竟暴誰除。烽火江南北，蕭然閉一廬。」有感四首云：「齊士原雞狗，秦威怨虎狼。戰場憐故鬼，利市賀新郎。富貴金三品，功名水一方。誰知妻妾客，美譽總包荒。」「寇去仍車馬，人間有禁街。甘心士不遇，疾足吏難偕。纓效溫公服，麻忘杜老鞋。便教貂尚足，晉諺已詼諧。」「呼猪今日恥，捫蝨昔時談。上客焦頭貴，諸君負腹甘。長驅誰逐北，捷徑自終南。那有韓公在，鄉兵刺不堪。」「共抱蒸黎感，無家痛死生。誰能著孤憤，爭說喫虛驚。徙宅妻難忘，開門盜易迎。同聲歌得寶，險欲賦蕪城。」海州湯仁山明經國泰感賦云：「我皇臨六幕，永清無欺蔽。迄今二百年，雨露廣霑被。聖神而文武，柔懷而神畏。航海與梯山，遠譯近球至。疆無有不庭，耀德兵不事。胡爲小醜來，跳梁掉螳臂。公然扞大刑，奔狼而突獬。島夷越重洋，披猖敢犯內。鯨浪翻吟龍，蚣篷鬬猛鷙。英吉利船若蜈蚣，以形似得名。銃礮拽桅端，慘慘風先吹。火輪運檣邊，縷縷烟忽熾。霹靂轟從天，豺虎餌滿地。闖虎門厦門，擾閩界浙界。舟山暨寶山，失我數大帥。可憐吳淞民，哭聲咽泖澥。孤軍救無援，又痛長城壞。東南一柱傾，蒼生於何賴。三載防堵功，垂成一朝敗。烽火燎天紅，墨烟蒸海沸。由是賊膽張，煽毒逾狡獪。蘇松常鎮間，噓凶漸擾害。遂虜子與女，遂竊金與幣。遂辱及蛾眉，遂雄逞鷹鼻。閭閻歎仳傐，室家皆播棄。江邊屍積山，魚龍爭啖飼。我時羈江南，大江頻傲睨。諦觀夷陣容，烏合同兒戲。鷹畫雙單形，鬼分黑白類。短衣笑猿猱，突袖嗤奴隸。以彼較中華，豈非人類異。去城復入城，貪婪惟攫利。譬諸小人中，直與盜賊例。何以對天顏，而乃行無忌。軍復殊鸛鵝，陣不講魚麗。所恃礮船耳，何不先發制。禍原啓梅墩，芙蓉召兵燧。自林制軍焚鴉片，義律遂作難。裕帥憤粵中議和之非策，督師甬東時，擒戮白鬼，夷遂再陷定海。梅墩在定海外。防海人豈無，龍虎即管毅。明俞大猷、戚繼光有俞龍、戚虎之目。製礮人豈無，文開即霍魏。世倘有其人，火攻今堪試。何以紓帝憂，何以撙軍費。始歎石頭城，烽烟今見二。順治九年，鄭成功由海入江，破京口而圍金陵。愈欽睿慮神，千年如覩記。康熙五十五年十月，聖訓云：『海外西洋各國，千百年後中國恐受其累。此朕逆料之言。』」一時湯雨生副戎貽芬寓金陵呈諸將云：「賊至不須驚，羅胸富甲兵。一心酬聖主，衆志勝堅城。自古平戎烈，由先料敵明。江樓拚痛飲，今日斬長鯨。」而當事者無意於戰。夷忽詭言架砲鍾山之巔，官民膽落。時城外居民大受荼毒，夷人且縱三板船遊奕江浦、六合之境，所至村落一空。錢塘諸生鄒蓉閣在衡江南行云：「越女莫唱歌，楚女且住聲。四座靜勿譁，聽歌江南行。江南地本神皋區，吴淞三泖似畫圖。京江名勝天下無，生長婦女玉不如。閨房綽約多麗姝。尋常金粉亦怕污，禮法自持闥不踰。何期海上急烽火，誰使巖疆失關鎖。瀛海戈船動地來，巨礮攻城碎環堵。遠近哭聲天地震，鬼卒如麻一齊進。哀哉婦女何處藏，百輩紅顏殺身殉。死者何人書節烈，生者倉皇途路泣。可憐窈窕冰雪姿，鬼卒追來竟攫得。此時慘者容，羞者目。嘶者聲，顫者肉。跼者肢，碎者服。散者髮，跣者足。血淚凝眥，刀光砭骨。宛轉柔軀道旁辱，丈夫奔救不敢哭。鬼子去，鹽梟來。鹽梟劫人還劫財。江南豈少守土吏，忍令百姓同蒿萊。大帥連兵方避賊，疆吏飛章求撫急。皇仁廑念萬民命，詔示羈縻罷兵革。嗚金伐鼓夷船開，峩峩大艑官舫回。笙簫歌舞迭番起，江南依舊多樓臺。烏虖，江南依舊多樓臺。人道江南樂，我道江南哀。瘡痍滿目不暇問，亡羊補牢何人哉。君不見江南官，氣如虎，睥睨上下誰敢忤。纍纍百姓荷校來，半爲豪家責逋賦。」

林穎叔方伯壽圖京口渡江云：「荒城浮蜃氣，搖蕩沙塵昏。挂席泛溟渤，勢激萬馬奔。西來傾岷峨，倒濕扶桑暾。金焦東崩濤，浩洶爭海門。古來渡江人，飄若浮雲去。合沓鐵甕崗，蒼茫起烟霧。聞鐘落蒜山，辨樹失瓜步。紛紛笑孫盧，草草閱南渡。嵯峨蕭公樓，遠控百二州。大荒入俯瞰，目盡天悠悠。南人扼天險，北騎矜斷流。老鸛呼秋風，蠻觸何時休。白頭老舵師，變色指葭葦。往年堵粵夷，濱江此戰壘。斷霞想烽烟，赤子賴魚尾。中靈石磐陀，出没見倭鬼。東坡昔宦遊，登覽懷故關。豈知背嵬軍，擊鼓即此間。白浪淘英雄，流亘横雪山。舉杯問東流，何日當西還。江清滅殺氣，年年瞻頹顔。擊楫慕祖生，萬里追征鷳。」方伯負俊才，家居與沈桐士紹九、陳幼農隅庭結詩社，有西湖社詩草。入都與孫琴西、王少鶴錫振相切劘，而詩一變。蓋瓣香山谷，以窺韓壘也。

時朝議勦撫並用。以杭州將軍耆英與乍浦都統伊里布主其事。慨自夷入大江，偪金陵，奕大將軍、牛開府束手無策。國家治平日久，人不知兵，坐視毒燄之張，曾莫之救。然英吉利距中國七萬里，其主又女主，噗嚇喳雖桀黠，能用其衆。顧既由海入江，亦慮吾之議其後也，且其志在圖利。是秋，耆、伊兩大臣竊窬，乃請以江南上海，浙江舟山，福建閩安鎮、厦門，廣東濠鏡澳爲西洋船停舶埔頭，令就撫。皇上天覆地載，赦其罪，准其通市。而各海口蹂躪者五年，荐居者三省。其在於今，則海船可至之處皆其埔頭也。誰秉國成，至今爲梗，此正雅所以降爲變雅也。武威張介侯澍讀史詩云：「屈原底事問蒼天，流放荒江已有年。讒佞子蘭偏用事，忠臣竟作水中仙。」「下瀨樓船果若何，戰功比似亦無多。呂嘉逃海終能獲，不惜飛廉卷大波。」「衣帶如繩欲縛誰，廷臣是此失朝儀。御前伸脚殊無禮，值得孫君剝面皮。」「癡兒不了公家事，種菜雲鄉那肯來。坐見符離師十萬，一時都化作塵埃。」「人人欲戰爾偏和，受得金庭賄幾多。可惜施全遲剸刃，翻教老死見閻羅。」介侯以詞垣出宰江西，著書約十餘種。其養素堂詩錄三千餘首，所謂學人之詩也。蓋介侯生際昇平，浩博自喜，迨英夷事起，年已暮年矣。此其變徵之音乎？先君嘗言：「暎咭唎去中國數萬里，就其寄賄五印度，其與粤東相去猶且數十萬里。一旦噗嘯喳烏合島夷，淩犯華夏，以客兵深入江左，越海溯江。鎮江之役，彼蓋徼倖冒險而輕進，惜不乘其潮退擱淺，出重師以要截之，乃縱令飽而颺去也。」王子壽比部聞金陵戒嚴詩云：「潤州無一戰，建業有長圍。寇敢輕深入，謀宜擊惰歸。金陵龍虎氣，玉帳烏蛇威。急起江淮卒，憑城早決機。」「敗衂千軍紀，芻糧梗賊衝。議輕中執法，計絀大司農。飛扞綱多狂兕，探丸若聚蠭。徐邳聞更決，何策撫流庸。」「白徒毆市價，同惡起相求。飛炬熸京口，揚帆指石頭。山川非不壯，將帥太無謀。即墨區區地，猶能縱火牛。」「乍報逃單騎，旋聞餽百牢。虛聲甘恫喝，重賂罄脂膏。堠火鍾山斷，華筵幕府高。倉皇惟餌敵，無乃愧戎韜。」其海市曲云：「漢家表餌有奇勳，談笑真堪靖戰氛。島嶼千帆張海市，樓船五道罷將軍。」「紛紛鯷壑慕華風，罄地窮天九譯通。番婦縱酺鈴閣下，豪酋飛蓋節樓中。」「牛羊餽餌盛山邱，終日錢刀地上流。胡賈携家成子姓，萬年中國是神州。」「百寶龍宮駭不如，番奴列貨邸中居。高臺大築妖神寺，奇籍先求上國書。」「市樓椎結遍紅毛，駱驛占風海上艘。閒殺邊防諸將士，日中猶看蜃樓高。」「犒贈金繒歲歲殫，居民垂涕遠夷歡。上書卜式真男子，緩急持錢佐縣官。」「中宵泉客自吞聲，戎莽誰虞肘腋生。結贊曾聞欺馬燧，平涼猶受吐蕃盟。」此蓋作於是年和議成時。丁巳以後，夷人寒盟，耆英賜帛，早見及之矣。

成都汪少海大令仲洋，著有心知堂稿。其雜感云：「九州復九州，海外國無數。蠻觸互吞併，華夷不相慕。永樂通西洋，睢盱境內附。舶主乘潮來，島帥租地住。通市致奇貨，沿海漸多故。船堅礮復利，萬里一帆渡。飛行無定蹤，守險扼何處。勦撫兩不受，張弛更番誤。卻憶醫家言，補瀉不參附。毒重而藥輕，攻之或牴牾。方劑弗妄改，沉痾終拔去。病者求急效，醫者失故步。素問多奇方，亦復何所措。昔者班都護，西域久相安。塞下非孝順，馭之惟以寬。宋祖偶乘快，終日心不歡。喜怒稍過當，懸知受者難。海外極荒遠，狀貌疑神姦。恣睢不平氣，馴之猶梗頑。禁物皆奇貨，勒繳失請還。嚴峻定條例，威厲行諸蕃。但欲絶流弊，詎知啓兵端。擾龍涸其水，驅虎離厥山。蛇驚脱鱗困，犬邀摇尾憐。窮蹙已無地，譸張乃訴天。奉使不辱命，夷人稱好官。平心論功罪，臨風一悵然。澳門住鹹舶，弊政啓明祖。相沿五百年，華夷迭賓主。氣驕頗難折，勢弱猶易撫。諸蕃羨金穴，往往爭篡取。賀蘭佛郎機，樓船屢捍拒。倫墩最兇狡，志豈在商賈。吾聞海外國，大小紛難數。偶泊英夷船，奇貨快先覩。豈料藏奸險，相歡極媚嫵。虛實審言笑，奇正勒鉦鼓。併吞分屬藩，破滅奪疆宇。沿海數萬里，氣勢漸聯聚。今乃狃故智，愚弄到中土。閩粵猶藩籬，江浙近門户。築館結巢穴，何以防窔窳。」此詩溯首禍，痛急切，而慨然於雷厲風行，操之大蹙，蜃樓鮫市爲其所愚也，可謂洞若觀火。林文忠疏言：「鴉片之流毒於内地，猶癰疽之流毒於人身也。然惟膿潰而後毒去。果其如法醫治，託裏扶元，待至膿盡之時，自然結痂收口。若因膿痛而別籌消散，萬一毒邪内伏，誠恐患在養癰矣。」詩首章正與同意。

林文忠之罷也，首輔王文恪（鼎）、協揆湯文端（金釗）以死生去就爭之。邵陽家默深刺史（源）哭文恪詩云：「萬言遺疏氣嶙峋，尸諫寧徒古藎臣。薦瑗誅彌周直史，排雲叫閶楚靈均。風雷何日金縢發，葵藿難通黼座陳。身後被誰焚諫草，觚稜月照漢宮闉。」「甘毁楹書已莫論，黨秦誣岳又誰昆。盛唐李嶠真無子，南宋韓琦漫有孫。地下相逢堂構痛，關西並相斗山尊。盡乘氣數元黄事，休問琅琊與太原。」蓋文恪死於直房，殯殮時，懷中有遺摺數千言，其嗣匿不敢上也。張介侯塞翁失馬詩寄湯敦甫同年云：「繄此塞翁，奚爲失馬。有櫪有芻，有鞚馭者。孰解其維，亡入塞下。鄉人來弔，咨嗟廣廈。翁則不憂，笑言灑灑。安知非福，心焉整暇。」「繄此塞翁，失馬復回。左馳右突，與駿偕來。霜蹄星目，千金置臺。鄉人來賀，咸曰龍媒。翁則不喜，太息徘徊。安知非禍，造化難猜。」「繄此塞翁，幸得其良。子也好騎，臂用折傷。誰人來弔，翁曰其常。安知非福，不材孔祥。胡人入塞，戰者死亡。賴以跛故，得漏鋒鋩。」「智哉塞翁，理數合明。燭照龜卜，毫髮如衡。得喪一致，心乃不攖。保其家室，坦步夷庚。子全馬在，鄉人共驚。大湫之性，虚鏡之情。」「達哉塞翁，焯然不惑。禍福倚伏，玄機獨測。馬既區區，子亦墨墨。聽其適然，不逆不億。彼何人斯，能爲鬼蜮。惟静故安，知道定力。」「大哉塞翁，天清地曠。色色形形，一空翳障。逝可復來，無庸譬況。甕雞井蛙，所見不亮。翁獨昭昭，鄉人息謗。李耳精苗，夐乎莫尚。高允詩序言：塞翁姓李。」介侯門人閩綏鄢北萊邦基題其後云：「協揆相宣宗將五十年。不枉道而棄職，何異柳下惠。吾師以塞翁喻之，良友之意深矣。」按，時上坐便殿，文端侍。上從容問以「廣東事可付託者何人」，文端以林文忠對，上咈之。文端爭益力，坐是失上旨，而文端亦不安於位矣。

孫琴西觀察著有遜學齋詩鈔，庚子秋感云：「雲邊島嶼驟風波，越甲吴犀各枕戈。競報神潮飛礔礰，豈容平地駕黿鼉。十洲有路通徐市，萬里無人制尉佗。長技不同形勢異，兵家主客計如何。」「窺邊卉服敢稱兵，國法天誅未可輕。昨日諸軍踰嶺隘，一朝萬里徙長城。犀珠事後兼愁恨，貔虎關前孰死生。自古王靈須震疊，豈容魏絳擅勳名。」「虎門曠日駐千軍，消息秋來總未聞。淮海枯魚新没市，江湖飢雁況成群。關前稻米朝沈霧，帳下笙歌夜入雲。努力平夷諸將士，九重宵旰獨憂勤。」「大貝明珠溢市廛，百年誰識更烽烟。未聞漢將能横海，又報呼韓欲欵邊。聖主豈容須遠物，疆臣終自挹貪泉。瀛禆天設分中外，試借前籌策萬全。」辛丑命將按，時命奕山爲靖逆將軍。云：「詔發昆明仗，先驅下瀨兵。聖朝非耀武，狂寇尚横行。天子雷霆怒，將軍鼓角鳴。早知申撻伐，始足見昇平。」「礔礰神兵集，牙璋屬國聞。樓船横海將，戈甲習流軍。霧市通兵氣，星芒識劍紋。朝朝兩部樂，帳下唱連雲。」「往昔稱方召，何曾制尉佗。金繒誇島嶼，玉帳擁笙歌。此日兵猶動，南人淚已多。百年神武略，未許屈天戈。」「上將行旌動，君王立馬看。動真期汗馬，禮豈異登壇。高閣丹青在，雄封帶礪蟠。聖人神駕馭，慎莫狃恩寬。」出師按，時命奕經爲揚威將軍。云：「節鉞金吾貴。旌旗上相行。水犀蒐越甲，銅虎召奇兵。海駕神橋速，濤飛鐵弩輕。舟山天塹在，急爲護長城。」「靜海翁洲鎮，雄關設險奇。百年清堠火，此日徹藩籬。烏合摧巢易，鯨奔失水危。將軍天上下，勝算總無遺。」「財賦三吳地，頻年水逆流。河魚悲井市，飢雁失汀洲。酷吏緡錢縱，窮閻杼柚愁。相公兼閫外，何術禁誅求。」「漢障通西極，唐城建朔方。五朝欽聖武，萬里送梯航。往歲群蠻觸，忘恩久陸梁。王師貴神速，莫復誤戎行。」恭聞詔旨切責諸將敬紀云：「赫濯聞嚴詔，雷霆萬里行。一朝伸國法，幾輩誤專征。天意干戈肅，人間戰伐平。南翁聽側耳，洗甲待春耕。」「舊日樓船將，逍遥意若何。不聞蘇武節，競棄魯陽戈。鈇鉞威誰寄，蟲沙恨已多。及今申漢法，猶足懾蛟鼉。」「不枉朝廷法，兼收尺寸功。金章晴照日，翠羽迴生風。壯士多奇節，殊恩況至公。雲臺天北極，歸待錫彤弓。詔頒發翎頂數十，以待賞賚。大將新推轂，連城聽指揮。從來分閫鉞，豈忍忘宵衣。子女烽烟慘，關河雨雪霏。諸公微感激，會見訖天威。」讀史感懷云：「漢律猶秦法，申韓虐可歎。諸生修禮樂，天子溺儒冠。城旦書猶用，岐周運已殘。董生頻獻策，經術恐艱難。」「邛筰新通道，祁連苦用師。郎官武功爵，騎射羽林兒。漢使齎犀毗，夷王飲月支。禁中思頗牧，魏尚老誰知。」「仍出驃姚騎，猶驚堠火通。諸軍皆灞上，匹布盡山東。白髮悲飛將，黃金待首功。當時書尺一，漢帝竟和戎。」「絡繹平津客，雍容竇霍游。學官崇賦頌，掾史用春秋。楊意文能達，長沙謫遂休。詔書下郡國，辛苦茂才求。」「蝗國連張掖，屯田出酒泉。飢愁巴蜀粟，富失水衡錢。瓠子新流溢，秦中屢播遷。文皇遺弋綈，儉德未能先。」「龍馬籌三幣，銅鉛走四方。封侯尊卜式，大冶進咸陽。酷吏緡爲算，豪民錦被牆。可無憂國者，本富計農桑。」從軍樂云：「繡簾暖屋紫氍毹，翠綬銀章左右趨。別館爭迎秦氏女，後門新到海南珠。葡萄美酒尋常有，船舫燈毬不可無。安得從軍如此樂，纍纍三十執金吾。」

默深刺史古微堂詩鈔前史感云：「誰奏中宵秘密章，不成滎號不汪黄。已聞狐鼠憑城社，安望鯨鯢戮場疆。功罪三朝雲變幻，戰和兩議國冰湯。安劉自是諸劉事，絳灌何能贊塞防。」「揖盜開門撤守軍，力翻邊案熾邊氛。但師賣塞牛僧孺，新换登壇馬服君。壯士憤捐猿鶴骨，嚴關甘送虎狼群。尚聞授敵攻心策，惜不夷書達九雯。」「草木兵聲報粵陬，海潮怒薄尉佗秋。豈聞火戰乘風逆，安有山臺代敵修。黄蓋荻舟供賊炬，王匡獨卒但民仇。從來禦寇須門外，誰潰藩籬錯六州。」「同仇敵愾士心齊，呼市俄聞十萬師。幾獲雄狐來慶鄭，誰開柙兕禍周遺。前時但説民通寇，此日翻看吏縱夷。早用秦風修甲戟，條支海上哭鯨鯢。」後史感云：「爭戰爭和各黨魁，忽盟忽叛若棋枚。浪攻浪欵何如守，籌餉籌兵貴用才。李牧清芻堅壁壘，孫吴斬退肅風雷。浪言孤注成功易，誰向澶淵借寇萊。」「小挫兵家勝負常，重聞整旅補亡羊。鏖軍周處羆當道，倡走荀林馬亂行。不斬偏裨申號令，更抛旌節效蹌踉。頻頹士氣驕夷氣，翻使江防亟海防。」「陣陣雷霆夾鼓鼙，礟聲已偪石頭湄。海風逆上皆爰鳥，江水連天欲佛貍。城下拒盟無宋華，壇前割地仗張儀。幾回白土山頭望，曾記元戎退島師。」「已壞長城不念檀，孟明縱用補牢難。欲橫鐵索愁天塹，思掣鯨魚乏釣竿。杼柚大東民力竭，轅旗屢北士心寒。似聞臨別由余語，亦代中朝未雨歎。」刺史字墨生，甲辰進士，官海州知州。咸豐初，大府及近臣連章薦舉，以直隸州用。刺史精於掌故，其所著聖武記、海國圖志，尤爲有用之書。海國圖志自序云：「此兵機也，非兵本也；有形之兵也，非無形之兵也。明臣有言：『欲平海上之倭患，先平人心之積患。』人心積患如之何？非水非火，非刃非金，非沿海之奸民，非吃烟之莠民。故君子讀雲漢、車攻，先於常武、江漢。」又曰：「去僞，去飾，去畏難，去養癰，去營窟，則人心之寐患祛。以實事程實功，以實功程實事。艾三年而蓄之，網臨淵而結之，毋馮河，毋畫餅，則人才之虛患祛。寐患祛而天日昌，虛患祛則風雷行。」皆救時藥石也。

宜黃黃子幹茂才秩林有感云：「毒霧蚩尤縱，妖星太白懸。蠢夷真似鬼，聖德自如天。貢已炎荒卻，兵休渤海連。元戎重招撫，佇望息戈鋋。」「早喜魚游釜，翻驚鳥出籠。白衣爭赴愬，赤甲罷相攻。請市詞偏直，要盟計亦窮。何人沙漠外，涕泣叫蒼穹。」「關塞馳書急，樓船下瀨遲。羊城塵澒洞，虎寨勢孤危。神火連珠礮，陰風大纛旗。底須憂破虜，單騎見無疑。」「玉帛輸將易，金錢會計勞。戎非和魏絳，師竟犒弦高。義士紛馳檄，將軍或脱刀。鯨鯢原未戮，應更慎波濤。」「又報珠山陷，重看鐵艦圍。風潮神助虐，暑雨士懷歸。一死徒明義，三軍已失機。可憐隆廟食，何以答恩暉。」「大將龍驤待，遺民鶴唳餘。尚方頻賜劍，勇士亦隨車。汪直謀能遂，孫恩捷豈虚。胡爲仍住轍，未敢事驅除。」「龍虎江山壯，黿鼉窟宅遥。肯忘天塹險，猶縱賊軍驕。楚客愁飛渡，吴兒恐動摇。海門波不斷，嗚咽恨難消。」「銅柱威應建，珠崖棄卻殊。如何客跋扈，只自益憂虞。軍令還論賞，天心豈靳誅。學兵空慷慨，好事笑儒迂。」詠史云：「倭從海上來，海上禦之耳。奈何弛其防，烽火連未已。甫揚閩海帆，施築越山壘。長陣若驚蛇，短兵可剸兕。四散紛里閭，七奔疲將士。濁流亦有源，惡木亦有柢。當其互市初，蓄意頗奸宄。燎原不能撲，徙薪猶可止。悲哉朱紈亡，畏賊遂如鬼。城中忽諠譁，有賊夜殺人。平明不見賊，士兵屯如雲。析骸以爲爨，膾肝爲朝餐。白日不照幽，滄海自沉冤。軍門倘投訴，震怒如天瞋。賊來民猶避，兵來民難奔。惻惻如鬗謡，至今不忍聞。」「神宗蒞阼始，海宇實彫耗。邊師既糜餉，河流復阻漕。仰屋司農歎，輟耕野老弔。如何未十年，反收富國效。朝施免役恩，暮下賜租詔。粟米何充盈，鳥鼠任竊盜。名實一以符，紀綱百不撓。

桓桓張公業，獨立照廊廟。」嗟乎，成敗一轍，前車可鑒。而荀子曰「法後王」，蓋近事尤易見也。江陵雖威福稍過，而相業實有可觀。江陵亡，疆事乃大壞。夫綜核名實，救時之良策也。今之爲江陵者誰乎？先君嘗言：「夷人騷擾，祇緣平世不見兵革，文恬武嬉，又有渫惡民爲之嚮導，故猖獗至此。且彼所恃者，船堅炮大，欲圖重利，初無遠略。今既就撫，聽其自生自滅，當亦有時銷耗。」明末，招降海寇鄭芝龍，曾破紅夷船於洋面。厥後成功遂踞其赤嵌城，驅出臺灣。向之紅毛，即今之暎咭唎也。張江陵疏六事，如「振紀綱，覈名實，固邦本，飭武備」，皆與當今時務切合。

泰州陳硯鄉比部文田，著有晚晴軒詩鈔，其壬寅書事十六首，壓卷作也。詩云：「恩波如海荷仁慈，薄俗何曾得轉移。膏火自煎流毒後，乾坤無恙養癰時。傷心海島求神藥，太息司農啓漏卮。莫爲伏戎推禍首，錚錚一疏自長垂。」「詔書傳說下堯階，中令雖嚴應畏懷。邊釁驟因裁馬市，廷言或擬棄珠崖。千軍列仗天桴動，萬里浮槎海氣霾。可惜夜郎私自大，鯨波長此浩無涯。」「使者防秋鎮粵疆，威弧全力注天狼。一時主戰惟宗澤，四海驚心罷李綱。峴首碑沉同墮淚，崖州道遠竟投荒。荷戈尚覺君恩重，望捷何曾每飯忘。」「丞相新銜署領軍，屏藩百越長諸臣。棘門未免如兒戲，葛嶺居然有替人。拚擲巖疆同養寇，早將長策議和親。成功儻竟邀天幸，圖上淩烟亦有神。」「珠江清淚落悲笳，緹騎宵嚴士不譁。豈必長城真自壞，誰知郿塢竟無家。東都已籍珊瑚樹，南海原非薏苡車。聞説冰山曾共倚，如何射影又吹沙。」「臺海茫茫萬頃流，犬牙錯壤古琉球。木罌未許窺安邑，鐵鎖猶堪守石頭。縱使沉船如項羽，誰能奔壁動條侯。七閩門户差無恙，賴有長才解運籌。」「甬上潮聲雜鼓鼙，洪波徑撼浙東西。趙旗難與爭泜水，越甲空傳保會稽。牛首懸兵中道隔，蟲沙飛血亂軍啼。祇餘天一儲書閣，劫火無傷夜照藜。」「曹娥江上亂雲昏，管鑰曾煩鎮北門。道覆無端敗劉毅，牢之有意縱孫恩。龍驤未足臨諸將，馬革粗能報至尊。敢信沙場埋骨者，遺燐滿地盡忠魂。」「星火飛來夜舉烽，連檣十里近吴淞。水犀空辦三千甲，戰馬先臨第一峰。河上屯兵同潰散，氐中受命自從容。江南保障今何似，安得奇才備折衝。」「天塹中分險獨爭，焦山山色助軍聲。一江誰縱東風火，百勝難憑北府兵。日落金陵摇戰壘，潮生鐵甕響空城。潛師不似陰平渡，大舸中流自在行。」「一水遥通人字河，唇亡爲問齒如何。鹽車百里私梟縱，野哭千家渴葬多。旅燕移巢避風雨，城狐入夜盗干戈。海陵斗大非奇貨，倘念窮鄉不忍過。」「一矢相加媿未曾，將才到此竟無憑。檻車惜未收鍾會，毳幕傳聞得李陵。挈印身逃官已盡，裹瘡血戰士何能。監軍尚覺招涼晚，醉臥滄浪喚不譍。」「班聲雷動隔江聞，大旆光寒聚楚氛。眼見單于窺馬邑，心驚石晉割燕雲。空煩銅柱銘邊界，誰敢兜鍪示敵軍。此策自推劉敬巧，不教衛霍擅奇勳。」「敢怨和戎畫計差，模糊白骨已如麻。但看繒幣輸金室，重見葡萄入漢家。奉使書傳交聘表，瀕江血染戰場花。棄城長吏歸來後，鈴柝依然晚放衙。」「師老財糜漸患貧，黄扉籌策妙如神。金銀早竭名山氣，鹽鐵全歸少府臣。都尉羊多良不少，侍中貂盡豈無因。九齡去位韓休死，伴食於今大有人。」「不解從戎謁列侯，鄉關終抱杞人憂。犬羊性狡恒無定，鵝鸛軍閒且小休。縱許文皮來庫莫，還宜木柹候江流。眼前將帥稱同力，粗奠東南數十州。」謝枚如曰：「君爲余内閣前輩，成進士後改官刑部，非其好也。治駢體有聲，喜聚書，閉門日多。嘗自署楹帖云：『口袋胡同藏書五千卷，刑部主事候補二十年。』口袋胡同在繩匠胡同中間委巷，君寓所也。予下第南歸，君以詩來送，首句云：『人間無伯樂，駿馬自蕭閒。』告予曰：『蕭閒二字不容輕易讀過，此自當事之得失，君豈有喜怒於其間耶？』君今年六十餘矣，蓋猶有前輩風規也。」

趙艮甫滄海八首，詩鐸錄云：「滄海横流孰釀成，登壇叱咤詡知兵。狂獻蜃市通私欵，擅棄珠厓順敵情。罪大難寬鐘室縶，焰高猶有死灰萌。小臣一語回天鑒，樂府新翻折檻行。」「綠車朱鉞大牙旗，十郡良家候誓師。棄甲曹江高枕臥，頓兵吳地執冰嬉。藏身狗竇軍中客，續尾貂冠帳下兒。目送夷船入東海，將軍還欲事羈縻。」「阿芙蓉土壓潮來，此是昆明幾劫灰。奇貨公然違令甲，漏卮無計惜民財。俄看夷館連雲起，又報皮船狎浪回。試問燉煌賢節使，賜環何日下輪臺。」「百年前事説雞黎，暎咭唎，初名英雞黎。蕞爾遐荒隸泰西。大肆陰謀交闔帥，潛埋蠱毒遍蠻谿。臺陽定讞收烽燧，江介休兵壓鼓鼙。帷幄若籌靖海計，封關合用一丸泥。」又摘句：「祇愁贊普無和議，那顧將軍有謗書。」「將吏潛蹤魚混服，夷酋入市鶴乘軒。」蓋作於壬寅八月金陵和議既成之後。時三節使宴夷酋於靜海寺，夷人亦整隊伍相送云。詩鐸，錢塘張仲甫應昌著，專取國朝詩集之宣民隱、資吏治、厚風俗、清政源者分類録之，可謂得詩教矣。然急於成書，所有島夷兵事以及殉難之忠貞節烈，採摭猶未備也。中翰號寄庵，嘉慶庚午舉人。

雲夢左瑶圃瑛太史，著有燼餘詩草。其紀事云：「烽烟每夕報平安，忽聽軍聲發荷蘭。附島窮蠻爭鬭角，臨邊諸將正登壇。連營萬弩飛朝雨，列艦千艘下急湍。不用王師矜撻伐，當車螳臂豈能完。」「煌煌天語憫窮黎，積弊深思一掃除。急爲淮民起長孺，豈知巴檄病相如。于思堪笑無留甲，頡利何勞再上書。不障普陀山畔水，又聞千里下無諸。」「沿邊島嶼盡干戈，繫組何人縶尉佗。下馬真能作露布，洗兵一爲挽天河。豐碑績著王新建，銅柱名標馬伏波。破浪乘風吾有願，舉頭南望意蹉跎。」「百尺樓船息戰攻，漢家失計是和戎。羽干尚待群苗格，金幣休誇魏絳功。萬里羽書飛驛騎，一天冰雪走艨艟。諸君莫更稽天討，急遣三軍下甬東。」四詩蓋作於義律就撫後。詠史雜感云：「幾敗而公事，前籌急腐儒。致君原有術，謀國歎非夫。章疏千言抗，功名一念誣。那能憂社稷，端爲起萑苻。」「天討雖云急，皇仁本自寬。軍書頻奏捷，勝計但求官。將帥思廉頗，蒼生望謝安。何時腰下劍，直爲取樓蘭。」「寇仇非可玩，金幣竟和戎。尚逆三旬命，猶虛一戰功。人間富豺虎，天上足羆熊。全盛中原力，無忘撻伐功。」「此醜終當殛，南荒又見侵。攄忠臣子分，戡亂聖人心。諸將爭腰玉，三軍盡賜金。書生慙賈誼，空有淚沾襟。」此詩蓋作噗鼎喳渝盟之時。

外丁卯橋居士集，劉芑川家謀初藁也。芑川雄於詩，而於夷事尤感慨繫之。至咸豐季年，夷務再變，則芑川已不及見矣。感事云：「夜郎不知漢，回紇每窺唐。大度方相置，偏隅敢恃强。聖朝自寬厚，邊將愼征防。莫以跳梁技，翻貽睿慮長。」海氛云：「太白橫空殺氣驕，海氛頻歲未能消。晚風雉炬燒殘壘，落日犀船捲怒潮。東望元戎餘涕淚，南來戍卒費征徭。臨軒命將情何重，奏凱應思答聖朝。」「百口徒爭戰與和，偃旗息鼓欲如何。將軍分命皆橫海，戎虜潛師已渡河。白馬未來先棄甲，黑山還起助操戈。早知兵火仍連日，度外寧容置趙佗。」「漏卮千萬已難論，海上明珠久不存。賞賚猶堪勗貔虎，侵呑莫漫恣蛟黿。金繒有恨思南渡，鎖鑰何人任北門。聞道獻輸由里閈，封章尚未達宸垣。」「翻令義憤起平民，尺水行將制毒鱗。漫比蜀人歸孟獲，終教吴國用巫臣。六州鑄錯嗟何及，五嶺傳烽氣益振。至竟亡羊牢可補，好憑衆志靖烟塵。」雜感六首寄亭甫云：「絲鞭未逐短長郵，故國春深滿眼愁。龍虎江山如六代，蛟鼉窟宅已三秋。請纓有願空茹歎，飛鞚無聊且浪遊。便欲烟霞終嘯傲，攬環結佩向誰酬。」「千尋鐵鎖亘滄溟，挾電追雲影未停。日落江城噓蜃氣，夜深燈市幻龍形。漫言淮虜真來泮，只恐秦師已毒涇。棨戟沉沉歌宴罷，可無流涕似新亭。」「一從萬里奉金牌，痛飲黄龍願未諧。雪窖至今羈蜀國，藁城當日倚臨淮。會看雨露沾殊域，肯使風雲老壯懷。聞道群公方補牘，不須感慨到吾儕。」「覆雨翻雲事豈無，滔滔流恨哭天吴。上書未覺陳東戇，對簿誰知李廣誣。可歎訛言成市虎，只教便計與城狐。七鯤身外風波惡，屏障由來重一隅。」「蒼莽荆榛度大梁，河流萬古自茫茫。馬卿詞賦懸秋月，侯監孤墳黯夕陽。何日題橋酬壯志，幾人仗劍抱孤腸。知君獨到平臺上，夜靜迴瞻北斗長。」「故交生死見何期，酒分詩情只益悲。慘淡赤虬終入夢，秋史、卓人相繼下世。飄零丹鳳總啼饑。子瑩歸德化，蓮卿遊山左。窮多詎必文章累，愁絶惟應風雨知。平子天涯勞瘏瘵，慙無玉案報相思。來詩有『一歲夢君百』之句。」芑川尚有海音一百首，移任臺灣所作，於海東利病極詳。其後臺亂，芑川守陴，以勞卒。蓋在咸豐三、四年也。

南霞茂才讀史雜感云：「徑天太白閃寒芒，肯信龍湫毒熖存。楮墨一時生霹靂，東南隨處要金湯。城中誰不遵軍令，閫外難容竭智囊。千萬漏巵何日塞，征徭從此苦炎荒。」「雪片紛紛羽檄馳，瘴江駭説盡蛟螭。元戎天上纔飛鞚，小醜潮頭已捲旗。百萬鴉魂銷一炬，三千犀甲肅全師。揮戈誓掃南荒霧，會見窮鱗竄海湄。」「寒心裂膽避龍圖，轉徙艅艎到別隅。雲擁蛟門山色黯，風翻象浦浪聲粗。衛青那有威嚴在，鄧艾難逃腹背誅。剩得書生支斗壘，垂危授命肯全軀。」「秋風鷺島亟儲胥，三窟俄來狡兔居。極目黑霾迷火艦，碎心白晝走雷車。譙周空自談天象，趙括徒能讀父書。漫道未同猿鶴化，故園塵劫足欷歔。」「綠榕城郭密人烟，不見干戈二百年。半夜何來巖鶴警，連朝但見谷鶯遷。才華冰柱春鋤句，烽火金門咫尺天。棋局真成兒戲事，片時桑海惱麻仙。」「金牌星夜到羊城，痛飲黃龍願不成。荼火新屯嗟鳥散，金繒密約恨蠅營。回思鎖鑰加當日，忍把罌甆擲此行。尸諫終資元老力，冰天萬里慶餘生。」「蕭娘呂姥守雌風，玩弄全憑股掌中。已報鯨鼉歸大壑，無勞貔虎上征艟。香温魚姊神魂醉，珠盡鮫奴淚眼紅。喞石徒增精衛恨，波濤依舊接天東。」「同仇不待請長纓，衆志堅於百雉城。露布誇張才子筆，雲屯歌唱健兒行。伏機巧取藏渦鱷，投餌生殲出穴鯨。爲國爲家齊戮力，桓桓公子六千兵。」「誰遣魚游入釜中，諸羅殺氣更迷空。黃龍約法何曾定，白馬威名不復終。對簿寃難伸李廣，上書愚欲學陳東。穹廬此去多知己，熱血淋漓灑北風。」「錚錚白簡出烏臺，側目青驄御史來。蘇呂竟成君子黨，章童還恃小人才。雷聲赫欲驅陰翳，風力微難掃厚埃。試聽鵾鴞相聒噪，鳳兮丹穴莫遲回。」此於前番撫夷情事隱括無遺矣。

斯未信齋雜錄：「有人於浦城道中見題壁詩曰：『夷狄窮中國，誰人竟主和。將軍伊里布，宰相穆彰阿。時勢已如此，蒼生可奈何。側聞開創始，百戰定干戈。』」

海鹽黃韻甫大令燮清甬江行，蓋作於淮設埠頭之後。詩云：「甬江東連海水白，估舶番檣密於櫛。碧眼夷奴識寶氣，萬里浮家來作客。繞城結屋三里餘，霧閣雲窗照金碧。聖朝寬大示羈縻，內外一家漸相習。近聞海寇極縱橫，中原多故未遑緝。夷奴趫健頗孝順，翻爲商民擊盜賊。巨艦峩峩銜尾歸，百戲酬神夜繼日。以虎禦虎未足恃，但計近功豈遠識。銷鑠黃金熾火輪，重貲填壑能無竭。古來邊釁由利開，官司撫御要有術。浙東寶玉是鄉多，亂後維持誰所職。紛紜歌舞炫承平，若輩蚩蚩何足責。」此所謂養虎自衛，而異日靈武諸臣竟收功於回紇助順，蓋官司撫御固自有術矣。

寶山袁穀廉大令翼，著有珠江樂府。其鬼子街云：「櫃輿竹扇鬼侍郎，碧琉璃眼蹺鬚黃。黑者爲奴白者主，十三海國皆通商。鬼婆握算工書記，鬼兒盡解漢文字。奇技異物安足珍，坐令中域銀山棄。剜骨剔髓不用刀，請君夜吸相思膏。」嗟夫。

英夷不靖，自廣東三元一捷，夷艇不敢駐粵，然亦何能須臾忘五羊哉？廣督葉名琛以武安之驕，爲高駢之惑，開長春仙館，以疆事決於乩。乩告以「島夷將來，靜鎮之無害」，已而果然。蓋咸豐六年事也。其明年丁巳，乩又告以「夷來」，諜之，信。於是兩司請戒嚴，群帥請出戰，而葉高居簡出，奉乩筆以爲師也。曰「無事」，無何而敵人攻城矣，無何而夷人入城，城中人盡室以行矣，而葉貿貿然一夕三遷，將以狡藏爲逋索計，曰「出巡」。噫，何其闇也。不終日，而夷人躡蹤至，始促閉門，門者去，將踰牆，垣高軀重不得踰。夷人擁之出，詰其三十道文牒，何以不答。曰：「不干吾事。」夷人曰：「汝回大管事話去。」葉唯唯，夷遂輿以登舟，而葉方開單，諭南海「取火腿若干支，紹酒若干罎」也。久之，夷酋不令入國，使次屬國爲門軍焉。未幾死，以腊歸。迄今夷布首有畫像，寶石頂，花翎，手拈念珠作屈膝勢者，即葉督也。悲哉，大辱國矣。番禺張南山維屏先生羊城感事云：「古來勝敗非奇事，今日羊城事出奇。誰料臨危皆束手，不圖安坐竟如尸。城無勁旅知休矣，庫有儲銀亦棄之。占課求仙是籌策，殃民誤國復奚辭。」「冥冥氣祲隱兵戈，咄咄書空可奈何。聞道華堂將晉爵，是日葉督壽辰。不知滄海已揚波。參謀客是林靈素，對陣誰爲曳落河。此錯鑄成直鐵錯，孽由身取害人多。」「好龍龍戰血元黃，不見龍來見虎狼。始信一人能僨事，早知偏聽必爲殃。百千礮子堅城陷，十二時辰敵幟張。太息監門無鄭俠，有誰援筆繪流亡。」「人道沉淵可潔身，位高難學屈靈均。饑來且自餐夷粟，書到還聞索席珍。此去重洋觀海市，遥知外國看朝臣。捨生取義原非易，節烈惟傳一婦人。番禺縣令李君淑配，聞變自縊。」先生自號珠海老漁，林勿邨中丞重遊羊海感懷寄呈珠海老漁云：「依然潮打海珠臺，雉堞魚鱗半劫灰。難徙鱷潭還渤澥，轉嘘蜃市過蓬萊。桃源雞犬津誰問，穗石神仙館又開。看到樓船烟霧集，九泉欲起尉陀來。」「二十年光逝水過，繁華無地不銷磨。庚子後無寧歲。笙歌夜月秦淮冷，蘭茝秋風夢澤多。曾篴生侍郎所引薦者皆楚材。見虜舊傳唐節度，和戎遥指晉山河。摩挲銅柱敲銅鼓，記向朱崖拜伏波。」「歸然一賦魯靈光，玉敦珠盤震大荒。洪水賓筵饒倔强，公年八十。東山棋局變蒼涼。聽松廬已易姓。江淮召虎功如定，張殿臣軍門所向告捷。湖海元龍氣共揚。朱鷺鐃歌資健筆，妖風何日掃天槍。客秋有星現於西方，踰月乃退。」王子壽比部漆室吟感事作云：「颶毒稍看江國解，鯨呿又報海波揚。投文豈是難驅鱷，憑堞何爲易喪羊。五等崇封兼使相，三台上將應文昌。匆匆出頓如兒戲，南顧憂誰釋廟堂。」

鄭小谷郎中獻甫丁巳十月十四日夷人入城十六日携家出城紀事詩云：「霹靂雄雷轟不止，襆被老翁驚數起。曉角初鳴曉日明，紅毛鬼子登城矣。旗兵蹋户呼將軍，將軍無語惟云云。城人列名叩相國，相國有謀殊默默。城主不拒島夷船，島夷遂奪城主權。憑高阸要據其腹，廣東省垣立於觀音山之麓，夷人即踞之。互市未必如當年。城中之人望城外，負者負矣戴者戴。四門閉盡一門開，排擠死人蹋其背。遊客相看不敢言，居人苦勸姑自寬。城中商賈十萬户，部下文武數百官。議和議守或議戰，海若不久當安瀾。我聽其言謝其意，俯仰隨人恐濡滯。神州遠去鬼國來，那有桃花源可避。老夫况是一遊民，非官非吏非士人。授粲授館縱有地，此處豈可藏吾身。西路逃生趨東路，寒暑初經幾朝暮。前來避寇今避夷，離緒仍懸故鄉樹。佛山回望海氣重，仙城宛在蛟霧中。礮聲漸遠鳥聲樂，船頭日拜西南風。」旴黎喻少白貳尹越臺即事云：「歌舞岡頭望，蕭然舊勝都。佛隨僧退院，人避鬼同途。寶氣朝沉塔，奇光夜失珠。要求終未已，莫更帑金輸。」「殊方知向化，異域解同文。罷戰修弧矢，傾談及典墳。議同唐節度，秩擬漢將軍。日暮鳴邊角，重城不忍聞。」「東閣人何在，南交事已非。殘棋留半局，小飲解重圍。海闊勞征夢，春寒感授衣。可如蘇屬國，落盡節旄歸。」答客云：「我行我法任相猜，邊衅從茲起禍胎。焉得真龍窺户牖，徒成幻蝶夢樓臺。尊前對敵都闢膽，紙上談兵亦要才。敢薄黑頭膺異數，也曾辛苦賊中求。」「風濤過去便相安，欲請長纓片語難。馬援累功終獲謗，屈原獨醒不宜官。任教兔脱多營窟，姑待鱗浮再下竿。小至日長封事少，麟臺養望帶圍寬。」「誰把金吾夜禁開，沿江鬼火撲城來。魚龍破睡珠沉月，豺虎喑聲地走雷。東閣敦槃成往事，南樓鼓角動餘哀。如何翩若雲中鶴，不到蓬山不肯回。節相被脅入海，夷寫小像傳觀諸國。」「雙門曉漏斷銅壺，日色纔臨淡欲無。絲儡又隨人俯仰，錢神先避鬼揶揄。方言未學慚鸜鵒，氣數難憑聽鷓鴣。錯認前身蘇屬國，一時紙貴牧羊圖。」「楚庭深處妙香焚，教奉耶蘇禮拜勤。大嚼不邀司命醉，長牋諱寫送窮文。少陵有妹傷遲嫁，伯道無兒哭舊墳。忽忽杏花時節過，天涯愁絶杜司勳。」「畢竟吾徒等杞憂，廟堂事事早綢繆。省灾特緩三年賦，轉粟遥通萬斛舟。南仲旌旗盈朔野，北門鎖鑰固神州。憑君傳語諸番悟，速捲歸裝絶妄求。」「收將蓬矢與桑弧，頓把千門換舊符。適館毋傷私覿雅，入關未改正供輸。趙佗朝漢言猶在，魏絳和戎事豈殊。難是白頭老開府，終宵籌筆淚痕枯。」「不意陰氛歛忽揚，紛携婦孺乞流亡。悉將農具爲兵器，好就田場作戰場。烟塵莫辨東西宅，雨濕頻移上下牀。蹂躪至斯存有幾，瘡痍如此救無方。」少白著有海天樓詩鈔，此可與少谷詩參觀。少谷第就當時情事言之，少白則綜前後而寄其慨歎之情，皆足補南山所未及也。然立言得體，綽有雅音者，則莫如朱眉生孝廉漢陽相公行也。詩云：「漢陽相公望龍虎，帝命天南資固圉。盧頭十載建旌麾，黄宣五等頒茅土。雍容軍政矜裘帶，沉毅神機陋干羽。百吏難參杜德機，遠夷默翫渠邱莒。巨艦周城三十六，先聲一礮摧公府。萬雷入夜火轟雲，人肉填城血爲雨。豈無老羆臥當道，勢可僨豚公不許。兵有虛聲責有專，諸卿高閣何關汝。十月十四事當戢，鎮海樓中備尊俎，夷樂喧闐擂大鼓。九十三鄉勇遺歸，龜從筮從時可數。粵秀山頭紅旆舉，諸營飛翰安如堵。無人之地索相公，白鬼挾趨公首俯。回紇今真見大人，匈奴故自嗔夷甫。奮身不並蛟龍遊，繫項甘遭犬羊侮。土風誰聽鍾儀音，廷評或許蘇卿伍。相公一身何足惜，中朝體制天王土。嗚呼，相公之志非不堅，半生功烈知由天。東洛舊齊籌海望，南交新就富華篇。散金自學陳平誤，如意猶思昭遠賢。李陵得當還歸漢，千里云亡定怨仙。君王面下歐刀赦，故舊情深動顏色。幸不生還累素交，且爲易棺安反側。文淵馬革換鮫絲，慷慨幽憂那得知。老父悲涼撫題淒，聖朝寬大免陳尸。相公介弟東華客，文采璆玕品圭璧。著書薄海有高名，下客長安曾接席。可憐痛哭爲余説，國憂方亟非家阨。我時無語祇沉吟，事有難言忘弔惜。願能奮發攘夷功，一洗垢瘢同氣責。粵遊偶讀粵中詩，廣東人誤誠有之。見陳蘭甫詩。敢道是非無信史，欲明功罪仗微詞。屢乖事會寧關命，撞壞家居更付誰。征南幕府空傳箭，笳鼓喧喧歸善縣。官紳踴躍檄輸將，王師靜鎮終無戰。故事無須感漢陽，天津北去火輪忙。東風入律夔龍績，捍海金堤白霅王。」

香山黃曼君大令國培聞葉中堂事感賦，序云：「暎夷拉中堂下洋船，遍諸夷國。九年□月，死於夷域。夷人爲剖其腹，滌其腸胃，納諸大楻中，漬以酒寄回。」詩云：「崇官高爵五旬人，慘絶彌留異域身。剺面昔曾欺使相，剖心今更辱尸臣。戚姬醉骨原相似，先軫歸元別有真。生死由來差一念，爲公惆悵倍傷神。」曼君著有蒲桔山房詩集。

何菊丞香港望鬼市聞羊城警云：「六州鑄錯自何年，專閫和戎計獨便。勝地竟成羅刹國，清流難滌犬羊羶。千門星火沿山市，萬幅風帆駕海船。太息長城謂林文忠公。容易壞，不堪回首望狼烟。」葉之被羈，追咎於耆之議撫，而慨念始事之人不獲卒事也。可謂言簡意賅矣。

戊午，津門夷氛凶悖。王子壽比部漆室吟悲歌云：「渤海雙門碣石標，鸞帆飛渡一何驕。遽驚突厥窺關内，誰導匈奴犯渭橋。蜃市凌空工作幻，蜮沙吹毒敢爲妖。漢家表餌多奇策，拜捧金繒戴聖朝。」馮魯川比部書憤云：「海氣昏昏鼓角悲，邊人延頸望旌旗。空聞魏絳和嘉父，無復陳湯斬郅支。驕虜久忘天廣大，群公誰繫國安危。漢廷司馬新持節，好竭忠謀報主知。」於是耆英賜帛，命蒙古王僧格林沁駐天津，尚書桂良、花沙訥駐上海。夷人謀主哩吠嘓，係廣東嘉州人。每至星使公館，淩辱咆哮。是冬，以侍郎黄宗漢爲欽差大臣，開府兩粤。時廣紳羅敦衍、龍光禧、蘇廷魁，團練數萬人，方期合勦，而三星使稟承執政主和之意，觀望遲回，紳民掣肘。副憲殷譜經兆鏞先生有論和議疏，極其剴切，見謝枚如稗販雜錄。蘇著有守柔齋詩草，丙丁感事云：「丙丁氛祲亘河津，鎮海籌邊氣絕倫。曾使天驕驚赤幟，不煩戎虜破黄巾。樓船自昔重洋險，大樹難回五嶺春。往日金陵哀陸帥，若論成敗更無人。」「朱鳥先滔海逼天，晴時雷電暗時烟。魚鹽邸舍今紛若，燕雀華堂昔晏然。六計如何窮曲逆，百年從此歎伊川。倉皇朝漢臺前月，空仗蜺旌望集仙。」「盛時寰宇極西東，萬里羈縻掌握中。自入金門天馬賤，翻窺鐵甕火船通。重來豈報彭衙役，五利終歸魏絳功。獨有蕃王能遠慮，沿津壁壘列艨艟。」「東南物力苦彫殘，宵旰憂思九土安。水寨駐防嚴日戒，星關占夜怯霜寒。降龍事渺傳聞異，留虎人疑射殺難。石井江村偕作地，一聲銀管恨無端。夷兵以銀管起號。」戊午三月初抵花縣作云：「雲擁花山大澤陰，雨餘松路馬蹄深。義旗飛應平原牒，哀角驚爲塞下音。昔議徙薪逢客笑，今傳制梃激人心。騎羊五老香烟裏，忍見鯨翻海印沉。海印石，在羊城東。」江村書憤云：「天吴助虐與天違，昏瘴連年物候非。園散荔枝紅闇淡，橋餘楊柳綠依稀。摶風正合鵬南徙，當道翻同鷁退飛。無奈腐儒愁思亂，擬吟寒角怨金微。趙嘏有降虜詩。」蓋以致其諷也。久之，侍郎卸欽差大臣關防。己未，蒙古王申討大捷，沉夷船七。侍郎移節四川，兩尚書亦罷。馬子翊桂花曲云：「桂花亭亭自秀挺，九霄仙露濯清影。廣寒宮殿夜不扃，金色蝦蟆蝕圓景。霓裳舞罷紫雲迴，罡風獵獵自西東。瓊樓玉宇久震蕩，桂花憔悴當風開。吴剛含愁抱玉斧，悄對桂花淚如雨。托根天上非不高，何意飄零同下土。滄海漫漫生暮寒，飛來青鳥毛羽單。桂花莫怨罡風惡，王母桃花半已殘。」

庚申六月，夷船復至天津，詔勝保入衛。八月初九日，文宗駕幸木蘭，遂有淀園之火。馮魯川比部游仙云：「羽葆紛紛出玉京，神霄有路望分明。雲陛月地高寒甚，水珮風裳躑躅行。碧海長鯨何日翦，丹山群鳳爲誰鳴。塵間多少拖腸鼠，妒殺雲中犬吠聲。」書憤云：「嚴城未改舊金湯，車駕從容宿豹房。魯史自書周榭火，秦兵猶責晉侯糧。方壺員嶠波清淺，玉砌金鋪事渺茫。環衛期門皆勁旅，可無一矢向天狼。」顧祖香孝廉壽楨離宮云：「西山王氣鬱離宮，也逐東來一炬紅。玉城早驚三月燼，牙璋未覺九州同。憶從秋試成名日，曾拜天廚出殿中。今日飄零成底事，獨揮寒淚哭秋風。」書憤云：「忽聞薊北屯烟霧，不信寰中竟虎狼。賸有殘生悲罔極，况禁危涕血成行。牽裾已絶風雲路，扈蹕誰依日月光。痛憶渡河先志在，夜臺應自泣滄桑。」於是都下官民商賈遷徙一空，車駕倀至濟南值百餘金。魯川讀史云：「黠虜原輕漢，群公早避秦。」許海秋憤詩云：「邦畿豈甌脱，棄擲總如土。」可詫也。海秋紀事詩云：「皇帝未北狩，舉朝方晏然。魚龍戲曼衍，拜手觴萬年。維時夏六月，兵氣南斗纏。熒惑駭星變，民間多譌言。觥觥陸御史，抗疏陳大篇。倏忽七月交，鼙鼓津門喧。樞輔既引退，列卿還遷延。魑魅走白日，鵰鶚述青天。前軍相交綏，駭獸如散烟。朝議多翻覆，撫戰兩未堅。秘策宋南渡，預計周東遷。猶恃拓羯兵，庶幾能守邊。一人有棄甲，萬馬無迴鞭。似聞失河湟，未敢盟澶淵。六飛諫未出，兩詔衆所傳。威欲熊羆申，誅或鯨鯢駢。夷禍二十載，得此如轉圜。開關孰延敵，火已燎於原。裹手思張弓，無由弸勁弦。王公既失險，壞雲墮郊埏。黯黯八月秋，萬樹霜華寒。光祿中槍退，丞相策騎旋。空勞懿親議，難仗藩王賢。己巳日未午，慘淡旌旗翻。倉卒羽林兒，彯纓遑整冠。緹衣亦顛倒，遄行指木蘭。涼風起邊色，疲馬嘶聲酸。啞啞白頭烏，回首長楊間。闟雲夜墋黷，頗似延秋門。爾時我皇意，豈不思多艱。大業二百載，聖德垂便蕃。弧矢定四海，梯航方交驩。朝廷失砥柱，滄海生波瀾。昨者獲巨寇，譬鳥鎩羽翰。呼吸一夫命，崢嶸千鬼環。狡計縱飛火，殿閣何斑斕。血色昆明湖，電掣諸峰殷。疑是犬戎禍，傳烽悲驪山。豈比阿房災，焦土同一歎。急縱虎出柙，遑惜駒伏轅。鮮卑竟姑息，惕隱宜生還。有功異回紇，無厭類契丹。介弟非仗鉞，進退空觸藩。遵負征虜任，絳慮和戎愆。諺忌鼠投器，詩刺蠅止樊。躊躇起四顧，但求宗社安。古來重悔禍，咸以殷憂先。挽回術無他，感召理有權。信果格豚魚，治可舞羽干。西山轉蒼鬱，王氣猶龍蟠。君側必大儒，中興誠非難。」

芻論曰：「有天下者之立制，始未嘗不權其本末輕重，爲萬世無窮之慮；形隔勢禁，措之於磐石之安。至其失也，形銷勢弱，舉天下之重如振槁葉。當唐之初，天下兵六百三十四府，而關內幾半。以大制小，以一制十，用之臨中國而威四夷，至足也。然而潼關警，宿衛不能受甲，倉皇西幸，扈從僅千人。明永樂，於京師置三大營，兵三十萬，擊瓦剌，征兀良哈，禦大寧、朵顏，討亦思馬因，卻吐魯番，武功烈矣。而甲申寇偪，外城二坊一卒，內城五堵一卒，纔二日而不能支矣。召公之言曰：『張皇六師，毋壞我高祖寡命。』古人兢兢業業，居無事而有危亡之憂，有以也夫。」葉河海蕙田觀察鍾呈大農云：「禁軍生計本堪憐，況自綿延二百年。巧婦有才愁仰屋，蓄兵無款罷屯田。早知民瘼饑寒共，無奈天災旱潦偏。事到萬難俱束手，誰能點石學神仙。」雪樵大令詠史云：「不議戰議和，騷騷滿中土。嗟爾伴食人，徒然飼豺虎。一解。咄咄楊子雲，讀書宜識字。劇秦而美新，畢竟不曉事。二解。賣國仍賣身，象焚即爲齒。鄧氏鑄銅山，可信能餓死。三解。一扇豈障羞，舉止竟如此。莫作褚彥回，不遜有寒士。四解。戢戢多大僚，軒軒固不群。諒哉姑謀樂，何憂乎無君。五解。此飯何從來，將軍笑捧腹。爲問蕪蔞亭，誰與進豆粥。六解。」又中秋書懷云：「帶甲愁來滿，觚稜夢到難。天青懸北闕，頭白戴南冠。草木三山變，風霜萬戶寒。殷勤望明月，心事五雲端。」書陳叔安有感詩後云：「孤臣懷耿耿，大地日蕭蕭。有淚灑荒野，無功答聖朝。甘泉照烽火，陽管寂簫韶。行路難如此，端居恨肯消。」馬子翊海上感事云：「度支頻歲困征輸，難得銅山鑄五銖。豈料餱糧齎寇盜，更無升斗飽侏儒。橫攻沙岸鼉鳴鼓，高據烽臺虎負嵎。漸覺燎原兇燄烈，恨教南郭濫吹竽。」「鷺門象浦久棲遲，三窟經營意可知。渤海素稱饒蜃蛤，漢江又見走蛟螭。是誰當席籌前箸，奚不抽刀斬亂絲。國事那堪君再誤，高牆賜死荷恩慈。」「似聞廷議重興師，軫恤黔黎力已疲。皮服優從通貢市，金繒恩不絶羈維。百年漫啓王恢釁，五利高陳魏絳辭。料得華夷同感泣，免教征戰日相持。」「鬼國船來估客知，火輪雙駛白鷹旗。金牌遽撤巡防局，銅印新頒市舶司。寇掠患差輕日本，奇贏術更巧波斯。張騫只取支機石，未解尋源塞漏巵。」是時余館太原，都中消息得之頗詳。竊以逆夷狃道光中年和議之便，包藏禍心。近以東南多事，竟敢乘機竊發，佔據粤東，據掠疆臣。雖朝議屈意羈縻，仍招黨類，駛入天津。協揆主和，僧王主戰。夫不戰能和乎？主戰者，議誠是矣。然將不知兵，兵不習戰，孟浪一戰，南北礮臺遂俱失矣。朝廷以法痛繩失事之臣，復命勳舊控制沿海要隘，蓋憬然於和之不可恃，而欲以徐修守備爲本圖也。蓋制外夷與平内寇不同，内寇當一舉而撲滅之，外夷非一朝一夕之故也。昔漢以誅秦滅項之餘烈，困於白登，迨其後，匈奴卒就欵；唐以擒王擄竇之餘威，挫於征遼，迨其後，遼亦無能爲。蓋聽其自生自滅，而繫維其手足，控扼其咽喉，使不爲梗，則莫如内治爲要矣。五代周世宗時，王朴獻平邊策曰：「必先進賢退不肖，以清其時；用能去不能，以審其材；恩信號令，以結其心；賞功罰罪，以盡其力；恭儉節用，以豐其財；徭役以時，以阜其民。」竊謂内治何以易此數語哉？胡文忠致郭筠仙太史嵩燾書云：「禦外侮莫如自修，譬之治疽者，先固正氣，乃可漸偪邪毒，不使上犯而內侵也。西洋之夷，不過謀利，外强中乾，人固不察耳。俄夷則窺伺黑龍江，已成根本之患。近年財力與人才，均非急切可謀，因夷人之恐喝，而遽爾上瀆聰聽，又豈能以口舌爭回耶？」

津門警報疊至，人心洶洶。而廟堂曲意主和，相諱言戰，致典兵者茫無所措，遂有北塘之敗。然我兵逾賊數倍，尚可支撐。迨嚴旨星夜撤師，沿海村甿如失慈母，搪塞奔號，哭聲震地。不數日復有「退李綱以謝金人」之舉。官京師者，於是震駭喪魄，紛紛思去。無名氏溧河旅次題壁云：「百戰功名異姓王，孤忠天鑒郭汾陽。銀濤避弩迴東海，白羽徵兵到朔方。苦以和戎撓戰守，真成鑄錯失金湯。傷心七十二沽水，嗚咽寒聲入夜長。」六月二十七日，夷自北塘進踞新河。八月二十五日，逼安定門。吳桐雲觀察大廷感事云：「何物逞樓櫓，公然狎颶風。鼉驚滄海外，虎視大江中。宛入無人境，誰持克敵弓。艱危望飛將，戮力正華戎。」「傾國恣深入，愚哉技可知。閉關饑虎豹，揮劍斬蛟螭。救命當無暇，乘虛敢爾爲。繞朝謀不用，搔首一嗟咨。」「累葉敦休養，承平二百年。豈無抱忠孝，獨出濟迍邅。破格恩當重，登壇令要專。廟謨聖明斷，洗耳凱歌旋。」「時局竟如此，呼天發浩歎。功成諸將易，策定重臣難。舊德唐裴度，高懷晉謝安。斯人今倘在，唾手靖凶殘。」書所見云：「道旁有老婦，面垢髮未梳。借問爾何來，云脱憂患餘。夷兵滿京國，九陌成荒墟。言盡淚亦竭，我聞意躊躇。古有社稷臣，撥亂言非虚。堂堂大中國，人傑無時無。今豈不任人，毋乃非賢歟。賢者不見用，用或文法拘。坐此百無補，哀哉小民愚。愚民誰當恤，感慨空長吁。」觀察著有小酉腴山館詩文鈔。

梁禮堂吏部七月念二夜小飲宣南酒樓酒酣涼風忽起落葉滿窗投杯失色急命騎歸慨然短述云：「酒淺燈昏月墜林，客懷無語鬢華深。那堪敗葉飛如雨，併作鄉愁盡上心。戎馬極天增肅殺，樓臺滿地怨登臨。推篷急起呼歸騎，萬户寒蛩促暮碪。」同曹夜直署中聞談塞外事感興云：「蛟霧變晴日，鵰巢噴異風。猱肥據石傲，蜮短射人工。獵騎誰投矢，山神亦避宫。絶憐馳九達，歲晚蹈深叢。」文宗朝有大蠹三：鄭親王、怡親王與協揆肅順也。禮堂之詩，深得風人託興之旨。馮魯川書感云：「秘殿閒金屋，離宫鎖王墀。但求誅靳尚，未敢怨張儀。我醉方憂醒，人歌詎解悲。豺狼天所赦，願且問狐貍。」詠史呈霞舉研秋云：「明允論辨姦，荆舒匪其讐。哲人慮未然，惟恐言之售。國忠激祿山，哀哉誠拙謀。操縱苟自已，已貽宗社羞。何況覆餗材，一發不可收。桓桓陳將軍，裂眥念主憂。馬前誅佞賊，忠義垂千秋。」吳子珍懷珍京邸感秋云：「年年歲歲急邊防，海宇蒼涼戰血黄。將士鞮鍪生蟣蝨，天官星宿近欃槍。芻糧日給三邊戍，砧杵秋寒五夜霜。獨步清宵望東井，誰彎弧矢射天狼。」「雞人傳曉六宮春，御氣絪緼降紫宸。馳道鳴鑾臨五輅，建章飛閣象三神。玉珂宣室朝天客，錦筆甘泉侍從臣。一曲汾陰追千古，當年李嶠是才人。」「鈿車細馬賤馳驅，風散香塵上五銖。紘索登壇迷撲朔，旗亭選句入呴喁。鬭風丹轂楊家戚，結鏡紅羅霍氏奴。朝野且安無事福，升平光景滿皇都。」「艱難王業感前明，十載高皇馬上爭。後葉有時耽燕佚，中原亡地不戈兵。勝朝失鹿悲禾黍，真主乘龍致太平。二百年來勞使節，諸陵時祭冷榛荊。」「搖鞭昨過戰場來，帓首韃刀亦壯哉。雨散荒原青燐出，烟橫廢壘夕陽開。心傷井里創痍甚，日聽東南鼓角哀。閔旱憂蝗勞聖主，詔書哀痛下平臺。」蓋亦作於是時。

禮堂出都過楊忠愍故里云：「一夕冰霜下九閽，千秋青史泣忠魂。恨無斧鉞誅元惡，剩把心肝答至尊。衰草故居深灑涕，中原時事愧銜恩。封章欲草何人達，萬里西風出郭門。」真定道中作云：「太行不改碧嵯峨，傳騎光陰等逝波。夢裏風塵愁魏闕，曉來烟雨暗滹沱。燕雲士馬中原最，李郭勳名向日多。勁旅勤王資重鎮，健兒身手近如何。」過邯鄲題盧生祠云：「黃塵冠蓋滿神州，滄海難迴日夜流。果使功名稱簪紱，神仙何敢傲公侯。」渡河後道中遇雨云：「秋色變寒雨，荒原吹客衣。河聲健東下，雲氣莽南飛。盜賊年來老，田疇生事微。不堪日凝望，鷹隼亦號饑。」仲秋宿郭店驛大雨云：「兵氣連飛雨，寒雲積古郵。難携京國月，不似去年秋。烽燧頻時急，風塵一飯愁。淚痕比簷溜，不寐憶盧溝。」汝墳橋見月云：「此地初經雨，傳聞洗賊刀。我來見明月，垂淚入蓬蒿。櫪馬徒悲嘯，寒蟬不肯高。無能負强弩，流影怨征袍。」其忠君愛國，眷顧繫心，一篇之中三致意焉，可謂不苟作矣。

林錫三太史感舊云：「居庸山色接清秋，玉輦珠斿在上頭。此夜西風銀鑰靜，故宮紈扇不勝愁。」「王侯第宅黯如烟，瘦馬官奴亦可憐。辛苦營巢雙燕子，啣泥何處過明年。」「落月梁塵瑟瑟飛，酒涼香盡管絃稀。教坊子弟猶青鬢，誰唱當年白紵衣。」「浦裏青荷敗葉斜，紅衣瘦盡已無花。蘋香蓼碧天涯路，不見朱樓倚暮霞。」此詩蓋傷淀園之變也。淀園之變，夷人諉罪八旗。芻論曰：「八旗之制，寓民於兵。京營、巡捕五營額兵一萬、八旗驍騎兵八萬五百三十八、親軍一千七百五十六、護軍一萬五千九百七十五、左右兩翼前鋒一千七百六十四、步軍二萬一千二百三十人、巡捕京營一萬、圓明園六千五百零八、健鋭三千八百三十三、內火器四千一十六、外火器三千七百九十七。諸營兵凡十四萬九千四百二十五，所以備征討而嚴宿衛，規制密矣。司農月給銀糧，餉兵即所以養民，惠莫大焉。二百年來，仰食縣官，習爲當然。身不能跳盪，手不習擊刺，臨操麕集，應期會而已。生齒滋繁，妻子不免憂凍餒，衣甲器械往往不具。遇當番直，假貸於人。點檢軍器之年，移東就西，苟塞觀聽。而管旗務、理戎政皆親近貴臣，班秩殊絶。其副多部院大臣兼之，皆位尊而階峻，任劇而事殷。軍旅之虚實，將校之材否，欲其日討而訓之，其勢固有所不能矣。」海蕙田觀察夜巡兵云：「我偶夜不寐，枕上聞呼號。誰爲戍邏卒，聲響遏雲霄。霜冷透衣骨，曉月臨城高。梭巡夜不息，更較舖兵勞。彼豈不自愛，家計多蕭條。月領戍糧出，醉飽難終朝。妻孥坐歎嗟，空竈冷未燒。蔽體無完衣，一家聲嗷嗷。昨聞新令下，人人魂魄銷。巡夜役未竣，白晝加槍操。枵腹赴教場，欲等營騎驍。」按，八旗生計，嘉慶間議於雙城堡吉林轄境開屯，富俊、松筠兩中堂力行之，而京旗安土重遷，移駐者寥寥。道光初議調劑旗人生計，喀什葛爾參贊大臣武隆阿、幫辦大臣秀堃請於直省緑營分旗，缺州縣編旗籍。而事格不行，兩大臣且以此獲譴。今旗民歲餉不支，相與安坐待斃。老臣謀國之心，至今日而始見，豈不哀哉？」

是歲九月，和議成。爲夷使設燕禮部大堂。於是盤踞京師，設教堂，而内江通商，各省傳教，無不如其意矣。王子壽比部吞聲行云：「孟氏戒言利，吁嗟言之長。家國奪不饜，爭端多殺傷。豈知百世下，華夷汨其防。窮島十萬里，豎亥所難詳。算船啓互市，毒禍機牙張。鼂忭尾閭溢，沸天撼扶桑。鰈使抗盟會，鮫人雜冠裳。郡國遍海市，乾坤爲榷場。罄盡九州血，不充鯨鱷腸。蜑母五都集，蜃樓千尺强。祆神鼓雄誕，二氏莫能當。

駔儈擅擊斷，裂盡百王綱。哀哉禮義俗，化爲鱗介鄉。夷吾不復作，姬旦亦已亡。吞聲勿復道，天道猶茫茫。」辛酉二月書所見云：「賈胡翻作伏波留，紫蛣明鰩映蜃樓。莫信羈縻求内屬，豈真文物慕中州。金牛炫蜀能無詐，璧馬欺虞大可憂。但使天威終震疊，不妨權計示懷柔。」雜感云：「窮髮奇肱混職方，開扃撤盡九州防。介鱗上湧樓臺氣，戎馬中開榷市場。天下倒懸驚未有，域中包禍歎非常。周家德厚形偏弱，微管於今獨感傷。」馮魯川天驕云：「天驕百里尚雲屯，白幟搖搖日色昏。晉國豈貪嘉父幣，漢朝甘讓夜郎尊。留都久已無宗澤，料敵何人似柳渾。猶憶林公初秉節，島夷低首拜轅門。」答少鶴云：「少長憂患中，恐先朝菌死。云何未哀老，聞見遂至此。道逢佩犢人，衣冠劇華詭。柔遠古所尚，奉之過驕子。四海苦用兵，誅求今未已。鹿窮或走險，絲亂恐難理。捐金等邱山，所易惟一紙。馬牛暫歸放，朝野大歡喜。尚惟聖主心，永念初政美。寒儒亦何求，浮湛衆人裏。」「文臣不愛錢，武臣不惜死。大哉岳侯言，前聖寧易此。宋金輸匪遥，世變日趨詭。腥膻污黄圖，溝壑轉赤子。天下方倒懸，猾虜心未已。豈暇憂元元，旦夕昧生理。白金爲上幣，黄卷成故紙。空作楚囚悲，能堪鄭人喜。北門傷我艱，西方懷彼美。悵望千載前，蒼茫百年裏。」疊韻答霞舉云：「寇退我猶生，寇來孰當死。曳兵未百步，相笑成彼此。異哉今所聞，薦牘恣奇詭。巫臣方竊妻，華元寧易子。逭誅猶有說，行賞或可已。吾欲逃昏冥，萬事付不理。不然戒妻孥，蓋棺多置紙。復恐造物心，頗同俗憎喜。全人脰肩肩，大癭固爲美。安得從長房，跳身一壺裏。」「不如大國奔，分作小臣死。復與數公游，始願未及此。性命爲人操，得失那自詭。豈其效焚書，欲安反側子。不廢何以興，諒彼非獲已。生平所遭遇，一一難自理。功名猴入袋，事業蠅穿紙。文告滿通衢，頗有太平喜。列肆漸懸標，誰家新釀美。共君訪伯倫，爛醉竹林裏。」次翔雲韻云：「國是方難定，吾生敢告勞。創痍三輔卒，裘馬五陵豪。短景催長夜，清愁付濁醪。驪黄均一櫪，多謝九方皋。殘書愁尚擁，客感醉難忘。危甚焚巢鳥，癡同入肆羊。升沉三愠喜，今古一悲涼。衮衮諸年少，何人似洛陽。」

夷舶入漢，自戊午始。子壽悲歌云：「鑿空奇情鄂渚喧，夷艘入泊楚東門。鮫人濯錦臨江漢，鱷族移潭挾子孫。百變水嬉成曼衍，雙流天塹撤籬樊。珠槃玉敦交驩甚，鈴閣樓船迭舉尊。」庚申議和，漢口準設埠頭。辛酉，子壽傷春絶句云：「齊安一夕化爲戎，西鄂仍驚烽火紅。血色夭桃臨水泣，年光多在亂離中。」「西上帆檣日夜過，倉皇盡室避兵戈。頗憂贔屓翻江漢，不獨郊原虎兕多。」「未知何處可移家，但覺紛奔似永嘉。莽莽荆榛蔽南北，人間誰見武陵花。」後傷春云：「楚塞東連寇壤環，番艅互市偪通闤。亦知鄉井原無恙，縱落天涯未擬還。」「遷衛封邢拯阽危，齊桓功在一匡時。交侵中國方如綫，讀史千秋有所思。」

溧陽彭心梅湘典籍讀史云：「窮陰殺物氣蕭森，衰草粘天萬馬瘖。石勒嘯聲城闕滿，建章宮殿劫灰深。戎心奚止三反復，將略寧關七縱擒。貙虎在都龍在野，金仙清淚漬盈襟。」「窮蹙分明釜底魚，稽天倏忽怪雲嘘。競誇魏絳和戎策，誰上陳東伏闕書。塗炭黔黎供雪涕，笙歌第宅任邱墟。殘戈斷鏃無尋處，愧説將軍百戰餘。」「醉時天意本蒼茫，兵氣中原接大荒。一例處堂嬉燕雀，幾時當道問豺狼。愴懷淚灑新亭上，鼾睡人容卧榻旁。肢體浸淫心腹病，揭竿群盜日鴟張。」「儲胥百萬儘消磨，誰與朝班執斧柯。不遣神州迴日馭，竟容鬼國舞天魔。叢來醜類真螻蟻，特起軍容少鸛鵝。伏處暫聞傳箭定，一時翹首錦山河。」謝枚如曰：「典籍與余善，性介而通。避亂居晉十年，爲學使者上賓。有適龕存稿，紀家人被難等詩，皆沉痛不堪卒讀。予曾録入我見集。亦治長短句。」

文宗駕幸木蘭，子壽比部惓惓言之，令人生忠愛心。其尤沉摯者，如古愁云：「難謁靈修叩化機，古愁終日淚沾衣。但看暘谷騰朝旭，誰向咸池挽夕暉。周室王城徵再築，漢家火德值中微。瓶寒葉落皆恒理，先事由來悟者稀。」「天威無外讋滄瀛，誰料波臣敢弄兵。跋浪盡驅蛟蜃族，傳烽直薄鳳凰城。入關都尉環畿甸，七萃戎車烈禁營。聞道柏梁臺盡燬，離宮炬火徹宵明。」「家世陰山貴且强，出身爲國掃欃槍。親提代北沙陀部，群倚汾陽異姓王。直奉心肝扶社稷，不教鱗介易冠裳。捷書早晚迎鑾速，送喜騰聲遍萬方。」天醉云：「海水群飛大地波，黄金臺勢没嵯峨。百年果有伊川痛，五子猶聞洛汭歌。闕下戈鋋喧鐵馬，宫前荆棘泣銅駝。生靈芻狗嗟今甚，天帝銜觴醉若何。」「威制蠻夷控八埏，聲靈王會肅千年。豈聞潛鱷能聲岸，未信神龍可脱淵。雲罕星斿秋出塞，參旗井鉞夜臨邊。不逢金母瑶池宴，雨雪誰賡黄竹篇。」「鳳城遥望聳雲間，宿衛期門日夜環。竟有蚍蜉摇大樹，曾無虎豹捍天關。諸侯當爲尊周起，大駕誰迎幸蜀還。温嶠不生陶侃没，野夫江上淚空潸。」「傳道長安事日紛，腥風九陌遍妖氛。鯨牙裂網翻三島，蜃氣嘘樓偪五雲。柳市夸琛方列肆，棘門兒戲未成軍。神州赤縣張番樂，曼衍魚龍總不分。」「嫚書恫喝逞窮奇，喋喋珠盤載誓詞。鱗介將淆秦郡縣，侏儒敢雜漢官儀。九州瀝髓猶難饜，百計吹毛悉是疵。賈豎白徒能跋扈，雷霆何不奮王師。」「力扶鼇極答恩深，衆口囂囂遂鑠金。昌國立功翻見忌，汾陽罷將獨何心。威名堪寄北門筦，棄置徒悲東武吟。戚里孤忠天一柱，蒼蠅休得巧相侵。」「寒雪三春百卉傷，漂山夏潦駭非常。愁心氛霧迷天闕，淚眼虹霓蔽日光。九廟神靈原陟降，六師威武足張皇。宵衣撥亂猶非晚，旋軫鑾輿撫萬方。」冬仲歸舟見積潦歎之云：「仲冬十一月，歸舟凌渺漫。訝此數百里，湖澤今何寬。夏秋潦絶壯，冬盡猶驚湍。宿麥不得種，耕氓垂淚看。一飽乏藜藿，遑論鶉衣單。租賦豈能貸，軍糈況又殫。水行不就下，驕蹇仍盤桓。陽德或少弱，陰邪乘此干。蚩尤敢怙亂，流血成波瀾。天吴挾海怪，鬐鬣如戰攢。禁軍失捍禦，别館多燒殘。龍輅幸關外，飄摇邊塞寒。民生久憔悴，國步方艱難。嗚呼水潦盛，厥象爲兵端。銷弭豈無術，英豪猶屈蟠。滔滔未歸壑，黿極何時安。」太息云：「登壇貔虎握軍符，太息勤王一旅無。赴難猶慚陶太尉，尊周空慕管夷吾。寰中賊虜遺君父，帳下芻糧竭轉輸。節鎮平生心許國，固應傳檄會匡扶。」

辛酉，魯川出守瀘州，召見行在。出都書所見云：「崇墉環帝京，一隅新版築。人言庚申秋，豺豕所搪突。問誰秉國成，謂彼莫予毒。黎庶猶痛心，將軍但皤腹。魏尚今不存，安論頗與牧。」古北口云：「絶塞限中外，穹廬密相傍。赤幟射日明，礮車森内向。翠華北巡後，於此資保障。士卒奔走餘，安居氣驕亢。追思昨年事，痛惜老成喪。將帥苟有人，神京固無恙。輕騎扼歸塗，閉關絶供帳。未屑臣妾之，矧與交揖讓。吾聞重洋水，險惡非一狀。彼敢傾巢來，厥志頗難量。復思蔿賈言，地險未可杖。鎖鑰誰北門，停驂一惆悵。」憶伯言先生語云：「昔年伯言叟，論史慨以慷。每言造物心，難以人意量。南宋主和者，今所謂不祥。當時都顯榮，後嗣咸熾昌。持較宗岳儔，年命誰短長。我輩坐讀書，難改婞直腸。太息憶此言，非用自感傷。」灤陽云：「灤陽行殿鬱崔嵬，仁廟巡游歲一回。遺老不知今昔異，自夸重見六軍來。」

子壽比部論都云：「鎮未雄三輔，謀仍輟五遷。阻兵艱運道，并海逼烽烟。虎旅誰憑堞，龍旂尚駐邊。論都原大計，高議在朝賢。」「虛慕關中勝，群公抗表言。私憂懷杞國，隱患伏花門。莫倚殽函險，終虞供億繁。金城殊昔日，蕭索五陵原。」「河山雄表裏，天下晉尤强。若建新宸極，端居古薊方。舟船諸道達，阨險九邊長。行在宜并上，何人叩帝閽。」「千官扶鳳輦，萬乘涉龍沙。天自開黃道，春當返翠華。名王勞獻炙，禁旅久離家。八駿歸原速，無言塞路遐。」「古來多難會，亦有不臣朝。懲往中興速，思艱反側消。儉勤師夏禹，哲惠配唐堯。國脈千年固，苞桑孰動摇。」按，都晉之議，發自蔣申甫京兆奇純。壬戌京兆奉詔歸養，子壽呈詩，中一段云：「乘輿狩關塞，遠賡黃竹謡。鮫蜃入都市，官守盡奔逃。大臣請西幸，秦中王氣饒。師獨主三晉，肇都古唐堯。黃河右縈帶，太行左岧嶢。顧盼接幽薊，足壯膂與腰。民俗况勤儉，節義兼勇剽。朔漠百萬騎，控引尤雄驍。此實萬年計，根本不可摇。拜疏伏闕下，沉沉天路迢。策馬踰上黨，義旅同盟邀。迎駕計不就，鼎湖悲既遼。孤臣滯澤潞，奉母并州僑。」顧祖香孝廉曰：「昨者外間傳大駕有西幸之舉，壽楨竊運算以爲萬萬不可，輒建議陳四策。大旨謂，最上復舊京，沛新政，鐘簴無恙，天命未改。其次移蹕晉陽，東向而制寇，南向而發號，控扼險阻，雄眎列服，於進取便。或患荒瘠，荐告餫饋艱濟，則無已都平陽。主霍食汾，首晉尾絳，覃懷爲近蔽，關隴爲外庫，表裏山河，進退可恃。若都不出此，壓秦而居，氣逼勢蹙，手縛足局，大事去矣。蓋淺儒泥經陋史懵務。昔之秦塞，今之秦夷；昔之秦富辥積，今之秦無歲蓄；昔之秦以蜀爲府，今之秦以蜀爲疽；昔之秦勇公戰，多勁民，今之秦樂私亂，多猾徒；搏則鋌，弛則遨，莫可奈何。則當事燕息置之，日以一日，良可悼痛。今且曰必居此，必居此，則亦烏能弗謀？亟易置數良吏以沃宿荄，移立數雄鎮以揚遠條。設在峻其勢，厚積必藏其富，專討責而肘腋靖，蘇民困而指臂植，大綱以十數，散目以百數，剔宿弊如決水，進善人如浴日。嗟乎，嗟乎。事未易一二道也。」與陳眉卿第二書。

文宗臨幸木蘭，少司馬歙縣王子槐茂蔭有天時、人事兩疏，天下稱之。辛酉七月十七日升遐。是日戌刻，見流星如火箭奔馳，忽東忽西，錯綜來往，自初更至二更有數十次。顧祖香孝廉見彗云：「沉憂正無計，元象驀如斯。目斷東軍秏，心驚北斗維。人皆厭兵革，天忍劇瘡痍。直欲排閶闔，悲歌意似痴。」「天道應須遠，吞聲未忍譁。愁心千里草，危涕木蘭花。道勝終消疹，憂深敢恤家。此間足袍澤，誰爲戒戎車。」按，祖香藉會稽，流寓陝西。尹杏農侍御詠史云：「閶闔中扉詄蕩開，御牀赭帊鬱崔嵬。憂勤已覺天容減，哀痛旋聞玉詔來。秦代黃金空上幣，漢家白髮幾邊才。沙場馬革男兒願，請賦無衣始自隗。」

「鼓鑄誰云雪可鎔，持籌莫慰大司農。九州貢賦誰能繼，五省儲胥不易供。軍稾似聞裝薏苡，章臺爭欲稅芙蓉。求金豈出天王意，但願荆南早息烽。」子壽比部飛龍引云：「九十六君安在哉，幽州惟有軒轅臺。軒轅合符北出塞，法駕遠陟崆峒來。飛龍雲際垂翩翩，乘之直上游青天。從臣攀髯莫能及，伏地雨泣空潸然。生前神鼎棄不顧，華蓋鈎陳渺何處。海涸山移日墜淵，閶闔沈沈但蒼霧。解進祈招少祭公，何如八駿返祇宮。藏弓瘞劍萬年恨，嗚咽橋山風雨中。」贊軒刺史讀穆天子傳云：「黄竹歸來更幾時，歌聲動地不勝悲。驊騮未見馳千里，猿鶴終悲化六師。安得西戎盡浮玉，空勞王母下靈旂。膠舟遺恨悲江漢，日晚崑崙罷宴遲。」蓋皆作於是時。侍御名耕雲，江蘇人，著有學求有用齋詩藁。

唐宋元明，老佛迭衰迭盛，最後天主教乃竊二氏之緒餘，亦欲以其言行世，西士有述焉。嗚乎，鸚鵡能言，不離飛鳥；猩猩能言，不離走獸；異學能言，不離左道。史策所稱，如佛圖澄、鳩摩羅什等輩，孰非以左道惑衆耶？自明季曆數專用西洋法，荷蘭人得至中國，於是中國有天主耶蘇之教。國朝禁人傳習，乾隆間，趙憶孫中翰懷玉遊天主堂即事云：「峩峩番人居，車過常遠眺。今來城西隅，得徑甫深造。其徒肅將迎，先路爲指導。少憩揖而升，居然煥寢廟。香花中供養，壁繪天主貌。曾甦垂死人，能謝洪波櫂。壁間所畫天主事蹟。亦無甚奇蹟，彼時過誇耀。謂自開闢來，竟絶人與肖。樓頭旋奏樂，仿佛八音調。轉捩惟一手，吹嘘殊衆竅。更喜火發奇，迸如劍躍鞘。觸機四肢振，匪藥百病療。右築觀星臺，儀器匠心造。横鏡曰千里，使人齊七曜。迺於窺天微，兼得縮地妙。所惜昧機祥，但解推蝕朓。或云利瑪竇，始由勝國到。豈知貞觀間，早有大秦號。胎源出祆玉篇阿憐切。鉉增入説文。神，不外六科要。徒增象數末，詎析理義奥。聖化溥裨瀛，重譯不煩召。治曆首明時，量能爰策效。吾儒通三才，本異索隱誚。因疏專門業，致被遐方笑。太息遵歸塗，高林澹斜照。」道光初，姚海伯孝廉天主堂云：「狹壁搜至冥，百靈一盂滙。包羅乾象森，勃窣五洲海。閒然龍氣寒，氄地被青㲯。方桷彫堊丹，華蟲縵回彩。深日嵌畫旒，綺月拓飛陛。似舞刑天戈，來鞠貳負罪。其神冠帝皇，其名混元駭。高準鼻類獅，鋭角耳同獮。牟尼三劫輪，規球掌中擺。又指側右肩，口哆意有在。魔母肖婉衿，兜胸燦球琲。項繡纏露花，鬟偏髀烟茝。媚睇山鬼淫，娟笑洞狐駭。倚膝耶蘇兒，丫髻索黄嬭。謂是虚無宗，命作造化宰。漢曆元壽遥，禩運遞子亥。救世來拂菻，肉身不遭燬。幻以契利沿，術從瑪竇紿。法徒十二人，分支守宗禰。宣教揚秘文，遺蠱毒千載。誓盟俾斯玻，衆惑結難解。唾拾釋老餘，上紊六經楷。粤昔明神宗，賓而賜之邸。竟欲綱常誣，遂釀釁禍始。咄嗟宗伯馮，鑒識極庸猥。坐使閩廣天，東南陷淵底。金陵稱文邦，祆儒首徐李。潤飾六册書，抗衡五斗米。卓傑珂徐知珂與輝晏文輝，疏辭明大體。摧折青白蓮，頹坋蕩焉洗。蒼龍衛聖朝，彤雲覆萬里。大統持中星，弗崇絶儌技。黔黎踐仁義，奸誘辨羌魔。詎愛人頭錢，下愛狗彘賄。此堂雖兀存，櫨荒偃戈棨。試瞻太學門，祥赧自瑰瑋。」癸卯，島夷就撫。廣東總督耆英奏請佛蘭西國夷呈請：「天主教勸人爲善，非邪教，請弛漢人習天主教之禁。」後部議准：「海口立天主堂。華人入教者聽之。惟不許奸誘婦女，誆騙病人眼睛，違者仍治罪。」咸豐庚申冬，夷再就撫。朝議准：「都城設立教堂。湖南北、江左右，以及各直省均許來往。」於是夷使及教堂遍中外。汪少谷世澤有夷使詩云：「夷使天外來，橫行任萬里。自京及晉，及秦、及蜀、及滇。赫赫封疆臣，分庭許抗禮。與督撫平行。大言傳彼教，豈復周孔理。開壇傳教。匣劍躍躍鳴，何難振綱紀。天子憂黎元，權允非得已。投鼠遵夙聞，斬鯨待後起。」夷使姓艾，自稱大法國名士，蓋傳教者也。衣冠、言語與中國同，惟無頂帶，不拜跪。張示和約百數十條，令人難於卒讀。壬戌，錦帆入蜀，余親見之。梁芷隣先生曰：「西洋入中國，自利瑪竇始。其教法之傳中國，自利瑪竇二十五言一書始。按，利瑪竇，明嘉靖中至都城。著友論一書，與今之張遠兩友相論一樣淺陋。陳眉公收入秘笈，何其無識也。大旨暗資釋氏而復明攻釋氏，又明知儒教之不可攻，故所著天主實議並附會六經中『上帝』之說。其實『亞尼瑪』之學，『亞尼瑪』者，華言靈性。即釋氏覺性之説。天堂地獄之論，與釋氏之輪回相去無幾。」同時，龐迪我又撰七克一書，述天主所禁罪宗凡七：一驕傲、二嫉妒、三慳吝、四忿怒、五迷飲食、六迷色、七懈惰。於善，迪我又發明其義，一曰伏傲、二曰平妒、三曰解貪、四曰熄忿、五曰塞饕、六曰防淫、七曰策怠，則與儒書又何異。惟以尊崇天主太過，不免於迂怪夸誕。其論保守童身一條，或難以「人俱守貞不婚，人類將滅」，乃答以：「讜人俱守貞，人類將滅，天主必有以處之，何煩過慮」，其詞已遁。又謂：「生人之類，有生必滅。亦始終、成毁之常，若得以此終，以此毁，幸甚，大願。」則更理屈詞窮，爲釋氏所不屑道矣。又有高一志選空際格致一書，以火、氣、水、土，爲四代元行。而以中土「五行兼用金、木」爲非。然彼國所最擅長在天文，而推算、量測仍不能廢五星，則於彼説亦自相矛盾矣。其所以爲異端歟？孫芝房芻論曰：「天主教無君臣、父子、夫婦、兄弟、朋友、長幼，其所尊者，獨曰天。無親疏、老少，而皆曰兄弟。不士不農，不工商賈，不胥徒輿皂，而以衣以食。刑戮者，人之所畏而避也，而彼之説以兵死爲令終。由是山林饑餓之民，閭巷游惰之子，猖披紛紜，雲合響應。乘國家久安之後，斬木揭竿，縱横行於天下，生靈塗炭，累歲而不解。彼悖誕致不足詰，而其術，則凡吾所以治民，使之各親其親，各生其生，有所畏而不敢爲非者，皆創爲邪説以破之。而其端自佛始，彼之爲教，自别於佛，實陰祖佛而用之。詩曰：『毋教猱升木。』

又曰：『如彼雨雪，先集維霰。』天主之教禍天下，如火之發於市，焱焱炎炎，連延驟不可滅。而佛者，宿火而遺之種焉者也。」此論至痛。蓋粤逆之景教，即天主教之流裔，而歸獄於佛，殆與首章歸獄漢學同意。傷心人故爲此無賴之辭歟？夫左道惑衆，自古有之。所持者明政刑，修禮樂，使民各遂其生，各復其性，無或迷而入焉而已。故曰：「經正，則庶民興焉。」墨麟觀察維翰大喇嘛寺歌末云：「聖人深意在柔遠，順育萬類通要荒。因勢利導牖蒙昧，欲使寒谷回春陽。昭昭大道揭日月，異教豈足紊紀綱。矯首夷風倘一變，飲食男女真天堂。」

錢塘張鄒谷迎煦鬼子劍云：「鬼子之白白如雪，鬼子之黑黑如漆。對客含笑雙眼碧，腰間插劍長三尺。解劍長跪奉上官，劍未出匣氣已寒。陰風蕭蕭霜氣團，上有奇字橫闌干。細如錐，薄如紙。光鑑髮，柔繞指。以刺人，人立死。鬼子劍，殺苗子。吁嗟乎，我兵一萬三千人，安得人人盡持此。」鄒谷有讀畫樓集詩。道光初，黔中狆苗不軌，擾及粤西。鄒谷從軍時作此，見阮文達定香亭筆記。時英夷尚未蠢動，而其器械已爲世重如此。履霜堅冰，惜乎辨之不早辨也。廬江江龍門開大令，著有浩然堂集，紅毛刀歌云：「蛟胎皮老鸊鵜滑，鏽點青紅不敢拔。左持鐵室右鋼環，閃出寒光刺毛髮。斜如練帶迴輕風，薄似春風照殘月。磨空動盪飛紙輕，淬花隱陰清寒血。氣色不定知陰晴，光怪時常見出没。此刀憶昔買廣州，紅毛夷館臨江流。崇臺飛閣亂雲日，鳴鐘列鼎過王侯。十三行尾無晝夜，但聞鬼語聲啾啾。以彼奇技作淫巧，易我食貨如山邱。桀驁不馴藐大吏，所恃不恐豈無由。澳門盤根踞已久，滄海藏山作淵藪。水程三百迤重洋，曾掛孤帆瞰群醜。鬼兵習戰火器工，巨礮連山塞海口。居然螻蟻穴自封，非因有道四夷守。羊城大吏豈不知，誰以斯言告我后。堂堂天朝光四極，梯山航海臣萬國。蕞爾孤懸寄嶺南，焉能喋喋爲鬼蜮。珠江江水通萬艚，玉帛子女官商豪。魑魅垂涎亦已久，思傾海水動六鼇。九州南盡五嶺外，終留此刀誅紅毛。」蓋作於其後，逆料其有異志矣。己酉冬，渭南令王蓑生延余校童子試，余獲晤大令於席間，鬚髯如戟，聲若洪鐘，即席書萬里橋五律贈蓑生。後官富平。謝枚如西洋刀歌云：「夷船峩峩海之關，深目高顴坐中間。手持短刀餘二尺，睥睨志若江山。道旁觀者心膽戰，出没刀光波上顫。糢糊頑鐵厚三分，誇詡精金經百煉。時無英雄奈刀何，容汝得意千摩挲。三十年來急邊患，至尊焚香祈海晏。毒草誤人萬死生，倉皇將士無家慣。天津黯黯陣雲高，霜鋒亂舞吹毫毛。礮臺連失七十二，髑髏顛倒神鬼號。此刀未必真利器，猖狂如此何人致。謀國誰爲鑄錯才，憂時徒隕傷心淚。安得借刀手試之，夷刀殺夷夷更悲。短衣匹馬力一割，此是男兒報國時。」此作於庚申以後，則借題以寄其孤憤之意云爾。

辛酉秋八月，欽天監奏「日月合璧，五星聯珠」，陝撫奏「鳳鳴岐山」，豫撫奏「河清」，福州「附郭田粟穗兩歧」，蓋中興之嘉瑞也。時今上侍兩宫歸，以恭親王爲議政王。詔「以明年爲同治元年」。誅宗室亂政者三人。王子壽同治行云：「虹霓干天白日翳，群飛訓狐相嫵媚。髯墮神龍歸鼎湖，奸黨睢盱潛得計。制書變亂行四方，自謂元愷今忠良。束藁爲榱葦作柱，幾傾宗社頹紀綱。臺端有鳳朝陽鳴，抗疏凛凛風霜生。若輩滔天尚如故，清議安能爲重輕。女中堯舜今復覩，夙駕還宫衛冲主。改元同治中興期，詔下雷霆赫斯怒。罪狀盡暴姦宄群，斧碪濺血身首分。此曹覆轍豈知鑒，前有曹爽後伾文。盗權竊柄誰能久，不作共和作凶醜。崇山幽都乃敢偶，黄鉞一下伏厥咎。睿哲重華頌我后。」謝枚如聞事感賦云：「新政煌煌詔，傳聞到海湄。聰明天子德，刑賞中興基。民困已如此，風清定有時。諸君須努力，報答愛鬚眉。」嗟乎，風雅有正有變，變有所由來，正亦有由轉。我朝源遠流長，苞桑之繫，無疆惟恤，無疆惟休也。因憶嘉慶間錢塘陳退菴大令文述著有頤道堂詩，其英吉利歌示使臣米士德云：「英吉利，爾國安在。去中國大皇帝所治，中隔十萬餘里大瀛海。英吉利，爾何所能。能製鐘表辨漏刻，能織呢羽爲氍毹。英吉利，爾何所見。大郎山頭看南斗，鸚鵡群飛綠成片。英吉利，爾來何意。海西小島如蜉蝣，傾心皈依大皇帝。皇帝萬歲萬萬歲。兵力能伏汝，大度不貪汝土地。汝願隸，典屬國，萬國玨珍有成例。純皇在御癸丑春，爾國入貢羅奇珍。不貴異物不勤遠，任爾化外爲藩臣。英吉利，爾誠傾心。皈依大皇帝表文宜。合格使臣宜習禮，任土作貢毋自異，寵賚便蕃酬汝意。皇帝萬歲萬萬歲，歲歲書入貢英吉利。」退菴號雲伯。

伯韓侍御鐃歌序云：「臣聞天下雖安，忘戰必危。進不忘規，臣子之義。伏思我朝開國以來，八校分屯，兵力最强。太祖受命，奄有蒙古諸部。太宗、世祖繼之，招徠屬國，東自朝鮮，訖西北海，莫不懷服。遂定中原，爲民除殘。聖祖重光，功德巍巍。三藩以次削平。訖於高宗，蕩夷回疆，拓地二萬餘里。仁宗受其成，天下乂安。列聖偉烈神算，俱在實錄。臣琦竊不自揆，稽首謹述其略，被之聲歌，以爲後世用兵者鑒，命曰新鐃歌。時在道光二十有三年癸卯秋九月。」蓋作於英夷就撫後，其旨微矣。歌凡四十九章，太祖九章，戰國倫、戰嘉鄂、戰烏拉、戰界藩、虎爾哈、平哈達、戌吉林、朝打牲、費英東。太宗十一章，瀋之陽、林丹汗、陰山塞、温多嶺、降額哲、大小白、遼以西、扼石門、涓之水、長白山、天祐兵。世祖四章，山海關、老秘書、出虎牢、十三營。仁廟六章，削逆藩、屯荆州、噶爾丹、昭莫多、收澎湖、歌七詢。世宗四章，輪班對、平青海、狩木蘭、制府來。純廟四章，大金川、達瓦齊、和卓木、歲屢豐。仁宗十一章。靖川楚八章、青龍港、摧滑臺、戰爲款。博採一統志、盛京志、熱河志、列祖實錄、開國方略、回疆紀略、三藩紀事、平定教匪紀略、川陝紀略、聖祖至仁宗詩文集、武功紀盛、聖武記諸書而成。其仁宗十一章戰爲款云：「以守爲攻，以戰爲款。用夷制夷，疇司厥楗。呂宋爪哇，勢埒日本。或噬或駾，前鑒不遠。惟晳與黔，地遼疆閡。借箸而籌，爰諏海客。尾東首西，北盡冰溟。近交遠攻，陸戰之鄰。人各本天，教各本聖。中曆異西，制不可紊。萬里一朔，莫如中華。不聯之聯，大食歐巴。任法者敝，得士者疆。先收人心，戰勝廟堂。班班聖謨，炳烈千禩。」尤得古人敬告僕夫之義。

陔南山館詩話卷六

侯官 魏秀仁 子安

嗟乎，天下事變，伏於幾微。始則一有司治之而有餘，繼則萃天下之才力圖之而不足，如粵事是也。粵事決裂於咸豐辛亥，而實釀於道光戊申、己酉之間。洪洞董研樵文煥金陵收復志喜詩注曰：「道光丙午、丁未間，逆匪初起，劫掠鄉村，肆擾州縣。官紳有弋獲者，大吏恐啓兵端，卒不與理，縱之去，遂有馬平縣知縣沈毓寅被戕一案。庚戌，大吏始以反狀入告。」洪秀全，一無賴細民耳，以拆字法及命數蠱惑鄉人，非有雄才大略。即其黨，如楊秀清、蕭朝貴、馮雲山等招集亡命，護送鴉片，亦非有殊尤異禀、過人之才幹。當其灑血插盟於胡以晄村内，纔三十餘人。即其倡亂建號於金田村，所聚亦不過三百多人。此時倘得中材將掩而捕之，渠魁、大憝勢必聚而殲旃。而地方官以訪緝爲辭，坐令伏匿深山，蓄髮至尺許，猶未弋獲。自李沅發滋事，鄭夢白中丞祖琛招敢死勇，雲山傳教之衆且出而應募。坐是横不可制，糜爛者十三省，疲敝者十六年，而餘孽猶未斬艾也。胡文忠曰：「國家之敗，由官邪也。」自來西域、臺灣、建州起事，均因官吏貪污，會匪得以藉口。川省之惡戴如煌，而譽劉青天。近年新寧因貪吏李博平糴，勒價二千文一石。次年差役訛詐雷再浩之妻黨，以致李沅發又復倡亂。桂平韋正因繆懸「登仕郎」匾額，疊次訛詐，因而從亂，僞稱爲王。前此固羨慕「登仕郎」而不可得者也。鋌而走險，誰爲厲階？庚戌，陳少香師聞粤西警詩云：「無端殺氣動鑾天，十萬沙蟲事可憐。西粤山高鄰象郡，南荒秋老黯狼烟。居閒運甓思陶侃，歲晚登樓感仲宣。猶是聖朝全盛日，么魔應見靖窮邊。」「羽書飛騎越關津，小醜跳梁豈易馴。桂海可無驅鱷術，柳州空有捕蛇人。諸公衮衮猶臺閣，大地茫茫徧棘榛。擊筑悲歌無限感，蕭蕭霜鬢滯風塵。」符雪樵聞警云：「聲勢投鞭果是非，須令草木懾餘威。皇天不是空垂象，大地何堪屢潰圍。退食從容操勝算，分符倉卒履危機。南邦久墮芙蓉障，不見軍行戰士肥。」時太白經天，鑄星入南斗，光芒甚鉅，凡數十日乃退。

粤事初起，文宗首召林文忠督勦，尋命署廣西巡撫。粤民額手相慶，賊黨散大半。洪秀全懼，謀遁入海。十一月行至普寧，遽爾殂謝。繼起周文忠天爵、李文恭星沅於家。尹耕雲侍御前詠史云：「詔書日夜起廉頗，輿疾勤王奈老何。五丈隕星臣力盡，三軍吹律死聲多。中原蹂躪驚蛇豕，故壘荒涼失鸛鵝。自古勝兵由勝將，征南舊部淚滂沱。」「月暈重圍急請兵，天威賜劍許專征。督師敢謂同殷浩，大帥如同用孟明。蘭錡親軍誰陷陣，梧平要地望移營。曹侯相業能無擾，小醜何難奏廓清。」時群盜如蝟毛，金田逆賊尤横恣。於是李文恭以欽差大臣督師柳州，周文忠以老封疆任巡撫，向忠武以宿將爲提督。會金田賊竄潯州，踞大黄江，擾武宣，屢被創而勢猶熾。大軍籌進止及駐軍地，巡撫、提督異議，以此有「特簡將軍總統」之請。嗚乎，「師克在和」，古有明訓，乃以性情之果懦，致事勢之鉏鋙，可勝慨哉。

咸豐元年辛亥，上以九門提督、協辦大學士賽尚阿總統軍務，都統巴清烏蘭泰爲參贊，而李文恭薨於軍，周文忠以病去。鄭小谷郎中書事云：「交南之地日南天，棖觸閒情覺黯然。五嶺雲開秦郡縣，三江風送漢樓船。春秋誅盜無名氏，草澤藏姦有歲年。此日回頭看故國，崑崙關外雨如烟。」「黑霧深籠赤水流，杞人終日抱離憂。公臣惟是升齊盜，私惠何曾報楚囚。上將旌旗横荔浦，中宵烽燧照藤州。等閒記得歐陽句，肉食何人與國謀。」「象郡驚心隕大星，蒙江作意抱孤城。鑾中自阻長標嶺，壩上原非細柳營。奴輩蒼頭皆捧檄，書生白面尚談兵。可憐一派荒涼地，橄欖青時蛤蚧鳴。」「蠻烟瘴雨又深冬，轉餉經時困大農。三户尚疑人逐鹿，一江空望鬼乘龍。炎州有路奔蕭銑，漢吏無才似賈琮。春夢欣然聞奏凱，空山輕打五更鐘。」始謀不臧，可概見矣。

賽相國以六月至桂林，駐節興安新墟莫村，疊獲勝仗。許海秋舍人詩云：「七日苗難格，三烽賊正强。是誰申紀律，此事見擔當。突將蒼鷹下，長圍萬馬防。窮追終有獲，功在象臺旁。」「節鉞威南服，因知殺運收。罪誰容伏莽，功豈願封侯。教養何人責，瘡痍此日憂。及今嚴吏治，安得復優游。」蓋深喜之。然大師左右讙呶噂沓，群下因之不協。兵鈍不利，告功不時，蓋賽實執其咎矣。海秋詩云：「聞道鏌鋣險，官軍奪隘愁。艱難方灌水，飄忽又横州。敢信兵非賊，誰知勝可憂。祇憑威望重，功業待條侯。」「濟猛諸軍壯，行權上相威。勳名何損益，勝負莫依違。用命懸殊賞，殲渠盼合圍。京師八千里，羽檄正横飛。」汀州胡石珊茂才步堅感事云：「帥臣持重待如何，群盜縱横起更多。焚擄豈惟憂賊至，摧殘正復怕兵過。儘教赤子供魚肉，那見蒼頭奮鸛鵝。交易日中征橐飽，轉欣生計在干戈。聞粵西兵勇於軍中開賣所掠財物。」「大府傳聞已不支，軍需百萬半虛糜。災傷屢告輪將苦，泛濫頻經轉漕遲。豈有鄭侯籌餉運，徒令卜式散家資。民生國計勞宵旰，淨掃兵塵是幾時。」

時賊踞象州之謝官村，環山作巢，依箐谷中。官軍躡之，竄入永安州城。小谷書事云：「誰識春來好鳥鳴，喧然都作戰場聲。干戈兒戲聊移帳，盜賊公行竟據城。即墨早知窮樂毅，偪陽真悔率荀罃。短衣長劍相持處，内反尤宜念叟兵。」「蔀屋驚喧夜不眠，花門留處轉蕭然。崑崙張宴新元夕，傀儡登場惡少年。豖突那知金匱法，狼貪徒費水衡錢。逋懸幾度方籌畫，又報前途劫客船。」「頻藉民兵代客兵，荒郊從此少深耕。伍符尺籍家人子，破帽殘衫措大營。武達誰能如伯玉，文降我亦感威明。紛紛少吏增添後，斗食安然不請纓。」「山前山後陣群鴉，春去春來感物華。壯士三千空報過，姦民六萬已無家。捷書按日來王濬，殘寇何時獲吕嘉。愁煞東皐凝望處，夕陽芳草遍天涯。」王子壽比部自壬子以迄辛酉詩，署曰漆室吟。其發端書感五首云：「寇何知遠略，將不用奇兵。詎解先人至，徒聞散地爭。擣虚猶未緩，持重轉無成。潰覆仍相繼，威輕法更輕。」「秉鉞宜申討，登壇在運籌。安危關一將，徵調竭諸州。獨任專征責，難窺制勝謀。騰章方告捷，高壘復何憂。」「桂水日流血，妖星夜有芒。輿尸悲五校，奔命誤多方。後效宜收燼，何人更裹瘡。群蠻坐得計，談笑掠軍糧。」「鄰道張虚警，長驅憚合圍。縱横成賊勢，顧望失戎機。列戍連鷄困，先登策馬稀。淮西無李愬，安覩捷書飛。」「近報騎田嶺，探丸又結屯。三湘愁鼓角，五管斷聲援。速可除滋蔓，遲將縱燎原。如聞籌筆者，環卒擁轅門。」

昔張士誠以十八人踞高郵城，官兵數萬圍之，一旦脱去。李自成車箱峽之困，魚腹山之危，瀕於死而得脱。張獻忠敗走潛山，敗逃麻城，亦瀕於死而得脱。謀之不臧，佳兵玩寇，古今蓋一轍也。壬子賊困永安幾半載矣，阱中獸，釜中魚，反掌可得。乃以數省之兵，不能殲一隅之賊，轉令乘間宵遁，四鎮輿尸，直偪桂林城下，是誰之過？讀秋水齋詩江蘇陸某著。枚如自都錄寄，失其名，俟考。長濠潰云：「長濠何迢迢，圍環數百里。雄虺居其中，飛走窮生理。下流絶奔突，一網盡可俟。乃知勢不然，賊行譎如鬼。聲東而擊西，奔命輒波靡。全力以潰圍，如屋建瓴水。火災遂燎原，糜爛不可止。誰司三軍命，適以飽虎兕。十圍五則攻，勝勢乃可恃。又云圍師缺，古人有深旨。」小谷賊圍桂林即事云：「國家少事尚憂邊，郡縣多窮只愛錢。作將何曾手打賊，封侯惟幸面如田。石頭有待陶司馬，玉貌無求魯仲連。城外城中倘相見，故應各問子胡然。」「記從茘水奮琱戈，咸喜灘江得伏波。兩載未摩崇國壘，四門翻唱楚人歌。將軍豈易求周勃，竊帝終當聽趙佗。想見至尊愁社稷，崇文崇武費張羅。」胡文忠曰：「粵西兵勇六七萬人，皆選募於各省。其隨行、餘丁、夫役、各色人工，計又不下二三萬人，費帑已踰千二百萬兩。兵力、餉項，不爲不厚。然而圍守永安之日，終日挑戰約六七月之久，而賊終不出。所報斬獲，豈盡實耶？永安竄逸之後，無戰不敗，將星摇動。侵軼省城，勢更猖獗。兵將之勇敢者多已傷亡，餘人膽落，怯不任戰，告急於粵東。而粵東多寇，餉運不繼。楚省自保不暇，救援之人，宏濟之略，相顧不發一策，專待廟算而後行，又不能實力遵奉，以慰宵旰。是粵事直不可問。」可謂切中情弊。蓋在師中者，始則輕躁，而以賊爲戲；終則退縮，而畏寇如虎。庸才誤事，可勝慨哉。

獨秀峰題壁三十首，或云小谷作，詩不雅馴，然於當時情事特詳，今錄十六首，並原注存之。獨秀峰者，桂林城中山也。峭立百仞，石蹬盤旋而上下。有石室，顔延之守郡時讀書其中，所謂「未若獨秀者，峩峩郛邑間」是已。孔有德封定南王，獨秀峰在王府後，達官有欲遊者，必啓王府，請鎖鑰，方得入。今改爲貢院。題壁詩云：「孤峰卓立聳南天，憑眺關河意惘然。四境風寒傳鼓角，萬山雲暝接烽烟。邊氛未熄勞宸慮，將帥無才遲凱旋。多少不平懷裏事，登高執筆恨難捐。」「李花落盡撲楊花，洪浪翻挑水一涯。粵西自李世德、李元德兩逆平後，逆匪洪秀全、楊秀清即接踵而起。青白旂分千隊列，紫金山險萬重遮。賊由桂平之紫金山起事。干戈潦草常滋蔓，歲月因循屢及瓜。賊由庚戌起事，今三年矣。試向潯陽江上望，虎狼到處已無家。潯州所屬四縣居民、房屋，賊過無有存者。」「羽書飛報蹴塵紅，瘴海鯨鯢繫聖衷。金帛遠勞頒國帑，先後餉銀千餘萬。按，胡文忠曰：『粵費至一千二三百萬，而終成虚擲。』紫泥新詔起元戎。林少穆宮保、張壽軒軍門，均奉命到粵。觀梅和靖先歸道，銘斗桓侯未奏功。林抵廣東，先卒。張抵粵後，亦卒。太息將星沉兩地，賊氛壘起望無窮。」「聞道周郎善用兵，將軍小李亦知名。周敬修、李石梧二制軍。千行坐擁心原壯，一戰歸來膽已驚。好勇無謀花亂陣，潛師不出柳藏營。虜功未奏飄然去，縱使歸田恥聖明。李疾終戎次，周引疾歸。」「三年零雨未班師，戎事彌縫洞主知。餘粟更從天府運，復發餉銀百餘萬。使旌新喜相公持。元年二月，賽相國奉命來粵總辦軍務。絶無豹略誅蠻寇，空有鴉軍振鼓旗。節相所統皆禁軍。如此大權歸獨攬，寶刀何日靖邊陲。節相奉特賜遏必隆刀。諭：『總制諸軍、在事文武有不用命者，即以此刀斬之。』謹按，乾隆中訥親王以首輔經略金川，失機。詔：『以遏必隆刀斬於軍前。』遏必隆者，姓鈕鈷祿氏，額駙宏毅公額亦都第十六子。訥親，遏必隆次子也。」「劍影刀光列從官，重重帷幄獨盤桓。圍棋自許爭先着，飛檄俄傳失永安。固壘深溝容賊據，缺斨破斧轉心寒。孤城在望無人近，半載空從壁上觀。去歲閏秋，賊據永安，控濠築壘，守備甚堅。我兵隔水爲營，遥望七月之久，竟無人領兵到城下與之力戰。」「春風春雨又花朝，戰伐經年壯志消。大帥不須行上策，單于昨已遁中宵。二月廿五夜，賊棄永安而去。封章連日稱收復，節相奏報克復。城郭無人感寂寥。賊去，永安雞犬無存。最惜群師隨四鎮，糢糊身死報當朝。賊退大同，其地甚險，不能進戰。四鎮將長瑞、長壽、董先甲、邵鶴齡强衆兵以行，致使全軍失利，四鎮將均逃回，中途墜崖而死。」「度支隨處置糧臺，用似泥沙實可哀。當道幾曾償實用，掌官各自積私財。憑空樓閣由心造，依樣葫蘆任手栽。粵西軍需局報捐，前次已有成案，今復開捐。最惜帑金千萬出，簿書虚冒一篇開。」「請纓半是牧猪奴，氣趾高揚類總殊。貂尾裝新詩整肅，馬蹄聲急聽模糊。上臺薪水多虛給，捷徑終南各競趨。若問奇功何處紀，街頭終夜亂喧呼。」「莠民十萬繫巾紅，名號衣冠迥不同。各壯勇集萬餘，各繫紅帶。未遇賊鋒先氣短，縱抄民物轉心雄。各壯勇渡河，搶掠民物殆盡。江湖盜賊成都會，田里桑麻剷地空。附城鄉村被兵勇搶掠殆盡。辱及蛾眉渾不禁，椎牛還望奏膚功。潮勇在省，奸淫婦女，上莫之禁。撫軍連日殺牛置酒，大加犒賞，猶殷殷勸之使戰。」「頻年旌節駐南關，團練規條到處頒。鄒鐘泉撫軍由觀察擢京兆，抵都未一月，即命撫桂林。上賜詩有『嘉爾賽鄒才濟忠』之句。抵任，專以團練告示，遍給屬部，并令各官紳往勸。浪擲金錢招壯士，撫轅練勇五百名，每日犒賞動至數百金。空憑黔赤禦諸蠻。四境守兵全無，撫軍以團練爲可恃。高談靜鎮全無備，二月念六日，賊迫六塘。幕中幕友勸示居民，預備戒嚴，撫軍猶秘機緘，故作鎮靜。臨事張皇莫濟艱。念八日，賊將至省城。撫軍登陴，已束手無策矣。看爾腸肥兼腦滿，一腔塵慮未能刪。」「榕城雉堞認回環，二百年來莫叩關。誰使雄獅班馬嶺，馬嶺要隘，素有守兵。忽然撤去，賊遂直入。任教群盜控牛山。賊至城下，即在西門石牛山紮營。訛言半夜聞風起，羸卒六塘帶月還。廿七日，撫軍遣兵往救六塘，中途見賊，半夜棄甲而逃。獨立東門看癸水，讖詩應向古碑刪。古詩云：『癸水繞東門，永不見刀兵。』今不驗矣。」「角聲吹起萬山寒，賊似潮來擁巨觀。象鼻嗚雷爭擲地，賊在象鼻山架砲攻城。龍頭近日遍招團。賊衆猝至，事機危急。龍翰臣殿撰總辦團練，遍招居民，登城助守。誓師不可登陴哭，臨渴方知掘井難。幸有將軍天上落，葵心向日報平安。賊及荔浦，廣西提督向欣陽軍門知賊必撲省城，遂由賊後繞道荷笠，率六人枵腹馳走兩日夜。及抵省城，形容疲敝。登城布置，人心始安。」「單槍匹馬走連宵，耿耿精忠答聖朝。范老甲兵真腹滿，武侯心事共琴焦。孤軍聯絡張旗鼓，壤堞森嚴認斗刁。更有偏師思直搗，橋頭痛絶霍嫖姚。賊據城頭，烏都統率兵三百，直搗賊營力戰。賊衆我寡，援兵不至，都統被砲中要害，僅以身免。回營至明日，竟以傷而卒。」「火光燭照滿城紅，附郭閭閻一炬空。廿九夜，城外民房爲賊焚燬殆盡。疑陣縱横參婦女，賊每戰，輒以婦女執兵擁後。戰聲遠近雜孩童。賊每攻城，遠看有孩子數百摇旗喊吶，以助其威。按，楚行紀事詩云：『三千娘子教吴宫，無數兒童督陣中。不是筍尖翹一瓣，哪知烏鳥孰雌雄。』注：女兵如男，惟鞋尖有辨。梯思取月真成夢，賊屢架雲梯攻城，皆不克而還。車走轟雷莫奏功。三月廿七夜，用吕公車攻文昌門，而兵槍砲先施，其車中火藥被焚，賊傷數百人而退。賊勢猖狂開夜宴，笙歌都在畫圖中。賊夜張宴於城外得月樓，笙歌徹夜。我兵不能一戰，惟坐守城頭，傾耳側聽而已。」「困守金城共枕戈，綸巾風度自安和。向軍門主守不戰。撫軍決計出戰，以致安徽兵三百，全隊皆覆没。雲車夜降排鸞鶴，賊每夜攻城，見有神光呵護。露宿宵寒肅鸛鵝。軍門號令森嚴，城上盡日無人聲。臨陣不嫌名將緩，論功當讓楚軍多。賊圍城一月，楚兵竭力拒守，遂保全城。邊隅無限簪纓集，誰爲承平唱凱歌。」是役也，賊由小路過牛角、猺山，出馬嶺，上六塘、高田，紮營桂林石牛山。余軍門奉命來援不力，賊圍三十三日不下，遂軼出廣西。

漆室吟答秋丞明府五十韻中段云：「禍作誰生此，刑寬有是夫。化鳩非所望，爲虺急當刳。貪墨加朘削，椎埋敢竄逋。探丸斫官吏，奮梃會囚徒。黔鬱江均赤，邕横野盡屠。磨牙縱蛇豕，吮血競豺貙。仗節將雖出，登壇禮未踰。將猶權不一，賊乃蔓難圖。帝赫雷霆怒，朝頒斧鉞誅。特煩丞相重，兼率羽林孤。陳賞方傾藏，騰章待獻俘。林間多喪馬，幕上但聞烏。未敢先批亢，空然效守株。全軍俄失利，四帥並捐軀。風鶴聞皆遁，天狼進益軀。欃槍森睗睒，桂管迫須臾。守陴登咸哭，殘骸爨欲枯。撤圍旋北走，大掠更東趨。度險誰堅壁，浮湘直下泭。横行輕五嶺，俯視隘重湖。專閫虛乘障，巖疆或棄郛。盡疑兵草木，旁起盜萑苻。故智矜當轍，群凶阻負隅。勢纔同檻獸，姦欲嘯城狐。聚族殲宜速，成謀勝在吾。不令築京觀，何以肅王鈇。」此數十韻，溯亂之所從生，究亂之所終極，可謂簡賅。

粵事初起，伯韓侍御在籍團練。楊雨巖孝廉自軍中歸詩云：「粵雲指畫氣縱横，匹馬親覘灞上營。自謂將軍有揖客，未妨衣褐作狂生。抗言欵寇非長計，急借前籌要汰兵。太息吾謀適不用，蕭蕭塢水送歸程。」江岷樵大令佐烏都統軍事又能調和向軍疊前韻美之詩云：「摩天大嶺萬山横，水竇平分南北營。兩路旌旗須會勦，異方支蔓恐叢生。漢朝都護初乘障，幕府參戎最解兵。何日平蠻操巨筆，再銘銅柱作標程。」有感再疊前韻四首云：「斷籐復據豕蛇横，父老奔呼上將營。期後穰苴當寘法，亂成侯狗豈聊生。

頗聞使者寬征戍，分遣鄉團貯甲兵。尚有陽明遺策在，蠻蹊間道記征程。」「黯黯霜天北斗橫，大星親見落前營。中年所感多哀樂，萬里猶堪託死生。按，李文恭薨於軍，侍御爲草遺摺。積劫難收誰始禍，披圖未可易言兵。時平及早安耕釣，莫恥論封不中程。」「坐耗空倉任鼠橫，斷無利孔絶蠅營。納降蘇受疑終畔，叩壘張嬰許更生。轉餉難填金作土，投戈可藉盜爲兵。不辭巨萬規長久，只要司農有準程。」「上瑞庚庚兆大橫，河渠平準費經營。盡輸金粟無全策，那識梟鸞不並生。向寵淑均差解事，魏其多易豈知兵。爭功幾輩分杯酒，衛尉何嗤李與程。」寄謝伍文山荔浦並示岷樵詩云：「獠雨昏昏五管橫，高談王霸水西營。食桃何恨殺三士，綿蕞安能致兩生。石鹿久沉餘僞鼎，火牛畢竟少奇兵。短衣薦食尋常事，難量鯤魚九萬程。」味此數詩，蓋亦齟齬不得當矣。

秋八月，賊由象鼻山渡河，出興安，屠全州，鋭意越湖南奪舟而下。江忠烈敗之簑衣渡，賊遂東走道州，歷陷永明、江華、嘉禾、桂陽而踞郴州。分黨由茶陵、醴陵直撲長沙，圍八十日。漆室吟漫興云：「猰貐狂難制，吹脣沸地來。烽連賈傅宅，矢集定王臺。尚遺遊魂騁，徒聞爨骨哀。六旬圍不解，誰抉陣雲開。」野哭云：「百粵烽烟慘，三湘野哭哀。徵兵半天下，失計一庸才。白羽誰麾扇，黃金在築臺。朝廷求猛士，或者向塵埃。」山城云：「百里山城復告危，紛然赤子擾黃池。單車合用張文紀，直指誰爲暴勝之。莫遺村氓供斬馘，好寬農賦救瘡痍。空牆寡婦衣襦薄，日暮天寒泣最悲。」阻兵云：「嶺西狂賊如飄風，披髮橫刀湘水東。袒跣一呼喋血戰，梯衝百道環城攻。阻兵多效申屠聖，漢成帝時稱亂者。選將當求皇甫嵩。諸道援軍莫觀望，捷書馳奏甘泉宮。」援軍云：「三月潭州未解圍，誰能破釜决兵機。除書安得推王式，招討何當罷宋威。但見軍租傾國賦，頻驚戰士換冬衣。朝廷不惜封侯賞，頗訝援軍捷轉稀。」「黑山青犢動成群，屠掠千村日有聞。多壘豺狼仍在野，連營貔虎自如雲。賀蘭徒視睢陽急，上黨誰摧夾寨軍。坐甲裹糧無一事，健兒何不策高勳。」長沙守禦得法，偪賊背水面城，當絕地，而長沙只南門受敵。僞西王蕭朝貴中礮死，於是洪、楊大股自郴州至，圍城三次。時四門緊閉，進出皆以繩縋。無名氏楚行紀事云：「東南名士多於鯽，都作城濠貫柳魚。」一在九月二十九日，魁星樓側地發雷，賊以棉花包塞長沙水道，搜掘棺柩，棄尸，以築土城，以裝地洞火藥。城陷四丈餘。鄧忠武紹良時爲副將，忠武字臣若，湖南乾州廳人。以守備生擒李元發，賞『楊勇巴圖魯』名號，擢都司。尋以粵西戰功，洊授副將。至是擢壽春鎮總兵，隨授江南提督，赴鎮江勦賊。奔，自劾，詔褫職。尋助攻金陵，援東壩，勦徽州賊，皆有功，復提督銜。六年春，詔援揚州，攻六晝夜，拔之。詔授浙江提督，幫辦皖南軍務。破賊三叉河，復寧國，屯兵灣沚，相持兩載，賊不能入尺寸。八年春，浙事急，先後分兵赴援。賊乘虛突襲，師潰，自燔死，而浙遂不能支矣。率鎮篁兵奮勇躍出，殺賊三百人，賊始敗，城闕堵合。沅陵諸生舒雲鋤敏經感憤詩所謂「礮石轟然穴地來，長沙城堞幾傾頹。萬千賞甫懸殊格，八百人能截怒雷」者是也。一在十月十二日，城外金雞橋地雷再發，總兵和春堵之。一在十月十八日，副將瞿騰龍力扼之。王素園觀察簡言湖南軍務：「賊圍蒲坂三萬餘人，而守城者纔三百人。賊入城門內，剗門上鐵葉，而火其門。矢石不能及，因以熱湯自上而澆滅之。相持數日，號令於衆：『有能出而殺賊者，重賞之。』時奮勇者十三人，持刀縋城下，立斃數百人，皆乞丐耳。賊脅以從逆，久饑餓，不能鬬，十三人追殺之，而三萬人立潰，從此軍威大振。可見僨事皆由氣餒耳。」次日，賊焚壘，轟礮三聲而退，程帥擁兵自衛。西北龍迴塘要隘，爲賊衝出，掠舟下竄，而東南大局隳矣。程帥者，湖督裔采也。當洪逆之竄入昭平也，梧州之波山匪黨又復停泊戎墟一帶，勢頗猖獗。蟻聚蜂屯，已成流寇，於是兩廣徐督廣縉握重兵於高廉。其南竄兩湖，程督調兵紥守衡州，防其東北。新舊兩提督分駐永安交界扼要處所。沅永靖道移駐靖州，分兵扼守開泰通道交界之古信屯，以壯聲援。以此星羅棋布，乃使零星股數合，而流剽江淮、河漢間，無一當其鋒者，所云「防勦」，皆虛文而非實事也。漆室吟楚塞云：「賊鋒轉鬬幾千里，楚塞連屯十萬兵。營道零陵愁不守，湖濱江介浪相驚。頗聞節鉞少雄略，何意鼓鼙多死聲。決策攻圍今勿失，忍看豺虎日縱橫。」巴邱云：「東下長江遶鄂州，扼吭形勢倚巴邱。早令鷹隼乘秋氣，急遣熊羆鎮上游。設伏奇兵先踞險，乘風飛炬利燔舟。當關但得王僧辯，逆景雖來百不憂。」神武云：「從來神武馭英雄，得士方收薄伐功。將帥奇才原不乏，陰陽玄感若爲通。黃金肯市燕臺駿，白首猶符渭水熊。下詔豈聞求頗牧，驚心鼓角遍江東。」

驍帥云：「驍帥楊羅俱寂寞，空聞麟閣久圖形。天戈尚未清蠻塞，河鼓今誰應將星。南楚萬山烽燧偪，西風千里髑髏腥。高城肯作王羆壕，憑險何難扼洞庭。」堞來行云：「賊來如飈去無迹，去不敢追來不逆。連營十萬但觀壁，日費千金未足惜。賊行拔壘偵已空，中軍飛捷爭言功。火光燭天墜賊箭，諜來又報掠傍縣。」馮魯川觀察壬子書憤云：「中華全盛似當時，歲歲空煩羽檄馳。群盜何嘗能跋扈，諸公寧不共安危。九衢日麗冠裳耀，三楚烽高鼓角悲。俯仰古今人事異，新亭垂淚更伊誰。」

是時，長沙城内外巡撫三，舊撫駱秉章、新撫張亮基、幫辦前湖北巡撫羅繞典。提督二，總兵十，而爲群議主者，則方伯潘木君鐸也。踰年甲寅，病歸。吏民爭舁行，街衢且遍。送者填道，拜者、跪者踵相錯，日夜走數十里，至於舟自崖，猶不返。號呼搶攘，萬衆一聲，曰：「公行矣，如吾民何？」則皆哭，方伯亦哭，從者無不哭。以鄉里亂，流寓京都，作洞庭歸帆圖。戊午，許海秋題云：「潘公披豁肝膽真，三軍雖衆猶一身。翠蕤雲旓忽變色，八十一日長沙闉。公守危城若磐石，公不愛身惟愛民。雖有鞾刀自整暇，身如菩薩兵如神。材官猛士盡騰躍，凡公所任非異人。三湘七澤頌遺惠，不言功罪今純臣。病歸無由到鄉里，轉徙仍踏東華塵。回思洞庭浪如沸，父老泣別何酸辛。繪圖命我構長句，使我下筆心嶙峋。公之勳業在人口，我詩願附垂千春。」辛酉，方伯年七十矣，起督雲貴，死難。謚「忠毅」。

十一月初一，向軍門逐賊過湘陰，鎗中馬腹，馬斃，川兵救免。初三日，賊大隊至岳州。初八，警報至，而長沙大府方迭爲賓主也。是時，福將軍興、徐帥廣縉率川、粤兵援長沙，俱遷延不進。研樵詩注：「賽尚阿逮問，復命徐廣縉爲欽差大臣，諭馳赴湖南勦辦。」漆室吟巧遲云：「趙奢授閫與，韋叡救鍾離。鬭捷能矜勇，飛橋獨濟師。凶門爭頃刻，死地出神奇。速解潭州急，無爲貴巧遲。」漫興云：「仗節專征討，連營授指麾。封侯原自易，報國不應遲。屢蹈多方誤，頻聞左次師。明明誅賞在，星斷豈能移。」無名氏詩云：「重門無主晚風關，雲霧濛濛任往還。雞犬成仙天上去，淮南依舊落人間。」初，賊去長沙，欲由益陽，傍洞庭，取常德。及到益陽，得民舟數千，遂順流而下，過林子口，出洞庭。十一日抵岳州，分水陸而進。岳州破，得吴三桂器械。漢口聞風，自初六至初十，遷徙一空，至江夏，官軍疑爲賊，擊殺三十餘人。而賊運煤渣百餘艘，中伏二千餘人，由洞庭入漢，一路江防轉莫之問。十二日，漢陽遂陷，知府董振鐸死難。無名氏詩云：「鐵鎖横江晝夜防，煤舟如蟻下湖湘。渺無消息傳鴻雁，一展紅旗上漢陽。」未幾，武昌繼之，知府明韞田觀察死難。自是一帆風捲，直下金陵，長江天塹，莫敢誰何矣。漆室吟讀史云：「唐家再有南方釁，編筏東趨出桂州。嶺嶠山川資首禍，荆揚軍鎮切深憂。時平舉世忘恩患，廟勝何人解代謀。今古姦雄多叵測，悲來感事涕橫流。唐時龐勳、黃巢先後稱亂，皆自桂州編筏而下。「滔滔江漢作金湯，仰控湘州俯豫章。安得威名陶太尉，坐銷烽燧國南疆。水仙米賊無端迫，地道衝車不可當。一戰背城曾未借，可憐掃境付豺狼。」是月初一日，日食。十五日，月食。高宗純皇帝所謂「一月之間，雙曜剝蝕，災莫大焉」，於是通政使羅惇衍有請勅廷臣將平日諉卸取巧之積習一旦悚然改悔實力修省以回天變一疏。

賽尚阿受命督師，朝議使駐興安，所以遏賊南竄也。而賽擁兵自重，日用燕窩，責銀八百兩，他可知已。如是者二年，且移師陽朔，託言就近指揮，賊遂得長驅軼入湖南，而常南陔中丞遂尸其禍。楊季涵太史彝珍戟門行云：「戟門兵衛森高衙，湖山千里飛蟲沙。風聲草木怵心骨，夜深潛匿居民家。一夕倉皇四五徙，夢魂顛倒羽書裏。似聞賊隊辭蒼梧，暮烏聲噪營門虛。居人攀泣行人怒，北風不得迴旌旗。賊勢憑淩如急雨，直下洞庭侵五渚，鄂州城圮門頓開，血流被道成江淮。可憐狡兔失窟穴，玉廚錦帳餘殘灰。垂老直爲窮獨叟，欲向君王乞林藪。詔書嚴譴投窮荒，萬里西行幾回首。何如戰血腥江蘋，骷髏免作邊沙塵。殷勤寄語南征士，騎馬當爲報恩子。」封疆大吏，吾願其能讀此詩也。無名氏詩云：「一付頭顱五十金，怕人消受避湘陰。」時賊懸賞，「得賽首者予五十金，得鄒首者二十金，向首千金，羅首五百金」。賽於十月抵長沙，聞賊在西北，行期屢改，不敢越湘陰。念九始從江西入都。隨弁肆擾萍鄉，令擒杖四十，鼠竄而去。此令差强人意矣。胡文忠辛亥復張石卿中丞書云：「聞某帥左右無一正人，無一謀士。其讙呶譸沓，盡是貴游習氣。」蓋謂賽也。

岳州，兩湖門户，川黔藩籬，自古爲重鎮地。杜詩：「昔聞洞庭水，今上岳陽樓。吴楚東南坼，乾坤日夜浮。」可謂得其概矣。賊至岳州，湖北提督博勒恭武先三日棄城遁，後伏法，「參之肉，其足食乎」？漆室吟云：「岳陽山川用武國，太息丸泥塞不得。五千戍卒望風逃，賊騎縱横纔二百。哥舒戰敗關始開，今者不戰雄城摧。鄂州西門捍不早，恨無老羆起當道。」蓋深痛之也。楊季涵太史防岳州云：「長沙千里平，倚岳爲門户。澧辰納右脅，永衡眠左股。大湖坼西南，粘天浩無宇。沿水樹戰栅，偷渡斷飛羽。三湘免駭鹿，五溪絶鬬虎。防關用一夫，扼要易爲阻。縱之入階闥，力難落角矩。西風盛殺氣，賊勢如回雨。無爲失抗隘，徒壁銅官渚。」明於形勢，慮賊有成算，惜之晚已。

堅壁清野之策，用於西北，不可行於東南。蓋西北地曠人稀，家務本業；東南則商賈闤集，游閒之民、奸宄之輩相錯於路。而武昌、漢陽一帶，港汊紛歧，如之何其能堅壁清野也？常中丞誤用同知唐某人之言，寇未至，先焚城外民房，遂令民怨沸騰。馬子翊詩云：「亦知賊至不得生，賊尚未來民已苦。」

武昌形勝，俯瞰大江，龜蛇二山，遠近如屏案，實吳楚上游也。雖疊經兵燹，然得胡文忠掃除荆榛，外扞内培，迄今循其遺規，猶能自固吾圉。而壬子守斯土者，坐擁全盛之勢，既不能動而援其鄰，復不能静而守其險，竟以一夕化全城爲煨燼。季涵太史鄂城哀云：「穴火裂城城半摧，守陴夜卒鼾如雷。二十七人蟻附上，群賊蠭擁猶徘徊。官吏蹌盡鼠竄，賊渠輿旆繽紛來。群唱猺歌舞衢市，得粟如阜金如堆。何爲我軍吝賞士，留之恣飽狼與豺。官庖酒肉尚餘汁，雜隨人血波江淮。烏鳶豈别肉食肉，空餘白骨横青苔。吁嗟豎儒真可哀。」可謂曲盡當日情事。漆室吟云：「巨猾煽嶺嶠，全楚爲戰場。鼓行下江漢，悍獷恣猘狂。浮橋跨天塹，肉薄不可當。乘闉冒苦霧，蟻附緣池隍。居人化白骨，守臣殉封疆。自從巴邱陷，失我西南防。倉卒戰場地，未陣先奔亡。連兵二十萬，不能固金湯。天意縱妖亂，人謀亦豈臧。勃蘇卒復楚，蹠穿何慨慷。痛哭懷義士，使我心感傷。」悱惻之中，尤意存忠厚。厥後漢陽再陷於九月，知府俞舜卿死之。三陷於甲寅正月，總督吴文節公盡節於黄州之堵城。三月，賊數萬人自金陵溯大江而上。漆室吟云：「舟楫東南利，無端藉寇兵。長江非我有，劇盜幾時平。進發思王濬，中流憶祖生。水仙來往易，天塹等閒輕。」於是越安慶、武昌，再陷岳州，襲湘潭。漆室吟云：「偷息凶徒尚倔强，舳艫重擬犯湖湘。極知乾没終無賴，暫借盧循續命湯。」「湘東軍力保潭州，鼎澧荆襄控上游。速發舟師乘夏水，奇兵一戰拔巴邱。」一時塔忠武方爲副將，以所部兵勇會同水師，殲賊湘潭，隨復岳州。漆室吟聞捷云：「湘西力戰殄凶頑，殘賊宵奔僅得還。春洗甲兵三月雨，威馳草木八公山。村團義憤爭持梃，女子傳聞助守關。乘勝追師宜速下，直封京觀海門間。」六月，武昌再陷，巡撫青麟遁，伏誅。八月，曾帥以忠武軍及水師自岳州水陸下剿，克服武漢，下蘄黄，直抵潯陽。許海秋紀事詩用杜洗兵馬韻云：「去年粵賊下江東，排刀五百心能同。（渠賊陷金陵。傳聞以排刀五百爲衛。）乘時諸將倘急戰，安危只在俄頃中。不思頡利共生致，遂令嫖姚無成功。昨聞羽檄走飛騎，封章密與籌深宫。樓船三戰下江漢，長劍一倚卑崆峒。乃歎深憂在平日，未有大將非儒風。朝廷事急勳名小，瘡痍痛切猜疑少。天上欃槍倏光斂，海内烽烟與雲杳。祇愁報國無心肝，那用陰符心了了。壯士歌謡愧爛羊，行旅關山羡飛鳥。擊楫獨發中流歎，抽刀莫任亂絲擾。彩篷驚飛礮火赤，（悍賊之舟，以彩篷爲前鋒。）鐵鎖燒殘陣雲曉。（賊以鐵鎖横江，官軍焚之，遂東下。）天下大事誰共當，還需擒賊能擒王。侍郎威聲若雷動，蹶張不獨材官强。放膽真疑入虎穴，螫手無復憂蜂房。須知不戰戰即勝，此事那必由穹蒼。富貴非貪致身早，艱難翻使訏謨良。回頭膏血遍原野，轉眼草木悲蕃昌。年來秔稻三吴貢，空勞航海貔貅送。應傳飛檄下金陵，更盼名城收鐵甕。一時杼軸寬東南，萬人涕淚成歌頌。漢將閒看射虎遊，周原久待歸牛種。此日將軍有盛名，舊時宰相無安夢。古來時雨比王師，兵者不得已而用。」無何，挫於外湖。乙卯正月，賊復上竄，僅數千人。總督楊霈喪師於廣濟，北走德安。左瑶圃雜感云：「戈甲朝朝抱玉鞍，由來軍令大從寬。原注：數日退走八百里。提兵但解騎猪走，捉賊真成放虎難。宛馬嘶來和雨咽，骷髏血淚帶風酸。猶餘數子明忠義，蔣李終當一例看。原註：蔣軍功昌梧、李軍功士林，皆降人殉難者。」於是武漢復陷，陶中丞恩培、武昌府多山死之。丙辰十一月，胡文忠克武昌，官宫保文克漢陽。漆室吟紀績云：「楚氛奇禍最煩寃，三度殘黎恣并吞。今日更看蛇豕輩，號天泣地脱無門。」「孱卒三千來開道，馳援首仗益陽公。焦頭獨犯燎原禍，喋血終收壯拯功。」「百金選士盡熊貔，開府官中丞大治師。壁壘雄嚴無敢犯，臨淮威令變旌旗。」「破陣威聲疾若雷，羅公雖殁忠節。李公來。迪菴。書生繼踵多韓白，復楚功還屬楚才。」「南來楊帥厚菴將艨艟，飛棹親當矢石衝。奪取長江一千里，龍驤信是水中龍。」「窟穴窮城兩載餘，朝朝流血動成渠。啖屍索戰無降意，凶性豺狼死不除。」「密塹長圍計已成，糧援告斷賊方驚。狂鯨悍兕矜牙角，變作枯魚只泣聲。」「乘闉一鼓殄凶頑，戰士征袍血盡殷。肩髀冢當鸚鵡渡，髑髏臺立鳳凰山。」自是而武漢遂定。蓋官能推賢，胡能戡亂也。嗟夫，四年之中，武昌三陷，漢陽四陷，國帑因而凋敝。東南數有受害之烈，武漢爲最。文忠以五年之力，生聚教訓，遂易殘敝爲富强。乃出而復九江，策兩皖，駸駸有攬轡澄清之意，惜乎其年不永。後來金陵底定，東南殘寇悉就殲除，建旗鼓者，借資成算。讀遺集，用恍然也。吴桐雲觀察大廷曰：「文忠性精敏，而能不顓己自恣。武昌數罹兵燹，庶務廢弛。每遇大議，公必手書命内外僚屬各達所欲言，具以上。而自參互衆説以決裁焉。故不數年，百廢具興，吏治爲天下冠。按，文忠於武昌設「儲材館」，後易其名爲「寶善堂」，以獎拔人才，以淬厲群吏。嘗曰：「國之需材，猶魚之需水，鳥之需林，人之需氣，草木之需土，得之則生，不得則死。才者，無求於天下，天下當自求之。」又曰：「處今日，不首講吏治，勢同醉漢，扶東倒東，扶西倒西，豈能自立哉？」文忠生嘉慶十七年壬申六月初六日。母湯太夫人寢時夢五色飛鳥集屋後叢林，張兩翼翔，群鳥從飛，啄林中芝草，徘徊不去。及誕，大父鄉賢公因命名林翼，字貺生，號詠芝。

辛酉二月，賊由桐城上竄黄州。十四日，陷雲夢。左瑶圃雜感云：「復隍甫閲五春秋，原注：自丙辰冬收復武昌，迄今已五載。示變妖氛逼斗牛。年來星變屢見。大劫運難銷赤壁，破軍星屢入黄州。風雲慘淡天爲泣，草木摧殘鬼亦愁。賊每乘風雨出掠。烟水無人傳息壤，茫茫滄海任横流。」「似曾相識燕頻來，春日偏因社後回。八載怕逢寒食近，雲夢，甲寅以三月初九日陷，乙卯以二月二十日陷，皆逢是日寒食。百花慣傍戰場開。死生豈盡關天數，富貴從知實禍胎。幾與湘纍同一轍，曲陽湖水不堪哀。二十七日遇賊，幾陷，赴水得免。」按，時賊李秀成自瑞州趨黄州。六月，胡文忠出駐金牛鎮，李逆遂退。

嗟夫，賊之棄永安而東也，一挫於桂林，再挫於長沙，憊矣，幾有糧盡將散之勢。自岳州不守，賊遂水陸俱下，肆其毒於東南，而吴楚無藩籬之固。於是黄玉崑陷漢陽，石達開陷武昌、黄州，擄船數千艘，男婦約五十萬人，旌旗遍野，帆幔蔽江，焚城東下。漆室吟書憤云：「孫盧飽掠擁樓船，三日燒城烈火延。夏首西浮惟戰骨，潯陽東下盡烽烟。習流鬬舸誰曾備，奔命追師未得前。方鎮相望仍縱寇，深虞唐禍廣明年。」癸丑正月十七日，陷安慶，巡撫蔣文慶死之。屠四日，直奔江寧。先是，蘇撫楊文定駐江寧，兩江總督陸建瀛駐九江，諭：「授欽差大臣，控遏賊前，與向榮協勦。」而陸以「滿江紅」十二，送其眷歸。此十二艘者，竟於途次爲賊所擄。大沮，自九江一晝夜奔回金陵。安慶因之而潰，復撤采石扼險之師入城，閉門謝客，賊且躡踪至。漆室吟潯陽皖江相繼陷没云：「烈燄縱弗滅，厥勢成燎原。横流縱弗塞，地軸爲之翻。節鉞鎮江上，扼險環營屯。如何棄戈甲，望寇皆先奔。狂賊坐得志，磨牙恣并吞。湓浦及皖口，焚掠僅有存。高視比羿奡，竊擬霸王尊。豈伊擅智力，捍禦無雄藩。寡謀乏戎略，長寇開亂門。生民實不幸，鋒鏑傷煩冤。真宰未悔禍，憂來誰與論。」秋水齋詩制府逃云：「崢嶸傀儡場，舉止示得意。

外憍中則餒，陰謀自全地。大營方魚爛，擁衆以自庇。闖然闃堂室，坐視朱方棄。倉皇無寸籌，徒思引身避。陡失千里險，敵得占地利。卒見制府逃，從賊益無忌。紅巾猝裹首，寧復識真僞。卒爲賊先聲，王官亦賊吏。誰與殲渠魁，渠魁乃節帥。」江寧將軍祥厚、方伯祁宿藻合詞奏參建瀛失律。有旨：革職逮問。而賊已破水西門入，祁宿藻憤恨嘔血死。上元令劉同纓罵賊死。時二月初十也。陸乘輕輿遁，爲亂兵所殺。十一日，内城破。祥厚率旗兵巷戰，殲焉。賊攻内城甚急，婦女登城擊銅器呼聲助戰。城陷，皆罵賊不屈死。滿營軍士得脱者，三人而已。蘇撫聞九江之陷，即日遁還京口，復遁江陰，鎮江亦陷。諸生鄭覺菴逃兵行録云：「軍法逃兵罪應死，軍門執法何太弛。誅之其奈不勝誅，士卒無良已如此。君不見開府巍峩號范韓，三江作督何桓桓。胸無甲兵辱高位，況值時艱報稱難。小姑山屹中流立，天然地險真奇絶。一夫當關萬夫折，大旗日落屯營密。將軍擄此可殺賊，功成堪與燕然勒。奈何更比逃兵劣，驀報戈船下鄂州，不思破敵急迴舟。風利連宵轉石頭，賊亦從之江水流。石頭城本金湯固，崇墉百雉難飛渡。但使將軍保障嚴，健兒用命衆志堅。任他狂寇滔天勢，六代江山克保全。可歎將軍倏爾不知處，甲士踉蹌散如雨。重門洞開誰爲主，長驅直入莫敢侮。殺人如草無完土，士女何辜罹强虜。噫吁嘻，官歛兵歛等是受恩人，戰陳原當各致身。逃兵無赦法始伸，罪首先誅臣不臣。」仁和高輔周明經望曾聞賊陷金陵云：「粼粼建業水，欝欝石頭城。東南此咽喉，群雄昔所爭。萑苻爾何物，敢盜潢池兵。前年起南粵，營巢揭竿旌。黨羽日滋蔓，下迫襄與荆。樓船若雲集，飛砲如雷鳴。長江跨天險，勢欲吞長鯨。神州踞要衝，大將方屯營。六師奮桓武，豕突何難平。將軍不好武，宴食誇貂纓。臨敵僅思免，鼠竄逃餘生。虎狼斬關入，鋒利誰敢攖。黔黎慘屠戮，骨肉交衢横。郡縣失防禦，甘效壺漿迎。半壁壞屏翰，中原如沸羹。軍符走江淛，烽燧通宵明。魂夢驚鶴唳，遷徙悲魴赬。想見秦淮水，應流嗚咽聲。」夫粵西，邊徼耳。邊徼有賊，直疥癬之疾耳。夢白中丞，慈惠之師，原非辦賊才，然尚未潰其防也。自徐廣縉以「養癰」抉之，中丞得嚴譴去，而事遂張大。曠日費時，師老財匱。大帥方養尊處優，求其慎固封圻，竟不可得。卒之身死名裂，或駢首藁街，或竄形蓬顆，遭時不祥，亦可哀已。先君詩云：「聚而殲旃可計日，誰令出柙真疏虞。」又云：「武昌安慶忽俱失，金陵迫近無良圖。」蓋深慨賽之棄險，與陸之棄師也。是年林范亭觀察上巳偶作云：「歲在癸丑時暮春，蘭亭陳迹陳復陳。古今俯仰易感慨，況乃海内多風塵。江南二月好春色，揚州建業繁華均。秦淮烟水白門遠，平山池館紅橋新。浩劫無端罹兵燹，坐見勝境生荆榛。登高南望百憂集，雖有絲竹非所欣。羽書交馳已三載，天心胡不矜斯民。至尊宵旰問軍事，大將萬騎方移屯。運籌安得謝安石，指揮淝水成奇勳。書生慷慨竟何補，金門吏隱空愁貧。四郊多壘臣子恥，吾輩豈合談浮文。用右軍規安石語。識時務者在俊傑，令人卻憶王右軍。」送友之潤州錄云：「大江列戍滿旌旄，群盜何時盡買刀。戰地無家安骨肉，海天有淚湧波濤。但教日月銷兵氣，未壓風塵臥濁醪。我似馬卿遊興倦，年年送別感薪勞。」

上元伍補園承組著有山中草，其感憤四十首，詩鐸錄十二首，云：「堂開天主近天閽，賓館恩榮舊史論。賊始假天主教以倡亂。按，此教海外諸國所崇奉。自明萬曆中，西洋人利瑪竇來京師，始流入中國，并創建天主堂。神宗當日，禮之甚至。歸化漫相矜絕域，異端從此啓旁門。詖淫邪遁辭誰闢，儒釋神仙道不存。天主教歷詆各教。我正遐思東海國，曾將重典置妖言。日本國嚴禁天主教，習者殺無赦。」「白蓮八卦久披猖，皆嘉慶間邪教名。誰識狂徒愈益狂。累表禳災七日復，賊每七日一禮拜，上表祈福禳災。高臺講道萬人望。賊每設高臺講道，語皆不經。太空條定先教誦，賊僞造天條十。每飯經温不敢忘。賊令人每食必誦所造讚美經。天既能言還有父，賊凡事詭云聽命於天父，並有天母、天兄、天嫂等稱。如知鄒衍未荒唐。」「太息西夷竟不賓，覬覦從此啓奸民。妖書傳習重重障，英夷習天主教，賊所奉天條書云，即遣自西夷者。毒物銷除萬萬緡。鴉片烟每年中國出洋銀逾千萬。朘我脂膏兼弱我，壞人心術作戕人。如何作俑同流者，自治偏能厲禁申。夷自禁其國人，食鴉片者死不赦。惟賊亦然。」「十堂開處等閒看，賊初起分爲十堂。遺恨垂成失永安。賊困永安城中七閱月，官兵圍之數里，竟任逸去。嶺嶠重深防虎易，江湖浩大斬蛟難。賊自永安潰圍出，即犯桂林，屠全州，擾湖南，陷岳州。渡湖入長江，勢遂不可制。三湘文武同朝盡，八皖貲糧一夕殫。武昌破，文武多死。抵安慶，一夕而陷。歎息金湯如此固，是誰貽誤爲憑欄。」「高牙大纛擁兵間，辦賊何人力不孱。潰我腹心機早失，賊間諜先事在城中。愚人耳目令猶頒。賊已近，輒諱言遠。兵實敗，猶詭云勝。長江千里上游重，一棹孤飛大帥還。賊既破武昌，長江之險與我共之，防守尤要。陸制軍建瀛，忽自上游駕小舟，飛棹回江寧。最是遥驚風鶴處，天門山即東西梁山。作八公山。制軍入城之次日，賊舟即抵東西梁山。」「天塹重重守不單，卻教安穩渡無難。小孤戍散空波咽，小孤山在宿松嶺，夙稱天險。大勝關虛落日寒。此關在江寧境。千丈隄防穿蟻穴，六朝形勢失龍蟠。石頭空倚郊原壯，切莫長城再誤看。」「烽燧消沉斷鼓鼙，萬人如蟻已登舟。賊破江陵，始由穴道，繼以四面緣雲梯上城。闐然過處全城寂，城陷時，人皆避匿，街衢寂然，但聞逆賊衆忽忽往來。殺氣騰餘落日低。北顧烟塵飛滾滾，賊自北門先入。南來雲樹隱淒淒。夜深燈燼漏還急，月黑風悲烏又啼。哀大城也。」「將軍戰久陣雲迷，白下門開踐馬蹄。流血可憐膏野外，呼聲彌振憾城西。皇城在東，駐防滿洲所居。西爲外大城，漢人所居。嬰兒並盡悲何極，厲鬼能爲恨尚齎。三萬餘人同日死，生還能賸幾遺黎。哀皇城也。」「誓掃欃槍膽氣橫，大權後屬亂先成。向帥至江寧，已在城破半月後。七旬三見雄藩破，武昌、安慶、江寧。一老孤撐巨寇驚。向帥年七十餘，賊畏之，呼爲『老向』。

雞犬能安山守虎，豺狼可盡海驅鯨。東南半壁都交付，傾盡葵心答聖明。」「二百年來久道成，西山寇盜敢縱横。將軍自是多持重，父老惟知速蕩平。宵旰憂勤逾四載，戎行威奮幾專征。何人早晚江南下，武惠功名無重輕。」「興師五載太紛紛，草野何知尚有聞。紙上談兵長議論，疏中殺賊盛功勳。艱難錢粟同輸餉，大好山川且駐軍。一片糢糊凝望處，陣雲不見是烟雲。軍中多食鴉片者。」「節制如山靜鼓笳，無端誰使一軍譁。江寧官軍有劫糧臺之變。憚嚴情與樂寬異，私鬬勇如公戰差。又有兩軍互鬬之事。括到金銀逋客藪，自賊中逸出者，官兵每伺要隘掠奪。毁將薪木野人家。官兵借搜柴爲名，擾害鄉村。賊梳那更堪兵櫛，父老吞聲敢怨嗟。」補園目擊金陵之變，故於賊之邪説、兵之劫掠，尤能詳人所未詳。嗟夫，教匪之爲禍烈矣。自白蓮、八卦外，他如紅陽、青蓮諸怪誕不經之説，及添弟會、無爲教、燈花教等名目，竄僻多有之。而昇平之世，中外臣工每託寛大以飾其泄沓。洪逆倡亂，由粵東狗頭山朱九濤倡上帝教始，亦名三點會。踵襲怪誕，至云「鑄香爐可駕以航海」，洪逆師事之。嘗危病旋愈，詭云：「病死七日而蘇，能知未來事。」謂「舉世將有大災，惟入會拜上帝可免。」拜上帝者，納銀五兩爲香燈資。既而自知無術不足惑衆，乃託名西洋教。彼教所崇爲耶蘇，洪逆欲駕而上之，撰「天父」名目。天父名耶火華。以耶蘇爲長子，己爲次子，故稱耶蘇爲「天兄」。復與馮雲山、盧賢拔等造真言、寶語諸僞書，嗾人分途簧誘桂平連界之武宣、象州、籐縣、陸川、博白，人心浮動，從之者衆。積十餘年，斂資漸鋸，遂萌異志，而粵西守土文武官若罔聞知也。道光間，梅伯言先生曾亮以户部郎居京師，嘗以姦民爲可憂，作民論凡數百言，究極姦民之害，左道亂政之烈，而以漢之黄巾、米賊爲喻。時天下方全盛，亂端未萌，而先生已逆覩之。

沁州王松坪大令省山秣陵紀事云：「秣陵遭變亂，倉猝未設備。忽驚粵匪來，雜衆擁千騎。四野張黄旗，熏天烽火熾。大喊入關來，豺狼任吞噬。殺人紛如麻，凶殘無不至。壯者被迫脅，露刃瞋目視。順之或可生，逆之登時斃。强迫隨之行，從逆豈其意。俯首入賊巢，呼爲新兄弟。驅之當先鋒，有死更無二。哀哉白下民，聞風爭逃避。纍纍滿道旁，誰復能禁制。扶老更携幼，踉蹌走田際。但求全軀命，何暇顧家計。努力向前行，十步九顛躓。復有閨中人，仳離淚如漬。伶仃走荒郊，飛蓬亂雙髻。懷抱小嬰兒，兢兢恐失墜。後顧追者急，前奔少力氣。自度難兩全，割慈中道棄。白日暗無光，青山烟塵蔽。陡然罹禍殃，是誰階之厲。逆賊踞善橋，閏七月初四。沿江數十里，連營高壘砌。附近各村鎮，蹂躪同一致。既無兵駐守，而又無火器。飛書頻告急，耳塞兩目閉。東南本要隘，主帥甘棄置。僅恃鄉團練，强寇焉能禦。遂令無辜民，肝腦悉塗地。自從陷金陵，小醜遂肆志。妖氛日蔓延，江湖如鼎沸。豈無兵與將，紛紛等兒戲。黑衣遍體著，紅羅腰間繫。閃屍怪形狀，與賊了無異。前途方臨陣，後隊忽已逝。糜費數千萬，奢淫日縱恣。誰肯奮戈矛，撲滅此醜類。巍巍大將營，軍門列鼓吹。決勝無奇策，終日惟酣醉。三城未克復，萬姓早疲敝。師老久無功，轉餉安能繼。宵旰日憂勞，宸衷何時慰。我居危亂邦，痛哭陳時事。憤恨不能平，挑燈隨筆記。事皆親閱歷，豈採衆人議。庶激將士心，感愧知奮勵。掃蕩海宇清，重遊太平世。」此詩慘於監門之圖，令人不能卒讀。

「玉面書生金叵羅，無端投筆逐琱戈。雄關舊倚哥舒翰，銅柱徒聞馬伏波。斑竹湘江寒有淚，綠楊燕市醉能歌。卻看鴻雁休回首，三楚烽烟日夕多。」此孫琴西贈定甫詩也。粵西王定甫樞部錫振，嘗在籍辦賊，著有龍壁山房詩草。寄心庵詩話云：「定甫從征粵西，感時傷事，中多笳鼓之音，而忠愛纏綿，每形寤寐。有詩云：『强年短鬢不勝搔，百事侵尋懶性牢。昨夜夢回驚戰鼓，五更疲馬齧空槽。』其書憤一首，紀粵亂始終，可爲詩史。壽陽祁相國題其後云：『文章出入杜韓間，壯歲憂時未解顔。書憤一篇詩史在，北征終合勝南山。』」按，樞部書憤詩，余未之見。其生日偶述詩云：「幼小本迂疎，迂懷淡榮祿。東曹十五秋，時局又蒿目。自陳聶壹詞，環海飛金鏃。先皇勤在位，朽馭懔天牧。時思幹濟才，擁散憐樗木。袴衣纓曼胡，蠻鄉走征轂。誰知淮蔡役，枉作陳陶哭。歸來方卻軌，欲去返幽獨。叨承兩府檄，寸管將髡禿。公私問何爲，濫廁乃機軸。因人覬成事，十九原碌碌。本無簪珥姿，相賞同卜祝。安能二頃良，逝汝就耕築。」擬東坡移居詩云：「昔聞賦從軍，鬼哭陰山背。天地慘何心，戎機伏蕭艾。牙璋動萬里，我適當其會。羊腸路九折，絶足想歷塊。鬼馬怒風馳，騰空嶺雲外。中原愁落日，莽莽南山薈。孫吴讀何書，寥落一身在。歸來吾舌存，行啖賊肉膾。人生過良時，憾事百難數。明珠枉投暗，噤口不得語。肘足笑蹉跎，何況行杯舉。治絲而益棼，當斬復惜縷。兩月長沙城，黽勉猶揞拄。圍師又一鬭，連城捲風雨。吾皇承金甌，萬里此疆土。邦畿真臥榻，鼾睡其誰許。深夜夢軍行，空城白骨荒。連村餘瓦礫，屯堡不可望。河流激悲風，天遠日氣蒼。廢壘無人耕，蕭蕭蓬稗昌。前山曾破軍，殺人如豬羊。歇鞍憶車下，晏處何能忘。昇平我初生，淳氣未盡斲。桑間五畝廬，甚矣吾願慤。奢淫尋困敝，日月走飛雹。少壯百無成，何如農圃學。廟堂用兵來，帑藏罄山岳。可憐荒年稼，石田何確犖。僦屋似雞棲，自爲已優渥。何時荷蓑笠，⿰角戠⿰角戠見群角。」其唱和疊韻詩，如云：「四海未安居，一身何所惜。況聞氛祲惡，列郡紛破析。長江大河險，反手落群賊。咄咄但書空，悠悠同抱戚。」「吾軍百戰來，端坐少謀畫。不聞古田魏，珠履三千客。折衝樽俎間，萬里風雲色。頗聞邯鄲圍，諸侯觀在壁。危安視此舉，坐待澄清策。」「憶從長沙來，軍聲誤奔析。巍峩龍虎邸，草竊付狂賊。遂令逆勢成，耜耰藐干戚。群公各牙纛，惆悵安所適。當時郡材良，𧆞闞一當百。承平久酣豢，不及收介特。奇謀要非常，成事乃在昔。」此數章繁絃急節，慨身世之飄摇，冀甲兵之洗蕩，皆浣花史筆也。嗟夫，粤事初起，大吏因循，仁和姚芙谿近事有徵録：「某自爲宰，至監司，極有建白。後任疆吏，惟佞佛戒殺，姑息養奸，釀成髮逆之禍，豈刼數無可挽回耶？抑事有掣肘，畏難氣沮耶？半世循名，一概抹煞，豈不惜哉？」意亦思有以鎮撫之，不敢輕重。蓋誠見夫武備之弛，兵氣之弱，國帑之支詘，人心浮僞怯懦，實非旦夕所能挽回。設使辦理不善，禍端一發，不可收拾，轉不如静鎮之爲愈也。迨紳耆告變，方用重兵。議者因謂明季撫寇之誤，非一舉而撲滅之，殆於不可。既而大兵雲集，大帥屢更，轉盼三年，竟一潰至此。蓋養癰者固非，抉癰者亦未有勝算也。

乙卯，伯韓侍御赴都。全州書事云：「我行已七日，始至全州城。全州城始開，路有行人行。僕夫不敢前，十里一問程，梟狼幸暫匿，穴竄紛鬬爭。殺人如草菅，血流浩縱横。城中居民哭，客子終夜驚。官吏未巡城，巡城到天明。柏者好男兒，挺身赴前營。持我一紙書，談笑竟罷兵。騎馬復東去，慨然請長纓。蒼茫秋氣高，我亦將北征。」途中雜感八首云：「湘嶺雲寒舊徑迷，頻年兵火困遺黎。蕭條破屋烟俱黑，酩酊荒陂日易西。市上訛言猶有虎，宵深起舞不聞雞。中原戰血何時洗，只有空山鵙鳥啼。」「生怕姦民竄草萊，沿江烽堠角聲哀。五州團練仍唐使，三户餘風有霸才。烏府先生真脱略，灞陵小尉費疑猜。姓名漸喜無人識，草草輕舠破浪來。」「獨鶴風前草木兵，痛深粵叟説嬰城。論鋒不避漁陽席，飯顆真成太瘦生。買鬬那堪金又竭，招安屢誤賊難平。邊隅無計規長久，雲暗蒼梧萬里情。」「子弟親兵久未聞，貙狼勇號總紛紛。罷歸丁壯仍爲寇，亂後瘡痍尚餉軍。燐血他年愁化碧，沙骨萬骨忍論勳。天南莽莽多戎馬，秋老秦淮泣暮雲。」「樂毅迂回感太初，廉頗畢竟愧相如。肯教兩虎成私鬬，莫諒孤轅會僨車。性懶長安無筆札，名高幾輩誤兵書。後時堪笑成迂拙，猿鳥留人種樹疏。」「亦是先朝舊諫臣，歸來嶺海九經春。吳門我自懷梅福，河内人思借寇恂。獨有儲胥關至計，可能挾矢禁鄉民。異時功過憑他議，且喜閭師有替人。」「慷慨中流擊楫行，挂帆飛鳥一身輕。誰供大笑千場醉，要聽秋濤萬鼓聲。殘寇赤眉猶健鬬，腐儒白面豈知兵。羽書江上無消息，霜冷浯溪石鏡明。」「瀟湘自古詩人境，我到瀟湘又有詩。春草多情秋更綠，嶺雲欲吐意俱遲。子規不用啼山木，故劍終思答主知。聞説嗣皇能繼聖，江湖寥落鬢如絲。」侍御以團練勞議敘道員，時人都需次。踰年隨欽差大臣桂良等至江蘇，布政王有齡推重之。及有齡撫浙，侍御從遊杭。時方用兵，籌餉急，一切苟且之政競進，而侍御言事每持大體。十一年，總辦團練局。賊圍城，侍御守清波門，督士卒守禦，無間晝夜。食將盡，大府餉以米，侍御猶分數十斗貽舉人伊樂堯。樂堯，侍御道義交也。城陷，侍御死之。王子壽哭以詩云：「吾友朱公叔，崎嶇逼寇氛。晚途尤躓甚，大節以忠聞。猿鶴哀君子，貔貅鬭勁軍。空拳甘冒刃，慷慨最憐君。」「聞依車騎幕，轉徙更蘇臺。九死身疑在，浮雲迹浪猜。誰知繡衣客，竟化碧燐哀。遺憾犀軍弩，潮頭射不回。」「英賢嗟落落，世難益淪亡。奇傑多兵死，朋遊半國殤。斯人尤俊偉，不遇遂摧傷。一疏規言利，猶懸史策光。君在宣宗朝，疏陳義利之辨，反覆數千言，天下傳之。」「家寄豺牙險，魂歸馬革遲。捨生無復憾，湛族絶堪悲。榮杲連兵日，孫盧樂禍時。登臺繫如意，朱鳥暮何之。」謝枚如曰：「或謂君中年以後，進退頗疑失據。噫，士固難晚節哉？盛名召謗，故古人競競焉。」

沈鼎甫維鐈侍郎視學吾閩，適當選拔之年，所舉皆知名士，建寧鄭修樓天爵，其一也。修樓績學工書畫，人品極高，晚官平和，中年即棄之歸，著有蔓草集，多感事之作。其癸丑詩云：「十萬旌旗戍九江，曾推百斛鼎能扛。倘教一戰燒飛船，那得千帆下急瀧。淮海城空新鬼哭，金焦山裂大波撞。東南半壁無余闕，空使哀鴻氣未降。」「三百年來消戰鬭，金陵門外大江流。無端赤子馳戈馬，忽令青天暗斗牛。織錦家人盡奴隸，誦經異教競王侯。傷心遼海將軍死，謂祥將軍。鵝鸛淒涼萬古愁。」

侯官林香溪教諭昌彝，勤於問學，以進呈三禮通釋二百八十卷得官。⿰口英夷之亂，作射鷹驅狼圖；粵匪之亂，作穿楊圖；蓋有心人也。著有衣讔詩鈔。感時云：「草木風聲驀地狂，驚沙萬里入雲黄。紛紛群醜魚游釜，衮衮諸公鵜在梁。憂國杜陵垂亂髮，感時賈誼痛深創。馬蹄竟日長安道，怕聽郵鈴羽檄忙。」聞武昌漢陽失守云：「轔轔車馬湧波濤，木落荒郊旅雁號。畫角悲聲吹日動，大旗照影接天高。真愁戰士閒荆隴，憑弔騷人哭漢皋。敗將債軍留後效，徒煩廟算費焦勞。」聞南京鎮江揚州相繼失守云：「風高鐎斗撼秋深，羈旅聞聲淚滿襟。南京、鎮江、揚州三城尚未收復，南昌未解圍，而瑞州又陷。至汴梁解圍，乃關公顯靈助戰。近山西垣曲一帶，賊勢殊爲蔓延。議守未能遑議戰，攻城不足況攻心。司農籌餉勞宵旰，大師屯兵老羽林。揚州與賊接仗者，鄉勇也，而琦大帥善則按兵不動。我似杞人憂正切，撫時散發獨呻吟。」閲邸鈔云：「中原一夕起狼烽，十丈欃槍照地濃，吴楚風淒城戍柝，金焦聲繼寺樓鐘。談兵幾輩皆房琯，散賊伊誰效賈琮。回首江南望江北，哀鴻滿目愴嗈嗈。」群盗云：「風雷百萬護儲胥，車騎南征走羽書。鼙鼓驚棲彭蠡雁，江河愁食武昌魚。楚人如歲思陶侃，晉國何臣似魏舒。悵望角聲餘涕淚，儒生懷槧欲何如。」妖氛云：「妖氛江北遍江東，蟻陣蜂屯痛煽訌。真憶寇恂驅虎豹，難逢臧厥奮羆熊。軍中動膽誰推壘，城上穿楊孰挽弓。自笑書生思荷戟，同仇有恨灑秋風。揚賊最猖獗，嘗以人血飲所掠兒童，使打仗，必兇悍。」

譚西屏大令廖城烏曲云：「皖公城頭烏夜啼，群飛啞啞巢枝低。白項老烏作哭語，月落不落羈魂悽。北風凛冽嚴城肅，爾欲爰止誰家屋。傷心流寇滿東南，會須見汝啄人肉。」哀皖亂也。皖亂次於武昌，而受禍最酷。自安慶不守，撫臣移駐廬州，以圖規復。是冬，粵逆胡以晄復陷之，江忠烈忠源死焉。丙辰，石達開奔回粵西。和帥春以兵收復，遂圍桐城。守桐城賊李秀成。自廬州、三河、舒城、六安、廬江、巢縣、無爲，連營百有餘座，軍威大振。已而捻匪張樂行、龔得樹與粵逆陳玉成、李秀成合，於是廬江、舒城、六安得而復失。戊午八月，賊自和含犯大營。未交鋒，而營中火忽起。德帥興阿倉卒登廣艇，衆大潰。撫臣翁祖庚同書退守壽州，胡文忠曰：「祖庚寄耳目於撫標弁兵，寄爪牙於盧、李，寄心腹於楊恩紱，未有不潰敗決裂者。」於是鐵鑄之六合亦不守。前六合縣鹽運使銜温紹原死之。或有詩云：「捻匪合饑民，盡附長髮賊。長髮意在南，捻匪意在北。歸陳未能安，潁鳳恐竝失。小亂驚汴梁，打亂擾北直。命將出精兵，天助賊乃滅。餘毒是鄉勇，隱患在夷狄。指日降將才，四海干戈息。」詩見斯未信齋雜録。詩蓋作於是時。其冬，胡文忠建議由上游勦辦。李忠武續賓遂攻克黄梅、宿松、大湖、潛山、石牌、桐城、舒城一帶。皖省軍務，此最起色。無何，文忠以母憂歸。忠武三河敗績，死焉。漆室吟悲廬江云：「長驅皖口城當拔，獨赴廬江勢已分。百戰全威傷一蹶，重圍絶地覆孤軍。須陁陣没人皆痛，延伯身亡寇益紛。自鑿凶門知不返，猶傳涕淚灑江雲。出師時，揮淚登舟。」於是桐城復失，定遠亦陷，定遠令周佩濂死之，胡文忠墨經出而收其敗。漆室吟悲歌云：「登壇再起應河魁，慷慨臨戎尚墨縗。盧墓詔催鵬舉出，收軍人慶子儀來。指麾立變旌旗色，奇傑先羅幕府才。破膽威名堪走敵，今看楚塞廓氛埃。」除夜憶及齊安行營時宮保胡公駐節軍中因賦是詩遥致閔勞之意焉詩云：「丹心酬聖主，墨經任長城。竟罷府中宴，出屯江上兵。枕戈中國討，挾纊慰軍情。惟有君親淚，汍瀾直到明。」然經營數載，卒不合圍。庚申，和、張二帥兵敗身死，而皖省千里，渺無人烟矣。杭州譚仲修獻雜感云：「宣歙萬山中，其俗儉嗇甚。寧知貨賄入，地僻難安枕。池陽亦奥區，蟠踞莫能禁。前日皖陵陷，守陴百夫臨。頓兵堅城下，鷹犬謝擊搏。平生魯女憂，中夜罷織紝。擊柝况相聞，鹿死亡餘蔭。」辛酉，南軍卒用文忠策，會兵東下。八月，復安慶。明年壬戌四月，復廬州，而賊渠陳玉成爲苗沛霖擒送伏誅。皖省民庶，始獲重見天日。余友陳乙巖孝廉詩云：「十年制勝無成局，一着收功是建瓴。多少蟲沙猿鶴恨，粼粼吹作皖江青。己未，胡文忠致李希菴方伯書云：『桐城南鄉周家團勇，因賊伐其塋樹，憤而同仇。屢戰，無不大捷。其地三面阻水，賊敗，亦不追勦。賊設計騰空桐城，思誘令入城，而合圍以困之。周家團似有人在，不中其計也。潛山亦起義千六百人，據山爲險，頗能殺賊。』此皖事之可幸者。」葉河海蕙田觀察鍾聞安慶之捷誌喜云：「天心厭亂起凋殘，滿目流離膽尚寒。自有將才能底定，策勳容易運籌難。」

鎮江陷於癸丑二月二十一日。漆室吟北府云：「勁卒東南冠，無過北府兵。岡巒餘霸氣，江海抱雄城。重鎮何爲陷，妖氛且未平。當關良將少，鐵甕亦虛名。」揚州陷於二月二十三日。漆室吟蕪城云：「舊讀蕪城賦，今嗟喪亂辰。綺羅悲浩劫，花月怨殘春。但遣驕群盜，誰能問大鈞。精兵布淮楚，無力靖黄巾。」是時，欽差大臣琦善駐軍江北，幫辦刑部侍郎雷以諴募勇駐萬福橋，防揚州東路，以芙蓃灣等處數十里中隔運河，不能近城。直隸州許道身等商用樓船作雲梯，取漕艘改造，於船尾豎板二丈餘，層級而上。六月十八日寅刻，乘潮駛至城下，以船尾倚便意門女墻。船首設艨，渡兵勇。未登城，賊放火焚之，一時俱燼，總兵雙來陣亡。夏靜甫參軍防兵歎云：「將星黯淡妖星明，川西直北皆徵兵。援兵四集不聞戰，鑾觸到處無堅城。三年前報粤氛急，狁鳥鑾花早罹劫。滋蔓難圖遍疆域，七澤三湘皆陷賊。士馬非不多，兵刃未接先倒戈。嬰城非不守，鎗礟未開官已走。男奔女竄紛道途，通都大邑成邱墟。官民那復更區别，骨肉不得同馳驅。飛書草檄煩戎幕，敵壘樓船虛造作。殺氣連天駭水犀，軍聲遍地愁風鶴。江關已是悲瘡痍，徵輸又復無休時。庾公文字難威鎮，房相憂勤空爾爲。羽林突騎稱精勁，狼土軍鋒猶用命。方略如能善運籌，肯使平原逞梟獍。那堪市駿無龍媒，招賢空築黄金臺。終軍豈爲請纓至，學究原非借箸才。君不聞紛紛鄉兵義勇尤無良，畏賊如虎亡如羊。沿途攘掠轉輕捷，出何狼狠還何强。又不見醜類帆檣滿江浦，達官粉飾民安堵。聯營防禦豎旌旗，軍令居然貌威武。」所云「敵壘樓船」，即指六月十八事。是年冬十一月，揚州賊北竄，而官軍以「收復」聞。次年秋，琦善殂，以江寧將軍托明阿將其軍。

丙辰春，余計偕道經揚州。時收復兩年，去者漸集，而灌莽棲於甍棟，平沙抗乎睥睨，徘徊憑弔，怛焉摧。余雖才謝鮑、庾，亦思有作以繼明遠蕪城、子山哀江南諸篇後。然每一研思，輒愴然而止也。林穎叔方伯揚州雜感云：「一片蕪城化冷烟，雞臺營苑自何年。二分月已還天下，萬頃田猶在水邊。誰向垂楊來繫馬，我疑落葉有哀蟬。登臨擬續參軍賦，錦繡成圍迹已遷。」「秉鉞真思濟世才，蜀岡形勝阻江開。六朝笳鼓怱怱盡，四鎮牙旗黯黯來。南部烟花渾醉夢，東山絲竹費疑猜。欲銷萬古興亡恨，安得長淮化酒杯。」是年三月，揚州再陷，則托帥棄軍走也。戊午九月又陷，則德帥烏衣敗績也。譚仲修茂才雜感八首之五云：「繁華古揚州，二月烟花歇。三年再被兵，水盡泥復淈。寘酒壽將軍，釋甲韔門謁。蟊賊先內訌，兩甄莫敢發。按，時南帥和春。劇盜傳箭來，連營跳而越。忼慨葉太守，巷戰臣力竭。名卿文武材，遂營大旗揭。」

「傳箭無聲畫鼓乾，西風河北鐵衣寒。八屯虎旅從天降，一夜狼星墜地殘。泗上龐勳終棄甲，越天韓説勇登壇。連營歌舞征旗捲，捷報甘泉萬户歡。」此林香溪教諭聞懷慶解圍誌喜詩也。癸丑五月，揚州北竄之賊自鳳陽竄陷河南永城，闖入歸德，走睢州、寧陵、杞縣、陳留，逕撲開封。阻於大兵，遂自汜水趨鞏縣，偷渡黄河，分擾鄭州、滎陽。六月初二，圍懷慶。守余炳燾、令裘寶鏞嬰城待援，尋勝保、托明阿大兵雲集。七月二十八日，大破賊木栅，懷慶解圍。孫琴西觀察招定甫海門飲適聞閣部勝保將軍托明阿破懷慶賊喜兵威既振蕩平在即仍用革字韻各賦一首云：「簪珥趨東華，軒車日合迹。故人兵間來，按，謂定甫。大綺劍十尺。一官竝朝班，方寸孰建白。自從三管閧，物論屢摧抑。盛名覆陳陶，既往諫未得。天險湖長江，舉手棄可惜。三窟蟠吴郊，諸將共蕩析。雲中老魏尚，氣足吞猾賊。孤軍懸嚴城，孰與共焦戚。笙歌廣陵湖，幕府日讌適。豺狼遂北來，及關路數百。九重知將才，度外擢瓌特。坐覺臨淮軍，士氣改夙昔。頗聞轉戰前，屢秉廟廊畫。果獲天誅申，喜動座上客。書生立奇功，猛將亦變色。建瓴向東南，餘蘖詎牆壁。從來用廉頗，聖主有神策。共荷養士恩，幸休征戍役。武成待鋪張，萬歲永偃革。」於是旁竄山西之垣曲，河東道張錫蕃、知縣晏宗望死之。旋擾曲沃，踞平陽，而北犯邯鄲。直隸總督訥而經額自河南退駐廣平，革職逮問。研樵詩云：「貙羆日遺育，狐兔暗勾連。河濟江淮泗，荆吴晉楚燕。」注云：「欽帥琦善攻揚州，僞丞相林鳳祥率悍賊潰圍出，由安徽被竄渡河，連陷歸德，圍開封，旋攻懷慶三月不下。内閣學士勝保由揚州尾追，收復所過州縣，亦馳至。時上命直隸總督訥爾經額爲欽差大臣，山東巡撫李僡、陝西巡撫舒興阿、河南巡撫陸應穀、山西巡撫舒芬會師合勦。於是賊解圍去，由滑源逾太行竄山西，陷所過州縣，踞平陽及洪洞。勝保、郝光甲追及之。勝保馳踞趙城南要隘，賊不得過。郝光甲復力戰，敗賊於高河橋。賊勢蹙，復東竄。由潞安出黎城關，入河南武安、涉縣，下臨洺關，趨直隸。時訥爾經額革職逮問，命勝保爲欽差大臣，率勁騎間道十八盤嶺入直隸，繞賊前。賊既出山，長驅北犯，及藁城，將渡滹沱，勝保兵至，力戰卻之，與賊夾河而軍。自河間抵天津，迄不獲渡。嗣江西賊復由單縣渡河北犯，連陷山東十餘城，據臨清，援阜城、交河諸賊，相距僅百餘里而遥。時和碩親王以奉命大將軍督辦軍務，科爾沁郡王僧格林沁爲參贊大臣，會同勝保防勦畿南一帶，築堤掘濠，引水圍之，賊大困。勝保馳截臨清，援賊不得合，旋破之，追勦至河，殲除殆盡。僧邸先後勦除高唐、連鎮、馮官屯餘孽，生擒逆首林鳳祥、李開芳等，獻俘闕下，畿輔肅清。六年，金陵内亂，石達開分股回竄，擾江西、湖南、貴州各郡縣，隨竄四川數年。總督駱秉章討平之。」

江西被寇，始於咸豐癸丑，迄於同治甲子，蓋與金陵相首尾矣。會稽王伯重大令聞章門拒賊獲勝云：「黑雲漏日光，江城氛祲惡。賊帆飄忽來，片紙吹風鶴。士民盡駴奔，並從將吏都驚迮。寥寥三千人，守陴兵力薄。鎔鐵鎖空江，徘牆拆高閣。賊來環城攻，並從地道鑿。敵樓坐中丞，張小浦先生。天姿最卓犖。慷慨語諸軍，性命賊掌握。彼視爾若仇，等死勿倒卻。勝賞敗必誅，奮袂齊應諾。更賴旌陽仙，助陣靈風作。長欃無所施，飛火不能著。我軍合而强，賊勢分亦弱。闃然退渡河，一戰知氣索。緊我宰偏隅，邑小無城郭。時承乏萬載。幾費獨躊躇，深慮旁抄掠。得此消息真，煩襟頓開拓。今夜看長空，攙星當已落。」蓋紀癸丑事。時劇賊賴漢英、石祥貞圍九十餘日，湖南江忠烈公赴援，賊穴地，以礮破城，公乘缺處出奮擊，先後斬馘無數，賊遁。至旌陽真人破賊保城，詳詩鐸鬼神門張懌齋觀察詩，茲不復錄。丙辰，陳少香師詩云：「十萬人家歷劫灰，（明季，張賊之亂，撫州被焚者十萬户。）無端狐兔走春臺。青城去後音書絶，羊角長肩叩不開。」「盱江水接汝江隈，有客朝從虎穴來。説道麻姑亦憔悴，滄桑小劫剩蓬萊。（聞寺觀被燬。）」時江西十三郡，腹内七郡俱淪於賊。章門最爲危險，而靈風渺然，不復再作，然則真人亦倦矣。

孔宥涵司馬（繼鑅）書憤云：「區區邊虜孰滋蔓，鼓角中原萬里聲。楚將誓心收夏口，東師束手棄湓城。連江歌哭餘殘壘，半壁安危仗主兵。公等崢嶸肝膽在，九重垂淚盼昇平。」蓋痛九江之淪於賊也。九江不復，湖南北何以守哉？夫岳州，湖南北之門户也；九江，江左右之樞紐也。賊方倚九江爲門户，守金陵爲腹心。極江爲守，設官科糧，以飼其軍。因得分股四出，擾及湖北、江西、浙江、江蘇各州縣，忽來忽往，以此爲借營屯糧之計。近賊省分，既不遑自顧，武漢、麻黄之間，賊來則空其城以讓之，賊去則假收復以奏捷，官軍長技如此，數見不鮮矣。甲寅，曾侍郎（國藩）復武漢，乘勝東下，次九江。許海秋誌喜詩云：「九派潯陽水，滔滔戰血江。艱難奮儒將，揮灑想英風。便欲瘡痍復，翻悲杼軸空。樓船盼王濬，早晚下江東。」「不戰空憂賊，應慚擁節旄。江山猶鶴唳，勳業看龍韜。火急兵休憤，烽多寇恐逃。早知湓浦月，還照枕戈勞。」十二月朔，攻九江西南門，不拔，驍將童添雲死之。漆室吟詩云：「潯陽圍久合，寇若檻中猿。未敢逾重塹，惟當斷外援。孤城非絶險，殘衆豈長存。慎莫矜功伐，徒傷戰士魂。」是時，賊奪江西戰艦，沉塞湖口，築壘石鐘山，爲浮梁鐵鎖，阻官軍。隔岸梅家洲矗僞城，環巨礮。於是水師陷入彭蠡湖，而外江失利，喪失輜重。侍郎入南昌，益治水軍。明年，塔忠武戰屢捷，而城終不下，七月薨於軍。會江西、湖北事益急，羅、李赴援。游擊蕭捷三統舟師，屢擊不克，中礮卒。賊遂稽誅。丙辰，楊厚菴軍門率水師東下，所過悉毁賊壘，縱火焚賊舟殆盡，遂耀兵九江城下而返。漆室吟云：「威名楊僕將，飛舸下江雲。旬日清千里，中流仗一軍。沿波屯壘掃，夾岸舳艫焚。剷盡鯨鯢窟，居然蕩惡氛。」冬，胡文忠復武漢，遂規九江。丁巳三月，攻小池口。小池口者，九江犄角也，九月拔之。尋復湖口、彭蠡，於是内外水師始合。戊午，水陸駐軍圍九江。四月，轟塌城垣百餘丈，復其城。磔僞貞天侯林啓榮、僞元戎李興隆等，而鄱陽數百里之地無復賊蹤矣。漆室吟官軍復江州詩云：「三年夷死寇，百戰拔潯陽。此屬終誅磔，何人敢倔强。揮戈移虎旅，舉棹奮龍驤。破竹乘今日，凶巢可覆亡。」時陸軍爲李忠武續賓，水軍爲楊厚菴軍門載福。今改岳斌。彭雪琴侍郎玉麟以諸生出領舟師，屢立戰功。嘗於小姑山勒石題詩云：「書生笑我戰船來，江上旌旗耀日開。武士千艘齊奏凱，彭郎奮得小姑回。」舟師，建議於忠烈，創造於曾節相，而整頓擴充，至胡文忠而始大。戰艦輜重八九百號，大小礮位二千尊。江漢之師，如雷如霆，軍聲極盛，而侍郎遂與楊軍門齊名。曾相國疏言：「林翼不爲自固之計，越境攻九江，分兵救瑞州。督撫之以全力援鄰封，自湖北始。」九江相持年餘，中間石達開自江西窺鄂，陳玉成自皖北犯者三。林翼終不撤九江之圍以回救，卒復九江，爲東南一大轉機。宥涵官南河，是年九月，陣亡於烏衣之敗。捷三，賜謚「節愍」。

雪琴侍郎嘗艤舟吴城之望湖亭下。吴城舊爲三國時周公瑜練水軍地。是日，侍郎置酒於亭上，飲酣，客言：「亭側有巨石臥地，文作老梅根幹。」侍郎固善畫，聞之大喜，因就石上點筆作疎花相間，並書舊作梅花十絶於側，好事者鐫置亭畔。漆室吟題云：「胸有龍韜筆有神。石梅奇格獨標新。雄風特壯江山色，正氣先回天地春。劍鍔剸殘銅馬隊，戰袍飛遍玉龍鱗。餘情尚覺消難盡，唤起周郎共飲醇。」

同治元年正月，符雪樵先生讀邸鈔賜新授江西沈撫軍制書有作云：「中興社稷新，慎簡讀書人。制書有『該臣讀書明理』語。特下十行詔，先回四海春。痌瘝撫蒼赤，手足視臣鄰。想見銜恩者，馳驅不顧身。」沈撫軍，幼丹中丞葆楨也。乙卯，粤逆陷廣信。羅中節統所部，先復弋陽，繼復興安，不三日攻克郡城。中丞遂以清秘出守。丙辰，江右數郡皆告急。秋八月，賊十數萬由貴溪蜂擁而趨廣信，郡城蕩然，並無一軍足資抵禦。紳民四散，巷無居人。中丞以死自誓，毅然登陴。夫人領一婢，煮粥犒未去練勇。夫人，林文忠公女也。時饒帥廷選以貴州安義鎮總兵駐防浙江，得告急書，統所部將領畢定邦、賴高翔、胡定國、江長元等，率二千人要擊之，遂無恙。己未事定，中丞自廣饒九南道告養歸。庚申，胡文忠疏薦十六人，以中丞「識略冠時，才堪濟變」首薦。今上即位，特旨簡放江西巡撫，清風亮節，錚錚有聲。饒後擢浙江提督，辛酉殉難，畢自廣信奉調援閩，因彈壓游勇，爲飛子所中死。賴防弋陽，胡防華埠，江防大南橋，皆陣亡。今廣信人附祀於羅、饒專祠中。文忠薦十六人，次則浙江記名道李元度、在籍四品京堂左宗棠、在籍候選知縣劉蓉、告病編修劉熙載、順天府尹毛昶熙，降調御史薛鳴皋、尹耕雲，户部郎中楊寶臣、吏部郎中梅啓照、刑部主事范泰亨、河南知縣田玉梅、湖北藩司嚴樹森、安襄鄖荆道毛鴻賓、總辦營務户部員外郎閻敬銘、記名道邢高魁也。中丞詩不多見，其都中送業師林香溪教諭南歸云：「世變關心意不平，絳帷終夜侍談兵。九重宵旰憂群盜，三窟經綸羡鉅卿。廟算即今容敗將，天心終古愛蒼生。不須惆悵江南路，百萬黄巾識姓名。」

楊臥雲貢士希閔著有旅樵草，偶書云：「盜賊慘劫殺，天地何悠悠。賢者死溝壑，跖或乘軒輶。解之輒謂數，數可勝理不。氣急性斯悍，學淺道難修。曹李不足道，臯稷詎能儔。俯仰不能安，惟覺身贅疣。所以籍伶輩，縱酒自沉浮。」臥雲，江西新城人，丁酉拔貢。嘗提義旅收復新城，馳書上欽使曾滌生，曾壯之，命從大軍攻建昌，久未拔。乃入邵武，邵武失守，遂入福州。

膚施張幼涵大柟，著有籐華館吟草。其漫成七律二十首，序云：「余鬢未二毛，愁逢千古。歎前途之荆棘，竟鬱鬱其久居。懷故國之桑榆，更淒淒其未已。寄家魯甸，曠職燕臺。歲將次於甲寅，人久呼夫庚癸。彈馮驩之鋏，齊市荒涼；著祖生之鞭，中原寥落。信崔駰之不樂，嗤阮籍之徒狂。瑟瑟可憐，蒼蒼難問。斷横江之鐵鎖，何時可奪先聲；輸沿海之金錢，此計空成大錯。此次逆匪多夷務募勇。蜃腥吹日，蛋瘴彌天。象郡連兵，虎牢失隘。不繫蒼鷹之艦，竟過白馬之溝。起鄂渚之愁雲，掩平津之落月。無待雍門之奏，於邑難堪；如聞郢澤之呻，悲哀莫主。饑求蟄燕，涸守枯魚。因爲不平之鳴，聊復長歌代哭云爾。」詩云：「茫茫百感集無端，對酒當歌强自寬。燈落蕭齋人影悄，風號古木雁聲酸。抽絲未盡催蠶老，添翼應知縛虎難。一自身離鳳池上，幾回青鎖夢鴛鸞。」「火急軍書當夜呼，倉皇無計靖萑苻。天涯聚哭多新鬼，澤畔哀吟勝腐儒。趙括總教嫻將略，信陵誰使奪兵符。南朝金粉成焦土，流涕何堪眺五湖。」「枵腹難憑衆志堅，忘身幾輩姓名賢。軍興以來，死事者指不勝屈。杲卿有舌自千古，氐帥何心縱萬年。天上黃封新湛露，凡死事者皆加等賜卹。戰場白骨已成烟。烏啼月落愁何限，獨立西風倍泫然。」「嗚咽江聲霧不收，妖旗一夜閃蚩尤。赤烏又染周曹壁，黃鶴已無荀費樓。戰士空言張鐵騎，將軍雅度慣輕裘。督師未捷身先退，已報前營潰石頭。」「壞雲黑壓大江濱，天地無情氣不春。壁月瓊花鮮碧血，龍蟠虎踞讓黃巾。陳東切諫書難上，宗澤高呼志未伸。鐵甕金城成底事，不堪南望莽荊榛。」「竹西歌吹記繁華，無復春風走鈿車。名士魂埋鍾阜草，美人血濺廣陵花。沙場效節悲周處，幕府知名少郭嘉。壁上縱觀成妙計，漁陽鼙鼓又頻撾。」「鶴唳猿啼暮氣昏，茫茫劫運暗乾坤。峴山久墮羊公淚，楚國難招屈子魂。慷慨同聲雞蹴舞，縱橫抵掌蝨誰捫。井陘夜出滹沱渡，往事低徊莫細論。」「裹傷轉戰困巖疆，宿將空贏兩鬢霜。萬道狼烟連北固，三湘鱷臭煽南昌。佳兒誰是黃鬚伍，參政偏多白面郎。丞相昨朝新拜表，指揮猶說重江防。」「中原捕鹿已三年，十萬征人尚控弦。撫卹屢頒天子詔，轉輪搜到地丁錢。度支會計從頭誤，驃騎勳名望眼穿。蜀棧連雲秦塞險，莫教烽火照甘泉。」「上將登壇虎豹韜，哥舒未戰意潛逃。燒餘瓦礫兵兼火，掠盡村墟盜似毛。城市無聲聞鬼語，骷髏吹氣豎人毫。紛紛戰守無憑據，寢饋難安聖主勞。軍興以來，屢奉『寢饋難安』之諭。」「莫道深源負盛名，棘門兒戲漢家營。龐眉秀士爭輸餉，蠻語參軍豈解兵。當代誰推陶士行，中年愁煞庾蘭成。天心何日欃槍掃，翹首京華北斗橫。」「防河功令著森嚴，半渡何曾說聚殲。竟把兵糧資盜寇，卻將征繕勸閭閻。時各省皆辦理團練。劉章宿衛皆編伍，時禁軍半遣赴天津。味道摸稜尚避嫌。衽席同登休養切，屢奉『願與民同登衽席』之諭。皇仁軫念是蒼黎。」「年來悉索幾番經，漢使求金出未停。士女呻吟官吏飽，時因勸捐，有用刑迫而以自肥者。師徒無濟鬼神靈。逆匪擾桂林、大梁，關帝屢顯靈。功非高密虛邀賞，詔讀興元不忍聽。軍興以來，詔書屢引咎自責。鉅鹿陰霾連渤海，淒風吹過總羶腥。逆匪時踞天津之靜海縣。」「招討新從日下來，尚方賜劍陣雲開。天兵不塞飛狐口，上將終屯射雉臺。竟把蒼生充戰格，逆匪驅難民居前，官軍遇之多殲焉，而真賊獲者無幾。何曾黃石授奇才。長星夜起邊聲慘，不獨江南賦可哀。七月彗星見西北方。」「連帥聯名衆約齊，時各省皆詔辦團練。萬方同此望雲霓。掃眉娘子充行陣，逆匪多擄掠婦人，拉雜行間。大腹賈兒從鼓鼙。露布雄文無敗北，懷慶以『大捷』由八百里奏聞。雲臺偉烈憶平西。謂征川楚楊忠武諸人。書生不意經戎馬，短劍歸來面已黧。」「秋風歧路泣王孫，話別辛酸氣已呑。相國新阡燃野火，尚書舊第污遊魂。瑯函亦應人間劫，金盌難期地下存。逆匪所經墳墓，發掘殆盡。莫問餘生興廢事，白楊蕭瑟日黃昏。」「轟天銅柱赫南方，無限雄心付夕陽。鵜鶘聲翻蠻雨白，鯨鯢浪起瘴雲黃。粵匪全省蹂躪。閩匪繼起攻陷各州郡。兵連象郡收文運，湖廣、粵西已兩罷科舉。血染螺州葬國殤。萬里閩江鵑夜哭，腥風吹斷荔枝香。」「潢池盜弄竟翻瀾，棋子輸贏局外看。誤國虛言容似道，傷時流涕痛袁安。金徵三品求名易，鐵鑄六州償錯難。前後出師數節度，諸君誰爲斬樓蘭。」「使君管樂比如何，劍履登壇意氣多。此日六軍欣授鉞，何時三箭共投戈。周官已盡泉刀利，漢詔新增孝弟科。時大司農以軍餉支絀，奏捐輸舉人。杼軸屢空民久困，莫遲樂府上鐃歌。」「飄零豈敢怨投閒，莫報生成涕淚潸。愁寫張衡惟紙筆，望窮王粲是鄉關。三年道路雄心盡，八口流離食指艱。榆塞青連函谷紫，飛鴻盼斷夕陽殷。」此二十首，綜壬子、癸丑兩年各直省軍務言之，骨力沉雄，亦傑作也。

乙卯，漆室吟感事云：「廟謨勤指授，方鎮共安危。並有匡扶責，曾無犄角師。畫疆援輒斷，奉詔赴仍遲。仗此殲凶猾，終難歲月期。」「沿江收潰散，往往憚長征。只自糜虛餉，何能益勁兵。喧呼惟縱博，剽掠未還營。此輩終須汰，軍威始得行。」「南卒矜驍果，摧鋒捷若飛。來因干賞赴，散即掠貲歸。但可倡輕鋭，仍難效指揮。治兵惟節制，可與蹈危機。」「處處徵丁壯，村村築戍臺。瘡痍猶未起，符檄屢相催。寇至誰當禍，民窮尚括財。佳兵原有戒，不戢恐爲災。」「專閫一方雄，牙旗鎮渚宫。養威恒坐甲，馳奏獨論功。飛蓋趨門下，彯纓遍國中。爛羊盡都尉，何必遠從戎。」時武漢再陷，隨州、德安相繼淪没，而下游諸大帥，高臥於深溝固壘之中。比部此詩，殆將呼之始覺乎？王松枰大令奉調赴軍途中雜書之二，云：「四山圍秣陵，高低列屏障。翹首觀軍容，連營屹相向。竊據石頭城，賊壘紛附傍。堅壁不出戰，經時未接仗。兵驕將吏懦，安坐久觀望。

主帥無籌策，師老空糜餉。我聞蔣子言，智勇兼爲上。雖有百萬師，吞敵原在將。奈何庸庸輩，臨陣膽先喪。漫雲兵力單，衆寡不能抗。樂毅破强齊，孫武拔楚帳。韓信趙壁摧，曹操袁軍盪。均以少克多，古人語豈誑。惟其軍有法，是以氣彌壯。懷古信傷今，臨風自惆悵。」亦以致其諷也。

壬子臘月念八日，上諭：「賞還向榮提督銜，給予欽差大臣關防。」研樵詩注：「向榮尾賊窮追，收復武昌，特旨免其遺戍，開復原官。俄授湖北提督。後徐廣縉逮問，給予欽差大臣關防。」天下重之。自是而坐鎮鍾阜，遮蔽閶門，凡五年。鄭修樓向大臣詩云：「五載刀留血，終宵甲有霜。」江寧何通甫侍御兆瀛遊天寧寺歸飲海秋寓詩，其二章云：「雨花臺畔路，風雪亞夫營。諸將仍酣戰，三年未洗兵。無家成浩劫，憂國有書生。且醉今宵酒，尊前涕欲横。」蓋癸丑後，江南北立兩帥，一駐揚州，一駐江寧。北帥始爲琦善，擁兵不戰，後屢易之。南帥則向大臣也。丙辰，進圍金陵。自孝陵衛連營至七瓮橋。時蘇撫吉爾杭阿出駐九華山規復鎮江，而鎮江賊渠吴汝孝約援賊陳玉成等，内外夾攻，官軍大敗。北帥托明阿棄軍走，揚州復陷。漆室吟戍角云：「鐵甕金陵何有哉，頻年毒霧掃難開。時平形勝輕天塹，計失縱横騁盜魁。大憝終梟狼虎谷黄巢死於狼虎谷。愁雲猶壓鳳凰臺。傳聞左次無堅壁，日夜西風戍角哀。」張懌齋觀察興烈瓜步吟云：「大江二月喧春濤，戈船撾鼓風蕭蕭。幽并老將健臨敵，羽林十萬神軍鏖。棘門灞上快游戲，重英駟介矜逍遥。鴻溝峩峩天塹裂，扼險如守東西崤。妖星夜飛赤如血，長鯨駛駴奔空濠。决隄螻蟻鋌而走，當關虎豹嗔不嘷。震驚百里匕鬯失，于思棄甲爭翔翱。錦帆欲發斑騅送，長城自壞嗟何用。螢苑陰燐白日埋，邗溝戰骨瓊花夢。愁雲漠漠天漫漫，南飛烏鵲僵羽翰。何如擊檝中流去，權作燒兵赤壁看。」蓋以爲刺。五月賊另股自江西來，舳艫蔽江而下，高資營盤被圍，吉撫馳往救援，與江寧府知府劉存厚同死於陣。張副帥國樑自六合馳救不及，入孝陵衛，賊以鎮江勝兵壓之，孝陵衛滿漢等營俱潰。胡文忠曰：「兵事以氣爲主。譬之孺子之戲豬脬，縛以繩而貫以氣，閉其外而實其中。方其氣之滿盈，千鍾不破；一鍼之隙，全脬薾然。是可慨也。」向帥威名卓著，是役之敗，縊死丹陽。許海秋寄陳文學開周太倉云：「將軍前營大星墮，提督向榮以營破退兵，遂憤死。孝陵栝柏夜深火。大軍由孝陵衛敗走。」不一月，而金陵賊自相操戈矣。使吉不輕進，向不挫衄，乘此掃蕩游魂，殲除元惡，猶拉枯折朽耳。高樹人師丁未感賦云：「海疆警後亂芽萌，邊徼潢池始弄兵。火未燎原猶易撲，草難圖蔓更滋生。轍鱗縱使歸滄海，柙虎憑教入市城。從此横流不可制，東南半壁幾全傾。」「金陵形勢擅江東，虎踞龍蟠氣象雄。六代河山憑社鼠，百年生聚化沙蟲。鬼猶爲厲罡風黑，佛竟無靈劫火紅。絶筆詩傳湯老句，湯雨生副戎。當途誰爲表孤忠。」「蝦蟆鼓噪犬羊群，蝕遍揚州月二分。茂草鞠荒江令宅，夕陽淒絶李家墳。見忠雅堂集。金山石赭餘焦土，□鐵甕城高壓壞雲。遮蔽蘇杭資保障，令人卻憶向提軍。」「紛紛群醜自相屠，□□□□□□□。鐵聚六州空鑄錯，棊差一劫總全輸。大星落後軍容慘，再鼓衰時賊膽麤。遂使繁華成幻夢，蘇臺吹火夜嗥狐。」「年來轉漕籍餘艎，百萬猶能濟太倉。稻蟹復傷丁未劫，丁未，謂之『紅羊劫』。澤鴻誰乞癸庚糧。黄巾延莽株難拔，黑海翻瀾倒更狂。手挽銀河洗兵甲，將軍端賴郭汾陽。」師詩五章，隱括十年時事，沉著痛快。而追原禍本，歸咎於海疆，尤爲有識。至群醜相屠，向帥已死，蘇杭之難，於是乎作，宜師通算全局，大爲惋惜。胡文忠嘗謂「和春、秦定三、向榮，均是用違其才」，又極論田興恕之不可大用，劉富成一夫之勇，不可爲大將，皆能逆覩於事先也。吉撫謚「忠烈」，金陵平，尋覓忠骸不得，詔以衣冠葬。存厚，追謚「剛愍」。

粤西六逆，洪秀全、楊秀清、蕭朝貴、馮雲山、韋正後改名昌輝、石達開也。雲山死於全州，蕭朝貴死於長沙。其入金陵也，六逆僅存其四，而狡黠以楊逆爲最，韋逆起而殺之。漆室吟云：「洛周終被葛榮屠，翟讓還爲李密圖。可惜梟夷猶假手，不曾都市伏天誅。」「董卓高居萬歲塢，伯珪積穀百樓雄。誰知禍發無遺種，即在金城鐵室中。」「同惡相殘羿與澆，蚩尤貳負死安逃。滔天凶勢終如此，何況么魔但爾曹。」「祅蛇嘘毒遍山川，八載神人憤未宣。凶運枯楊能有幾，火龍太歲值今年。原注：年來江干楊柳無故盡枯，此楊逆將亡之兆。術者占賊絶滅，有『火龍一照便銷滅』之讖。今歲躔在丙辰，此語竟驗。」於是，石逆怒，又攻殺韋逆而去。今則石逆誅於蜀，洪逆死於金陵。洪逆子福瑱伏法於江西，六逆俱盡矣。

向帥既敗，繼之者和帥春也。和帥克復廬州、鎮江、句容，遂與北帥德興阿、副帥張國樑進偪南京。德帥隨克和州，勝帥保亦以馬軍至，降滁州賊渠李昭壽今名世忠，金陵勢已大蹙。而烏衣滁州治。一戰，勝、德皆敗，張復繼之，時李忠武續賓義旗東指，方拔黃梅、宿松、太湖、潛山、石牌、桐城、舒城。而賊以勝兵轉戰，竟死於三河，全軍覆没，賊勢復張。幸曾帥駐於池州，多禮堂將軍隆阿、鮑春霆軍門超屢敗安慶賊渠陳玉成兵。和、張猶能力扼金陵。不謂賊渠李秀成於庚申正月初二由蕪湖走南陵，過青弋江，趨高橋水，東踰寧國，而攻廣德州，敗四安張國樑軍，遂自湖州以二千五百名賊入杭州也。江浣秋培感事云：「黑陣如山壓上游，霜刀飛過萬人頭。好生天亦輕民命，守土官真寡遠謀。一戰未迎全局去，萬家空抱覆巢憂。樓臺滿目成焦土，燕子明春莫誤投。」杭州既陷，張軍門玉良援兵至，賊於是棄餘杭，過臨安，行天目山，出孝豐，抵廣德。招集黨羽，攻高淳、東壩，和、張兩軍不戰而奔丹陽，向帥抗守之局遂大壞矣。許海秋短歌行云：「燕京三月風沙狂，殘春花柳無餘香。朝聞賊騎渡河北，晚來欲飲心茫茫。閒官閉户繞階走，朝廷金印大如斗。豈非留待封侯人，笳鼓無聲十年久。但知李廣悲數奇，彎弓射虎誰見之。自古功名易軀命，金鞭細馬爾何爲。」蓋深慨之也。先是，鄂撫胡文忠出，與諸帥同心戮力，故羅田、麻城，丕著戰功，兩湖晏然。李希菴中丞續宜、楊厚菴軍門岳斌義旗得以東指。至是，楚軍挫於霍山，挫於三河。皖北降虜擁兵索餉，和帥餉糜師老，彼此不相統攝，其一敗塗地也固宜。孔宥涵司馬江上詩有云：「漢室功名期耿鄧，江天圖畫改金焦。」又「高枕兜鍪看山色，一時閒煞羽林兒。」又「募卒苦多無賴子，整軍當用有餘才。」慨乎言之。吴杖仙孝廉安業府宴云：「華堂夜宴延群英，紅氍蹴踏百戲呈。心摇魄動目送迎，耳聾不聞飛礮聲。一甌少瀹花乳清，美人徐起侑瓊罌。談諧嘲笑春風生，軍書火急遠不驚。賓歌既醉唱五更，主呼明燈前導行。幾日管鑰不上城，優遊無事嬉太平。」言者無罪，聞者足戒。閻丹初觀察敬銘曰：「吾聞江南未敗時，和、鄧諸帥錦衣玉食，倡優歌舞，其廝養皆賤紈綺，吸洋烟，莫不有桑中之喜，志溺氣惰。賊氛一動，如以菌受斧然，則固有履危險而不知懼者矣。」漆室吟讀史云：「牛大千觔難負重，坐談不解事機乘。悠悠往事無窮恨，如此江山付景升。原注：桓温云：『劉景升有大牛重千觔，噉芻豆，倍於常牛。負重致遠，曾不若一羸牸，魏武殺以享軍士。』」「當日并州將亦稀，舉鞭誰復問戎機。高城寂寂惟長開，絕似山公酩酊歸。」「威聲羊杜播南疆，和李功名冠一方。晉室崎嶇江表日，猶聞經略重襄陽。」「盡殄豗曾第五猗，王如驍悍亦誅夷。威行江漢清南夏，處仲當年信可兒。」

軍興以來，浙省得久爲完善之區，在於守遠不守近。吾鄉黄壽臣先生宗漢，以此受文宗「忠勤」之獎。丙辰、丁巳間，提督鄧忠武以寧國爲浙江藩籬，而涇尤皖南咽喉，頓兵遏其衝，賊不能入尺寸。戊午，敗於彎沚。石逆達開復自江右闌入衢州，土匪因之蠭起。龍游、金華相繼失守，遂由金入處。後諸軍雲集，漸次收復，而浙亂始此矣。許海秋庚申感憤云：「飛火照淮楚，賊鋒來突兀。按，是年正月，捻匪陷江浦。蓋李逆秀成將犯蘇杭，㨗擾清淮，以分江皖兵力。峩峩獨松關，失險又憂越。魑魅肆無忌，驚聞植毛髮。諸公日籌議，所在禍倉卒。南都屯巨寇，吴閶若機筈。倘令犄角危，豈不輔車缺。亦嘗豢鷹犬，胡令聚蛇蠍。平時憂國深，那不寸奇竭。西泠春山青，旌旗晴豁達。應有蒼頭軍，堅城賦難拔。」乃二月廿七日變起倉卒，竟以全城陷於二千五百人之手。張仲甫中翰紀事首段云：「黑氛壓城雲氣惡，地慘天愁狂雨落。兩聲淋浪賊至郭，横刀躍馬無人覺。彼虜初來百騎耳，崇朝頓失湖山美。」末段云：「我已窮民老而獨，淡飯麤衣守蓬屋。一朝懸磬空所蓄，七十衰翁悲蹙蹙。滿地烟塵行路梗，轉徙頻傳風鶴警。鄉關回首淚潸然，大劫傷心怨大年。」傷心之至矣，其直陳無隱。家大縉孝廉笏棠感事云：「我傷昭諫命真窮，人惡汝才寃太甚。自注：賊信已迫，巡撫羅遵殿秘而不宣。因有謂其通賊者，此誣也。」又云：「太尉之笏光弼刀，稜稜一旦光俱韜。家風自是踰垣慣，威望空存射石高。自注：臬司段光清、提鎮李定太先事帶兵出禦。至是李敗走，段於城破後亦遁去。」又云：「紛紛守土誰稱烈，賴有鄴侯著奇節。爲民請命向神前，祝罷縣梁聲嗚咽。謂仁和令李。」又云：「梓桑死事更誰尊，二戴窮經足並論。謂戴醇士侍郎及其弟謌士。沈約能文還枉死，謂沈竹虚主薄。俞侯負氣亦忠魂。謂俞雲史觀察。」張蘊梅孝廉景祁武林新樂府前四章云：「一丸泥，悲援絶也。自注：庚申二月初旬，賊自廣德、泗安薄湖郡。十九日，陡襲杭州，時城中兵僅一二千人，大吏不知所爲，下令閉城。至二十七日城陷，未嘗决一戰。「一丸泥，閉函谷。枹鼓無聲車折軸。柰城蕩蕩，寇來不止。偃朱旗，卷玉帳。紙鳶信絶無奈何，將軍方聽蘇臺歌。張軍門玉良自秣陵大營赴援，道吴門，大吏款讌之。比軍至，城陷三日矣。賊旋遁。向使不留滯，杭城可冀瓦全。哀哉。」守城隅，歎鄉團也。自癸丑金陵陷，浙省設協防局，募鄉勇數千人，分城中爲四隅，以紳士領之。按期操演，恃以無恐。及城破，鄉勇號衣委棄路旁者，所在皆是。「守城隅，募丁壯。盛軍騎，彯羽纓。家藏鶴膝户犀渠，千金犒賞籌儲胥。高城忽崩來虎貙，君不見軍衣委路衢。」燭龍翔，懲兒戲也。大吏傳令，百姓守城。城内共舉義旗，填街溢巷，列炬如晝。三日後，油燭並罄，防守遂弛。「燭龍翔，何殷闐。銅鉦沸，彩幟翻門前。小兒不解怕，錯道添燈是良夜。城如火，軍如墨。燭龍翔，鬼車泣。」反戈鋋，驚兵變也。二十日，湖州復。勝勇淫掠東城，居民攖三人，縶送藩署。勇大譟入劫，將爲變。仁和令李公福謙急解之，始罷。大吏旋令都轉繆公梓統其衆。二十七日嚮晨，清波門外地雷發，城崩數十丈。繆方指揮禦賊，勇遽刃之，以城降。繆公前守衢州三月而圍解，時大令中無能軍者，倚之若長城。惜哉。「反戈鋋，若鬬虎。遇民則虎遇賊鼠。紫薇行省門不開，可憐肘腋生禍胎。惜哉睢陽非將才。」三君皆錢塘人，身在圍中，見聞最確。海鹽黄韻甫大令紀事云：「傳聞捷報過錢塘，誰信潛師出武康。可有臨邊黄節度，苦思擊賊段涇陽。軍門上策惟清野，部曲連屯每亂行。立馬吴山形勝失，群公應變太倉皇。」「金牛湖上豔陽辰，鶯燕樓臺入戰塵。三月桃花紅犯雪，按，賊退後旬日大雪。雨隄烟草碧成燐。可憐佛國同羅刹，何處仙源結比隣。畫舫珠簾零落盡，杜鵑五夜弔殘春。」「達官眷屬盡神仙，鼓枻浮家去渺然。萬户脂膏留待賊，十門鎖鑰苦防邊。佩環零亂珠沉浦，羅琦叢殘玉化烟。恨水茫茫流不竭，有誰喚血籲蒼天。」「亡命屠沽氣燄張，一時應命備戎行。窮搜玉帛驚雞犬，虚擲金錢豢虎狼。釋甲盡更紅抹額，倒戈翻試緑沉槍。臨危反噬嗟何及，一死模糊事可傷。按，此章蓋哀繆運司。」「三衢重鎮擅威名，保障全吴在此行。光弼韡刀思將種，景隆紈絝墮家聲。頓師不進翻徵餉，臨敵無功尚縱兵。回首鳳凰山色好，當時父老望蜺旌。此章蓋刺李提鎮。」「森嚴節鉞鎮江湖，咫尺烽烟偵探誣。變起腹心奸早伏，軍無犄角勢先孤。赤心報國和衷少，白面談兵衆論殊。數萬生靈同浩劫，疆臣定識是捐軀。此章蓋傷羅中丞。」亦重泉之孽鏡，欲覺之晨鐘也。時瑞麟閣將軍昌堅守内城。六日，張璧田提軍玉良援至，内外夾擊。按，小逋仙《卹緯錄》：「杭州王元，少喪父母，寄食旗營，爲披甲者飼馬，滿語謂之『苦獨立』。外城之陷也，將軍瑞昌患瘧，戰慄不已。强上馬巡視内城，身顫欲墜，二戈什哈夾持之。都統來存腹瀉，力疾出，頃刻三遺矢。固山恒興請募人突圍出請援兵，將軍許之。而『苦獨立』應募，往夜賫羽書，從水竇出。時張玉良自大營來援，逗留不進。『苦獨立』至，款之，仍無發兵意。『苦獨立』大哭曰：『杭州士民望救如饑渴。我食何以下咽哉？』哭聲徹内外。張感其誠，乃連夜拔隊，直抵杭之艮山門。事平，張嘉其忠義，向將軍乞之。屢立戰功，授都司。辛酉六月，戰歿於長安鎮。」賊走孝豐，遂復杭城。讀《秋水齋詩·虎林復》云：「鵲云反乎覆，杭城七日復。七日復猶遲，不聞一路哭。神勇瑞將軍，頭蓬不暇沐。苦戰六晝夜，矢竭芒刃禿。邂逅援師集，千狐同穴戮。杭湖氣早蘇，上海爭逐鹿。蔽遮東下勢，浙人亦何福。不見三吴民，遯荒走窮谷。生者亦僅存，死葬鳶魚腹。」

時余友江弢叔湜以貳尹奉委營務處承值。城陷避居僧寺，詩云：「我殺一賊賊殺我，此身小用奚其可。欲鏖萬賊决一死，安得俄招百壯士。腰間雄劍三五鳴，按之入匣銷其聲。劍乎有志掃狂寇，且忍風塵萬里行。」出太平門作云：「吾謀適不用，衢巷入刀兵。士餒登陴氣，民寒保社盟。微軀堪死敵，虐焰正燒城。忽鑿凶門出，無心慶再生。」重作云：「重作軍從事，深知世患真。募來兵是賊，戰處將無人。一敗非天意，群君誤國恩。東南天半壁，休矣苦吾民。」

溧陽陷於三月二十一日。彭心梅典籍書憤云：「粵逆稽天誅，十載流氛熾。虎兕據山林，逞毒爪牙利。蹂躪江南北，略無乾坤地。庚申仲春月，紛馳羽書至。門發清波扃，堰失銀林備。自注：賊由杭省竄至東壩，繼陷吾邑。切近枌榆鄉，日夕憂心悸。默祝蒼昊仁，庶同往日庇。丁巳六月，城幸保全。大福如不再，旋作墜甑棄。我家城南郊，充斥何由避。堂構二百年，邱墓十三世。設想到不堪，雙瞳糊血淚。邑小實富庶，賦稅之所自。江山氣清淑，並非號難治。豈無三月糧，豈無千人帥。兵氣胡不揚，軍政毋乃替。遭逢閏年厄，城社付魑魅。客子本酸辛，聞此增怒恚。時時動悲咤，往往廢寢饋。所憤國威沮，妻子尚細事。饑寒本難保，寇虐況縱恣。疇能料存亡，方寸攢芒刺。旦晚奮干戈，江淮殄醜類。劫盡賊自除，河清事難冀。嗚呼當局人，而乃發此議。坐令羈旅人，如焚復如醉。魚雁倘鑒予，早達平安字。」

常州以四月初六日不守。武進周韜甫主事興安旅館憶往感懷錄云：「帥走孤城白日昏，血書蠟裹到吳門。捐軀殉節人同義，驅市成軍恥獨存。父子一朝甘併命，僕徒九死戀餘恩。即今脱險悲前事，欝憤猶思叫帝閽。庚申三月，賊犯常州，督臣何桂清棄城走，州人士誓以死守。賊來益衆，義紳曹禾以血書請救於中丞徐公，中丞命余募二千人往援。人徒甫集，而吳門兵變，開城延賊，余父子均陷城中。時余所率團勇八十人，無一散者。余譬遣之，始得微行出。」「宗邦淪喪最傷神，三户亡秦痛莫伸。欲以一成恢夏甸，不虞十日萃黄巾。魚龍怒勢爭翻浪，狼虎叢中又脱身。慙愧孤城經過熟，鬚眉爭識再來人。余痛常州之陷，欲糾一軍復之。請於當道，無應者。浙江王中丞奏余赴洞庭東山辦理太湖防務，私幸可用爲規復鄉郡。乃僅十四日，賊艘大集。協鎮戰敗，死之，余僅以身免。去年吳門脱身，由具區之吳興。今年又短褐至湖郡。」

蘇州癸丑後，力守七年。自王雪軒方伯有齡移而撫浙，何督桂清佈置乖方，又與和帥素不相能。東壩不守，自常州退駐華亭，欲入長洲，蘇人閉門不納，内訌之勢，危在旦夕。徐中丞方於元妙觀建四十九夜醮場，俄張國樑戰死丹陽南門河下，和帥縊死滸墅關。張玉良自浙折回之師，復敗於無錫。賊追踪至蘇州，文武官如鳥獸散。粤匪李文炳、何信義等乃延賊入，蘇州陷，時四月十三日也。何督挈眷上火輪船，遁入扈瀆。同治初，解京伏法。家大縉孝廉聞警詩云：「將緣收浙貪居浙，卒爲來吳竟沼吳。」又云：「慚愧一隅留滬瀆，反憑夷舶保通津。」讀秋水齋詩鹿臺遊云：「蘇臺大都會，其民雜五民。粤民蝨其間，甘爲賊虞人。往年痛搜勦，漏網仍紛紜。非卒亦非勇，白棓潛成軍。常郡既瓦解，姑蘇亦波淪。開門揖豺虎，誰何不敢瞋。巡撫奮捐軀，其餘作逋臣。一矢不遑發，微服竄棘榛。子女爲賊孥，糗糧爲賊囷。曾無鉛刀用，祇欲全其身。全身亦何能，弭若犬羊馴。千載姑蘇臺，麋鹿走踆踆。」陳覺菴守城謠云：「官守城，兵守城，民亦共守隨官兵。城存與存命始生，城亡與亡命亦輕。城中之民靜不驚，城外之民嚴列營。城中城外宜約東，那有一夫敢退縮。夜分刁斗聲聲促，曉來萬竈炊烟續。令下如山矢不移，官與兵民同心無或離。軍法守城宜如此，睢陽而後長已矣。可笑無端小醜來，官與兵民亦可哀。城外不曾加一矢，城頭鼓譟聲變徵。賊勢鴟張突入郛，東門乍破西門呼。兵民潰散中丞孤，白刃相加無完膚。中丞既死城亦失，不改初心完大節。其餘文武皆奇絶，散如鳥獸無蹤覓。簿尉偏裨何足云，巍巍方伯屏翰分。朝廷遇汝恩不薄，可有心肝奉至尊。中丞死，方伯替，斗大江城岳牧寄。但能耿耿矢孤忠，殘軍猶可張旗幟。奈何倉儲庫帑全拋棄，捨卻全城無顧忌，竄身荒谷妻孥避。時署布政使蔡映斗，城陷逃出，逮問。」漆室吟即事云：「連營歲歲扞封豨，疾擊誰爲鷙鳥飛。師老未收淮蔡績，謀乖翻恨鄴城圍。東南全局成灰燼，今古庸才闇事機。獨遺孝侯甘戰死，謂殿臣軍門。覆軍此責究誰歸。」彭心梅典籍紀事吟云：「屏蔽層層撤使空，擁兵自衛勢徒雄。同時二十八州縣，氣盡將軍一叱中。廣德爲溧陽屏蔽，溧陽又爲蘇常屏蔽。尚道尊申請救援，屢遭制軍批斥。蘇常繼陷，不可收拾。」「居然白面好談兵，半壁東南一旦傾。至竟封居須有種，即今原少衛長平。」「全盛軍容敵可摧，如何似鷁退飛回。三吳人士無辜甚，添與昆明做劫灰。常州義勇五六萬人，官兵二萬人。」「生靈百萬血流紅，臣罪當誅物論同。縱使君王恩特赦，有何面目對江東。」「半載星霜已暗移，檻車未到怪何遲。莫非道上沉吟久，想到恩隆推轂時。」「遥望江頭淚綆縻，傷心佳婦與佳兒。如何一葉輕身渡，不向軍門借馬騎。溧陽被陷時，次子省薇携其妻女登舟，避與賊遇。伊妻方氏自沉，次子急挾女跳免。」劉贊軒雜詩云：「積粟支十年，築城過百雉。豈無戰守資，棄之如敝屣。寧敢忘君王，無奈戀妻子。死者沐殊榮，生者免吏議。我朝寬大恩，覆載如天地。逃官挈私囊，歸來骨肉喜。獨惜流亡民，何日返田里。」聞吴客話感作云：「坐中兩吴客，爲我説三吴。一客低頭寂不語，一客欲語三長吁。閏春三月交立夏，凍雲不開怒雷下。將軍氈帳酣金杯，戰士僵身放征馬。忽然賊兵捲地來，礟矢未發營壘摧。將軍到此惜一死，四十萬騎奔如雷。城門晝開紛遁逃，白日慘淡鬼神號。妻孥父母不相見，太湖流血成波濤。窮民無地可偷生，遲留遇賊逃遇兵。官兵淫掠甚於賊，殺人鞭馬驕山城。我聞流賊已太息，更聞官兵重變色。將帥年來受國恩，奈何養兵如養賊。朝廷又遣新將軍，蘄門車騎如雲屯。指顧嚴師下三楚，何難萬里清妖氛。一客謂余且勿語，十萬義旗已塵土。新帥意向近未知，四座聞之淚如雨。」嗟乎，蘇常財賦之區，倉儲根本所繫。督撫藩鎮駐守之地，不能爲一日之守，可勝慨哉。葉河海蕙田觀察著有履綏堂集，其周春濤孝廉書來備述蘇常被陷情事，慘然賦此云：「東南財賦區，萬户饒蓋藏。一經楚氛起，大地屯豺狼。沃壤盡焦土，白日寒無光。老弱轉溝洫，少壯流四方。骨肉枕原野，四郊多國殤。是因承平久，比歲多豐穰。生齒日以繁，飽暖耽淫荒。剝復本天理，不善斯降殃。遥遥二百載，浩劫悲滄桑。九重溥仁化，賑恤周窮鄉。嗟彼司牧者，粉飾爲循良。欃槍早示警，思患誰預防。養癰卒成患，臨事徒倉皇。上書巧卸責，動稱賊勢强。玩寇果誰咎，職守幾相忘。嚴旨屢逮問，天語頒煌煌。一朝膺斧鉞，厥罪終難償。我今奉君書，終夜起徬徨。身家且勿顧，軍事宜籌量。斯民苦沉溺，待挽狂瀾狂。小醜亦易殄，東南民用康。」此篇究禍所從生，推亂所終極，可爲殷鑒。壬戌四月，李中丞鴻章以夷兵克復太倉、崑山、吴江各州縣。癸亥冬，賊渠譚紹光、郜承寬、汪安欽相構，郜殺譚出降，遂入長洲，而常州、鎮江各郡縣乃以次肅清。

太倉州失守於五月□□日。王筱漪孝廉己未北征吟草庚申由海門抵寧波途中雜紀第二首云：「守風泊崇明，日望至上海。訛言忽紛傳，上海賊亦起。巨礮架當關，船過輒遭毁。柁師色然驚，向我商進止。或云有瀏河，去此數百里。可通太倉州，嘉興相密邇。即日拔椗行，張帆速如矢。傍晚抵道頭，潮落露岸趾。長年上岸回，魂魄若被褫。情急語糢糊，似聞賊在彼。皇遽遣人探，太倉皆賊壘。離此五里遥，染血紅江水。忙喚解纜回，船身埋泥裏。斯時卅六人，面面相覷耳。夜半海風驕，蛙聲喧盈耳。疑鼓復疑金，望潮爭屈指。火餤忽衝天，賊烽祇尺咫。劫搶到村莊，哭聲遍鄉里。嗟嗟承平久，跳梁先西鄙。勦堵兩無成，蔓延遂難已。疥癬疾不除，病乃入腠理。始禍實何人，縣官喪廉恥。

刻剝削民生，驅之爲奸宄。始本迫饑寒，繼漸圖不軌。殺性以習成，暴殘竟爾爾。可憐窮海民，無辜遭横死。是時潮微生，同舟色皆喜。轉柁向海中，落椗杖舟子。相對不敢眠，感憤一撫髀。」追原禍始，可爲百世殷鑒，而當途習焉不察，可怪也。

蘇、常變起倉卒，縣鎮披靡。其與抗者，成敗有異，義憤則同。嘗讀讀秋水齋詩而慨然也。其竹塘戰云：「下流財賦郡，縣鎮無寸完。虞山僻海角，蕞爾若彈丸。慷慨王義士，元昌。時危髮衝冠。身未寄朝禄，奮起激忠肝。竹塘決戰死，血灑腥風酸。懦夫爲憤激，況乃寸心丹。惜哉防檢疏，堤潰蟻孔端。其功雖不成，其名亦不刊。」金壇守云：「斗大金壇城，四圍皆賊帳。孤危絶應援，矧復乏餫餉。陋比莒城惡，難期偪陽抗。困守爾何人，壯哉艾參將。百戰無一撓，力小神偏王。殺虜以爲糧，空拳屹相向。成敗論賢豪，寧爲彼分謗。千古睢陽城，餘力何多讓。」東山危云：「洞庭雙秀峰，東峰屹中沚。西山介其側，比若唇與齒。唇亡齒則寒，孤危立可俟。甪里作賊巢，臥榻儼對壘。多方以誤我，乘間肆觸抵。我勞彼則逸，力竭終波靡。倉卒求外援，關通致傾否。諒矣王元戎，反噬遭横死。千秋表孤忠，彭亡無乃似。」菰城堅云：「浙西數十城，菰城鐵無比。田單即墨守，翟子保宋似。豈伊地利得，人謀那可恃。客云守者誰，吳興趙公子。偵得賣城弁，磔之以殉壘。兵勇乃帖然，民團一心耳。蠡賊免内訌，反間無由起。自經喪亂來，稗販等諸市。倉皇待外援，翻覆如蜮鬼。鬬力自在强，洞庭即前軌。」

辛酉夏五月二十六日，夜出彗星在北斗尾，以漸至柄。夜半光至數十丈，直刺東南，幾匝月没，時薛慰農觀察需次浙江，短歌四首云：「彗星在天光在地，河漢西流蟠殺氣。中夜傍徨不能寐，起向長空私灑淚。陣雲如墨横東南，將軍盤馬臨江潭。執鞭負戟多奇男，昔時犢鼻今華簪，我欲從之中心慚。」「亂世作官恃一走，尺土一民我何有。金印纍纍大如斗，擲向東流等敝帚。雲程水驛何艱辛，餐風宿露來江濱。同舟相顧多同寅，孰爲閒散孰要津，五十笑百良有因。」「故鄉千里無遺民，死者狼藉生嚬呻。以友挈友親因親，百口遂乃肩一身。牀頭金盡無顔色，去汝何從尋樂國。江海波騰天地窄，屋漏七星住不得，居停主人目且側。」「有麥麴乎對曰無，有鞠藭乎對曰無。可憐腹疾憂河魚，土偶敗將桃梗俱。大憝未平小醜起，耰鋤棘矜誰氏子。常恐戈矛生眼底，嗟我流離乃若此，倚劍悲歌聲變徵。」情真語摯，一字一淚，一淚一珠。維時浙江嘉、湖諸郡狼竄豕奔，杭城孤立。冬，海寧州及海鹽縣俱以城從賊，全浙俱陷。而閩浙總督泄泄然自福州赴援，日行不及三十里。十一月二十八日，武林遂再失守，將軍瑞昌、巡撫王有齡死之。夫賊何能爲，而竊踞者十二年，蹂躪者十三省？徒以封疆大吏畏難習故，趨避利害之念先入於中，遂至貽憂君父耳。梁禮堂吏部兵車行云：「北風十月吹高牙，羽書日夜櫪馬譁。

黄雲横天詔使下，詔督將軍出仙霞。傳聞嚴瀨早不守，賊兵來往常山口。即看烽火逼閩中，驚鳥無聲駭獸走。大官祭禡師期起，衣冠蹌濟江之沚。錦旗冉冉度山光，畫角蕭蕭激溪水。前鋒恰抵建陽郭，後伍纔過白沙市。軍中草檄催新芻，縣官按户追樂輸。全營月給十萬餉，三千步騎寒無襦。度支侵蝕誰則敢，成例難減空嗟吁。側聞天子繼神聖，二儀合璧河如鏡。解兵歸誠或可期，投戈飲至應相慶。將軍骨相異尋常，勳業當如霍去病。君不見今春鐵騎屯延平，賊兵自遁汀州城。」善戲謔兮，不爲虐兮，然而開府亦坐是敗。

蘭溪民團最勇，賊憚之。張壁田軍門至，以劫掠與民讐，遂大鬨。賊踵至，兵與賊兩面夾攻，民團殲焉。蘭溪遂陷，金華繼之。諸生陳覺菴兵莫來云：「兵莫來，兵莫來。無兵吾民能自守兵來吾民驚且走。兵不殺賊專殺民，助寇殺民太不仁。横行邨落衆怒嗔，益旗號召千萬人，殺兵殺賊民氣伸。先除兵患後除賊，兵既被殺賊孤立。國家設兵兵本重，百年養之一日用。承平日久訓練疏，罪有攸歸任驕縱。民敢殺兵兵無良，民不殺兵民先亡。兵民相殺殊慘傷。我欲告開府，勿輕舉牙璋。東調西遣徒徬徨，曷弗使民自爲兵，各自强。家出丁男户出糧，比閭族黨皆金湯。」

讀秋水齋詩黟山翻云：「黟歙衆山内，山勢插崇墉。一夫守其隘，千人不敢攻。北連宣池險，東壓兩浙衢。京卿主方隅，將吏頗和衷。一朝被白簡，士卒爲首戎。翻山啓寇仇，坐失千里封。一誤乃再誤，中樞忍即聾。翻令不材者，冒昧誇奇功。」鴛湖哀云：「湖杭兩州城，嘉禾綰要津。鴛湖水清澄，南北通轉漕。雖無山溪險，力可遏鈔暴。大將當其衝，殘卒盡收召。勉雪雁門踦，當思孟明報。豈知事大繆，甘受數奔誚。連營四十餘，奔迸同浮漂。從此堵勦難，下游益虛耗。渴思廉恥將，庶幾神所勞。」嗟夫，自黟山翻而浙危，自鴛湖哀而浙再陷矣。

張蘊梅孝廉武林新樂府後六章紀辛酉再陷事。築長壕，惜武備也。庚申，賊退後。王中丞有齡撫浙，諸路兵悉至。乃修築長壕，增設礮臺。城上營房環列，置轉運軍以上下，兵士、器械、旗幟，罔不精備。六月十日賊兩至，悉擊退之。奈上下游皆賊据，規復無期，自守門户而已。「築長壕，千夫雷動臨江皋。龍頭天竈豈不固，惜哉世無高敖曹。懸軍上，縋軍下。城上礮車飛屋瓦，下有賊騎鋤菜把。」水上萍，傷饑擾也。辛酉九月，賊大隊薄杭，相持兩月，城中糧盡。至剉苧根、煮萍葉食之，死亡過半。軍士以搜糧爲名，破户穿墉，恣行劫掠。大吏知之，而不能禁也。「水上萍，饑可烹。園中苧，饑可煮。哀哉百萬民，忍死各無語。但聞鬼夜哭，那得天雨粟。軍民諒同情，何以穿我屋。」大將幢，刺江防也。水師副將貴廷芳駐師江上，徵歌鬪舞，孤城危急，尚與將弁讌飲妓船。城陷，不知所之。「大將幢，横江浦。畫船戰艦紛歌舞。樂莫樂，管絃聲。慘復慘，風鶴兵。江波忽紅滿城火，載得西施同一舸。」通江路，譏敵詒也。城外盡爲賊砦，議開江路以通糧食。方伯林福祥駐師望江門外，與賊酋鄧光明約和，許以白金四萬兩，通江路，賊佯諾之。及使者賫金往，而賊以刀仗出迎，我軍大挫。「萬黄金，通江路。搜括脂膏飼貙虎。大令責令城内各團董事，按户捐輸助餉。雖極貧户，無得免者。朝遣一使來，夕報一使去。使者未返和約成，鐵騎突出刀槍鳴。四鼓急點城上兵。」悲風來，弔駐防也。庚申之變，内城堅守，將軍瑞昌時率駐防兵出擊，賊頗畏之，收復與有力焉。及城再陷，賊銜之刺骨，併力攻破之，闔城，舉火自燒，灰燼亘數里焉。「悲風來，摧高臺。朱鳥啁啾白雁哀。朝殺賊，暮殺賊。敝蓋何由埋馬骨。大烏夜啄子城碎，不見王孫路隅泣。」宴軍門，惡從逆也。署錢塘縣令袁忠清暨前署仁和縣令李作梅爲賊監軍，仍領仁錢二邑事。紅巾繡履，輿馬出入，意氣甚盛。林福祥亦降於賊，事平之日，伏法衢州。其他武臣從逆者，又不勝數矣。「宴軍門，福祿酒。龍旗前，繡蓋後。金尊再行樂三奏。賊每具食，必奏音樂。堂堂縣令來上壽，錦纏股，紅帊首。」孝廉兩次陷圍城中，此皆其目擊者也。

杭城辛酉紀事詩七絶百首，錢塘東郭子、杭州蒿目生合著。養時軒主人序云：「極飄零於海角，虞卿非窮愁不著書；傷板蕩於江南，庾信以悲哀而作賦。寫萇宏之碧葬，恨血千年；飛隋苑之青燐，揚州十日。詩堪作史，吴祭酒摹哀豔於圓圓；生本工愁，張平之呼蒼穹而負負。手兹一册，良足愴懷。則有延陵後人，富平公子，以浙西名士，爲滬上寓公。始而擊楫波濤，繼則聯牀風雨。每當金猊香冷，玉兔光沉。事感滄桑，毫飛楮墨。有伯舞仲歌之雅，無馬遲枚疾之嫌。成杭城辛酉紀事詩一卷，舉以示余。余受而讀之，竊有感焉。夫木再實者根不堅，鳥驚弓者飛必速。聲聞張郃，小兒方且怖啼；卒授李陵，疲兵難言再戰。吾杭翟泉蒼鳥，既已驚飛；佛劫紅羊，非同小數。楚囚對泣，傷懷舊日山河；漢里歸來，非復新豐雞犬。即使萑蒲永靖，草木不驚。黄巾爭拜乎鄭玄，白帢有資夫謝艾。而石季倫金谷，何來七尺珊瑚；韓侂胄玉津，已化一坏焦土。裹餘馬革，父兄之暴骨誰收；斷盡猿腸，兒子之歸來何日。緣寫經而刺血，朱壽昌空説尋親；欲紓難而毁家，楚子文爭相報國。固已南山罄竹，難言亂後之淒涼；安可北海銜波，更擾劫餘之戈戟。爾乃地驚封豕，星起貪狼。張角競煽夫天書，孫恩爭馳乎海道。南飛烏鵲，三匝無依；東去大江，投鞭欲斷。斯時也，咸陽宫之餘燄，尚覺鬱攸；參合陂之哭聲，猶多酸楚。千門萬户，盡飛列缺之鞭；十萬横摩之利劍，空説江南；五千捆載之糧艘，虚傳浦口。斛律明月，徒聞勅勒之歌；南八霽雲，誰作進明之使。坡驚落鳳，張玉良軍門。人何事而云亡；地慘賁鶉，天何爲而此醉。假使腐鼠易嚇，猛虎難攖。困獸無思鬭之心，鋌鹿有走險之勢。紙鳶望斷，未遑列栅求全；門杜雖扃，競欲開門揖盜。潰同魚爛，勢失鶏連。安能取義而舍生，未必蹈仁而盡死。而乃目皆眥裂，心不膽寒。鳥驚射而哀音不號，馬聞戰而殺聲愈壯。振已疲之氣力，叱咤風雲；聚枵腹之生靈，軒昂節概。激之忠義，何難嚙血指以同仇；用以馳驅，亦可握空拳而殺賊。設或趙家將相，廉藺協和；睢陽城郭，巡遠共守。則拜韓信爲大將，不顧一軍之皆警；守晉陽之孤城，何患三版之盡没。壯北門鎖鑰，可高借寇之勳；蹈東海波濤，安有帝秦之想。思循遺孽，既無敢窺我幅員；側貳殘俘，且可以膏吾斧鉞。無如隋何無武，絳灌不文。界若畫溝，謀同築室。索倫勁卒，虚張九道之旌旗；司馬參戎，坐視三軍之成敗。不特茂宏安東之節，既虚假夫事權；抑且武穆朱仙之師，亦大難於孤立。於是龍門揖客，紙上談兵；鶴坡先生，閫中膺寄。爲民請命，鸞飛拜沙上之書；計日成禽，贋本説江頭之捷。乩壇連日多吉語，中丞信之，爲張告示，藉安民心，侈説大捷云云。帝子蒼梧之淚，傾盡波流；女兒黃竹之箱，堆如山積。傳諭民間解送箱籠到城，爲疊土城以通餉道計。搜粟都尉，既傾囊倒篋而求；拾橡兒童，有易子析骸之慘。遠望中池竹木，啖靡薪焚；近思負郭芙蓉，蒂同瓜落。内附則人非李裕，虚牝糜百鎰之金；孤守則塚是王羆，同志有萬人之骨。而且兵賊交通款曲，何煩隱語河魚；守城軍於城堞上與賊交相告語，了無顧忌。士卒盡欲遠颺，思作高飛海鳥。就使山能吐飯，石可化金。不嫌巧婦之難炊，惟望武夫之借一。而駱奴不能作督，盡披靡於軍前；帶兵諸君多不能馭其下。鴟兒縱足寇軍，僅逍遥乎河上。城中喧傳援軍，皆虚語耳。

紅巾一抹，盡通李煜之金；兵多受賊賂遺。白羽誰揮，無復顧榮之扇。固難言城成衆志，又豈能關當一夫。况乎洛蜀黨分，戰守議左。羊叔子同居鈴閣，祗傳裘帶雍容；李臨淮縱握牙璋，未必韡刀潛插。其能不天爲痛哭，人盡悲號？昆明池邊，重話未灰之劫；暨陽城下，將飛已斷之頭者乎？嗟乎，杭城之不被兵革者幾五百年，中丞之不解衣帶者幾七十日。方謂庚申氣盡，酉歲可符得酒之謡；何圖甲子將周，丁户半有覆宗之慘。民乎奚罪，天實難言。吾友大劫重罹，隻身竄難。結壺中之小隱，話江上之孤忠。成此百篇，索余一序。踐趙家乾淨之土，許我羈棲；讀杜陵兵車之行，同兹慷慨。此日探從驪頷，盡二十八字之元珠；他時秘説龍威，是千億萬年之信史。」按，東郭子，廪生吴菊潭淦；蒿目生，孝廉張矩卿蔭榘；養時軒主人，茂才許華亭五辰也。孝廉壬戌没於天津，詩不盡佳，而注極詳。録云：「鵓鴣山下起烽烟，早遣諸軍快着鞭。豈料師行還裹足，暨陽城裏鼓填然。自注：賊由浦江下竄諸暨，某軍門統帥赴援，駐兵暨城，畏不敢出。湖墅山人曰：余聞之在紹郡者云，軍門往援金、蘭，駐兵距諸暨五十里之白馬橋，連營五座。賊來探偵者僅五人，兵遂潰。同時列營者，因之大奔。退至諸暨，諸暨令堅不納，且告云賊來者僅五人耳，軍門大慚，斬帶隊者三人以自解，仍回白馬橋，則軍裝已蕩然矣。」「裹糧坐甲棄堅城，螳臂猶思抵死爭。可歎將軍渡江去，軍聲終夜亂潮生。賊潛行小路，繞出官軍之前，由和尚店至臨浦鎮。富陽賊亦假官軍至，入鎮博場，賭輸錢，故不與。鎮人與爭，遂趁勢殺人放火，一呼百應。

九月廿四日，賊數百人突入蕭山縣城。援諸暨各軍聞蕭山陷，林桂楣方伯、福祥相繼遁回。自是而大局全壞矣。」「居民廛市接江干，十萬人家避寇難。一霎訛言驚道路，寃魂沉魄碧波寒。賊遊騎至轉塘，江干居民遷徙者因城閉不得入。忽潰勇、土匪散布謠言云：『賊大至。』地藏殿僧乘機竊發，居民大亂，投江死者無算。王中丞擒治置之法，復派鄧彌之觀察輔倫出城安撫，施饘粥焉。」「瞭望官軍壘不開，蛇行匍匐伏牆隈。海螺吹到天將午，搭起浮橋蜂擁來。湖墅居民拆斷橋路，賊匿不出。守卡官軍誤爲賊退，高歌酣飲，醉臥達旦。已而賊猝至賣魚橋，官軍遁。賊猶匿名居，瞭望旁午，吹螺聚衆，乃渡。」「大將專征寵命加，深居簡出靜官衙。好將杯水娱衰老，慣對新粧掃鬌鴉。瑞麟閣將軍，前拜總統之命。賊圍城兩月，人罕得見其面。忽傳諭：『居民上吳山觀戰者，人持旗一、燈一，以助聲援。』後旗兵接仗，但遥施槍礮，觀者爲之喪氣。事急，局紳請戰，將軍回書有『譬如傀儡登場，徒增訕笑』語。噫，何其憊也。」「雷院晨開騶從長，繡衣頂禮執檀香。腐儒老去孔門厭，香案皈依拜玉皇。王中丞於洞真觀設經壇，禮玉皇懺，招三學諸生拜誦，月給錢四千。湖墅畸人曰：杭人本佞佛，中丞亦惑於鬼神之説，清醮四十九日，與饒軍門聯名祈天。」「虎視先窺欏木營，我軍鋌險力難爭。從知臥榻容他睡，壓石終傾纍卵城。賊大股猝至，離城二十里，險要皆棄不守，坐令賊踞鳳凰山、饅頭山、欏木營、海潮寺、淨慈寺。或高瞰城中，或直偪城下。武弁畏不出戰，城中兵勇盡變爲賊，而大事去矣。」「桓侯勇健世無雙，飛礮當前氣肯降。萬馬不嘶軍盡泣，將星如斗落長江。張璧田軍門玉良，久於戎行，賊情皆所洞悉，故所向有功。然浙省軍政之壞，實始於張。嘉興之潰，金、蘭之敗，皆其罪也。惟此次身先士卒，誓以死鬬，遂中礮殂。較之某某輩不出圍城一步，倜乎遠矣。」「吴綾徑尺白無瑕，刺血書成達帝家。海上孤臣難瞑目，阻撓大計是瑯琊。浙自嘉興陷後，餉需甚絀，專藉寧、紹接濟。紹興王頡雲副憲履謙奉命辦捐，抗不發解。上游警，省垣撥兵防堵，轍拒不納。九月廿四日，賊至蕭山，城立破，紹郡亦隨以陷。甚有先期輸納，導賊入城者，省垣軍政因以大壞。中丞憤甚，刺血書白綾，有『死不瞑目者，王頡雲阻撓大計』之語。湖墅畸人曰：余聞之在紹者言，頡雲藉勸捐肥己，諸紳皆得飽谿壑。紹郡人亦以少捐感其惠。其民團僅無賴數十，日給錢五十文。金、蘭既陷，諸暨戒嚴，不能不往防堵。所募勇皆不肯往，人加二百文，添百餘人。上游既失，中丞委湖州廖太守往署紹郡，以其在湖有保障功，爲浙西良吏。廖太守至，先議捐十三萬，爲犒金、蘭各軍費。頡雲恨之，紹人亦忿，諸紳士無一人出見。紹愈譁，以爲賊之奸細。未幾，蕭山、諸暨戒嚴。紹民有與守所帶八槳船口角者，毆殺船上水勇，守出城彈壓，衆並毆之。頡雲方出曰：『此父母官也。』衆乃散，而守已傷脅不起矣。八槳船逃至蕭山，蕭山已失，遂以船降賊，告以郡城無備。賊以六十人破郡城，王遁去。守受傷，知事無可爲，服鴉片死。死之時，大呼者數，目不瞑。」嗟夫，江浙文物之邦，民氣柔弱，未習軍旅。自軍興以來，東南僅此兩省尚爲完善。其杭嘉湖與蘇松向稱財賦之區，課稅饒裕，貨物充斥。近年漕運梗塞，惟藉兩省海運，上備天庾。封疆大吏先事既不能明恥教戰以守邊陲，臨事復不能和衷協恭以摧大敵，坐令塗炭如此，不得言無罪也。贊軒擬諸將云：「難尋犀弩射狂潮，勢壓錢塘百萬驕。困守孤城羅雀鼠，逍遥群帥擁金貂。歸元尚動黄巾感，死節翻教白簡消。張許功名尚軒輊，古來幾輩霍嫖姚。」

董琴虞大令平章，閩縣人，癸巳進士，官秦州，引退後，遂家焉。著有秦川焚餘草。聞杭州警云：「潮頭日夕動喧豗，龍虎江山亦壯哉。自昔霸圖開越甸，於今劫火黱秦灰。萬松官道樵蘇往，三竺僧寮虜騎來。太息國殤魂不返，萇弘碧血總堪哀。」

浙江再陷，閩中十二月十九日始得信。是日東坡生辰，枚如在李曉峰以烜家祀公，聞耗相顧失色。有爲李曉峰題東坡遊蹟圖，引云：「圖凡四幅，黄樓、雪堂、白鶴峰、載酒堂，翁潭谿秘閣所藏，兩峰羅聘筆也。曉峰尊甫蘭卿觀察，爲潭谿入室弟子，故圖歸於李。秘閣、觀察暨曉峰，相繼爲公生日宴。是年曉峰循故事，招集銅鼓軒。時兩浙被寇已經歲。其日驟聞臨安失守，念公宦遊之區忽淪灰劫，且勢與吾閩迫。停杯綴此銜感之言。忽訝其與圖不相麗也。」詩云：「蘇堤泣烽火，鮫鱷滿西湖。我抱脣亡恐，公憐足跡無。冰霜方歲暮，杯酒及窮途。人影各蕭瑟，淒然披此圖。」

許辛木比部楣述事誌慨云：「殺人如草路隅横，消息鄉關半未明。見説窮村了無寇，新來殘卒作干城。自注：許村、許巷等處本無寇，上游以潰卒二百人駐守，大肆劫掠，殺鄉人二十餘人，有揭其首於竿者。」「威名宿將尚連營，破釜沉舟誓一行。天意亦隨人意轉，陣雲開處戰場晴。記名總兵副將吴再昇，號稱敢戰，賊畏之。庚申七月，張玉良之兵潰於嘉興，導賊至長安鎮。吴自杭州來，與賊戰於虹橋，以寡不敵衆而敗。賊大掠，竄回嘉興上游。復檄吴守石門。辛酉二月，賊至石門北三里橋，吴與戰，追至六里亭，遇伏而敗，退守長安。三月，吴約守海寧之總兵張威邦分路進攻石門，又約蒙保薦之大盜詹天生剋期並進。時石門並無大股賊駐守，期可必克。」「皂旌失約恨如何，拔劍爭禁斫地歌。浴血先登仍畫餅，可憐吴玠戰功多。吴攻石門垂克，而張威邦、詹天生皆在半途不進，欲俟已克而分其功。吴孤軍無後繼，賊反乘之，遂敗歸長安。三月，詹天生約吴及張共攻石門，張不出。吴恨其負約，亦至半途而歸，詹亦無功。賊復至長安。吴戰垂敗，彭君以平江勇來援，賊乃退。越日復大至，平江勇殲焉，吴敗退臨平。自是勁卒皆盡，氣沮不復能戰矣。」讀三詩，因歎寇自官招，劫皆人造也。

吴桐雲觀察得左丈季高書卻寄云：「日日望君來，忽忽遺一紙。開緘讀未竟，淚下如覆水。時局正艱危，狂瀾仗君砥。如何更中傷，忍心供嗾指。一身亮區區，安危獨誰恃。三復萋斐篇，吾道嗟匪兕。先生曠世才，管樂毋乃是。黄巾蹂東西，當者輒披靡。感慨贊戎機，洞徹彼與己。用兵如處方，攻劑達腠理。大功不言功，謗議從茲始。我皇信聖明，天高聽則邇。哀哀民饑溺，終當藉公起。」時左猶在湖南巡撫幕也。己未以京卿召。同治壬戌，命撫浙江，秋駐衢州，以夷兵拔金華、龍游、湯溪、蘭溪諸郡邑。冬，克復嚴州。癸亥春，温、處、紹興亦以次報捷。遂水陸並進，一紮餘杭，一紮九龍山、鳳山門、雷峰塔，連營數里。未幾，錢塘賊渠陳炳文、餘杭賊渠汪海洋皆自竄避，而浙省一律肅清。晉伯爵，予號「恪靖」。恪靖之未遇也，授徒陶文毅第，讀本朝憲章最多。嘗與胡文忠縱談，自嗟遲暮，以爲非夢賚良弼，不可有爲，蓋其志倜乎遠矣。文忠，文毅婿也，疏薦云：「左某精熟方輿，曉暢兵略。在湖南贊助軍事，遂以克復江西、貴州、廣西各府、州、縣之地，名滿天下，謗亦隨之。其剛直激烈，誠不免『汲黯大戇，寬饒少和』之譏。要其籌兵、籌餉，專精殫思，過或可宥，心固無他。」己未致書云：「公意在嶺南，林翼之意則謂宜先圖中原。陶桓公之督交、廣，乃王敦、庾亮輩實不能容。後來藉手成事，仍在荆州、武昌也。可見僻處交、廣，必非桓公之志。公如去湘，當於襄、鄧之間起手，異日功動必大。亂民起於粤，勢不終於粤。吾所憂者，惟徐、豫耳。自古南人悍鷙，終遜於北人，若僅以番舶之利爲軍資，其見猶小也。公其深思而審處之。公志不欲官，非官，則自領兵耳。不自領兵，即得幫辦軍務之命，不過爲人作記室參軍，如劉道民之職，未必有劉道民之際遇也。似不如姑就藩臬之職，帶兵於外，一二年後，名位日崇，當可有爲。貴而無位，高而無民，則雖以諸葛公之才，亦必一事無成。此古今不易之定局也。公其詳審古今之跡，而默斷於中。皖省無一寸乾淨土，勝帥才力實不足以有爲。今方圖皖，非公爲謀二三統將不可。公平生所欠惟知人之明一著，近日或有進境。試言之，吾當擇而行焉，亦以觀公之深也。」丙寅，郭筠仙中丞嵩燾以恪靖劾，去廣東，致書云：「區區所望於公者，培養天下之人才，而不必專責其諛己；斡旋天下之運會，而不必過用其氣矜。」郭與恪靖舊交又親誼也，所言殆亦洞見垣一方乎？

以夷兵助勦，自蘇撫薛煥始。厥後李復蘇、左復杭，均用之，蓋權宜不得已之計。崇陽楊敬甫熙業紀遊雜詩云：「露布宵馳達帝京，江南妖霧掃初平。由來李郭承神算，不數花門用客兵。」正論也。逋仙感懷雜詠云：「蠻夷猾夏理嚴防，借力殊邦亦可傷。祇見剋期能縱賊，漫云赴義爲勤王。百牢犒去多中飽，三窟營來又遠颺。未必同仇修劍戟，舳艫滿載入重洋。」

洪大全，湖南衡州人。幼穎慧，甫八齡能誦十三經，陰自負。入粤匪黨，僞號「天德王」，楊逆忌之。突永安圍，爲官軍擒，獻俘京師，磔死。大全喜作詩詞，就擒後，於途次題扇云：「寄身虎口運籌工。恨賊徒不識英雄。妄將金鎖綰飛鴻。幾時生羽翼，萬里御長風。一事無成人漸老，壯懷要問天公。六韜三略總成空。哥哥行不得，淚灑杜鵑紅。」

石逆，六逆之杰也。或曰：「本姓時，名大開。後改從石。」或曰：「達開嘗改姓蕭，以賣武、販藥爲業。」或曰：「達開係桂林富户，幼嘗讀書。父昌奎，母周，均故。」道光二十九年，從洪逆謀反，僞稱翼王。咸豐七年，金陵逆首自相疑殺，達開妻子爲韋逆所害，因竄安徽、江西、浙江、福建、廣東，退踞撫、建，領平江水陸全軍。李次青觀察元度以書諭之降，凡三千餘言，見徐伯楨中丞集雜録。不報。九年，竄湖南郴陽、桂陽等處，圍寶慶，敗回廣西，走桂林、慶遠、賓州，據南寧。十一年，由廣西至湖南，入黔。田軍門興恕敗之赤水河，遂出黔窺蜀，折入來鳳。同治元年，再至涪州。復走黔繞滇入蜀，窺宜賓、屏山兩界之橫江。時滇匪李永和即李短搭搭、周紹勇、邱福貴以次殲除，達開孤立無援，退踞滇之東川。東川中隔金沙江，西界川南寧遠、會理。於是出没無常，大爲邊害。癸亥三月，踞越巂屬松林之子打地。該土千户王應元督四十八寨夷環山圍之，遂破其營。金帛、馱馬悉爲猓夷所得，其妻妾五人携子自投於河。而達開及其長子定忠遂爲官軍所擄，時三十三歲，定忠五歲，磔於市。時領官軍者，唐鎮澤波友耕、蔡太守鑑泉步鐘也。澤波，雲南人，曾卓如中丞從滇匪中拔之。馬子翊詩云：「六詔三苗苦戰爭，再來莊蹻事無成。苴蘭捲甲先乘險，笻筰抽丁又聚兵。」蓋紀石逆之入川也。己未，胡文忠致曾侍郎書云：「石逆近年好騎嶺而爲可東可西之計，利進鈍走自爲地。而亦習知界連二三省，則疆吏之氣不能貫注，觀望推諉，可乘以求逞耳。邊地如人身手足指，如耳鼻聳特處，寒氣中人先受其病。石逆之計在此，而其中情之怯懦，則亦可知底藴矣。」

賊之所爲，無異劉之協、徐鴻儒之流，無天地、宗廟、社稷之祭，無父子、君臣之教，無天時、人事、婚喪、凶吉之道。其所改年，則曰「太平興國」。其所謂定時，則改丑爲「好」，改卯爲「榮」，改亥爲「開」，以三百六十六日爲一年。其改字，則國爲「国」，華爲「花」，老爲「考」，火爲「亮」。其所謂臣民，則曰「弟兄」。其辱我軍也，則曰「妖」。其所謂官職，則曰「旅帥」、「監軍」、「司馬」、「總監」，皆不經之説，無稽之紜談。甚至秀全受秀清之杖，復爲君臣；朝貴爲貴妹之夫，可斬父母，蜂衙蟻隊無此紛紜也。讀秋水齋詩有樂府十二章述賊軍政，錄之。花面虜云：「雕青作天子，黥奴亦真王。盜賊豈有種，羞爲田舍郎。老弱嬰我鋒，壯丁充行伍。束縛恐其逃，刺面作降虜，其文以十數。肆意湼且雕，競作醜詆語。桀犬固吠堯，蒙面爲奴隸。終日無休暇，努力逐隊行。不堪其箠罵，路逢相識人，報顏掩面花。傳語我父母，莫想兒還家。」打先鋒云：「先鋒打酒食，勝似打草穀。草穀猶是可，先鋒怖煞我。前驅颺斾旌，礟石轉驚雷。婦稚盡奔避，發篋搜箱籯。捆載捉人送，骨瘦不敢爭。前村並後舍，結隊伺其罅。收拾灰燼餘，四壁淨如瀉。勸爾莫護財，財盡倘復來。性命苟不存，此物安在哉。」寺廟火云：「釋氏入中國，象設固其宜。汎濫及吾儒，紛紛效其儀。老氏更繆悠，土偶競設施。混同二千載，異類爲等夷。緇徒半天下，魚肉婦稚痴。天方教後來，其說益支離。本與佛爲難，旁及觀與祠。乃令盜賊輩，一掃而空之。以夷教攻夷，此豈人力爲。昌黎有明訓，吾徒勿嗟咨。」放火堆云：「攻城弗攻野，野荒農民寡。獵野以圍城，城虛野則贏。以飽擊其餒，鼠輩詡知兵。猶慮恃衆抗，攝之以威聲。十里復五里，村村火堆起。農民見火驚，鼠輩見火喜。火山旅次焚，村落盡流徙。十室九磬懸，破屋仰見天。明晨聞剝啄，來索門牌錢。」捉逃稅云：「五里設一關，三里橫一船。有似截江網，細大悉不捐。有時賈不售，肩擔就遷徙，用以狗偷漏。有時已納稅，謂可列肆賣。明日就市廛，稅上更加派。石田困重租，改計入賈區。冀可逐什一，乃知事大愚。吁嗟乎生民，終作溝中枯。」斬墓木云：「墓前雙華表，松楸雙參天。鬱鬱復蔥蔥，不知幾百年。故老行歎息，云是卿相阡。紅巾何許來，持斧伐條枚。下根作船欏，上枝供爨材。百鳥巢其巔，聚族得棲息。樹傾巢亦覆，養子惜不得。荒郊野燒盡，隙地犁爲田。雖有寒食祭，何處挂紙錢。有鴞鳴墓門，寄語陳死人。夜臺勿悲泣，貴賤原同論。不見明孝陵，萬松無一存。似聞渠魁言，乃是明子孫。」哀擔夫云：「擔夫前。擔夫不前受鞭扑，血流被體瘡爛肩。雨深泥没髁，欲前無路身回旋。賊酋一何怒，擔夫敢言苦。願得相隨父與母。生不及牛與馬，不如相隨入地下。地下又何求。誓死心不懲，托天以報讎。」派工匠云：「按圖派工匠，工匠那敢抗。每圖成三五，忍死泣相向。纍纍逐隊趨，動作輒牽妨。拙者日笞箠，巧者死不放。向日傭鄉村，未嘗入官府。抵死傭賊中，有如肉登俎。傭值不得錢，妻孥泣如雨。妻孥且莫泣，性命知何許。傳語小兒曹，莫守高曾矩。」捐大户云：「大户何所有，南陌與東阡。一自天降喪，蓬蒿敗良田。牛具爲人掠，丁壯被拘牽。比屋盡傭趁，茅舍無炊烟。不知何處符，來索助軍錢。軍帥責大户，大户噤不語。舊穀久已完，新穀在何許。石田無人耕，沃土變瘠土。大户亦何辜，督促日旁午。視彼傭耕徒，槁項不猶愈。庶幾天雨金，糴粟輸倉庾。」船户泣云：「水人陸無屋，恃船以爲家。索船就蒲葦，網罟作生涯。有時人喚渡，得值百錢止。舟如一葉輕，十里或五里。其如關津多，搜索無奈何。動輒受鞭扑，行客矢弗過。有時被守捉，加頸以刀稍。强忍載之行，吞聲不敢哭。世路盡窮途，蹋地有税租。無地更苦役，俯仰爲驚吁。」排門錢云：「廿五人爲兩，兩司馬掌之。四兩一卒長，十卒一旅師。此本司馬法，周官所設施。功成致太平，非可旦夕爲。不意跖蹻徒，俄頃效成規。排門徵牌錢，按户搜其資。其意在惏索，其威可劫持。此真胠篋術，歆莽亦鄙夷。道貴法後王，平易人共和。盜言孔之醜，周公豈我欺。」捉赴試云：「自古有科舉，不聞捉人試。文人易服逃，屠酤思自致。于于應召來，塗鴉學文字。亦有衣冠流，蒙面逢場戲。相將入城中，累累就舍次。題目用僞經，體仍排比類。去取有權衡，居然起凡例。初階作繡士，儼負青雲志。本爲蜀犬群，吠日以獻媚。食踐二百年，忍更昧名義。伊乃祖與父，泉下涕雨墜。一日乾坤夷，赧顏置何地。」

同治三年甲子元旦癸卯，逆計歲一百八十三元，週而復始爲上元。甲子夏六月十六日，曾沅圃中丞國荃剋復金陵。中丞以諸生從戎，同兄滌生相國國藩勦賊。二年冬，拔雨花臺。三年春二月，克復鍾山石壘，遂合江南之圍。捷聞，加太子少保銜，賜爵一等伯。相國自咸豐四年，本籍首倡團練，創立舟師，與塔忠武齊布、羅忠節澤南保護湘南，肅清江西。十年庚申，授兩江總督。今上即位，授協辦大學士，節制四省，遂建議由上游分路勦辦。乙卯，胡文忠疏言：「古今平賊之略，必以據上游形勢，斷賊糧爲先。武漢則金陵之上游也，荆襄關南北之大局，武漢又荆襄之咽喉。兩湖及巴蜀之米多於吴會，故諺有『湖廣熟，天下足』之語。昔年江面安静，米艘蔽江而下，日夜轉輪，今乃久爲賊所阻。通籌吴楚之全勢，必以武漢得手，設立重鎮，屹然不可動摇。乃會合江西内湖一軍，以水師之全力制賊，而下游紅單巨艦亦得并力以扼賊吭。」蓋戰勝之策，决於十年以前矣。元年壬戌，拔安慶。分檄水陸戰士規復下游州郡，至是大功告臧。加太子太保銜，賜爵一等侯。提督李臣典一等子，蕭孚泗一等男。楚澤多材，而曾氏一門尤極其盛。猶憶庚戌都門獲見相國於王文勤座，時文勤官通副，相國官閣學。相國既退，文勤出示其郊壇奏議約二千餘言，議與文勤合。既以侍郎奉簡欽差大臣，躬冒矢石凡七年。其在江西最久。自兩江總督命下，而委任專；自節制四省命下，而事權一。又一時號稱豪傑如李希菴中丞、楊厚菴提督皆集麾下。明擇要隘，分道進攻。於是十五年之積寇，卒能次第蕩平，殆人傑也。朱伯韓侍御嘗貽以詩云：「一疏回天四海聞，西湖百戰冠諸軍。古來不朽豈文字，天下英雄獨使君。專閫忠勤先論將，幕僚才傑亦超群。王師及早江南定，褒鄂凌烟策首勳。」何蝯翁金陵雜述三十二絶句其八云：「可歎么麐太昧機，負隅何計避霆威。十年壯麗天王府，化作荒莊野鴿飛。僞天王府遺址中飛鴿極多。」九云：「向帥遲回孝陵衛，曾公徑逼雨花臺。從知膽略殊高下，坐看堅城力戰開。沅圃中丞直偪雨花臺，人人危之。竟以成此大功，豈不偉哉。」十云：「城上神威礮萬觔，枉資劇寇挫吾軍。後來地道終殲汝，智勇深沉第一勳。南門樓上有『萬觔神威將軍礮』。」十一云：「潛刳龍脖許誰知，制勝從來貴出奇。一體軍民呼九帥，元侯兄寫紀功碑。沅圃行九，人皆稱「九帥」，駐軍南門外雨花臺，乃由東北龍脖子挖地道入破賊。聞滌相爲紀大略刻石。」十二云：「鋭師飈發起潭州，提挈群才忠勇謀。郭李范韓雖比並，固應拜相更封侯。湖南、湖北、江蘇、安徽次第克復，實滌節相之全功也。」十三云：「爵督來敷有脚春，直從草昧出經綸。金陵王氣今銷盡，爲掃繁華返樸醇。中丞成功後即乞假歸。滌侯來辦善後，庶事草創，力任艱鉅。」十四云：「風雪爭將健筆降，沉沉鎖院靜無哤。武功初奏文場啓，士氣歡騰上下江。江南鄉試以十一月舉行，距克復僅四閲月，可云奇快。」二十四云：「屹立鍾山閲廢興，鷄鳴古埭亦崚嶒。全荒十大功臣廟，未敢摧夷到孝陵。」蝯翁，何子貞太史也。太史於克復後遊金陵，時蓋十月云。洪洞董研樵志喜詩一百韻，敘述軍務首尾極爲詳備，然皆此册所有也，故不贅録。

時户部侍郎吴廷棟疏請「戒驕去伎」，因言：「軍興以來，十餘萬生靈慘遭鋒鏑。即倡亂之民，莫非朝廷赤子，大兵所加，盡被誅夷。皇太后、皇上體天地好生之心，必有哀矜而不忍喜者。因請益加戒懼，以圖長治久安之基。」上諭：「付弘德殿，朝夕省覽。」楊敬甫紀遊雜詩云：「牲玉山川禮百神，上陵使者命親臣。聖心自切平吴後，猶有封章達九閽。」謂此疏也。

咸豐朝，將帥休休有容，以官節相爲最。而東南底定，節相實始終其事。王子壽上詩云：「星朗三台上，靈生六纛邊。崇班高百辟，偉度冠群賢。風后登壇日，姜牙受鉞年。荆衡歸鎖鑰，湘漢繞旌旃。身繫安危望，才兼將相權。豐功镌紀石，毅力柱承天。昔作荆臺鎮，時方燧火連。偏裨嘉折首，召募競張拳。遂奏龍陂捷，荆郡之全，實賴龍陂塘之捷。能安虎帳眠。建牙俄有命，轉戰益無前。方叔猷原壯，條侯壁自堅。安州夷賊窟，沔北掃烽烟。蛇豕均殲盡，牛羊復晏然。金湯還版籍，樓堞洗腥羶。改紀勞新造，遺黎釋倒懸。總師進貔虎，懋賞耀貂蟬。側想勳名盛，都由畛域捐。岱宗增捧土，滄海納支川。丙相寬容著，汾陽德量全。公忠宏大體，獎借略微愆。麾下謀咸用，胸中智不專。軍皆樂鼂藻，策豈棄魚筌。鱳使猶懷惠，鮫人亦受廛。高情工染翰，餘事闢吟牋。謝傅清談興，韓公晚節篇。帶裘閒自得，競病捷尤姸。下走容投刺，傾心慕執鞭。車茵當可吐，揖客竟相延。已喜鄉邦靖，猶悲世運邅。朝廷憂未解，宇縣禍相挻。大業匡無緩，明公力足肩。抗棱徵甲士，飛檄會戈船。星滅欃槍燄，氛澄牛女躔。丹心扶日月，元化翊坤乾。江海銷鳴鏑，要荒罷控弦。振威清斥堠，旉澤邕垓埏。鸑鷟鳴將應，麒麟繪最先。中興恢漢道，常武贊周宣。赤舄趨朝列，丹書獻御筵。老儒逢稷契，差不負華巔。」

安化，長沙小縣。子壽安化縣令歌，美夏秋丞成業守城之績也。詩云：「安化縣令是男子，身捍嚴疆百餘里。請援不發賊蠭起，日夜登陴激壯士。滇師蜀師環如雲，出没莫制青犢群。彈丸岌岌勢不保，獨起募衆成一軍。土團萬人猛如虎，號令親申執桴鼓。至者裹糧修我矛，大陳忠義淚如雨。乘高據隘豫設伏，諜來入境悉就戮。凶徒膽落無敢窺，旌旆千山静且肅。賊衰苗熾仍跳梁，亦復憚犯安化疆。區區山城僅掌大，堅壁遂足雄金湯。頻年東南久不競，嚴關高城委梟獍。豈無鎖鑰江與山，惜哉不得安化令。安化縣令無節旄，亦未學舞陣前刀。身長初不滿六尺，威望竟與長城高。昔年低頭共文史，胸中甲兵乃如此。秦庭痛哭何人哉，吾輩偷生但媿死。嗟乎，安化縣令真男子。」

陔南山館詩話卷七

侯官　魏秀仁　子安

昔范文正公爲秀才時，便以天下爲己任。枚如序芑川詩曰：「今天下重於詩，急於詩者不知凡幾。而使芑川竟以詩鳴也，哀已。」讀此可知芑川，即知枚如。枚如著述，每於福建利弊及直省情勢，惓惓言之。而於詩，尤激昂慷慨。其擬左太冲詠史八首云：「汪汪千頃波，養此徑寸珠。蘂蘂深山中，幽蘭顔色姝。平生有懷抱，蓬虆愧丈夫。圭璧戀明德，胡不貢皇都。羲御忽西匿，鬢髪日益疎。衡門豈不好，長途何崎嶇。子雲再三歎，閉户且著書。」「古人重守邊，關塞河悠悠。胡笳嗚咽聲，神鬼爲之愁。鴟鴞本怪鳥，乃與鳳凰謀。豈無丈二組，繫取單于頭。陸賈獻新書，千金南越遊。班生一投筆，去爲萬里侯。」「鄧通有銅山，不爲黄頭郎。忽珥侍中貂，勢燄傾朝堂。爲問交游誰，許史與金張。爲問功業何，笙歌及酒漿。珠玉如糞土，奴隸盡輝光。朝爲黄金屋，暮舉白玉觴。賓客前致辭，長歌樂未央。人生既多財，快意亦何傷。」「拙者委溝壑，能者據要津。誰知一卷書，難庇七尺身。仲由行負米，薄養怨其親。東方廿萬言，不及粟與薪。庠序叢蔓草，毛褐笑儒巾。東鄰工飲羊，歸家坐華茵，西鄰昔洒削，鼎食何清新。盈虧分外事，得失無足陳。但傷江河下，何由風俗醇。」「哀哉衆赤子，潢池竟弄兵。龔公既不作，渤海何由清。羽檄東南馳，搜括千萬金。求之錙銖難，用之泥沙輕。脂膏亦已竭，十室九呑聲。烽火稍無恐，吏胥復相驚。蹀躞東西水，溝壑何時盈。自古有吏治，乃能致太平。」「黄巾昔倡亂，白骨高如山。寡婦傍路哭，聞之悽心肝。驃騎何潭潭，長歌入漢關。虎臣撫長劍，志若無人間。一朝值禍敗，累數不能殫。淒淒陰風來，皎皎大星寒。浩氣淩天地，可以勵衣冠。報國誠無負，何必須高官。」「人生宇宙間，歘忽若飛塵。無令蓋棺後，譏諷雜笑顰。筋骨朽有日，嬇嫛何足陳。直聲激殿陛，折檻批逆鱗。朱雲無忌諱，固與壯心鄰。孔光負經術，不足稱大臣。」「醇茂董江都，獨對天人策，慷慨賈長沙，痛哭長歎息。當其未過時，鄉里鄙顔色。際會得風雲，一字值萬鎰。纖纖澗底松，所志在千尺。祥鳳未高飛，百鳥交啾唧。不爭一時榮，自信連城璧。方寸挽天心，艱貞時於邑。日暮對古人，浩然此胸臆。」此八章，枚如精神意量，躍躍紙上矣。「梁父吟，悲以悽。岐山竹實日稀少，鳳凰憔悴將安棲。」傷心人別有懷抱，不足爲外人道也。今者外患漸夷，内憂稍弭，回首廿年飄風駭浪，如夢幻泡影，如露亦如電，應作如是觀。雖然，彼相皆空，我相自在，願與枚如靜坐參之。庚申枚如東南兵事策，余錄入三朝讜論。其所云減兵、選將、嚴賞罰、府縣宜久任，與余蹇蹇錄一一符合。余此書成於避氛重慶，則亦庚申年也。因歎千里自有神交，不謀而合。特余漂泊巴涪間，蓬窗風雨，偶有所觸，輒復書之，不復成文耳。策中所云「節用」一説，祇以陪説「減兵」。枚如嘗謂尚有一下篇在其胸中，未曾寫出。余則有屯田、分鎮、省官、汰士、練兵、籌餉諸議存於集中，亦枚如所謂「其言若甚迂，而實有用於全體；其勢若其緩，而實有迫於目睫者矣」。

憂深思遠，風人之旨也。余於亨甫詩有意會焉。亨甫浴日亭詩云：「青山到滄海，高下皆烟痕。極天積水霧，浩浩暗虎門。東南地勢盡，平見榑桑根。夜來魚龍背，三匝金烏翻。道人自高臥，紅光滿江邨。客遊但歎息，西顧斜陽奔。驚波盪返照，奇氣若可吞。悵然萬古士，擾攘同朝昏。誰能九州外，更討百谷源。飄風滿樓櫓，遠近夷船繁。蒼銅與黑鐵，夷船皆以銅包其底，兩旁列鐵礮八十餘尊，皆重千餘觔。驕奪天吳魂。側聞濠鏡澳，盤踞如塞垣。毒土換黃金，千萬去中原。夷人以鴉片土易中國銀，歲至三千萬。歲稅復幾何，容此醜類尊。海關歲征税不過百六十萬。近日夷人尤桀黠，督海關者轉多方庇護，謂非如是則恐夷人不來。不知中國何需於彼，而必欲其來耶？狡狠鬼國恣，（內地稱夷人曰『鬼子』。）陷溺生民寃。海若何不靈，惡浪失簸掀。鯨鯢有齒牙，不噬群鬼跟。嶺蠻昔反背，請看銅鼓存。（海神廟有銅鼓，言係漢馬伏波征蠻所遺。）如何任煽誘，不思固藩籬。蚩蚩岸居氓，慎汝長子孫。嗟余好長劍，利截蛟鼉黿。留之無所用，欲擲洪濤渾。馳暉去不返，身世空憂煩。摩挲韓蘇碑，難起逝者論。」此詩作於道光十二年以前，時夷人尚未跋扈，而亨甫已見及之。食肉歎序云：「余從潞泝衛河，遣僕市豚，恒得牛。問之土人，蓋以諸處回民十居八九，彼教禁屠豚故耳。國家撫有四海垂二百年，版圖之廣，前古未有。從前內地之民，雖偶以白蓮習教猖獗，然諸愚賤編氓皆知其爲邪匪。故人心不集，或僅在一隅，或不過數州，亦易撲滅。今回民則遍滿天下，父老相習，子女相結，良賤皆不以爲異。然其人多寡情，實好淫鬬。倘一夫奮臂，則千人目動；一方疾呼，則九州響應。前年張格爾之擾內地，回民聞之皆歡欣鼓舞。及獻俘京師，回民閉關，不出於塗。磔尸柴市，回民相戒，不至其處。而保定回民則有僞爲張逆未俘之先與將軍書者，傳遍一時。其言尤獷悍，而京師不知也。夫浩罕、俄羅斯，並皆回回强部，密邇新疆。而張逆三世皆膏國家斧鑕，聞張逆尚有孽子未獲。西藩之備，固不可一日怠。而內地回民，觀其於張逆諸情，陰賊亦可概見。其如何處置，亦宜豫爲防也。昔漢魏失計，西晉之禍流及數代。觀於往昔，可愓將來。今年四月，余在鄭州，聞閩之泉永賈人言，漳泉民貧苦者，即轉習回回教。蓋回回每歲遣人航海至漳泉諸屬邑，一邑以回回爲之首，其願入教者，授以經咒，籍其姓名，一人月予以數金。其富者亦願爲弟子，云可卻病。凡爲首之回回若至，數日以前，習教者各飾其女以待。而首擇其尤美者淫之。其餘挾之航海以去。所淫或同行，或即留於其父母之家，俟其再至。其來去蹤跡倏忽，每淹留一邑，不過數十日。計二十年，內地之民變爲回類者，且萬家矣。漳州之長泰一邑且數千家。余竊以爲，鴉片來自西洋，始於閩粵，遍於天下，其所以疲敝內地者已甚矣。然誠使海防防捕嚴密，何由不絕？今泉漳此事，尤爲可慮。子女航海，何以毫無覺察，豈傳言之誤耶？然土著之人言其所見，當不繆矣。毋亦小吏因循，不知遠慮，故使之傳習以廣耶？落拓如余，空言何補，然心有所慨，聊復述之。安知異日不有思余言者邪？題曰『食肉歎』，緣起而已。」詩云：「我聞魏漢全盛時，塞內誤置降羌氏。自從晉世恣跋扈，豈獨行酒悲青衣。時來空復憶鄧艾，郭欽江統言難賴。獨令父老似金仙，淚流鉛水悲涼最。聖朝景祚如生商，二萬里置匈奴王。將軍馬前吐蕃拜，嗟汝回鶻徒披猖。昨者陳俘獻太廟，中原醜類群相弔。承平何敢逞雄心，散處終須防聚嘯。秋風七月屯氏河，食豚髀少牛蹄多。怪哉天一翻生豕，無父母如君相何。短髭碧眼掩白帽，腰刀出入氣雄暴。年年煽誘海濱人，貧富聞之走相告。紅粧二八顏勝花，可歎爭贅爲壻家。相隨旦暮去無跡，飄零藩溷向天涯。嗚乎民愚乃至此，方今上有聖天子。旱潦蠲賑歲頻仍，仰食甘從若輩使。粵閩鴉片館日開，十户九破形死灰。文石更充白玉貴，羽毛都易黄金回。鬼子番人總易叛，邊洋市易宜長算。榷彼征輸利已微，端吾泉貨貧斯亂。何況子女陰挾持，此意何爲尤所悲。遠謀未能愧肉食，倚檝看天空涕洟。」此詩蓋作於宣宗中年，時滇南、甘陜晏然無事也。迄今三省内亂日甚一日，亨甫蓋逆覩之，而厝火積薪者方貿貿然不知所變計也。哀哉。

江弢叔偶書云：「某氏一家督，自詡善持籌。不分異子姓，惟任老蒼頭。凡事有成規，記注牛毛稠。輾轉困牽攣，關白到膏油。雖率諸臧獲，舉動無專謀。委任既太輕，責效難獨優。竊恐外侮至，無能爲分憂。嗚呼一家權，豈可一人收。但求主威伸，亦思孤立否。古稱善御馬，非在羈絡周。苟能攬其轡，奚患傾吾輈。」嗟夫，三代而下，國家天下之得失，盡於是矣。宋葉適有言：「藩鎮削除以後，萬里之遠，嚬呻動息，上皆知之。雖然，無所倚任，天下泛泛焉而已。百年之憂，一朝之患，皆上所獨當，而群臣不與也。」旨哉言乎。

宗滌樓給諫稷辰晨入臺清坐而作云：「清曉來虛堂，人静樹深碧。三年履故蹤，新長兩行柏。宿鳥多遠翔，朝陽響殊寂。尸居一無營，相與習淵默。小吏十餘輩，章牘宣年月。已事消積塵，塵拂旋復集。好詳如是聞，所修果何業。連牀坐閒晝，六度期面覿。愧爾省事官，胡堪柱後鐵。」江弢叔偶書云：「獺多終亂魚，鷹多必戕鳥。食於民者多，曷由民不擾。未能澄其源，化以不貪寶。庶幾塞其流，沙汰使加少。既多權日分，牽掣愈不了。因之形迹間，規避益加巧。上下相欺凌，百弊不可考。於政既無益，於民日凋耗。中醫不服藥，此語通治道。」嗟乎，國之弊也。弊於疏闊，救之爲易；弊於叢雜，撫之則難。故余素有汰士、汰兵、汰官、汰例之論。王百穀云：「庖拙則椒料多，匠拙則箍釘多，官拙則文誥多。」可謂妙論。

朱伯韓侍御讀王子壽論史詩廣其意云：「黜陟以三載，令簡吏無瀆。國之二柄賞與罰，先其大者而已足。秦人好量書，日夜不得息。隋文勞吏案，猜忌多苛刻。君不任相親其細，相不求賢鰥厥職。荀卿亦有言，主好要，百事詳。主好詳，百事荒。犖犖萬世挈政綱，親賢遠佞邦必昌。」「取人必以言，高宗恭默尊如天。取人不以言，唐虞考詢胡爲然。能行爲上言爲次，真知其人不待試。嗇夫喋喋釋之諫，忠規謇謇著廟廊。豈無椎樸不出口，亦有便佞舌如簧。兼聽則明偏聽闇，藥言窾言宜審詳。尚書道要守二語，有順汝心有逆汝。慎戒面諛君記取。」「女無美與惡，入室先見妒。士無愚與智，入朝寵爭固。憸人辱高位，豺狼方當路。捄亂既無術，萬事委厄數。簿書徒疲勞，誤人邦國坐自誤。惠卿巧，令公喜。主簿黠，令君怒。用之則虎，不用則鼠。信哉小人，易進而難去。」「漢高落落英雄姿，當機立斷不復疑。爵不阿近罰不私，此意昭烈深知之。賢臣小人兩言耳，太息究論無厭時。天下豈可謂無人，惟賢知賢獲其真。鄭有子皮齊鮑叔，進賢者賞蔽賢戮。天下安危各有注，將相和調士豫附。願書此語如陸賈，猶勝叔孫徇時務。」「海内汲汲苦兵食，漏巵不塞終無益。稂莠不亟去，嘉禾不得殖。盜賊不盡翦，徭役無日息。緡錢下策出宏羊，變法之始猶端詳。朝布一令夕又改，雖有上策無由臧。吏道太雜礙官方，條例滋多飽胥囊。本計終當返耕桑，積弱何以變富强。」指陳時弊，言之亹亹，所謂藥言也。

江都苻南樵葆森，辛亥孝廉。編有國朝正雅集，續沈文慤之别裁，接王蘭泉之湖海詩傳，搜羅可謂富矣。余舊從太原守保眠琴得之，惜後委棄成都。孝廉詩集爲寄鷗館詩錄。都門冬至云：「欲携梅蕊寄何人，京雒寒深值此辰。萬類全分瀛海氣，一陽中抱古皇春。斯民今日猶豺虎，遠客衰年想鳳麟。忍死待看冰雪盡，不嫌低首在風塵。」亦大小雅之變也。

本朝順治八、九年間，歲入額賦銀一千四百八十餘萬兩，出數一千五百七十餘萬兩。内各省兵餉一千三百餘萬，各項經費不過二百餘萬。見順治九年給事中劉餘謨疏。十三年以後，額賦一千九百六十萬，增餉至二千四百萬。見張玉書紀順治錢糧數目。至康熙間，部庫存至八百餘萬。雍正時漸積至六千餘萬兩。後西、北兩路用兵，動支大半。乾隆十年，臺臣請定會計，疏稱每年所入三千六百萬，出亦三千六百萬。至四十六年，部庫存銀乃七千餘萬。見是年阿桂疏。道光二十一年，庫丁盜帑事發，虧銀九百餘萬。宣宗責管庫諸王大臣分年賠繳，又通飭內務府部院各衙門裁減浮費，斥三苑三山珍寶，命有司變價庫虧之數，數年彌補完全。自二十一年至三十年，户部奏：每歲入數三千六、七、八萬不等，歲計略有贏餘。其內庫之數，嘉慶十九年存銀一千二百二十四萬。見是年英和疏。道光三十年猶入百餘萬。廣西用兵，屢頒內帑，接濟軍需。至咸豐三年七月，存銀三百萬兩。是時粤匪既踞金陵，破常德。其黨林鳳翔、李開芳窺陝西不遂，趨梁、沛，渡蒲津，陷曲沃等縣，入平陽，踰太行，直隸郡縣相繼失守。符雪樵雜感詩所謂「啾啾塵騎滿燕山」者是也。九月，趨武清、靜海。十九日，命將出師，調用京旗及內外蒙古兵。户部迭次請發內庫銀、京倉米。並議：「令順天府屬地丁、旗租，徑解部庫。及行鈔票大錢。」林范亭觀察上文孔修尚書詩中一段云：「太息萑苻肆，中原羽檄頻。妖氛接荆豫，毒燄煽吴閩。畿輔雄師峙，巖廊上將掄。犒軍頒左藏，推轂及良辰。稅急徵郊甸，兵無判主賓。水衡錢可貸，天庾粟相因。」林穎叔巡防夜直云：「幕府秋高夜氣清，牙旗鼓角靜風聲。薄寒借酒銷殘燭，細火烹茶送短更。但使將軍寬揖客，未妨老卒伴書生。看星擬挾威弧矢，料識天狼不敢明。」爾日戒嚴情事，略可見矣。

代州馮魯川觀察，以比部被薦，奉命赴晉。從軍上許滇生大司寇云：「薦牘傳聞坐客驚，竟煩推轂到書生。王師未扼韓侯嶺，開府遥屯潞子城。地偪京圻千里近，事關桑梓一身輕。太行回首瞻親舍，落日浮雲識此情。」次敬修韻兼示敬之云：「關塞蕭條行旅斷，賊氛倏忽如飛電。輿尸諸將各就徵，擐甲元戎親督戰。西曹漫郎屬相遇，長揖軍門稱願見。疏眉秀目口懸河，馬首賜刀腰羽箭。自言善以少擊衆，臨機決死無歧念。邇來法壞士玩寇，交綏而退如相餞。遺民閭里半扶傷，上相園林鎮歡宴。九重赫怒付旄鉞，士氣軍心期一變。費褘辦賊信有餘，閻没臨筵漫增歎。政當果毅肅綱紀，詎可優容效哀懦。蜀卒雖精頗虓掠，赤足裹頭誇勇健。連村雞犬不聞聲，但見驚沙撲人面。哀哉斯民亦何罪，慎勿妄傳聞者倦。此行無意覓封侯，惟願紀游詩滿卷。」敖金甫主事贈詩道余從軍事賦此答之云：「君歌何忼慨，忼慨傷我神。語君且勿歌，聽我歌從軍。皇帝三載秋，豫寇竄絳汾。遣將未及至，畿輔纏妖氛。沈憂負令節，桂酒方罷醺。闖然敕目下，驚起手自捫。洸洸司寇公，薦牘陳天閽。謂我瞭兵勢，輿地勤討論。請賜平臺對，乘傳參戎軒。顧慚國士遇，欲辭難自陳。詔許隨節使，職與偏稗倫。急裝別阿母，欲語聲復吞。老淚不忍灑，念我王事敦。再拜執殳去，日暮出國門。此地昔通衢，車馬終夜喧。今來行李絶，千里飛沙塵。時逢幽州騎，三五各成群。弓刀入閭社，眥裂避市民。堂堂思節制，簡册疑非真。生平程不識，世豈有斯人。令尹適紓我，陽子遂宣言。焉知千載後，不異古所云。歎息驅駑馬，饑腸轉車輪。月黑叩村店，閽拒那敢嗔。闔門迫自語，身非兵與官。黽勉納之入，一飯動數緡。陰風中夜起，殺氣淩乾坤。雞犬忽上樹，驚呼破愁眠。我宿伏城驛，賊踞槀城村。阻水不三舍，嗚磤聲相聞。徒御慘無色，或勸還吾轅。子銜空命來，一卒不隨身。牽率乃至此，猝投空泯泯。意行竟得達，手版入太原。中丞禮數異，相見惟寒温。欲進繞朝策，似聞莫敖徇。烟塵暗井陘，飛檄阨重關。楚牒猶在晉，齊城未下燕。囚遇王子弱，身焉介推文。功名一失馬，世事萬積薪。那無盈篋書，聊共反側安。碌碌未成事，亦無人可因。蕭蕭易水遠，慘慘風塵昏。寳刀暗將折，霜鬢凄已繁。我欲竟此曲，掩抑摧朱絃。姑酌與君酒，從軍多苦辛。」時京官投筆從戎者夥矣。究之賢者枘鑿不相入，而不肖者得遂其奔競之私而已。

賊陷平陽。郡守何□□死之。甲子，海蕙田過平陽有感云：「寇氛屢壓境，誰敢攖其前。膏血半塗地，赤土無人烟。迨至寇退後，忽忽十二年。元氣猶未復，荒落殊堪憐。斲喪固甚易，保聚誠云難。流亡縱來集。無力開荒田。此而不撫恤，猶以追呼先。我真無可語，搔首思問天。」

冬，竄擾天津。天津令謝子澄悉力拒守，京師恃以不震。十一月廿三日，從廂黃旗副都統佟鑑劫獨流關賊營，都統馬瓅，子澄銳身力護，均死。林香溪教諭楊柳青避寇云：「楊柳青，人家兩岸羅雲屏。司關小吏如蝗螟，洋烟吐納聞臊腥。滄州城門血爲醽，流離萬室愁伶仃。一婦抱子逃駉駉，我救其子哀三齡。令殉難，其妻攜子逸。其母投水同蜻蜓，舉足一躍歸河靈。鯉魚風起揚飛舲，頃刻舟返天王廷。得大風二時，舟折回天津衛，復詣京師。蒼蒼佑我少微星，幸免去飲探丸鉶。遲一時，便爲賊所擄矣。」

甲寅，惠親王以奉命大將軍督師。蒙古王僧格林沁焚獨流鎮賊壘。范亭贈過虞卿縣尹詩所謂「齋糧幾日輸流馬，破壘何人縱火牛」也。後躡至連鎮，平之。譚仲修茂才雜感云：「兩戒亘大河，三輔百戰餘。北方偃烽燧，凱奏咸歌呼。帝遂開明堂，飲至賦出車。桓桓異姓王，柹附親乘輿。邊馬忽秋風，江介待掃除。願獻鐃吹曲，北望中躊躇。」然自是而河南、山東、直隸捻匪滋事。己未、庚申間，勾連粵匪，入彼出此，飈忽非常，北邊諸郡，疊遭蹂躪矣。是役也，勝克齋保追逐於齊、趙、燕、晉間，精鋭異常。於是有黃馬褂之賞，王定甫樞部詩所云「太行盤谷間，刑天舞干戚。咄哉學士軍，鵬翼喜縱適」者是也。克齋嘗抗疏於文宗初年，因之出典戎政，藉藉有聲，而彭崧屏先生翊每以「其人不足恃」，蓋窺於微矣。同治初，果以晚節不終，竟罹國法。嗚乎，漏網者實繁有徒，「君子懷刑」，可不戒哉？同治元年，光祿寺卿潘祖蔭等奏參勝保：「自督辦皖、豫及陝西軍務以來，跋扈貪污，欺罔無忌。」奉旨：「革職拿問。交刑部治罪。」二年二月給事中趙樹吉奏：「勝保罪狀昭彰，雖置重典，無以蔽辜。請申乾斷，以正刑章。」御史吳台壽奏：「勝保有克敵禦侮、保衛地方之功，無失地喪師貽誤大局之罪，有私罪而無死罪。給事中所奏，實爲過當。當懇請持平辦理。」已而伏法。胡文忠致錢萍矼典試寶青書曰：「勝帥滿腔忌克，其志欲統天下之人，而才則實不能統一人。在皖中每戰必敗，敗必捷聞，故中朝尚催其進兵，不知其創敗之實際。即遲之三五年，亦無成功也。」又曰：「克帥難事，其人本不知兵，尤不曉事，徒亂人意耳。自降於賊，而美其名曰賊降。蓋其一生本領，以熊文燦爲祖師，而昏懦剛愎之性又過之。」然則勝之死，非寃也。

道光間，河南旱饑。咸豐癸丑，粵匪竄常德，趨梁沛，蘄水陳秋舫沆修撰出都詩云：「我行曹濮間，十里炊烟絶。扶杖者何翁，乞錢走躄躠。惻然問所由，欲答氣先咽。家本西南村，力田食不缺。昨歲遭兵荒，携家去倉猝。亂離一身多，忍與兒女訣。昨來苦無屋，朝暮臥積雪。天何愛孤寡，留此凍餓骨。言罷雙涕零，悲風馬頭發。昨來兩河荒，今歸兩河熟。荒是兒女命，熟是長吏福。暫時免饑寒，遑言來歲蓄。旁觀哀目前，愚者圖果腹。豐歉不在天，至仁有常足。誰極惻怛心，永全流離族。」嗟乎，蚩蚩者氓，憔悴靡依，能無揭竿四起乎？元、明之亂，率由此矣。

丙辰夏，旱。桐鄉陸春帆中丞費瑔災農謠云：「丙辰夏徂秋，驕陽煽威力。大田圻龜兆，尺土無寸濕。良苗盡槁死，捆束委荆棘。徒憐手足燋，車戽不遑息。田父敢怨咨，搔首向天泣。樗皮屑作糜，長藿恣采食。羸弱轉溝渠，存者面黧黑。忽驚臺符下，軍儲催孔亟。有司急奉行，徵斂事驅逼。里胥夜打門，叫怒入人室。持鞭索酒漿，瞋目肆呼叱。搜括及盆盎，皮肉任扑抶。恭聞寬大詔，蠲緩務存恤。召眚固時艱，弭患亦吏職。所嗟凋瘵餘，補救恐無術。要惟慈惠師，勤求勸耕織。痌瘝汔小休，嗷鴻得安集。感諷舂陵行，呻吟我心惻。」嗟乎，時事孔艱，而有司循例催徵，喧呼方急，東南既墟，西北亦爛，勢所必至，理有固然也。

馬子翊博陵道中云：「荒荒博陵城，乾暵苦已久。水涸砂土堅，大田半生莠。村姬採野菜，人衆不盈手。首亂如飛蓬，衣破露兩肘。懸磬室所同，何處貸升斗。寇盜方未平，烽燧時時有。似聞村姬言，窮餓所甘受。歲豐寇必來，舉室驚奔走。搜括我糗糧，攘奪我雞狗。牽犢毁我欄，取魚發我笱。擄脅我丁男，使我失妃偶。官軍不我知，空城勢難守。婦言一何悲，孰果職其咎。此地古中山，安得有美酒。一醉三千年，酒醒骨已朽。何用見亂離，苟活顔之厚。悲歌亦何爲，聊以視諸友。」蓋爲捻匪作也。捻匪蘖於癸甲，繁於戊己。每年春仲、秋季，兩次出巢大掠，萬騎往來，飄忽如風狂雨驟。始爲患於河南之祥符、陳留、杞縣、蘭儀、尉氏、洧川、新鄭、密縣、禹州、淮陵、商水、襄城、臨潁、項城、鹿邑、柏城、睢州、汝陽、正陽、上蔡、西平、遂平、確山、汝州、魯山、寶豐、南召、裕州、葉縣、舞陽三十州縣，焚掠村莊，不取城池。故所過之處，無一兵一卒與之接戰，任其飽載而歸，縱横不知去向。咸豐年末，遂擾江北、湖北、陝西、山西、山東，浸浸及於畿輔矣。蓋河南之生聚已空，不能不轉而他顧也。王子壽比部壬癸編春興六首末二章云：「近聞銅馬去燕山，散入曹滕兖鄆間。巨海清河徒設險，臨淄歷下孰當關。時危鄰道援師少，途梗諸方餽餉艱。烽燧神京憂密邇，洗兵何日慰龍顏。」「郡國東南歎久淪，中原西北漸荆榛。豫州塢壁皆軍壘，晉國河山與寇鄰。畿輔誰當肱股寄，禁軍猶乏爪牙臣。忽思李郭中興將，唐代艱危大有人。」

庚申正月廿二日，捻匪竄陷清江浦，河督長庚退保淮城，運使銜吴葆晉陣亡，署宿南通判沈鴻罵賊被害。分股撲淮城，邊馬僞令以賊馬前驅名曰「邊馬」。沿運河西堤薄寶應而下。許海秋近感云：「忽報淮陰寇，春城萬騎空。治誰如汲黯，死恐媿臧洪。失計勞戎馬，驚心問斷鴻。宴花樓外月，墋黷夜濛濛。袁浦何人守，防兵猝不聞。烏沙竟徒涉，鸛水任支分。失勢愁碁劫，憑高望陣雲。中原有門户，兒戲惜千軍。」憤極云：「連朝日不出，雲陰午彌漫。蚩尤雖未見，墋黷想河漢。淮水正喋血，楚州坐塗炭。大府久駐師，列帳日區判。芻茭尚可供，金繒亦云散。塗飾耀旌旆，膏血竭閭閈。吭方南北搤，患定齊魯扞。兵豈注空籍，帥必操勝算。三年恃長城，一旦駭崩岸。或因寇未深，誰言賊可玩。傳聞日歌舞，勝會管絃亂。氍毹夜未收，燈火曉猶爛。不聞一士諤，何止三女粲。敗氣已冰結，樂事倏雲散。將軍無心肝，父老有悲歎。當其嗷曹時，按拍且交贊。那知居如尸，遂至走流汗。地若甌脱輕，勢乃碁劫換。一穴不堰瀦，萬水共侵灌。禍非起倉卒，罪不止庸懦。憤極爲此詩，天子正宵旰。」大雪放歌第三首詩云：「濕薪滿地竈觚破，餓犬當門客誰過。欲迴天地入春風，古來只有袁安臥。旌旗獵獵黄河邊，可憐四顧無人烟。昨宵歌吹聲沸天，將軍一去來何年。但見血流滿荒草，有不死者亦枯槁。北風吹雪雪不落，萬鬼煩冤唱公惱。告人人慘傷，呼天天蒼茫。使我拔劍心傍徨，不能飲酒空愁腸。何時黍谷迴春陽。」時河帥方演劇宴客，而賊猝至，蓋輿衛不閑爲日久矣。王筱漪孝廉崧辰詩云：「南北平分此設防，欃槍一夜獨天長。笙歌未歇干戈起，竟把戲場作戰場。滔天毒焰太披猖，旗鼓誰堪一面當。莫問梁園舊游地，人間彈指已滄桑。正月初八，余至清江浦。郭茝脩都轉觴余於一鶴園，歡敍甚洽。比賊至，都轉已解任去，然相距止十三日耳。」

諸生苗沛霖，舊以募勇從勝保勦辦，積功至二品銜，簡授川北道，而驕恣不法。既不之官，復不受大帥節制，自稱「苗先生」。壬戌，起而爲逆，圍壽州。癸亥，吴桐雲觀察與翔雲郎中書云：「大廷奉命。過鄂不久，益陽太保胡文忠詠芝凋謝，遂參戎幕。李希菴中丞。

適有苗搆釁，急圍壽州，求援之書，迫如星火。當是時，粤賊尚踞廬州，各帥以苗詭言求撫，暫爲羈縻。大廷獨上書當道，痛陳順逆，遂乃遣將出師，壹意進勦。章疏、文告，皆某親裁。雖壽春先失，我軍後到，人知苗爲賊，黨羽漸離，實始於此。洎皖帥督師六安，曩時城狐社鼠，崩角來降。壽州、正陽相繼退出。假令乘此聲威，妥處降衆，而惟以罪人斯得，爲求苗逆之首縛至戲下，宜無難者。惜不得始終其事，而苗患乃藴蘖至今，此可爲太息者也。唐公訓方，久解兵柄，部下少强將勁旅。所恃淮北課鹽，六安徵米，稍佐餉儲。又以某蓋指昭壽。憑藉寵靈，壟斷水利。近髮捻狂竄江北，不得不撤壽、正防師以應之。有苗益晏然横亘下蔡、懷遠，略無顧忌。稍一舉足，譬如人病關格，寒熱不交，而我師已坐困矣。由前以觀，我軍勦苗而有餘；就今而論，我軍自守而不足。非智不若，所處之勢殊也。大廷去冬赴營，日佐帥府，斤斤自强，沙汰繁冗，蒐討軍實，未敢求多於人。未幾，有苗來歸，因陽撫之，藉以通我糧道，而終不資其力。則我用苗，而非爲苗用者也。鹽艘阻於下游，則又誘其幾希良心，聳以利害。彼雖倔强，然亦似微有俯首貼耳之意。於斯時也，假以三四萬之帑銀，增調東三省戰馬千匹，需以數月，秣馬厲兵，乘間出奇，廣設方略，相時緩急，次第翦除。取長淮數百里似失未失之疆土，一旦復還皇上，課農桑，出租税，利國利民，計無便於此者。不然苟安目前，以爲暫可無事。鄙人檮昧，竊恐不知其禍所終極矣。」又與王少鶴太守書云：「邇者張捻按，張捻樂行。既戮，邸帥鋭意滅苗。公忠之忱，今世罕有。所惜髮捻狂竄江北，凶燄頓張，湘鄉相國不得不撤壽、正防師以應之。而臨軍鹽米又萬難於六安，苗遂益得雄踞下蔡、懷遠，握拊背搤吭之勢。近更禁防深堅，亂機日迫。二浦滁長蓋謂李昭壽。名難反正，實非國家所有。而其壟斷鹽利，上虧國帑，中絶皖餉，下累商民，實難僂指。前人無可如何，稱其『忠勇善戰』，不知怨毒貫盈，人人解體。唐公前疏『禦賊則弱，欺官則强』，不誣也。此患不除，終貽後禍，願執事徐圖之。」讀此兩篇，同治初年淮北大勢，均略可覩。而苗民逆命，反覆無常；降虜擁兵，包藏莫測，尤令人髮指也。後苗圍蒙城，斃於一矢。亳、潁西竄之匪，殲於商南。迨金陵蕩平，捻亦跧伏。方冀洗兵有日，偃伯靈臺，不謂安徽、江西、廣東、福建餘匪起而滋事。於是捻之釜底遊魂，亦行猖獗。乙丑四月，親王僧格林沁勦曹州，官軍奔潰，親王夤夜突圍，孤軍無助，力竭捐軀。山東、直隸復爲一震矣。

丙寅，捻竄入陜。臘月十八日，天大雨雪，官軍禦於灞滻之間。時坡路泥滑難行，賊佯卻，旋復合圍，湘軍接戰失利，蕭鎮死焉，諸軍隨牽率以敗。賊勢張甚，遂闌入腹裏，輾轉蔓延石門。劉夢丹鳳琢戰灞橋云：「丙寅臘盡天雨雪，灞滻水涸寒冰結。天氣栗烈地皴坼，我師適與賊徒接。橋邊滑躂路難行，坡坂崎嶇尤險絶。爆火不燃雪亂飛，鐵衣著體凍欲折。賊陣稍卻旋合圍，叵耐賊徒何太黠。桓桓蕭鎮領湘軍，誓遏凶鋒期殄滅。戰馬一蹶可奈何，哀哉將軍竟死節。維時師行天正寒，憑高一望路漫漫。軍鋒挫折旌旗倒，逆燄披倡劍戟攢。眼看橋頭雪花白，心驚橋下血流丹。此日偏師都避舍，當時大將枉登壇。連營千里人過萬，此敗非關兵力單。殘胔狼藉烏銜肉，曠埜狂奔馬失鞍。多少健兒躬棄甲，空教壯士髪衝冠。兵家勝負原無定，馬革裹尸死亦正。推原禍始咎誰歸，責在總戎少威信。自賊入關屯華陰，日久遲疑不敢進。初聞一敗敷水頭，繼傳重困新豐鎮。繞出藍田趨灞陵，節節窺伺來窺釁。蒼黄一戰遽失利，統領全軍竟誰應。忌功多是不相能，怙勢半皆不遵令。諸將但作壁上觀，專閫只懸肘後印。士卒傷亡將校逃，坐令主帥殁於陣。似聞潰旅仍歸伍，何怪臨危不用命。灞橋流水自湯湯，灞岸猶存柳數行。昔日曾來送行客，離歌一曲斷人腸。祇今憑弔倍心傷，遺鏃殘戈滿道旁。天色慘淡行人少，想見當時風雪狂。古跡荒涼餘蔓草，游魂飄泊返何鄉。俯仰頓驚今昔異，徘徊誰與話夕陽。那知驢背尋詩地，化作天陰鬼哭場。」

丁卯，捻之入陝者與回部互相勾結，迭擾鳳州、乾州一帶。九月，陝督左爵帥自樊城駐潼關，賊紛竄至渭北及邠長汧隴間。冬由同州之白水縣竄入北山，歷鄜延，攻陷綏德，越葭州吴堡以北，接連神木，勢欲徑趨黄河，圖犯晉境。黄崗鄧獻之大令琛，官山西，著有荻訓堂詩鈔。十月二十四日督勇赴太寧河防詩云：「花門馳突肇兵端，將士衝鋒鐵甲寒。白羽三軍邊檄緊，黃河四塞晉疆安。同袍賴有長城在，督帥爲陳仙舫廉訪。小醜應知飛渡難。十萬健兒好身手，要將麟閣畫圖看。」「負羽從征扼大河，山圍北屈大寧，古北屈地。鬱嵯峨。談深露帳詩龍吼，角吹邊城戰馬過。夾岸戈鋋秦塞迫，時左爵帥節度陝甘，帥老湘、和厚、卓勝諸營兵勇勦賊北山，賊甚窮蹙。連營笳鼓楚軍多。隰川靜鎮資賢守，高覽樓前共嘯歌。樓在太寧縣北寨之東南隅，時與鈕心農酌酒論詩。」

是年十一月二十二日，賊搶渡，陷吉州。二十三日，陷鄉寧。獻之大令龍尾蹟詩云：「黃河直下波濤興，黑風夜捲成堅冰。喧聲若沸聞搶渡，鯨鯢拔浪相憑陵。戰馬蹴蹋層冰踣，賊衆軍單勢莫敵。照夕烽烟入晉疆，狐鳴鴟嘯紛戈戟。大行峩峩接王屋，環山帶河勢突兀。直走榆林連定羌，北門之管將誰屬。賊踪剽疾烏合多，勢將趨北可若何。横極兇鋒頓摧折，督師一騎怒馬出。簡子城邊踏敵營，横刀裂眥氣吞賊。千觔巨礟轟成雷，官軍逐賊爭如飛。已見枯魚泣高岸，庸知駭獸衝長圍。吁嗟黃河長亘一千七百六十里，長城柱石並作一身倚。馮夷龍伯偏無功，冰橋横跨黿鼉宮。青燐白骨鬼雄哭，碧血流處往往成長虹。何人肯爲借箸籌，量沙爭竈紓奇謀。十羊九牧古爲患，時艱蒿目深煩憂。安得元老更作八州督，爲爾晉民咸造福。何須捧土塞孟門，試把丸泥封函谷。」

時保定、真定匪徒蠭起，謝枚如清風店紀聞云：「一百賊，騎馬來。一千兵，持刀去。賊一百，誠可慮。兵一千，不足懼。清風店，忽相遇。兵見賊，走無路。一解。紅如脂，副將首。黑如漆，都司手。搏肉投虎供一齕，自申開仗不及酉。張口聊作數聲吼，委而去之且飲我酒。鬼伯前行官後走。二解。固關有游擊，傳聞頗英勇。來偵探，遭一鬨。上天天無門，鑽地地無孔。寃死鬼，猶懵懂。積骸疊骨爲君冢。三解。上官曰，撫之是。此區區，不足治。諸君請勸誡誤矣，爲語我兵我將兵。凶戰危，非我利。脅從之，徒宜留餘地。餘地既多，賊無顧忌。四解。」

戊辰正月初十日，賊全股出封門口，入河南境，震及畿輔。山西巡撫趙長齡、臬司陳湜，俱得嚴譴。獻之大令封門口詩云：「大軍攻賊戰且守，逆賊夜遁封門口。昔年從入今從出，爲識途徑蒼黃走。封門迤東接河朔，戰塵雜沓彌山谷。賊衆紛如巢幕烏，官兵共逐鋌險鹿。當關塞隘翳何人，披肝瀝膽督師陳。三年擘畫金隄固，全部森嚴細柳軍。吁嗟乎，垣曲一隅古絳都，當時定霸稱雄圖。守臣費盡匡時略，忍見瘡痍滿地俱。軍門劉公謂壽卿軍門。驅虎貙，急捕困戰如追逋。近喜飛書頻告捷，勢將滅此除根株。崆峒今年山麥熟，指日花門定讋服。我聞塞上將軍夜，枕戈連雲戰格夾。長河好憑露布紓，宸眷一路金鐃聽。」凱歌時，賊竄清苑，直督、東撫均奉嚴旨申飭，而左恪靖以督師馳援，賞加勤王七省經略銜。扼於真定，自夏徂秋，賊不得逞。七月初二日，捻首張聰愚淹斃，餘衆悉降，紅旂報捷。蓋自咸豐三年以後，捻之出没兗豫淮徐，蔓延幽并，竄擾秦楚者十五年云。

捻匪脅迫之慘，視粵逆尤酷。詳斯未信齋雜録：「婦女誓死不從，罵賊不絕者，以刀刺其脣腮，鱗傷而死。乃取其簪珥、靴履等物，捲懷而去。輾轉溝壑，不知姓氏、湮没無聞者，不知凡幾。賊首亦或禁止淫掠，其匪夥以自戴之帽蒙女之首，以自穿之衣裹女之身，車載幼女，及笄販賣，取重價，名曰『果肚子』，猶云『花蕊』也。有求贖子女者，以馬易之。殷實父老，倒懸於梁，亦火炙其脇，問資財寄頓之所。有販烟土者，索之不得，鋸其兩臂，復鋸其頂腦，兩分而死。嗟夫，南捻初不過强借强搶，不至如此荼毒。治之不得其道，或以用重典爲辭，甚至不分良莠，焚戮而激成之。皆曰劫數使然，嗚呼，雖曰天數，豈非人事哉？」道光間，固始蔣子瀟湘南著有春暉閣詩鈔。捻子詩云：「淮西叛唐代，教民尚勇鬭。習染一千載，至今沿其陋。兒童矜帶刀，長大詡弓彀。架礮肩機鎗，蜂蟻紛相就。夥涉數百人，亡命皆輻輳。響者爲頭目，能排難解紛者，衆奉爲首，呼曰『響者』。見難必拯救。睚眦無不報，殺人當白晝。其名曰捻子，紅鬍乃詛咒。良民詈之曰『紅鬍子』。捻子有强弱，衆寡皆盜寇。兩捻或不合，一戰禍已搆。其先下戰書，來使必豐侑。期前各亮兵，門前勿馳蹂。凡捻子相鬬，必先下戰書定期。期前三日，此捻子向彼捻子門前耀武，次日彼捻子向此捻子門前亦然，各不相見，謂之『亮兵』。至期擇廣場，對壘排獵囿。戚鄰作調人，長跪口爲授。說和者，具衣冠至場中長跪，二捻子頭目亦長跪。和則兩相揖，不和兩相嗾。但聽鎗鳴鳥，以鳴鳥鎗爲相罵。遂如圜逸獸。傷錨者折股，中刃者絶脰。黠者搶鎗礮，飛跳捷於狖。無賴少年有專習搶鎗礮者，各捻子皆出重貲賃之。戰勝奏凱歸，戰敗仍守候。匿尸不報官，養鋭仇必復。汝光鄰鳳潁，習慣眞逐臭。新例罪縱加，新例：南汝光有十人結夥者，即發烟瘴。頑梗終如舊。或云選健吏，嚴酷績斯奏。乳虎與蒼鷹，轉移庶幾驟。我生于此邦，頗知其所狃。地本瘠而貧，人亦蠢不秀。博進爲生涯，私鹽轉販售。官亦姑容之，民窮且寬宥。固始與息縣，疆界連錯繡。固境有水利，安靜襲仁壽。息境溝渠湮，饑寒遑恤後。恒産自來無，恒心何處逗。請用趙廣漢，鉤距先塞竇。再用召信臣，農桑繁其畜。但教地澤腴，勿慮民氣瘦。患盜師風草，聖言理豈謬。昔有陳茂才，見之我方幼。傴僂行市中，褒衣而博袖。捻子聞其來，藏刀不使覯。或值爭奪時，一呵遂各走。呼之曰先生，相戒勿招詬。光潁交界之區，曰三河間，爲捻子最多處。有霍丘秀才陳某，年七十餘，衆捻子皆敬而畏之，曰彼讀書人也。余幼時及見之。試思衆豺狼，何畏一學究。天良本不死，亟望使民富。」爲此詩者，其知道乎？

張欽臣教諭肇修，壯歲嘗遊燕趙齊楚，詩多沉鬱、蒼涼之作。詠史云：「極目黃沙古戰場，欃槍下掃陣雲黄。元戎持重誰充國，别將英雄少定方。錯處五胡終亂晉，連兵六詔竟亡唐。至今故鬼陰山哭，猶把勞師怨漢皇。」可謂言之有物矣。丁巳，雲南大理陷於回部。辛酉，陝西臨渭回匪滋事，潼關之内，化爲焦土。勝克齋欽使坐此得罪。癸亥，回匪竄入甘肅。甲子十一月，新疆三城頓陷，伊犁被圍。讀此詩，爲之憮然。

陝事初起，在籍副憲張小圃芾督辦團練，親往彈壓，曉以大義。逆首恐衆心摇動，擁至倉角鎮殺之。是時川匪藍大順闌入漢中府，陝之西南亦糜爛。同治元年上諭云：「回民均係朝廷赤子，陝西搆衅以來，百姓慘罹鋒鏑者不下百萬人。興言及此，能勿愴然？前經明降諭旨宣示，並令帶兵大員但將爲首滋事之匪殲除，其安分良回概不准其波及。良回中有被脅勉從者，倘能悔悟解散，均免究治。迄今數月，悔罪輸誠者固不乏人，勾結擾害者仍復不少。該回民等久隸中華，同受國家覆育之恩，食毛踐土二百餘年，其間薦登仕版者亦復不少，豈無天良，何至甘爲叛逆？推原其故，則由地方官辦理不善，遇有互鬭等事，未能持平妥辦，以致仇衅日深。繼而陝回倡亂，自知爲法所不容，時造『洗回』謡言，冀煽同類，而無知漢民又常以『殺回』之語轉相傳述。豈知朝廷一視同仁，初無歧視。嗣後帶兵官及地方文武，務當分良莠不分漢回。庶乎仇衅日消，同登衽席，以無負諄諄告誡之至意。」大哉王言，天覆地載，有血氣者，孰不回心嚮道耶？第回漢相爭，西北成爲痼疾。封疆大吏狃於因循，恒不能宣朝廷德意以平其憾。「洗回」之説，不知出自何人，而滇南竟公然行之，以致二十三府悉歸淪陷。又何怪陝甘之紛然蠭起耶？己未，陝撫爲曾卓如先生。胡文忠致書云：「關中大府以三面守，而以一面戰。此奉春、留侯所以御天下之至計也。回漢相爭，二百年錮習。聞引用馬百齡，其人才力高下不可知，要其列仕途，顧廉恥，而敬國法，當可信矣。欲爲長久之計，當遴委三五幹員周行察訪，取回民中識字讀書、有身家執事而稍明白、順大義者，加以禮貌，或調至省城接見以寵之。異日地方有事，即可責成其人，以使之自戢其類。幕府辦事，乃有綱領脈絡之可尋繹，或亦愚者之一得乎？」蓋陝事釀於數年以前矣。子壽壬癸編四塞云：「河山雄四塞，昔號虎狼都。蹄種居何雜，椎埋習獨殊。厝薪安寢處，伏莽起須臾。先識惟江統，誰人獻遠謨。沉鷙花門性，傳烽勢忽驕。見愁三輔困，復恐五涼摇。氐種凶頑煽，羌酋氣類招。關西古天府，今日遂蕭條。頒符頻遣將，誰解定關中。專制思馮異，長驅憶馬隆。宣威安反側，樹惠靖兵戎。處置覘方略，非徒汗馬功。」癸亥春興云：「伏莽關中自累朝，花門躍馬氣雄驍。遼東孤將空馳突，隴右群羌盡動摇。況復南山環寇盜，頻聞西土困征徭。誰知百二金城險，萬落千村莽寂寥。」遼東孤將，謂多將軍隆阿也。甲子，將軍蕩平西安回匪，而餘匪竄陷西口，甘肅回部望風響應，平涼、寧夏、鞏昌、秦州等州屬以及近省之狄河二州，所在烽起。崇陽楊敬甫感賦云：「慘慘窮邊殺氣黃。西來烽火接甘涼。雲圍翰海鵰成陣，路斷冰山馬失行。平日駐師勞上將，一時空國徙名王。憑君莫話殊方苦，鼓角中原百戰場。」「闢土開疆二百年，建牙專閫屬親賢。敢輕沙漠無人地，自是中華以外天。莽莽草堆旁置戍，荒荒戈壁下屯田。八城絡繹輸軍實，久費司農大府錢。」「昔聞廟算決西征，聚米山川悉虜情。使者班超馳絕域，將軍李牧出長城。九龍大雪朝移帳，萬馬平沙夜踏營。北幕南庭同請吏，祁連草木寂無聲。」「敢議朱崖罷挽輸，山河尺寸總皇圖。聞聲尚有驚弦雁，望氣曾無集幕烏。地入安西屯鐵騎，天連直北控雕弧。迴軍合破西戎膽，横海長鯨正伏誅。原注：時粵匪初平。」丙寅，謝枚如舍人望雪云：「聖主焚香乞歲豐，綠章遥進玉華宫。小臣范叔寒如此，亦復昂頭矮屋中。」「酸風冷月遍長空，十萬軍聲鵝鸛中。閒煞退之一枝筆，幾時淮蔡告成功。」「已驚風鶴滿關中，那更河汾賦大東。半與療饑半防賊，扶持低首乞天公。」時枚如游晉，爲林錫山學使襄校。

己巳，回匪竄踞靈州金積堡，山西李小薌廉訪視師河壖。鄧獻之大令感賦云：「紇干山上洮雲白，靈武臺邊漢月明。西夏孰開回鶻釁，朔方尚駐黑龍兵。尊前怕奏伊涼曲，客裏偏聞隴水聲。側聽九重連受鉞，詎容狐兔草間生。」又感事云：「鳳林魚海路迢遥，挽粟飛芻暮復朝。轉餉正思蕭相國，總戎豈讓霍嫖姚。三秦民氣今凋敝，二華風烟太寂寥。漕運從來通汴泗，曩時糧糗自充饒。陝西定遷失守，湘皖兩軍運道不通，軍食維艱。」「百戰勳名照汗青，沙場白骨想英靈。那知隴上猶孱寇，忽報前軍隕大星。死作鬼雄心皦皦，天哀忠魄雨冥冥。劉壽卿軍門正月十五日陣亡。是日風雪晦哭，天氣淒冷，異於平時。可憐四塞秦川地，誰爲殲除羯虜腥。」

余五度過秦，關中晏然也。咸豐季年，捻匪迭出皖、豫。潼關以東，迭經兵燹。海蕙田觀察感賦云：「勢如棋子布盈盤，黑白徒教袖手觀。國脈幾回傷剝削，盗源多半起饑寒。征誅未息籌兵急，保聚無謀致富難。安得寇清兼足用，太平微賤酒杯寬。」「二十年前地舊游，民豐物阜過中州。回頭焦土悲塵劫，滿目妖氛動客愁。斗米價增嗟食盡，屍骸山積待誰收。秦川八百皆凋敝，何日災黎賦小休。」「一髮千鈞責任嚴，况經財賦竭閭閻。人情恍惚初醒夢，世局艱危久病痁。臨渴始知謀掘井，救貧無奈議抽鹽。兼營並計何多策，得救燃眉不避嫌。」「未能蕩寇寇紛投，似此疲兵可少休。但見武夫催餉饋，徒教文吏習戈矛。論功未免羊頭爛，怯敵如臨虎尾愁。何日欃槍能掃盡，幾回搔首問河流。」「縱寇殃民兩大端，令人怒髮欲衝冠。關中父老先奔散，灞上諸侯尚聚觀。誰爲萬家拯疾苦，空來三輔痛彫殘。亟宜撫字求良吏，莫作尋常善後看。」「內憂外患兩紛乘，麻木真教喚不膺。剜肉補瘡嗟已晚，抱薪救火更何能。相須姚宋功方就，將必張韓任始勝。不日天心將厭亂，景星甘露頌中興。」蓋作於其時。厥後臨渭回變，而粵匪之驅於江、滇匪之驅於川者悉趨之，關中遂爛。觀察無題云：「寇氛滋蔓逼關津，難覓桃源避劫塵。最是屢煩徵調苦，那堪親見亂離頻。征輪易竭軍威挫，耕種全荒地力貧。自辛尚無官守責，且思減從赴西秦。」「烏合蜂屯起揭竿，萑苻到處待綏安。旁觀莫救燃眉急，臨事何容袖手看。大局攸關當世重，狂瀾力挽得人難。杞憂我亦知無用，手把吳鈎淚暗彈。」華陰道中感懷云：「二十年前溯舊游，不堪回首又經秋。自注：余於道光庚子秋游玉泉院、青柯坪諸勝，至今二十餘年。重歷此地，可勝浩歎。河聲嶽色都如昔，塵世滄桑動客愁。」「地餘瓦礫邑凋殘，滿目瘡痍不忍看。惟有三峰在天外，曉來依舊鏁烟寒。自註：華州一帶廬舍、廟宇，盡爲賊毁。瓦礫盈街，一時斷難整理。民盡流亡，尤堪傷感。」汾陽祠自註：壬戌四月，髮逆、回匪迭擾，華州一帶祠宇傾圮，神像亦半損壞，惟碑坊尚存。云：「展拜荒涼異昔時，蓬蒿滿徑掩殘碑。勳名久已留天壤，劫火無端厄古祠。像縱模糊神自在，屋猶傾圮世堪悲。何時廟貌從新葺，重聽村巫奏竹枝。」新豐云：「人烟輻輳向稱雄，賊過爲墟萬井空。最是不堪零落處，行人猶説過新豐。」渭南感賦云：「頹垣斷井近城隈，多少人家半劫灰。古佛有靈遺殿壁，荒田無主掩蒿萊。龔黄政美民方聚，郭李名高寇不來。我是燕南舊游客，驅車重到意徘徊。」

三聖寺云：「山門久廢無人跡，斷梗荒榛埋石碣。佛火無光劫火空，飯僧尚聚千觔鐵。」灞橋感賦云：「攬轡渡灞水，雁齒排長橋。垂楊數十樹，秋烟鎖碧條。飛楹與曲榭，彌望土盡焦。我非別離客，過此魂亦銷。」

庚午，林穎叔方伯、王霞舉駕部軒、謝枚如舍人食華州筍聯句，用韓孟鬭雞韻，駕部序曰：「華州地接渭川，土宜竹，種植連畛，利逾蔬穀。以追近嶽址，土石間雜，壤堅苞密，筍特瘦小。大者僅如書楹帖筆頭，具體而已。余以己巳除夕前二日至秦中，客袁筱塢學士同年幕府，適有以此筍餉學士者，厚楮重裹，不及觔許。翼日，學士以餉余，謂其么麿，當與無齒宜，軟脆香娛，遠勝稽山諸品。庚午初春上旬，復有餉者，其廉如前，食而甘之，命購市，無鬻者。坐客曰：『此筍不易得也。居人倚竹爲生，護筍特甚，無肯劚取者。無賴子伺隙竊之入市，或遭園主銃斃，致獄成巨案。』學士喟然曰：『吾儕敢以口腹累民生乎？休矣。』越旬餘，林穎叔方伯招余下榻齋中。酒間進常筍，余偶述所聞於客，方伯歎曰：『君知西事之由乎？回漢搆兵，實釁於此物，是禍水也。』爲談其事甚詳。時方欲仿韓孟聯句，以相娛樂。予感此物所關者大，不可不記也。因用鬭雞韻與方伯暨謝枚如舍人共賦之。」詩云：「英蕩節未敷，篬萌勢猶待。內懷附塗密，軒。外飾干霄彩。爭抽稚子瘦，章鋌。顛踣頑僕殆。裹瘡甫甲卸，壽圖。苞淚仍鞭在。錐客囊處穎，軒。筆公冢退鐓。卷籜兆饞飯，章鋌。焚林失幽塏。迥禁山髡鉗，壽圖。窗穿砥砢磊。脊茅匭錫卻，軒。頭箕緡算改。鸞刀截雲肪，章鋌。璽盆濯雪皠。菹并芹韭錯，壽圖。篏兼魚蒲倍。根披薦鍘登，軒。皮傅濟鹽醢。老齒健可撐，章鋌。枵腹甚其餒。牛羊久負債，壽圖。雞鶩甘被紿。喉聱防去乙，軒。涎垂窮市亥。嗟爾出地奮，章鋌。膺茲膏鑊罪。芥蒂積未忘，壽圖。梃竿釁已浼。戢首悲恣饕，軒。握拳競遷賄。楗成難塞河，章鋌。鼎沸劇掀海。追占噬嗑凶，壽圖。困咎剥膚怠。角稽厭反而，軒。矛斂息鍛乃。接櫻版參玉，章鋌。舞蔗筵闉綵。杜漸戒觸藩，壽圖。達乎止躋豈。長爭任滕薛，軒。班綴等姜隗。慈胞無凡孫，章鋌。元氣有真宰。留聽風琳琅，壽圖。終備葑菲采。軒。」舍人記曰：「余既錄此詩及序，陝老見之，植立欷歔曰：『甚哉，居官之不可或偏也。』初，華民鬻其竹於渭南，回既成議，而華民中悔，回鬨焉。華民恃其衆也，戕諸竹下，回大駭，奔訴州官。州官曰：『回，異類也。得無魚肉吾民乎？』不即判。回乃控於渭南令，令卻之，以非吾界。回始忿涕泣歸尸，聚嘯黨與，殲華民而盡殘其竹，陝釁由是起。嗟乎，官固不料愛民，而即禍民者如此乎？吾友魏子安孝廉，習於近事，嘗謂余曰：『回不同哉，有勤賈致富厚，有讀書任中外諸職，無賴則以虜劫爲生。然其性强悻戀土，戮其魁，勿殲其家，則事易定也。』滇回之蠢動也，其縉紳良善之，居行省者具名縣官，以除莠自任，弗聽。繼入金，願質妻子求自保，亦弗聽，下令諸道戒嚴殺回。回知事不可解，則焚香跣足，跪籲大府，指天立誓，搏顙長號，終弗聽。黠者、狠者颺去煽外，回一日連破十數邑，而吾鄉迤西兵備林廷禧遂被難，則偏之過也。後十年，而陝回亦變。嗟乎，漢回之不相能久矣。漢多則陵回，回多則陵漢，漢貪而回狡，回聚而漢渙，軒焉輊焉，皆召亂也。雖不可示之弱，亦持其平而已矣。操之太蹙，果誰能制其死命乎？而階禍至於無窮也。尚忍言哉。乃次所聞於後，以遺食斯筍者。」

孫琴西侍讀哈密瓜詩中段云：「在昔我武揚，匆遠天威屈。漢將通玉門，屯田盡奄祭。八城新啓圖，萬里競登圿。遠隨胡桃羞，東佐周廟酹。是豈張騫誇，要補立本畫。妖狼偶失弧，荓蜂遂聚蠆。蛇蟠穴三吳，蛟起毒九派。厥包阻湘林，納錫闕江蔡。敦苦歸無期，師期代屢詿。至尊歎臨觴，諸將俄充稗。繆同禁門趨，各望屬車蓋。儒書迂無謀，軍儲浩難會。當時犁穴庭，猛士轃湯介。貢珍遠猶來，漕輓今無奈。」詩作於乙卯消寒第二集，其時甘肅猶晏然也。而俯仰之間，已分今昔矣。

咸豐己未，朝議以「餉絀，請抽鴉片釐」。時余游王文勤幕，嘗從容言此事必不可行於蜀，苟行於蜀，是處騷然矣。未幾，文勤調兩廣，受事者惑於屬吏之游談，毅然必行。未一月，李短搭搭以抗抽烟釐滋事。厥後三易節帥。迨辛酉，洛籥門先生以湘撫移節，漸就肅清。壬戌冬，李逆伏誅，其黨藍大順竄入漢南。蓋禍延兩省，亂歷四年，西蜀菁華，一空蹂躪。然起事才數百人耳，得一良有司，便可撲滅，乃旦夕之間連下慶符、筠連、高縣。久之久之，賊勢大張，圍敘府，駐弔黃樓者累月，當事且從容作壁上觀也。無何，攻井研，陷彭山，直迫成都城下，而川東北皆爲煨燼。蜀人感時憤事詩云：「馬湖明月黯無光，一夜妖氛起戰場。好亂古來惟蜀易，從軍今日果誰良。」「書留遺牘昭臣節，慶符令武公諱來雨。印繳嘉州失富囊，高縣知縣楊樞。不死赧然稱克復，署筠連縣事府經于植庭。滑稽直欲傳東方。」「真武山高瞰敘州，金沙江外弔黃樓。蔚藍逆賊藍大順。逆幟征雲慘，郁李李賊。妖花毒霧浮。虎節上游誰督戰，提臺萬福。豸冠中立太無謀。臬司蔣徵蒲。早知疑畏難籌畫，豺虎縱橫散不收。」陽湖董叔醇太守貽清辛亥歲暮重過遂寧感事云：「安居河畔又重過，二月春深憶荷戈。幾處遺民生計蹙，萬家野哭國殤多。論功孰是韓擒虎，得謗翻同馬伏波。慚愧兒童知姓字，摩雲舊壘指山阿。」「山郵水驛去仍來，庾信中年此述哀。身病敢云憂國瘁，名高豈盡出群才。重寒透入麻衣雪，枯淚流成蠟炬灰。擬向瘡痍問消息，嚴城曙鼓又頻催。」太守由成都令調資州牧，歲暮賊來，力保危城。既赴援井研，受圍者三閱月，以內憂謝事，賊遂撲省會，大帥促其墨經從戎。余舊主芙蓉講席，與太守爲文字交。後四年遇於渝，錄詩十餘首相示。因登此以識時事，亦以識翰墨緣也。

蜀人好作無根之談，然直道在人，其真自不可掩。今取錦城新咏中其衆見衆聞者錄之。其云：「三秋鳳噦三城破，萬福狼貪萬姓殘。」李逆起事，高縣、筠連、慶符三城俱陷。時署督有將軍鳳也。萬提督福觀望不前，沿途騷擾，逆匪蔓延，實爲禍首。其云：「燈蛾誓對人前設，紙虎兵從壁上觀。」「撲燈蛾」，成綿道濮貽孫，時人譏其趨炎，以此稱之。「紙虎」，謂總兵虎姓，奉檄辦賊，按兵不動。其云：「枉送水師留蔣幹，不聞火陣出田單。」「蔣」，指臬司徵蒲，帶兵被議，留營效力。「田」，指陝西候補府良，後爲幕友邵桂芳告訐，嚴旨查辦。其云「惟盼蕭郎上楚灘」，謂湖南蕭觀察啓江也。觀察奉命入川，抵成都，遽卒。

川省軍務，始壞於萬、蔣，繼壞於田、占。邵訐田良、占泰冒功縱賊，臚列揑報者十二，失機者七，頗爲情實，非誣衊也。而成都守楊重雅爲之斡旋，欽差崇實奏聞，署督曾及楊俱罷，田、占下獄。無何，賊至，邵竟得賄遠颺，此案遂懸。楊復起用。王子壽比部得唐鄂生司馬蜀中書郤寄第二首云：「書來感激意何哀，太息波流未可回。階厲幾曾澄吏道，阽危終不辨人材。桓桓誰鑿凶門出，擾擾翻增利孔開。世事大都如蜀比，杞憂無語罷御杯。」田以貲得直隸州，由安徽原籍糧臺支應保陝西知府，曾挈入蜀，加道銜。剛愎自用，與提督占狼狽爲奸，蜀人詩所謂「戰士優游誰望泰，井田經畫太無良」是也。

咸豐十年六月，胡文忠致左京卿書云：「公入蜀則恐氣類孤而功不成，此愚人之私意。即畀以蜀督，而自薇柏以至州縣，多爲小人。官作亂於上，民思亂於下，吾恐丈之必不能堪也。且未亂易治，已亂易治，而將亂難治。其上下官吏異常放恣，異常昏庸，異常險詐，蜀事是也。舉劉入蜀，是不得已之計。近年天下督撫多半不能兵事，亦且無處募勇。方今天眷西顧，震恐悚惶。凡爲人臣，宜何如籌謀盡善，以答君父之憂哉？」按，劉謂今陝西中丞蓉也，時以五品銜從駱籥門先生入蜀。川東賊凡數至。其始圍隆昌，知縣事者肅小田慶也，督勇出戰，勇潰，陣亡。其後攻永昌，知縣事者沈鳳臺耀章。賊至，力禦，嚙指血書「速救永昌」四字，遣人奔重慶鎮傅崑大營。乞援不至，城遂陷，與妻女殉焉。時川東道，江西王廷植也。辛酉，以輿論不孚，引退。未幾，又領成綿道。曾卓如先生威望卓著，自陝移節之始，蜀人望之如雲霓。彼敘、嘉軍務尚未大潰，倘督兵練，剋日東行，滇匪便望風而散。乃高居簡出，首辦王燕、張長慶一案，與成都守翁次竹祖烈爲難，坐使流、貢不守，賊氛頓熾。於是謗讟繁興，聲名瓦裂。殆所謂「老將至而耄及之」者耶？自是蜀事愈出愈奇。其明年，東北凶燄燭天。駱以欽使至，遂留督蜀。不一年，而逆氛迅掃，其轉機則在奏辦祥藩奎、張中軍定川。祥以貪名、張以猾名也。

四川涪州爲大小河總滙，爲酉陽、黔江所必經。咸豐初黔亂，議令大員駐扎，督令地方官添修炮臺，收上下游船隻，免致爲賊所用。乃黔苗不來，而滇匪先至，粵匪又由綦江趨涪州。子壽詩云：「彗拂天彭井絡中，白丁持梃化爲戎。不聞方略求張泳，或恐流人奉李雄。蜀錦巴賨爭索賂，庸奴賈豎起論功。劍門巫峽連秦楚，鎖鑰猶思嚴鄭公。」時石達開踞羊角磧，未幾陷黔江，竄來鳳，入湖北施南。壬戌，自施南陷忠州之石柱，圍涪州十有七日，城幾破。援至，焚掠重慶府治之東，折入畢節。先是，辛酉冬涪之鶴遊坪爲李逆餘黨所踞。坪凡四十八隘，最險亦最富，設有分州，不謂數十人夜呼而分司走矣。四十八隘者，竟唾手得也。州牧姚南坡寶銘攻之，數月不能下。嗣而粵匪至，秋，解圍，復攻之。余南歸，癸亥聞粵匪竄雅州，郡守寧德蔡步鐘獲石達開，五月十三磔之成都。鶴遊坪亦於是年克復云。

尹魯泉泗大令，官甘肅中衛縣。其秋懷第六首云：「聞説昆彌苦戰爭，蠻江赤子盜戎兵。狐疑易召任人釁，鶴警虛傳午夜聲。李廣難封銷壯節，袁安獨坐涕蒼生。牂牁不擣鯨鯢穴，東下千波恨未平。」紀滇亂也。滇亂，非民爲之，官爲之。官不能治民而民亂，然不亂之民猶知有官也。至不能治紳，而紳率民以亂，即不亂之民亦制於紳，不復知有官，而亂成矣。雲南風氣柔弱，其民多惰。臨安則以採礦爲業，好習戰鬭，而推重紳士。一切夫馬、錢糧，聽其主宰，不肖官吏倚爲腹心。民之畏紳，甚於畏官。漢回爭奪，自昔爲然。紳士因以爲利。咸豐間，臨安、楚雄漢回爭廠，歷年不解。二郡之回乃逃之姚州，與姚州回合，據州治以自保。臨安人於是抗言滅回，省城大紳應之。柏府通行密札，而城内外回民一日夜而盡，官爲乞留收養者數百人。嗚呼，大紳横恣，積習相沿，第不知當日之爲柏府者，翳何人耶？未幾，各郡邑紛紛騷動，同舟之人皆成敵國。大理漢民男婦丁口七十萬人，回民僅七千有奇。團練時，回紳欲合爲一，漢紳不許。鶴麗千總張正泰者，素糾亡命，號稱萬人。是時提軍攻姚州不下，力言於制府，檄正泰從征。正泰遂傳檄：「某日誓師，由大理、趙州、雲南縣沿途掃蕩，而後直取姚州。」此檄一傳，人情洶洶，漢回勢如水火。值柏府密札至，武進士馬明魁率蒙化回五百人，入迤西道署。時觀察爲吾鄉林范亭廷禧出坐堂皇，諭之退，不聽。檄召正泰，爲回所詷，謂其祖漢也，遂遇害。太和令毛玉成無應變才，而民服其有守，率役巷戰，死焉。太守某聞變，匿不出，堅閉衙署，以槍礮守之，至是遂行。漢紳先後亦奔出，而城遂委爲賊有。時七年丁巳春也。大理奉諸生杜文秀爲主，蠶食全郡。閏五月，直趨滇池。在籍大紳某等總辦團練，號稱六十萬人，而圍困三月，不能作背城之一借。總督恒春愧憤自盡，夫人殉之。八月十八日，楚雄令章源以練勇三千來，始解圍。朝命川督吴振棫仲昀移節滇南。既而大帥屢易，勦撫兩無成局。延至庚申，馬如雲遂公然入城，戕制軍，幽撫軍，而屠漢人若犬豕。馬子翊歲暮雜感云：「劫火揚灰到百蠻，七星關外動刀環。奢香銅鼓龍場驛，迦葉金燈鷄足山。賓布通租違教令，楚桑私釁逞凶頑。王師早下盤江路，報捷書來指顧間。」噫，子翊此詩，可謂炎炎大言。盤江報捷，談何容易耶？己未胡文忠致張石卿制軍書云：「滇事誠難措手。難以武侯之才，非藉蜀中物力，則滇亦難平。假令以公督蜀，則滇、黔可望削平；以公督滇，直坐困耳。去年夏間，曾以此意函告雁汀制府，欲其以蜀之才力，廣儲人才，以圖滇。制府謙讓未遑也。」又復左京卿云：「近年督撫以不帶兵爲自便之計，亦且以不知兵爲自脱之謀，此所謂甘爲人下而不辭也。凡事以謙爲美德，惟兵事不可謙，謙則爲敗德。且手中腹中，無將無兵，即一步不可行。公謂張公氣魄資望大勝於劉，不知身在干戈之際，氣魄資望不值一錢也。」張謂石卿，劉謂劍泉源灝。時劉以滇督入覲，張以欽差赴滇，後皆罷之。蓋直省之亂，亂釀自官，而難發諸民。滇則始終皆官爲亂。其事奇離，不可思議。如陝撫鄧爾恒之被戕，滇督潘鐸之殉難，回逆馬如雲之就撫，俱見邸抄。馬之就撫，駱督疏言「是回撫漢，非漢撫回」，此爲老吏斷獄。鄧之被戕，據潘奏，實係副將何有保遣人搶劫，謀殺首犯戴玉堂。有保因其隱匿贓物，捆而訊之，以火炙背，玉堂氣忿潛逃。同治元年閏八月，私糾多人，乘夜將何有保殺斃，此亦實情。潘之殉難，滇撫徐之銘摺與川督駱、貴撫韓超所奏，大相歧異。其實潘係馬如雲戕害，並非陣亡。而徐與潘司岑毓英分投巷戰，概屬子虛也。岑以土知州從馬入滇，忽據薇垣，馬死黨也。徐所云「署雲南知府黄培林、署昆明縣知縣翟怡曾均力戰陣亡」，殆非其類，從潘死耳。徐屢干嚴譴，後以死聞，或曰「爲僧於五華山」。此數十年間，督撫釀禍者有之，債事者有之。若恇怯無能，甘於辱國者，葉、何之外，徐不免於千夫之指矣。

林穎叔方伯得家范亭七月書猶以著書作宦相勉感而賦此詩云：「我不能貍膏樹幟逐鬭雞，上噴鼻息干虹霓。又不能猿臂關弓學射虎，遠棄頭顱事桴鼓。緇衣化素塵土紛，坐歎揚馬徒攻文。甘泉上林扈宮蹕，但盼漢將收奇勳。有時夢看旄頭落，喜喚長庚共盃酌。豈知臺閣畫麒麟，轉見掀波舞鮐鰐。昨得昆明萬里書，苦問吴楚擒魁渠。罡風忽翻洱海黑，犵鳥墮作蜀鵑魄。中原歸夢斷狼烟，邊徼傷心裹馬革。英雄殺賊死亦得，何必萬言驅簡册。文章自詡獲鳳髓，身世誰憐遭鼠嚇。君不見日下迂儒漢賈生，宣室未召空知名，不如老死洛陽城。又不見滇西觀察今楊竦，藁葬無由返先壠，殉國能爲宗族寵。我愁有酒不成歡，門祚苦薄時事艱，淚落滄海成波瀾。長紳大佩古來有，他年青史誰當看。」嗟乎，滇事之變，固由人事瞶瞶，而此中亦有天焉。范亭適受其敗，可哀已。

滇以回變，黔以苗變，其事略同也。苗之種不一，附之燈花、天主等教，各自爲寇，不相統屬，根柢盤深，萌芽迸出。然則變雖始於苗，其實苗無能爲也。黔地與楚、蜀接壤，山路叢雜，保甲難行，士習刁囂朋比，吏胥抗糧之案累累。其首禍，則松滋書辦及銅仁兩孝廉也。以書辦、孝廉而抗糧，奇矣。以書辦、孝廉抗糧而勾引苗匪入城，戕害縣令、郡守，益奇矣。胡文忠癸丑去黔，致黎平府曹子祥書云：「近年天下大亂，何處不因莠民而起？且兵政如此，而不知整；吏治如此，而不之察；國計如此，而尚謀自奉；人心風俗如此，而尚顧私情。竊料此方之事，前盜已死，後盜又生。不過一年，又當復熾。」又致孔臬司云：「黔中之事，非立誅三五貪劣將弁，並劾去二三十人，則不能起鼓聲而作士氣。」則黔事不可爲，可知也。丁巳，田忠普鎮軍興恕以楚軍援黔，所向克捷。然是時黔撫庸闇，素不知兵，言官曾痛陳其非，皇上亦知其不能有爲，特更易無人，不得已而用之。時何杰夫中丞以銅仁守北道，駐黎平。其黔陽舟次寄和王石根詩云：「文韜武略景前賢，晚近伊誰稱守邊。兵氣不揚空怨賊，人謀倘善或回天。冒功屢報尸秦諜，走險群思息鄭肩。習慣因循終誤事，履霜胡弗惕冰堅。」寄和鮑穆堂學使留別元韻詩云：「世事滄桑幾爛柯，茫茫劫運奈天何。豈因地瘠官難好，總爲民貧盜益多。按，黎平會匪最多，古州永從、丙妹尤甚。其盜匪有老冒、老三哥、大五、大六、大九爲之渠魁。其編號從大一至大十，小一至小十，以湖南紙牌之字，爲燒香拜會之號。蓋地鄰湖廣，隱民萃焉。大吏籌邊憂餽餉，孤臣守土困干戈。文翁化蜀心良苦，戎馬頻年廢誦歌。」「蒼涼四野斷人烟，一念瘡痍一惘然。夸父力窮仍追日，杞人慮短總憂天。堪嗟捍寇經三月，黎郡去年六月杪至十月，城始解圍。虛負巡方已兩年。甚欲息肩還未忍，但求世治即歸田。」以中丞之豪邁，而撫此凋殘，殆亦有溫溫莫試者乎？後田忠普擢貴州提督，辛酉春，朝議授以欽差大臣關防。而中丞以二品銜領巡撫事，和衷共濟，黔事大有轉機。惜乎中丞不永年。田以少年驟膺重任，幕友輩朋比爲奸，川督及中朝劾罷之。迄今張瑄、謝超儒、錢登選、冷保齡之案猶未結也。胡文忠曰：「忠普特營官、哨長才耳。湘人保之太過，黔人爭之太力，以致樞庭以爲異人。實則此等勇士，近年所在皆有，以言將略將才則未也。終恐誤黔，並必誤楚。」可謂知人矣。

粵事之起，實緣夷務。蓋自林文忠公遠謫後，統兵大帥及海疆守吏遷就議和，苟安旦夕。既示天下以弱，而河北、河南以至兩湖，疊遭水旱，流民迸竄，道光庚戌，流民寄食揚州七萬。山東多盜，頻劫公車。茌平、汶上一帶，官爲派兵護送。什佰成群，於是土賊乘機劫奪。久之，遂有粵西金田之變。何廉訪栻鼓吹詞云：「飛疏驚天氣若雷，捉刀人亦不凡才。功名從此爭先去，勛業將何補後來。可惜得官憑口舌，誰知召禍有胚胎。五音六律紛如鬧，只爲黄鐘一管催。」「不用將軍霹靂弓，旄頭未展已平戎。但憑割地爲良策，猶欲貪天冒戰功。南海無珠仍苦索，北門有管竟潛通。振振麟趾何窮意，盡在吁嗟一歎中。」「雌兔迷離也戴冠，鼓聲不起恣盤桓。因人事業前功易，從古英雄末路難。定遠乞還心已餒，修期諱老膽先寒。爛羊愛惜封侯命，垂白頭顱尚未拚。」「狗苟蠅營總莫論，誰令海澨縱鯨吞。援師退舍神弧偃，和議盈庭鬼國尊。萬死難寬三尺法，再生仍負九重恩。天心自是無私愛，遣戍何當出玉門。」「委蛇猶是太平時，無以和梅望鼎司。立仗且藏今日拙，摸稜敢笑古人癡。護前試看朱桓傳，歇後工吟鄭綮詩。垂白功名姑已矣，此心莫遺後來知。」「談笑從容卻敵兵，允文真不愧書生。百蠻通市原非計，萬里投荒獨有名。黑白更誰持大局，東南從此壞長城。惜公不合開邊釁，直道長餘愛歎聲。」「妖氛初起粵西東，治癖無能更養癰。風鶴已聞逃將帥，雲龍何自起英雄。旌旂枉見從天下，鼓角翻疑出地中。智勇由來歸氣數，可憐劫火徹年紅。」「赫赫天誅爲爾稽，帑金千萬坐虛縻。跳梁直教猱升木，奔迸誰令蟻潰堤。從把上方三尺劍，頓忘函谷一丸泥。般攻墨守多無濟，動地人驚聽鼓鼙。」「庸才循格起昇平，何意倉皇掌重兵。縱酒但聞千日醉，登壇豈止一軍驚。頹齡智短心無竅，醒眼愁長淚有聲。半夜甘泉方報捷，不知烽火陷三城。」「置身已在最高峰，直欲登天第一重。舉動肯爲青史計，揣摩猶有皂囊封。夢癡易惹通身熱，病老難醫刻骨庸。不躓於山躓於垤，躡雲健步要從容。」「非意功名似博徒，呼盧未必竟成盧。宣明面目居然在，叔寶心肝久已無。班席忽驚專獨坐，摸金潛遣購名姝。可憐法網秋荼密，莫恃微勳意氣麤。」「玁玁紅旂盼捷音，固知臣庶有同心。補天欲煉媧皇石，鋪地誰輸舍衛金。威福實憑三尺法，中庸虛讀百官箴。蒼生託命將誰屬，肖夢何時起傅霖。」此詩前六首以夷務言，後六首以粵事言，體若平分，意實一貫也。夫孟子七篇前闢言利，大學十傳終於以義爲利，儒者童而習之，動輒忘之，何耶？自道光年間銀荒，因歸咎於鴉片，設法嚴禁，此以利言也。以利言，往往未見其利，害且不旋踵而至。故夫子論政，議及於去兵去食，豈真置之死地，不欲以兵食妨信，即不欲以利賈害也。林香溪教諭民心謡云：「民心趨義，天下大治；民心趨利，菑害並至。」可謂正論。

我朝京師之兵：滿洲、蒙古、漢軍、綠營四項，共十萬有奇，餘丁不與焉。直省綠營、馬兵、守兵、戰兵以及水師屯兵，共五項，共六十六萬一千六百五十有六，駐防不與焉。多矣。而畿輔有事，畿輔無一兵也；直省有事，直省無一兵也。籍之空也，械之窳也，餉之剋扣於將弁者幾何？米之吞蝕於官吏者幾何？一旦有警，責以效命，能乎？人情固有所不平，蓋亦反其本而已矣。江龍門大令古詩云：「荷戈不出塞，乃在大江濱。江空山月老，平沙萬幕屯。杯斝氣成霧，笙簫聲入雲。帳前舊時伴，苦樂已不均。卑濕作痓瘡，樵采無完襌。與其死溝壑，何如死功勳。不戰復不歸，家中知誰存。便有歸家日，已非夢中人。」姚梅伯選丁篇云：「治世寬邊屯，孱兵縻天粟。日月供惰閒，精鋭久不蓄。鈴馬西門馳，軍符下神速。三日限起程，一夕四郊哭。大弁神倉皇，列户選壯丁。父老索子代，弟幼教兄行。富户百金贖，貧者迫重刑。重刑萬難活，往戰或勉生。北風吹纛雲，整整列腰箭。營門傳鼓鼙，白日氣爲變。親朋難話別，僅許路旁見。瞠目若死僵，不知淚如霰。願生毋力强，力强致不祥。安知與國事，此志宜激昂。丈夫不從戎，邱首慚國殤。樹立在此行，離析庸奚傷。」二詩真切沉痛，當與老杜兵車行並讀矣。

家弟子壽曰：「兵之所至，約束不嚴，奪民廬舍，擄民財物，爲害萬端，匪慝不作。甚乃斬殺流亡避盜之人，以充馘級；誣扳無辜富厚之家，以報睚眦。民未被盜，先被兵，因而畏兵甚畏盜，至不拒盜而拒兵。逮於拒兵畏法，難免窘無所容，遂乃相率而爲盜。更得無賴不聊生者，乘隙而起，串通外來之細作，從中内應，故賊不血刃而勢益張。」此論可謂切中時弊。嗚呼，朝廷以兵衛民，即以民養兵。法非不良，意非不美，而行之二百餘年，不知其竭億兆膏脂，以養此無用之兵也。子壽讀史有作第三章云：「馬服奸趙國，謝艾重涼州。主租及曹掾，拔起任軍謀。虎豹在山林，百獸伏不遊。弱國得傑士，無復强鄰憂。良賈備水旱，必資車與舟。時危注意將，專藉才略優。何世乏韓白，所患先不求。」又讀史云：「命將鑿凶門，係國安與危。將賢我必克，鞭笞及四夷。將愚輒玩寇，蹙地多喪師。古之干城選，文武惟所施。不起親與貴，但用才略奇。自非豁達主，拔擢猶遲疑。柏直當韓信，高帝聞已嗤。何待接鋒刃，了然決雌雄。」枚如苦兵行述流民語云：「賊來兵似鼠，聞賊姓名不敢語。賊去兵如虎，拔劍民間亂飛舞。今日急行二十里，明日緩行得半便止。急行先賊驅良民，緩行爲賊送行李，賊聞兵來賊歡喜。將軍樂，健兒笑，突然富貴皆年少。健兒笑，百姓哭，九死不能保一屋。君不見高車大纛飛羽纓，嬌歌妙舞催琴箏，搜刮錙銖誰與爭。賊至或不死，兵至無一生。無寧見賊不見兵，何況鄉勇更縱橫，萬家慘淡無人聲。」此篇摹寫孱帥懦兵情狀，如聞其聲，如繪其影。胡文忠曰：「嘗推求其故，則以將領不得其人，紀綱不立，而是非不明也。深思紀綱所以不立，是非所以不明之故，則誤使貪吏使詐之説，不知己則先爲貪詐所使。而曰吾能使貪使詐也，豈不謬哉？」又曰：「古之治兵者，先求將而後選兵。今之言兵者，先招兵而並不擇將。譬之振衣者不提其領，結網者不挈其綱，是棼之也，將自斃矣。」

蕭遠村少丞匯，著有剖瓠詩草。嘗以「巴圖魯」對「曳落河」。「巴圖魯」猶言好男子也。國朝文武諸臣，三品以上有戰功者，恒賜此號，與元之賜「拔都魯」無異。然元時漢人賜「拔都魯」，惟史天澤、張宏範二人，今則累累不勝僂指矣。攷國初武功之賞，僅蔭一子入監讀書，殉難卹典亦如之。而戎行激厲，每成大功。自乾隆以後，武爵愈重，武功愈尠矣。戴蓉洲秋感云：「不敢關時事，吾儕乃布衣。九重封事少，諸將昔人非。赤壁輸奇策，黃金解戰圍。昨聞江上吏，新唱凱歌歸。」陳作甫放言云：「星漢連兵氣，蛟鼉蹴怒濤。諸軍頻奏凱，群盜總如毛。世難頭顱老，官微廩粟叨。龍泉腰下在，時拭鸊鵜膏。」

本朝軍賞，自世爵、勇號以下，以花翎爲貴。馬子翊卮言云：「孔雀東南飛，文彩耀人目。顧影常自珍，豈料危機伏。恍聞弋人言，遂欲覆汝族。汝族亦無多，達官用不足。」

直省軍政，敗壞已極。無事養兵，有事募勇。試思集市人而使之戰，足恃乎？不足恃乎？薛慰農觀察募鄉勇云：「鄉有莠民，邑有游民。一聞召募勇以名，十日已滿三百人。一解。有牌在腰，有刀在手。鄉民見之嘻且走。二解。」舌擊編曰：「嘗見府、縣奉文催勇，輒託紳士承辦。應募者率皆市井無賴，不過先則貪圖安家銀兩，並冀到處搶掠貲財，於未離家之先，已存逃回之念。地方官製辦軍裝鍋帳，資送起程，乃去未幾日，或中途竄逃，或見賊潰散，沿途復爲支給口糧，津遣回里。迨續奉調募，則若輩復半在其中。費無數帑金，不得一勇之用，且受無窮之累，誠可痛心。古之用兵者，必兵知將意，將識兵情，而後可以破敵制勝。今莫若招募士民之中有智勇而情殷報效者，如得其人，即將此項安家銀兩照數給發承領。責令自行選僱習鍊，假以頂帶，統帶隨征，殺賊立功，即行升賞。如有潰逃敗挫，定按軍法輕重治罪。夫人苟毫無抱負，必不敢貿然出而嘗試，其所僱之勇，即令其自帶，同休共戚，自不敢以孱弱濫竽其間。復勵以重賞，督以嚴刑，爵祿在前，而刀鋸在後，彼見與功名性命相關，自不能不竭其智能，以求一得。即或招募之初，需費稍多，亦當寬以籌給，多費而得實用，不猶愈於虛縻而無用乎？近日地方多故，需勇之處甚多。及今預爲延攬，勤爲練習，鼓舞於先而督飭於後，務使所募者皆能自成一隊，將必有材能之士、精鋭之卒出乎其間，以備干城之用者。天下何地無才？特患進身無由，需之殷而遇之疎耳。至應需軍裝等項，向由地方官承辦，事事務從剋省，帳房僅足容身，刀刃不能斷物，鐵鍋滲漏，鋤橛輕微，帑爲虛糜。而物爲無益，莫若將軍帳一項，亦給價與帶勇之人，自行製辦。物自爲用，而肯偷工減料，貽累自身，雖愚者亦不出此。」此一則議論，所謂疑人勿任，任人勿疑也。胡文忠曰：「士民中豈無欺我之人，亦豈無僨事之人？然兵將之滑者十九，士民之樸者十六。近年宦途頗雜，牧令既少真才，佐雜尤多庸妄，其心術見識，不堪設想。不如士民之樸者，真性未漓，尤可激以忠義。勤接見，決壅蔽，無衆寡大小，推誠相與。咨之以謀，而觀其識；告之以事，而觀其勇；臨之以利，而觀其廉；期之以事，而觀其信。知人任人，不外是矣。近日人心逆億萬端，亦難窮其所往，惟誠信之至，可以救欺詐之窮。欺一事，不能欺事事；欺一時，不能欺後時。不可不防其欺，不可因欺而灰心所辦之事，所謂貞固足以幹事也。」此一則，見覆張石卿中丞書，所謂至誠未有不動也。仁和沈澧園觀察清任詩云：「國事直如家事治，軍心當共士心收。」自非公誠若是，難乎知人善任矣。家弟子壽東南兵事策曰：「用兵無奇策，一誠之所運而已矣。或者曰：『兵不厭詐，古有成言，故用兵如神也。』今乃策之曰：『誠是直書生之見耳。不知詭道之行，特兵家隨機應變之一端。究其所以如神者，固必以誠爲本也。』惟誠乃神。天下幾見有不誠之人，而能通神明變化之用乎？故曰用兵無奇策，一誠之所運而已矣。」

郭遠堂中丞海上謠募鄉勇云：「土賊至，官兵回。土賊去，官兵來。官兵來回民罹災。民罹兵災猶自可，鄉勇害民甚水火。詔安勇，短衣裸。興化勇，挾包裹。廣東勇，護黨夥。白晝橫行街市間，官司不能奈何我。嗟乎，平時養兵如無兵，募勇爲兵計更左。君不見桓桓如虎畢將軍，倒戈竟受前徒禍。」畢將軍，定邦也，爲彈壓游勇，中飛礮死。勇之不可恃如此。鄭覺菴諸生鄉勇叛云：「鄉勇叛，鄉勇叛，爾本鄉里無賴逞驍悍。國家設兵焉用汝，世際昇平不尚武。老羸按籍聊充補，虛名烏有更難數。羽書旁午馳縱橫，風聲鶴唳一軍驚。兵不足恃募鄉勇，一鄉簡練爲干城。教之技擊先騰踊，教之守禦無騷動。寇來悍衛要同心，寇去追奔須接踵。官兵見之顏色低，相形步伐誠止齊。豈知此輩桀驁性，氣矜自雄忘禁令。酒樓嫚駡只尋常，屠門攫肉幾亡命。市上成群既可憂，賊來反眼轉與官民讎。君不見武昌形勝金陵固，百雉城南入雲霧。鄉勇果能堅禦侮，小醜何難殲一鼓。只因負弩導之先，重門洞開揖强虜。百萬人家一炬空，翻向渠魁願效忠。某家某谷埋金富，某氏某倉積穀豐。狂寇聞之怒變喜，大索横搜遂無已。吁嗟乎，鄉勇之設爲保民，那知殃民至於此。縉紳冠峩峩，請公聽我歌。群公用意亦良厚，豢養不繼將如何。欃槍昨夜芒刺滅，寰宇清平將止戈。每日青銅三百計，此輩虛縻已成例。聚之容易散之難，寒冬衣食誰爲濟。起而爲盜群稱雄，里門桴鼓鳴鼕鼕，欲盡擒之法亦窮。吁嗟乎鼠子跳梁不足患，患莫患於鄉勇叛。」孫芝房芻論曰：「自召募來，市井無藉之徒比比驟至富貴，天下聞風歆動。田夫牧豎、賣漿鬻餅之子，莫不昂首奮臂，捨操業出而應募，而慓狡賊鷙之人，雜出其間。民不安於民，而利於爲兵，此豈天下之細故哉？夫兵殺人，以求無殺人也。故聖王藏之，不敢輕用。不得已用之，事定則罷，能發而能收。天下凜然於兵之可畏，守其法而莫吾犯，故常治而不亂。雖亂，而其亂易止也。今天下之人於殺人，視之已稔矣。人人稔於殺人，有輕殺人之心，此雖嚴爲之防，猶懼不止。顧乃募之、教之殺人，而重誘之以殺人之利。殺人者，天下之所甚輕；而利者，天下之所甚重。以其甚重，易其甚輕，幾何不胥天下之人化爲殺人之人乎？且夫募天下之人能殺人者以爲兵，而取其不能殺人爲兵者之財以養之。兵之數無常，而民之財有限。至於財盡，其不能殺人爲兵者無以生，而其能爲兵以殺人者無以養，其必皆去而爲盜，無疑也。豈非欲止天下之亂，而反甚之也耶？其利害不待智者而知也。夫民不安，亂不得而弭也；召募不止，民不得而安也；經制之兵不練，召募不得而止也。召募非他，兵不足之患也。兵之不足，非數不多，不實與不精也。」言之可謂痛切矣。林香溪教諭用兵謠云：「百人敢死敵人折，千人敢死敵人滅。」深得用兵之旨。

姚江之學，得之象山。然其氣節、功名，非徒講心學者所能及也。枚如讀陽明先生集云：「陽明天人姿，講學能揆武。萬事不動心，能效方足覩。當其未發蹤，蠢蠢如病虎。一旦赴神機，雷門奮天鼓。貴精不貴多，有攻必有堵。指臂吾既聯，頭顱彼可取。高着在敵先，敵百當以五。辱國彼何人，用兵乃無數。」

賞罰者，國之大柄，而行軍尤爲激勸之大權。舌擊編曰：「用賞罰之道在於明，而其所以神，賞罰之道則在於速。蓋同一賞也，而立加於得功之際，則受賞者感，而未賞者亦望而思奮；同一罰也，而立行於得罪之頃，則受罰者服，而未罰者亦必見而知懼。」此尤爲勘進一層。汪少海大令雜感云：「昔者張永德，力規周世宗。何徽樊愛能，退衄不可風。推枕誅二將，納諫何其聰。全軍盡股栗，所向心膽同。統御無驕懦，皆歸紀律中。浙兵在前代，禦倭常有功。兩立不離伍，塞上驚軍容。沿海久安謐，訓練無英雄。寇至望風潰，壁壘爲之空。金城驗方略，我昔從髯翁。戰陣習閒暇，如與大敵逢。決機快風雨，身先當賊衝。勁旅不回顧，親兵皆選鋒。乃識申軍令，不在文告工。」「堂堂李忠定，招募河汴間。探原論得失，五利兼五難。光武收銅馬，曹瞞用黃巾。差比淮陰侯，力能驅市人。洞庭誘水賊，獨有岳家軍。重募弗嚴約，著手徒紛紜。漫詡賁育勇，立致韓彭勛。需索更淫掠，駭絶誰敢言。臨敵聞巨礮，各自招驚魂。散亂不歸伍，又不還家園。萑蒲習舊業，但道軍令寬。」

養兵莫善於屯田。漢昭帝時，始命屯田，其後趙充國以屯田破先零諸羌。今兩湖以下民遭塗炭，無主之田當以數千萬計。若取諸葛五丈原屯田之法變而行之，以屯兵之地供養兵之餉，當有餘無不足也。然謀之營將，則必不可行矣。崑山布衣黄士龍葵誠向樂府云：「事非興作難，調劑貴帖妥。毋謂有成憲，紛更厭叢脞。戍卒滿寰區，昇平習游惰。糧粒瘡痍肉，恣餐白日坐。前哲籌訏謨，土田分種播。晝則負耒耜，夕則望烽火。既節度支耗，又乏宴安禍。獲禽當縱鞚，開帆當捩柁。充國與葛亮，營屯計非左。」

江忠烈公陳軍務疏發策八條，一曰戒浪戰，略云：「用兵之道，能守而後可用吾之長，而後不制於人。能避賊之長而後可用吾之短。粤逆狡悍凶頑，頗有盜賊之智。竊謂賊之止也，宜扼要以斷其接濟，嚴兵以堵其逃竄；賊之行也，宜預擇精兵宿將，攔頭迎擊以遏其鋒，沿途設伏以撓其勢。乃我之圍賊也，不務扼要嚴防，專以撲營逐利爲事；其追賊也，不務攔頭迎擊，專以跟蹤尾擊爲能。此賊所以得長其兇鋒，而我軍終莫操乎勝算也。」子壽後讀史作第二章云：「自昔制妖賊，無過乘饑疲。杜隘絶饟道，一舉殲無遺。嵩儁破黃巾，馮異摧赤眉。先後用此策，前後良足師。如何事浪戰，所在徒輿尸。制變貴因敵，決勝當用奇。安得條侯將，堅壁相與持。死寇必奔潰，摧枯終有時。」厥後，楚軍卒用此策平定東南。

先君讀威勤伯勒保平定教匪紀事云：「人心陷溺漸沮洳，盜弄干戈九載餘。詎待奇衺相煽動，始知道學不迂疏。害深楊墨經宜正，寇據荆梁蔓幸除。曾讀萬言清野議，老謀深識幕中居。」秀仁謹按，清野之議，發端於李牧備邊，收民入堡，終不亡失，此即堅壁之意；詳陳於漢田況。況言「將帥不能破賊，擾害州郡，妄殺良民」，蓋即今日直省之情形。其言收合老弱，積藏穀食，並力固守，賊攻不能下，所過無食，勦之易滅，招之易降。此即堅壁清野之所自昉也。厥後明熊襄愍經略遼藩，惟扼形勢，繕守備，築堡插柳，以限衝突。盧忠烈督兵大名，依險立塞，築土垣以保民。流賊過公必敗，所至輒饑，此皆堅壁清野之明效大驗也，然皆行之西北。嘉慶元年，川楚賊匪紛熾。大帥宜綿以吾鄉龔海峰景瀚參軍事。時大帥總統三省，幕府文書皆屬先生，先生晝省軍機，夕治軍書，夜綴奏草，幾於百函並發。從軍五載，馬首東西，而未嘗一安寢。雖足瘍、頭腫，猶力疾據案治事。其澹靜齋文集多軍旅之作。撫議、平賊議等篇，率皆洞達治體，曉暢方略。其堅壁清野議，老謀勝算，額侯經略、傅公重菴行之俱有成效。宣宗間，遂奉上諭，通飭直省遵行。

乃常南陔即以此覆湖北，曾卓如即以此禍四川，可知變通不易也。秀仁嘗備論之。嘉慶七年冬，先生入覲，仁廟温諭，垂詢軍事甚悉。未幾，病終京邸。悲哉。閩縣薩檀河玉衡挽先生詩云：「漢朝良吏即功臣，幕府徵書仗一身。博得千金爭寫范，恨無七寶例平陳。今之管樂誰流亞，事到艱難惜此人。灑向西風數行淚，可憐父老望三秦。」先生著述甚富，其澹靜齋詩鈔秋日自題有句云：「長篇短律皆無賴，萬轉千回是此心。」蓋先生論詩以性情意味爲本。

自軍興以來，直省州縣，朝議團練外可助官軍聲勢，内可弭宵小隱慝，救時之策，以此爲急務。林穎叔方伯酌酒對月詩所謂「方今嶺南警烽火，荒草滋蔓愁難芟。兒童尚解重廉藺，我輩敢議罷團監」是也。惟團練爲治鄉之要，與選吏、選將相似。州縣不得人，則州縣壞；營伍將領不得人，則兵勇潰；團練非正士，則目前之成效難期，日後之滋弊滋甚。薛慰農觀察辦團練云：「大坊設百人，小坊設五十。有不從者予以罰，罰令捐金充此額。一解。何爲爲團，老弱癃殘。何爲爲練，斬木揭竿。二解。團不足，游手續。練不精，點花名。三解。團練既成，乃往前營。按册計賞，逐隊隨行。棘門灞上兒戲兵。四解。團練在局不在官，脅官以陵民。官不操其權，局中日日斂捐錢。五解。團練協，民蹙額。團練撤，民動色。私囊肥，公貲竭。煌煌保衛局，酒肉豢饕餮。可憐無數民膏血。六解。」此猶其害之淺者耳。家稼孫岐田行，紀浙東鄉團也。詩云：「岐田山中聚亂民，噴雲洩霧二百人。岐田山勢最險惡，一綫盤蛇隱叢薄。邑侯勸捕促進兵，鄉團整隊轟有聲。賊騎迎來相角抵，衆中突有大聲起。大聲疾呼軍敗矣，天外奔雷落人耳。軍心搖搖不復堅，前不顧後後不前。前者身死山卡邊，後者心越飛居先。是役鄉團七八千，七八千人百餘死。萑苻二百翻晏眠，城中得信日未晚。燈火宵深邑侯返。不知衆中大呼者爲誰，云是土與人所爲。自注：『與』字，字書皆作『嶴』。黄嚴各鄉以『與』名者甚多。志書皆作『與』。」王筱漪孝廉南通州紀事云：「結伴出京師，共覓南行路。蘇常歎陸沉，長江難飛渡。迂道入通州，悽涼同孤鶩。老兵岸上來，問爾來何故。福山無隻船，此地不容住。卅里倒退回，維舟傍烟樹。聞有馬搢紳，方辦民團務。叩門往問途，夕陽已向暮。馬紳拈白髭，脚顫顔色遽。云已得羽書，賊來如蟻附。謂我當速逃，遲恐傷刀鋸。同人亟下舟，舉動皆失措。進退兩郎當，謀歸苦無處。爰覯龍巖人，執手談鄉素。告我欲南旋，宜向呂四去。呂四居海濱，海船日日具。一發即申江，寧波亦可赴。詢謀既僉同，辨色爭沿泝。晚至闞家庵，微雨生洳沮。父老互驚疑，持刀爭來覷。驗文逐使前，頃刻不許駐。二更雨打篷，移舟匿蘆絮。避人如避賊，陳餐何能飫。四人促膝談，余與胡幼蘭、宋已舟、荔丹同坐一舟。餘香杳難顧。同行九船，凡三十六人。夜半雨初晴，缺月照林櫖。萬蟲唧唧吟，微風暗燈炷。似聞遠傳金，衆耳齊傾注。謂此胡爲乎，乃攬征夫寤。巨砲猝轟天，干戈翻武庫。一夫攘臂呼，響應不知數。列炬燭重宵，利刃霜鋒露。篙攢間長槍，重重兩岸布。喝問爾么魔，到此難負固。一語猶未終，飛矢如蝗霔。鉛丸掠耳來，鷄肋難抵牾。我急開艙門，皇迫喪厥屨。揮手謝衆人，含冤容我訴。從容敘顛末，聽者稍猶豫。髠奴雜人叢，面色死灰傅。謂此乃飾詞，盡殺方無慮。生平謗佛書，見僧尤深惡。報應果有然，性命幾幾付。有令命搜船，豺虎紛來據。倒篋並傾筐，竊搜及衣袴。書囊墜落卷，朱墨偏昭著。頓爾啓狐疑，爭讀不能句。中有國子生，曾借文場箸。頗信我非誣，向人默相語。决計押公庭，監守待天曙。每舡坐五夫，按劍目光怒。兩隄約千人，鎗炮密防護。解纜緩緩行，相隨不離步。我存必死心，心定忘恐怖。日午抵州城，王公坐如塑。王藻總辦江浙團練。傳呼解賊來，弱笑强者懼。衆人呈部憑，王公色乃煦。謂此孝廉船，何得妄收捕。立遣給護牌，謝過忘驕倨。堂堂方伯公，徐樹人先生。十閩曾控馭。聞訊喜且驚，呼騶看黎庶。惜別愧朱提，拊循何嫗嫗。又見金知州，清談寓旨趣。蹙額言王公，老悖多乖忤。縱鄉害良民，慘虐招咒詛。前後殺千人，無辜填泥淤。君等幸免災，真賴彼蒼怒。嗟嗟練民團，乃以助征戍。殺人以爲功，何異國家蠹。昏昧如此翁，唾欲劈面吐。回舡聚相慶，買酒將錢醵。虎口得更生，疑有鬼神助。酒半我有言，合席坐欷嘘。假令死窮鄉，膏血塗墟墓。魂魄長不歸，終古蒙毒霧。誰釀此禍胎，實爲儒冠誤。半世墜名韁，到此應知悟。故山有敝廬，晴窗照日御。誓當閉柴門，擁爐煨山芋。世網若此多，奮翮宜高翥。筆硯尚不焚，此錯真難鑄。」海門府紀事云：「我自南通州，取道海門府。過壩盤小船，至府日卓午。待潮泊斷汊，自海門至海口尚有二十里。觀者集如堵。練勇樹戈矛，兇狠比狼虎。詢我何處來，得無强賊侶。差人前致辭，南通州派兩差護送。孝廉歸鄉土。本官有文憑，放行幸無阻。練局來搢紳，謂此何足數。作速解維回，稍遲干嚴處。是時潮乍落，扁舟膠淺渚。挽船船不行，噪逐喧桴鼓。同人共歎息，過險險又阻。忽聞興化音，咭呱相爾汝。齊聲呼鄉親，執手色飛舞。謂我且勿驚，此地多閩賈。當入見長官，任此東道主。乃掃天妃宮，設榻遍廊廡。邀飲酒樓中，雜還羅樽俎。於時衆苦饑，空腸聞鳥語。主客乍持盃，合席面成土。金柝競喧闐，鎗炮猝然舉。傳呼賊衆來，離此里四五。主人囅然笑，君第飲清醑。鄉民特畏君，視君如彊禦。打草欲驚蛇，熏穴思捕鼠。寇至特僞言，所當靜以處。有我興化人，諒不敢用武。酌醴過三巡，心亂嫌肴苦。欲吞舌不茹，將咽喉先拒。草草徹具還，蹩躠疑傷股。偷眼睨通衢，燈光照干櫓。到廟先點人，但恐忘其伍。長官遣吏來，盤詰其童豎。繼乃索我書，我書頗奇古。稍釋胸中疑，閉置東西宇。一夜不成眠，微明搖去艣。鄉親送我行，餽食盈筐筥。患難得扶持，此意深何許。作詩當感恩，報德乏璣組。」孫芝房芻論曰：「由今之團練，幸而成者少。使皆成，害可勝言哉？團總、團長藉爲姦利，凌弱孤寡，魚肉一方。幸而勝賊，恃功驕横，小之訟獄賦税，官不得問；大之戕害吏民，法不得加。小民不知禮義，日習戰鬭，人人有飛揚跋扈之心，喜亂樂禍。於乎，團練用民以禦賊也，今乃變民爲賊，其與始意豈不甚剌謬哉？其所以然者，法未善，而任非其人也。昔呂叔簡、金正希皆主用鄉兵殺賊。世知鄉兵可用，而不知用兵者之爲呂叔簡、金正希也。嗚乎，安得盡呂、金而爲今之團總、團長也？」

國家之敗，由官邪也；官之失德，寵賂章也。赫然大吏，而表率不端，簠簋不飭，遂使猾僕、奸丁毫無顧畏。縱虎豹之横噬，流毒四布，而恬然不知爲怪，遑問其知節用而愛人乎？彭湘涵兆蓀擬有新樂府長官壽云：「長官壽，長官不自壽，僚吏相爲壽。酒不必東海珍，脯不必西方麟。添籌有物在囊橐，安用祝予千萬春。門前賀客會，堂上笙歌沸。百醽醉不辭，三更歇猶未。是時歲闌天雨雪，鄉亭屢報溝中瘠。」當關僕云：「睅其目，皤其腹。狐裘貂冠尾透速。一刺價值千鍾粟，身是貴官親信僕。貴官如神天上坐，卑官如鬼候門左。以鬼見神勢本難，況有虎狼常當關。虎狼當關差勝若，不爲錢刀濟其惡。」

盜起粵西，以政俗蠹也。觀於粵東，則粵西概可知矣。喻少白嶺南新樂府礅石犯，傷罔民也。詩云：「周官肺石達民隱，更立嘉石使民警。礅石之法創何人，事不師古而罔民。問犯何罪坐此等，犯未陳言先悲咽。父死兄亡家業空，孤弱不爲强宗容。祖有嘗田歲多息，虎視眈眈莫我直。誣送公庭礅大石。官礅一犯費十年，三字獄成防未然。兩手不礅礅一足，礅犯自炊不給粥。去年炊斷嗟垂危，鬻兒充賴一年饑。今年生妻新去帷，朔風苦寒誰爲衣。十年大赦重囚釋，礅犯不死無釋日。」支更役，哀窮民也。詩云：「支更役，五家十家輪值日。南鄰老叟惟一丁，匹婦操織匹夫耕。織無餘布耕無粟，賊人不上貧家屋。賊解憐貧官不憐，按户斂派支更錢。官差洶洶直入室，手持硃諭官親筆。官限火速無敢踰，惟求官差立須臾。牀頭敗絮不抵值，踉蹌告助友與戚。戚友助錢盈半千，歸以奉差差不然。更縛雌鷄充官筵。吁嗟擊柝古禦暴，今之暴政甚於盜。」水師船，誠軍政也。詩云：「水師船，軍局歲支修船錢。民夷互市關置吏，衛以水師益周備。水師初設本防夷，於今懈防實夷私。夷習務耕不樹穀，闢野千里種罌粟。罌粟未秋花已開，花漿滿泛玻瓈杯。一杯一杯生民血，國賦未增民髓竭。年年江上來艨艟，家家鬼火簾櫳紅。當關豪僕哮如虎，水師包關虎莫阻。嗟嗟水師富兵多，君民交困如兵何。」十家牌，策游惰也。詩云：「十家牌，十家丁口牌載該。游惰無家可托足，嗟嗟蒼蒼莫我穀。實力奉行資好官，版土當見熙朝寬。不須下檄更清野，保甲一嚴無害馬。丹圭治水壑在鄰，散之四方皆吾民。官果保民如保子，父母何忍視子死。我聞海濱比歲圍沙田，沙田多稼無歉年。又聞五管之山多深麓，中有千年百年木。近海躬耕近山樵，比及三年皆富饒。按厥遊惰分田里，撫粤之法此其始。」乞巧筵，刺靡習也。詩云：「乞巧筵開七夕前，重城樓閣紅燈懸。明如晝，不禁夜。七香車着女郎下。女郎連宵刀剪忙，天孫積得多衣裳。人間如許贈匳者，天公奚事聘錢假。瓜果鎸字還鏤花，坐筵絃索調琵琶。清歌侑進雲中酒，笑問合歡杯滿否。銅壺漏轉鳴曉鐘，女郎坐筵筵未終。君不見一家誇乞一夕巧，費去十家中歲飽。」嗟夫，磤犯虐政，賤者受其殃；支更具文，貧人滋其纇。水師船，有名無實，轉爲偷漏之魁；十家牌，似是而非，難測神奸之窟。能勿亂乎？此十餘年，奢麗之區，受禍最酷。今以瓜果破中人産，女郎爲達旦歡，踵事增華，莫此爲甚，宜終及之。抑聞粤俗，女子每十人結爲姐妹，誓以十女同時盡嫁，名曰「金蘭會」。父母若欲先嫁之，輒連袂投河，尤爲敗風亂俗。嘉慶間，有翟少尹者，見荒巖樹下木主飄零。詢知爲「金蘭會」女，爲建小祠，名曰普依祠。此真不知爲政者也。林香溪教諭愚衷詩云：「重典辟法者，治天下之權也。今天下道揆、道守蕩然矣。辟止辟，古人不我欺。豈其叔季世，反勝虞周時。黴蝥腕須斷，理亂先斬絲。但明大理星，何畏蚩尤旗。」

張介侯勸民俚歌十五章云：「勸爾民，孝父母。父母之恩天高厚。子到能養親已衰，服勞承歡焉可後。無那世人重妻孥，二老食粗衣敝垢。烏反哺，羊跪乳。靦然人面敢舛午。不商不讀復不耕，顯達嚴訓難繩武。試看古來不孝民，鬼神褫魄雷霆怒。」「勸爾民，睦兄弟。兄弟骨肉原同體。幼時婉孌共戲娛，長大忽然爭端啓。輕聽婦言即分炊，倘有急難誰爲抵。鹿呼食，雁同宿。人而無情愧草木。荆樹尚愁分析枝，尺布斗粟何怨讟。白首相依鶺鴒原，泉下二人亦瞑目。」「勸爾民，和夫婦。夫婦原爲事父母。宜家宜室斯稱賢，不妒不淫乃裕後。胡爲反目在崇朝，戾氣干和招災殃。雌虎唫，牝鷄晨。其故由於不正身。試看古來賢夫婦，舉案齊眉敬如賓。男秉耒耜女織衽，一室長留四時春。」「勸爾民，訓子姪。子姪幼時皆美質。不教則驕驕則頑，如馬脱羈牛維失。過時而後施懲創，業已捫心黑如漆。木萌芽，禾抽苗。灌溉乃易成豐條。教兒嬰孩真良語，慎勿習慣任囂凌。慈母往往有敗子，可知折葼不容饒。」「勸爾民，和鄉里。鄉里相依如臂指。詬誶怨罵胡爲乎，細故不爭斯可矣。歲時酒食相餽餉，社鼓村歌樂無比。置汲器，與牛芻。洽比之風今何無。爲老負戴爲幼提，爾無我詐我無虞。長橋斷蛟山殪虎，瓜盧團坐酒一壺。」「勸爾民，勤耕種。耕種能勤乃足用。水旱隔並雖有天，滴汗辛苦享盤供。但願爾爲讓畔袁，不願爾爲揠苗宋。荷蓑笠，把耰鋤。霑體塗足敢自如。盼望秋來年豐稔，廩有餘粟圃有蔬。爲之鹵莽報鹵莽，何由大人占爲魚。」「勸爾民，勿健訟。訟則終凶徒悔慟。何嘗腹有大屈寃，惟聽訟師巧簸弄。親戚爲仇田園荒，到底爲請君入甕。差翼虎，吏角狼。穽陷變幻實無常。縱使縣官來折獄，曲直判到早傾囊。何如杯酒釋忿怨，不隨符票離家鄉。」「勸爾民，毋賭博。賭博未有不墜落。父兄勤勞置田產，付之一擲真大錯。況乃呼盧多梟徒，一勝一負交相惡。提博局，挺利刃。性命於此將何逃。或爲奸猾强挾制，傾囊倒篋心忉忉。急早回頭尚可挽，一作乞兒誰拔毛。」「勸爾民，毋酗酒。酗酒須防舌出口。僊僊之舞失其儀，呶呶之言又出醜。懵然不檢發陰私，人將剸刃於其首。腐腸藥，破家符。切勿輕易貪杯壺。裸身既已喪厥德，爛脅每至亡其身。況復昏迷曠職業，萍氏幾之可忽乎。」「勸爾民，須勤苦。愚拙無傷賴勤補。況乃食貧居賤身，敢不櫛風而沐雨。玩愒歲月事難成，可知流水終不腐。晏安毒，放佚災。夙興夜寐天所哀。人生富貴雖緣命，苦後乃得有甘來。在昔神禹寸陰惜，終日飽食何爲哉。」「勸爾民，須節儉。揮霍豪華空氣餒。窮大那能不失居，一絲一粟早收斂。脱粟飯，罽毛衣。充腸適體人無非。不是勸爾爲鄙吝，惜福乃爲福所歸。若到匱乏求借貸，旁觀袖手交口譏。」「勸爾民，毋淫祀。有祖有宗情曷已。四時醊奠蘋藻芳，水源木本視諸此。何乃非其鬼祭之，妄邀空中降福祉。石臼魚，樹杪錢。愚人奔走乞哀憐。豈知溝斷木居士，不是點金活神仙。又況婦女競佞佛，焚香宿寺狂且顛。」「勸爾民，早完糧。

早完免得差來鄉。食王之毛踐王土，忍不踴躍後輸將。宰官況是清貧吏，何能剜肉補爾瘡。拔釘錢，折筍稅。賣男鬻女不能涕。今也賦輕耗無加，猶然逃避苦催隸。捫心自問應慚惶，試想何得此豐歲。」「勸爾民，毋爭鬭。爭鬭孰爲纓冠救。寸鐵傷人論抵死，空拳斃命法難宥。拋卻父母離妻子，身首異處尸骸臭。手桎梏，項鋃鐺。秋讞以後赴刑場。心頭鹿衝魂飛灰，磔封何異牛與羊。到此始悔悔無及，何若平日不强梁。」「勸爾民，聽我語。我愧無術空囹圄。惟有此心可告天，時念咨寒與怨暑。不恃鈎距矜神明，祇宣教化變齟齬。修庠序，植桑麻。那愛安仁滿縣花。但期閭里風淳樸，夜不閉户鼓不撾。爾民其諒我言苦，我何患乎爲瓠瓜。」十五章義淺詞明，足醒聾聵。願閭閻各書一通，父勸其子，兄勸其弟也。果能家喻户曉，不奉爲具文，天下何由亂乎？前於介侯，如秦大縉侍御鏞四誡歌恩子贅壻云：「江濱有奇俗，積習傷雅化。生男事他人，生女不出嫁。男去離膝前，壻來寄廡下。如登傀儡場，骨肉緣皆假。兒亦自有父，兒亦自有母。一朝兩決絕，斑衣向誰舞。力田供子職，責逐逢彼怒。迴念生我恩，泣涕淚如雨。兄亦自有弟，弟亦自有兄。云何陌路人，肩隨且徐行。本非共樹花，安有棠棣情。一朝相殘賊，方知恩義輕。哀哉父與母，何忍棄其子。財帛重丘山，骨肉輕敝屣。荏苒向衰暮，莫敖鬼將餒。生子棄路旁，胡不念宗祀。生女願有家，爲作嫁衣裳。鼓樂相導送，上堂拜尊嫜。云胡今不然，贅壻稱東牀。止抱衾與裯，中饋靡所將。妾身已生子，未識姑舅龐。更有未亡人，撫孤不下堂。忽有髯如戟，來窺舊時粧。兒女呼阿翁，親族舉賀觴。倫理殆滅絶，夷俗真可傷。恩男與贅壻，舉國皆如狂。願言一丕變，醇俗臻羲皇。」後於介侯，如楊宜之大令豫成勸戒詞十首，其第六首云：「戒我民，勿齋匪。青蓮白蓮諸名目，譆譆出出幾如鬼。黠者唱其先，譸張爲幻在斂錢。愚者墮其局，匍匐皈依思求福。亦有良懦迫於勢，孤立無助動遭忌，屈從苟爲自安計。夜聚曉散，情形叵測。男女混雜，奸淫盜賊。一朝瘈狗亡猿恣跳梁，聚族駢誅堪太息。吁嗟乎，斂錢而得匪名，彼或有所利而爲之。破錢而得匪名，爾又何所樂而隨之。蜂蠆自毒也，梟獍自戮也。胡勿遵夷易之軌則，食德服疇以同鼓太平之腹也。」第九首云：「戒我民，勿鴉片。島夷詭計取人財，禍伏隱微人不見。和罌粟汁入膏脂，毒痡四海中國遍。淫朋暱友偶讌集，息偃在牀共呼吸。一燈相對促其膝，曲而不伸如蟲蟄。左右互易役遞執，久久酣迷成結習。面目黧黑軀骨立，氣喘聲嘶言語澀。身死家破嗟何及。君不見毒有鴆，器有兵，傷人之物孰敢攖。何爲甘此如飴忘其生，徒以鴉片之鬼成其名。嗚呼，豈特鴉片之鬼名非名，法所不宥且將加爾刑。」此皆足補介侯所未及。

甲寅，金陵賊驅男婦出城割稻，難民間得逸出。王松枰大令撫卹難民云：「粵匪據金陵，凶殘肆殺戮。百萬陷城中，老幼齊拘束。買命索金銀，得錢人可贖。哀哉白下人，乃罹此荼毒。乘間思潛逃，跳躍心似鹿。偶然脱虎口，夜行晝則伏。倉皇出城來，何處可投足。煢煢無所歸，饑腸如轉轂。太守行仁政，撫卹下令速。設局分男女，晨夕餐白粥。古廟暫棲身，幸可免枵腹。冬則施棉衣，夏則給單服。人多地湫隘，誰能避蒸溽。團聚家園成灰燼，流離至今獨。父母及妻子，死生猶未卜。群盜尚縱横，石城未收復。團聚杳無期，晝夜吞聲哭。」辛酉，賊擾江西，鄒鐵篴端爲作難民謡云：「城上壞雲似人立，淒風慘慘吹賊入。喧闐沸騰忙殺人，血飛如雨刀聲疾。刀聲疾，哭聲哀。死屍撐距腥風來。少壯繫之去，老弱靡孑遺。初時有金命可續，金盡仍然罹其梏。自辰至酉始封刀，慘呼震地哀聲肅。劇憐嬌小婦，深藏將哺子。子未離母腹，母被賊淫死。所幸城中多井復多塘，迺是烈女貞婦之首陽。紛紛逃竄死無地，父母離兮妻子棄。壯者捉之去衝鋒，幼者名之小把戲。可憐倚閭待兒歸，年年望斷解重圍。重圍未解賊又至，滅門絶户餘幾希。烏虖，滅門絶户餘幾希，縱有存者死有時。」二詩紀亂也。番陽馮子良刺史詢娘難見序云：「辛亥、壬子間，河決淮徐，饑民載路。時余北上，道出是間。有老婦攜八歲女追及余船，求收養作婢，委兒竟去。兒隨諸婢伺應，不敢悲泣，惟時倚船窗愁苦作小語。察之，無他詞，但曰娘難見。聞之慘然，作五解誌歎。」詩云：「娘難見，娘在山巔，兒在水面。山水亦天，胡爲使我娘兒割斷。一解。兒在水面，貴人之船。娘在山巔，窮無一椽。窮無一椽，飢餓難並存。低首語兒，娘今將兒送貴人。兒聰明，必得貴人憐。兒飽矣，娘涕淚漣漣。二解。貴人富足，恩及婢僕。飲食衣服，勝父母鞠育。三解。鬟翠衣青，侍側兢兢。仰視貴人，貂蟬何榮。貂蟬雖榮，不如我父母鵠面鳩形。呼娘娘不應，恐貴人嗔，忍淚吞聲。四解。娘難見，日倚船窗苦，千山萬水排無數。中有一條隱愁霧，是娘送我來時路。五解。」黄韻甫大令災民歎云：「客從兖州來，野殣紛相屬。徐泗更蕭條，道路不忍目。白骨浩縱橫，零殘手與足。村荒狗彘饑，矯尾食人肉。嗟爾何貪饕，爾非民不畜。民饑不爾食，民死飽爾腹。民瘠難更甦，爾肥豈能獨。食盡欲何依，早晚同溝瀆。」「阿弟猶襁抱，阿兄四五齡。阿弟已餓死，阿兄匍匐行。狗來食弟肉，還復視阿兄。明知與鬼伍，見慣亦不驚。饑寒父母棄，軀命螻蟻輕。吁嗟紈袴兒，梨棗方紛爭。驅車嶧陽道，村寒少人烟。老稺什伯群，雜遝擁馬前。見客相叫號，宛轉乞一錢。得錢豈救死，殘喘冀苟延。褵褷誰家婦，長跪官道邊。手指所生兒，願隨耶執鞭。割愛詎不痛，良勝墮九泉。呼兒坐轅上，瑟縮吁可憐。阿母顧兒喜，謂免溝壑填。亦知死離别，撒手翻欣然。群兒不得偕，躑躅思追攀。路長哭聲遠，悲風與迴旋。」「濺濺順何流，娟娟河上女。哀哀向我啼，緜緜淚如雨。自言良家子，嬌小守房户。低徊阿母旁，未識饑寒苦。自從黄河災，有田不種黍。阿母老更病，三日火未舉。骸骨滿郊原，兒死何處數。一死固尋常，誰來飼阿母。聞言心骨悲，未忍噱蹴與。解囊供一餐，旦夕竟何補。」「野店倚落日，下馬入草堂。主人肅客坐，竭蹶羅酒漿。苦言草具惡，一水三年荒。不見凍餒骨，纍纍棄道傍。皇心憫饑溺，日月照流亡。不惜内府金，艱難恤夷傷。聖人覆幬恩，原期民物康。百萬輕一擲，豈意雪沃湯。彌縫及乾没，何由知其詳。煩寃滿道路，誰能達九閶。野草久不青，遑問黍與粱。粗糲幸得備，且復盡一觴。舉酒勸主人，黽勉爲善良。西南方用兵，膏血飽虎狼。此鄉雖困苦，猶喜免斧斨。時艱樂土少，憂端兩茫茫。」二詩紀災也。今災澹矣，亂弭矣。有土有人，監於往事，其亦思未雨之綢繆哉。

粤逆滋事以來，死生顛連之苦，民受之，官亦受之，特能詩者少，不能寫其哀思耳。彸叔誌哀諸作，一家之淚，天下之淚也。前哀序云：「江寧大營潰散，賊連陷蘇、常、嘉、松四郡。湜家蘇州，既避地東門外四十里之甪直鎮。五月初，賊黨四出焚掠，各村幾無免者。老親分留二子守，命挈八弟澄冒險脱身，冀存宗祀。從平望賊營後，乘夜偷渡，道湖州以達杭州。自絶消息，已三月矣。述所悲痛，令八弟書之，凡得九首。」詩云：「藐躬寄大塊，修短無百年。即生太平時，局促殊可憐。况兹遭亂離，願死恐不先。如人作惡夢，以醒爲樂然。所嗟爲人子，臨難達親前。何緣獨惜死，將期祖脈延。祖脈固當延，父母須安全。累我兩仲氏，侍奉江村邊。負親以避賊，何處生炊烟。事有不忍料，烽火方連天。消息斷復斷，俄看時序遷。揮戈日難卻，銜石海莫填。吁嗟乎人生，不如草木賢。」「昔人去鄉國，行有遲遲情。今我別庭闈，連夜穿賊營。事固有緩急，機亦判死生。安能奉老親，犯此巨險行。設遇賊刃時，是將親去攖。然吾既脱險，悔不將親迎。雖悔不可試，回首心怦怦。恨無拔宅術，盡室游太清。致使隔賊壤，兩地摇心旌。兩全事必難，獨活心難明。即使兩全活，無由通一聲。荒荒兵氣中，屹屹杭州城。登城望鄉井，賊壘何時平。」「賊據江寧城，已閲歲七周。誰與秉軍政，擁兵不好謀。用圍而弗攻，日鑿濠與溝。濠成内賊困，外賊爲分憂。内外夾攻我，一潰軍難收。沛然賊東下，俄陷三四州。可哀哉江南，地壤財賦稠。國家恃以富，歷歲二百秋。一朝窟豺虎，豈獨蒼生愁。淼淼吴淞江，曲抱空村流。賊來四野静，何處呼扁舟。不如去年死，棺衾恒易求。吾悲一家事，方與今生休。」「種禾江田中，潮來敗秋實。有子亂離時，奉親故不卒。記昨負米歸，心痛慘入室。前夕鄰村燒，賊來勢飄忽。吾母素性剛，訓女以死節。吾父淡蕩人，生理恒守拙。羞以衰白年，流離事行乞。命我挈一弟，兩口犯險出。出者善保軀，宗祀未宜絶。尚有兩子留，效死共蓬蓽。是時我有語，未吐口先咽。欲留非親心，欲去是永訣。仰天蒼穹頽，踏地后土裂。翻願受賊戕，痛以一刀畢。有女尚牽衣，叱之付遑恤。

記茲庚申年，五月十五日。甪直鎮西橋，生人作死别。」「妻妾以人合，同老斯偕老。兄弟同一氣，雖多常若少。浚弟年四十，别時顔色槁。力貧勞倍我，安得色獨好。我生親少時，渠生亦尚早。凡我親苦辛，惟兹得親曉。浩弟未三十，志大身差小。讀書盼成名，兀兀事探討。使之庀家政，不如仲氏了。兩弟性皆醇，内行不求表。臨行勸我去，自任殉親老。别來三閲月，生死信俱杳。兵氣漲江鄉，夢魂亦難遶。與汝期來生，同生永相保。不願再爲人，且作同巢鳥。」「二百年一亂，天道恒如斯。三十餘年來，我祖屢遇之。屢遇卒有後，血脈危如絲。使至今日絶，將傷高曾慈。高曾祖父身，世嬗如飈馳。我安能如祖，適生乾隆時。即使果能爾，子孫定逢兹。孝兹總有礙，浩劫來無期。願身化爲佛，不受輪回欺。又思秦與吴，非同時亂離。吴亂秦自安，民物方恬熙。及到秦亂日，吴下當清夷。恨無遁身法，來往行如飛。挽回造化權，劫數我不罹。妄想到此盡，現在身終羈。即涉百思想，莫解中心悲。所幸日月速，人壽無期頤。吾年逾四十，再無四十期。銜悲能幾時，順受甘如飴。」「自達杭州城，生理若可延。名都殘破後，繕守得苟全。故人有徐子，名之鑑，字仲永。憂我溝壑填。爲謀旅人貲，計獲錢百千。持錢對之泣，是夜愁不眠。記我去家日，米無三石存。鄉居幸好在，易米方需錢。以此寄歸家，足以飽半年。安能腰纏之，騎鶴歸翩翩。飛越賊壘上，自致親庭前。胡爲坐擁此，祇以養孤身。艱難生死際，浪用知誰愆。徒感故人惠，未受錢神憐。」「在鄉身未死，到官迹難匿。大帥知我來，召令草羽檄。分當力王事，隨營誓殺賊。所嗟天下局，東南壞半壁。私爲朝廷憂，小臣口宜默。况念此殘生，方寸亂已極。何心復作吏，靦顔在仕籍。廓廓乾坤中，幾處免鋒鏑。故里既爲墟，危邦亦難適。甘從道路行，處處望鄉國。痛哭白日下，淚添海水溢。生爲無家人，死作他鄉魄。」「澄弟從我來，步步同苦辛。對泣互相弔，兩身如一身。此外誰骨肉，阻絶荒江邊。見汝思汝兄，思弟因思親。思親之思我，猶我思家人。家人共思我，心與心相因。猶之我與汝，思家日相循。相循不獨已，如轉雙車輪。肉有化作土，骨有揚作塵。獨此望鄉心，雖死長爲魂。我欲竟我語，哽咽難盡陳。寫作詩九章，與汝添悲呻。九詩合陽數，還望迴陽春。」後哀序云：「十二月初四日，二弟、六弟領眷口由滬航海到閩。作此六詩，以前有志哀九首，題爲後哀云。」詩云：「吾生惟有哀而已，雙鵲無端來送喜。心知骨肉賊中來，所痛九原獨不起。死者不可生，生者幸無死。不知者來復相見，以此思哀哀至矣。古者大夫有出奔，哭於家廟告祖禰。我家匿在草莽久，只作逃亡存户比。三年得出固自難，何日能歸豈可儗。從今盡室望江南，皇朝輿地我鄉里。直愁長作異鄉人，去鄉將以我爲始。邱墓他年孰料理。語鵲莫送喜，吾生惟有哀而已。」「黄浦口，夷船開。五虎門，夷船來。夷船載人如載貨，得錢乃許登南臺。一船之費百金盡，陸居無屋真難哉。此時相持不暇哭，且先引入城南隈。北風淒厲西日頹，八口委巷同徘徊。叩門告主人，願賃一廛樓。吾儕且免露莽宿，朽壞不數椽與榱。主人授屋去，聽我啼饑孩。海船掀簸苦嘔逆，渠自虛腹非其乖。賊中來時棄卻釜，借釜煮糜鄰人猜。嗟此一家之流民，非我自恤誰相哀。」「華門棲未定，新月已斜入。照我與兩弟，相持作悲泣。是時肩不知所倚，足不知所立。口不知所呿，手不知所執。惟有一心獨知痛，聽説家中難初及。便將放聲哭，所恐驚四鄰。喉中氣不絕，終覺聲難吞。地上去天八萬里，安得如雲六翮生吾身。飛而上哭俾天聞。即挽天河注爲淚，滴地爛盡寒草根。使我行處長無春。」「兄弟相泣處，感動來阿福。渠實不知悲，而猶淚簌簌。問知江鄉賊過來，十村乃存數家屋。焦椽煨棟火之餘，猶易得薪難得穀。村人田荒猶獲稗，應此我家後枵腹。向來戚懿凡幾人，不是出亡即鬼籙。此際汝曹生命促，吾弟手援一絲續。危乎復得有今朝，如夢如醒一反覆。可惜閩中天，亦自不雨粟。且詎阿福俾勿哭，將有野蠶成繭作汝服。」「皇天有冬令，朔風鳴蕭蕭。吹動大瀛海，送我骨肉凌洪濤。海艘既到風不息，卻使我聽寒者號。饑寒汝有命，豈比兵火猶能逃。晨來具清酌，便擷溪上毛。無家之人設家祭，告我兄弟無恙重相遭。尋常讀禮經，不知喪亂之禮何科條。如今先靈在故里，而我反在他鄉招。他鄉招魂即有説，安能縮地祭墓酒一澆。風爲我悲止復作，當門枯樹還刁刁。」「此邦可以無寓公，吴下不可無遺黎。天如着意獨留我，九死不曾填溝溪。男兒讀書欲濟世，將使四海安耕犁。志迂身老遘家難，晚與妻孥重提携。悲來望吴會，浩浩風塵迷。東南此日適生我，豈真使之吟亂離。夜半不能寐，喔喔聞荒鷄。昨夜上書自薦達，九關虎豹將人擠。悲不泄，心日結。願將身骨化寒鐵。直至天荒地老時，此心此鐵乃俱寂。」弢叔著有伏敔堂詩稿，雅自負。或謂「古體學昌黎，近體學山谷」，然大抵與放翁、誠齋相出入耳。

梅伯言户部曾亮，江蘇上元人，著有柏梘山房集。避賊袁浦村居，無書、無墨、無筆、無硯、無紙、無衣，作六無歎，詩云：「我家高樓向南起，懸隔方山四十里。去家避地王墅村，村居正著方山趾。茫然四顧將安歸，親戚暫保聊因依。荒居人事斷還往，無書撥悶如輖饑。兒童咿唔魯論半，春秋那復窺斷爛。出愁入愁朝復朝，出對方山入空案。」「我性不能書，頗亦好塗抹。澣衣老婦頻有言，衫袖常污遭墨潑。自經喪亂棄家具，蒼璧玄珪愛全割。宋人始貴墨，唐人始貴茶。詩人寒餓無長物，餽遺獨此相矜誇。我並無一亦復佳，不受墨磨消歲華。小兒無事難塗鴉，看飲黄犢翻水車。」「乍可坐無席，不可案無筆。塞塞默默空面壁，使我無以寫憂疾。筆工昨日來解包，三錢鷄毛索價高。青銅三百不可得，何由遠致中山毫。嗚乎筆耕吾已倦，尖奴張軍空自衒。不如長槍大戟隨官軍，横掃千人看一戰。」「東坡無田耕破硯，祗今破硯不可見。借人作計終愧人，生硬况如磨鐵面。我有三硯常自奇，蕉葉金星一澄泥。以手運墨如畫脂，無復有石相墨治。倉皇萬卷盡棄卻，此物豈復能提携。我無硯田勿自歎，且喜村田無水旱。但願甌窶滿篝復滿車，不齎盜糧民作爨。」「懷素芭蕉無地種，鄭公柿葉難爲用。會稽九萬婺州百，有紙誰能與我共。小紙寄書常畏嗔，殘箋寫傳那堪誦。聊同抱朴自娱戲，反覆作行無罅縫。嗚呼，國家深仁邁豐芑。寬租發租無時已，蜂屯蟻聚胡爲起。我欲作箋問天公，安得青天變作一張紙。」「南鄰借冠子夏小，北鄰借帶休文寬。西華之被東郭屨，風雪與我爲艱難。道旁父老定哀歎，山鳥何日儒衣看。我思閉門亦良得，送迎無復成主客。倒冠落佩豈得已，相呴相需莫相責。」余自庚申後，避地川東，寓塗山村舍，三來三去，情景似之。

許海秋舍人金縷曲書余澹心板橋雜記後。序云：「曩讀曼翁斯編，心輒低回。竊以頓老琵琶，妥孃詞曲，人間天上，事豔情哀。乃至葛嫩、李香，賤能抗節；魁簫卯笛，聽輒增悲。幾類國殤，詎同禍水；方諸志乘，亦繫興亡。嗟乎，秦淮嗚咽，誰憶前塵；粤寇披猖，倏遭今劫。歲在癸丑孟春之月，僕在江上，倉卒北征。時賊騎距城不四百里，堠兵甫集，烽火斷然，僅二旬而金陵瓦解矣。侯景誰迎，袁粲徒死。曰爲改歲，未復巖疆。嗚呼，江關殘破，親故流亡。慨念昔游，都非舊夢。衣衫蝶化，樓閣薪燒。一付劫灰，無從弔影。桓子埜奈何之喚，賀方回斷腸之詞。載誦斯編，抑又傷已。夫事非同軌，感無異情。曼翁此作，勝國難忘。僕念故園，亦滋慨息。昔之招邀勝侶，流連景光。南部烟花，東山絲竹。墜懽難拾，逝水不回。遑問前因，空成死別。奚必他時憑弔，始爲傷心之事哉？仰天搿卷，歌呼烏烏。因爲此詞，用諗同調。」詞云：「別有傷心處。儘消磨、劫灰金粉，大江東去。樓閣斜陽秋易晚，嗚咽青溪如訴。祇衰柳、殘鴉無數。龍虎雄圖悲豎子，剩遺編、細載閒歌舞。亡國恨，哽難語。　年來烽火臺城路。念無端、家山唱破，淒涼無主。似有簫聲聞鬼哭，忍憶板橋風雨。漫惆悵、美人黄土。繞郭旌旗霜影重，恐將軍、愁擊軍中鼓。早哀絶，子山賦。」百字令下頌臣虹橋憶柳圖。序云：「虹橋自漁洋秋禊，一時觴詠之盛，甲於東南，垂二百年，猶相稱道。及乎淮綱零替，海夷披猖，四方人士，來游者鮮，荒烟斷礎，頹日孤臺。俛仰盛衰，吁可慨矣。然而畫闌依拍，尚按璚簫；蘭橈夜游，競擁樺燭。其有樊條繫馬，倚樹聽鸝。一笑春風，猶見當時之影；三生流水，未飄後日之花。餘韻斯留，前塵可溯。頌臣因鄉關之思，動今昔之感。固已依依入夢，裊裊牽愁。何况隋堤既荒，蕪城再賦。芟將似草，摧已爲薪。若觀崑崙之墟，無復琅邪之種。雖春不菀，未秋而髡。悲夫，一片飛花，亂旌旗之遠色；十年樹木，思樓臺之舊陰。流鶯自啼，莫鴉如泣。昔桓司馬云，樹猶如此，人何以堪。蓋自粤寇既東，非獨枌榆之可哀，桑梓之難問已也。因寫斯圖，屬爲長句，爰成百字，聊比四愁云爾。」詞云：「冶春詞句，爲垂楊寫照、舊時湖上。司理風流渾不見，但有柳絲無恙。莫惱鶯啼，難憑燕問，夢已隨烟盪。璚簫誰按，綠陰曾記孤唱。　堪奈一霎烽烟，青青隔斷，不與春旗颺。樹外朱樓空劫火，漫對東風惆悵。繫馬當年，栖鴉何處，更向臺城望。斜陽欲盡，暮天惟有蒼莽。」

甲子，弢叔自閩入浙，署長林場鹽課司。時兩浙郡縣新復，采所聞爲絕句云：「武林二月新收復，掩骼曾勞役萬夫。卻問舊時叢葬地，半爲溝壘半爲塗。」「城中河涸欲揚塵，城外江流失故津。錢塘江對岸，新漲水沙三四里，并前有七里沙矣。只有西湖水還在，無情含碧待來人。」「浙西掃地地如冰，絕處回春尚未能。獨仰越東通百貨，頻添商賈鬧西興。」「水驛桐廬今寂然，嚴陵祠亦撤修椽。空灘夜哭聞嫠婦，不見當年姊妹船。」「原田前歲流人血，壯草叢蒿二丈餘。蠅大如蟬蚊似蝶，盡徵目見語非虛。」「賊退人稀烟火絕，空山虎出瞰城中。縣官賞格村村貼，望有殘黎殺大蟲。浙東稱虎曰『大蟲』，諸暨、東陽均有虎，處州府城有虎二。」「燕巢於樹略知春，投宿無從問水濱。裹飯疾行義烏縣，百三十里始逢人。」「多逢人骨少逢人，千里行來慘是真。猶記龍游泊船處，髑髏傍槳齧沙痕。」「避瘟無術遥聞梟，誰挽天河一洗之。三个人行兩人倒，去年殘暑涉秋時。」「浙東西已瘡痍遍，想到吾蘇又可憐。只剩菜園半間屋，刦灰遥接建炎年。宋胡舜申己酉避亂錄敘建炎之亂有云：『入平江城市，並無一屋存者。惟菜園中間有一屋，亦只半間耳。』」重至湖上云：「舊日亭臺處處平，望中惟塔不曾傾。枯蘆老葑侵隄岸，斷甓殘垣記寺名。浪説湖山常有美，豈知天地總無情。重來欲印前游迹，倚棹茫然似隔生。」「百年盛典溯宸游，説向空山石也愁。在昔藏書勞建閣，文瀾閣書已散佚，閣亦摧毁。於今習戰便操舟。湖中近駐水師船，以便操演。一湖衰盛堪論世，獨客悲哀況感秋。草舍西泠迷所住，更誰尋得酒家樓。」

林溪香亭檻詞序云：「昔司空圖題休休亭檻曰：『咄咄咄，休休休，莫莫莫。伎倆雖多性靈惡。賴是長教閒處着。』余默觀時事，俯仰身世，本此語作亭檻詞三章以寄志。俾閱者視爲天下傷心人可也。」詩云：「咄咄咄，看我衝冠森怒髮，潢池盜弄本區區，七載勞師空戰伐。萬家聽哭楚江魂，二分又死揚州月。雲愁霧慘鬼悲哀，豫徐殺運連吳粵。不聞三箭定天山，誰效單騎見回紇。咄咄咄，平戎日望天王鉞。」「休休休，官方如此是吾憂。高爵厚祿居不忝，腰懸金印稱公侯。創深父老江頭喘，官不問民但問牛。嗷鴻百萬集中野，長官携笛上高樓。此有實事。心傷赤子流離日，眼看貴人歌舞秋。休休休，伊誰請劍斬而頭。」「莫莫莫，⿰石求⿰石己山人慘不樂。嗚狐篝火在山頭，拔劍悲歌雙淚落。洋烟流毒遍海内，蚩蚩萬姓填溝壑。攘狄不見管夷吾，和戎首效秦長脚。海山百萬斂金錢，遠夷歡喜生民愕。莫莫莫，六州聚鐵真成錯。」長歌當哭，吾爲之擊碎唾壺。

龍翰臣方伯啓瑞，王文勤甲午典試廣西所得士。粵匪初起時，以侍講守制家居。奉旨偕朱伯韓侍御團練數年，迄有成效。乙卯官通副，後藩江西，遽以疾殂，年未五十，人咸惜之。其春日雜感云：「又見高樓燕子飛，江鄉離亂舊窠稀。春風緑野耕牛盡，落日荒原戰馬歸。爛額枉矜前箸好，徙薪終與夙心違。百年未了虀鹽分，老去吾將覓釣磯。」「北望觚稜曉夢晴，風雲長護舊神京。芙蓉露暖棲鴛沼，楊柳風清繞鳳城。一自烽烟驚絶徼，頗聞簫管減歌聲。舊遊把酒論詩處，誰寫紅箋記姓名。」

己未二月十三日，中堂柏葰以戊午場事正法。馬子翊詩所謂「太息邯鄲春二月，遊仙夢遽醒黄粱」是也。廷臣鳴其寃者，有「羅網張天，衣冠掃地」語。越一年辛酉，端華賜帛，肅順亦伏法。海蕙田觀察書事云：「蜚語時思蔽聖聰，無端誘敵啓兵戎。江山賴有賢王翊，壁壘徒煩大將攻。似此營私將不測，欲居顧命果何功。浮雲蔽日須臾頃，卻被風霆一掃空。」

陔南山館詩話卷八

侯官 魏秀仁 子安

古冶縣濱海，吴晉以爲船屯。唐宋以來，東南之長技莫如舟師，福建稱最。前明防倭，衛、所、寨、游，星羅棋布。倭寇始於洪武三年，滋甚於嘉靖之世，實由濱海姦民挾倭爲難。卒用巡撫譚綸，總兵俞大猷、戚繼光，以平其亂。萬曆、天啓間，紅夷穴處澎湖，要互市。巡撫南居益遣總兵俞咨臯擒其渠帥，獻俘於朝。嗣徙臺灣，漸至内地窺伺。崇禎六年，襲陷厦門。先是，巡撫熊文燦招撫海寇鄭芝龍，使捕盜自效。至是，芝龍既收劉香，遂馳援焚其三舟。終明一代，勦倭、堵禦紅夷，冶人不少挫也。國朝平定臺灣，廓清内宇，水師勁旅，電掃飈馳，洋洋乎聲教訖於四海矣。自治平日久，海不揚波。大操會哨，不過豫備不虞。其實水擊火攻，民概未嘗目覩。暎夷蠢動，警及冶南。欽差大臣巡視沿海要衝，南由南澳、懸鐘，北抵烽火、流江，與浙、粵相爲形援守禦。神算默操，蓋至切矣。還以夷人就撫，議准通市，安插閩安鎮、厦門兩處，所以安反側，示柔懷也。而承辦者庸闇無識，竟聽其盤踞烏石山，且飾詞入告，指爲城外荒山。劉芑川教諭養虎行云：「驅虎不得，養虎何爲。鈎牙鋸齒，投肉飼之。嗟虎搏噬本無時，投肉不足療虎饑。居之城市非虎宜，虎豈低首甘羈縻。養虎虎不知，縛虎虎豈癡。虎將脱爾縛，食爾肉，寢爾皮。李將軍死，射之者誰。虎不養人，養虎何爲。」謝枚如孝廉感事云：「痛哭長安道，書生意氣粗。聖朝自恩澤，草野獨迂疎。烽火秋風急，關河夜月孤。欲持三尺組，匹馬向匈奴。」二詩皆慨乎言之。迨咸豐季年，再成和約，則妖寺夷館，布滿城廂，而九仙山亦爲窟穴矣。

烏石山范忠貞公承謨祠，種荔百株。每歲荔熟，就祠開市，游人消夏者接踵。自嘆夷駐祠右積翠寺，荔歸夷人矣。余荔枝詞云：「范公祠下比甘棠，多少游人話夕陽。此樹婆娑生意盡，料應不作去年香。」芑川録入懷籐吟館隨筆。寺有古梅，相傳數百年物，亦被斬伐，炯甫贈張幼川人壽詩所謂「烏峰老樹披」者是也。南霞嘗以詩哭之，詩云：「蘭艾當途一例悲，天心薄處亦何知。雲關久隔寧傳誤，雪徑如通總恨歧。金碧樓臺殊夢境，薜蘿門館想交枝。春風七百年來地，玉石俱焚有此時。」枚如以荔餉葉大與端滋森詩云：「年年積翠擘紅羅，草木無知亦折磨。判與梅花共憔悴，不堪重問舊枝柯。」

積翠寺，古刹也。在范祠右，前有屋三楹，以供遊憩。自道光戊申，里人於其地改建一樓，顔曰「江城如畫」。不五年，而夷人佔之，蓋夷人好樓居也。或曰：「此地不建此樓，或且可免。」余曰：「不然也。」何子翊登積翠寺江城如畫樓詩云：「緩步登烏山，聞情思訪古。既陟鄰霄臺，復經范公廡。久聞積翠寺，勝地最足取。中有如畫樓，江城景可撫。入寺試一登，愀然心爲憮。山僧告余言，兹樓今已苦。憶昔初建時，幽奇擬仙府。畫棟飛海雲，珠簾捲山雨。遠瞰虎門潮，近攬榕城宇。四時多佳景，觀者互爲主。世事易滄桑，此地屬戎虜。縱匠峻牆垣，搜工雕牖户。迄今十餘年，游人不得覩。坐使此名山，廢然成曠土。我聞山僧言，盛氣目爲努。老父立道傍，謂余且勿怒。從古守四夷，非族安敢侮。戎夏今不分，犬羊甘與伍。廟堂失謨猷，庸臣事噢咻。歲幣輸金繒，海國通商賈。赫煌帝王都，酋首任雜聚。區區一禪關，侵佔何足數。我聆老父言，徘徊首久俯。回眸望前山，含笑露眉嫵。」

郭遠堂觀察過海口礮臺感詠云：「先帝重民命，餘恩逮犬羊。天威元暫霽，國體未爲傷。財帛中原竭，蟲沙故壘荒。太平莫忘戰，敬賦扳三章。」可爲守土曚瞍箴也。吾鄉五虎門，爲閩南第一天險。靜海蕭遠村中丞歌云：「巨靈手握如輪斧，驅甲鞭丁開門户。惟天設險地貢奇，仄臥橫眠五彪虎。一虎左顧勢欲奔，銀濤雪浪胸中吞。一虎昂頭若長嘯，洌洌風聲號萬竅。左右兩虎背相摩，竪毛掉尾凌滄波。中間一虎面如紙，迴身内向眈眈視。震兑坎離排陣圖，中權主帥形睢盱。洪流到此勢先殺，何須三千强弩競喧呼。蹣跚更有龜形石，似與於菟供使役。旁有南北二龜石。金牌一笏插波心，恍惚將軍號令出。又有石名金牌。神禹刊山未到閩，庚辰亥竪空艱辛。想當愚叟移山後，夸娥竊負來江濱。餘威尚作食牛氣，强魂毅魄千年寄。嶽峙淵渟屹不移，獵獵秋風寒屓奰。」一簡當不支，雄與題稱。射鷹樓詩話曰：「虎門之險，非兩岸之高山，亦非海底之碴礁石。所謂天險者，蓋以潮信一日一汐，潮退時則船擱閡不得行。今以閩中省垣之地勢論之，梅花、五虎、壺江、金牌、熨斗、烏豬，猶唇也；閩安，猶齒也；亭頭、濂浦，猶舌也。唇亡齒寒之候，其舌尚能伸縮自如乎？以兵家九地、形、勢論之，亭頭、濂浦則爲散地、圍地也；梅花、五虎、壺江、金牌、熨斗、烏豬則爲重地、利地也。至琅琦十三鄉，南連長樂，北界連江，西接閩安，北控大海，其地皆有險可據。自道光二十一年，逆夷寇厦門，省垣官弁恐其自虎門竄入，乃不屯兵於壺江、金牌、熨斗、烏豬，衹填船於濂浦，此之謂棄重地、利地而保散地、圍地矣。猶之人家防賊，大門而不牢固，徒以椅棹等物阻於房内，欲賊之不擅入，得乎？故用兵者，當先辨九地之形，而復扼其要。否則，以地與敵耳。」此一則指畫瞭如，不止於模山範水也。劉芑川教諭殘冬詩云：「側身東望毒龍湫，還自殘冬憶早秋。已報五牙樓艦集，重煩九府度支籌。帶刀幾日行青海，畫界何心棄白溝。猶是冠裳文物地，吾離肯許住瓜州。」「封章重疊奏丹墀，絶壑黿鯨宅已移。可信雲麾三島定，仍聞霧節九邊馳。通宵官酒開牙帳，滿載明珠照翠旗。試聽北辰南斗外，並山名。鮫人夜夜泣滄湄。」「飛渡徒愁水一間，虎門久令萬夫艱。未張射寇三千弩，已塞通潮卅六灣。東海應憐銜石鳥，南荒可有鑄錢山。近聞估客帆來杳，望斷琉璃浦復還。」「巍峩樓櫓海雲東，截斷波濤路不通。貳負尸還留島上，屠蘇酒已飲年終。市開虎馬錢刀聚，戲演魚龍隊仗工。安得雷霆天半下，轟然一掃瘴烟空。」其第三首即紀填船濂浦事。

庚子四月，夷船泊穿山洋及梅嶺、厦門。辛丑，復犯厦門、膠州。柯易堂大令培元陷於圍者九日，作九日陷夷記，其口號詩有「吾無官守責，何以死疆場。吾爲名義重，焉得辱犬羊」之句，聞者壯之，蓋大令方罷官也。是時夷方乘間欲入福建，而顔魯輿開府伯燾駐節厦門，鋭意圖之，徵棉被、徵牛皮，雷厲風行，期於必戰。罄一省之儲胥，供半年之籌筆，乃夷船轟然一礟，而將臺之前後左右如鳥獸散也。劉芑川教諭感懷雜詠八首云：「誰肯請纓擊南越，獨思下瀨擊東甌。一時意氣真無敵，半夜倉皇可自由。入保即今惟甲楯，偕行何日更戈矛。于思漫笑華元復，餘燼還憑國佐收。」「鶺鴒紛紛競願爲，六千君子豈虛辭。軍中自信山難撼，邑外誰知蔓已滋。高克在彭師竟散，賁皇奔晉禍終貽。翻教積貯歸窮虜，牢賞何當惜重貲。」「如虎都因畏蜀人，火攻下策詎通神。請看即墨城難破，轉笑渾瑊壘始新。鷺島秋風禽不渡，龍湫夜雨草無春。淋漓倘有王琳血，鬼語啾啾遍海濱。按，時方戰，帥壇執督陣旗者，適爲夷砲所中，大帥懼而逃，諸軍遂潰。夷登岸，副將凌志及其麾下守備王登仕力戰效死，凌首爲夷割去。事定，訪其尸不得，惟得平日所著一袍，奉之歸葬。入祀昭忠祠。」「何人年少氣凌雲，談笑瀛壖欲奏勳。漫以知兵推趙括，徒勞獻策學終軍。脱鞲長劍原驚衆，縱轡神駒竟敗群。淒絶八公山下路，風聲鶴唳不堪聞。」「戴罪南荒尚列營，矜全獨荷主恩宏。已分晉國誅林父，還覩秦師用孟明。肅羽鴻宜圖再集，失晨鷄豈忘重鳴。一聞詔命俱流涕，身受何如矢報情。」「雙闕崔嵬峙紫穹，滔滔終古水流東。千尋鐵鎖嗟空在，百丈樓船幸未通。漸報魚龍移窟遠，浪誇虎豹守關雄。潛踪自畏天威赫，莫上燕然紀戰功。」「宛然飛鳳翼雲衢，嚴郭遺規尚未蕪。棄蒯幸無譏莒子，寘薪應不訴夷吾。萬千誰惜青錢選，三百爭看赤芾徒。羽檄紛馳笳鼓競，丁丁猶聽斧聲俱。」「那知鼇擲鯨呿外，別有城狐社鼠憂。牙爪何嘗隸祈父，腹心猶自托公侯。只防周處成三害，難遣張衡釋四愁。夜半榕城城上月，幾回殘夢警鵂鶹。」易堂大令歸，作鷺門啖蕉圖，桐城張辛田大令用糦題云：「風火輪船鷺島蟠，欃槍星繞客星寒。蕉花未信能延命，竹葉何辜使去官。易堂爲輩語所中，以嗜酒被劾。入險身同豺虎近，放顛指作犬羊看。吞氈齧雪尋常事，爭及先生處萬難。」「蠟丸密計遞軍門，妙合機宜孰與論。兵果銜枚來問道，賊方設樂宴中元。樓船一炬鯨波沸，鐵騎千重兔窟掀。可惜深宵書未達，空將往事羨崑崙。」「罵賊能將大義伸，檄文飛舞字精神。地危自恨無官守，母老天留不死身。失劍賸携哀病僕，義僕金城相從不去，賊義之。收琴如撫孑遺民。出險後收一琴。從茲領略三蕉趣，用東坡語。繪出紅蓮幕裏人。魯輿制軍延之幕中。」易堂著有鏡烟閣詩集，莘田著有黄海山人詩鈔。夷人既踞厦門，復航海欲入漳南，乃招海上舵工識水線者，爲操檝焉。舵工引至中流，淺礁，擱不能進，夷人殺之，乃返棹去。是漳南郡縣皆舵工一人之力，惜不得其姓名。此一則見徐柏楨中丞小浣霞池館隨筆。粤逆林鳳翔之陷平陽也，將直趨太原，招一老者爲導。老者引之登太行，崎嶇八陘間，遂怒殺之而北。以故晉陽得以無恙，與舵工事正同也。郭遠堂觀察辛亥厦門感事云：「蜑珠寶布溯繁華，十載滄桑事可嗟。誰遣虛聲驚草木，坐令寃氣滿蟲沙。戍樓枕海荒烟冷，估舶衝潮落日斜。忘卻鞾刀無置處，徑思赤手拔鯨牙。」是時觀察主講玉屏。夷釁消弭久矣，而盤踞道署，貽害良民，猶令人髮指也。嗟夫，自有夷務，鋭意言戰者獨裕、顏兩開府耳。顏尤發揮盡意，而卒皆無成，豈非天哉？抑闇於知人，短於將略，天亦末如之何已。

鷺門之警，福州豪家世族遷徙一空。苣川狂言云：「挈瓶寧有智，吞聲立路隅。請君鑒前覆，海上今何如。江海相合流，中無障與郛。蛟龍乘風入，誰敢張之弧。貔貅聚萬竈，飽食忘戈殳。豈無百夫防，未許輕馳驅。指麾在平日，螻蟻尚有徒。及茲明信義，勿以資鮫奴。」「太平二百年，目不識鈇斨。羽檄忽四馳，人心何皇皇。蓬門小如竇，所見誠不張。先聲賴巨室，坐鎮安其鄉。榴花洞已湮，欲避將何方。君如舍此去，哀哉城與隍。」「茲地年屢豐，囷倉遍里社。甘雨稍不時，大東遽歌雅。飽人畏饑餓，甚於枵腹者。未秋已防冬，山積還苦寡。糴多市價昂，百錢僅盈把。尚喜遐方來，估帆疾於馬。昨朝大江頭，三尺飛符下。千艘竟遠揚，鴻雁嗷中野。」

吾鄉夷警前後，縻餉不下數百萬，而當局拾瀋之謀，直同兒戲。時謝枚如孝廉適遊漳平，其故鄉詩遠懷耆舊，近念老成，俯仰低徊，情文雙絕。詩云：「故鄉經濟失龔陳，（海峰太守、望坡尚書。）更歎黃（莘田大令。）林（樾亭孝廉、香海太史。）筆有神。近日文章誰領袖，當時世事未艱辛。干戈倉猝無長策，歌哭牢騷想古人。手抱牙琴彈不得，滔滔滄海日飛塵。」「婆娑大樹獨登臺，施虎藍彪盡草萊。（施靖逆侯烺、藍總戎廷珍，世稱『施虎、藍彪』。）一代功名虛上將，八方戎馬惜雄才。河山輾轉通增幣，池館荒涼話劫灰。更有孤臣千里外，中宵長劍自徘徊。」

廣東三元里一捷，人心稍快，繼之者惟臺灣。時兵備爲桐城姚石甫先生瑩，獲夷舟一，夷鬼二百餘人，悉置之法。及和議成，夷人詭稱「久服威德」，請公一會於夷舟中。先生無懼色，慨然單舸往。語氣雄直，責以大義，夷人辭屈，乃暢飲歸。朱伯韓侍御癸卯九月朔日集萬柳堂宴石甫詩嘗備紀之，詩見射鷹樓詩話。觀後來葉開府事，當益服先生之有把握矣。先生健於文詞而弱於書法。丁酉以江南掣同知，簡放臺灣道，屢蒙召見。温諭：「爾文理甚佳，何以當時不入翰林？」對以「臣不能書」。命進册子，上披覽良久，乃曰「爾書大難」，故鎸「天子知臣不善書」一印。雖不能書，亦足豪矣。至是，爲夷目陳愬，逮入對簿，以「張國威」對，謫授蓬州牧。乙巳，年六十矣，有草堂詩，序云：「先薑塢編修，考陸放翁乙卯七十一詩敘，定放翁生於宣和七年乙巳十月十七日。瑩以乾隆乙巳年十月初七日生。道光乙巳二月五日晨，少陵先生及放翁之祀於草堂有感。」詩云：「昔賢自嗟窮不死，乃復有人同丙子。天公巧弄古更今，壽永南荒亦徒爾。退之子瞻同命宮，儋耳益甚潮州窮。箕口牛角自張奮，磨竭精氣千群雄。放翁老更逾秦棧，宣撫幕前作幹辦。樓蘭鐵馬望中原，一身況是多憂患。長城已壞兩鬢衰，細腰宮畔秋風柳。淋漓痛飲嚮天地，汴水年華空自悲。誰遣詩人多入蜀，悵望蕭條悲宋玉，草堂配食秋復春。邨男競唱巴渝曲。一杯遥酹薦青萍，東風花爛錦江津。幾歎歲華逢乙巳，與翁何事又同辰。」戊申，自蜀引疾歸。文宗登極，上諭褒獎，起之，陳臬廣西。芑川海音曰：「一島能伸氣浩然，鋪揚盛烈亦微權。覆盆寃訴何從達，金鏡瞳瞳照海堧。」注云：「逆夷滋事以來，南憑浙粵，北駛燕齊。穢毒之流，上干天怒。雞籠一役，雖曰受制尾閭，而敵愾同仇，究關衆憤。論功行賞，作民氣即以壯國威也。議者不原其意，輒以冒濫爲詞，信漏網之頑讒，阻干城之義勇。攀轅籲訴，輿論莫伸。幸宣宗皇帝洞燭隱微，鎮道二臣僅施薄譴。嗣皇御極，功罪益彰。桂海用兵，並加節鉞。知人則哲，不其然乎？」

射烏樓，福州南城樓也。林穎叔方伯詩云：「大江東去日西馳，虎豹關門守四夷。父老能談開國事，登臨幾見太平時。空山草木玄猿臥，故壘風烟老鸛悲。獨向鼓鼙思將帥，新霜吹鬢欲成絲。」詩作於京邸，蓋借以紀庚申夷務。

張光弼輦下曲云：「似嫌慧日破愚昏，白晝尋常下釣軒。男女傾城來受戒，法中秘密不能言。」「釣軒」，即俗云「釣闥」。元時胡僧房下釣闥，置婦女於中，被亂者衆。歲癸亥，東街教堂藏匿婦女，居鄰有搜出婦人裙釵弓鞋等物，此風不絕，得毋「釣軒」之明目張膽耶？乃郡守受夷人愬，爲擒數人，將置之法，道路譁然，罷市者一日，始釋歸。射鷹樓詩話曰：「天主教開禁而後，各海口設立教堂，每七日一膜拜，誘掖愚民。福州南城外，去城不及一里，設天主教堂，男女蝟集八千餘人。其所祀之天主，曰耶蘇。按，澳門紀略略曰：『澳中所奉天主。有誕生圖、被難圖、飛昇圖。其說以耶蘇行教至一國，國人裸而縛之於十字架，釘其首及四肢，三日甦，還本國，越四十日而上昇，年三十有三。故奉教者，必奉十字架，每七日一禮拜。』其教頭多西洋人爲之，亦有中國人爲之。行其教者爲花旗國。即彌利堅。其書荒唐紕繆，近刻十條誡注，妄詆孔孟，直爲狂吠。其堂峻宇雕牆，窮奢極侈，男女溷雜，至不可問。澳門紀略云：『日本國禁天主教，嚴其海口。葛羅巴馬頭，石鑿十字架於路口，武士露刃夾路立。商其國者必踐十字路入，如回避者，立斬之。又揑耶蘇石像於城闕，以踏踐之。故西洋夷船不敢往商其國。』日本國尚能嚴禁邪教，豈堂堂中華恬不知怪乎？聖人在上，誅其目，散其黨，火其書，燬其居，驅之海外，勿使穢污中國之土可也。」按此一則，就庚申以前言之也。自和議再成，則城中四大街皆有教堂矣。

鴉片，名「合浦融」，見徐伯齡蟫精雋。又名「阿芙蓉」，見李時珍本草綱目。其類有三：一曰公班，一曰白皮，一曰紅皮，詳楊秋衡海錄及魏默深海國圖志。海寧應笠湖茂才詠烏烟云：「黃金灰裏盡，白日夢中過。」見宋小茗孝廉咸熙耐冷續談，可謂切中時弊。侯官何乾生孝廉春元詠洋烟七律八首，如云：「萬事都如冰解釋，一身竟付火煎熬」，「孤燈照處留宵伴，冷枕醒時報午餐」，摹寫無遺，讀之尤令人心悸。詩詳射鷹樓詩話。而皖湖劉壽雲孝廉國筠詩云：「曾說芙蓉肇禍胎，頹波日下遽難回。中華盍弛栽花禁，免使戈船擅利來。」噫，是何言哉？其有激於中而反言之耶？顧此第形之歌詠，後來竟有陳之章奏者矣。不及二十年，而鴉片一案，前後頓殊。宛平張新之著草野存心一卷，一正學術，一舉人才，一籌夷防，一講武備，一裁冗員，一議鹽課，一定田制，一增官俸，一免追欠，語多切中。其論鹽課，以爲天下之利與天下公之。其論田制，以爲按畝均徵。其論官俸，以爲上司屬員與百姓相見於青天白日之中，不至不論人才，不論民生，但論調劑。其論免追官虧，以爲不至渾賢不肖而一之也。其論皆與余合，惟弛烟禁一條，竊以爲繆也。嗚乎，我有短垣而自踰之，其爲風俗、人心之蠹，可勝言哉？時常熟翁文端公心存以此與尚書肅順廷爭。厥後王文勤公起總憲，未赴任，馳摺謝恩。後疏陳三事，其一則請申明官紳、士子、兵勇吃食鴉片之禁，上從之，通飭各省。「雖無老成，尚有典型」，吾誦雅而痛其云亡也。仁和高茶菴明經鴉片釐云：「鴉片本夷產，厥名阿芙蓉。中原懼流毒，例禁勿使通。煌煌法令下都市，食此者徒賣者死。關津偷漏且不容，胡爲釐捐竟及此。况乎鹽有賈茶有商，國家税課歲有常。例所不載莫敢昉，縱然江浙連年荒。勸捐籌餉日不遑，區區何足充軍糧。或者猾胥藉此充私囊，猾胥貪賂不足怪。獨怪有司不知戒，漠然坐視王章壞。正供幾同鹽與茶，試看列肆當官賣。」

郭遠堂觀察洋藥税云：「嗚呼，誰使中原杼柚嗟其空，誰使萬家婦子泣路窮。鴉片之毒遍海内，洪水猛獸將毋同。先帝爲民計深遠，嚴塞漏巵培國本。訏謨内斷出宸衷，獨任夔龍斥共鯀。諸君當日皆臺郎，煌煌天語知其詳。短垣自踰顧何意，毋乃竊比桑宏羊。其名曰非實則是，飾詞敢壅聖人耳。坐令威武古軍門，燈火如雲張夜市。」可謂正論。枚如發同安見罌粟感賦云：「夙駕發泉山，言至同安縣。路旁紅白花，或言是鴉片。吁嗟阿芙蓉，毒藥衆懽忭。能令金錢虛，復使朱顔變。黄許各建言，漏卮塞未遍。爭利而忘身，邊城紛刀箭。白骨高如山，言之心膽顫。小民爾何知，躭酒寧堪燕。妻子困饑寒，精神供烹練。不見四方人，嗜者終貧賤。如何蕞爾區，栽種適芳甸。國家有科條，努力避嚴譴。作詩望長官，中禁惟其便。」此等得體之言，吾不能不低首宣城也。罌粟，即米囊。仁和胡以瑶教諭琨哀鴉片詩有云：「即如浙温台，花競栽米囊。製成名土烟，利遠勝稻粱。邑宰例打花，些少摧路旁。謂真芟刈之，租賦無由償。果否前數紀，斯郡皆抗糧。任投時俗好，忍令田疇荒。他省種皆然，民敝官聾盲。」國家之敗，由官邪也。可勝浩歎。蜀中此花，自寧雅達雲南幾遍地。花植自冬，藩於春，取漿於夏，商販於秋，歲以數百萬銀計。湖南北、甘、陝咸仰食之。自邛雅而南販者，結隊以行。邛雅而東販者，始散之四路。居民之黠者，因其販之違禁也，鳩其黨類，乘隙要奪於途。販者無所愬，於是有包送者，引類呼朋，明目張膽，名曰烟幫。整隊而行，操械升炮，莫敢誰何。止宿則自第一鍋至數十鍋不等。余於丙辰秋初，度蜀棧，目擊其横。竊怪官斯土者之如聾如聵也，爲作烟幫行以寄意。越己未，蜀中遂有李短搭搭之變。李短搭搭，包送鴉片者也。蜀之人呼辮曰「搭搭」。搭，蓋韃之轉。其辮短，故曰短韃韃。然則此花蓋妖孽也。江弢叔詩云「天愁民有種，花與禍同胎」，雋矣。香溪江南吟云：「阿芙蓉，阿芙蓉，產海内，行海東。不知何國腥風過，醉我士女如醇醲。燈熒熒，烟濛濛，語喁喁。或言容成授軒老，帳中語秘事莫踪。夜不見月與星兮，晝不見白日。自成長夜逍遥國。長夜國，莫愁湖。銷金窩裏乾坤殊。昔聞酒可亡人國，此物夏禹儀狄無。横六合，迷九有。上朱邸，下黔首。彼昏日醉何足言，藩决膏殫付誰守。語君勿咎阿芙蓉，有形無形朋則同。邊臣之朋曰養癰，樞臣之朋曰中庸。儒臣鸚鵡巧學舌，庫臣陽虎能竊弓。中朝但斷大官朋，阿芙蓉烟可立盡。俗曰烟癮。説文：『朋，病癮也。』」此則推廣之，未嘗非通論也。

射鷹樓詩話曰：「洋烟流毒中國，元氣已傷。救之之法有二：一則絶通商，一則開海禁。絶通商，非主戰不可；主和則苟安於目前，過此伊於胡底矣。開海禁，是彼國之人可商於我國，則我國之人亦可商於彼國。蓋海禁一開，則天下之財分於百姓，不能獨歸外地矣。宜黄陳少香先生詩云：『已拚海國成孤注，肯捨金湯塞漏巵。』又云：『重洋地豈能沉鐵，百粤山宜盡變銅。』讀此詩，不禁作杞人憂天之感。」

「洋藥」之説，始於咸豐己未聚紅榭課。因以洋藥税命題。贊軒詩云：「昔年禁鴉片，土貴黄金賤。去年税洋藥，民苦官吏樂。三山樵叟竹枝詞注：『洋藥税，每銀百兩，加耗二十八兩。耗兩之重，無過於此。』千取百，萬取千。朝廷歲所入，寧是夷人錢。重曰税，輕曰釐。府庫日以瘠，囊橐日以肥。漏巵漢人得，此禍猶未急。君不見華税年來易洋税，從此利權歸夷國。」可謂能見其大。枚如詩云：「烟進口，數百萬。銀出口，千億萬。銀如土，烟如飯。失銀不愁失烟歎。大臣謀國善持籌，設關權利江之頭。一舟若干箱，一關若干舟。半公税，半私抽。坐關之吏肥如牛。吁嗟乎，烟如飯，銀如土。税烟歡喜食烟苦，國家究竟終無補。君不見巍巍八座大官府，低首借銀向夷語。」嗟乎，時事至此，尚何言哉？宜枚如爲此絃外之音也。

鴉片弛禁，徵税抽釐。而官紳、士子、兵勇，尚有舊章，惜内外臣工不能實力奉行，以致滐惡奸民、浮薄子弟，毫無顧忌，可勝慨哉？喻少白貳尹阿芙蓉詩云：「莫豔芙蓉小字馨，傷心流毒遍生靈。可曾弛禁從中策，但見交章創重刑。餘燼已燃兵火赤，短檠猶照鬼燐青。無端費盡銀河水，未洗人間草木腥。」

烟禁既開，而烟館遍於市肆，黠者又以婦女相煽誘。馬子翊有行行謡云：「烟燈開，烟客來。烟雲繚繞如蓬萊。何人射利術更巧，十五紅粧佐談笑。藥香花氣兩相薰，可憐顛倒迷年少。」

何南霞竹情齋詩話云：「福州南臺，一大銷金窩也。謝古梅先生竹枝詞云：『兒郎三五鬭繁華，貂帽狐裘暗自誇。昨日阿爺趕魚市，芒鞋水褲日初斜。』莊語足警浮浪子弟。近日蕃船蝟叢，茶賈雲集，蒼霞洲一帶金碧樓臺數十座，無非𠸄商粵賈所居。游手少年得作彼中爪牙，朝即敗絮，而暮足綺羅。故雖斗米二千文，青樓絃管之盛，加倍於前。風俗愈奢，人心愈漓，斯即禍害愈速，死於安樂者弗悟也。」林石甫哀江南曲云：「花邊復花邊，江南無荒年。莫嫌騩馬駒，轉眼紛籤錢。樓櫓復樓櫓，江南無閒土。莫賤小蝸廬，回頭失環堵。」此詩作於癸卯、甲辰間，時方通商，夷人但住中洲一所，未有如斯之盛，已慮及之，不誠灼有先見哉？

枚如辛酉臺江修禊圖序云：「携酒榼，買舟向鼓山行。風日晴美，微波若送若迎，倚舷舉盞，心方欣欣然。舟一轉，忽見千門萬户，抗雲蔽日，塔如廚如，青白繚錯而下上者，夷居也。其修數百尺，首尾山立，帆若垂天之翼，深目高顴，歡笑於其中者，夷船也。既而丁丁之聲甚喧，遙望十數百人引繩操斧斤，則以海氛逼五虎門，治戰艦也。」又云：「余維修禊之風古矣，而最盛傳者莫如蘭亭一會。永和癸丑，晉穆帝之九年也。其時內難稍夷，外憂未弭。姚襄、苻秦之屬，禍端方萌芽。然而王、謝迭興，國家猶爲有人。東南半壁，金湯晏如也。乃右軍之言，其言似曠達，其意則有岌岌不自保者。嗚乎，其亦深於江湖魏闕之思者耶？然則今日者，把酒臨江，四顧蒼茫，其曠然相感，蓋亦有不能自已者乎？」噫，枚如情見乎詞矣。時夷人再就撫，而常、蘇俱陷於粤匪，浙江亦岌岌也。滬瀆夷場，遂爲桃花源、榴花洞。張懌齋觀察新樂府諷流寓云：「北風莽莽鴻雁號，銜蘆東來浮海濤。故巢回首苦蹭蹬，乃欲結隊棲蓬蒿。蓬蒿何長稻粱短，毛羽襹褷漸豐滿。幕燕檣烏共頡頏，鄉心無復驚蘆管。吴閶富兒雄於財，閈閎峩峩甲第開。朝歌暮舞樂莫樂，錦天繡地金銀堆。堂上何所有，沙邏絃索蒲桃盃。堂下何所有，五花駿馬金鞴靫。投壺六博絲竹肉，纏頭明錦紅玫瑰。居安思危天降災，賊騎乃自閶門來。盡携妻子出門走，神色沮喪心悲哀。黄者金，白者玉，捆載而行滿囊篋。可憐華屋换山邱，那識宴安是酖毒。連雲市肆滬瀆城，望衡對宇縱復横。尋源到此一枝借，依然繡闥連丹甍。人生行樂苦不足，窮途況復難爲情。蘭陵美酒玉椀盛，中山一飲千日酲。名倡宛轉調錦箏，大絃小絃變徵聲。噫吁嘻，此間樂兮不思蜀，賸有王孫道旁哭。欲求厭亂復天心，亟待還淳變民俗。公莫舞，聽我歌，我歌不樂將奈何。請看舊日監門畫，莫戀他鄉安樂窩。」蓋呼之使覺也。江弢叔夷場云：「滬城北門外，濱海開廣場。華夷互市地，雲集來萬商。通以火輪船，利盡東南疆。貨積財自聚，奸僞多非常。到來若外國，恍已航重洋。屋潤金碧氣，人换腥臊腸。輿馬塞廣術，踏沙爲不揚。夜燈萬琉璃，懸照洋樓倡。絲簧協夷樂，風引何悠揚。徒觀繁盛形，頗似樂未央。云昔賊在時，是處真金湯，數夷執火器，已足資巡防。避地十萬家，輂貲賃夷房。偷安兵火隙，排悶猶排觴。因是益增華，勝昔之金閶。我聞獨悽惻，仰視天茫茫。東南狃太平，軍政久積弛。貧弱見兵端，自昔夷務始。羈縻難有術，善後昧厥旨。尋至粵寇來，百城共一靡。蕩蕩大江南，財賦可綜理。十年漸沉淪，萬里生荆杞。下游地垂盡，勢真不得已，乃指海一隅，謂餉源在此。並用夷之兵，助威借長枝。權宜苟有效，姑勿論國恥。天心固仁愛，萬物不終否。前事古未聞，世變誠多矣。我來看夷場，悲極難爲喜。市氓正憧憧，搔首斜陽裏。且願善懷柔，再勿生瘡痏。魏絳功偶成，伊川歎方起。」弢叔此詩，則作於蘇杭收復以後，追原禍始，直刺時流。其隱憂與枚如正同，不止爲晏安酖毒諷也。借用夷兵，蘖於癸丑，而蔓於壬戌之會防局，此亦世變之大者。傷心人别有懷抱，少陵留花門所爲作乎？

譚仲修茂才滬瀆夷場行云：「人間何地無滄桑，天塡黄浦成夷場。高高下下嘘蜃氣，十十五五羅籧房。青紅黄緑辨旗色，規制略似棋枰方。門前輪鐵車硠硠，人來闢户摇鋃鐺。倒映窗牖頗黎光，左出右入迷中央。兜儷窈停言語厖，笑指奇器紛在旁。銅壺銀箭人官廢，自鳴鐘錶矜工良。五金光氣出巨冶，百寶追琢來重洋。水舂機上織成匹，磁引筩中火具揚。銀鏤尺表測寒暑，電景萬里通陰陽。我非波斯胡，目眙安能詳。中原貴遠物，一握兼金償。矧乃阿芙蓉，其毒能腐腸。世等酸鹹嗜，直以饔飱當。烏乎利藪召兵甲，烽燹廿載盈海邦。不誅義律縱虎兕，哩嘓吠出尤猖狂。大沽一勝申國討，伏莽仍憂越與江。九州禹服萬物備，何煩重譯通梯航。廣州南岸印吾鐵，閉關不早師陶璜。聖人先見在故府，烟塵海上天蒼涼。皇惑萬怪齊銷歇，大風去垢朝軒皇。」嗟乎，國家承平二百年，乾隆間公帑充盈，武功極盛，嘉慶初度支稍絀，迄今財力頓耗，乃知大兵大役，財散於上，仍散於下，惟洋賈橫攬利權，使中原金銀滔滔不返，此豈可不爲寒心哉？陳仲魚鱣曰：「古言國奢示之以儉。今日風俗之弊，非徒禁其奢已也，必先去其邪。夫居處之雕鏤，服御之文繡，器用之華美，古之所謂奢也。今則視爲平庸無奇，而以外洋之物是尚。如房屋、舟輿，無不用玻璃；衣服、帷幙，無不用呢羽。甚至雜物器具，曰洋銅、曰洋磁、曰洋漆、曰洋錦、曰洋布、曰洋青、曰洋紅、曰洋獺、曰洋紙、曰洋書、曰洋扇，遽數之不能終其物。而南方諸省則通行洋錢，大都自日本、流求、紅毛、英吉利諸國來者。內地出其布帛、菽粟，民間至不可少之物，與之交易，有識者方惜其爲遠方所欺。無如世風見異思遷，一人非之，不敵衆人慕之。其始，達官貴尚之，浸假而至於僕隸輿儓，浸假而至於倡優婢嬪。外洋奇巧之物日多，民間布帛菽粟日少，以致積儲空虛，民窮財盡，可勝歎哉？」孫芝房芻論曰：「島夷番酋蠱中國之藏，作爲奇技淫巧至毒之物，蠱我民而竊我財。而洋爲銀之尾閭，塞之不止。天下之銀日益貴，民爲生之計日益窮，而亂由斯起也。」按，外國奇器其始皆出中華，久之中華失其傳，而外夷襲之。王伯厚小學紺珠載：「薛季宣云：『晷漏有四：曰銅壺、曰香篆、曰圭表、曰輥彈。』」按，輥彈，即自鳴鐘，宋以前本有之。温伊初先生詩云：「西洋製器雖奇巧，半是中華舊製來。」林香溪先生詩云：「包藏禍心喫咕唎，七萬里外輪船至。互市高樓鬼島連，挾山奇貨通天智。洋烟流毒劇堪哀，茶藥曷換洋米來。」茶葉、大黄，只換洋米，不換奇貨。此上策也。

洋米入口，自阮芸臺先生撫粤始。先生西洋米船初到紀事云：「西洋夷船來，氊毿即呢羽也。可衣服。其餘多奇巧，價貴甚珠玉。持貨示貧民，其貨非所欲。田少粤民多，價貴在稻穀。西洋米頗賤，僅有内地平價之半。曷不運連舳。夷曰船税多，不贏利反縮。免税乞帝恩，余奏免米船入口之税，仍徵其出口船貨之税。准行。米舶來頗速。以我茶樹枝，易彼島中粟。彼價本常平，我歲或少熟。米貴彼更來，政豈在督促。苟能常使通，民足歲亦足。以後凡米貴，洋米即大集，水旱皆不饑。」

輪船行極駛，旦夕可達千里，逆風巨浪不畏也。估客趨之若鶩。近聞欲作大輪車，又欲於粤、閩、天津等處築長堤，供其馳騁。噫，夷人百計罔利，蓋將無所不至矣。鄭少谷郎中火輪船行云：「四輪割水馳而驅，一橐吹火號且呼。駕空不用千里駒，乘風不用十幅蒲。舟非舟兮車非車，公然別有造化鑪。火燄雲起飛龍噓，水聲鼎沸長鯨呿。橫行到處如坦途，何人爲制海大魚。鴟目鳶鼻諸鬼奴，短衣窄袖誇輕軀。循舷而走行趑趄，緣橦而上視睢盱。鐵罐腹内藏機樞，銅柱頂上施轆轤。雷聲忽震樓櫓鳥，鼇身不動戲海凫。機身機事日以殊，使人使鬼日以疎。古人未有華人無，愼勿列入王會圖。」此自正論。薛慰農觀察時雨火輪船行云：「古聖製器禁淫巧，舟車所至軌度同。山行澤行兩不紊，各執藝事遵考工。掌火勿使治水國，爲輪焉可施艨艟。聰明智慧匪不逮，人力未肯爭神功。泰西重譯議互市，蕃舶絡繹來南東。壯猷方叔講禦寇，納幣孟樂求和戎。從茲奪我舟楫利，風濤馳驟驚蛟龍。我生守拙羞鬭捷，望洋奚肯蠻語通。長江千里阻賊盜，海門一綫留吴淞。裹糧襆被姑就此，登舟駭視疑鮫宫。黄鬚碧眼逞狡獪，綠窗粉壁誇玲瓏。沙棠堅緻鑄白鐵，火琯爚燿磨青銅。兩輪相向勢迅疾，雙鐶暗綰聲琤琮。中間樞紐各自備，旋轉略仿候辰鐘。烟燄一發闢捩動，陵轢海若驅豐隆。以火制水水陡沸，以輪踏波波怒衝。錢江射潮奪鐵弩，平原較獵馳花驄。好山好水一霎過，眼花撩亂無停蹤。晝發潯陽暮皖國，夕陽明滅龍山峰。夢迴日出見白下。江南江北青濛濛。老酋睨視不假道，時粤賊猶踞金陵。旌旗摇曳張城墉。外夷威且懾内賊，胡爲盪寇無英雄。欲圖攘外先靖内，沿江何日銷狂烽。臨風擊楫三歎息，自斟濁酒澆心胸。蜃樓海市忽復近，春申山黛浮杯中。」此有慨於粵氛而借輪船言之。南霞茂才琅琦觀火輪船云：「濤頭五色旗飄飄，黑烟滾滾騰青霄。紅木危檣白布席，髹漆一艦衝迴潮。隆隆作聲殷雷鼓，江水裂開百丈許。陡如健箭脱强弓，一葉斜飛去五虎。忽疑爲鶻爲風鳶，旁人語我火輪船。船頭插筩大如柱，船尾燒煤粗如拳。火能生風風生火，風火搏激揚頑烟。四輪蹋空起怒浪，飽借風力火力難少延。此船遊奕中華已廿載，日行一二千里海。大舥小颶盡無虞，怪蜃毒蛟復何駭。西洋諸島皆乘茲，狡黠無過英機黎。自從曩歲通商後，滿載阿芙蓉託羽呢。琅琦關吏祇瞠視，來去莫敢譏與征。更有强梁黑白鬼，包攬出洋如履夷。船貲十倍搭行賈，臺粵寧乍需以時。當年曾見火輪圖，瑰詭難决其有無。今朝目擊證斯語，神速能勿驚天吴。彼國縱誇鬼工異，我邦爲之亦易易。倘得萬艘通海湄，滄海立教作平地。滄海立教作平地。吁嗟乎，漏卮焉漏嘆咭唎。」此詩人有激之言，而近日疆臣建議，竟如所云云。考前代市舶一司，利之所在，害輒隨之。國初議開海禁，猶謂宜禁紅毛貿易搬銀。向來海邊港道不欲令其熟悉，恐不時侵軼難防。二百年來人樂安瀾，頓忘險阻。今且消弭釁端，自天津以及各直省海口，悉聽其往來自便，而火輪船且馳突於三江兩湖也。豈不異哉？或云佛蘭西有謝西耳者言：嘆夷火器皆不及彼國十分之一二。此時中國無戰之具、無戰之法、無戰之人，一日不與之和，一日不能相安，自以姑且息兵爲得計。然息兵以後，須求戰之具、求戰之法、求戰之人，以防將來。否則日後之患，更甚於今。如到彼國習戰之具，學戰之法，則皆爲能戰之人。請以一術嘗試之，有水雷置海中，取舊大船駕其上，一觸火發，而爲虀粉。

張南山先生越臺詩云：「辛茗千甌水，芙蓉萬管烟。利都緣口腹，害遂徹中邊。烹瀹泉兼品，吹噓火自煎。兩般閒草木，生殺竟操權。」梁禮堂吏部茶市曲云：「臺江江水如碧玉，千萬雲航泊江曲。百夫邪許運茶箱，六街夜市燒銀燭。燭光照水江天愁，小船曉剝過中洲。武彝七十二峰色，一夕吹飛西海頭。茶綱歲歲飛西海，中原天地凋光采。米囊花底話神州，浪説羨緡能百倍。君不見火輪巨艦高崔嵬，閩安鐵鎖中宵開。高牙大署通商字，官府爭迎費事來。英酋有名費事來者。未將征税助軍需，翻使夷人司筦榷。搜括膏脂畜犬羊，坐教沃壤成磽埆。我叱雷公推火車，當春燒盡雨前芽。更吹江水成平地，不載茶船長稻花。」嗟呼，物之甚美者，其毒滋多，古人論茶之害，特以其無益於人耳，豈知召禍於千載後有若是之烈乎？武夷茶山自元明迄今五百餘年，而甌寧駸駸日起。雲寥山人嘗論其害有三：一曰藏奸聚盜，二曰多耗食米，三曰損害田土，言之鑿鑿。蓋有利必有害，天下事類若此。

杜詩「家家養烏鬼」，宋人劉克謂烏鬼爲鸕鷀，蜀人春以捕魚，見夔州圖經。此説自不可易。檢舊注：「夔峽間有鬼户，乃夷人也。其主謂之鬼王。」然則唊夷之烏鬼，其亦有所昉矣。唊夷有白鬼，有烏鬼，烏鬼受役於白鬼。

竹情齋詩話曰：「廣東始興俗甚剽悍。其人出入必有鴛鴦匕首，藉以興爭，行人爲之讓道。此種頑民，不知皆屬始興否也。」錢塘許乃來爲香山令，竹枝云：「剽悍相沿惡少風，無端狹路竟相逢。只因些子漚麻忿，血濺鴛鴦匕首中。」據此，帶刀出遊，不獨始興然矣。

福建，瘠土也。英夷之禍，下游震蕩者數年，上游晏然也。咸豐癸丑，粤逆竄陷金陵，而上下游乃俱亂。下游小刀會匪起於海澄，不轉瞬而漳郡，汀漳龍道文某，總兵曹某遇害。遂陷漳浦、長泰、厦門、同安、安溪諸廳縣，泉州人情洶洶。迨漳人自起殺賊，奉舊令張印川、參府饒廷選，收復郡城及旁邑。然賊渠黄德美、黄位尚踞鷺門。上游紅錢會匪起於永安，而龍巖篙師黄有使爲之首，永春武生林俊應之，由延平竄陷仙游、攻興化，泉州三面受敵，亦岌岌也。省城籌餉調兵，延至端午，甫至泉郡。南霞茂才代述云：「軍書旁午到蓬門，輟飯頻看只黯魂。壁上弓刀塵已滿，燈前親串語難温。五更鳴馬殘星閃，一路啼烏曙月昏。南去火雲知赫赫，鐵衣未著有啼痕。」「悠悠千里竟長征，徒有江流送遠行。傷手幾時磨劍利，悲歌入夜扣舷鳴。壯軀自分疆場死，短夢猶牽骨肉情。兩字平安成決絶，蟲沙隊裏盼功名。」「平生膽氣薄雲天，射馬擒王豈偶然。喜事未諧徒長意，失途敢望將軍憐。大旗慘淡迷殘照，荒砦倉黄起遠烟。幸乞疾霆助時雨，剌桐回望聽涼蟬。」六月，鹽道瑞常、權興泉永道來錫藩，分途進勦而來，進兵廈門，失利退回。於是附近匪徒囂然蜂起，帶兵員弁並兵勇號衣、器械亦被褫奪。兵氣愈衰，匪膽愈大。南安縣屬之大盈、仙游縣屬之塗嶺，尤甚也。秋八月，巡撫王懿德移節督勦。九月，水提偕粵將以舟師至古浪嶼，擊壞賊艘，沉之。進勦麻繩鄉，平之。十一月十一日，克復廈門。十六日，逆首黄德美伏誅，獲出被虜之龍溪、長泰兩大令，江東、灌口兩巡檢。逆黨黄位率眷屬下海去。時林逆占踞仙游，聲勢猖獗。土匪烏白旗雖不從賊，實欲留之爲衛。我兵自楓亭全軍挫衄，未能再振旗鼓。南安令請募義勇，由羅溪小路進兵。大吏許之。某聯絡傅園等鄉，臨期内應。而趦趄匝月，縻餉五千五百兩，猶不能出南安寸步也。廈門事平，協鎮十六日啓行，十八日直抵仙游，當將縣城收復，惟林逆遁入南安之雲峰山，旋踞永安、安溪、漳平交界之覆鼎鄉帽頂山，築塞屯糧，負嵎自固。而王撫遂於十二月杪班師歌凱入城。時郭遠堂觀察從事戎軒廈門亂後感賦云：「海雲如墨障蓬壺，亂後山川風景殊。諸將都應膺上賞，流民誰與繪全圖。田園蕪没千燐聚，墟里荒涼一廟孤。聞道行營催轉餉，吏胥火急奉官符。」仙游賊退云：「悔禍關天意，旄頭避紫薇。幺魔空壁壘，父老訝旌旗。創病聊相慰，流亡半未歸。誰從懸磬日，痛哭念民依。」欽至云：「臘鼓聲中柏酒香，凱旋飲至止戈堂。書生不敢誇功績，但賦民勞乞小康。」黄德美，漳州富豪也。當其盤踞厦門時，海外臺、鳳、嘉三邑會匪並起應之，疊攻郡城。歷三月平之。廪生許廷道，即大炮。素不安分，有豎旗寫其名爲僞帥。其叔懼，毒斃之，報官存案。後偵知藏匿未死，鞠其母妻，堅不吐實。委員開棺驗之，止存衣履。蓋死後復抽棺底，舁出救醒也。

是年春，余計偕抵鎮江，遇盜。蓋陸帥退歸金陵，蕪湖失守，沿江奸民因之竊發也。不得已，返棹閶門。彼盡室以行者，道相望矣。無何抵里，里人閧然，盡室行者，猶閶門也。余無所置喙，促與輿省親晉江。比至，而黄德美滋事，旬日間連陷郡縣，泉城岌岌，猶鎮江也。風聲鶴唳，草木皆兵，余家三十口留滯於此。先君以一人領三學事，巡視北門。久之，大兵至，先君命侍母歸。是時延平、永安、沙縣、永春皆警，而興化烏白旗囂然不靜，跋涉危險，以五月二日抵省。省中錢荒穀癉，事勢搶攘，積二十餘日，幾成禍變。符雪樵大令詩所謂「早聞列市緡錢匱，空説如山窖粟陳」者是也。其聞警云：「未返紅羊劫後魂，重驅士馬出關門。波濤爭助鯨魚肆，帷幄虚藏虎豹尊。折戟斷戈猶可拾，探囊袪篋早難言。道州只合稱贅叟，説到時艱氣已呑。」其書感云：「瘴烟蠻雨太紛紛，鬱向天南作陣雲。敢説象焚非爲齒，欲驚羊狠復成群。乞人不屑今堪笑，名士相輕古未聞。何處招魂酹杯酒，灞陵夜獵故將軍。」「嶺嶠天荒嘯暮猿，頻來新鬼哭煩冤。魚龍豈易馴東海，鎖鑰原難恃北門。但事遷延非得計，已甘頹廢更何言。鬢絲堆滿青銅雪，一劍飄零已負恩。」「無錢誰料勦兒貧，瘦馬黄禾不起塵。竟使長官爲市吏，豈知敵國是舟人。病深扁鵲難投石，財盡弘羊已算緡。此日榕城十萬户，生全惟賴上天仁。」「無數朱門白晝扃，困關新斷客揚舲。横衝虎豹山風惡，倒捲魚蝦海雨腥。便恐荆榛成莽莽，可憐蒲艾正青青。一杯更勸三閭酒，衆醉何須我獨醒。」「唾壺敲破壯心驚，末路英雄髀肉生。聊學景宗諧競病，敢期越石共功名。馬頭鬱勃山雲起，鼇背蒼涼海月明。去去干戈悲滿地，戍笳鬭角盡離聲。友從人多從軍。」「書生紙上敢談兵，烽火時時警列營。鷹隼縱教心力破，髑髏無奈齒牙生。荆州暫欲依王粲，江夏從知厭禰衡。還我太平銷劍戟，得歸茅屋事躬耕。」大令集中多紀吾閩近事，故録之較夥。烏白旂，莆仙土著人也。其始，兩鄉迭私械鬭，緣地方官查辦，第恐激成事變，無不顢頇了局，以致匪徒聚嘯，公然豎旗。至是該匪勾結林逆，佔踞城池，焚燬廟署，甚至攻撲府城，毀掘墳墓，姦淫婦女，劫掠鄉村，敗官兵者三次，戕文武官十餘人，其罪蓋浮於林俊。乃某協戎督師勦辦，不能勦一匪鄉，梟一匪首，我以招撫自愚，賊即以受撫愚我。頓兵三月，屢易師期，賊匪得以從容勾結，迨官兵一出，即入其阱中，並久歸附。現爲鄉導之白旂，亦復倒戈相向。此等亂民，非禽獮草薙，勦洗一空，斷不能伸法紀而定禍亂。乃在事文武怵於往事，一以和解爲主，仍是辦理械鬭故習。甚至王春巖中丞泉州凱還，自涂嶺以迄興化，令前驅以銀牌及六品軍牌分給旂匪，民間因有「買路」之謡。於是界尾、塘邊等鄉，益横不可制。而著名匪徒如朱三、陳尾等，益怙惡不悛矣。相傳中丞啓行之次日，即有旂匪八百餘人至興化城外，藉稱向鄉民索取前次攻城時寄放藥鉛器械，實欲乘機攻撲郡城。幸被兵勇趕殺，始行逃散。夫軍威不振，良民亦變爲嬌子，何況亂民？自是楓亭一路，行旅不通者數年。後雖略加懲創，而百餘里間不得而問，蓋同化外矣。直至乙丑，左帥凱旋，檄布政使司王德榜以勝兵勦辦，烏白之孽始除也。

小刀會，以四月初十日夜破龍溪。十三日，東門外百姓聚至萬餘人，入城殺賊，遂復漳州。大吏以聞，有詔：「漳州忠義可嘉。」鄭修樓蔓草集龍溪民云：「海波先打海澄縣，孤城頃刻滄桑變。乘風飛浪到龍溪，半夜市中蛟魚戰。十仞城高空自扃，滿城盡伏小刀兵。書生更有蕭丞相，坐待門開作貴卿。龍溪諸生蕭某通賊，自號「蕭丞相」。將軍策馬宵行急，三更巡徼未休息。袖邊忽過雷霆響，東門已報虎狼入。兵士驚惶不相顧，朦朧未識逃生路。萬家無計堅閉門，一夜群妖爭馳騖。短衣帕首何紛紛，大聲要索曹將軍。將軍解作孤飛鵲，倉皇匿向芝山雲。火迫鄭侯開笑口，登高遍召諸獵狗。不收圖籍收黃金，別有英雄入闕手。今日殺卻文天祥，明日山中殺曹彰。汀漳龍道文與總兵曹。已聞諸將開武庫，更見一炬燒阿房。蠻荒十郡兼二州，漳海明月多高樓。誰憐夙昔繁華地，落花不待空山秋。街前走遍千銅馬，堂上高居一沐猴。咫尺神明何所畏，可笑陳王已斷頭。城内有陳聖王廟，前數年頭忽自斷。天公忽遣蒼生怒，徒來未見驕狐兔。立招子弟八千人，沉舟破竈入城去。鎗劍家家夙曾有，意氣村村競聯耦。健夫懷怒忘死生，百里倏忽如電走。群盜列坐酣春風，陡聞金鼓下晴空。有如家雞見湯火，欲飛不到桑林中。城中城外呼殺賊，賊魂顛倒青天黑。但聞千聲與萬聲，不識城東與城北。婦人孺子盡持刀，滿腔灑血如波濤。死者一千四百輩，其餘盡向海中逃。白日重開雲照地，慷慨風聲驚大吏。千年魯國生男兒，誰似漳人多忠義。大江萬里愁雲侵，巨鼇山立未生擒。寄語南方諸年少，好抱荊軻壯士心。」

四月，紅錢會匪陷永安、沙縣，遂攻圍延平。協鎮李正芳武進士。善用長刀，力戰禦賊，民皆誓守。五月初四，賊遣數十人，夜梯城上，守者皆臥，賊移礮欲倒燃以擊城中，一卒夜起見之，大驚，急反粥滅其火，賊怒殺卒。聲聞城上，正芳馳至，揮長刀，斬十餘人，餘賊驚墜城下。未幾，圍解。不數月，而正芳殂。鄭修樓教諭李將軍戰刀歌云：「刀隨將軍如花飛，斷人頭顱人不知。夜半忽聞鴉聲警，將軍拔刀追賊影。城頭陰慘刀如月，月追賊影遍流血。十萬虎狼遥悲號，不畏將軍只畏刀。劍州草木似刀勁，殺人都聽將軍令。將軍甘在湯火中，刀亦感激如英雄。揮刀回日黑雲徙，蒼生延壽將軍死。焚香萬户泣營齋，畫像紛紛拜瑶階。剩有一刀留幕府，宵深猶哭李臨淮。」延平卒云：「劍州嘗被圍，兼旬寇未退。城中李將軍，奮怒誓群隊。一日或數戰，每戰傷賊鋒。賊意兹不破，他邑安可攻。夜半天陰慘，密遣數十人。挾刀上城堞，倏忽如鬼神。是時卒久疲，遍已枕戈睡。賊移礮倒然，欲以戕吾類。城中數萬命，盡此片時中。骨肉方在夢，鄰死猶朦朧。一卒獨夜起，糜熟將朵頤。見之乃大驚，翻糜撲其火。臨危有奇智，斯人真英豪。不獨輕性命，視死如鴻毛。賊怒力屠之，號聲徹城上。將軍拔刀馳，賊窮失所向。倉皇墮城下，蹶蹶半死生。其有未墮者，殺之如殺牲。劍州扼上游，與建連肩肘。誰知保兩城，一卒功居首。將軍今已死，卒亦未蒙恩。千年黯淡灘，夜夜號忠魂。是卒失姓名，我非史臣筆。事在癸丑年，端午月四日。」

嗟乎，上下游之變，真所謂赤子弄兵潢池耳。而省垣人心惶惑，當事搶攘。蓋昇平日久，福州米既缺儲，錢又停鑄，軍政廢弛，兵不足恃，民氣柔弱，勇不足募，一旦告警，上下束手無策。而無恥之徒方且安危利災，起而傾軋，起而攘奪。至今思之，猶令人心悸焉。劉炯甫仙游聞警云：「蕭蕭門巷遍哀鴻，無限顛連在眼中。畫策吏從何處説，告哀詩不救人窮。徵兵又報嚴符急，轉餉微聞梗道通。帥府即今誰臂助，袍花血淚兩爭紅。」「無米難爲借箸籌，恭桑亟作徹桑謀。欲拚孤注思呼雉，孰洗瘡痍望有鳩。下策登陴商固圉，老謀扼險勝深溝。俞龍戚虎今安在，斗火危城總可憂。」梁禮堂吏部感事云：「忽地烽烟聚夕陰，勾陳玄武影沉沉。燎原已及今茲勢，厝火誰能向日心。唐室將軍稱嚼鐵，漢家校尉善摸金。揚湯止沸憐當局，浩劫安能辨淺深。」歲暮感懷云：「卜宅津門近，蕭蕭響馬檛。兵氛纏月窟，羽檄走風沙。壯士猶傳箭，將軍自建牙。越東天險地，春燕已無家。」「濱海經烽火，頻年困未舒。漫言民養虎，敢信吏懸魚。餘黨依鯷壑，新軍赴羽書。死生原有數，坐甲臥征車。」「西北銅山竭，東南鐵甕開。七門收劍戟，九市起樓臺。救弊心原切，通商吏亦才。如何川澤畔，時聽暮鴻哀。」「落日藤山下，風帆接暮潮。市廛通九譯，燈火集三橋。賓館黄金屋，歌樓碧玉簫。大官善懷遠，容易化天驕。」蓋其時羽檄遙午，而官局初設，洋市方興也。

帽頂山羊腸一線，有一夫當關之險。山頂寬平，周圍二里，林逆踞之。黄有使自永安竄至，紮營山下，出攻德化，擾興泉。在籍侍御莊志謙以書撫林逆，略云：「僕細詢足下起事之由，知因仇人陷害，激迫而成，非得已也。雖然，足下誤矣。當時起衅根由，事屬細微。即使被人陷害，亦只宜挺身呈訴，以求必伸。豈容洩忿逞凶，遽爲此叛逆喪身之事？因之牽連株累父母、兄弟，盡死非辜，祖宗墳墓亦遭毀掘。皆因一念之差，成此彌天大禍。清夜自思，能無悔恨？自古無不誅之叛民，亦無善終之盜賊。今足下竄踞窮山，蹙蹙靡騁，將謂據此一隅，遂可夜郎自大乎？況童參、黄有、蘇卓等焚劫鄉里，殘害良民，無不歸罪於足下。若輩受其利惠，而足下蒙其惡名，亦何樂而受此不白之寃耶？僕奉旨回籍辦理團練，昨於抵家後，即聞足下曾函致湖頭李姓，欲謀萬全之策。並承垂念及僕，似以僕言爲足取信者。僕於路過省城時曾向督撫略道情形，現在已將永春州官先行撤任。今欲爲足下謀萬全之計，惟有先將童森、蘇卓等著名逆匪或生擒、或斬首，以明從前之奪地戕官，皆非足下本意。一面勒集部衆，束身歸罪。僕當會同督撫據實奏聞，保足下以不死。若能率部衆勦賊立功，再當另請獎賞。僕生平耿直，言語不欺人，足下欲求萬全，無出於此。倘或怙惡不悛，始終爲逆，一旦天討所加，玉石俱燬，雖求自全，不可得已。禍福之機，決於一念，惟足下善自圖之。」不就。會城大吏趨提鎮分兵永春、德化、古田，三路進勦。三月初九日，官軍奮勇，暫闢奪隘，破帽頂寨，可謂能矣。然而不得一賊，僅獲米數十石而已。林逆等逸至永春都溪，旋至南安之埔頭、羅渡，以黄、潘二姓爲東道主。二十八日，大兵搜捕，即有賊匪數人直犯大營。領兵大帥自此不敢言勦，甚至延見助逆匪黨潘宗達、黃彥章等撫慰之。不數日，永安、安溪匪徒麕集，迭撲大營，賊勢復振。先攻惠安，四月二十四日，惠安令稟稱：「賊首胡熊暨妖婦邱氏糾匪千餘人，分路撲城。經率壯勇登城抵禦。城廂及四鄰義勇，內外夾攻，獲僞軍師張爐、頭目許安等，賊匪逃散。並查邱氏係流倡，詭稱能用豆人紙馬，旂上僞書『順天命邱娘娘』字樣。聞其欲嫁林逆，令取惠安云云。」後圍仙游。而大兵連日在鄉，搗穴犁庭甚烈。賊匪僅存住屋，良民則併罄其資財。烟霧迷天，啼號遍野。已爲賊者，既去不可追；未爲賊者，遂激而生變。於是梧洋、暗林等鄉，糾結搶擄，羅漢傳單，剋日攻城。海澄、石馬疊受蹂躪。林逆等來去自如，如入無人之境。時而走延平，攔搶茶客；時而走南安，嘯聚蓄髮。提鎮奔命，道路戒心，如是者三年。丁巳四月間，江右粵匪竄入上游，光邵先後失守，汀州郡城相繼淪陷，興漳土匪，亦欲聞風蠢動。林逆等於是揭竿再起，兩攻泉郡，旁擾南惠。候補道司徒緒統帥進勦，又一呼而散。是年復出劫糧，林逆親攻某團木柵，斃於練丁。嗟乎，釜底游魂，稽誅五載，而狡然思啓，至再至三，卒之官軍不能擒而戮之。宋慧曰：「必無人也。」會稽沈栗山儲始在馬壽祺幕，繼在司徒緒軍營，辦理文案，實終始其事。著有舌擊編，可覆按也。昔嘉靖間，福寧州海寇三十餘人登岸行劫。渠魁爲虎所傷，群盜辟易，虎逐之，復傷一人。大懼，遁去。謝廷舉有詩紀事，其結聯云：「食餉海濱多守禦，誰知良將是毛蟲。」見鶴汀私抄，蓋古今有同慨矣。

自咸豐三年以來，紅錢會匪據永安九龍山，其黨數千人，遍擾延平、建州諸村落。飽輒去，饑復來，焚燒淫掠，無所不至，蓋受禍者慘不可言矣。鄭修樓教諭桃源云：「星辰猶未裂，河漢猶自流。丈夫未知身死處，朝朝仰望空煩憂。虎豹彌山蛇張口，半夜火星亂南斗。十里五里兒悲號，前村後村犬驚走。梁摧棟折光燭天，黄金赤仄隨飛烟。仙鄉盡作綠林窟，少婦卻宿青山巔。將軍駐馬隔山趾，坐擁貔貅束弓矢。登高大呼不聞聲，忍看滿目焦頭死。昔歲守田園，春風常到門。安知避秦者，今日哭桃源。白日照天終不改，但愁枕席隨滄海。君不見三江五湖皆倒流，魚龍臥夜復誰在。杜鵑勸爾不須啼，老鶴空林亦苦饑。誰似白雲在幽谷，時時避賊上天飛。」

丁巳，楚軍援黔，所向克捷。粤西平樂郡城亦經楚軍痛勦恢復，邊計可以稍舒。而太湖以北，自攻克彭澤，楊厚菴軍門移師東下，望江諸州縣迎風披靡，又與紅單船會，論者以賊勢日衰，盪平不日矣。豈知後日江浙全陷，福建且即於是年受其禍也。先是粤匪數攻南昌不下，浸有趨福建之勢。於是臬司保泰駐延平，糧儲道王訓駐杉關。丁巳二月，賊渠孫四照從瀘溪乘雨夜掩入鐵牛關。念一日，薄光澤城下，旬日陷。楊臥雲詩云：「援江貔旅擁杉關，斗大城圍十日間。半夜鐵牛乘霧入，平時銅馬想弓彎。何當偵騎音全渺，枉説軍門令若山。自此昭陽頓風鶴，金鼇峰頂廢躋攀。」三月初三日，賊竄昭武。初四日圍城，初六日卯刻城陷，知縣孫翹江死之。三月二十八日圍建寧。保泰聞報，遽引疾歸。符雪樵大令擬古云：「賊未來，官先走。官先走，曰退守。吏民相隨惟恐後。荒城空空賊不顧，官乃收復馳露布。」「露布來，大府喜。信乎大功無過此。臣謹上書報天子，海邦盜賊且蠭起。」「高城蕩蕩亦佳哉，除是盜賊能飛來。祇知恃險不恃德，舟中之人皆敵國。」「恤厥民，慎乃位。位既忝，權斯替。欲彌縫，奈倒置。君不見官嗜利，賊市義。」「民雖賤，不可欺。慮其頑，懼其疲。而日鞭撻之。鞭撻之，民無辭。爲民父母，行政顛倒至於斯。」「大腹賈，善居奇。覘時之急乘人危。自忘壟斷丈夫賤，驅使大官如小兒。嗚呼，大吏市，小吏賈。圖利心，俱莫解。不用呼天訴真宰，利傍倚刀嘻可駭。」「民殺賊，官從賊。沙縣城中日昏黑。官不從賊賊殺官，民思殺賊賊膽寒。他日來歸而且曰，治賊易，治民難。」「是直以官爲戲耳，適從何來集於此。竟能如是令公喜。譽爾爲好官，不過多得錢。有錢生相憐，無錢死相捐。」「家本揚州善歌曲，美人二八顏如玉。閭閻蕭索歎無繻，阿嬌貯之黄金屋。如何讖説半面粧，不得偕子老是鄉。恨煞早嫁東家王。」「侏儒死於飽，臣朔死於饑。饑來未即死，且晚且餔糜。金高如山苦不足，一朝袖手兩眉蹙。臣見侏儒行捧腹。」「功欲歸己，罪將歸誰。居上不寬，臨下愈危。臣聞烏鳶之卵不毁而後鳳皇集，可使用人之道如束濕。」「一雨十晝夜，水呑釣龍臺。津吏數來告，江擁浮屍來。天雨不洗兵，死人如亂麻。乃復飽爾黿鼉蛟龍蛇。」「練鄉勇，嚴防堵。無業之民一例相鼓舞。頡頏作氣勢，徒爲地方苦。將不知兵，兵不知賊。問諸鄉勇，鄉勇笑啞啞。」「元氣耗損天下病，治不以本病愈競。養癰者，禍之胎。決癰者，命之危。非三折肱胡可稱良醫。」言者無罪，聞者足戒矣。南霞茂才過上洋詩云：「沙蟲滚滚日無光，漫向林根覓劫羊。成聚閭閻仍索莫，餘生鷄犬亦倉黄。但憑北界重山限，終竟西溪一葦杭。今古鐵牛天險著，當關爲甚竄封狼。」是役也，上游郡縣半陷於賊。王春巖制軍以五百人出駐延平，而陷邵武者，復於四月朔由泰寧陷寧化。勾引小刀會匪於初七日陷汀州及清流、歸化。其圍建寧者，掘東門，城崩數丈，守者以死禦之，賊不得乘。已而東西溪鄉團協力聚衆數十萬，沿村殺賊。副將軍畢定邦自江西督兵馳至，屢挫賊鋒，賊遂以五月朔退。鄭修樓教諭東鄉詩云：「前村聞哭聲，後村見火起。蒼烏亡命冒星飛，大呼紅巾賊來矣。賊來苦不止，村人愁欲死。一夜執火相馳告，千人萬人同聚米。老者怒張拳，少者堅切齒。前者既吹螺，後者復抽矢。刀與刀連袂，鎗與鎗接趾。不見曉日摩青霄，但見旌旗電掣數十里。是時賊膽張，縛人如封羊。封盡一村一村去，村村膏血皆餱糧。忽見旌旗出，嶺上螺聲揚。賊自相疑盼，持篙方徬徨。賊用竹篙，鐵鋭其首。村人湧向前，誓必滅此諸虎狼。一賊頗驕豪，繡衣紅帓殊昂昂。麾刀促其黨，奪身試鋒鋩。村人乃大怒，齊心發烏槍。但見賊如烏，聞聲一一皆自僵。宛轉尚微動，無力能飛颺。大風吹樹萬山裂，紛紛赤犢同崩牆。想賊縱横百千戰，從來未遇此挫傷。百年禦寇須官兵，官兵不死死蒼生。今日荷戈與賊鬭，昨日披蓑向田耕。豈有穰苴與教戰，可憐一怒如長城。城中聞之拍手舞，西鄉聞之盡擊鼓。」西鄉詩云：「媢賊賊不喜，避賊賊成讐。不如捨命拚一死，亦免恐懼無時休。昨日勸賊觴，今日撩賊戰。滿山白帓霜花飛，村人白布圍首。諸賊見之色慘變。策馬走村人，數萬蹙馬後。賊腦蓬蓬尚餘酒，頭顱已落他人手。小松戰，賊膽孱。盡捨囷倉馳鳳山。鳳山戰，賊膽裂。盡棄囊金走入穴。小松、鳳山皆村名。走入穴，安可逃。呼之跪向前，莫錯低頭受一刀。不知賊來時，當初波蕩何其豪。或言賊不材，或説有神助。我畏賊時賊如虎，我不畏賊賊如兔。悲歡萬事誰能猜，黑雲掃盡青天開。髑髏滿地多魁碩，囊中乃有金銀釵。村人誓死竟未死，拾釵轉作富家子。」

副將畢定邦，幼隨父遊福建。癸丑，漳州之變，起而從戎，麾下壯士五百人。王春巖制軍奏薦爲「閩中第一勁旅」。是役，自信州奉調來援，戰於建州朝天門，賊敗而去。鄭修樓教諭畢將軍詩云：「畢將軍，山東人。有力猛於虎，瘦小五尺身。喜收刀劍當姬妾，遍招豪傑如婚姻。慷慨詣大府，自請一軍屯海濱。是時三江崛白浪，春風草木盡凋喪。

將軍定海邦，明日戰西江。義黨五百人，帕首隨風翔。招手與賊戰，賊來皆灰颺。西江人大哭，將軍活我如爺娘。國家歲費金錢多，太平養卒酣且歌。分水關上白雲裂，鐵牛關門亦摧折。元帥下令誅逃卒，未誅逃卒鬢如雪。建州一月城門閉，赤子揮戈泣流血。將軍信州來，千里赴建州。笑謂諸官吏，豈可閉守同幽囚。開城與賊戰，諸賊憂斷頭。吁嗟畢公實忠義，出身豈曾由科第。其下義黨多貧民，素籍皆非兵中人。始知殺賊人盡敢，只爲貪生死更慘。古人何必周郎奇，將軍更勝田横黨。城門開，何紛紛。滿城笑聲聽不分。兒童欲見公，竹馬嬌成群。婦人未見公，買絲將繡君。農夫不識字，信口誇奇勳。市人頗知書，疑公是趙雲。公身極短小，姓名千里聞。不料閩中七十二縣諸將士，今日乃有年少畢將軍。」未幾，彈壓游勇，中飛礮殂。劉贊軒感事詩云：「閒散健兒在，漫將身手誇。孰具屠龍技，坐聞養虎災。」蓋深慨之。

賊遇大廟宇必焚燬，以鄉民團練多假廟宇爲公所故也。見土木偶，目爲死妖，必燬之。會稽王伯重大令文璋羅墩行云：「殺人之賊常紛紛，殺佛之賊今始聞。不知惡賊行詭計，佛且殺之人益怕。」其圍建州，屯白雲寺。既退，燬之，剩屋一間，一老僧卧其中。修樓詩云：「人間多難到西方，刧後飛灰遍道場。容得么魔翻淨土，真成寂滅是空王。白雲羞入諸天界，黃月孤懸一衲牀。華屋朱門都已盡，亦應佛地有滄桑。」

邵武失守，屬縣建寧亦陷。李鳳儀茂才雲誥感述中一段云：「保甲志能協，丸泥關可封。一木豈支廈，卷石非崇墉。敬筮先天兆，預告四月凶。衆盲視弗見，大聲耳若壅。是時昭武陷，未舉綏安烽。防者制未發，堵者備其攻。儲胥不先裕，兵餉安得供。琴城忽告警，隘門聲洶洶。催書報邑宰，走檄邀聯鋒。邑宰不一應，聯丁各相椿。走卻狼與鼠，惜少虎與龍。居鄰恃不恐，避難來跫跫。箕斂苦未足，篋倒徒勞邛。可憐五晝夜，魚目空喚喁。奈何黄溪旆，遯歸未曉鐘。群燐出嘯鬼，列戟誰摧兇。冲霄焰烈熾，塞道尸横縱。倉黄呼甲隊，礮發鎗交衝。我一殄其十，稍退衆復訩。孤身兩遇賊，免脱登鹿峰。飛羽集各堡，解圍消群蹤。眷戀顧家室，縮伏嗤鄉農。豈其劫運至，故使人心慵。」茂才，亨甫詩弟子也。著有太華山人剩稿。

丁巳，粵匪以二月入鐵牛關，五月退。戊午，復以二月入岑陽關，至秋始退。鄭修樓教諭詩所謂「戈馬緣誰怒，逢春便似雷。連年招寇至，遺禍是花開」。其戊午書事云：「唐家惜少兩睢陽，枉自捐生守一疆。將士倉皇爭走鹿，關山頃刻痛亡羊。兵留函谷終何益，事類街亭亦可傷。百萬生靈當死日，英雄無用怨蒼蒼。崇安破，莫公自逸竟死之。」「江郎舊地鐵爲城，積粟如邱集義兵。劫火遍燒諸赤子，妖兒崛起兩書生。都疑樂土招奇禍，郤累神君殉令名。井底有聲爲誰哭，青山高疊一宵傾。賊入岑陽，急趨浦城。浦城高而城堅，人皆誓守。諸生黄美中、詹先欽者，奸人也，私與賊通。賊薄城，守者然礮，二人急止之曰：『我已議和矣。』而賊遽攀堞上，城遂陷，死者數萬人，多闔門自火者。邑令韓公湛，故左副都御史樹屏先生子也。盡燒倉穀，縊死於文昌閣下。公素有循聲，聞者惜之。丁巳，浦城市中井忽聞呼號聲，識者已知其不詳矣。」「健兒往往似鷹豪，風雨饑來更怒號。幾載揮戈須指臂，萬家忍淚奉脂膏。哀鴻遷久悲誰恃，食馬恩多惜汝叨。太息將軍輕誓死，大江無計只滔滔。總兵馬公帥兵至建陽。兵不戰，索餉。餉不能給，縱肆狂悖，公知必敗，吞鴆而死。」「成功豈必盡超群。事到艱難惜此君。先軫如生留毅魄，武侯雖死走妖氛。險中策馬先諸士，意外回戈散一軍。報國未完空殉國，翻教身後議紛紛。按察使趙公印川，丁巳賊破雞公嶺，遂逐賊出關，屯軍邵武。戊午三月，賊復犯杉關，守關弁卒盡遁。公大恨，檄所在有司，獲逃卒皆斬之。既賊迫邵武，公與知府匡公帥鄉兵出禦之，而麾下舊卒奪取軍中餉銀，棄戈而去。公大驚，鄉兵亦潰，賊遂陷邵武。公退保建陽之麻沙里，憤甚，屢督鄉兵抗賊，竟死。」「金鼓舟中風怒鳴，旌旗城上遍雷聲。殺人驕卒勇殺賊，禦寇良民先禦兵。壯士除蛟成樂土，忠臣驅鱷活蒼生。不應號令三軍日，空自逍遥細柳營。四方兵勇舟集建州，或肆行劫奪。太守萬公金鏞杖二人，收之獄。兵勇怒，挾其黨數十，拔刀至城門，縛守門者二人去。民大驚，閉城登陴。兵勇縱鳥鎗擊城上，創者數人。民皆憤起，亦以鳥鎗擊城外兵勇，攻鬭不止，烟燄彌天，時督兵大吏方避暑光孝寺中也。聞鬭，乃歸束其兵卒。未幾日暮，遂罷鬭。明日，太守釋二囚以付兵勇，兵勇亦歸守門者於太守。民受創者未死，兵勇死者二人矣。」「春草春波好畫圖，如何未戰失名都。空餘割地千年恨，枉累封侯七尺軀。血走樹中驚鳥雀，頭懸天外動鬚眉。偏裨亦自知忠孝，始信人間有丈夫。浦城破，有許守備罵賊不屈。賊怒，縛之樹，鳥鎗叢擊之，至死罵不絕口，賊中觀者亦流涕。」「一鄉生死似同舟，幾載同心護故邱。身在孔門能百戰，目無秦帝自千秋。紛紛竹馬皆臨陣，落落毛錐不避讐。底事狼星猶未滅，天教豪傑此時休。諸生饒書祥殁於陣。」「雙溪都作海潮音，中有家家破敵心。馳助王師標赤幟，喜教天府賜黃金。臨危蹀足能千里，無事安巢自一林。看到蒼生知報主，九重含笑暗霑襟。諸鄉丁壯收復建陽，大吏賞以洋銀四千圓。八年之難，建州七邑已喪其五，惟郡城未破耳。東西鄉壯丁皆不下萬人，拒賊數月，賊竟捨去，急趨順昌，自是汀州、龍巖皆破矣。」

浦城，以柘水出焉，故曰柘城。柘城失守，受禍最烈。余友何南霞遊其地，哀之。雜感云：「殘山剩水黯斜陽，故老酸心指劫羊。寂寂水南門外路，更無人語小蘇杭。」「西山夫子讀書鄉，誰覓春風舊草堂。鄒魯絃歌聲已杳，馬鈴巷口晚郎當。」「披襟徒慕大王風，衰草荒臺曉霧濛。莫怪鷓鴣聲不斷，三千里内滿哀鴻。」「春草萋菲春水遥，不因離別也魂銷。橋南何處汪倫宅，萬點桃花作血飄。王瘦石志周，善畫，工琴。舊家水南，今其地爲墟矣。」「卜宅吴航老寓公，春花亭館化秋蓬。何知人代滄桑易，燕子炎涼十載中。長樂梁芷鄰中丞，歸田後喬寓柘邑。戊午被寇，復徙省垣，今其宅已空。」「一隅支廈仗經生，事後人都憶老成。多少聞元高子弟，能來蔣徑撥荒荆。甌寧蔣拙齋孝廉蘅，主講南浦書院。先戊午浦邑戒嚴，練丁防守，均由先生督率。而先生殂不兩月，邑攖焚屠之慘。」「仙公不見李陶真，鐵笛聲沉草不春。華表何須千載後，傷心城郭與人民。」「遺民汐社久蒿萊，朱鳥殘魂喚不回。今日與誰語桑海，也持如意上西臺。」「鐵佛寧無下淚年，種松人返倍淒然。徒留莽莽青山在，莫叩詩邊覺浪禪。」「溝壑餘生幾老羸，一堆敗瓦走寒貍。無端風鶴中宵警，不復人悲但鬼悲。」「今古霞關一柱雄，近郊何事起沙蟲。可曾梨嶽祠前地，猶見靈旗慘淡風。」「夕陽寺外夕陽天，毛竹叢叢護碧巔。共説柘城如畫裏，不知何處是人烟。」此十二首俯仰低徊，纏綿悱惻，亦傳作也。浦城攖焚屠之酷，雞犬無留，獨祖舫齋司寇之望宅巋然獨存，子姓之罹禍者亦少。蓋司寇平日善剖疑獄，多所平反之報歟？司寇與曾叔祖岱巖公交最摯，有皆山草堂詩稿。

何喬遠閩書：「南唐以永昌場置順昌。」南霞茂才哀永昌云：「戊午月在戌，上蒼滋不仁。中宵墜妖狗，燕雀艱藏身。突如萬狡兔，鑽穴空重闉。吐爲霹靂火，木石皆揚塵。長街積血肉，就刃還陳陳。大索一晝夜，封刀戒殺人。少壯偕婦女，幽閉闤棘榛。館穀俄八日，席捲趨長津。丁男忙負重，艾婦羞用茵。祖跣家童丱，鞭撻難停跟。荒城膭焦土，尸氣誰近親。長官撫民至，檢骼封溪濱。懸文四招徠，勤慰勞三申。迄今垂半載，生齒稀遄臻。編蓬等墟里，縮處如寒鶉。偶存焚餘堵，滲漏愁雨辰。向晨斷雞唱，入夜絕犬狺。捧殯駭蠅集，就枕疑鼠呻。出門必掩鼻，糞溷溝渠頻。蒿目備忉怛，瓦礫場中民。十婦九鬖髾，十男九縞巾。爛頭縻手足，遮道紛乞緡。居城慘若此，野處彌酸辛。無村不灰燼，何廟非燒薪。橋崩而岸斷，木斬而叢堙。山田蕪不治，焉得懷苗新。茶坪艾不翦，未見抽芽勻。目前較大勢，患寡詎患貧。有鳩在長吏，農士宜重珍。詩書養廉恥，一髮維千鈞。」

吴游擊定周，海中盜也。黨數百人，横行波浪間。後自請殺賊，帥黨三百，屢立戰功，官游擊。戊午夏，自浙追賊至浦城，轉鬬千里。賊聞其至，倉皇遁去。於是邵武、建州諸郡縣皆復。石逆達開竄順昌，而定周以大府檄又馳往江南矣。嘗謂人曰：「吾在軍中，未食官家一米，凡資糧皆自海中餘黨餽運而來也。余無意爭功名，但憤長髮賊披猖若此，不得不出耳。」貌極樸野，而言詞慷慨，聞者悚然。鄭修樓教諭吴將軍詩云：「將軍曾戲滄海東，殺人醉酣波濤中。不料英氣似彭越，指揮年少生天風。揮杯忽向波濤起，自説吾曹共生死。羞見稱王到豎兒，誓當誅賊酬天子。掃盡烽烟浙東州，追寇直到閩山頭。饑來未食太倉米，身健何須萬户侯。」

時王督引退，慶中丞端代之，出駐延平，而賊已飽所欲遠遁矣，凱旋。馬子詡詩云：「捷書昨夜到三山，衛霍功名若等閒。我上酒樓摩醉眼，看他壯士錦衣還。」是年，余自山右奉諱歸，阻於道茀，不得達。每遇鄉人道福州時事，大爲心痛。輒誦託素齋偶成詩云：「如斯那得不生愁，一角閩山畫九州。人命賤同屠馬市，少年官大爛羊頭。瀾翻史策無今日，身附風雲似此否。太息賈生真嬾哭，遶牀起走數回週。」託素齋，長汀黎媿曾參政士宏著。參政嗜詩，師事寧化李元仲世熊，與周櫟園、汪次舟齊名。

南捻之陷曲阜也，孔林横遭毁壞。福建自丁巳後，上游諸郡罷校士者三年。粤逆破邵武，盡扃少婦於大成殿。建州市上兵士鬻孔廟祭器，視之，乃邵武府所藏也。鄭修樓教諭驚心詩云：「素王舊殿有滄桑，祭器飄零水一方。白日兵驕遷俎豆，春風盜起宿宮牆。闕山子弟喪家狗，烽火詩書告朔羊。萬古春秋如斧鉞，可憐醉夢是蒼蒼。」

庚申，嘉應州敗寇數百人竄入邵武。令八十四不設備，汀州復失守。時徐壽蘅學使樹銘方案臨也。譚仲修茂才遊其幕，被虜，脱出。悲憤詩云：「清德當陽九，萬里如沸羹。群盜横豺虎，東南㔬堅城。江淮既蕩析，吴越以淪亡。七閩實嶺徼，十載弔夷傷。汀贛隔風氣，韋布諸侯客。填委職文字，忽焉睹兵革。人謀實不臧，變起徒愒息。日中城門開，賊來不盈百。盈城一萬户，奔走誰枝格。徒手出官廨，蒼黄被嬰執。是日大風雨，森寒襲營魄。俄頃賊大至，其魁樹羽旗。矛戟亦林立，襍用竿木持。瘦馬載婦女，肥馬載健兒。撞門搜捉人，搜得怒斫之。或解死人屨，踐血污我衣。我衣旋亦解，驅我從之歸。

黠賊慮我死，步步相前後。晨來勸食飲，暮宿復拘守。性命在皇天，就死亦何有。憤其殘生民，將卒戰爭久。欲窺其虛實，得出告戎右。假我羸卒千，陷陳誓捐脰。三日渠魁來，見我大喜歡。反復説我降，爲客不爲官。招嬰適所居，繆云授子粲。渠觕識文藝，又云愛女才。女命如金石，勿殺慎勿疑。欲去徐徐計，亡者自招尤。委蛇臥虎側，狎虎如嬰兒。所居故牙門，戎衛此開府。高堂列旆旌，雙戟門前樹。秋霜沃厹矛，亦有偃月斧。寶劍如墨陽，舊乃冶官鑄。旁舍藏軍籍，名字編什伍。肅肅烈風起，凜凜霜霰晨。摇摇心如醉，慘淡夜不瞑。豈不達生死，高堂有老親。逡巡四十日，一日比一年。辯論縱横起，吾舌幸尚存。或怵以藁街，或誘以國恩。書生既不武，羈留復何云。比賊許我釋，惻惻同羈人。同羈一吾友，餘者亦良民。先是居賊久，群賊多脅從。流涕念妻子，拊心述家衖。壯夫恥荷戈，威劫豈賈勇。但愁玉石盡，死不依邱壟。臨行憤亡力，拔此數千衆。詰旦共吾友，脱身走城南。城南多白骨，烏鳶來相侵。賊去子歸來，生死悲難任。面目久已非，魂魄虛招尋。登涉足至胝，伏草或藏林。窮巖友相失，踽踽日已沉。黯慘山下語，村人得二三。亡何託生死，窮鳥奚擇音。五日仍三徙，頭髮散復簪。望城見宰官，友已先我臨。罍橋即長道，重生方自今。侯官開尊酒，憂來眇無際。儻死非國殤，吾婦徒鬖紒。兵甲運不息，風雲慘如結。城亡有收日，人斷無生理。安危視忠信，痛定時勗厲。

皇帝在離宫，北狩已二歲。王綱弛復張，大臣實倚賴。次第謀恢復，含靈肯自棄。或充一校任，亦願畫軍計。承平閉户人，壽命全且直。視息百年中，念此魂九逝。」

枚如曰：「下游匪民，近多結爲天地會。其黨蔓延遍州郡，即富商大賈，間亦投名入夥，否則道路不得免劫掠也。聞諸泉南友人，離郡城十餘里，便不堪行走。有弟子員某經其地，或出略其衣裝，語之曰：『吾秀才也。』略者曰：『吾只取值錢者，秀才不值一文，不汝損也。』然一見官府，莫不帖然，畏威懷德。論治者未嘗不易於爲力也。否則伏戎於莽，能無履霜堅冰之懼哉？張亨甫有送史梅叔密蒞閩七古云：『我本閩中人，能言閩中事。君向閩人問土風，爲君慷慨先形勢。仙霞雄秀接漁梁，直下三山如建康。射鱔釣龍紛割據，更騎白馬起王郎。英雄已往何堪弔，武夷君倚雲中笑。欲乘九鯉逐琴高，試訪容成有仙嶠。或言閩山奇，不及閩灘險。舟撐萬石石倒穿，千篙一隙相摩閃。有灘名黯淡，偶然見日日欲黶。又有二龍守劍津，風雨作波倒巖厂。古來過者心膽驚，豈知安流恒冉冉。山川信偉天下無，哀歌恨無李杜與韓蘇。越蜀吴楚亦邊徼，四公奔走窮崎嶇。手濡大筆何磊落，能使草木光奥區。今之言者無乃誣。不向丹崖翠壑寄清嘯，但聞太息地苦民悍愚。閩地瞻天五千里，閩民忠厚戴天子。借問閩官吏，誰恤民生死。官貪民乃鬭，民鬭官乃喜。括户比搜牢，盜賊任竊起。且如赤嵌稱沃臯，因何昔使王師勞。

且如今日姚石甫觀察滕子玉刺史曹懷璞大令，父老感歎惜所遭。斯民好直本天性，可憐海水徒滔滔。願君此去蹋六鼇，勿爲鮫鱷驅驚濤。君才況自足經濟，政成好與歌風騷。君不見前忠惠後清恪，作官如此差不惡。又不見幔亭峰玉華洞，仙竈米可餐，仙田禾可穗。良民未必皆貧困，烟霞百態奇爭獻。看到無諸土一坏，應吟富貴非吾願。久爲閩中人，不忘閩中怨。行矣春風載去鞍，我歸庶飽家園飯。』是篇，剴切沉痛，真不愧贈言之義。然而見者莫不咋舌去，則其忌諱有獨深者矣。」又曰：「趙雲松翼曰：『漳泉風俗多好名尚氣，凡科第、官閥及旌表節孝之類，必建石坊於通衢。泉州城外至有數百坊，高下大小騈列半里許，市街綽楔更無論也。葬墳亦必有穹碑，或距孔道數里，則不立墓而立道旁，欲使人見也。民多聚族而居，兩姓或以事相爭，往往糾衆械鬭，必斃數命。當其鬭時，雖翁婿、甥舅，不相相顧也。事畢則親串仍往來如故，謂鬭者公事，往來者私情，兩不相悖云。未鬭之前，各族先議定數人抵命，抵者之妻子給公産以贍之，故往往非凶手而甘自認，雖刑訊無異詞。凡械鬭案，頂凶率十居八九也。其氣習如此。使良有司能鼓之以忠義，緩急用之，可收有勇知方之效。惜乎官其地者，率以斂賄爲事，爲民所積輕且深怨。於是有身家者，尚不敢妄爲，而剽悍之徒相率而爲盜矣。』」簷曝雜記。嗟乎，天下無不可化之民，況閩又稱爲『海濱鄒魯』哉。使長民者潔己不厲民，而又不鄙夷其民，則嚴其獎善鋤惡之規，養以尊君親上之教，好名之心而激以好勇之氣，則斯人也皆明堂之選、干城之寄矣。而徒令其歌碩鼠之詩，爲走險之謀，是豈獨民之不幸哉？濫觴燎原，其於國家何也？況夫今日之民，其窮困比前此十逾七八，若齮齕之，迫無復之，不變亦死，變亦不過於死，而能帖然待命哉？近日晉江之役，至於斃官戕兵者，非其驗歟？」枚如此兩則俱見籐陰客贅，可謂惓惓於漳泉治法矣。張亨甫漳州至泉州歸道中雜詩云：「山平野多風，寒日出亂石。東南天不高，蕩蕩蓋海碧。空中若雲氣，不辨濤頭白。因悲此鄉人，揚帆遠爲客。斥鹵不足耕，豈甘淪異域。如何忍誅求，轉謂富珠璧。民困盜乃多，劫掠安可責。賢侯慕龔黃，良吏有循績。歲晏懷冰霜，生計念田宅。嗟哉惰遊子，歸來毋作賊。」「坡坨盡犖确，鑿井謀深耕。列石敵華表，轉水如瀉瓶。種瓜既茂實，種菜復敷榮。四時間採摘，亦足養汝生。何爲赴鋒刃，冒死尋鬬爭。或言此地氣，毋得非人情。民惟直可用，勇以敢乃成。收此十萬衆，足爲靖海兵。我無司牧責，刑罪知誰輕。頗聞五百人，當時殉田横。鄭氏起事日，所用兵皆沿海民。」「重山何峩峩，絶海何蒼蒼。山風裂石大，海水流天長。浩然雄闊勢，信矣偏霸鄉。偉人代相望，道德垂文章。自從國初來，乃以材武彰。一夫仗意氣，諸將皆侯王。桓桓五等封，勳名照旂常。遂使李蔡後，淒涼晦前光。我茲一倚劍，東西望東洋。巖城下落日，旌旗紛悠揚。下有樓櫓列，上有烏鴉翔。誰歟持節鉞，毋使行路傷。」亦猶枚如之意歟？

臺灣自入版圖，反者數起，或以爲地氣浮動使然，殆非也。蔡文勤公曰：「臺灣鮮土著之民，耕鑿流落，多閩粵無賴子弟。土廣而民雜，至難治也。爲司牧者不知所以教之，甚或不愛之，而因以爲利。夫雜而不教，則日至於侈靡蕩逸而不自禁；不愛而利之，則下與上無維繫之情。爲將校者，所屬之兵，平居不能訓練而又驕之。夫不能訓練，則萬一有事不能以備禦；驕之，則恣睢侵軼於百姓。夫聚數十萬無父母妻子之人，使之侈靡蕩逸，無相維繫之情，又不能備禦而驕恣侵軼，欲其帖然無事也，難矣。」此論切中海外之弊。咸豐間，臺烽屢警。至同治壬戌，嘉義之變，鎮道被戕。延至甲子春夏，甫就芟夷。因歎施虎、藍彪呼之不起。當此中原多事之秋，臺地孤懸海外，隱憂未弭也。施虎，靖逆侯烺；藍彪，南澳總兵官廷珍也。康熙六十一年，朱一貴之亂，全郡俱陷。廷珍與水師提督施世標合兵，七日平之。時運籌帷幄，指授機宜者，廷珍族弟玉霖太守鼎元也。太守漳浦人，童時即自厦門泛海泝全閩島嶼，歷浙洋舟山而歸。波濤往返，熟悉形勢。嘗論：「臺灣半線一路，地險兵寡，難於鎮壓。」後朝議分立彰化縣，蓋從其説。又論海洋捕盜之法，謂：「商船患在不能禦賊，宜給炮械，使之有恃。哨船患在不能遇賊，出哨官兵宜密坐商船，勿張聲勢。賊船在近不在遠，沿邊澳口可停泊之區，忽往搜捕，百不失一。賊船嚮邇，可追即追，否則佯爲退避，以堅其來。挽舵爭據上風，賊已在我掌握。既獲賊船，即以所得盡賞士卒。首功兵丁，拔補把總，將弁以次陞遷。如此則將士之功名財利俱在賊船，將不遑寢食以思出哨矣。」又謂：「洋匪接濟，多由哨船。火藥、軍器，犯禁之物，惟哨船可以携之，轉貨賊船，利愈十倍。故兵士謂坐港之利，甚於通番。民船作弊，官兵可緝；官船作弊，孰敢攖鋒。是在提鎮留心稽察，皆今日吾閩之急務也。」論詳鹿洲全集。其平臺紀略一卷，已登四庫。太守於雍正六年冬，以優貢爲朱高安薦授普寧令，兼攝潮陽。安民緝盜，吏民畏服。後窮治官運盜賣事，忤觀察某，去官。未幾，制府鄂西林具摺雪之，引見。授廣州守。抵任踰月，卒。可勝惜哉。太守詩有臺灣近詠十首，其於番俗夷情，洞若觀火。錄云：「臺俗敝豪華，亂後風猶昨。宴會中人產，衣裘貴戚愕。農惰士弗勤，逐末趨驕惡。囂凌多健訟，空際見樓閣。無賤復無貴，相將事樗博。所當禁制嚴，威信同鋒鍔。爲火莫爲水，救時之良藥。」「臺地一年耕，可餘七年食。今歲大有秋，倉儲補云急。穀貴慮民饑，穀賤農亦惻。厲禁久不弛，乃利於奸墨。徒有遏糴名，其實竟何益。」

劉芑川海音云：「同是萍浮傍海濱，此疆彼界辨何真。誰云百世仇當復，賣餅公羊始誤人。」注云：「臺郡械鬬始於乾隆四十六年，後則七八年一小鬬，十餘年一大鬬。北路則先分泉、漳，繼分閩、粵。彰、淡又分閩、番，且分晉、南、惠與同、南路。則惟分閩、粵，不分漳、泉。然俱積年一鬬，懲創即平。今乃無年不鬬，無月不鬬矣。」

道光間，福建厦門受夷禍。咸豐間，上下游疊經兵燹，而福州幸且無事。此元道州所謂「豈力能制歟？蓋蒙其哀憐而已」。同治甲子春，粵匪自江右闌入汀郡屬境，竄踞建寧、寧化二邑，隨即擊退。迨金陵收復之後，殘匪四竄，其伏匿於江西、廣東、福建三省邊界者尤夥。此時守土之官果能力行保甲團練，此輩將何所駐足？封疆大吏果能不分畛域，或會勦，或合圍，或并三省之力妥爲安插，釜底遊魂豈能聚而大熾？先是夏杪，徐中丞奏：「召張臬司運蘭、林軍門文藜前往汀郡一帶防勦，在籍即選道陳景曾前往上游總辦團練。」佈置亦非不善。乃軍門甫行，而臬司失利，武平不守。臬司張，贈侍郎王壯武鑫舊部也。甲子九月十一日，擊汀州中赤地方，退救武平，力戰，中傷墜馬，賊擁之入城，十四日遇害。其所部總兵賀國楨、王明高，副將雷照雄等皆戰死。武平令沈田玉、巡檢陶載坤、典史雍得玉等，亦先後死之。九月，漳州土匪復勾連髮逆入城，變起倉黄。省垣方舉行鄉試，遲之又久，乃始聞之。夫用兵在料敵，料敵在伺敵。奈何村莊相望，都邑相屬，驛汛星羅，呰游棋布，賊來竟不之知乎？舉國若狂，百爲拾瀋，數十年曾不一變其局也，悲夫。嘗爲吟先輩句云：「侯門挾策千聲會，牛渚逃犀百怪多。」

諺云「救兵如救火」，以云速也，此亦盡人知之。然其所以能速者，在平日不在臨時。今之旅卒則空籍也，度支則懸磬也，器械則苦窳也，雖欲速，能乎？漳州之變，爲九月十四日。遲至月杪，當事者且以爲風聞也。於是檄林軍門歸。軍門兵無百人，沿途招勇，殆將一月，甫向漳州，人方以爲長城也。而十一月初三日，軍門忽殲於江東橋，異哉。軍門字密卿，臺灣人。積功至提督，賜號巴圖魯，年甫壯耳。夫以陸提六營，額兵若干，省垣軍標、撫標八營，額兵又若干，一旦有事，竟不得一兵之力，營制之壞，可勝浩歎。是役也，贊軒仗策從軍，未幾旋。其漳行紀程題後詩云：「徵調未聞一旅師，元戎小隊自奔馳。訛傳妖彗清團甲，暗見旄頭犯大旗。莊賈敢奸司馬法，郭開虛報出師期。揭竿升木紛紛是，招募惟憂註籍遲。」「牙旗玉帳上游開，公族公孫廁將臺。不聽良言籌魏尚，竟貽專閫悞王恢。横戈挑戰偏輕敵，棄甲先逃數罪魁。嚮水橋頭枯骨在，至今嗚咽有餘哀。」孤憤滿腔，於詩見之矣。粤匪入閩約十餘萬，其股有四：僞侍王李世賢、僞忠王汪海洋、僞來王丁大洋、僞秦王林正揚也。

黄霽川中翰貽楫與楊雪滄論泉州團練十不足恃略云：「方賊入漳之時，勢如破竹，我泉危甚。乃踞漳不敢下窺，始則賴漳民與之格鬬，繼則賴曾、林兩軍堅持不動，以待援師。設前此輕於出陣，其潰敗決裂之狀，更不知何所底止。幸耐到今日，林軍方敗，高軍適來，救應雖無及，而鶴唳風聲，衆以有恃而無恐，土匪亦不致乘虛竊發。蒼蒼者默佑我泉，於斯可見。若論人事，文武之設防，紳民之團練，皆不足恃也。二千石之循聲素者，而提綱挈領，才德都無。於扼要當防之地，不知佈置，但安礮於堂中，招勇於署內，爲惜費而戰守之具不修，欲勸捐而交好之情難破。此不足恃者，一也。」又云：「久防之計，莫善于聯絡村莊，自相保衛。郡城總局之設，於城守諸事既照料不周，況城外地方遼闊，良莠不齊，安能盡召其父老子弟與之約法？前者僅送一旗一帖到鄉，或邀集離城較近之鄉耆，出資合飲而散。所謂團，所謂練，當面無人剴切曉諭，退後更無人往問之矣。嗣後，郡尊出示，令各處添設分局，公舉練長、練副，於是有青陽局、石井局、安平局、龍江局、石獅局。衆局皆是自籌經費，惟青陽局局費由總局撥付。因其具報自募壯勇三千，見者遂相率爲僞。此不足恃者，五也。我泉聚族而居，習尚强悍，兵器人人所有，似乎團練比各處容易。不知强弱大小，積怨已深。欲使同心協力，先須排難解紛，然後團練可行。否則秦越相視，且正盼賊來，以便乘機焚殺，消其夙憤，更安望其爲我禦賊哉？此不足恃者，六也。」讀此，因歎所論防務，直省情形大概如是。所以賊陷一城，不過旦夕；而賊踞一城，復之動輒經年也。許辛木比部鄉勇歎云：「琳宮朝闢洶奔濤，十十五五來滔滔。敝衣短後舉趾高，爭前自贊稱人豪。誰其主者似尉曹，去留甲乙三寸操。誰其佐者以俊髦，袖中各各藏名條。桀石超距且勿勞，折箠不用腰弓刀。上官符檄紛蝟毛，義取壯觀誰敢嘲。大書勇字竿摩霄，老翁七十項有條。小兒十二髮垂髫，問以少壯形如猱。白日市井恣遊遨，寇來一晌從遁逃。未來且令司長宵，使人猶應勝使獒。老僧不眠坐虛寮，圓蒲側耳燈頻挑。初更鉦柝何豗囂，二更斷續聲不調。三更四更久寂寥，五更腷膊鄰雞號。余當時嘗語客曰：『君知鄉勇中有如岳小將軍本領者乎？』客曰：『安得有此人？』余曰：『然則何以十二歲便令充勇？』客爲憮然。」家弟叔淵募練壯丁行云：「募兵始於唐中微，宋季尤甚皆權宜。今者戎政久敝壞，議輒師此謂因時。試思比歲屢動衆，入伍且復難堅持。未見一寇聞風潰，法令申莫禁毫釐。矧屬應募皆無賴，緩急果足相繫維。朝募夕廢且作盜，日習月練徒虛糜。此設廠，彼立規。舞弄桿棒著號衣。棘門灞上真兒戲，百萬獨非民膏脂。謂此循故事，亦習古人餘。大官老於事，詎不惜閭閻。閭閻惜自官應爾，但問古人募練終何如。但問往襲古人募練終何如。」

冬十一月，左帥督師入閩。調浙、蘇諸軍，並駛輪船而進。乙丑正月，奏：「閩省吏治軍政之壞，由於因循粉飾，積習相沿。」燭照數計，可謂痛切。符雪樵大令擬杜云：「盜賊適多故，好官攘市人。讀書道遂喪，金鐵氣皆申。吏事從茲析，流風那得淳。滔滔此江海，不洗眼中塵。」因讀左帥疏，附錄之。疏見咄咄錄。

海盜捉人勒贖，此風久矣，今日尤甚。香山黄子實貢士培芳嶺海樓詩鈔贖人行云：「海上盜船動盈百，東西南北候過客。相逢礮火聲轟天，萬衆齊呼飛過船。人人土色心膽裂，短刀交下白如雪。盡掠財物兼捉人，捉人上船佯怒嗔。奴顔因首見板主，板主頭裹紅羅巾。貧富詰罷各乞命，千金百金贖一身。大呼紙筆作細字，索取百物限浹旬。逾時不贖剖腸腹，速寄家書歸至親。典衣貨産並哀貸，拮据措置潛悲辛。遣人入海與交易，但得再活寧論貧。更有細民居海畔，日日驚惶四逋竄。夜匿荒山洞裏眠，晨歸破屋茅中爨。盜船惟向炊烟來，奔逃不及遭羈絆。老父留贖兒放回，速賣耕牛數虧半。含啼鬻子僅取盈，老父歸來苦家散。人亡財盡四壁空，不死兇殘死困窮。君不見兵船西，盜船東。兵船候潮，盜船乘風。兵懦或退避，盜衆還相攻。不恨兵船不得利，但恨不見黄總戎。謂黄公標。」貢士與陽春譚康侯孝廉敬昭、番禺張南山太守，稱「粤東三子」，自號粤嶽山人。

道光季年以後，廣匪充斥虎門外。漁舟不敢出海，物價數倍於常。枚如老漁歎曰：「内船不敢往，外船不能到。老漁抱船泣，望漁如望寶。二月南風來，䑧艒滿絶島。百錢入市門，海物多於草。貴賤忽失常，江河有顛倒。昨夜五虎山，盜艘方宴犒。廣筵羅衆鮮，斫鱠快如掃。饜飫抛其餘，積鱗等城堡。老漁垂空手，盤餐少乾薧。苟爲口腹爭，未必性命保。大嚼無憂患，不如孫盧好。」

咸豐季年，慶制軍嘗辦海案，殺二百餘人，或以爲冤。枚如廣艇歎云：「富不必商與賈，貴不必文與武。自稱水仙王，橫行無所苦。海波峩峩中有虎，萬點刀光波上舞。小舟聞風頭已府，大舟倉皇棄樓櫓。自跪獻玉帛，甘心作奴虜。朝出行，酒與脯。夕歸來，簫與鼓。終身樂之忘鄉土，始知作賊勝官府。吁嗟乎，賊人喜，閩人懼。閩人懼，泉人怒，桓桓吳將軍，提兵出海門。一戰飲賊血，再戰銷賊魂。亂斫頭顱擲海水，百七十人同日死。閩人感激淚如雨。吁嗟賊乎，汝生無家死無所。」亂國用重典，奸民嘯聚，跳斗散斗，習爲固然。不聚而殲之，海客苦矣。然其頑可恨，其偪於饑寒，是誰之過歟？

雪樵大令洋口行云：「三邑壯都會，群盜肆出没。耽耽財貨雄，劫掠無虛日。民沉控訴冤，官恃推諉術。昨者委健兒，馳諭欲衝突。虎威狐則假，犬縱兔仍逸。殺人亦無限，殺賊乃未必。敘績各進階，其黨笑且疾。豈不如賊焉，貴賤異枯菀。我來無戒心，囊空賸紙筆。輒復圖一醉，吾事則已畢。酒酣發浩歌，移船就明月。」上游九龍會匪，自道光初勦辦不力，伏莽久矣。咸豐季年屢獗，輒勞師旅，然其實未殺一賊也。謂余不信，請讀此詩。三山樵叟竹枝詞注：「觀察潘駿章易勦爲撫，費口糧數萬。潘因得優獎。」

陔南山館詩話卷九

侯官 魏秀仁 子安

古者庶人傳語，而輶軒出使，咨謀咨詢，咨諏咨度，有五善焉。維時嫠無恤緯之私，曝有野人之獻，上下交而其志同，於卦爲泰，於世爲大同。嗚乎，盛矣。自采風之使不出，民間疾苦，壅於上聞，治遂不能復古。杜少陵惻然於天寶之亂，「三吏」「三别」諸詩，於是乎作。元道州春陵行、白香山新樂府繼之，語近情深，上追風雅。雖至唐末，習爲纖巧，而曹松之「憑君莫話封侯事，一將功成萬骨枯」，聶夷中之「二月賣新絲，五月糶新穀。醫得眼前創，剜卻心頭肉」，趙牧之「魚尾定黄金，始可延君命」，於民生國計，惓惓言之，蓋高曾之規矩猶存也。夫太平以治定爲效，百姓以安樂爲符。我朝乾嘉間，邊疆安靖，品物繁昌，士大夫和聲鳴盛，如袁子才、李雨村詩話，阮芸臺定香亭筆記，王蘭泉湖海集，雍容華貴，無粗厲噍殺之音。自川楚之役，轉輸十載。道光間，河防屢決，鹽政不綱，回部、苗疆、臺海，復時時蠢動。而鴉片盛行，銀幣外洩，有識者已惄然憂之。至島夷滋事，繼之粵匪，天下騷然，汲汲顧影。余輯詩話，紀正之變。方今聖主中興，東南底定，草茅下士，請援臚言之古義，以備太史之咨詢，其亦潘四農所云「帝京縱不來，忠愛隨地施」之意也夫。

咸豐初，李星村上舍懷古云：「少年懷古感興亡，莽莽乾坤弔夕陽。豈敢談兵同趙括，遑希借箸進張良。救時幾輩稱能吏，醫國從來談古方。題壁略同諸將作，自憐陳亮太疎狂。」「九重丹詔下明光，選舉曾傳遍漢唐。自古人才關治亂，即今國事豈文章。徒持不律趨冰鑑，幾見陰符出錦囊。遥向黄金臺上望，可能駿骨屬燕王。」「衙參温語慰循良，經濟都歸手版忙。慈母一心寬虎豹，蒼生待牧等牛羊。可憐債帥今名宦，得計貲郎正上場。聽説河陽花事好，嶺南陸賈富歸裝。」「帶刀骨相孰封侯，軍籍都簽市井儔。天寶府兵方偃臥，南唐閫帥半風流。儘教日月銷兵氣，容易冰霜上將頭。三十年來傳僅事，顔高遺恨滿閩甌。」「閩粵江淮久告疲，官商犄角勢終歧。桓寬有論陳鹽鐵，劉晏無才困度支。此局江河成日下，將來稱貸更何之。可憐國計牢盆任，只作階梯轉監司。」「黄流萬古厪宸衷，歲歲蒭茭屢奏功。幾見賢能傳郭守，已聞匱乏告司空。憂時賈讓籌何補，待罪桓譚政不終。今日聖人方御宇，榮光應出白龍宮。」「水仙澤國噪渠魁，出哨將軍但舉杯。樓櫓未聞楊僕下，旌旗不見岳侯來。忍教商販輸賕急，翻借蠻夷殺賊回。不盡孫盧豺虎輩，嗷鴻亡命亦堪哀。」「海上頻年未息烽，弓刀鼙鼓憶殘冬。已邀聖主痌瘝念，隱戢强胡跋扈鋒。頡利暫時盟白馬，將軍何日飲黄龍。范韓若肯驅元昊，臥榻何曾鼾睡容。」「痼疾閭閻久告疲，九重旰夕切疇咨。空文貢士陳圜法，入告司農諱漏卮。糶穀賣絲頻剜肉，銷銅穴礦更然眉。水衡涸日流亡起，可免青苗誤國爲。」「寒蟬抱樹靜無聲，殿草偏難指佞名。玉署紛紛趨捷徑，諫垣默默坐陽城。千秋總讓陳東戇，一鳳誰爲善感鳴。指日延英方召對，諸君何策答昇平。」「卅年游刃亦恢恢，擘畫何曾愧卜枚。天下競傳三指號，相公已負百花魁。論歸隱豹良朋口，誰老騎驢大將才。太息曹劉兩文正，安危終仗出群才。」「填胸不少萇宏血，流涕還披賈誼書。祇悵先鞭遲我馬，違愁彈鋏食無魚。處囊莫脱毛生穎，越俎先爲巷伯愚。他日茂陵遺草在，愚忠獲罪總迂疏。」嗟夫，道光季年時事，盡於是矣。孟子曰：「不信仁賢，則國空虛。無禮義，則上下亂。無政事，則財用不足。」唐、宋、金、元、明之末，孟子蓋逆睹之。順治十七年，御史李振宜有請飭宰相調燮弭災疏云：「古三公有因水旱策免，有不待策免而自引退者。夫用人行政，其將用未用，將行未行之際，差之毫釐，失之千里。天顏咫尺，呼吸可通，惟有内閣諸臣而已。身居密勿之地，苟懷緘默之風，則宰相亦何常之有，一切凡人皆可爲之，又何藉乎夢卜以求也？」又曰：「夫既寄以心膂、股肱，而猶然畏首畏尾，徒以擬票四五字，了宰相事業。則生食一品、二品之俸，死荷三壇、六壇之祭，生死皆荷殊恩，曾不若懦夫之自立。清夜捫心，其能自慰乎？」讀星村詩至第十二章，因慨然録之。瑞安孫琴西侍讀衣言著有燕臺集，其得俞蔭父杭州來書卻寄一首中一段云：「大盜久未平，國事等戲幻。衣袽不救濡，何况聚諧噂。史臣卜筮流，聖功幸論纂。慨念文景初，儉德照編簡。遺恨彼奸臣，兆亂成禍本。時予在實録館編集辛丑、壬寅間海上撫英吉利事。三江五湖間，厥罪不可逭。豈聞舜重華，尚復庸吺鯀。九重日減膳，諸公孰補袞。洛陽賈人兒，均輸用平準。是誰司度支，先自閉卻窾。青蚨不能飛，白鹿難爲薦。昨者散春糈，未覺回妍暖。人人懷夜光，不足謀一飯。竊思南征軍，坐令士氣短。東方侏儒徒，那暇論饑飽。」正襟而談，侃侃如也。子壽讀史云：「淮南輕公孫，匈奴嗤千秋。置相一不慎，乃爲朝廷羞。吾聞濟巨川，必資萬斛舟。贊皇下澤潞，晉公收蔡州。一賢柄國政，九土銷姦謀。折衝見才略，臣主蒙其休。斗筲累千百，寧分宵旰憂。」

昔唐都秦，右據岷涼，左通陝渭，有險無水。宋都梁，背負大河，而接淮泗，有水無險。前明都燕，北有居庸、醫無閭以爲城，南有大海以爲池，天造地設，山環水衛，此誠上都矣。然猶有堂無奧。伏惟熙朝發祥長白，入關以後，合中外以爲家，即奄堂奧以作宅，煌煌大一統之規，自古莫比。顧昇平日久，喬木依然，而濟美之英何寂寂也；高臺如故，而千金之駿何寥寥也。以此侍臣揚扢下士，游歌壹似重有憂者，其有感於子輿氏「天時地利」之論耶？毋亦慨乎干城之選、屏藩之寄之難其才耶？夫宋慧過朝之歎，魯女倚柱之吟，豈自今日而然哉？歲辛卯，張亨甫留京讀書西山隱寂寺。十月十四日，黃樹齋太史輩訪之，次日偕游山中，慨然有述。其第四章云：「登高古多悲，所悲云如何。出洞徑絶頂，眺覽人代過。東臨榆關塞，南俯桑乾波。北去控朔漠，西來阻黃河。山東二百郡，幽涿雄峨峨。積氣亘千里，風沙中盪摩。在昔漢與唐，走馬通新羅。朔方都護府，六郡良家多。蒼海與元菟，父老輸征科。魏武中失計，六朝尋干戈。五季再凌夷，遼宋安能和。我復望薊邱，泣下涕滂沱。黃金無故臺，臥地鳴群駝。不見望諸墓，樵采紛斧柯。王公代設險，國步亦屢蹉。人材勝金湯，天命慎頃俄。自從元明來，宅都茲豈譌。三邊扼喉吭，四海若髁⿰骨可。宿衛列戎羌，朝貢走夷倭。冠蓋日雜沓，倡優矜媌娥。安知塵埃下，賤士常慨歌。太行萬古秀，遠影如修蛾。九陘近障雪，亂石高砐硪。落日照大野，蒼然横雲羅。踟躕下疊磴，幽窅窮秘魔。」蓋人才之難，前此數十年已私憂之。嗚呼，志士苦心，至今尤可以歎息也。

自前代以四書文取士，其弊至今。空虛勦襲，陳陳相因，蓋已極矣。康熙二年，曾停止八股文體，改用策論表判。鄉、會試分爲二場，第一場策試五道。直省學使亦專以策論考試。三年，更定鄉、會試頭場，策五道；二場，用四書五經題，作論各一篇；三場，表一道，判五道。四年，禮部黄機請復舊制，仍於頭場用四書文，從之。今猶遵行。王荆公曰：「今士之宜學者，天下國家之用也。今悉使置之不教，而教之以課試之文章，使其耗精疲神，窮日之力，以從事於此。及其任之以事也，則又悉使置之，而責以天下國家之事。夫古人專其業於天下國家之事，而猶有能有不能。今乃移其精神，奪其日力，以朝夕從事於無補之學。及其任之以事，然後卒然責以天下國家之事，宜其才之足以有爲者少矣。」錢牧齋曰：「去古日遠，學法蕪廢。自少及壯，舉其聰明猛利、朝氣方盈之歲年，耗磨於制科帖括之中。年運而往，交臂非故。顧欲以餘景殘晷，奄有古人分年程課之功力，雖上哲亦有所不能。」荆公堅僻，牧齋浮薄，而此言則不可以人廢矣。彭湘涵新樂府讀書堂云：「曉登讀書堂，時藝滿屋角。諸生口嘈嘈，師長面嶽嶽。經史子集束高閣，别有真傳博人爵。曷不飛去生處樂。胡爲東塗西抹高着眼，七略九流自纏縛。舉秀才，不知書。察孝廉，父别居。西京取士已如此，何况區區較文字。」孫芝房芻論曰：「科舉之條，依於四子、五經，而禮樂、兵刑、財賦、河渠、邊塞之類，無不惟所試。是皆脩身之要，天下國家之所以爲用。以是取士，宜可得士，而顧不能者，何哉？四子、五經之精微，非老師、宿儒專力致精，不能究其義。而禮樂、兵刑、財賦、河渠、邊塞之類，皆專門名家之學，聰明才傑之士爲之數十年，僅乃通之。而舉之責於一人之身，三場之試，其責之也難，其求之也備。士不副其求，則襞積剽略，苟且以塞責。而上之求士，取盈其數而已，故雖不如所求，而亦收之。雖有賢者、能者出於其間，然而寡矣。」

蔣心餘太史讀史云：「我讀唐虞書，命官各有專。子孫世厥職，家學承其先。一事不易任，兼攝何能全。後來分途科，借求天下賢。人各有不能，忝竊真强顔。不學而備位，倉卒難免旃。黠吏上下手，每每操微權。宋明兵戈際，用人尤可憐。一將當八面，調遣如循環。人才一何少，庸豎蝨其間。豈無遯世翁，山中掩柴關。斧斤既莫及，朽爛同曲拳。徒令論世者，讀史興長歎。」吳淵若大令世涵雜詩云：「士生三代後，才質多所偏。用之在節取，責備焉能全。漢代雜王霸，高論常舍旃。有才即見錄，牧隸皆能賢。宋人拘繩尺，往往多苛論。事功罕所見，豪傑尾棄捐。全才固難得，舉錯有微權。容物道在廣，收效途宜寬。責人必賢聖，固哉難與言。」二詩意似兩歧，理實相足，皆用人者之藥石也。

知人則哲，惟帝其難。而今之操衡鑒者，考言而不詢事若采，只在象恭。黃士龍布衣葵誠向樂府云：「王者圖致治，致治賢爲寶。草野不乏才，辟舉何鮮少。漢家令郡邑，推籍升京兆。以此行黜陟，引領多奇抱。近承詔屢頒，下應徒草草。之官凜考核，惟務催科早。茅茹間一登，行誼未深討。銓曹所甄別，應對與儀表。於身取瓌偉，晏嬰軀則小。於言取辯給，周昌口難道。宣聖於予羽，不能無悔懊。奈何中材人，臧否一目了。伏惟責守令，諮訪察孤標。親疏苟矢公，安在以身保。薦賢爲課程，自爾官箴好。失實者免秩，稱旨者上考。朝有推讓臣，士無窮約老。於皇文武勛，菁莪美豐鎬。」

龔海峰曰：「後世鄉舉里選之法不行，而浮華聲氣之弊，接踵而起。崎嶇暮夜，乞憐於公卿；輾轉名場，借途於關節。相習成風，恬不知恥。夫今日之爲士，皆後日之爲官也。廉恥本相因，士不知恥，則官安能廉？科名小事耳，可以得之者，無所不爲；君親大倫，可以欺之者，無所不至。一旦居官，毋怪乎其病民而負國也。士習不正，而官方不肅。官方不肅，而民氣益以不醇。彼見夫服儒衣儒冠、誦讀聖賢之書者，之猶見利必爭，見害必避，而閭閻何責焉？爲好譏刺，善可否，議論當世之人者，之猶終違其始，行背其言也，而椎魯何責焉？老師宿儒，殆盡彫零；後生小子，無所效法。而公卿、大夫不知正身率士，藉口收羅人才，引掖後進，以濟其私心。其風甚烈，其波愈靡。不急挽之，以杜其原，將恐吏治、民風俱不可問矣。」嗟乎，海峰時吾閩士習猶未盡非，越今百年矣。蘇東坡送劉道源歸覲南康云：「自言静中閲世俗，有似不飲觀酒狂。」今之後生小子，非皆酒狂歟？蕭子山閒居雜詩之一云：「自來聰明人，中必多嗜欲。要在以理閑，久乃與道熟。不爾爲文章，徒以悦時目。不爾談經史，徒以駭流俗。出即捷徑營，處即貨財黷。沉酣聲色中，汩没榮枯局。物論即相寬，内省寧不恧。閒居課道心，歌此以自勗。」

孫芝房曰：「吏職之不舉，財用之不足，軍實之不精，有國者之公患也。吾以謂皆不足慮，惟士氣之不振，乃爲大憂。士習者，國家之元氣也。是氣也，養之數十百年之前，而成之數十百年之後。非若吏職、財用、軍實，舉而修之，可以旋至而立效也。今亦思天下之氣何以靡然澌滅哉？當其初，美言小數，以牢籠天下，而巧文曲法以扞之。顧天下之豪傑不可以盡縛，急之則將起而與吾競也。故常寬假以柔其氣，調停委曲以平其心，然後徐視之以抑揚，陰用其予奪，要使天下知吾之意所嚮而已。故士未嘗蒙顯戮、絓重罪，而已頫首結舌而不得出聲。不待雷霆之威、碪斧之加，而天下已相率望風，廢然返矣。夫以雷霆之威、斧碪之刑戮辱天下士，天下莫不傷心。然而士乃愈奮而愈烈，不足以沮天下之氣也。夫惟馭之以權機，日朘月削於恍惚闇昧之中，而無跡之可指，然後天下之氣可以消亡而至於盡。故惡天下之士，而用機權以折之者，賢於辱戮，其實酷於辱戮，而人不知也。」讀此論，因憶林穎叔方伯燕臺雜詠，其第一章云：「北來形勝覽幽并，四海爲家險盡平。地敞關門開莽蕩，天高閶闔聳崢嶸。官帷畫諾纔何用，學悔因書劍不成。見説清時飛將老，迂儒麟閣更無名。」苻南樵孝廉葆森送魯通父歸淮陰詩云：「天下有事尊健兒，不然塗抹乘良時。儒生章句頗疣贅，世人大笑徒爾爲。」蓋同一喟。

文宗初，御史戴烔孫奏：「殿試策以條對愷切爲主，宜删去繁聯，不宜拘定字數，且勿專尚楷法。」奉旨允行。楊性農庶常詩「時好日以頗，科法因之弊。下品置晁董，上策擢鍾衛。繆種競流傳，波點競妍媚。不知筆吏徒，奚贊庥明治」云云，可謂切中時弊。董筱槎太史桂敷寄感云：「萬物萬種色，一雲一情狀。造化真文章，本自無定相。渾灝四代書，巍巍九霄上。羲經更四手，各各見德量。風雅正變音，分塗成絶唱。代有作者出，皆然絶依傍。胡爲後世文，愛畫葫蘆樣。更於拜獻資，一轍範趨向。天駒縱超群，何由顯雄壯。」江弢叔送人應禮部試云：「國家久治安，俗弊官恬嬉。因循積貧弱，兵氣生邊夷。天子乍軫念，吏治何淩遲。人才惟國本，振作今焉宜。既重進士科，曷取於浮辭。謂當覈才實，發策如漢時。」亦此意也。今上登極，廷臣復以爲言。壬戌殿試，探花張之洞策洋洋灑灑，指陳時事，天下傳誦之。

同治元年，貴州黎庶昌條陳時政，請「薦賢才，慎保舉」。及殿試，條陳時政，「京官兼用守令」，良爲有識。上喜，以知縣用，發交曾節相大營差遣委用，仰見皇太后、皇上求賢若渴，廣開言路之至意。而御史呂序程疏請「重名器，而裁倖進」。嗟乎，軍興以來，名器之濫，倖進之多，殆不可數計矣。乃區區爲國家惜此七品官也，豈不傎哉？何大復崔生行云：「自從盜賊近神京，四野不見沙塵清。黄河流血日慘怛，中原戰骨霜縱横。朔方兵馬久已竭，天下財賦難盡榷。書生不得言世務，大臣誰有濟世略。」請爲當軸者誦之。然大復此詩亦憤激之詞，非實錄也。明制：「無論臣民，皆得言事。」景帝時，麻陽監生徐銘、郭祐，昌平諸生馬孝祖應詔陳言。其在永樂、洪熙、宣德間，小吏、衛卒以逮小民，皆有建白。載在明史，可覆按也。

國朝康熙、乾隆，兩次奏舉鴻博人才，可謂極盛。文宗登極時，府丞張錫庚奏請開科，後中止。粤東温尹初孝廉訓秋懷詩云：「不難破格求正士，豈向庸工定鑒衡。」蓋是時士林喁喁仰望，以爲事在必行也。雖然，今日之人才，能似昔乎？

胡文忠曰：「天下以盜賊爲患，而亂天下者不在盜賊，而在人才不出。居人上者，不知求才耳。」酇侯治漢，文若佐許，武鄉治蜀，景略相秦，其得力專在得人，蓋無一時一事，不以人才爲念。得人者興，失人者亡。以衛靈而不喪國，以武氏而能治天下，其效可覩矣。竊謂今之居人上者，亦非不求才，然其所以謂才者，吾知之。一曰便捷，二曰辯給，三曰武斷，此皆無行誼之尤，而以喜怒爲之進退。是以換一督撫，而向所謂才者，後皆謂之不才，夫非猶是便捷、辯給、武斷者哉？其令公喜、公怒者，旁觀明，當局暗也。」馬子翊詠史云：「滔滔渭水濁，宵小揚其波。所以曠達士，遯跡依蓬蒿。」又曰：「郎署老馮唐，計吏困趙壹。未免積薪愁，幾下枯魚泣。雕鶚受羈絏，難展摶風翼。以此求人才，人才何可得。」陳作甫枕上口占詩云：「安石親朋傷暮齒，景升兒子繫危城。」東查也山云：「迢迢鄉國干戈裏，齷齪兒曹醉夢間。」曠達遯跡，而齷齪兒曹繫以危城，使之爲醉爲夢。嗚呼，劇盜安得不縱横乎？

漢人多守本郡，唐選官有小選、東選、西選之法，此非徒體恤遠人也。漳州志載：陳元光疏請七閩增爲八，建一州泉、潮間，以控嶺表。朝議以遐僻之地，萬一遣官不諳土俗，民反受其殃。元光父子久牧兹土，蠻民畏懷，即令其兼轄尤便。詔從之。今沿明制，本省人不得官本省，即曲阜亦奏改題缺，不歸聖裔。袁子才大令枚卮言云：「官以阜兆民，貴在知民風。所以漢守令，旌旗故鄉紅。貞觀分兩選，一西而一東。毋過三十驛，政和道猶同。元明有衰政，探符以爲公。章甫適越俗，燕鎛爲胡弓。嗜欲不相達，言語不相通。出都爲債帥，臨民如聾蟲。方知古賢法，妙在人情中。先期而除弊，其弊方無窮。」梁芷隣退菴隨筆曰：「古人以四十爲强仕之始，以五十爲服官政之年，以七十爲致仕之期。統計人生居官之日，前後不過三十年之久耳。顧亭林嘗言：『漢順帝陽嘉元年，用左雄之言，令孝廉年不滿四十，不得察舉。皆先詣公府，諸生試家法，文吏課牋奏。宋文帝元嘉中，限年三十而仕。梁武帝天監四年，令九流常選，年未三十，不通一經，不得解褐。今則突而弁兮，已廁銀黄之列；死期將至，尚留金紫之班。何補官常，徒隳士習。』洪熙元年，俞廷輔言：『近年賓興之士，率記誦虚文，求其實才，十無一二。或有纔二十者，未嘗學問，一旦挂名科目，而使之臨政治民，職事廢隳，民受其弊。自今各處鄉試，宜令有司先行審訪，務得博古通今，行止端重，年過二十五者，許令入試。』帝雖嘉納，而未果行。積習相沿二三百載，青雲之路，跬步可階；五尺之童，便思奔競。欲以成人材而厚風俗，不亦難乎？」孫芝房芻論曰：「自貢舉興，而學校爲利禄之途，古之養士之政廢矣。然唐宋入仕有漸，而中外考之，猶未失『論定後官』之意。明盡棄其制，用科目太驟，視州縣太輕。中葉以後，士横而不制，民困而不恤，朋黨與盜賊交訌。故唐之亡以藩鎮，宋之亡以夷狄，而明之亡也以縉紳。」嗟乎，兩先生之論，皆爲安常處順言之也。慨自軍興以來，白面書生目不曾睹古，口不能道今，一旦繫籍軍中，轉瞬之間，雲蒸龍變，指不勝屈。郭遠堂中丞終南徑云：「手不握旗與旄，腰不彎弓與刀。大字不能署鳳尾，細字不能辨牛毛。適從何來，遽集於此，俄頃立致青雲高。將軍揖客固應爾，凌眖一切如秋毫。吁嗟乎，有客十年滯宦海，頭腦冬烘苦不改。泥塗空剩一身在。」言之痛切。

自籌餉例開，而市儈或登方面；自軍功恩濫，而廢員皆得轉身。王子壽讀史云：「漢置武功爵，入貲皆補官。賢否益混淆，吏雜民不安。盜賊自此起，直指出夏蘭。持斧日斬斷，閭里以凋殘。選舉通治道，同源無異瀾。源濁流豈清，法敝民乃干。西園復繼踵，黄巾爲兵端。事固有召禍，蘊利良足歎。」雜感云：「煌煌青紫易錢刀，談笑分符復擁旄。民爵秦時盈里巷，武功漢代遍鄉豪。但期計日軍儲足，安用停車選格勞。僉倚豐財平寇盜，私憂巧宦竭脂膏。」同治元年，御史裘得俊奏請禁商人捐官云：「凡捐官之商人，絶非善類。其平日趨利若鶩，習與性成。傾騙侵漁，罔知顧忌。是以五字之獄未終，天乾之奸旋露。以若輩而濫膺民社，政績尚可問乎？並聞衆商夥捐，一人出名赴官，衆人隨同牟利。變詐至此，其心何居？應請旨飭下中外，永遠禁革。」四年，御史朱學篤奏：「軍興以來，所有從前降革廢員，往往夤緣軍營，以爲捷徑。在營中需人甚多，不過暫留臂指之助。惟既經效力，即望敘獎。而保舉多以打仗爲名，開復原官，甚至保擢升階，優於本職。現東南大局已定，亟宜講求吏治。若再不加整飭，俾廢員紛紛濫進，將來恐爲地方之累。」可謂知本矣。謝枚如曰：「昔者張臯文惠言受知於朱文正公極厚。文正言：『天子當以寬大得民。』臯文言：『國家承平百餘年，至仁涵育，遠出漢唐之上。

吏民習於寬大，奸惡萌蘖其間，宜大伸罰，以肅内外之政。』文正言：『天子當優容有過之大臣。』皋文言：『庸猥之輩，幸致通顯，復敢敗壞朝廷法紀，惜全之何用？』文正喜進淹雅之士，皋文言：『當進内能治官府，外能治疆場者。』見惲子居大雲山房集。蓋今日言治，當以綜核名實爲第一義。」

古之入粟拜爵，不過予之虚名以免罪；後之入貲爲郎，則將授之實任以酬庸。蕭子山詠古云：「富貴上所操，用以奔走人。人人求富貴，不得勢必爭。聖人知其然，權乃寄之名。君子秉大義，千乘可以輕。小人畏清議，四維束其身。風俗由斯美，國本以不傾。後世隆斯道，翳惟漢東京。降及典午朝，名教棄如塵。相矜以貨財，王愷石崇皆大臣。變亂須臾間，懷古傷我情。」

「處世何須黄老術，害人最是短長書」，此鄭山公句也。嗟乎，天下之治，自守令始。使天下守令皆若山公，則狐鬼猶懾，何有叛民？山公名重，建安人，順治戊戌進士，官至刑部侍郎，有霞園詩草。王文簡云：「初山陰縣治鄰廣福寺，令出入以寺鐘爲度。康熙初，鐘忽累夕不鳴。令怪之，詰之僧，對曰：『樓有怪物，不可上。』令怒，笞之。縣有杲禪師者，戒行甚高。寺僧試往求之。杲曰：『必狐也。狐性嗜雞，而忌梧桐子油。可以梧桐子油炙雞，置樓下。彼來竊啖，必大吐委頓。伺之，可掩取也。』僧如教，果獲一狐，色純黑而九尾。狐被縛，怒曰：『我千歲狐也。得道以來，横行天下，南北無敢攖者，所畏者三人耳。若何人斯，而敢賺我？』僧詰三人爲誰，狐曰：『東郭單學究、城南劍菴杲和尚、靖江鄭公重也。三人外，吾皆得而侮之。』僧曰：『此即杲和尚命也。』狐曰：『然則吾當遠避，且鄭公將來攝此邑，吾從此逝矣。』僧釋之，遂去。未幾，令遷去，鄭果至。鄭起家清江令，爲政清惠平恕。入爲行人，擢吏部，歷掌考功、文選，有清望。洊至副憲、少司寇。矜慎庶獄，言無不盡。不肯媕阿詭隨，雖和易近人，不立崖岸，而是非之介，屹然不可摇奪。下直閉門安坐，於名利澹如也。尤篤友誼，同年、故交或物故數十年，其子姪來京者，極意賙恤之，無倦色。遇人一以至誠，不逆詐也。田少司寇綸霞雯云：『鄭公真聖賢，真名臣。』予以爲知言。」此一則，見文簡居易録。夫民之叛也，其桀驁者有輕上心，其椎魯者有懟上心。然則吏治必不可不清，吏才必不可不選也。楊汀鷺孝廉傳第送炯甫之官甘肅詩中段云：「自從大府寵健吏，教養頗謂儒生迂。域中用兵且十載，潢池群盜猶稽誅。誰生厲階足太息，豈非若輩官方汙。守宰得人盜易止，高祜此論良非誣。」

胡文忠公曰：「俗吏無清剛之氣，無遠大之志，除卻幕友，一籌莫展，寸鐵莫持，一物不可見，一步不可行，託此輩以人民，民何由治？以家丁、書差爲腹心、手足，即國策所謂

『亡國之君與役處』者也。」此數語，曲盡今日州縣情態。雖然，亦思今之州縣能有爲乎？乾隆間，張仲雅大令官楚南，雜感云：「謂官爲有權，舉動觸功令。謂官爲無權，適又持其柄。有權無權間，頗不易爲政。我意欲有爲，難動大府聽。我意不欲爲，又承大府命。百里古諸侯，居位亦云正。如何束縛之，先自違厥性。設施既不可，何以言利病。一身不自持，强顔對百姓。」「與人以百金，其惠亦云至。與人以千金，感德應無地。究其持贈心，是必有大義。苟非所應予，豈肯遽輕置。如何仕宦途，不復論交際。生未一刺通，緣鮮半面睇。公帑無所償，輒以他人替。大則數逾千，小亦以百計。受者不知感，與者幾成例。若謂出於私，其力安可繼。若仍移諸公，又貽後來累。本以爲大局，大局竟何濟。」「公孫令洛陽，路與中尉爭。叱縛陽胡奴，更聞董少平。當時一邑宰，威令在必行。强禦既不懼，姦宄安得生。如何今從政，其説多調停。稍徑行其意，駁斥所必攖。稍或濟以猛，必被酷吏名。君看堂階上，多作戴帽餳。官恃朝廷法，每爲法所阻。民畏朝廷法，即以法爲忤。究其所以然，民健官不武。雖然無蒼鷹，亦復無臥虎。」「大吏居崇高，所任在臂指。小吏效奔走，所承在意旨。平時有耳目，往往寄於此。不信專城官，反藉相察視。奉命忽四出，征途滿行李。今日問錢穀，明日問兵刑。文檄密如蝟，冠蓋遥相傾。此輩所至地，誅求無厭生。誅求或不遂，威福信口成。留意事供帳，親身管送迎。庶幾青蠅讒，止樊無營營。計彼所得受，囊橐亦未盈。挹彼而注茲，傷惠已不輕。」「出仕需糈祿，本以養廉隅。給之有定數，不容稍有餘。非所入而入，科罪計錙銖。非所出而出，不復問有無。一則曰捐廉，所捐已拮据。再則曰捐廉，所捐數更逾。其跡類雜派，其名爲樂輸。其苦如補瘡，其災等剝膚。其供若正賦，其追甚亡逋。權宜一時計，張皇爲補苴。裒多寡未益，彼盈此更虛。朝廷憐其病，屢頒寬大書。大吏無他術，疊下蕭公符。」「軒軒皇華使，天子寄耳目。所至察利弊，君命期不辱。如何輶軒來，專事擅威福。但願一身肥，不顧一家哭。僮奴珊瑚鞭，侍從黃金軸。氣燄熱可炙，道路皆頻蹙。不敢出諸口，未免誹以腹。驅民如驅羊，使官如使僕。中丞畏其威，餽贐陳金玉。監司畏其威，拜獻恐不足。牧令畏其威，供帳盛華縟。但博使者懽，敢拂使者欲。下及輿臺輩，無不飽囊橐。忽然黃紙收，使者就囚服。傲色對僚吏，低首赴岸獄。有司籍其家，一一入簿錄。輦金雖如山，一死詎能贖。當時獻媚人，同日遭斥逐。聞者心爲寒，談者頸爲縮。豈知局中人，仍復循舊局。」守令之難爲，自昔然矣。其在於今，一釐之賦，皆入於藩司；尺籍之兵，皆歸於統帥。倉庫俱空，閭閻亦匱。間有完善之區，又當爲調劑之地，攝官承乏，藉彌虧空。蓋自兵與農分，而天下貧；文與武分，而天下弱矣。是以賢者不出，而出者皆玩常習故、避嫌礙例，茶然不足以有爲。竊謂當參酌漢唐故事，以一事權，始可合已涣之人心，而作其尊親之氣。不然，吏才必不可得，吏治必不能清也。閩縣張超然大令遠閩中雜感云：「恩波無限功名闊，牧守頻遷去住輕。」今之守令，如此而已。同治元年，御史裘得俊謂「體察牧令」，孟傳請「克服地方，慎選守令，優其獎敘」，竊及此意，究未痛言之也。孫芝房鼒論曰：「選之不精，任之不重，得之不寬。」論極精確。至應酬之繁，攤扣之夥，則胡湖北、沈江西兩中丞已奏請裁革，奉旨通飭直省矣。

天下之治，始於州縣。國家本意責以教養，其民責之之深，本意亡而文法勝。錢穀、簿書之間，一毫不如法，輒干處分，於是窮而思遁。催徵不力之法重，遁而挪移刑名；失入之法重，遁而姑息緝捕；廢弛之法重，遁而諱飾。遁之之久，百事皆虚。蝗蝻旱潦，田土既荒；盜賊寇攘，地方不靖。而攤賠酬應，日積月累，公私交偪。官之窘，民之殃也。陳秋舫修撰簡學齋詩存有黃穀原爲余補畫洞庭秋舫圖索詩爲謝，其末段云：「一官落拓武昌縣，終日江光供素絹。吁嗟乎，畫山不償公私逋，畫水不救田地枯。君筆可訴直宰泣，何不拜獻流民圖。」可謂知言。

召父、杜母，見於漢書。宋王禹偁謫居感事詩云：「萬家呼父母，百里撫惸嫠。」自注：「民間呼令爲父母。」又贈淩儀朱博詩：「西垣久望神仙侣，北地猶誇父母官。」父母官之稱，蓋古有之。雖然，天下無不愛子之父母，卻有不愛百姓之官。甚者魚肉之，至使百姓欲甘心焉，而禍貽國家。侯朝宗壯悔堂論勦撫各條，與日前情事脗合。有云：「須知致盜之由，乃可收弭盜之效。得數十賢守令，天下太平可立致。」旨哉言乎。壬子，浙江湖州有收漕之變。時余歸自鷺門，晉江令某爲余覼述此事。未幾，而此君赴鄉辦案，一富民新成室，延而館之。豔其資，誣爲盜。鄉人大忿，繫之廁中，比湖州某守受侮尤虐。後此鄉焚勦，丁壯逃入深山。癸丑，漳浦滋事，遂起而響應。天下之亂，率由此矣。馬子翊浙東感事詩云：「江村滚滚起烟塵，旗幟高書官激民。誰使頑民爲口實，甘棠垂愛又何人。」潘恭贊明府曰：「任天下之大事者，多厚重少文之士；成天下之美業者，必悃愊無華之人。置國計安危、民生休戚於不問，唯上官喜怒、身家肥瘠之是圖。遊惰之民驅爲盜賊，訟獄之釁激爲干戈。而始猶諱飾其事，爲文過之謀；繼復張大其詞，爲邀功之地。幸國之瘠，爲身之肥；樂民之禍，爲官之福。此而不加以嚴刑，其殃民曷有窮哉？」濟州劉汶陳言一篇，大言炎炎。有云：「吏不廉，則富民殃；富民殃，則貧民無所庇。吏不靜，則富民擾；富民擾，則貧民無所資。無輕廉吏，廉吏下民之父母；無剝富民，富民貧民之父母。」

子壽讀史有作末章云：「牧守制千里，疾惡當如鷹。所屬戢貪縱，寇盜何由興。闔内一不治，四境如亂繩。召杜不可得，久乃思馮滕。勝之患已烈，不勝禍轉增。豈如選牧守，姦萌無所憑。何必命將帥，始足伸威稜。」謝枚如舍人稗販雜錄曰：「吏弭禍於未然之先，將除亂於既然之後，世以將爲有赫赫之功，而其功且十倍於將也。况今之將誠有赫赫之功者，其亦可屈指數矣，而奈何以紙上之兵爲功名捷徑哉？」錢塘陳作甫大令墉將進酒云：「拂玉觴，斟瓊漿。進公酒，躋公堂。氍毹八尺羅名倡，鳳笙龍管音繞梁。纏頭美錦霞九光，銅荷蠟淚樂未央。誰家餓夫死衢路，里胥貿貿官衙訴。華筵方張閽者怒，閽者之怒誰教生。」彭湘函歲暮雜感云：「府君東閣似咸陽，紅燭高燒博進場。聒耳梟盧爭五白，幾人文字檢三蒼。飛騰影乏膠粘日，跋扈風催樹介霜。一語諸君細商略，送年還是醉差强。」東閣之賓筵如繪。湘涵贈蔣湛華明府云：「綠莎廳畔印牀清，壯縣頭銜漫叟名。偎硯小奚薰麝立，放衙長史拂花行。庭多乞牘書應苦，山入釣簾眼暫明。自是前身香案吏，豈宜銅竹着專城。」再贈云：「掃徑真從蔣詡過，中途且自綏紅螺。蜂衙雨促分陰短，烏几塵埋尺籍多。廣漢尚煩頻設缿，陽城寧便廢催科。蔫于一曲千秋業，好和尊前定子歌。」明府之風流可想，明府之結習難除，天下事壞於冥冥之中有如此。

甲申直隸地震，亨甫邯鄲行云：「邯鄲自昔盛歌舞，我來邯鄲奈何許。去年地震連磁州，十家冷落餘三五。翠袖飄零挾瑟倡，紅顏顛頷當壚女。磁州之哭尤可憐，一城蹋破無完甎。邯鄲父老亦歎息，歎息邯鄲城獨堅。請君且安坐，聽我畢一辭。野人九十八，生在雍正間。其時十斛米，不值千銅錢。有肉價如菜，有布價如棉。年年雨雪足，處處大麥熟。家家白髮翁，衣布更食肉。北風一何涼，吹我曠野屋。竈下雙黄雞，哺子相嬉逐。雞鳴客叩門，中路許借宿。黄犬臥摇尾，客至亦如此。不信年來盜賊多，夜夜犬聲驚不止。我聞鄰里言，其時多好官。官好民自富，官好地自安。東流之水不向西，黠吏之心山不移。少年走馬邯鄲道，但道邯鄲好女兒。東風三月天不暖，鴻雁紛紛何處飛。父老泣下寒且饑。」平陂往復，俯仰之間，令人感喟欲絶。末段「官好民自富，官好地自安」二語，實能抉出治源。若夫黠吏之心以不移而習爲無所不至，上則蠹國，下則病民，小則塗炭一方，大則毒痡數省，蓋黠之爲禍烈矣。以黠而致禍若彼，爲今之計宜何如？移之戇，移之拙，而衮衮者愈趨於黠，愈安於黠。嗚乎，其黠也，其愚也？

苦水店壁有名小卿者題云：「高車建馬氣峩峩，厮僕紛闐雜綺羅。汝不自愁愁煞我，官如此闊奈民何。」居官者須防旁人冷眼也。有咏墨牀句云：「磨人亦有當休日，貪墨從無不倒時。」居官者須知有此不堪回首之時也。

朝廷儉德，自古未有。而江南之龍衣舟，停留恣肆，候人苦之。四月進鮮，進鰣魚之人不得食飯，以生雞卵飯之充饑，冰浸梅湯解渴，每日馳千餘里。道路繹騷，詩人猶以爲病，何居乎冰豆腐、四川灌口，冬日例送冰豆腐，所費千金。熟竹牀，臨安夏日例辦熟竹牀，蓋以繅車舊竹編而成之。瑣瑣者時煩供億也？吾鄉鼓山茶髡，壽山石盡，其所由來者漸矣。雍正間，朱景略顯以諸生官湖南武崗州，渟水蘭云：「我不結同列，亦不媚上官。坊州求杜若，笑柄徒貪殘。」唐時牒坊州求杜若，蓋因芳洲多杜若而誤。

一郡一邑之中，可與守令相助爲理者，惟教官而已。今天下府有教授一百八十餘員，州學正二百一十餘員，縣教諭、訓導共二千六百員，顧名思義，此官蓋難其人矣。明初，每選上舍爲郡邑師，行取爲編修、檢討、御史、給事，馴至九列。當時以起家教官爲第一，榮進後，則備員而已。凌夷至今，其弊不止於庸惡陋劣也。枚如曰：「今日之患，士太多，教官太卑。士汰則士貴，而教易成。教官尊，則士知畏。學使者，能取士耳。而教士之權，則教官與府縣之山長操其半，省城之山長操其半。何則？學使暫，而教官、山長常也。誠使董率有方，士皆續學，得一名使者爲賞音，則古之所稱龍虎榜乎？否則使者即有心求才，而三年中方不勝其轉移、提唱之勞。及一經受代，彼山長、教官又從而陷溺之矣，而漠睬之矣。謂士能灼然不惑，卓然自立哉？至於士以納粟得，則不知所以爲士；教官以捐貲得，則不知所以爲教；山長以薦託、夤緣得，則官與士俱輕之，而其教不行。夫山長位望尊於教官，又不受成於長吏，乃亦奔競委靡，竟視束脩若祠禄焉。烏乎，怪矣。孟子曰：『上下交征利。』不謂其風乃自學校始。」此一則，見圍爐瑣憶。余嘗有汰士之議，至附生報捐教官，嘗於香雨師壽文中痛言其弊，見者詫爲異言。節之不錄。時余未獲交枚如也，今讀此，乃知天下自有同心，雖偃蹇以死，何恨乎？康熙間徐大臨給事昂發學校歎云：「先王制禮樂，學校惟宏綱。四代學固殊，數亦冬春更。擇賢以教士，柔養使自臧。笙匏歈雅頌，盤辟執籩筐。磨揉速躁心，優游俟其成。周衰王道缺，聖教罕翼匡。學官與子弟，器習義則亡。有識隱山澤，六經自携將。諸生就習禮，絃歌滿廡廊。當時稱極盛，鄒嶧西河鄉。永平置辟雍，番夷爭受經。太平飾美觀，庠序卒未宏。文皇崇先聖，闕里專祭祊。皇族及郡國，橫舍增千廂。七營飛騎衛，生徒列成行。開元毁先典，道舉歎雜龐。宋世學具設，熠然文治昌。師嚴道迺尊，立法蘇湖良。廣内賜九經，睢嶽廬嵩陽。耆儒隱不仕，若揚孫潁常。舉命教本州，薰德多才英。沿流逮有元，餘韻猶錚錚。書院山長設，壹以德行揚。斯風漸漸滅，擇師弗審詳。博士空倚席，弟子徒面牆。矧乃資格破，敝笱懸魚梁。皐比設講座，三揖升黌郎。用頑以治哲，用闇以訓明。譬如飾瓦甓，而欲琢球璋。其號稱職者，帖括爲士程。亂似鼃蛤吠，細若蟈蚓鳴。豈知咸莖奏，拊翼交鸞皇。在昔立學初，陳義何深長。德藝爲種耨，棘寄爲隄防。制度久淪墜，禮意多愆忘。明堂高峩峩，辟雍水洸洸。誰定太常議，三古追頡頏。」此篇原原本本陳古傷今，洵大雅之遺音也。厥後，歙縣鮑覺生太史桂星新樂府有苜蓿盤云：「苜蓿盤，何闌干。廣文先生對之起長歎。先生勿歎聽我語，一粟一絲君賜予。俸錢雖薄官稍卑，道德自高貧亦膴。紛紛銅墨謁長官，起居曲跽誰敢愆。先生長揖告就坐，師儒之體猶幸存。青青子衿在城闕，佻兮達兮莫敢遏。先生呼來夏楚之，俛首何辭受嚴罰。朝廷待先生，置之籩豆磬鼓間，不使鸞刀漫腥羶。士子於先生，無異父兄耆長然，要須儀範自我端。儀範端來士道立，弓就排檠繩縮直，種成桃李芟荆棘。夕聽詩歌夢亦清，朝吟詩句饑忘食。饑可忘，食何有。苜蓿味長君憶否。君不見湖州教授胡先生，經義治事兩齊千載垂令名。」嗚呼，有志者其亦讀是詩，而油然興起哉。

康熙間，石門吴青壇侍御震方誚讀書云：「古人重讀書，貴不問生産。今人亦讀書，生事不可緩。貲簿爲卷帙，會計當編纂。不惜捐黄金，立可登仕版。獲利相什伯，千萬心未滿。層累更急公，紫綬倏蚤綰。子弟又爲卿，骨肉少閒散。立賢固無方，何必資料揀。貨殖走通都，甲第起華館。懷清財自衛，天衢亨且坦。短檠讀書人，眵瀏昏兩眼。欲叩閥閾門，趦趄淚潸潸。」哀巧宦云：「朝廷設官位，掄才到寒微。下者司民社，上者筦樞機。苟受祿養恩，敢與初心違。奈何宦達者，竟爲高賢譏。取民若狼虎，任事若脂韋。一朝謝朝請，解組懸高車。金貲溢府庫，僮僕皆輕肥。高居鬼神若，故人相見希。

豈無貧賤交，肯恤寒與饑。逢人輒患貧，不知衆論非。朝言乞米去，暮道典衣歸。一聞乞假言，怒發不可磯。己身錙銖惜，子孫泥沙揮。百禍集其門，朝露見晛晞。哀哉宦達者，無人爲歔欷。」然則士大夫之偷且鄙，匪今斯今矣。

鄭蘇年曰：「煮海之利，國賦爲最多，而濱海之民資此爲養者亦最多。乃近代之制，盡屬於商，貧民不得與焉。所市者，此疆彼界，各有分地，分毫不能相借。民情所便，而地界限之；民力所任，而官制束之。富者擁利百萬，侈侔公卿；貧者欲負擔以求升斗之資，渺不可得。鋌而走險，則嘯聚如盜，官兵捕之，刑獄滋多。然議者謂『不如是，則無以盈歲賦之額』。夫國賦不可減，而課法非不可通也。竊謂鹽出於海，猶米出於田。米一税之後，即聽其所之。奈何於鹽，必限之以人，限之以地乎？昔唐劉晏之治鹽也，但於出鹽之鄉，置鹽官，收鹽户所煮之鹽，轉鬻於商人，聽其所之，其餘州縣不復置官。官獲其利，而民不乏鹽。史稱『江淮鹽利』，始不過四十萬緡，季年乃六百萬，由是國用充足而民不困疲。誠仿其意而行之，將使民之貧者富者、遠者近者，無人不可以爲商，即無人不可以自食其力。上無損於國用，下有濟於民生，是亦變通之一策也。否則太平日久，生齒日繁，濱海之民無所得食，必出於販私。販私則課引必滯，課引滯則商疲。商疲而歸官，則病官；商疲而請帑，則病國；商疲而舉富民爲商，則又病民。近日，舉商之害，亦已烈矣。夫富人者，貧人之母也。不殖而落之，豈治計之得也哉？」孫芝房芻論曰：「鹽課居天下財賦四之一，兩淮最鉅，其弊亦最甚。爲鹽之策者，亦獨繁。往者陶文毅督兩江，當淮北積敝之後，綱商盡散。乃更其法爲民運，官給票而收其稅，命曰票鹽，行之而效。蓋蠲一切之宂費，其費則視商運纔損三之一，而運鹽者已獲厚利，積年之滯鹽頓空，亦宋沈立『裁官估而歲額轉增』之證也。後十餘年，淮南之商益困。陸沔陽以文毅爲之而效也，如淮北之法行之，而綱法始盡散。未幾，東南用兵，兩淮之引地戎馬交馳，鹽法益掃地無餘，而弊亦隨之蕩然盡矣。數窮理極，向之鉤帶蟠結，堅如錮山，紛如積絲。數十百年，廟堂之上勞心焦思以圖之，閎識之士竭智畢慮以謀之，扃而不可排，障而不可開者，一旦決去，如轉石於千仞之岡而墜之淵也。雖人事爲之，抑豈非天哉？」林香溪詩云：「君不見淮北改道不改捆，票鹽歲銷數倍引。又不見寧波郡守師票鹽，民喜暢銷官府嫌。彈章早上秋霜嚴，利民利國徒雞廉。奈何盡奪中飽權。」其意微也。昔劉晏以爲鹽吏多則縣擾，但於出鹽之鄉置鹽官，此鹽法扼要之說也。顧寧人曰：「今日鹽利之不興，正以鹽吏之不可罷。」論鹽法者，可以慨然省矣。

文毅於道光十年授兩江總督。十一年裁鹽政，始以六省鹺務隸總督。十二年，奏行票鹽。七月開局，至歲終，行二十五萬引。其更定章程，詳松滋謝默卿觀察元淮鹺言二十首。然奉行之久，總不能無弊也。陳退菴大令板浦行云：「天不愛道，地不愛寶。五風十雨太平春，相逢便覺人情好。君不見揚州自昔稱繁華，珠歌翠舞多豪家。一朝事去盡零落，炊烟斷續啼寒鴉。又不見蘇州往日稱佳麗，花天月地人如意。歡娛太過福難消，雨暘乖迕成饑歲。此地淮北之鹽場，北商習俗同南商。南商力竭北商困，商厮横比鹽梟强。五馱十扛皆弊竇，積鹽如山少人售。衣袽單薄竈丁寒，餅罍空乏場商瘦。長沙開府才略兼，周覽山海哀窮檐。掃除積弊用良法，法去綱鹽行票鹽。招徠民販如趨市，口岸隨人更通利。十年積滯一朝通，枯魚窮鳥皆生矣。此法真宜久遠行，豈知弊在利中生。商工壟斷官漁利，換羽移宮任立名。鹽廩包垣堆滿路，真實票商無買處。挾貲枉自坐經年，人心嗟怨天心怒。杲日藏輝海不潮，箕風畢雨失均調。池鹽歎産垣鹽少，商窘官愁歎寂寥。煮海淮邦原利藪，况此池鹽利尤厚。浙鹽昨歲海潮淹，天心示警人知否。須識天心愛衆生，衆生受福要心平。人心但與天心合，風自吹噓日自晴。」讀此，乃歎人心澆薄，蠹吏奸商，互爲龍斷，雖善政末如之何。於是菑害並至，淮北、淮南，一歸煨燼矣。

直省鹽法，敗壞極矣，而閩尤甚。何午樓茂才行路難九章，其末章蓋哀鹽商也。詩云：「水客貨鹽活其身，市價平允交易均。曾幾何時作法新，貨鹽倡議招富民。輸金轉運稱商人。商人專大利，曬鹽曬官地。禁私猛虎狼，獻金飽胥吏。家聚百夫餐，日費萬錢易。子弟習豪奢，貲本漸空匱。課税積纍纍，勢蹙蹶而躓。一商疲，衆商瘁。一商傾，衆商累。官又稱貸以益之，揚湯止沸火更熾。官曰吾能調劑救疾之良方，吾能招募殷實之新商。舉國聞者驚若狂，前車脱輻後車償。妻子泣於房，吏役鬨於室。願者免汝殃，違者枷鎖聲琅璫。如縛豕，如牽羊。甜言不入苦刑張，熬煎炙焚民莫當。小民敢不刮指抉髓罄橐囊。新商舉，誰惜汝。畏沮疲商積欠今問汝。吁嗟乎，南路西路日奔波，依舊將錢買囹圄。」咸豐間，辦捐退商，此時懸額過多，招商滋擾，歸官亦無此巨本，惟有盡罷鹽政冗員以及漏規，就場征税，與按包定課兩着，雖事屬改創，狃舊習者必稱不便，徇近利者必多阻撓。然胡文忠有言：「鹽務不難，在本剛正不撓之節，而出以條理精密之才。堅持不摇，如放櫂中流，只須三五番風浪，即穩濟矣。」同治乙丑，吴桐雲觀察入閩就商，按包徵課，行之有益於餉。第鹽吏不裁，鹽規如故，且加價抽釐。福州食鹽，視道光年間昂至加倍不止，吾不知商民受賜與否也。

古人只言治河，後世始知防河。林文忠防河詩云：「漢家瓠子歲防秋，河濟千年更合流。昨日龍門馳曉箭，早時蛙黽亂更籌。瀾狂不覺重堤固，沙走能兼大地浮。百萬驚鴻何日定，奏書頻動至尊憂。」「不仁詎合號河公，欲擊冰夷訴上穹。豈有青蛇開水厄，翻將白馬賽神功。封山倘議支祁鎖，導海應令蝄象窮。恨甚波臣助淫虐，天威早晚靖龍宮。」「梃竹搴茭未許遲，千牛力挽萬夫馳。水衡可費須求當，壞奠雖饒已告疲。沉璧誰如王子贛，引渠真憶鄭當時。請看張樂仙園地，猶爲籌防閣壽卮。」「使星博望正還槎，無計隨刊祇自嗟。猶喜冬暄舒愛日，可能水軟護奔沙。天心已覺憐巢窟，民意猶思衛室家。爲祝春風三月好，金隄安穩看桃花。」此蓋作於道光五年乙酉。時公奉諱家居，奉命赴河工。工竣，簡放杭嘉湖道，辭不就，歸終制焉。公一代名臣，其奏議未有成書，僅刊甲集六卷，題曰政書，就中多謝恩、奏報摺子。嚮從王文勤公借抄數十篇，此六卷均未之見，殊爲悵然。

庚子冬，河決高家堰。有傳淮陰題壁詩十八首者，今錄三首。云：「石工天險固金湯，三汛安瀾早撤防。詎料陰凝方地凍，俄聞水決是冬藏。在官未必皆餐素，先算從知悞禦黃。爲問河臣膺重寄，撫心何以答穹蒼。」「高寶東興總下游，司農貢賦重揚州。也知成敗關天意，合拯危亡爲衆謀。在昔處堂憐燕雀，祇今振羽歎蜉蝣。此邦大吏空閒暇，昨日猶傳菊部頭。」「銅臭兒郎偶博才，長堤萬丈遽崩頹。震驚已遍三吴地，補救須縻九府財。便死難償溝壑命，偷生只是斗筲材。半年叱咤全河壞，威福如公亦可哀。」治河無良策，歲費數百萬，以時補苴，非得已也。邵國賢寶曰：「禹之治水，地平天成，六府三事允治，其功可謂盛矣。以今觀之，所空之地甚廣，所處之勢甚易，所求之效甚小。

今之治水，所空之地乃狹於禹，所處之勢乃難於禹，所求之功乃大於禹。禹之導水，自大伾以下，分播合同，隨其所之而疏之，不與爭利。故水得其性，而無衝決之患。今河南、山東郡縣，棋布星列，官亭民舍，相比而居。凡禹所空而與水者，今皆爲吾有。蓋吾無容水之地，而非水據吾之地，其有衝決之患宜也。故曰所空之地狹於禹。禹之治水，隨地施功，無所拘礙。今北有臨清，中有濟寧，南有徐州，皆通漕要地。左顧右盼，動則掣肘，使水有知，尚不能使之必隨吾意。水，無情物也。其能委蛇曲折以濟吾之事哉？故曰所處之勢難於禹。况禹之治水，去其墊溺之憂而已，此外無求焉。今則賴之以漕，不及汴矣，又恐壞臨清；不及臨清矣，又恐壞濟寧；不及濟寧矣，又恐壞徐州；使皆無所患也，又恐漕渠不足於運。了是數者，而後謂之治，故曰所求之功大於禹。」此論可謂通達時勢，今以帑絀，勢不能不姑置之難者，且將積久不知其難矣。

辛丑夏，河决祥符十三堡、大梁城，不没者三版。孫琴西詩云：「警報黄河水，龍門急上游。千家驚痛哭，一夕逐洪流。白日鼉鼉横，秋風燕雀愁。大梁歌舞地，蕭瑟幾人留。」「向日河隄使，皆兼大將權。旌旗嚴統屬，牲玉必恭虔。賈讓書猶在，王尊勇共傳。此於今愁沸鬱，痛絶水衡錢。」「歲有安瀾奏，宣防竟若何。淇園多竹木，簿領自笙歌。此輩金錢賤，斯民涕淚多。昔儒明禹貢，吏道惜蹉跎。」「聞道横流下，東南接汗漫。吴天方滯雨，楚澤亦濤瀾。鴻雁哀何往，蛟龍虐可歎。聖朝刑政緩，意外驟驚湍。」「災變今如此，民生詎有涯。似聞捐朽粟，未盡及朝飢。盜賊多淵藪，關山況鼓鼙。明明天子詔，急爲問瘡痍。」「自古河渠説，徒聞楗竹勞。危堤紛草秸，野屋仰波濤。何術兼三策，常時走萬艘。相公方駐節，疏鑿問滔滔。」時相國王文恪奉命勘河，林文忠方以廣督謫塞外，疏留督辦。按，河自元時徙出陽武縣南，俯臨開封，若釜底然。由是奪汴入泗，奪泗入淮入海。邳宿以下，頻歲縻爛，妨運病民，爲日久矣。此次趨汴，或議徙洛以避。文忠題鄒鐘泉鳴鶴開封守城記略云：「是冬鳩工依定程，河由地中順軌行。奈何群議紛縱横，欲遷洛邑重經營。咄哉此論乖輿評，三誥奚必同盤庚。疏議六條真恢閎，讜言傾倒諸公卿。舊德先疇居永貞，斯城仍恃衆志成。」蓋鄒時綰郡符，捍衛有方，嘗設六難，持不可也。

河，陰物也。河決，陰盛也。我朝内無女謁，外無權臣。陰氣之盛，一在外夷，一在内盜。家默深司馬秋興云：「瓠子秋風又屢驚，從來水旱繼刀爭。厝薪誰暇楗薪計，金穴寧防蟻穴傾。亢角氣纏河鼓壯，欃槍光伴大梁明。功成賈魯偏歸罪，遑説銀潢洗甲兵。」「谷改陵頹逆若潮，懷襄以後未今朝。五行水氣乘金氣，四瀆南條變北條。縱横汴城魚鼈禍，誰回洚洞鱷鼉驕。下游彌閼隄彌長，十載前聞曲突焦。」「大漏巵兼小漏巵，宣防市舶兩傾脂。每逢籌運憂邊日，正是攘琛胠篋時。海若鮫宮奔貝族，河宗寶藏積馮夷。莫言象數精華匱，卦氣爻辰屬朵頤。」「小草豈希横草候，買山爭作出山謀。春風卜式輸羊稅，秋雨文園典鷫裘。弓玉不懲陽虎竊，車金空等茂陵求。當年文景捐租日，府海官山尚不收。」「海外天驕闖塞垌，本殊内盜起門庭。那寬節鉞輿尸罰，翻重花封小吏刑。禦虜狄山乘一障，守邊馬邑責孤亭。法行近貴前朝事，賞墨烹阿仰赫霆。」「節用勤民三代符，如何士氣卻凋蕪。浪言武備承平弛，試問文才振鑠無。山澤雲雷徵蝪蠖，關河霜雪辨駑駒。不經盤錯誰知器，休待臨淵始覓壺。」詩蓋作於道光壬寅。迨粵事起，河決豐北。江弢叔讀京報云：「粵西有猶宿師，山程飛羽檄。黄河豐北堤，去秋遭蕩析。人民自從軍興來，大將已再易。窮荒地幽阻，兵形難預測。捷書雖屢聞，餉兵轉騷驛。人民痛流離，漕路亦阻隔。使者來行河，搴茭效人力。雪消春汛時，水漲恐難塞。國家方患貧，仍此兩大役。司農無見錢，急公賞卜式。誰歟掌邦財，憂在難稱職。平生讀史書，萬卷塞胸臆。觸事自搜淘，中有二三策。頗欲吐爲詞，致之吾君側。伏闕惜未能，竊議又安得。付與東南風，風前滋歎息。智慧當壯年，已矣淪山澤。」咸豐乙卯，河北徙堂邑，由大清河入海，鄭州、東阿實受其害，而王家營遂成平地。馬子翊紀行詩云：「寄語家人應不信，芒鞋安慰走黄河。」其明年，九華山之敗，揚州復陷，江西幾不守。

林穎叔方伯淮安放歌云：「三山不改六朝色，來路江南去江北。扁舟載得一家遊，昨日清水今黄流。胸懷萬里瀉不盡，眼前浩浩長河秋。起爲蒼生問真宰，九州禹跡今何在。當晝黿鼉上泗城，近年鹽筴疲淮海。酌酒試問洪澤湖，推波助瀾胡爲乎。灌輸高堰決翟壩，漂泊民命輕鷖鳧。我聞二瀆勢漭瀁，淮與河分始無恙。使河奪淮河更强，萬頃東南恣奔放。已看漳汶衝淮流，并恐徐揚付溟漲。宣防豈有賈生才，對此茫茫但神王。人溺己溺饑己饑，誰條三策陳王畿。濤聲捲耳慘晝夜，知有多少生靈悲。愁雲壓天日昏黑，又聽嗷鴻聲在側。近河苦水復苦旱，民果如何生始得。側身四望氣淒惻，一身溝壑余何恤。歉歲頻頒内帑金，迴瀾倘得群工力。此間未遇王方平，此時又見蓬萊清。淮陰臺畔淒涼處，古木寒鴉散暮城。」嗟乎，陰陽之患，水旱之災，何世無之？嗷嗷百萬之衆，撫循賙恤，有司既盡失其機宜，轉徙流移，姦宄遂乘機以嘯聚，古今禍變所從來矣。夫在上者，以養人爲職分。能養者爲仁，不能養者爲暴。人饑餓則必不畏死，荀悦不云乎？「人不樂生，不可齊之以法。」蘇軾不云乎？「賒死之與忍饑等耳。」乃者東南郡縣大難初夷，吾願當局者三復其言也。

辛亥，河决邵伯埭，許海秋連雨感賦云：「淮流驕如龍，江勢弱難受。蒼然海門山，陰雲覆其首。金秋雖象水，霜威殺何有。東風煽淫霖，詎止敗蒿朽。今年山田豐，圩田亦八九。嗟彼陽侯狂，近決邵伯口。萬人葬魚腹，安暇問隴畝。歲例增堰瀦，曷爲不能久。金錢飽宦橐，民命賤如狗。偏災誰薦瘥，催科一放手。或云近水民，習慣四方走。往往託流亡，真僞罔從剖。哀哉茲何言，樂土共思守。甘心乞食人，無恥總秕莠。秕莠苟弗除，焉能別薪槱。教養皆未修，風俗末由厚。吏有綢繆心，何事無户牖。昨聞武昌民，（武昌通城縣奸民王尚志，聚衆抗糧，官兵勦捕。）殺人常白晝。謂因抗官糧，烏知非盜藪。方將行保甲，（各省議行保甲。）亂者已領袖。（王尚志爲已革保正。）爲政憚責實，大憝生小醜。粤賊久勞師，楚氛豈忘舊。（去年楚賊滋事。）禍至爭爲防，費與巵共漏。臨時將軍功，平日縣官咎。江淮誠寬柔，徐亳亦獷鬬。山頭種芋民，（沿江諸山皆有之。）江邊賣鹽叟。彼其所嘯聚，遍體類藏垢。深幸免洊饑，無隙可惑誘。馴致堅冰憂，迨未陰雨救。疾痛關痌瘝，因循非父母。弊自察吏始，法勿用猛驟。願奮仁者勇，輸誠報我后。不見積潦盈，一決即奔溜。」仁人之言，藹如也。異日粤匪軼出三楚，淮徐之民從亂如歸，先生蓋逆覩之矣。

河決豐北，膚施張幼涵（大枏）彭城行一百韻紀之最詳，序云：「嗚乎，豐工之慘，不盡災沴，抑亦人事也。我朝厚澤深仁，以工代賑，爲前代所無。純廟時，河工費千萬，勤襄諸公始殺過半，興大工費仍數百萬，夫豈不知謀國深悉利害之源故耳。今則聲言節省，而兩次堵閉已六百萬，被災諸郡征税弗納，又賑以漕糧六十萬石，統計出入千數百萬，省耶，費耶？此豈較量於竹頭木屑間所能償耶？宵旰憂勤，生靈饑溺，一誤再誤，嗚乎痛已。况數十萬浮動之衆，隱憂將不止於河決。噫，誰實爲之？雖奏牘自有體，而僨事之故，道路有不能没其實者。所由長言詠歎，爲天下後世泣告之也。作彭城行。」詩云：「皇帝二載冬，壬子十月吉。賤子來彭城，災區紀其實。去年河倒流，千里浪決泆。大患同懷襄，蕩析没廬室。死者隨鯨鯢，生者等蛸蛭。不聞搶護勤，乾坤濫洄汩。初，水暴漲，豐北通判王不救部民，請以布爲纜搶護堤身，卒不應。監司伊何人，書空但咄咄。河決於八月十九日，滁州道聞變，不赴工。至九月，始與河督同日到工勘視。坐視長堤虧，民居變蛇窟。内外凡三大堤險，五日始漸圻，決後遂至百餘丈。河臣惶遽來，上書陳北闕。聖人宵旰憂，内帑從中發。復恐凋瘵餘，民力難重竭。使者即勑還，欽使莅工勘視，即還。重臣仍節鉞。詔大工即令制河督辦。宣防非細故，工程資明達。廉訪乘傳來，制河奏請以臬司查熟諳河務，特調來工督辦。冀我邦國活。治道順人情，師臧在以律。人各給所求，其志始克壹。得力先得心，萬民泯奸猾。不然風雨中，胡爲勞沐櫛。國計與民生，蚩蚩難爲説。既無挾纊情，又復事笞撻。刻削怨已深，時以帑不充，事皆刻扣，萬衆洶洶。藉端遂決裂。一夫間不逞，其禍延倍烈。料廠相繼火，皆怨，望人夫爲之，所費鉅萬。妄誅無罪人，群情哀以鬱。得火者誅之，而竟非其人。大臣謀萬全，勞心徒惻怛。制軍憂危特甚。尾大竟不掉，剛愎成痼疾。制河惟奏牘列銜而已，事竟無一關白也。憸士置要津，老成抱淪屈。文案掌壩，二三少年董事其中，老成諳工者不用也。亦有智謀士，見機先逃脫。非無給辯才，懼禍習結舌。在工人員，無一敢言刻削之非，而道路以目者，皆知其必僨事也。斗柄已建卯，二月二十日。驟然告成功，意氣矜且伐。紛欲邀恩榮，滲漏忘疎失。時合龍金門尚未閉氣，掌壩各員已紛紛休息謀保舉矣。昔賢當此際，持盈更惴慄。土車千百群，不惜金萬鎰。一氣貴呵成，蟻穴免穿溢。凡合龍，務即壓大土以防徙蟄，夫費更所不計。勤襄與文成，嘉猷丕往哲。休戚關生靈，通局籌盈詘。節省在國本，豈徒謀瑣屑。不意今人巧，欲勝前人拙。一筐靳數錢，人夫遂作輟。兩日曠厥功，金門更漏泄。二月二十日合龍，至二十二日，不壓大土，又刻扣，衆益懈，歷一日夜，河復決。瞀然天地翻，聲勢如雷掣。奔濤下芻茭，駭浪流槀秸。國帑付流波，人心如哽噎。先事少預防，臨事致顛蹶。抱頭學鼠竄，一策乏施設。臬司倉皇去，工防汛事宜，概置不問。災黎競號呼，剝膚痛所切。老臣何桓桓，酬恩及白髮。目擊多艱虞，痌瘝達密勿。周制使天爵，時家居，由六百里急奏上聞。皇上何浩蕩，不忍便誅殺。當局世故深，趨避工狡黠。工程錢鈔，悉秉成於臬司。河復決，皆委不知，論者笑之。天子曰疇咨，此亂何用撥。爰命汝相臣，兼持宣撫節。詔以協揆杜將軍怡爲欽差大臣，並截留漕運六十萬石，賑山左被水諸郡，就勘問豐工不合龍狀。嗷鴻喜勞來，狡兔恐伺察。在工獲利諸員，悉惴惴懼罪。大星忽夜隕，昊天方降割。杜相喪於工次，遂得調停入奏，而周奏盡爲虛語矣。指鹿竟爲馬，僨事僅薄罰。臬司僅交部議。嗟嗟澤國中，十家亡其七。諭令歸鄉井，查明待賑卹。災民避水他徙，諭令歸查户口。卑湫無所依，高阜暫容膝。炎炎酷日中，暴露如蟣蝨。吏胥乘船來，水阻知難悉。户已無下中，名强排甲乙。待報又數旬，十已不存一。鱷魚扇腥風，惡水更疾刷。遂令漂泊餘，駢死靡遺孑。災民皆歸里待賑。六月二十八日忽大風，水洶起，盡數漂没。誤開子房河，畫策本脆脃。高下地懸殊，倒流勢莫遏。二十餘萬里，浪擲同一撮。河復決，臬司令開子房河，納溢水，仍歸河流，將以刷沙，乃地勢懸殊，河身高於平地。及啓放二壩，河身内塘水反溢出，而運道更礙被災諸郡，冀放河減水。及漲甚，來問其詳，答以河流通暢，並以入奏。是役也，老於工者曾諫止之，不用也。九月降寒霜，涼飇隨地刮。倉皇報興工，撥解殊恍惚。訑訑更驕蹇，威燄聲呵叱。河臣守虚位，緘默言不出。制河仍請以臬司督辦大工，事無大小，悉專决。河督、道員喙不敢置。變本愈加厲，事機蹈故轍。人夫費不贍，相聚爲草竊。時工次各員皆令賠墊從公，故人夫益不踴躍，而宿南、銅沛遂有聚衆打劫毆傷官吏事。我行自北來，嚴冬正凛洌。寥落經村墟，黄沙枕白骨。狗彘飽人肉，蓬蒿濺人血。饑鷹啄人腸，天地黯無色。有司議撫綏，留養停岸側。編席爲蜂房，伏處如蟲蝨。在工各廳設局留養。饘粥雖廣施，生死介呼吸。持瓢呷未盡，倒地倏已絶。朔風怒以饕，白日忽西匿。被體少完衣，娜嬟呻正急。願爲人奴婢，牽去吞聲泣。豈無毛裏恩，何忍使永訣。少爲緩須臾，終勝委荆棘。哭聲干雲霄，蒼蒼曷有極。行路爲酸嘶，欷歔良久立。出言慰父老，勿復長歎息。遭逢堯舜時，中朝多契稷。震動感帝天，鬼神實憑式。天牢鎖支祁，威怒陽侯戢。順軌瞬安流，沃壤即可粒。但願民其蘇，何必事放殛。武昌羽書馳，亂離同嗚咽。時制軍又往江右防堵。餓夫數十萬，成敗均難測。隱憂在國家，庸儒安陋劣。旁有苦心人，哀腸淒以熱。奇慘不忍言，悉述窮於筆。中宵成此詩，墨光和淚濕。仰天一搔首，空林月昏黑。」

乙卯後，河徙堂邑，自是而青、兗歲有河患。海蕙田觀察接星橋刺史書惻然賦此云：「我奉刺史書，如晤刺史面。娓娓數千言，幾令雙目眩。書中意何殷，爲民增眷戀。東魯夏秋間，淫雨頻滋患。黃河泛濫來，地本無堤堰。滔滔任所之，汪洋水一片。詭言故道歸，安瀾已開宴。可憐被災區，嗷嗷等鴻雁。縱有田中禾，旱爲生魚屬。撫恤尚未聞，捍築更難見。前遭風鶴驚，近受魚龍變。誰抱憫民心，飛章告金殿。我閱刺史書，撫膺增浩歎。」

治河先治海口，此上策也。然而難矣。梁芷鄰中丞章鉅道光癸未河上雜詩云：「我初習外史，一麾來水鄉。專城江漢間，長年事隄障。量移到東土，乃復專修防。河流本浩浩，淮海彌湯湯。袁江如釜底，高堰如巖牆。既須黃濟運，又須淮敵黃。或資擎託勢，旋虞倒灌强。理河兼理漕，所繫非尋常。捍患復因利，何由兩無妨。」「昔聞雲梯關，河淮入海途。行部乍蒞止，所見形已殊。及關雖浩蕩，出關猶康衢。道周夾楊柳，蕩畔圍菰蘆。濁流中一綫，委折百里餘。更越青紅沙，甫歸浩淼區。今人喜耳食，恒言暢尾閭。挑濬功焉施，淤墊漫難圖。勞費且無已，放手徒睽盱。按，閩縣郭復齋大令起元海口詩云：『海口雖云多，罕與雲梯儔。廣深非人力，天造此遐陬。滔滔東注水，細大靡不收。沛然達重洋，安瀾奠中州。無爲事穿鑿，築室滋道謀。』與此同意。豈知治平策，不外河渠書。束水以攻沙，名臣有遠謨。」「海口利用束，河身利用深。積久多所留，詎能免旁侵。沙墊流自高，岸阤隄遂沉。古人創成法，疏瀹匪自今。浚船亟往復，鐵篦相差參。江淮近十載，填塞增嶔崟。置此獨不講，徒擲虛牝金。隱憂在眉睫，斯理頗易尋。」「防河用碎石，浮言多和附。謂此前無仿，厥病後將痼。我昔直樞禁，頻讀河臣疏。一官蝨其間，目擊甫有悟。河身本隆起，浩浩沙所注。掃根刷始深，石質重乃固。剛柔互爲制，水土永相護。斷無外遊虞，倒梗中泓路。試看冬水落，兩岸軒豁露。濺濺未停流，粼粼總如故。比來久瀾安，藉以殺河怒。上節府庫縻，下減茭薪數。石菑詳班書，激堤備酈注。古昔有明徵，莫緣防口誤。瓠子歌曰：『隤林竹兮揵石菑。』師古注：『石菑者，謂臿石立之，然後以土就填塞。』賈讓策曰：『爲石隄，激使東。』師古注：『激者，聚石於隄旁衝要之處，所以激去其水。』竝見漢書溝洫志。又水經注曰：『漢永初七年，令於石門東積石八所，以捍衝波，謂之八激堤。』皆可爲碎石坦坡之緣起。」按，道光間河督栗文恭毓美易石以磚。疏言「碎石坦波，惟鞏縣、濟源産石較近，而採運已艱。河工失事，多在無工處所。千里長堤，勢不能盡爲籌備，而河勢變遷不常，衝非所防，遂爲決口。磚則沿河民窯終歲燒造，隨地取給，不誤事機。且磚與碎石皆以方計，而石多嵌空，磚則平直。每方石五十六觔，而磚重三分之一，一方石價購磚兩方，抛磚一方當石兩方之用。其質滯於石，故入水不移；堅於稭，故入水不腐。又土不能築壩水中，磚則能水中抛壩，即盪成坦坡」云云。然則因利乘便，事固有不必泥古者乎？

張賓門學士永銓河上紀事中一段云：「嘗讀古人書，兼聞周官義。河之不安流，由於溝洫淤。卓哉汝南君，斯言真確義。古者衆建國，各食地所樹。不聞燕趙人，仰給吴楚税。秦人壞阡陌，沃土遂成棄。地保既不登，黍稷終難繼。西北苦無禾，因莫興水利。東南患河衝，其弊亦所致。河從龍門來，萬里滔滔逝。若教流勿濫，應使源先殺。上既分其支，下自安其派。我欲請於朝，下詔布中外。北地及中州，設官理溝澮。定理畫爲渠，通流資灌溉。里廣或五六，里狹或三四。淺深審水宜，曲直隨地勢。十年告成功，沿河多分匯。盡地皆腴田，靡處非稉穗。甸服粟米供，轉漕可無費。渠多走馬艱，盜賊並難肆。不治河已平，不運漕弗匱。不緝宄自消，一舉三善備。疏鑿何無謀，壅障真成鄙。何以知其然，水性有至理。君弗信我言，爲君且罕譬。譬彼膂力人，血氣還憑試。弗遇麟閣榮，或作黄巾恣。譬彼智巧人，心思任推暨。不讀聖賢書，必搜楊墨秘。維水亦如之，順逆隨所使。善用功誠多，强制害相倚。子輿惡鑿言，千古炯開示。胡爲當事者，曾弗加之意。俯仰揆厥由，一官傳舍置。成敗畏是非，利害工趨避。緬懷鄭國僑，擘畫風雷施。試聽輿人歌，欲殺旋欲嗣。伏闕擬上書，毋謂藿食鄙。」此即賈讓之中策。顧自漢世迄今，不導而防，沿爲故事。繕完故隄，增卑倍薄，下策轉爲上策，語以益稷之良謨，考工之成法，走且僵矣。昔靳文襄績在治河，雖不從賈策意注築隄，而始有溝田之議，蓋見及之，惜未行也。

謝枚如舍人曰：「西北水利，明徐孺東貞明潞水客談言之詳矣。其言皆精切可行，而卒不能行者，無他，好逸惡勞，人之情也。夫小民難與圖始，所恃大官巨吏、富室强宗爲之獎率耳。然而作而致之，何如坐而享之乎？寬閒其手足，而可以飽飫其口腹，誰弗樂者？故其所圈占地畝，未嘗不多，治亦可蕪，亦可豐，亦可歉，亦可無，有過而問之者，蓋有所恃耳。然則欲興西北水利，必先去其所恃，定幾年興水利，幾年止漕運，地方官一切處分不問，惟以水利興廢利害爲殿最，田畝開墾多寡爲功罪，庶幾可振動而有成功也。然而成例之拘牽，貴近之掣肘，則又難言之矣。昔惠親王嘗行之畿輔矣，非不見效也，而竟以事阻。陳省齋潢嘗行之河壖矣，非不獲利也，而竟以罪去，則甚矣。任勞任怨而能保其終者，不易也。」嗟夫，西北水利創議於勝國，紀績於熙朝，而大功未臧，遺跡欲湮，可勝慨哉。亨甫偶然作末章惓惓言之，而結云：「庶幾俟富庶，濬導足粳稞。」掩關復太息，短鬢毋先皤。」其即枚如不易之説也夫。

西北以車騎爲便，不習舟楫，於是受水害，不受水利。明袁應泰令河内，鑿太行爲五龍口，放沁水灌田。歲久湮塞，康茂園觀察濬復之。連歲旱暵，所溉五縣無饑人。鄞縣黄東井同知定文沁渠行云：「巨靈劈山洞山底，夜半精魂泣山鬼。千年石髓摶成泥，山頭一片黑雲起。五龍口豁山峥嶸，一呼一吸爲雷霆。白波翻空海水立，銀河倒挂天瓢傾。天瓢飛灑建瓴下，高截成渠低築壩。迸散春泉掣亂蛇，平分遠隴明方罫。去年春旱連千里，五縣山田獨平水。千畦百汊巧隨人，行所當行止當止。今年旱魃憂偏方，淇衛赤地人徬徨。覃懷老農笑且舞，我有萬斛瓊瑶漿。郤憶前年斷流咽，渠背坼如龜兆出。樂事重追二百年，監河使者真仁術。沁源恩波萬古流，枋口龍口功相儔。晉司馬孚築枋口，引沁水以富河内。唐温造又修治之。司馬温袁今寂寞，天教霖雨付康侯。」

婺源齊雨峰大令翀磁州見水田云：「東南多曠人，西北多曠地。昔人謂東南有可耕之人而無其地，西北有可耕之地而無其人。溝洫力宜盡，往往成廢墜。遂令水汩陳，爲害不爲利。我行自粵東，道經荆與豫。憑軾觀原晦，時或詢民事。中州曰奥衍，陰陽之和萃。其藝惟黍麥，其田等赤埴。谷汲而山居，詎無泉脈庇。亦有溱與洧，不以資灌漬。弗潴而弗防，盈涸聽其自。十仞潦既傷，五仞旱復熾。茫茫千里途，由鄭而及衛。每歎阡陌開，膏腴盡委棄。揭來磁州路，水聲鳴沸沸。特書慶新渠，路旁碑贔屭。高下原隰間，龍鱗相櫛比。溝塍歷落開，界畫分行位。一從而一衡，井井有經緯。禾稼方登場，陌上無遺穗。恍若在江鄉，陂塘相鬱蔚。井田不可復，澮遂宜建置。都水與農田，其政非有二。禹貢紀濬川，田與河兩治。周禮載稻人，均舍法明備。或云幽并壤，土疏水易匱。朝浸夕輒暵，澆灌談何易。我觀耕穫功，道在耘耡至。泥融罅不生，糞多土成淤。孟氏著深耕，特爲闡其秘。昔余從裘文達公治北直水利，言及農田，公云：『高安相公嘗經理農田，以土疏不能蓄水，其事遂寢。』近閲周碩勳廉州府志農桑篇，有再犁一條云：『初春犁過頭遍，至將插時再犁再耙。蓋頭遍止能使泥土解散，必再犁再耙，然後田中之罅隙漏縫填塞充滿，可以耐旱。』試以上下層連之田驗之，凡一犁一耙者，遇旱先乾；若再犁再耙之田，容易不涸；而禾色榮枯亦各别。因思孟子『深耕易耨』之旨，益信其説非誣也。磁州燕晉交，非同江淮洳。胡亦雨爲渠，芊芊秔稻植。偏隅既可施，推之一以措。惟水能滋禾，天地此生意。旱蓄潦洩宣，一一爲儲預。因之疏瀹通，兼可防壅潰。況任西北土，而經西北費。飛輓可不勞，天下咸衣被。國用於以饒，民生於以遂。偉哉虞伯生，力陳徙薪議。」

自河屢決，於是有以海運之説進者。攷揚州浮海，見於禹貢。唐時「雲帆轉遼海，粳稻來東吴。」杜詩常紀其事。元都燕京，仰給東南財賦，始終行用海運。至元間，會通河成，甫兼行漕。明隆慶初，永明亦行海運。然則海運殆亦變通之一策乎？臨川湯茗孫舍行儲璠舟泊禦黄壩與客談南河事云：「我朝創大業，前聖難同揆。新疆與南河，歲輸千萬絫。庸愚皆咋舌，謂不可長恃。是殆知其一，而未知其二。我今住河干，請言治河意。古來無河患，患自治河始。况與漕兼營，顧此則失彼。聖人豈不知，此事存郅理。非獨治漕河，有三善可紀。一曰散大利，惡其聚於己。宋有花石綱，唐有花鳥使。皆因大盈充，遂教宫市起。國家增幅幀，富强古莫比。南河三百萬，大倉一浮秠。靳此水衡錢，若不擲河涘。恐後世子孫，奢淫由此起。閭閻存富厚，宸衷屏汰侈。内以清君心，外以昭國體。誰知利民心，即在勞民裹。不言其所利，吾道斯爲美。二曰贍閒民，使轉移執事。淮徐古瘠區，饑饉每荐至。谷蓷歎仳傿，野蒿頻遷徙。鴻雁中澤飛，哀嗷聲不已。佩犢而帶牛，都是少年子。盜賊沿河衢，日暮愁姦宄。自有河工來，人得歸鄉里。寸土换金錢，尺茭薄麻枲。草木與泥沙，凶年可救死。雖無田得耕，荷鍤即耒耜。匪獨固隄防，並可安邊鄙。三曰勤小吏，人材無廢棄。養士數百人，棫樸以萬計。流官祇數十，安能盡位置。河漕幕府開，多士登濟濟。赳赳衆武夫，沿隄效臂指。或躬操畚築，或親略基址。邊圉今乂安，久不挾弓矢。藉此習勤勞，免教肉生髀。倘無漕與河，斯人皆擯棄。勇士急功名，保無有他志。惟兹三善該，詎以一慾改。累朝由舊章，董勸期無怠。豈無瓠子歌，聖神心不悔。頗聞河決時，庶衆多私喜。此喜胡爲然，民情可見矣。敢憚轉輸勞，千錢市斗米。海運即萬安，權宜誤國是。慎莫議紛更，天命勤顧諟。今更際昌期，百神胥受祉。馮蟜久切和，河流皆順軌。或慮洪澤乾，或愁高堰圮。或欲疏海門，或恐淤河底。不知經國謨，所求在根柢。君子强爲善，成功安可企。惟此恤民心，彼蒼常監視。江河或改移，天地無成毁。南河求治安，所恃者惟此。此語雖迂疏，頗能究原委。雖乏治河策，差殊測海蠡。舉首望京華，迢迢隔烟水。客再詢新疆，請更裁寸紙。」舍人著有布帆無恙草、忍冬小草。此篇以策議成詩，論創，格亦創也。夫運河轉漕，無論元明。國初至今垂二百餘年，漕丁、水手食其利者，不啻十數萬衆。若輩皆佔籍徐、壽，久慣江湖。道光季年，試行海運，而河工歲修、度支亦絀。粵匪一出，湖南湘漢、江淮之間，遊民響應。河南捻匪因之蜂起。余於癸丑春行抵呂城，見軍船無數，排列河干。而已革尖丁，倚爲窟穴。竟有將空船横港以索過路錢者，心爲患之。尖丁者，一幫之魁也。其在平日，州縣横徵，而輸於尖丁，尖丁輸於在事之吏胥，從而攘其利。故州縣之兑米無美惡，以尖丁之言爲美惡；倉場之收米無美惡，以尖丁之賂爲美惡。利權獨攬，蓋無惡不作矣。張亨甫曰：「自潞河泝衛河，日見流屍，蓋皆糧船篙工也。此輩各分黨類，睚眦之嫌，輒相仇殺，而群棄其屍於河。數年間屢滋事，聞御史亦有入奏者，上屢飭嚴究，而積習莫改。昔癸酉之警，林清之黨馮克善欲據德州劫糧運，使萬不幸而然，此輩之倒戈相向必矣。賢者慮患於未然，願毋嗤杞人之憂爲不解事也。」因爲糧船謡云：「糧船來，民船且莫開。糧船去，民船且急詈。蒲舤百丈千尺聲，望風已識糧船行。日行不及四千里，醉飽聚鬬輕死生。水中流屍日日見，縛手仰背覆其面。長官疑慮馮克善，此輩一呼可爲變。」余猶此意也。許辛木比部糧勇歎云：「山東健兒好身手，探丸赤白無不有。竄名糧艘爲萑符，夜出椎埋日使酒。一從轉漕遼海通，此輩棄置安能窮。縣官無錢遣歸土，負嵎久踞長安東。忽聞尺籍點鄉勇，走觀失笑真蟣蠓。大聲呼洶牆壁動，願得餔糟同一鬨。官簽鄉勇本飾觀，豈知寇生肘腋間。姑如其請麾使出，喜氣悍色交眉端。寶刀凝血夜久嘯，昔藏衣底今出鞘。霹靂在手火樹耀，辟人昏黑先以礮。行者驚恐居者弔，就中旗丁竊相告。常時吾屬慮鼓譟，得緩須臾策亦妙。放虎自衛且勿誚。」讀此，心爲之怵。今運河道壞，各衛軍船不可復，漕之出於海無疑。近者，湖廣改折，江浙又時奏請截留餉軍，海運之米不及額，不足供京師俸餉之用，部庫缺儲，招商採買，殊非易易。或議倣明初之開中於邊，以鹽濟漕，是又變通之一策也。竊謂大亂之後，易於更始。往者武昌克服，胡文忠創議嚴裁漕費，先帝謂其不顧情面，祛百年之弊，並着通行，有漕省分以爲準則。利國利民，不利中飽之蠹。蓋更絃易轍，在當事者一着精神耳。然此治標之方也，欲謀遠大而計久長，鹽必行票，然後化天下之私而爲公；漕必易屯，然後轉天下之貧而爲富。蕭子山詠古云：「桓寬論鹽鐵，説亦不可行。聽民自煮海，適令豪强爭。國家大利孔，必上持其衡。宜於出鹽地，計數定額征。官惟收一税，吏不用多人。民皆得轉販，商詎操奇贏。界除遠近限，鹽去官私名。行無憂壅滯，價亦得常平。劉晏知此意，唐世號能臣。此事雖微淺，利亦在官民。」此即余鹽必行票之説。其云：「元人都燕薊，漕轉東南粟。海運患漂没，河行苦不速。當時建議臣，本計謀殖穀。七十二直沽，引之灌溉足。其旁地勢寬，墾之土肥沃。因令諸富民，量力農事服。往募吴地民，並仿江南俗。築圩興水田，種稻兼穜稑。一年利初開，三載倉有蓄。因視所墾地，計功授官禄。此誠大議論，能造蒼生福。當時説果行，冀州大豐熟。轉輸可漸省，斯民元氣復。敬告有位者，盍取此書讀。」此即余漕必易屯之説。

湖北漕政久敝，官民交困。道光中葉以還，徵收常不及半。咸豐七年秋，胡文忠公奏減之。於是張仲遠觀察曜孫持節行郡縣，所過延見吏民，遂定其議。凡爲民間省去錢一百四十餘萬串，爲國帑實得銀四十餘萬兩，又得節省提存銀三十餘萬兩。以視昔漕務利弊，較然可覩。王子壽比部紀以詩云：「楊炎變兩税，法簡號爲美。庸調竝歸租，農病自兹起。國家都范陽，轉粟東南倚。泝江入河淮，挽舟數千里。官吏暨漕卒，萬弊萃穴蟻。凡用十六金，乃致一石米。濟運歲治河，費尚不在此。自從盜賊興，三農棄耒耜。

益以水旱災，追呼困欲死。賦額踰經常，大權在府吏。上蠹國穗秸，下飫民膏髓。中飽歸若曹，毒倍萬封豕。烏乎我農人，安得飽妻子。桓桓中丞公，百戰靖南紀。拔出水火民，惻然閔瘡痏。定議除倍征，權衡協張弛。疾痛既用紓，京坻亦以庤。使君贊大猷，酌中共一揆。攬轡持節行，郡國遂歷抵。所至延吏民，詢謀衷諸是。民無杼柚空，官不乏公使。令下流水原，歡聲遍遠邇。漕敝數十年，蛆食未有止。中丞與使君，改絃乃更理。一旦清其源，沙汰江河洗。決策排群言，定力岱衡峙。乃知經國猷，宏毅大賢恃。水激則生湍，法敝必復始。兩賢與時遭，回斡亦何駛。他日輦輕齎，漕河兩可止。歲省費無涯，利垂千萬祀。咸豐七年秋，權輿自楚啓。吾儕見寬法，浩蕩樂無比。將欲補食貨，才匪孟堅擬。作詩美兩公，賦法志原委。上有稷契臣，康哉今可俟。」

甌寧蔣拙齋先生蘅，先君同年生也。以富沙耆宿領南浦講席，西溪名士，半出其門。嘗十上公車。丁未，余猶得與先生同巷也。壬子、乙卯，揭來溪上，輒停舟走見，縱談經義及詩、古文，因誨余曰：「士固自有其千古，區區功名，曾何加於毫末哉？」余心韙之。先生著有雲寥山人文鈔十卷、詩鈔四卷。其出都口號云：「魏絳和戎已策勳，賈生痛哭擬非倫。域中自有群公在，海內何妨一士貧。黃卷幾人朱綬貴，青山笑我白頭新。雲寥數畝須料理，莫使猿啼鶴怨頻。」潞河南旋舟中述懷一百韻云：「庸流常逸樂，志士多苦辛。自我事公車，碌碌三十年。豈伊慕軒冕，而不甘邱園。束髮受鉛槧，耰鋤實難任。既無躬耕具，兼少負郭田。匪曰學干祿，能無仕爲貧。古人審出處，入仕非一門。儒者進身初，實惟科目尊。讀書不適用，萬卷何足珍。雖乏廊廟姿，庶幾效一官。要令天下士，相見自有真。以玆忘愧恧，屢擯更求親。敝車駕羸馬，蹩躠京華塵。及此衰老際，猶稱觀國光。阿婆强塗抹，狼藉施朱鉛。笑煞諸女伴，空勞媒妁言。少年嫁不售，臨老誰御輪。枯楊詎生華，標梅漫懷春。亦有同門友，久致身青雲。猶自嗟遲暮，相對各華顛。况我困泥塗，蠖屈何由伸。因悟升沉理，賦命有固然。輕出徒取辱，窮途祇自憐。宿鳥戀本枝，倦飛亦知還。久經鞍馬勞，翻思舟楫安。買舟泛潞河，一水幾彎環。趣塗無百里，沿流將萬盤。萬盤猶自可，守閘愁殺人。蟬聯七十閘，坐守動經旬。涓滴防滲漏，灌輸互停勻。糧艘賴以濟，啓閉慎司存。糧艘夫何爲，厥大實殊倫。周圍平似砥，首尾囤如山。張帆半天黑，側柁兩岸連。更復侈華麗，畫飾爲誰妍。窗櫺工刻鏤，堊漆炫朱殷。庖湢隨位置，堂室亦攸分。旗丁便泛宅，兒女聚團圞。空艙利挾私，百貨恣貿遷。堆垛及礪石，槎枒束杉椽。重累乃至此，遇淺下碇磐。絞犁牛轉磨，搶溜鮎上竿。百夫相牽挽，邪許聲嘶酸。厥後籌海運，出没洪濤掀。取材不嫌大，駕駛乃靈便。漕運既改轍，舊式仍因循。杯水覆坳堂，置杯焉得旋。不見商客艇，江湖屢泝沿。低篷皤其腹，亦容萬斛寬。總漕參密勿，何不議改紘。大官習媕婀，省事解紛紜。寧知一斗米，縻費萬金錢。天庾固慎重，物力亦微艱。按朱檢討漕船行云：『安用萬斛寬，邪許百夫役。』又云：『祇以便輓丁，夫婦得泛宅。』詩意本此。然楊文勤公不以爲然，見彭文勤文瑞詩。緣途設催趲，毋乃修具文。衛弁復何事，官艙日宴眠。督運位益崇，監司匪微員。畫舫列旌旂，盪漾疑神仙。是皆蠹倉儲，亦或恣剝朘。譬如燈燭張，愈使飛蛾繁。世事每如此，舉隅可長歎。笑我抱杞憂，不自謀一身。終日臥篷窗，如置圜土圜。行類蟻緣梗，坐愁鳥窺樊。晝若利嘴蠅，夜咻豹脚蟁。刺眼帆檣積，聒耳縴徒喧。況乃薄炎歊，烈日傾火盆。肌膚自炰熇，牀席皆蒸熏。就枕翻烱烱，隱几輒昏昏。書空怪咄咄，計日勞悁悁。近得安心法，靈府半閉關。浮游付外物，澄淡反內觀。默參衆多情，亦足忘言詮。歸心久轉淡，客夢習亦恬。柁樓時縱目，洪湖浩連天。落日片帆外，青山飛鳥邊。百感起蒼茫，憂思來無端。蝦蟆能蝕月，嘗聞古老言。媚蟇被蟇瞎，玉川子亦云。奈何鯨鯢族，插翅傳羽翰。橫飛跨州邑，孰敢攖其鱗。吁嗟晉安郡，都會首八閩。引虎升臥榻，揖盜入門闌。督府爭降禮，愚商方附羶。近則傷國體，遠更貽禍根。此事來已遠，禍始試追原。武夷草妖孽，萌芽自宋元。逮明竟通海，因緣開澳門。蜂蠆終懷螫，豺狼肯受圈。大吏務容忍，鬼蜮行其間。遂使阿芙蓉，流毒遍人寰。迄今始焦爛，何人謀徙薪。吾愛雲寥裔，他年期隱淪。恐因茗荈富，亦垂犬羊涎。未免菟裘願，從防息壤堙。撥棄勿復道，聊用理目前。焉能遊汗漫，尚未離船舷。長途會有涯，坎坷故相纏。水鄉魚蝦賤，村釀亦易醺。羈愁暫一豁，隨事且謀歡。久客令人疲，惟當勸加餐。」嗟夫，漕船結習，百弊叢生，良堪浩歎。而清人之樹，轉爲禍國之魁，尤令人愴然欲絶也。讀此可知先生之留心世務矣。許秋史嘗呈詩云：「窮經白髮已侵尋，猶爲蒼生淚滿襟。要與長沙爭痛哭，豈同梁父作閒吟。廟堂力主和戎議，幕府爭輸免戰金。豸繡盈庭俱唯諾，書生空抱魯連心。」咸豐初，王文勤公薦之於朝，奉命督辦上游團練。丙辰，有寄省會軍需局書，備陳勦堵數策，切中機宜。時浦城戒嚴，先生指臂相聯，寇無敢犯。逾年，以勞卒。浦防日弛。戊午，遂攖屠城之慘。

三江水利，自乾隆二十八年莊中丞疏濬，今百有餘年矣。雖有節挑，祇循故事。郟單遺議，夏周成法，能言者少。吴江諸生趙書文王佐吴淞江水利古意序云：「三江水利，説者不下數百家，而顛撲不破者，惟郟氏、單氏、夏公忠靖、周公之襄四人。予讀其書，采其意，作古詩四首，於水利或有補焉。」詩云：「治湖懷何人，其一曰郟氏。欲治太湖流，先去太湖累。西北挈其綱，東南爲之紀。一一得所歸，俾毋亂湖水。湖水既安瀾，會見歌億秭。治水以固田，君言不外此。得失判六條，碎金在故紙。卓哉崑山書，水利從兹始。」「郟子已自奇，單書更可玩。上爭溧陽堰，下爭吴江岸。江尾接海門，大患在梗斷。

去梗岸增梁，治湖思過半。末後浚三江，湖流自奔灌。固曰先導水，殊塗理實貫。東坡上其書，不行堪喟歎。異世取知音，兩書耿雲漢。」「勝朝成祖初，疇咨得忠靖。治水尋禹跡，吴淞維綱領。爰自古垂虹，迤邐達范浜。劉港與白茅，迅瀾水勢猛。引湖合其流，分趨江海境。浦溆既開淘，隄岸漸修整。堅築無倖功，良法今還炳。」「夏公去幾時，吴淞仍湮塞。緬惟正統年，文襄跡尤赫。經度江東西，直北獨坦易。平窊一斗泥，亡何成疆埸。坐是遏江流，水道日逼側。公旆駐江干，立表爲之的。往來七浦間，渠牐貽典則。蒞任甫二年，妖孛生吴域。大雨挾雷飛，颶風吹海立。萬姓待三年，千里嗟一白。隄防復繕完，賴公起溝瘠。歲久大功成，猗歟駕古昔。」

浙江海塘，築自明湯信國。雍正初，割嘉定東鄙之吴淞地置寶山縣。城懸海澨，乾隆間添築護城石塘。道光十四年，颶風潰塘，大吏議收復之。陳雲伯大令感作云：「太息魚鱗起石塘，當年純廟此巡方。翠華親蒞紓長策，玉簡明禋錫御香。列郡田廬資保障，萬家衣食賴農桑。如何六十年來事，容得天吴駭浪狂。」「安瀾先要息迴波，搔首空吟瓠子歌。當局無端期節用，改一年保固爲兩年。又裁坦水歲修，致工員畏累，不報險工。坦水樁石，無典守之責，致全行漂失。隔江何事便升科。對岸蕭山漲沙，朦准升科，致潮力不能冲刷，併趨北岸，日久塘根護沙盡去，悉成險工。敵强深恐援師緩，醫雜兼防諱疾多。一語諸君須記取，海潮畢竟異黃河。」

「莫將客氣誤民生，籌策何妨略變更。多築盤頭挑溜轉，緩修坦水待江平。人才原不關科目，經濟終宜仗老成。最憶瑯嬛師相語，國家有益是功名。師嘗云：『但求有益於國與民，何必功名自我出也。』」「先人方略苦綢繆，回首宗盟感舊游。初建石塘，先府君佐刺史，始終其事。余亦曾客家默齋幕中，與聞修守。踏月曾過海神廟，嘯雲獨上水仙樓。假柯有曲君難謝，借箸無才我欲愁。畢竟治標兼治本，蕭山新漲最宜籌。余謂蕭山新漲，宜開河引潮，以資冲刷。迎潮仍恐沙壅，宜以近江一面爲口，口寬尾仄，並作川字河，庶南坍北漲，岸沙可復。」

固塘根，增具水石簍，以資保護。自粵逆滋事，歲修久弛。同治三年五月，潮水自仁和、海寧交界之翁家埠以至許港，其間支港橋梁，悉被冲潰，所過積沙一二尺厚，且直齧海寧城根。御史洪昌燕請旨飭籌修築，以拯民命，而裕倉儲。

區田，即趙過代田古法也。潘貢甫舍人嘗試行之爲圖，齊梅麓大令彥槐題云：「我友子潘子，示我區田圖。此法本阿衡，其詳聞漢書。大略田一畝，每歲半畝除。所種半畝田，每行一尺虛。晝甽欲其寬，分流欲其疏。惟不盡地力，地力乃有餘。耕欲深毋淺，耙欲細毋粗。源深根自固，土細苗易舒。不種之一行，翻耕出泥塗。三耘復三耨，培壅肥如酥。種用雪水浸，冷則蒸弗虞。糞用雜草燒，煖則毒可祛。天生布穀鳥，穀雨桑間呼。鳥呼急播穀，不可緩須臾。吳農貪種麥，麥熟已夏初。拔秧更蒔之，生意離根株。地利既竭盡，天時復愆踰。入土根不堅，枝葉何由敷。非不勤灌溉，非不事犂鋤。四體終歲疲，所獲常區區。稻麥各有宜，荆揚異青徐。兼種而薄收，作計毋乃愚。區田不種麥，所少惟夏租。詎知當秋成，穰穰滿篝車。歲豈盡豐稔，地豈盡膏腴。元氣葆勿傷，雖旱無槁枯。去年婁門東，試種田壹隅。莖生八九穗，穗結千百珠。三分畝之二，已得十石儲。一畝三十鐘，古人豈我誣。潘子信豪傑，捐田濟鄉閭。復訂區田編，以教諸農夫。經世事遠大，蒼生仰通儒。豈直范希文，庶幾稷契徒。我有陽羨田，歲歉多荒蕪。願言秉耒耜，學稼同樊須。安得天下農，奉此爲楷模。廪高齊丘山，菜色四海無。」

繁欽詩：「何以致殷勤，約指一雙銀。」韋應物詩：「江南鑄器多鑄銀。」李賀詩：「帳帶塗輕銀。」然則自唐以上，皆以銀爲飾觀之寶，不以爲幣也。張籍詩：「蠻方市用銀。」今黔、楚諸苗及西夷專以銀爲市，知用銀之始，蓋起於夷苗，中國習其便而效之。王建送吴諫議上饒州詩：「税户應停月進銀。」此其萌於五代，沿於宋。紹興歲幣銀二十萬兩、絹二十萬匹，又縻費銀一千三百餘兩。蓋自五代後，上下概用銀矣。元盛於前，明竭於今日。用是召外侮，用是而來内奸。銀未斷偷，銀且滋漏。二十年來，師旅驛騷，閭閻憔悴。由於捨其所恃，而用其不可恃也。孫芝房芻論曰：「聖人之治天下也，不貴難得之貨，使其民衣帛食粟而盡力於農桑。粟與帛之所不通，於是乎以錢爲幣。粟與帛生於地，而成於人力之所爲，可恃者也；鑄銅以爲錢，出於天子之所自爲，亦可恃者也，故聖人重之。金銀珠玉出於山海之藏，不可恃，故雖至貴而聖人弗寶焉。由秦漢而下及唐宋，通用粟、帛，而佐之以錢，未有以銀者。奪粟、帛與錢之權，而移之於銀，失本末之義，昧輕重之宜，王政之不可行，民俗之不可厚，皆由於此。」旨哉，言乎。道光年間，廷臣有請以白銅爲幣者，以白玉爲幣者，不值一粲。而吾家默深刺史亦祖其説，可謂老不曉事矣。程春廬曰：「今日國計民生之困，其故全在幣輕。自前明以至我朝，皆以錢與銀三品爲幣，相權而行。伏覩康熙、雍正以及乾隆之初，民間百物之估，按之今，大率一益而三，是今之幣輕甚矣。而官之俸、兵之餉，所得者幣耳。民間如富商巨賈，皆操幣以逐利者也。紳士、吏胥、僧道、役夫、奴僕，皆以幣爲衣食者也。惟百工與農，需幣略少。而闕之，則勢亦有所不行。幣輕而用愈繁，天下無三倍於昔之幣，有三倍於昔之用。而取民之制，如賦税之入，不能以其幣輕而益之。至於國帑，歲下雖循常則，而有司竭蹶，則他有侵冒，以爲取償。即如河工料價、軍需口糧之屬，已不能不溢於例矣。然則幣輕而不足於用，其病於國，又必然之勢也。夫幣者，上之所制以馭天下之富，然而其輕其重，常轉移於下，而上不能與之爭。蓋古有以幣輕而更之者，龜貝、鹿皮大錢、五十當百之屬是也。古有以幣輕不足於用而益之者，鈔是也。數更幣，則民不信，不信則不行。驟益幣，則百物騰貴，而幣愈不重。然則欲其幣重而足於用，是當求之民矣。蓋民多務本，則幣日輕。夫菽粟布帛，齊民衣食之所資也。民貧而至於凍餒，皆貧菽粟布帛，而不貧於他。然而賤菽粟而貴珍錯，賤布帛而貴文繡，於是百人致之以給一人之食，百人作之以供一人之衣，而此百人者，即其捨本而逐末者也。故奢儉者，貧富之大源也。誠使工無作淫巧，商無致罕異，驅遊惰之民而返之南畝，令菽粟布帛之積，所在充牣，如是久之，則百物之估，當無不平者，而幣重矣。歷觀前史，當一代盛時，則其幣必重，繼則日患其輕，則盈虛消息之理可見矣。」潘四農德輿雜詩云：「寰海紛利途，物物農桑出。一夫之所獲，不贍人六七。一女日所繅，縑素不盈匹。夫耕而婦蠶，一里無十室。即此一室中，作苦半勞逸。一人養百人，上治無此術。」

東南銀昂錢賤，爲日久矣。道光初，銀一兩值錢一貫二三百，季年乃漸至二貫。向時民間納税一兩者，約完錢一貫七八百。官吏浮收五六百，以爲火耗。後須賠墊二三百，以爲一兩之數，而解費尚無所出。不加税則病吏，加税則病民。己酉，福州布衣何采相世傑禽言六章，其錢價云：「行不得也哥哥，銀價漸長加倍過。試問近來上庫正款若何，雜税若何，地丁若何，官雖撫字拙催科，民欠愈少貼愈多。二千三百折時價，加一羨耗皆官馱。額外再起起不得，官清益覺難張羅。制錢搭放有舊例，何不對抵省奔波。羨餘並準錢，上庫行錢價患銀消磨。開銀礦易似運銅麽，行不得也哥哥。」枚如糧歎云：「城中黠如鼠，城外鬬如虎。欲肆汝威終無所，加糧官辛苦。一解。官謂國有章，民謂肥官囊。一錢不得入，饑渴無人將。吏胥皇皇，南鄉北鄉。二解。吏曰民愚，非兵不可。嗸嗸對官，將爲汝禍。發書告太守，太守夜半徬徨道左。三解。太守來，官已歸。太守去，糧又追。吁嗟官兮，加糧奚爲。嗸嗸之民官撫綏。四解。」聞風云：「聞風開口笑，此日且爲歡。官藉兵威重，民知國計艱。輸將終效順，刁悍或偷安。善後知何術，倉皇淚未乾。」枚如此詩，蓋作於寧德。

謝蘊山中丞啓昆鑄錢行云：「出山銅，祀太公。民盜鑄，錢神怒。權其子母得其平，法在銅重而鉛輕。小錢不禁自不行，市肆無擾民無爭。君不見錢唐有浦號錢清。」元鄭介夫論錢法曰：「言者謂鑄一費一，無補於國。不知費一錢可得一錢，利在天下，即國家無窮之利也。」明譚綸亦言：「歲鑄錢一萬，則國增萬金之錢。錢多則增銀亦多。」胡文忠治鄂，嘗用其說。致牙釐文案糧臺書云：「利國之要，尚須鑄錢。如購銅器，設局於武漢之中，大約千錢可得十餘觔之銅器。加白鉛三成，並加火工雜費，如千錢所購之銅器，自廢改成，以雍正、康熙錢式爲定，仍可得千錢，而贏數十錢或十錢，便爲上利。即千錢購器，僅能鑄成千錢，尚是中利。千錢購器，鑄成九百八九十錢，亦是小利。利在權操於國，不操於私鑄之奸民。而商民之隱受其利者，無窮也。夫奇謀至計，皆在平實。如布帛菽粟，愈淺近，愈廣大而精微也。嘗謂富國之道，須先利民，乃有根本。欺民者，詐也。自愚而以愚人，智者不爲也。剝民者，自剝其身也。割肉充饑，腹未飽而身已傷，仁者不爲也。」可謂明於天下之計矣。咸豐癸丑，户部以軍興費繁，始鑄大錢及當十、當百之錢，通行直省。考大錢始於漢元鼎、唐乾元，嗣後南漢劉龑乾亨、閩王延政天德，宋仁宗慶曆、神宗熙寧、徽宗崇寧、理宗端平嘉熙，遼穆宗應曆，金章宗泰和，皆鑄大錢，皆行之不能久。鐵錢亦然。丙辰、丁巳間，都下物價翔貴，米一石六十千，白金一兩值二十餘貫。大錢壅滯不行，有持數百大錢自投於御河者。高茶菴明經當十錢云：「銅山不可采，泉源亦已竭。朝廷有事用孔亟，籌餉賑饑日益絀，變計乃以一當十。小錢重一錢，大錢四錢四。國家設法在利民，五銖特仿漢時制。大錢二，小錢八，並行原以杜奸猾。小錢四，大錢一，居貨轉以成交易。奸徒逐利隱窺伺，作僞紛紛靡底止。長官不察弊益熾，小錢日漸少，大錢塞闤市。民間暗耗不勝指，米珠薪桂悉由此。吁嗟乎，米珠薪桂悉由此。」海蕙田觀察窮民行云：「窮民蕩析多離居，空城無人如廢墟。六街三市泉布盡，圜法壅滯當如何。前年被蝗孽，到處青黄愁不接。去年被寇氛，瑣尾流離去鄉邑。填街塞巷車隆隆，出門那識西與東。試立高岡遠瞻望，萬家遷徙無停蹤。烽烟倏忽起西北，敵人一炬連天紅。寇氛甫靖財源竭，覓食需錢錢不得。鵠面鳩形命似絲，道傍行走時顛蹶。更有龍鐘白髮人，街頭植杖行逡巡。充腸菽粟久不飽，可憐被體無衣褲。頻歲凶荒迭相報，窮民滿眼將誰告。繪圖安得鄭監門，賑恤更須寬大詔。」蓋作於其時。福州，大錢行不數月罷。鐵錢，始不過六七折，繼而對折，後一貫只值銅錢六十。三山樵叟竹枝詞注：「鐵錢一千重十觔零；銀一兩易錢十餘千，約百餘觔。外國夷人買以鑄炮，中國冶爐買以鑄鍋，遂至局無現錢，僅存空紙。」閭閻病苦，無所控告。梁禮堂鐵錢行云：「金光夜起騰城隅，飚輪熾炭環妖徒。人家破釜輟晨爨，踵門獻納投洪鑪。四門讀法示條教，準易百貨輸官租。朝來闤市出新式，論重何止過三銖。上游百里溪水急，輕舟采鐵飛軍符。恨少金人一十二，一夜輦出咸陽都。愚民競利各爲計，爭請頒牒通奸胥。其間黠者敢蹈法，招聚無賴供傭奴。深巖密箐鑄僞帑，火光燒破青山枯。且將餘瀝飫弁役，蠢然一飽眠封狐。何知一夕檄書下，簡挑鐵騎隨猰貐。江鄉民屋不及咫，旌旄百隊明戈殳。燔廬瀦宮藝家族，後何嚴密前何疎。回思前年警風鶴，閉關南望紛趨蹌。我願江湘息鳴鏑，閭閻豐稔盈倉儲。偏隅免蹈公孫弊，不將鑄錯爲良圖。」此紀其始事也。林香溪市價行云：「貧民如瘦羊，商賈如餓虎。長官如馮婦，臂攘面如土。老弱轉溝壑，士儒罹網罟。會城無兵革，其禍若爲伍。蠢蠢彼市儈，勢若狎官府。蒼生方待斃，玉石焚俱苦。我夢遊天閶，民困向天訴。天狗向我言，天魔向我舞。我跪告天君，百萬賧河鼓。力拔涸轍魚，哀矜出肺腑。隻手挽銀河，天君笑我腐。許種仙人璧，濟汝饑寒户。市價倘不平，試以摩天斧。」此紀其流禍也。嗟夫，宰相須用讀書人，豈不信哉？昔南唐季年，韓熙載創行鐵錢，每十錢，以鐵六權銅錢四而行。後止用鐵錢，遂藏銅錢靳弗出。久之，銅錢一值鐵十，物價昂貴。諸郡盜鑄益輕小，環外芒刺，以法繩之，犯者愈衆，蓋已事固然矣。當日主其事者，意在必行，亦慮及後患，而覆按故紙乎？戊午三月十三日，南臺貧民手持鐵錢，糾集多人入城，挾大紳某，闖入督署呼籲，其勢洶洶。東將軍至，撫慰之。於是王督出示，以三折爲限，事乃定。孫墨林孝廉燕貽詩云：「事前空執桓寬論，事後誰憐趙臺窮。今日十州餘鐵在，有何鑄錯問群公。」

錢塘諸生夏松如之盛銀肥貴按，肥見明史暹羅傳，即漢史所謂錢爲王面者也。肥音巴。詩云：「官欲毁之既不能，道光二年，將毁之，而銀肥值錢。官欲易之又弗行。」十五年乙未，官鑄銀餅，鈐以縣名，以易銀肥。至十七年丁酉，又不行，而番肥值錢一千五百文。夫一銀肥也，官不能持平準之權，蓋利權之旁落久矣，乃謂鈔可行乎？鈔幣芻言，吳縣王亮生鎏著。大意欲踵行金元鈔法，而禁用銀。道光壬辰，先君晤之浙學使院，嘗折以一言：「銀幣實而楮幣虛，終恐不順人情。」迨咸豐癸丑，軍費支絀。時王文勤公官少司農，遂採其説以進，至是鈔幣與鐵錢並行。

竟之，銀歸私橐，鈔抵庫儲，則何益矣。蓋鈔幣可行於國家富盛之日，不可行於公私疲敝之時。文勤勤於讀書，精於心計，何以見不到此。昔順治初，仿明制，造爲鈔貫，與錢並行。八年，所造鈔一十八萬八千一百七十二貫有奇。自後歲以爲額，至十八年停止。然其時所造鈔甚少，其上下流通仍以銅錢，故暫行而無弊。今則錢不勝鈔，鈔既日多，錢行日少，於是鈔輕物重，終至壅格，而法遂窮。邱瓊山所謂鈔法不可行，以用之者無權也。嘉慶年間，蔡生甫學士之定以奏請通行鈔法左遷。此仁宗所以爲仁，而廟謨遠矣。竊謂自古無生財之術，而有理財之方。理之如何，曰塞漏而已。先君漏説曰：「漏有滲漏，有偷漏，有隱漏。何謂滲漏，黄河是也。間歲一小決，數歲一大決，所漏不知凡幾也。何謂偷漏，商賈是也。鹽之私販，銅錢之私鑄，火藥之私製，而尤莫甚於鴉片之私通，所漏又不知凡幾也。何謂隱漏，田賦物税、兵餉軍需皆是也。正課雜課之所入，大兵大役之所出，帑藏日絀，囊橐日充，所漏又不知凡幾也。」先君此説，作於海外。秀仁因歎今之理財者，不塞漏而竭澤，豈不哀哉？前此，道光十八年間，朝論以中國之銀漏入外洋，立法嚴禁，此特治漏之一端耳。至今其漏不止，且加厲焉。然則漏必不能塞，澤亦必不能不竭。澤之竭，漏垂盡矣。王子壽比部漆室吟庚申即事云：「河運江船久不行，仍聞租賦隔滄瀛。持籌賈豎無奇策，仰屋司農有歎聲。北斗酒漿難用挹，西園價值亦何輕。累朝恭儉先天下，誰道凋虛困甲兵。」此隱漏之說也。辛酉雜感第四首云：「人才筦庫遍搜羅，桑孔功逾頗牧多。不惜黃金求買鬬，須回紅日進揮戈。淪州覆郡仍如故，竭澤焚林復若何。青犢縱橫猶滿地，滔滔榷算委頹波。」此竭澤之說也。許海秋書感云：「食貨無勞志，農商久未蘇。五銖忘舊式，三品恐新租。征調猶難已，緡車豈易輸。艱危思漢法，今出少踟躕。」

官局侵盜，陝西曾卓如中丞嚴辦之。雖爲刻酷，藩司遣戍，局員正法者四人，監候、斬絞者又數人。然殊快人意也。都中此案五字官錢鋪。株連極多，户部司官有以此籍沒入獄者，福州則縱之而已。嗟乎，市儈胥郎本牟利無籍之徒，曾何足論，獨怪讀書登第，酒酣耳熱，談論經濟，舌底翻瀾，長官聆其言論，挹其丰采，震駭驚服，以爲若人大爲可恃。今閱邸抄，弊竇叢生，即其人也。馬子翊詩：「交子已看同瓦注，省郎終是愧冰清。」紀都中事也。葛香雨師甲寅除夕云：「寇警已如許，杞憂仍枉然。軍書頻募勇，國帑久縻邊。市儈持錢價，窮檐窅突烟。中原殷望歲，收復果何年。」蓋紀福州事也。郭遠堂中丞集中論閩省官錢局始末最悉。大抵永豐官局壞於葉小蘭、鍾寶田、黃琨望、謝昌齡等，至撤局之日，不參一官，不戮一人，則劉觀察翊宸力也。劉，常州人，咸豐初以大挑入閩，知侯官縣事。後守建寧，賊圍不陷。同治元年，總督耆齡奉辦陳謙恩、李鼐等票本税釐一案，命刑訊，劉及裕謙、秦金鑑兩觀察幾不免。未幾，耆移節，且死，事遂寢。甲子，左帥入閩，此輩乃如狂風掃葉，而葉小蘭大令遂以晉江令查抄謫戍。

唐劉晏言：「理財不用吏胥，而用士類。」誠爲得法。近年捐輸釐金，爲軍務急需，自不得已，而假手非人，弊端百出。馮魯川送人練兵江南詩中一段云：「此邦民力困杼柚，賊取不盡官能諳。算緡計畝法屢變，自謂暮四殊朝三。時賢藉口豈無説，懼乏軍餉非吏貪。取民果盡給兵食，政死九死民猶甘。奈何疲民竭膏髓，止供國蠹爲淫酣。」痛哉言之。

同治元年，御史丁紹周奏：「省事不如省官，革弊必先革吏。」言之剴切。四年，侍郎殷兆鏞奏：「各省釐捐，無奇不有。其始原未兵餉起見，其後官仿賊匪成法而加甚焉。臣所目覩，暴斂横征，至斯極矣。即使有裨國計，聖主猶不忍爲，况盡飽官吏乎？不但民怨沸騰，而且大吏彼此爭收，交相搆怨。强者兼併，聲稱餉絀。歷經祁雋藻、全慶、潘祖蔭、蔣琦齡、朱文江、陳廷經、曾協均等奏請裁撤。迭奉聖諭煌煌，飭令覆奏，分别停止。乃各直省非惟不覆，非惟不裁，反從而日增月益者，利權所在，藉口濟餉，藉口善後，以爲挾制，敢於違抗朝命。擬請軍務已平省分，飭遵諭旨，勿任恃功朘民，牢不可破。」語益蹇諤。侍郎於甲子奉命典試閩中，舟抵困關，而當事以漳州失守，奏請停科，使舟遂返。

此疏所陳釐捐一節，皆歸舟所目擊者，可謂不避嫌怨，敢於進言矣。讀此竊歎大小臣工屯膏已久，前此苟且因循，狃於積習，每有德音，輒遏不行，至今乃猶不悟耶？宋有鄭廣者，海寇也。陸梁閩境，號「滚海蛟」。及受招安，隸閩閫。旦望趨府，群僚不與立談，憤而上詩云：「鄭廣有詩上衆官，文武看來都一般。衆官做官卻做賊，鄭廣做賊卻做官。」士大夫毋以此詩惡劣，時時誦之，亦當稍知自斂矣。嘉慶間，粤東洋盜郭婆帶，雅好翰墨，蓄書甚多。船首榜一聯云：「道不行，乘桴浮於海；人之患，束帶立於朝。」後投誠，官之，不受。買屋廣州，課孫終老。盜固有道也。噫。乙丑補行甲子鄉試，丁以正考官入闈。戶部牙行之設，自咸豐十一年始，蓋從御史博桂請也。初，試辦於畿輔，准民人領帖納課。未幾，百弊叢生。同治初，奏請停止，而領帖牙行竟未銷除，且有匪棍持隔年廢帖冒充者，以致糧食船隻不能北來，幾至罷市。御史曾協鈞疏劾之，飭令各州縣一體繳銷。福州以籌餉行之，亦幾滋事。近免坐賈釐金，不知牙帖繳銷否也。

魯通甫同孝廉客思云：「客思自多感，商聲忍獨聞。山蟬知向暮，秋雨不隨雲。蠏蛤江南地，魚龍海上軍。中原徵調盡，竚立望妖氛。」紀夷務也。舒雲鋤庚申秋感云：「朝廷歲歲議秋防，誰使羆貔十載狂。西北妖氛憑出沒，東南民力困輸將。蛇矛夜掩營中月，鐵馬朝嘶塞上霜。莫羨量沙檀道濟，移師端合近敖倉。」紀粤事也。雲鋤又有新樂府六章，曰織屨翁、賣菜傭、織布女、賣薪兒、採藥翁、捕魚子，今錄二章。織屨翁云：「織屨翁，窮更窮。傴僂茅簷下，搥草聲鼕鼕。年衰氣力減，曲背如彎弓。山深苦寒早，秋宵地爐紅。拮据不辭瘁，長安米價貴。拚此兼日營，能換一斗米。一雙半日忙，五日成十雙。街頭換米得九雙，一雙抽去資軍糧。」賣菜傭云：「賣菜傭，窮更窮。灌園抱巨甕，桔槔聲隆隆。溉之以糞穢，廁牏難遮蒙。合家有八口，拓地餘半弓。胼胝不辭苦，汗滴苗下土。一肩挑青雲，事畜賴資斧。一文售一束，十束沽十文。籃裏數錢得九文，一文抽去籌吾軍。」杼柚之空，可概見矣。

枚如稅牛歎序云：「嶺農借牛，過鼇金局，局吏止牛，徵其稅。民曰：『借也。』吏曰：『借能免稅乎？不稅，牛入官矣。』農涕泣，脱衣付吏，赤身牽牛歸。」詩云：「老翁牽牛過，奪牛人聲喧。一牛三百錢，稅牛吏在門。老翁抱牛泣，借牛耕南原。無牛空手歸，何以見同村。稅吏顧之笑，緘口勿多言。愛牛莫愛錢，錢去牛尚存。國家有急需，汝當報至尊。官威況不測，尤宜念子孫。此地日千萬，百錢豈煩冤。脱衣付稅吏，俯首但聲吞。歸家愈驚顧，不敢畜雞豚。」

直省軍務主計者，輒巧立名色以掊克，不顧所安也。符雪樵先生題俞夢池司馬議沮妓捐書後云：「昔人有讕言，好官多得錢。貿貿相沿襲，有孔無不鑽。名曰利軍國，其實叨腥羶。自從喪亂來，海內紛戎旃。悉索繻袴盡，徵算舟車聯。桑麻不蔽野，禾麥成荒阡。當事宜早計，木本水有源。不謂管大夫，乃更女閭編。以茲廉恥事，而作富貴緣。桑孔所不爲，裴劉未嘗言。人心竟至此，世道將誰肩。群公老於事，唯諾相周旋。衆人被驅遣，且卻或且前。矯矯俞司馬，抗論依古賢。剴陳四百字，字字堪銘鐫。我朝重節義，綱維二百年。報國當有人，一讀一慨然。」

乙丑，馮伯河同年爲周壽珊開錫觀察延入南臺釐局。造余，余告以抽釐濟餉，此事豈復得已。第所患在「中飽」二字，故軍需之挹注無多，而民間之愁苦已無所控訴矣。馬子翊詩云：「奸商如鼠官如虎，可憐吏胥飽如牛。」願爲當事者言之。胡文忠復官使相書云：「牙釐鹽課，爲軍餉之大宗。此不在立法，而專在用人。精神耳目稍一疏忽，即弊竇百出。此不患偷漏，而患在中飽。偷漏之弊，利在商民，患在軍國。中飽之弊，國計既虧，民生亦困。」

咸豐戊午，上游用兵，福州設局抽租。甫行一月，民怨沸騰，罷之。至是，下游滋事，當道籌餉無策，遂復議行。究竟城廂內外，所得僅三萬緡，不足敷大營一日之費也。因憶乾隆間，新安王葑亭給諫友亮上新河竹枝詞云：「水榭參差映碧樓，湛恩汪濊溯仁皇。至今七月河南北，答謝家家供斗香。」注云：「舊有河房租，康熙中蒙恩蠲免。」嗟乎，河房蠲租，而間架敝政，今乃一再行之耶？武康諸生唐聞宣靖間架稅云：「高風摇層巢，衝波潰復穴。災至何所逃，棟宇靡安宅。縣官踏街衢，鞭度督尋尺。市廛既櫛比，一一登方册。郭外中田廬，桑榆掩阡陌。喧喧騶從來，露冕巡郵畷。茆椒幾枝椽，蓽門幾柱碣。豈有奇嬴資，亦賦金錢額。三載役軍興，箕斂力已竭。秣馬刈新禾，鑄礮銷農鐵。誰爲桑孔臣，剝膚及椎骨。」

贊軒禽言云：「脱卻布袴，布袴質錢難百數。仰首大屋生羡慕。君不見昨朝大屋揭門怒，吏胥鋃鐺促上路。官府列伊上上户，三日入錢不許悞。稽延者禁逃者捕。」此蓋爲咸豐間勸捐官吏辦理不善者慨也。

高忠憲謂「君子一點恥心，被馮道滅盡；一點畏心，被王安石滅盡」。王廣廷詠馮道云：「無心詎算慈悲佛，有恥爭生渾沌天。」恥之於人大矣，無恥，何事不可爲耶？吴桐雲觀察恥論曰：「天下之患，論者皆徒歸咎於盜賊之未平也，士卒之不精也，餉糈之日絀也。而吾所深憂竊慮者，尤在朝野習爲欺隱，泯然無復愧恥之心，是之謂大患。今夫天下事之敗壞而靡有紀極者，姑勿遍徵。如兵，所以殺賊也。營兵不足恃，易之以召募。軍興以來，各路鄉勇報殺賊者，不下億萬。將舉天下之民而盡空之，而賊之猖獗者自如也。餉，所以養兵也。正供不足，以釐金益之；再不足，以捐輸益之；又不足，而以大兵所蒞。民之出芻菽、米薪以犒軍者，復不知凡幾。即使數者之所有，一以養兵，則天下之財當無難供天下之用。而餉之支絀者，自如也。蓋天下事之敗壞於無恥者衆矣，而惟兵餉爲尤著。吾意身任其責者，宜何如洗心滌慮，痛懲小人，使之有所忌憚。而乃習爲固然，略無改悔，有恥耶，無恥耶？願身任其責者識之。」左瑶圃雜感云：「温詔時捐内府錢，罍空瓶罄總依然。量沙夜唱千鍾粟，炊火朝虚萬竈烟。紙上談兵皆入幕，市中屠狗亦籌邊。漢廷儒吏知多少，富國終推孔僅賢。」「國計難容築室謀，民安方釋廟堂憂。桓桓簿領誇歐雀，楚楚衣冠歎沐猴。時勢真成騎虎背，功名甘付爛羊頭。脂膏竭盡輸皮骨，不愧深恩三百秋。」

鑑古可以惕今。康熙間唐實君吏部孫華有感明季黨事云：「明季當神廟，人情逐黨同。清流殊挺拔，僚寀失和衷。三案喧脣敝，千章聒耳聾。邊防談笑外，國議是非中。誰使緘防口，姑令塡塞聰。群言皆寢閣，萬事益荒叢。氣概門牆峻，交遊寰海通。聲名驥尾附，假竊虎皮蒙。璜悺權方授，膺滂道轉窮。鄭朋翻媚顯，郄慮早讒融。羽翼東林廣，鴟張北寺雄。驍騰多宋鵲，指嗾聽梅蟲。斥堠頻傳警，宮鄰祇内訌。關城各解甲，朝署尚彎弓。勢急猱升木，防疎雉罹罿。源流復社接，壁壘浙人攻。變態分離合，相傾竟始終。蜩螗音響歇，蠻觸戰場空。各自飛翻手，其誰念匪躬。廟堂曾誤國，溝瀆枉埋忠。矯激誠何濟，煩言豈論功。汗青何日就，珥筆待虛公。」

往歲，枚如假余明夷待訪錄一卷。按，黎洲先生所著書，詳漢學師承記，凡四十八種，其宋元儒學案一百五十卷，近刊京師。此錄言簡意賅，有益政治，胡不鋟之，得毋以其言太戆耶？先生有南雷詩草，不寐云：「年少雞鳴方就枕，老人枕上待雞鳴。轉頭三十餘年事，不道銷磨只數聲。」

海蕙田觀察詠古云：「繁華靡麗場，浩劫生誅戮。茫茫宇宙間，誰爲司簿錄。江淮寇盜興，財用倍窮蹙。沃壤變汙萊，蓋藏鮮菽粟。饑民聚嘯多，相率食人肉。老稚力孱弱，剝膚心慘毒。笙歌過眼空，節儉終蒙福。史籍皆前車，妨農緣賤穀。商賈競錐刀，農田罕儲蓄。求治不清源，元氣安能復。愛民在朝廷，責任重守牧。」此可爲矇叟箴，亦可爲遒人狗也。

子産治鄭，衣服有章。返樸返醇，革薄從忠，必自服御治矣。黄士龍葵誠向樂府首章云：「冠裳定章程，先王位上下。近者私人子，檢閑漫陵駕。日曜羔裘朝，春生錦衣夜。綠幘傲金張，紫羅埒王謝。招摇過里門，揚揚自高價。咄嗟彼何人，采章敢濫假。由來服不衷，邦家係風化。章采布德音，品制禁踰跨。權衡著爲令，違者法無赦。秉兹姬公禮，炳煌昭中夏。」正襟而談，侃侃如也。蕭子山諸生閒居雜詩之五章云：「閒居數十載，遷變難具陳。坐見垂髫子，已作皓首人。華堂或荆杞，白屋爲朱門。更憐風俗異，耳目竟一新。樸者皆繁縟，質者亦趨文。昔時珍奇器，今乃市肆陳。昔時縉紳服，今被輿臺身。謂是民侈富，不知實窶貧。邑中素封家，十不一二存。君看婁江水，深淺非舊痕。萬事盡如此，感歎勿復云。」此篇一彈三歎，尤有餘音。

托愛山中丞云：「地方娼賭一切，如溺屎然，自有坑廁藏納。而藉此謀生者，轉不至流而爲盜。若治之不得其法，或求治太急而操之過蹙，則到處皆屎溺，無坑廁可歸，其爲害更甚。」此真通論。汪夢棠觀察蘇州虎邱詩云：「蕩子銷金窟，貧兒乞食場。」即此意也。

董筱槎太史寄感末章云：「樂哉吾此遊，客問來何自。爲啓牀頭書，周官卷第一。其中皆井田，桑麻遍樹藝。原禾映溝塍，牧饁雜婦稚。牛羊墟里間，雞豚籬落際。靜聞紡績聲，動見和親意。工商循法矩，士民敦孝悌。客曰樂哉國，真勝桃源地。」讀此詩，因憶往遊終南、灞滻間，每得此境，不必託之巖上古書也。未幾，兵燹四起，人間無此樂土矣。

陔南山館詩話卷十

侯官　魏秀仁　子安

東越代有偉人，國朝則泉有李文貞相國，漳有蔡文勤侍郎，汀有雷翠庭副憲，皆以理學大臣上佐聖治。道光間，陳望坡、廖鈺夫兩尚書後先蔚起，而林文忠公乃特以勳名重中外。道光十九年，公奉命辦理粵東海口事務。明年，補兩廣總督。公宣諭德威，繕守備於虎門各海口，添建礮臺，設木桴、鐵索。奏移高廉道駐澳門，撥隸水師資控馭。時通商之國以十數，咸傾心受約束，惟嘆咭唎持兩端。九月，夷目義律等以索食爲名，糾師犯尖觜。公遣參將賴恩爵擊走之，斷其接濟。尋六犯海口，皆受懲創。義律潛赴澳門，倩西洋夷目遞説帖，求轉關。公以其言未可信，奏請相機勦撫，並請敕五海口督撫嚴防，復奏停其貿易。嘆人屢撼之不動，則大懼。既以粵之無隙可乘也，乃改圖犯浙，陷定海，掠寧波。沿海騷動，在事者莫能折衝禦侮，爭歸咎公，因中傷之，事垂成而敗。代者至，悉反公所爲，恐和議之不速成也，撤公各隘兵以媚之，暎人遂徑犯粤城。公知事不可爲，具遺疏以待。圍解，命以四品卿銜赴鎮海軍營效力，尋謫戍伊犁，海疆事自此益棘。王子壽比部詩云：「萬里伊吾北，孤臣鬢已霜。奏書無耿育，持節少馮唐。曲突謀猶在，高墉射易傷。鼓鼙思將帥，終望掃欃槍。」乙巳，賜環，以三品京堂督陝甘。陳作甫大令謌以詩云：「賜環纔下即分疆，湛露君恩萬里長。人看千秋真事業，天教一德繼明良。龍城鬱起風雲會，星海遥瞻日月光。共説中朝相司馬，妖氛歛戢效梯航。」「五鯨駐節控羌奴，四壁環張聚米圖。馬謖已聞譽旗鼓，蒯恩新拔負芟芻。千家練卒緩民氣，萬頃開屯裕國輸。韓范平戎諸將伏，始知奇績屬醇儒。」已而，命撫陝西。丁未，命督滇黔。庚戌，自滇引疾歸。李星村上詩云：「九重丙夜鑒孤忠，充國屯田屢奏功。終遺賜環歸定遠，何勞補牘救王龔。攀轅婦孺看司馬，拱手蠻夷識潞公。當日深源高閣輩，至今咄咄但書空。」「伏波横海未銘勳，何物蜉蝣撼樹紛。知己九原惟汲黯，齊名一疏得朱雲。曹彬使相功名薄，疏廣還家父老欣。從此小西湖上月，清光重照話離群。」是冬十月二十八日，奉命督師粤西。馮魯川觀察志喜云：「痛定思前事，安危勢未分。大星沉上相，按，謂王文恪也。横海出將軍。孤憤尸猶諫，遺章世未聞。舟山殘壘在，戰鬼哭愁雲。」「諱戰爭延敵，沿邊盡撤防。汪黄參密計，宗李入彈章。天意非孱宋，宸謨邁古唐。猶寬崇羽罰，至德感吾皇。」無何，行至普寧，薨於行營。魯川詩云：「恩禮應無恨，民生劇可哀。奪君何太速，辦賊正須才。錮疾緣幽憤，高名集衆猜。故鄉方玩敵，魂去莫歸來。」時劉炯甫大令從戎，嘗用「之」字韻成詩五首哭之。其用「之」字韻者，蓋公壬寅赴戍，口占有「苟利國家生死以，豈因禍福避趨之」句也。詩云：「重臣憂國心如日，想見新詩脱口時。豈料龍髯攀欲絶，時國制未期。竟教箕尾悵先騎。將星一殞易簀時有『星斗南』語。天容慘，子雨誰敷澤國悲。愴絶孤寒齊下淚，雲車風馬竟何之。」「拜疏淒涼説出師，指天臣口等期期。臨終口授遺摺，經余代錄，而語音蹇澀不了了，尚以未及出師爲憾。嗚呼，忠矣。三朝知遇猶遺憾，片語彌留不及私。盡瘁一生長已矣，公忠兩字孰能之。靈旗痛把欃槍掃，兩粤英雄總淚垂。」「回思詩讖訝前知，初七夜，和桂丹盟觀察詩有『浮沉終覺酬恩晚』之句。歲在龍蛇厄運悲。河務三篇師賈讓，公曾著有西北水利一書，嘗擬屬余襄校。陛辭十事媲元之。公途中爲余言前查辦粤東海口事。途次疏累上，深蒙宣廟嘉納，不料何以中阻也。冰天雪窖屯田日，前在伊犁，旋奉命查勘回疆八城墾地。聽孫、心北兩公子隨侍，備嘗荼苦。公嘗言及，輒爲鼻酸。竹楗茭樁督堰時。公嘗督高家堰、祥符工。進退一身關廟社，公廿年前題西湖李忠定公楹帖語。余嘗請付刻，蓋公自況也。西湖靈爽雨淒其。今夏屢隨杖履，宴遊西湖李公祠。」「感遇酬恩悵已遲，自慚何德足堪之。紆騶屢屈嚴公騎，捶策深增羊子悲。謂翁次竹太守及其弟玉甫，公之愛甥也。與余友善。勗我成名期不朽，十二夜，在詔安行轅治文案，通夕不睡。將登輿矣，以人役未齊，深談良久，述少時清苦狀，勗存仁自勵。哭公大義豈關私。鼓鼙將帥聲淒咽，半壁西南竟孰支。公薨後，十九、念七、初三三次廷寄。旋閩、粵兩督飛章入告，請旨簡放大臣。靈輀抵潮，知有署廣西撫之命，而公均不及見矣。」「口不能言意答之，余性樸訥，公諒其誠。晉侍之下，有敬無踢。不才常恐累公訾。焦桐甘爲知音死，病驥難禁伏櫪悲。韋相門高原繼迹，公長公鏡帆太史，次聽孫，次心北兩公子，均砥節勵行。武侯食少不關醫。公堅不服藥。病亟，服淡薄數劑，不效。靈旗莽蒼悲風起，萬口爭傳遺愛碑。」卒奠之辰焚詩以祭云：「有詔從天下，哀榮到里閭。褒忠宸鑒切，初九日戌刻，在同安欽奉十一月十二日上諭，有『辦事認真，不避嫌怨』語。死事特恩除。有旨，蔭三子，候服闋來京施恩。計日迎丹旐，同聲哭素車。騎箕乘傳去，長與護儲胥。」過居仁驛云：「鸞泣鼉愁瘴海哀，粵中齊盼督師來。傳聞兔窟銷兵氣，粵匪嘯聚觀音寨，聞大帥將至，漸已解散。譚仲修曰：『傳聞賊中議獻韋正乞降。公薨，復擁之逸。』又報潯州失將才。十二月初九日，提督張必祿薨於潯州。定策與聞清野議，公在潮陽，曾有堅壁清野意。頒金休耗大農財。有詔，頒發軍需四十萬，勿得浮耗。書生泚筆談軍旅，愴絕裴公節鉞開。」此數篇，敘公遺事甚悉。自公薨後，而老成宿將漸就凋零，粵事遂不可問。此十餘年兵燹，不得謂非數也。李次青觀察曰：「公於政事，無所不盡心。而其尤關於天下治亂之數者，則以辦夷務、剿粵寇二者爲最鉅，而皆齊志以終。此海内士大夫下及婦人孺子聞公薨所由太息流涕，共爲天下惜也。」

英夷之變，各海口死事者，首爲吾閩姚履堂先生。時先君旅次厦門，哭以詩云：「厦門纔報夷船走，定遠還聞縣治殘。鴆毒甘心風俗敝，恬嬉習見國家安。不緣渫惡爲淵藪，那有么麿出阻難。竟没賢良誰斥散，飄蕭素髮欲衝冠。」劉芑川教諭書其事云：「清興二百年，駿烈震邊鄙。幕南無王庭，拓地數萬里。蠢兹海東夷，久在大度裏。聖王寬厚恩，弗絶爾生理。犬羊來成群，虎馬聽互市。森嚴關有譏，四國姦自弭。爾昏獨不聞，亂略敢欣喜。毒土換黄金，漏卮浩無底。隱忍至今日，垢汙將一洗。既往恕爾辜，反噬抗天矢。朝廷南顧憂，控馭先炎紀。桓桓制軍軍，令重如山峙。鼠技無所施，乘虚忽西指。遂令沃洲山，一夕狼烽起。嗚乎姚令尹，京兆五日耳。小城僅彈丸，兵孱況無幾。倉皇籌莫展，外援焉得俟。不戰庶伏人，利在堅壁壘。咄哉將軍誰，高舉莫赦趾。官卑不得爭，扣馬空相止。猛火緣堞明，飛帆乘岸駛。兜鍪影杳然，安問貔貅士。勢難拾灰燼，義不隨波靡。茫茫百仞濠，奮擲輕一死。感激到末曹，全典史福。屍骸慘相倚。千秋炳雙忠，遠接張許軌。元歸尚如生，碧血猶未解。愴惻動紫宸，焜煌照青史。金甌幸無缺，玉帳嗟何恃。想望陳師年，儒冠烈如此。」孫琴西先生定海二忠詩姚、全。云：「竝海烽初急，孤臣命已輕。衣冠辭聖主，妻子殉危城。大帥仍無策，忠魂恐不平。只應爲厲鬼，掃窟殪奔鯨。」

粵中沙角之役，副將陳連升父子死之。明年，夷入虎門，水師提督關天培死之。同時烏涌戰歿者，祥福也。趙艮甫哀虎門諸將云：「沙角已毀大角摧，陳安父子同飛灰。紅彝大礮破浪來，師子洋外聲如雷。虎門將軍壯繆裔，報國丹心指天誓。兵單乞援援不至，南八男兒空灑涕。賊來蠔鏡窺虎門，海水騰沸焚飈輪。揮刀赴敵惟親軍，一死無地招忠魂。賊勢鴟張楚兵哭，烏涌東西等破竹。吁嗟乎，督師議和和不成，召寇親至蓮花城。是年正月，督部約夷目義律至蓮花城議和，不至。」朱伯韓關將軍挽歌，見射鷹樓詩話，不錄。

古名將皆有名馬。如關壯繆之「赤兔」，曹彰之「白鵲」，秦叔寶之「忽雷駁」，郭子儀之「獅子驄」、「九花虬」，曲端之「鐵象」，畢再遇之「黑大蟲」。我朝威信公之「鐵鶻飛」，見唐詠夫詩。靖逆侯之「玉流星」，見張霽仁詩。果勇侯之「麴蒼」，見陳仁甫詩。無非以人而重也。若陳公連升之馬，則與王成義騟、宋岳珂記。王楨義馬明羅洪先記。相類，有以自見於世矣。鄭小谷部郎義馬行云：「有客閒談義馬事，勸我爲作義馬行。生能衞主死殺寇，海波萬里揚其名。我意未了客且云，誰其乘者陳將軍。房星早歲下天育，湖南曾立平蠻勳。海夷不意擾鮫市，將軍含笑騎獅子。涉蟲化盡黃鶴驚，桃花牽入紅毛鬼。萬馬噤聲一馬嘶，不飲不齕亦不馳。皮乾骨裂未敢死，此革知裹何人屍。海夷别召養牲者，柔心漸覺爲人下。蠻奴失喜報夷酋，短衣來試房公馬。鼻端如火耳如風，行地不着翻行空。豫讓劍只伏橋下，張良椎不來沙中。絶嶂崩崖突千丈，蒼黄落葉聽無響。破碎如泥想不甘，馬骨人屍同一壤。海氛正苦頻年惡，鼊忭鯨呿相間作。火牛無計助田單，燧象何曾爲宗慤。不見馬狀知馬心，論讚不到皆精神。雄姿如爾倘數輩，頃刻直洗炎州塵。有骨當教燕市寶，有肉當教秦士飽。爾餘尚可激壯夫，爾志何堪委秋草。天閑落日望長楸，生馬何多死馬少。」噫，被毳於啼走，而能生不虛生，死不虛死。嗟夫。按，詩鐸録馮詢義馬行序云：「制府祁公聞而義之，募力入賊所，以馬歸。卒不食死。」詩云：「嗚乎公馬死不死，馬有主人公有子。一家血染三江水，戰場踏碎雄心起。我公愛馬如愛兒，馬與公子皆權奇。銅聲敲骨瘦愈健，傷哉一礟乃不支。公子死公公死國，馬兮未死馬非弱。銜辛嚼苦不敢嘶，似爲報仇甘受縛。豆香芻滿棄弗顧，番兒墮地羞轉怒。腰下三看俠士刀，欲殺不成委諸路。祁公聞義爲馬悲，募客捨死求馬歸。豈知馬義匪獨在仇敵，但非其主粟不食。嗚呼，安得有馬如此雄，駕馭想見吾陳公。公今死矣氣如虹，馬亦上天爲神龍。」詩敘馬死，與小谷不合，蓋傳聞異詞也。咸豐癸丑，都統雙就園成勦北路賊，賊夜襲營，所乘馬爲礟火驚逸。賊牽馬，馬踶齧不行。遂獲賊，並獲馬。都統義之，作圖以表其事。吴仲雲開府詩云：「礟火爚天天色赭，一軍夜驚逸其馬。馬不賊屈不受縻，擒賊馬乃從而歸。將軍喜極仰天笑，馬亦騰躍當風嘶。古來烈士誓不事二主，嗚乎此馬其庶幾。潼關百尺臨大河，揚鞭入關歌凱歌。當時共爾决死戰，不意老骨歸鞍馱。主人報爾亦何有，索畫索詩傳不朽。可惜心肝不能畫，但從毛鬣論好醜。君不見玉山之禾高於山，太僕歲耗官家錢。毛豐肉滿不思騁，天荆地棘時方艱。安得天閑十萬匹，盡若此馬能酬恩。蹴踏萬里清中原。」此亦近事，附識於此。

夷犯厦門，總兵江繼芸，副將凌志，都司王世俊，把總紀國慶、楊肇基、季啓明均死之。艮甫哀厦門諸將云：「夷人擁兵作商賈，饑則飛來飽颺去。五月甫退零丁洋，七月復來鼓浪嶼。泉南要隘首厦門，屹然雄鎮靖海氛。一朝樓船不設備，遭此豕突兼狼奔。礮臺拒賊江繼芸，落水甘被蛟龍吞。王都司偕凌協鎮，大礮一震身同焚。吁嗟乎，俾將材官氣何勁，披髮叫天同授命。高牙大纛何所之，傳令内渡先班師。」按，伯韓老兵歎以凌志作「把總林志」，似屬傳聞之誤。

夷人再犯定海。王錫朋、鄭國鴻、葛雲飛三總戎同日戰歿。曲阜孔宥函刺史以詩哀之。用陶詩詠三良韻。云：「戰撫兩失馭，外患誰實遺。吁嗟大難端，其來亦云微。舟山孤無援，若爲地所私。得失委三鎮，遥策拱旌帷。四山合死力，士氣無所虧。碧血濺海水，三忠同一歸。舉世競論議，臨難覘從違。武人耀國乘，念之中心悲。寄語大將壇，毋輕短後衣。」朱伯韓侍御剛節公家傳書後詩及張南山三將軍歌，一葛兩陳。見射鷹樓詩話，茲不復錄。王公，賜謚「剛節」，字樵傭，直隸寧河人。由武舉補兵部差官，援例得固原游擊，從楊忠武定回疆，知名。積功至壽春鎮總兵。暎夷去定海，公以壽春兵協鎮其地。二十一年八月，夷再至。公守曉峰嶺，礮傷一足，猶揮軍進戰。賊憒，奪其屍去。葛公，賜謚「壯節」，字雨田，浙江山陰人。以武進士起家，官定海鎮總兵。父憂歸。嘗上書大府言：「廣東禁鴉片令方急，外夷陰狡，恐爲變及浙洋，宜先事定謀。」及暎夷據定海，巡撫烏爾恭額服公先見，馳書要公。尋奏請以公署原官，時道光二十年七月也。公至鎮海，請盡出勁兵，扼金雞、招寶兩山間，集定海潰兵，大閱海上。會夷酋安突得被執，夷大驚擾。公請遂出兵復定海，當事不能從。明年，許通市，請釋安突得等，而歸定海。公赴鎮，而以王公錫朋、鄭公國鴻帥師協防。定海城三面踞山，臨海無屏蔽。公議城其三面，列巨礮，塞竹山門深港，使不通舟，增築南路土城，與五奎山諸島相犄角。欽差大臣裕謙以費鉅，不允行。七月，夷集厦門。公聞之，立牒大府，以土城守兵單，曉峰背負海，有間道，宜增礮及營船，備水戰。皆不省。八月，夷果復犯定海，攻竹山門，敗走。明日，窺東港浦，皆擊卻之。先是守城皆駐城中，惟公自駐土城。至是王公錫朋出守曉峰嶺，鄭公國鴻守竹山門。夷船十九艘，賊衆至萬餘。我兵合三鎮僅四千，飛書大營請濟師，弗許，戒死守，毋望援。天雨浹旬，公青布帕首、麻袍，着鐵齒鞾，日偕士卒往來霪潦中，屢戰卻敵。相持凡數日，會天大霧，夷全隊偪土城，公礮沉其舟。夷分道攻曉峰、竹山。曉峰無礮，夷衆奪間，遂下。攻破竹山門，薄土城，公手掇四千觔礮回擊之。賊殊死進，公率步卒二百餘人，持刀械步鬭。夷酋安突得執大綵旗麾兵進，公罵曰：「逆賊終汚吾刀。」斬之。刀折，復挾佩刀二，衝賊隊，至竹山門，仰登。賊刀劈公面，去其半，血淋漓，徑登。

賊駭迸開，忽有礟背擊公，洞胸，穴如盌，力戰而歿。方賊之偪土城也，公行營有藥桶二，公密納火線其中，而朱書其上曰「軍餉」。城陷，賊踏公營，爭取之，焚數百人。義勇徐保，夜跡公屍，走竹山門。雨霽，月微明，見公半面宛然，立厓石下，兩手握刀不釋，左一目猶睒睒如生。欲負之行，不能起。拜而視曰：「盍歸見太夫人乎？」遂負之起，乘夜浮舟南渡。公嘗手書一聯，揭於治事之堂，曰：「持躬以正，接人以誠；任事惟忠，決機惟勇。」鄭公，賜謚「忠節」，字雪堂，湖南鳳凰廳人。由雲騎尉世職補屯守備，歷遷至處州鎮總兵。逾年，力戰死事。公優於文學，工書，好窮經。著有詩經疏義行世。

葛公始攝定海鎮，嘗命工製佩刀，爲寶刀歌以見志。且銘其鐔，一曰「昭勇」，一曰「成忠」，即臨陣所佩，歿猶握不釋者。辛丑與妹婿朱世祿書略云：「夷禍未發之前，文武大吏漠不關心。失事之後，倉皇無措。遷延日久，群議蠭起。或圖便私，或矜意氣，既無切中窾要之論，亦無公忠體國之心。余受事後，屢言犬羊之性，非大加懲創，無以善後。將勦辦機宜條陳當事諸公，咸以爲難。自後局勢屢變，忽勦忽撫，總無定見。現雖收復，而善後事更無把握。余一武人，仰荷聖明起用，惟不避艱危，務盡我心而已。」徐鐵孫觀察題詩於後云：「竹山門頭月光苦，窮海精魂夜深語。國之大事在師旅，當時心肝奉吾主。可憐恬嬉相媚嫵，築室於道聚群瞽。舉棋不定勦忽撫，陳十八策一莫取。武人惟有勇可賈，毁家助軍貸子母。堅我戈船利我斧，越八月望來舳艫。白者了烏黑者奴，鴟張蟻附爭睢盱。茫茫天海一島孤，戰六日夜援兵無。臣力竭矣心不枯，死人如麻如葦蘆。有墨其經厥狀殊，平生言之今不渝。曰惟見危捐以軀，謂予不信視此書。」

慈谿之敗，參贊文蔚以棉被浸濕，包裹其身，坐椅篙行。金華協副將朱貴身受三鎗，力戰死。其子武童昭南隨同打仗，身受三鎗，亦死之。朱伯韓侍御朱副將歌云：「將軍名桂（桂，據邸抄當作貴。）其姓朱，膽大如斗腰圍麤。願縛降王笞鮫奴，臨陣愛騎生馬駒。傳聞寧波新失利，大師倉皇欲走避。公横一矛踞帳前，此輩跳踉那足畏。我有勁兵人五百，自當一隊往屠賊。大兒善射身七尺，小兒英英頭虎額。鋒合頗能搴其旗，蛇鳥指畫天爲低。紅毛叫嘯番鬼啼。總戎胡爲先遁走，峩峩蛟門棄不守。槍急弓折萬人呼，裹瘡再戰血糢糊。公拔韡刀自刺死，大兒相繼斃一矢。小者創甚臥草中，賊斫不死留孤忠。是時我兵鳥獸散，月黑漫漫天不旦。中丞下令斷江皋，亂兵隔江不敢逃。敢有渡者腥吾刀。」時八省潰兵奔竄杭州。巡撫劉韻珂令守錢塘江渡口，不許潰兵回省。如一兵一卒敢擅渡江，即請王命正法。於是參贊不得已，返紹興。惟揚威將軍進杭駐紮。邵位西遺文懿辰記汶上劉公撫浙事錄云：「汶上劉公之撫浙也，自庚子迄癸卯。先是，公爲四川布政使，劾成都守謝興嶢，風采焯著。尋有風痺之疾，將引退。而英吉利破定海，浙撫烏爾恭額譴去，以公代。時軍興，疆事方殷，意且調他撫之練於戎略者，而公顧擢自藩司。自公在任，朝使先後至浙者，大學士、兩江總督伊里布，代之者兩江總督裕謙，既而有揚威將軍奕經、參贊文蔚等，從官吏百數。徵求、宣索之使狎至，公視法所當與者，外是則深擯固拒。於小人，含愠莫能殄也。而頗以是得於民。公所主民事及支度、供億，其勤撫異議，玄黄反覆。洎軍行，謀計一切，未嘗使公聞，而卒亦不被其咎焉。寧波失守，夷艘越姚江而西。會城大震，十室九徙，箱篋塞衢路。藩司常恒昌至鑿官舍後垣，出親屬北遁。公日夜泣諭僚屬，遍謁里居士大夫，出貲力，治守禦具。數日稍定，令坊置栅，人無貴賤，皆行夜巡邏徹旦，自策馬風雪中督稽之。乃疊捕誅賊間十餘人，奸人不得逞，竊盜屏迹。十麻子者，沙棍之渠，其徒散布江岸，一呼千人立集。公計倉卒，將爲肘腋患，莫若因而用之。召之來，命坐，推誠與語。十麻子感泣，願盡死力。立付千金，市旗械，練技於江山，聲容甚壯。人曰：『英吉利而果至，十麻子一軍效命，當倍鄉兵，十倍於官兵。』夷酋語人曰：『吾非不能入自錢江，克會城，聞劉公能用其衆，兵鋒合，其衆將致死，縱拔之，重損費士卒，故不爲也。』其言絶恣誕，而公仁恩之愜於物，即敵虜且覘知之矣。長溪嶺之敗，奕經、文蔚盡氣西奔，將士隨風靡。公以令箭俾錢唐令劉秩遏之西興，曰：『敗兵敢過江者斬。』文蔚爲奪氣，不得已而駐越中焉。是浙東西大雪深丈許，壞廬舍無算，甬東民流轉以數萬計。公悉意賑卹，入奏語惻款曲摯，讀者爲之流涕。」

蛟門之役，狼山總兵謝朝恩死之，鎮海遂陷。欽使兩江總督裕謙自盡。裕爲班將軍第之後，朝廷以祖孫殉難，優卹賜謚「靖節」。趙艮甫弔以詩云：「招寶山前挂紅旆，山頂飛來礮子大。小船已塞蠏嶺邊，大船仍泊蛟門外。節使督戰東城樓，指揮將士無時休。金雞嶺頹一將死，招寶兵散難重收。援師只待提軍至，提軍引騎先他避。麾下已無敢死軍，陣前短盡英雄氣。倉黄殉節泮水旁，縣民救出行倀倀。一宿入郡城，再宿渡曹江。興中畢命還錢唐，九重卹謚書旂常。祖孫雙忠圖紫光。吁嗟乎，喪師失地臣罪死，一死烏能收覆水。浮言既雪功罪分，歐刀洒戮余提軍。」

「卅載名場一戰袍，忽聞滄海嘯波濤。同時報國無廉藺，遺像凌烟此鄂褒。莫幸天心終悔禍，誰非王事獨賢勞。君看今日吳淞水，殤鬼魂歸尚夜號。」此林穎叔方伯題陳忠愍公遺像詩也。逆夷之變，大臣抗節死者：一總督裕，兩提督關、陳，六總兵祥、葛、鄭、王、謝、江，而上海提督忠愍公死尤烈。公，同安人，名化成，字蓮峰。由行伍從李忠毅平蔡牽，積功至金門鎮總兵。英夷事起，上以公忠勇，擢厦門提督。尋調江西，駐吳淞。吳淞江，海水西入焉。西舟山、北崇明，福山、狼山相爲唇齒。公蒞淞旬日，而定海失守。公趨江畔列帳，東西礮臺爲犄角。西礮臺在海北，距寶山六里。東礮臺在其南，險與西稱。公扼守西礮臺，凡三閱寒暑。辛丑，定海再陷，三總兵同日戰死。鎮海失守，欽差大臣裕謙死之。吳淞民恃公爲固。明年壬寅四月，逆夷陷乍浦。五月，戈船三十艘震逼吳淞。時總督牛鑑駐寶山，懼，商於公。公曰：「無恐，以礮扼險，可決勝。公第坐鎮，毋輕出入也。於是，公率參將周世榮守西礮臺，別遣將守東礮臺。初八日，夷船排江進。公登臺，執紅旗揮戰，轟礮及千聲。自卯自巳，碎其火輪船三，斃黑白鬼無算。賊沮欲退，我軍噪而奮。牛鑑聞師利，趨出。及三里，賊從橋上覘其幟，駕礮狙擊之，鑑跳而免，師遂潰。

東臺兵棄礮走。牛鑑遣騎邀公者再，公方怒叱，而賊併力攻公。周世榮乘機遁，衆兵隨之。公孤力無助，足受重創，猶手發礮以戰。而東臺登岸之逆夷已蜂擁至，又傷洋槍七，不能支，乃北面再拜而絶。武進士劉國標奪公屍，匿蘆葦中。越十二日，殮於嘉定城中，面如生，年七十有六。事聞，上震悼。予專祠，謚「忠愍」。嗟呼，公卒而後，夷人大肆入寶山，入上海，遂浮春申浦，渡泖，蘇、常、江、鎮無安堵矣。上海諸生張偉詩云：「凜然大節不可奪，六人就義從公俱。」夫死，一而已，有履刀鋸而骨猶香，伏斧鉞而血猶污，豈非處死者異哉？夷酋既入城，犒飲鎮海樓。酒酣，或作華言曰：「此行良險，使有兩陳公，安能至此也？」是時，吴淞當事各買一舟。典史楊慶恩求見監司，不可得。見縣令，諷以大義，令曰：「諾。」洎吴淞失守，監司、縣令各乘舟去。楊作牘達上官，竟曰：「吾亦從此逝矣。」僕高陞潛從之，見楊倉黄出小東門，呼扁舟，渡春申浦，探懷百錢予舟子。至中流，躍入水。後得其屍於周家渡。事上，予卹贈如制。亦可傳也。吴清如户部有感之四云：「雉堞嵯峨壯海濱，聞風先已闢重闉。早知揖盜資行李，底用增兵費筭緡。官吏潛蹤同伏鼠，商民逐貨似遊鱗。沉江惟有楊臨賀，肯與袁崧作替人。」

思忠録，謝厚菴參軍蘭生纂。蓋記道光間㖆夷滋事，各海口死難諸公也。錢警石學博題長歌云：「謝公昔日曾從戎，軍門論事警凡聾。有手恨不能殺賊，濡染大筆思勸忠。

凡死夷難盡著録，託始吾浙之甬東。姚知縣，懷祥，福建侯官人。金典史。福，甘肅人。李縣丞，向陽，雲南昆明人。先後死。朝廷重寄果何人，漫言死職無文臣。不見乍浦同知韋逢甲，山東人。上海典史楊慶恩。山陰人。與夫運餉知縣顔履敬，甘肅人。皆不避賊圖生存。事聞荷褒卹，乃共武臣死難，同蔭其子孫。武臣首數陳提督，化成，同安人。吴淞作鎮若山岳，壯哉至死猶横稍。從之死者有六忠，韋印福、錢金玉、龔齡垣、許林、許攀桂、徐大華，皆領官兵，亦與其難。婁縣廩生楊秉把撰六忠傳。厚菴云：『尚有外委姚雁宇。』不媿將軍之部曲。厦門與虎門，大角連沙角。閩粤諸將多死綏，提督關天培，總兵江繼芸、祥福，三江副將陳連升及其子鵬舉。後來甬上四鎮亦卓犖。壽春總兵王錫朋、處州總兵鄭國鴻、定海總兵葛雲飛、狼山總兵謝朝恩。更有朱家父子兵，金華副將朱貴及其子昭南。大寶山，在慈溪縣。死尤酷。死雖酷，功實多。從死之士卒，其名亦不磨。所惜張總戎，朝發。功罪猶殊科。同時有直筆，若文若詩歌。謝君一一勤搜羅。天知謝公劇好事，先遺收藏棘闈字。乙未鄉試，厚菴從事外簾，姚公懷祥以分校藍色筆寫字贈之。異時攝職之永嘉，突兀堂前見題識。葛公雲飛楹聯在瑞安副戎署，厚菴手拓，與姚公遺墨同徵題詠。完人遺墨得合併，力透紙背想忠義。更教華蓋謁雙忠，陳忠毅公丹赤、馬忠勤公玥，同死耿精忠之難，馬公之姪穎姿、家人張亦寶亦死焉。有祠在温州華蓋山。弔古傷今同一致。同官卒錢新崇祠，碑傳遺文急編次。先人紀録有思賢，厚菴之先横山先生應芳有思賢録，記宋道鄉鄒公事。續以景忠思忠可連類。開緘字字光芒寒，讀之使我慘不歡。粤西方探赤白丸，願以此激壯士肝。嗚呼小醜勿蔓衍，即日蕩平罷征戰。安良除暴賴郡縣，豈無治行稱最善。請君更補循吏傳。」

國家於死難大小臣工有奏聞者，例從優卹，以勸忠也。然而死有重於泰山，或輕於鴻毛。專閫之官，備邊之吏，其平日疲玩因循，略無佈置，坐令變起倉卒，不能不以一死塞責。是其貽害身家者輕，而貽禍軍國者重。律以春秋誅心之法，百身莫贖，而猶濫膺異數，謬受榮名。遂使部民指摘，路鬼揶揄，而題奏者概以獨力難支，情實可憫。予之以破格之殊恩，習爲循資之常例，何以勸忠乎？粤事初起，死者纍纍。迨其後蔓延數省，猿鶴蟲沙，國殤載路，然其中爲嚴顔頭、常山齒亦有幾乎？今就聞見所及，公論相符者，錄於此卷。馬子翊孝廉哀金陵云：「跳梁小醜頗猖狂，元戎畏敵先逃避。共將天塹視長江，賊來一葦航何易。外城破後內城危，滿城官吏渾如醉。徒拚一死答君恩，百萬生靈命誰寄。」可謂善於持論矣。

自軍興以來，死難專祠，所在有之。謝枚如舍人雜詩云：「生世爲男兒，廟食宜天下。業業復業業，璀璨見臺榭。前陳列兩楹，後堂開五架。爐烟結似雲，明燈不得夜。卻問所祀誰，云是死難者。旁有一老人，摇頭忽悲詫。爲言某生前，器小頗夸詐。乘時竊功名，炙手熱可怕。過尚衆口呰，責以一身謝。至今其家人，積錢滿丙舍。何愛數千金，結構歷冬夏。公論自是非，官書或假借。第慮百年餘，遺愛少憑藉。吁嗟方寸膠，難補黃河罅。生既有遺議，死亦當速化。崇祠未包羞，豐碑反遭罵。不如無名鬼，安享雞豚社。」

壬子，賊撲桂林。烏都護蘭泰戰死橋頭。獨秀峰題壁詩所謂「更有偏師思直搗，橋頭痛絶霍嫖姚」，謂都護也。都護忠勇負氣，與人多齟齬，而遇才人輒傾倒。胡文忠曰：「都護遇兵甚厚，雨不張蓋，謂衆兵皆無蓋也。囊無餘錢，得餉盡以賞兵。」可謂一時人傑。橋上之敗，是日割臂血入酒中，與兵共飲，痛哭誓師，感激願從者七百人。及戰，兵有傷者而大將先隕。在都護忠烈貫日，復何所恨。然從此無辨賊之人矣。平南梁蘭士士超，赤貧起黌序中，行孑孑然，神貌孤寢，望之黧瘠，使人意局。道光己亥舉於鄉，再試禮部不第，轉益豪宕，欲自豎立。粵賊起桂平，挾策數千言走桂林謁大吏。嗣歸，治其鄉團練。都統烏蘭泰頗任之，使率鄉烏林練卒五百佐軍。及賊自永安撲桂林，蘭士從都統軍追賊至桂之將軍橋，戰而歿，其軍劇散，都統亦傷亡。蘭士死，賊體解之，剜目刳腹，尤慘毒云。賊攻全州，都司武朝顯以勁兵四百，大小十數戰，更率百人登城，以熱桐油稀飯澆之。十日之內，斃賊無算。馮逆死於亂軍中。城破，屠之。

是冬，武昌首陷，大小員弁死事實多。其最可矜卹，無如仁和馮文介公培元，其次則武昌太守明韞田觀察善。文介少孤貧，母何太淑人自課之。性聰穎，而劬於學。爲文不起草，伸紙立就。精楷法，落筆迅敏。鄉、會試中式，全卷無添注塗改字，殿試副本亦真書，皆從來所罕有。道光甲辰以第二人及第，歷官光祿寺卿。是年督學湖北，城遽陷。公入署後古井，殉節，年僅四十。事聞，贈侍郎銜，賜謚「文介」。公爲諸生時，肄業崇文書院，見知於掌教胡書農學士敬，課作多刊行。如課讀聲云：「勗來勤業坐蕭辰，膝下嬌兒喜最馴。傳授范滂蘇學士，經詒韋逞宋夫人。青氈寂寂遺編在，紗幔依依問字頻。記得芸窗呫嗶處，尚留餘韻樂慈親。」蓋自道其實也。工墨梅，畫輒題其上，得者珍爲三絶。韞田觀察甫下車，子壽詩云：「烽烟慘照使君旗，倉卒乘城甫下車。典郡本爲天子吏，成仁無媿聖賢書。盧循兇狡鋒誰敵，傅燮艱難恨有餘。他日楚江崇廟食，擷蘋千載重欷歔。」

甲寅正月，吴文節公文鎔以湖廣開府，奉詔督師黄州，陣亡於堵城。譚仲修茂才紹古十篇之四云：「宣宗皇帝末年，浙江巡撫吴公下車擊豪疆，僚屬趨風。一解。月離於畢，厥歲天淫雨大水。日夜禱祠，行泣于野。上告天子，蠲宿逋，復田租，出之于死。二解。公性慈仁，用法嚴平。歘歷中外，罔不翕然稱賢。三解。厥後三年，廣西寇起，窺漢與江。新天子詔曰，爾吴文鎔可持節督湖南北諸軍事，朕開明堂待成功。四解。譾譾文吏，專己自私。洸洸武臣，持爵祿以嬉。人言噂沓盈庭，首鼠不決。公心憂悲。五解。兩陳交，大旗飄飄獨前。斬馘無算，軍聲動天。親犯矢石，奄忽不幸，力竭歸黄泉。六解。事聞，舉朝震悼，贈太子太保，謚文節。楚人至今以思，豈徒公之悲。又六年，舊部民杭州譚獻賦詩哀之。七解。」是役也，公屢齕於鄂撫崇綸，而涼州、高州鎮兵不足恃，以此撓敗。是年九月，曾侍郎國藩復武昌。疏陳公死事情形，並追論崇綸傾陷狀。有詔逮問，崇綸服毒死。

黄州之敗，臬司播州唐子方樹義督率水勇退赴金口，收集潰卒。逆黨尾追，坐船爲其擊沉，子方落水死。子壽舟過金口，弔以詩云：「孤臣撫劍淚潺潺，權落兵移勢獨艱。縱逐鴟夷淪楚水，終歸馬革葬黔山。聲留南國謳吟在，路過西州痛哭還。家有奇兒能繼將，知公地下破愁顔。」「當日孤危身岌岌，憸人謗毁論紛紛。出山不作生還計，按，公告退久矣，壬子亂後出山。握節難麾戰潰軍。匣裏龍遊方躍水，機中錦織尚成文。表忠深賴南豐疏，昭雪終能慰聖君。原注：公殉節後，楚北某中丞尚有異詞，今相國曾公以公死事聞，論乃定。」

王子壽潛江烈士行序云：「烈士者，潛江廩生戴君自培也。咸豐四年，粤賊踞江漢，君集鄉團得六萬餘人，分守十五垸，賊不敢犯。四月，賊擾沔之仙桃鎮及潛之多寶灣，君率衆往擊，連戰皆捷，賊遁。五月，君擊賊於長老鎮之荷花隄，賊敗走。俄而大至，君陷伏，中鎗死。同時男女死者四千人。邑人采其事徵詩，因賦是篇。」詩云：「書生仰天眦雙裂，誓臧豺貙飲其血。潛江烈士惟戴君，慷慨大義日陳説。儒夫攘袂盡敢决，六萬健兒起團結。妖賊蠢屯潛沔間，劫堡攻村往復還。火光宵爇仙桃市，殺氣晨高多寶灣。君聞赴難親躍馬，援旗大呼震屋瓦。揮戈疾鬬賊不支，髑髏藉藉蔽原野。仲夏再戰氣彌厲，孤軍陷伏後無繼。水深浩浩蒲青青，烈士捐軀堪隕涕。失我外援空號咷，四千殘骨委蓬蒿。凶徒高歌血洗刀，悲風捲地揚怒濤。當時大帥高連營，人言殺賊惟書生。書生何嘗有祿秩，婦孺爭傳烈士名。君不見湘鄉羅羅山江陵林立甫，竝起諸生奮才武。威稜忠節照吾楚，戴君戴君亦其伍。世無韋布出禦侮，誰信儒林有貔虎。」

蔡竹農□□以鄖西校官殉難，侍姬從死。王子壽弔以詩云：「平生擇地蹈，繩尺未曾踰。守道翻成勇，臨危不顧軀。耿光留俎豆，大節凛師儒。侍者甘從死，堂堂義烈俱。」金陵陷，傳有被難記一册。朱伯韓侍御題後抒憤云：「父老何哀哀江南，江南慘酷胡認談。秦淮之水變青藍，鍾阜積屍高巉巉。長毛驍賊狼豕貪，紅巾帕額兩鬢毿。所至殘破草菅芟，自越永安跨瘴巖。禍流岳鄂彌江潭，九江徑下奪萬颿。懦卒聞風走驚驂，遂登石頭虎視眈。鳳儀一角摧危嵐，將軍怒馬戰正酣。短兵已接攢長欃，臣力已竭血面衉。可痛旗兵盡數殲，生者逃出不二三。塵起日霾毒霧涵，盡燔塔廟毀瞿曇。囚奴衣冠斷頸頷，士烈先殉偷活慚。教主黃封圍一龕，天父天母聲諵諵。經傳三字耶蘇諳，摩登百千縱淫妉。太平荒國僞號劖，東王令出酷而嚴。一館女婦一館男，二十爲伍軍相參。母悲弱女手親摻，妻望其夫淚眼含。臨衢不敢交一譚，老者乘城僵若蠶。長鞭酋迫百不堪，婦羞出汲米使擔。求死不得强婀娜，回視貞魂山之崦。厓顛谷墜死亦甜，復有弱質行步孅。接屋連巷挂樓簷，我有老友何處潛。姓名變作吴門監，堂堂鄒公毅且廉。駡賊自呼粤撫銜，剸其兩臂張怒髯。藩伯涂公微有鬑，死亦最酷餘難諶。咄哉此賊鴞獍兼，餵肉又比黄犬饞。問誰始禍吏貪婪，投之有昊心始甘。我軍疲乏捆箭䈄，向帥轉鬭旬日淹。飛塹莫越密以覘，彼虜畏之如哮甝。狡窟已固難遽探，金陵血書達一函。讀者哽咽襟裾沾，我亦裂眦濕青衫。頗聞連鎮大捷亂已戡，親藩威望具爾瞻。胡不乘鋭直下平江南。」嗟呼，金陵形勝之區，其財賦甲天下，衣冠萃焉，而洪楊以逋寇旦夕下之，驅億萬赤子，屠戮不啻雞犬，竊踞十載，陸督死有餘辜矣。按，鄒公名鳴鶴，無錫人。以進士宰河南，洊守開封。壬寅，河決祥符，捍禦有力。文宗即位，廷臣交章論薦，擢授粤撫。壬子，賊撲省垣，圍三十三晝夜，遂北竄，蔓延兩楚。被議革職。癸丑，金陵戒嚴，幫辦防務。城陷，殉難，得卹。後曾爵相請從優予謚，御史宋慎、朱鎮先後論駁。經江督馬新貽辨明，予謚「壯節」。公有世忠堂文集行世，殆即馬疏所云「城垂破，身携藍布包裹一具，内藏遺稿，托素識方厔寄歸」者歟？

高樹人師丙辰感賦云：「絶筆詩傳湯老句，當途誰爲表孤忠。」湯老，武進湯貞愍副戎也。貞愍字雨生。金陵陷，賦絶命詩，投城北李氏園池死，年七十有六。雨生祖大奎，官鳳山知縣；父荀業，隨任，同死林爽文之亂，敕建父忠子孝祠。雨生以難蔭世襲雲騎尉，官樂清協。工詩，愛士，以病歸，居金陵二十年。嘗榜句於所居之堂云：「醉翁之醉，狂夫之狂，四十年舊雨無多，屈指誰爲三徑客；嶺南以南，北海以北，千萬里閒雲自在，到頭還愛六朝山。」至是殉節，洵克繩先烈而不負國恩矣。其絶命詩云：「死生輕一瞬，名義重千秋。骨肉非甘棄，兒孫好自謀。故鄉魂可到，絶筆淚難收。藁葬毋予慟，平生積罪尤。」副戎之姪成烈，刊以徵詩，並次韻作輓詞云：「授命臨危日，成仁蹈義秋。全歸能繼志，絶筆見詒謀。矍鑠心仍壯，沉埋骨未收。遺命以蘆席捲埋竹園内。雙思堂下水，清冷更何尤。」「陳書談要略，公曾刻金湯十二籌諸書。去歲嘗以戰守、滅賊諸略，上書江督陸建瀛，恐賊有卒至江寧之勢，陸笑而不用。擘畫已經秋。保衛乘城績，道光壬寅，英夷犯順，公與在籍紳士周開麟、蔡世松設保衛局，同心防堵。奉旨褒獎。艱危在野謀。燎原詎易撲，覆局竟難收。赫赫誰當路，能無衆口尤。」「金陵龍虎地，一夕黯然秋。祇有聞風遁，曾無未雨謀。黄巾猶未合，赤幟已全收。白髮丹心炯，身殲孰可尤。」「家國無窮恨，當兹多難秋。枕戈期遂志，投筆未成謀。莫洩心胸憤，何能涕淚收。從戎吾計決，報復庶無尤。」一時和者衆多。錢塘張亦篪茂才炳詩云：「碧血四十字，寒潭萬古秋。林泉能赴義，忠孝故詒謀。盡室艱誰託，孤城黯未收。鬼雄知不瞑，迅望掃蚩尤。」「江南誰覆餗，衆口自陽秋。屍有王彭祖，才無孫仲謀。鄰防軍太玩，逸老策空收。退舍帆何遽，翻難阻石尤。」「遂使窺三郡，徂春又及秋。金錢縻内帑，玉帳待成謀。孤憤敷天積，瘡痍遍地收。卻思籌十二，空憶策嚴尤。」「風雅思公昔，篔簹萬介秋。壬辰之夏，曾乞公墨竹。宦從鷗比澹，田與鶴分謀。名有湖山識，忠皆翰墨收。男兒森大節，隻字亦殊尤。」

上元諸生王蔗鄉京雛，倜儻人也。金陵城陷，手刃數賊，率家人赴水而死。許海秋寒夜月下讀秋醼詩感憶蔗鄉云：「自古西園與金谷，俛仰荒蕪總蒿目。祇惜王郎好身手，空有狂名在人口。遂令我詩增刁騷，下筆嗚咽聲如簫。夜深疑見王郎刀，閃閃霍霍誰能逃。力竭遂赴水滔滔，料今破屋棲蠨蛸。欲吟楚些魂難招。吁嗟乎，事有傷心不可説，身世飛鴻感飄忽。金尊檀板英雄人，舊日悲歌頓消歇。王郎入夢倘來別，門外茫茫四更月。」時先後死難者：諸生蕭唐卿人官，與妻俱縊死。朱偉君琦，亦夫婦從容死。皆詩人也。

京雛死後數月，夏家銑以詈賊死。又數月，張繼庚以謀內應死。繼庚，字秉元，江寧諸生。念徒死無益，因與賊通往來，密糾同志數百人，潛署一狀，與大軍約期，以某夜斧得勝門，迓軍入。及期，漏三下，繼庚率百五十人趨得勝門，而大軍不至。環城皆賊，壘不得出，亟散匿，而獸醫馬甲洩其謀。平明，捕至。繼庚知不免，亟納狀口中，且嚼且咽。縛至賊庭，詰所與同謀者，慘毒備至。即佯爲哀服，歷以悍酋對。賊憤其內訌，隨指隨殺之，蓋不啻十人矣。賊悟其謀，益大恚，遂繯繼庚。夏家銑者，憤逆燄恣睢，官軍不以力討，楚目劌心，日夜悲咤。賊禁民食烟，以爲大僇。銑故犯之，賊怒，搜其身得所爲詈賊詩，襟袖皆滿，戢䝉散地，則囚之，而逮其母若妻於女館。家銑見母至，幾失聲。其妻笑曰：「若安得有母？而服猶在身，而忘之耶？」賊以五牛生裂家銑，並殺其妻，而母竟獲免。有倪自修者，賊脅就僞試，作文罵賊，冀速死。賊竟不之殺，卒自縊。蓋在繼庚後。京雒之死也，有曰：「生是清朝人，死是清朝鬼。慷慨赴清波，誓不從賊匪。」聞者壯之。

柴孝廉沂，字魯泉，世居金陵。幼挺異，不妄言笑。長圭角嶄然，益不可干以私。事父至孝。父歿，盡括遺衣服，别爲一藏，時節供享，流涕設之。諸所嗜食，不忍食也。數十年如一日。金陵陷，趣子省所親，闔户火，沂帥其婦女及嫂何、子婦宋爊焉。先是庭有枯樹，蒸茁五芝，至是爊者凡五人云。侯雲松嘗官歙訓導，城陷，自經，年八十矣。雲松字青浦，與秦耀曾、梅曾亮皆以能文章負當世名。王松坪大令附賊云：「更有衣冠族，喪心吁可鄙。公然爲賊謀，運籌帷幄裏。」嗟夫，喪心實繁有徒。然賊踞城池，城外即非所有。賊去，立即反正。被擾之邑，百姓棄家不顧，攜眷同逃，甘爲異地之顛連，不受賊人之誘惑。蓋受國家豢養二百年，深仁厚澤，久經淪浹，是以輿情固結至於此極也。如余所敘王蔗鄉以下諸人，鐵中琤琤，豈不可湔衣冠之恥哉？惜乎所聞尚不廣也。

餘杭邵蓉亭鏡，以拔貢得官，需次揚州。粤逆至，闔室遇害，惟老僕姚桂匿水竇中得免，以其狀馳報公子。時公子以縣丞官閩中，改裝歸葬。張蕙生沂詩云：「一門殉難忠臣志，千里招魂孝子心。」公子名瀠，字小亭。

江都諸生陳郁齋壽文，嗜飲，喜諧謔，性耿介。家貧，不以累其節。嘗謂「境無常變，惟吾心能一之。莊生言：『山林臯壤，可樂可悲。』其猶有外物之殊也」。城陷，吏民多逃散，郁齋獨不去。凡八月，從容而死，年五十三。儀徵諸生程乂庭慶燕，工製藝，守先輩法程，不隨俗俛仰。城陷，從父廩膳生兆棟及家人死難。「風檐展書讀，古道照顏色」，蓋其人歟？

天津令謝子澄攝副都統佟鑑，死於獨流關。尹耕雲侍御有詩云：「疊山子孫有奇節，獨流誓師目眦裂。天愁風慘日西匿，群鬼喑喑噀人血。鹺使總戎各灰色，躍馬踰溝手搏賊。獄中死囚劉繼得，勇氣咆哮一當百。一日身親數十戰，誓掃黑山馘飛燕。辛相棄甲臨洺關，保障京師天津縣。仲冬之月日在子，大帥潛行出營壘。壞雲四壓礮聲起，佟將軍馬蹶於水。謝尹身翼佟將軍，要害七創與俱死。」子澄，新都人也。贈布政司銜，予專祠。祠在桂湖。

旌德呂文節公賢基，以工部侍郎奉令督辦安徽團練，時癸丑正月也。其秋，湖北敗匪由英山犯太湖，分股竄出洪家鎮，奪船，意圖東下。旋竄踞安慶，經官兵截勦，復分股由清涼菴至十里館，犯集賢關。各路兵勇接戰失利，游擊賡音太、伍登庸死之。尋由集賢關犯桐城，邑紳馬三俊率勇迎敵，敗潰，桐城陷。時公方駐舒城，誓死守。或勸曰：「公無守土責，又未轄一兵，今賊鋒鋭甚，請退守以圖再舉。」公叱之曰：「吾奉天子命，治鄉兵殺賊，事不濟，命也。退將安之？」遂納鞾刀，率父老登陴。未幾城陷，公力竭，死難，僚屬及幕佐皆殉焉。林范亭觀察輓以詩云：「入持象笏出琱戈，風骨森森死不磨。一片丹忱懸魏闕，千秋正氣壯山河。絶裾驃騎忠何撼，原注：太夫人年八十餘矣。公以王事，未遑歸養。按，公出治團防，自知不返，别母行，痛哭不能起。仗節睢陽義靡他。太息江關烽火急，同袍烈士幕中多。原注：從官同時死事者，刑部主事朱君、東河通判徐君。」按，公力崇正學，行身立志不少苟。詭隨者見之，蹙然無所容。在臺垣，伉直敢言。感時事，至涕泣不食。每入對，痛切瀝陳，聲淚俱下，文宗屢爲動容。二年，疏請下詔求直言。略云：「粤匪滋事已二年，命將出師，尚無成效。甚至圍攻省城，大肆猖獗。南河豐工未合龍，重運之阻滯，災民之屯聚，在在堪虞。河工費四五百萬，軍需費一千餘萬，部臣束手無措，必致掊克朘削，邦本愈摇。臣愚以爲，今日事勢，譬之於病，元氣血脈，枯竭已甚，而外邪又熾。若再諱疾忌醫，愈難爲救。惟有開通喉舌，廣覓良方，庶可補救於萬一。」疏入，得旨准行。三年二月，辦理安徽團練、防、勦。疏言：「團練、防、勦三事，當分寄其任，併致其力。團練之事，各就地方，飭屬加意辦理。激勸士民，殲除土匪。防堵之事，於江北沿江一帶，擇精幹牧令，稍假威權，令其練本邑之兵，團本鄉之勇，因本地之糧，以守本境之土。各固藩籬，永免徵調。察其辦理之善者，升銜加俸，不遷其職，俾得盡心固守。剿賊之事，專責之統兵大帥。如大帥駐營去賊百餘里者，立即逮問。如此則各有責成，無所容其推諉。」疏入，得旨嘉納。

粵逆之軼桂林也，湖南適當其衝，始終以戰勝聞。猿鶴蟲沙，無非正命。而赫赫在人耳目間者，以江、羅、李爲最。江，則忠烈公忠源也。公字岷樵，湖南新寧人。由拔貢舉於鄉，爲學官。新寧地接廣西，民猺雜處。公察天下將亂，倡行團練法。以兵法勒子弟，是爲楚勇之始。丁未，猺民雷再浩勾結廣西賊爲亂。公與弟忠濬、忠濟、忠淑集族人，屢挫寇鋒。事聞，擢浙江知縣，權秀水。時浙西大水，公請帑十萬撫卹。明年，補麗水，以父憂歸。相國賽尚阿經略廣西，招之，隸烏都統幕。以勞擢同知，洊陟知府。賊圍長沙，公散家資，募死士，助城守，敘功稱最。瀏陽遵義堂爲百餘年盜藪，奸民周國虞聚黨萬餘人，公勒兵掩擊，傾其巢。擢湖北按察使，奉命赴江南大營。會江西圍急，公馳往援。賊穴地藏礮，火發，城頹，蜂擁欲上，公力遏獲全。又以巨礮擊，賊遁去。詔予二品銜。進援武昌。冬，安徽告急，命巡撫。公疏請增兵萬人，而湖北巡撫崇綸強留公所遣援軍，公僅以二千人先發。時舊治已爲賊所踞，改駐廬州。公至，錢粟俱竭，居民大半逃散。方訓練撫輯，而賊率萬衆來攻。外援不至，知府胡元煒有異志。十二月十六夜，賊乘大霧縋城，且發地雷。四更城破，公力戰，受重傷。弁某强挽公下城，以譖進，公嚼其指，乃釋手，公遂投水西門塘死，年四十有四。於是布政使劉豫鈐、池州知府陳源兗、同知胡子雍、副將松安、縣丞興福皆死，而元煒竟降賊。譚仲修紀以詩云：「嗚乎江公卒，東南撤藩籬。公仕本異數，酬知亦云奇。跳梁憤小醜，廬郡環攻時。悲涼許國身，奔走亦以罷。枝拄閲數旬，飲泣人登陴。雖緩雀鼠掘，誰爲膏油遺。逍遥七千人，犄角空相持。軍門大星隕，山崩走熊羆。溯公一書生，泮宫擁臯比。尊俎信折衝，組練畜健兒。上將樹旄節，薦之白玉墀。墨絰用變禮，金革安敢辭。挺身百戰後，累卵南昌危。一斷墨翟帶，共護天王旗。桓桓背嵬軍，螘附不敢窺。廬城聞巷戰，散卒如雄師。憶公奉手版，作令嚴且慈。童年識真卿，清癯屹嶷嶷。秋風鵰鶚孤，何由盡狐狸。長弓忽解膠，江水揚蛟螭。蕭蕭伏波營，執挧千帳嬉。犀甲哀國殤，吴楚日以縻。靈風起天末，旌蓋耀江湄。旄頭不墜地，雄劍安所施。」李次青觀察曰：「賊起嶺西，尚蠻耳。王師且十萬，環視莫敢先。公以書生倡勇敢，軍氣爲一變。其後楚軍輩出，卒克金陵，夷大亂，皆公風聲所起也。公建三省會勦議，請治舟師扼上游。今大學士曾公卒用此肅清江面，成大功。公存亡實關天下安危，豈僅以一死激頑懦哉？」吴桐雲觀察曰：「公薨年餘，湘鄉忠節羅公、忠武李公先後以治湘勇著。論者謂吾楚將才，江不如羅，羅不如李。其後余從軍至皖，今協揆曾公謂希菴中丞將略天授，非其兄忠武所及。余謂：事莫難於創始。羅、李諸公誠賢，究其崛起布衣，努力討賊。在大亂數年之後，凡負奇氣者莫不懷敵愾同仇之思。又其鄉人曾公以侍郎與益陽胡文忠相繼主兵柄，一切得發揮盡意，弗有齟齬。故與羅、李諸公同時，如提督楊公厚菴、侍郎彭公雪琴，亦皆能慷慨赴敵，所向有功。公於道光季年，其時禍難未發，人不知兵，獨倡辦團練。自始事以迄於薨，無所依附，而能以書生將兵殺賊，所在著勳，公以外，未一二覩也。」按，公遺集一卷，文七篇、古今體詩八十五首。詩皆丁未以前之作，自宦遊從軍，僅黄陂道中一首耳。宿洪江夢贈人一律醒後僅記宴安紈絝二句因足成之云：「莫嫌車馬逐風塵，休厭饑寒迫此身。得戒宴安緣客久，免譏紈絝賴家貧。朝廷已定和戎策，海徼猶需草檄人。繫頸請纓男子志，封侯歸醉洞庭春。」詩蓋作於道光辛丑、庚子間，真氣奮溢，咄咄偪人也。公弟忠濟道員，陣殁通城，賜謚「壯節」。

國朝武功邁前古，所用皆八旗暨東三省勁旅、各直省緑旗兵。嘉慶初，平川、楚教匪，始以鄉勇輔兵之不足，然十裁二三耳。自粤逆滋事，而楚勇、湘勇名天下，此二百年來兵制之一變也。楚勇始自江公忠烈，湘勇始自羅公忠節。忠節諱澤南，以湘鄉諸生講學。壬子，賊犯長沙，即日倡生徒出辦團練，轉戰江西，復武漢，克廣濟、黄梅，賞「葉普鏗額巴圖魯」名號。凡勇號皆由外請，此出特恩，異數也。鄭修樓教諭羅將軍詩云：「大江千里呼姓名，將軍楚國舊書生。人疑磊落如崔浩，胸有凌風十萬兵。吁嗟年少多開府，未必能文兼能武。一笑古人曳落河，何如今日巴圖魯。」乙卯，武漢再陷，以所部進援，與胡文忠漸偪省城，營東門外。丙辰三月二日攻城，中槍，後五日殂。有旨，照巡撫陣亡例賜卹。父嘉旦，年八十一，賞頭品頂戴。是役也，忠節門人文童鍾近衡、楚池、王嶽宗三人同陣亡。忠節遊鶁湖口號云：「巴圖魯號滿神京，伴食軍中浪得名。夾道士民齊拍手，馬前原是一書生。」

「拔起江羅後，頻年苦戰爭。不曾王翦老，重見絳侯生。力竟回天竭，功難浴日成。東南莽豺虎，何處覓長城。」此吴桐雲觀察弔李忠武詩也。忠武名續賓，字迪菴，湘鄉人。嘗受學於羅忠節，遂佐其軍。從援江西，疊復武漢。時忠節已殁，公以知兵震天下，由議敘從九品擢至按察使。丁巳，攻九江，破之。加巡撫銜，幫辦安徽事務，許專摺奏事。戊午秋，進兵攻皖，連克桐、舒四城。旋敗績於三河，全軍俱没。事聞，上震悼，手敕曰：「詳覽奏牘，不覺隕涕。惜我良將，不克令終。尚冀忠靈不昧，再生申甫以佐予也。」時胡文忠方以母憂家居，深痛之，遵旨墨經從戎。嘗云：「此次道、府、州、縣、副、參、千、把死者千數百人，人才殄瘁，莫此爲甚。而何伯凝、劉星槎初入軍營，留補將選者亦同歸於一盡。區區求之數年，以有今日者，大半淪喪。」子壽詩云：「傑出羅山門下士，恂恂無過李將軍。孤羆屢折貪狼勢，一鶚横凌鷙鳥群。越石壯心終不遂，嫖姚天幸竟無聞。五年精鋭同殲盡，誰與東南掃寇氛。」按，何公名忠駿，劉公名運會。是役也，曾觀察國華死焉。節相疏云：「捐縻以報生成之德，門户猶足增榮；子弟得附忠義之林，臣心亦復何憾。」觀察，節相從弟也。忠武弟希菴續宜，以戰功累官至安徽巡撫，同治二年薨於里第，賜謚「勇毅」。

昔漁陽鼓鼙一震，山以東，河以南，二十四郡無一堅城。雍邱之圍，開府、特進，稽首賊庭。張巡以一令依孤城，率餓卒數百戰，蔽遮江淮，用保東南半壁。前輩謂唐之不亡，張、許之功不在李、郭之下，諒哉。粵逆之竄江南，陷金陵於指顧間。六合令温北屏紹原，獨能以斗大之城，力扼其衝，戰守七年，可謂能矣，可謂難矣。以媲睢陽，誠無愧色。時爲之語曰：「紙糊金陵，鐵鑄六合。」薛慰農觀察鐵六合歌云：「紙糊金陵城，龍蟠虎踞虚得名。鐵鑄六合縣，衆志成城經百鍊。温侯磊落人中豪，勛名上軼太真高。頻年教養勤撫字，乃能執梃衛四郊。陰雲慘淡悲風號，紅巾十萬排江皐。投鞭斷流已深入，背城借一將安逃。梯衝百道攻深宵，摐金伐鼓軍鋒鏖。十盪十決屹不下，此城比鐵尤堅牢。

君不見鐵甲無功鐵騎走，鐵甕臨江潮怒吼。六州一錯鑄難成，斗大孤城名不朽。殺氣東南作陣雲，隔江遮斷馬頭塵。酬庸讓爾銘銅柱，擢髮將誰鑄鐵人。」事可傳，詩亦可傳也。戊午，德帥烏衣之敗，揚州復陷。賊帥號「四眼狗」陳天安者，即玉成。謀曰：「六合所以不可破者，以兵勇與土團相救應也。我以衆抵城下，使兵勇不敢離城，而别遣驍將四出破其土團，且收旁縣，使城中勢孤，則可圖矣。」於是沿河西走，掠桂家營諸集鎮，殲巴山土團。北行者焚馬家集、四合墩，破天長。乃大集城下，射書城中誘降，莫之應。晝夜急攻，城上多方禦之，而賊潛洞地以達城脚，火藥實空棺轟之，城陷，時九月十九日丁卯也。北屏遇害，家屬殉之。同時與難者，都司夏定邦，守備俞承恩、王家幹，千總海從龍，六合知縣李守誠，典史周錫光、葉懋奎及紳士城守者數十人，皆助守禦者也。事聞，贈公布政使司銜，賜謚「壯勇」，立專祠。嘗論之：「六合南偪金陵，西接滁來，疊復疊失。北屏以一小邑屢挫其鋒，且能出而爲大帥一臂之助。乃九洑既賞不酬，勞來安復，功而獲罪。至劇賊萃精鋭以圖六合，大營勝兵，碁布星羅，而觀望於數十里以外，坐視土團連破。一邑之文武及招集四方驍鋭之士，騰踔奮發而無前者，如岸龍穽虎，智勇無所施設，倉卒鈐縛，以同灰燼。」嗚呼，賀蘭進明之罪，死不蔽辜矣。事詳六合徐彝舟太守鼒祠碑。

滇南何丹溪桂珍。丹溪，一作丹畦。以上書房行走出爲寧池太廣道，督兵練勦英山縣捻匪。匪首李兆受降，以餉匱缺望，大帥以密書由驛達丹溪，屬先發制之。書爲兆受得，兆受謂其賣己也，遂以乙卯十一月初三日伏兵戕丹溪於英山小南門，焚其屍，颺之。從死者四十七人。後二年，大帥復招兆受降，累擢江南提督。而丹溪之死，無過問者。同治三年秋，江寧平。曾侯疏請旌卹，得旨賜祭葬，賜謚「文貞」。昆明竇蘭泉侍御垿哭以詩云：「嗟哉丹溪，外柔而内剛。貌若婦人女子，乃能挺身誓死報吾皇。嗟哉丹溪，公有老母未歸侍，君有藏書欲讀未竟志。伯道無兒誰問天，我今憐君還自憐。少小與公爲姻婭，京師同宦八九年。春明花影秋夜雨，挑鐙促膝無不語。今來哭君君不言，忠魂歸來兮，南滇萬里舊家園。國史列傳留幾篇，置君何等聽之秉筆之後賢。」李次青觀察何文貞公事略云：「公以書生提空名殺賊，無餉，無軍資，無賞罰權，而日與反側子居，本萬萬無生理。失廬江在奉檄前，遽入公罪，卒以一紙速之死。蓋公在翰林時，論前大學士某、前總督某誤國，不宜發軍前，中外久仄目。及外任，初謁大帥，侃侃陳軍事，若將爲之師者。然以是積嗛公，而公且死不之悟也。禍所從來者微矣。」可謂篤論。蘭泉侍御與鐵梅師及文勤公同年。戊午，以滇亂，流寓四川，時相過從，下筆輒數千言。著有晚聞編。

戊午，廬州再陷。己未，賊犯大營，前署巡撫事布政使李武愍孟群死之。武愍字鶴人，河南人，湖北殉難道員愍肅卿穀之子，以廣西即用知縣從軍。自廣西、湖南北、安徽轉戰千里，累著戰功，洊升布政使。朱伯韓侍御贈詩有「子孝臣忠原一事，詩才將略各千秋」句。子壽哭鶴人中丞云：「經年成債帥，所至用饑軍。寇熾援先斷，功遲謗益聞。縱夷傷仍苦鬭，身首遂橫分。耿耿孤臣志，惟持死報君。」「登壇驚齒少，操翰惜才多。縱有威名盛，其如齮齕何。志悲周處劍，力盡魯陽戈。得計豺狼輩，歡呼醉復歌。」「崎嶇完大節，毀譽任當時。將略誰無短，家聲實不隳。紲鷹安得擊，縶驥豈能馳。局外持公論，非因薦禰私。」

文鍾甫漢光，桐城諸生也。嘗練鄉兵，力戰死。其病後寄馬融齋徵君云：「滿腔忠憤委蒿萊，死別生離萬事哀。舊友即今同雨散，故鄉何日見雲開。賈生痛哭書空上，杜老悲歌念亦灰。好向夜臺留片席，霜寒月苦會當來。」

粵匪犯潛山，天堂巡撫馮焯子福基，年十四，聞警匿母，獨藏利刃奮身出，欲刃其酋弗得，日夜哭。一日，隨賊止湖北黃梅縣，宿藥肆中，乃夜竊藥，伺明，群賊炊，出不意，置飯裏中，賊中毒死者十七人。衆譁，白其酋，將推究焉。福基懼泄，吞餘藥而瞑。時官軍追急，遁蘄水去，委福基廣濟古寺中。越二日而蘇，寓書訣父母與天堂父老。父老急遴弓兵馳至，而福基毒中臟腑，一慟而絕。弓兵輿屍行九日至天堂，面如生。焯，魯川觀察從姪也。爲賦雁門童子行詩云：「童子十四名福基，瑶環瑜珥玉雪姿。早有才語驚父師，弱齡能解易與詩。賊窺灤霍遭劫持，身非不能走險巇。恐母不免躬嘗之，日夜念母惟涕洟。豺狼安識字孝慈，聞兒夜哭爲心悲。懷中短刃勤磨治，誓不與賊生同時。賊走藥肆方晨炊，兒喜竊謂計可施。懷毒乘間爭釜錡，賊十餘輩皆横屍。偉哉童子真權奇，自仰餘藥甘如飴。殺賊十數賊不疑，委棄野寺不以隨。荒山兵後難求醫，一瞑不復瞻庭闈。軍興以來歲十稘，環寇諸公印纍纍。異哉童子能爾爲，我欲再拜言天墀。謂天蓋高蟣蝨卑，題詩淚墜如綆縻。告千萬世無媿詞。」甲寅秋，今節相曾侯復武漢，乘勝東下，頓兵九江。乙卯七月十八日，塔忠武齊布傳令攻城，忽患氣脱，薨於軍。忠武由侍衛揀發都司，漸升副將，以湘潭戰功授提督，與江忠烈、羅忠節齊名。子壽輓詞云：「入夜欃槍燭，先秋大樹凋。喪歸祭征虜，算促霍嫖姚。刁斗多嗚咽，弓刀欲動摇。英雄滿襟淚，終古憤難銷。」「鷙將起熊湘，驍騰百戰場。前驅收沔鄂，轉鬭復蘄黄。師過歡如沸，威行令若霜。壺頭嗟見搤，遺恨在潯陽。」「恨抱宗留守，功隳祖豫州。虎臣今不作，蛾賊尚堪憂。宵旰艱危日，乾坤戰伐秋。詔書聞痛惜，推轂將誰求。」李次青觀察曰：「甲寅三月，粤逆數萬人自金陵溯大江而上，越安慶、武昌，再陷岳州，過洞庭。以戈船編布臨資口等處，知長沙有備，遂由湘陰破寧鄉，間道襲湘潭。湘潭居長沙上流，百貨所輳。賊掠舟萬計，分黨溯流，窺衡永。當是時，賊挾百勝之勢，料官軍無能挫其鋒。既得湘潭，長沙不攻自困。塔忠武公時方爲副將，聞警投袂起，帥所部兵勇千三百人，會同水師，血戰五晝夜，大破賊，殲斃、溺斃、燔斃數萬計，賊遂棄城夜遁。微此戰，賊且溯湘源以達粤西老巢，直下通金陵，首尾一江相貫注，大局將不可支。嗚乎，公之功在社稷，豈尋常一手一足之爲烈哉？自時厥後，公威名震天下。由湘而岳而鄂，所向克捷。使天假公年，平賊當較易。顧以暴露行間久，積勞成疾，賫志卒於軍，此朝野官吏軍民，無論識與不識，莫不同聲一哭，爲公悲，且爲天下生民悲。」

丁巳冬，帥逸齋觀察遠燡戰殁撫州，其兄子與焉。子壽哭以詩云：「承明才子氣飛揚，繡斧南來過豫章。不樂鳴珂陪仗馬，卻思抽箭射天狼。驅車孟博風原峻，橫草終軍志可傷。未遣飛書題露布，遽嗟裹革殞沙場。」「誓答朝廷累世恩，時危慷慨事戎軒。單宗兄子能同死，先帝名臣果有孫。不惜孱軀淪草野，惟留壯節動乾坤。紛紛介胄多逃免，天壤何顏視息存。」

甲寅，賊再薄南昌，鄱陽令沈槐卿衍慶率義旅赴援。已而賊分寇饒州，反救則城已陷矣。署令李資齋仁元合家死之。槐卿督勇力戰，斷一臂，力盡亦死。十四日，得屍如生。嘗自作輓聯云：「二十年讀書，二十年服官，取義成仁，要擔起綱常二字；進不能救援，退不能固守，孤忠效死，慚對他章貢雙流。」新城令諸葛莘臣槐哭以詩云：「猝聞豺虎趁狂瀾，街市流離萬竈寒。祇仗儒冠能拔戟，更無健卒共稱干。環城盡水孤垣隘，群艦如潮賊勢漫。報國未僚惟一死，可憐隻手力彌殫。」「曾傾舊橐集鄉兵，一旅親提赴省垣。臨難竟難求死士，濟危何計保孤城。書生志本狼胥寄，循吏屍悲馬革横。留有四鄉遺愛在，番湖百里咽哀聲。」槐卿，石首人；資齋，陝西人；皆進士。槐卿死後，有扶鸞者，上壇作詩云：「斷腕全忘半臂輕，輪刀猶突陣縱横。而今未必心灰冷，任爾平常説死生。」「直上玄都請命來，遊魂跌宕駕風雷。肯教再墜塵中網，將就青燐聚一堆。」「忠孝誰能事兩全，吞聲早在出山前。何因落月無迴照，尋向蘆花秋水邊。」「蔓草荒烟水拍堤，滯雲寒茁紫芝齊。杜鵑枝上疏疏雨，還我蒼生不再啼。」莘臣，蘭溪人。丙辰賊陷新城，亦死難。

楊臥雲義民行序云：「丙辰七月二十四日，賊陷新城。株林坡農民馮永福，聞僕率義旅戰東門外，踴躍不自勝，命妻備茶湯飲軍士，自携鋤鍬來助戰。途遇賊，刺死。時愚無知者，馳貢迎降，漫無羞愧。迨賊至，俯首爲賊作鷹犬，持較永福，真判若人禽矣。」詩云：「黎川城外哀笳顫，義旅歡呼來搏戰。民吏踉蹌行且僵，亭午城門開四扇。株林坡地逼東門，黄沙黯黯陣雲屯。有農語妻向烟突，多煮茶湯候軍卒。沃血雖堪賊首咂，望梅難止人喉渴。大呼殺賊赴城東，報母亭邊賊陣衝。可憐田舍犁耙手，要抵將軍甲仗胸。我勇四百賊二萬，陣作荷包爭氣岸。賊將兵勇四面包裹，俗呼爲『荷包陣』。雉堞高旗倒一竿，我勇將賊城上賊旂用槍打倒，然後次退，賊不敢追。鴉嘴利鋤分兩段。馮之死，我勇不及知，蓋爲賊所隔。策馬斜陽度遠岡，登時城市變沙場。不知有客扶公義，未得收屍悼國殤。僑寓昭陽將二月，張君文學燮勳述此氣衝髮。聞道賊酋署僞官，四鄉軍帥盡衣冠。賊僉紳士爲四鄉軍帥，令各設局料理貢賦事。孰若斯人明大義，身則田甿心乃士。他年太史來采風，吾詩嘉義即褒忠。伊誰仗義捐軀死，厥名永福其姓馮。」

丙辰，向欣陽軍門薨於丹陽行宮。子壽詩云：「登壇老將用廉頗，起自征蠻馬伏波。竟隕大星諸葛壘，空揮落日魯陽戈。饑疲遠鬭孤軍壯，力疾開營百戰多。遺表但陳攻取略，澄清未遂恨如何。」「八年擐甲翦豺貙，千里長城捍楚吳。僧辯大功多蹭蹬，盧循狂孽未梟誅。虎臣先後傷零落，蛾賊縱橫想毒痡。鷙將仍聞帳下起，驍騰當許繼公無。謂張國樑軍門。」

舊傳吾鄉陳忠愍公爲黑虎，夷人嘗於千里鏡中見形影，詳華亭姜明經哭公詩註。近聞向帥出戰，有神光籠罩，賊視之爲黑虎，稱爲「黑虎爺」。丹陽諸生家樹人堃詩云：「黑虎來，來何晚。提軍向，一身膽。桓桓虎臣今見罕，帷幄運籌操勝算。誓滅此賊向帥嘗鐫此四字作小印。賊驚散。鍾山山麓戰鼓撾，威名幸憚黑虎爺。」

張殿臣軍門國樑戰死丹陽南門河下，賜謚「忠武」。錢塘吴仲雲開府振棫輓詞云：「歸義尋常事，忠勳見此人。才推今大將，心擬古貞臣。殉國悲倉卒，論功劇苦辛。中朝詢訪急，惡耗顧非真。公陣亡後，奉詔詢訪數月，後始下恩卹之命，蓋猶望其遇救獲生也。」「主帥何如者，真憐乳臭兒。倚權違苦諫，失策潰全師。盜賊爭相賀，東南遂不支。如公能老壽，戡亂豈需時。」忠武初名嘉祥，廣東嘉應州人。在粵頗不逞，後率所部於南寧鎮投誠，頗有疑之者。時朱伯韓侍御在籍團練，力保之，而巡撫周文忠亦護惜甚至。繼隨向提督轉戰數省，能於馬上疊接火箭，所向無敵。由偏稗擢至提督，幫辦江南軍務。東南半壁，倚如長城。及其死，丹陽遂陷。按，軍門之死，傳聞有異詞焉。子壽張軍門歌云：「閫外進退孰專決，坐恨庸才制英傑。奔星去秋犯牛斗，去年九月二十二夜，有奔星如月，犯牛斗。牛斗之次，主吴楚。春雪寒飛三尺厚。壞雲如山宵壓營，軍門裹創劍在手。格鬭未已俄喪軀，雄師十萬骨亦枯。豈惟精鋭飽豺吻，天柱長城今則無。」蓋有微詞於和帥矣，然未明言之也。其咄嗟復咄嗟行序云：「咸豐庚申二月，金陵窮賊潰圍而出，張殿臣軍門躍馬逐之。戰方酣，有發火鎗擬其後者，軍門立殞。則大臣某奴子受賊金，爲所謀也。軍門麾下卒盡見之，痛哭且大譁。大臣某惶遽自裁。或云大臣某縱奴不問，疑預聞焉。王子悲之，賦是篇也。」詩云：「咄嗟復咄嗟，重臣一旦爲長蛇。長蛇不在赤眉輩，乃在登壇高建牙。賊中最憚只張帥，誰料重臣更深忌。百戰奇功轉見訶，伏謁轅門恒屏氣。重臣養得霍家奴，逆賊暗遺金與珠。教之乘間斃張帥，射影爲蜮潛伏狙。約成賊果犯壕進，張帥躍馬當豺貙。變生肘腋火槍作，裂背洞胸頭骨枯。金陵窮寇遂得志，一舉栖越兼沼吴。嗚呼長城忍自壞，爲賊剸刃出意外。張帥誓死期報君，死賊死奴何足分。君不見來歙死，岑彭亡。雖中刺客劍，何異殞沙場。毒矢伏機代賊發，重臣汝獨何肺腸。汝養奸奴受賊使，賊亦視汝若奴比。奇冤不散成愁雲，誰叩閶闔爲陳此。奸奴葅醢不足數，重臣死猶污厚土。潛夫驚咤摧肝腸，蠭蠆居然仆天柱。百身莫贖淚如雨，何况三吴衆士女。」讀此則短垣自踰，長城自壞，誠可爲咄嗟矣。

當塗諸生馬鶴船壽齡嘗紀張忠武軼事云：「賊人出虜丹陽路，張公奉令驅賊去。賊畏張公如畏虎，紛紛竄入太平府。張公乘勝呼衆士，雨驟風馳三十里。賊入城外開戲場，張公直抵新土墻。賊聞公來走且僵，入城擬作螳臂當。張公大叫雜賊走，城門難閉賊難守。須臾度賊盡走入，發號閉門斷賊首。魚游釜底雞在籠，萬箭千刀都在手。屍成邱，血成壑。一將身領九百人，殺盡賊兵一萬弱。元戎召入親慰勞，立換頭銜共談笑。大勳不伐古臣風，三讓承恩慙未報。」

庚申二月，杭州失守。運司繆南卿梓，前攝金衢嚴道，歷兵事，以故羅中丞一切倚之。城陷，死於清波門。時議奪其卹典。江弢叔感事云：「外無勁旅壯連營，失策何嘗爲守城。戰骨已銷方積毁，忠魂應悔肯籌兵。即懲覆轍情堪諒，必快私仇論豈平。我是當時舊從事，風前清淚應心傾。記昨登陴議守時，見公籌筆苦尋思。市人詎忍驅迎敵，鄰境頻勞去乞師。不料援兵環壁待，若嫌悍賊破城遲。清波門上孤忠魂，聖主原教例入祠。」乙丑事白，賞還卹典。弢叔誌以詩云：「謀人軍師敗能死，律以春秋無罪矣。惟公死事尤慘烈，受誣六年此昭雪。清波門啓對西湖，城上靈旗時有無。歸日絲蓴猶可薦，哭公聲撼畢逋烏。」是役也，仁和令李福謙、典史林汝霖死之。其在籍紳士，就義良多。戴醇士侍郎熙沉水死，弟煦，諸生，聞之笑曰：「吾兄得死所矣。」亦投井死。俞雲史觀察焜罵賊死。

汝霖，字小巖，福建上杭人。城陷，眷屬自縊，汝霖匿父及子於獄，遂公服危坐，堂皇列印於案，手酒痛飲，大書於壁，云：「未能矢志勤王事，惟有捐軀答聖朝。」俄賊至，汝霖怒罵，擊以印，不中。賊前加刃，旁一賊言：「此忠臣，不可殺。」竟捨去。尋賊大至，索金，汝霖佯目堂後，賊爭趨入，則積屍縱橫，駭且憾。突出斷汝霖首，置案上。賊退，長子懋生謁巡撫，請於朝，賜卹如例。懋生年十六，效力浙東。兵潰，依包村死焉。五年冬，浙人醵金葬汝霖於孤山林處士墓側，立祠宇焉。薛慰農觀察題聯云：「大節匹閻公，取義成仁，青史從今尊縣尉；忠魂依處士，補梅招鶴，孤山終古屬林家。」詩云：「香冷弔忠魂，春寒肅墓門。名山增故實，一命亦君恩。寶劍恒光氣，孤松有本根。能令風俗厚，范文正題林處士詩語。仕隱道同尊。」先是，賊圍急，汝霖謁仁和令李福謙，慷慨長吁，攬衣帶，示之曰：「吾佩此久矣。」蓋福謙任金華時，適賊至，嘗左佩印，右佩鴆，以督戰守也。汝霖斂容起，對曰：「某誓不負公。」兩人卒皆如其言。

賊圍滿城，有閻廷慶者，屠户也，以斫肉短斧縛長柄，奮勇而前。賊出不意，驚潰。閻逐之，殺賊十餘。是夜，賊於門外築土城，閻大呼：「有膽者隨我殺賊。」惟一賣炒豆孫姓者持梃從之。將土城拆毁，賊怒，孫中槍死，閻力戰。嗣旂兵鼓譟出，賊敗，而閻被戕矣。小逋仙感懷雜咏云：「拚死渾忘捋虎鬚，千夫響應一夫呼。快心忽爾殲蟊賊，仗義何妨出狗屠。似此豪雄堪激厲，莫將成敗論賢愚。遥知河上逍遥者，坐擁貔貅怵負嵎。」

蘇州陷，巡撫徐有壬死之。張懌齋觀察表以詩云：「元戎戰死督師遁，十萬紅巾薄城陣。壞雲壓天天欲催，七里長圍成月暈。城頭月黑飛震霆，風吹胥江戰血腥。登城下視心膽裂，喧闐不辨賊與兵。守陴之兵鞭不起，兵與賊通即賊耳。須臾兵潰賊入城，官吏奔逃不能止。孤臣血淚憤填膺，大局東南壞如此。臣心耿耿可告天，臣罪如山罪當死。大臣死必獲死所，清德堂前一池水。同時從公死者誰，夫人公子女公子。血肉全家葬碧流，姓名千古昭青史。上聞震悼下所部，卹禮優隆庸慰汝。裹屍幸有吴句卑，白骨常埋乾淨土。城陷時，有勸公幼子出走者，公止之，並有「不如乾淨」之語。吁嗟乎，朝廷養士期致身，如中丞者能幾人。吾鄉氣節邁今古，尚有雲間七品臣。公浙之歸安人。同里卞小雅大令乃謙，攝婁安事，五月間松江城陷，殺賊陣亡。」徐撫字君青，謚「莊愍」。

侯官何松亭承元大令，善詩，工篆刻。瀟灑自喜，質衣享客，不忍儉。酒酣，抗聲歌俚曲，抑揚入妙。或呼之爲「戇」。君曰：「美謚哉。」芑川酒七人詩：「松亭八尺長，意氣何其偉。」需次蘇州，賊至。同舍挾君走，君大笑，卻行闔户。同舍交泣，君大罵，同舍不得已盡去。君闔户，具朝衣冠，仰藥死。君嘗誦其贈妓句云：「阿嫂善愁姑善笑，教人欲發又遲遲。」或以「溺志」譏君，君投袂起，曰：「姚履堂，夷難首死節者也。乃其過江山船作詩有云：『生手怕探無縫袴，癡心欲化合歡鞵。』自古忠臣義士，大抵柔情旖旎，若輩何知也。」嗚呼，君可謂不愧其言矣。其宿黎吉寨詩云：「秋光無賴入虚亭，一客燈前獨苦吟。有意遲眠非爲月，夢回怕動故鄉心。」

張懌齋觀察雪來山館遺詩，其新樂府戒逃亡云：「賊未來，城門開。賊將至，城門閉。城門開後城半空，官吏在外民在中。誰人開城迎賊進，頃刻城中半灰燼。明日飛文報失守，備言苦戰幾時久。登陴死守力不支，刀創在身印在手。投河飲刃死復生，幸遇鄉民負之走。大吏矜憐置勿議，愛惜人才須破例。罰鍰請許輸邊粟，塞翁失馬真爲福。

嗚虖，國家例設守令官，守土之責無或寬。與城存亡乃大義，奈何城破身獨完。不能棄官爵，焉能捨性命。安危原不繫蒼生，刑賞何人操國柄。嗚虖，瘡痍滿目戰骨枯，張巡許遠今則無。死生大節凛然在，不見吾鄉三丈夫。謂徐君青中丞有壬、朱小歐廉訪鈞、卞小雅明府乃譝。」嗟夫，風鶴倉皇，以官爲主。官不動，則法尚存，土匪未敢遽掠，而民無潰散之患，彼賊至而携印去者比比皆是。讀是詩，其亦有内愧者乎？觀察以附貢生得知縣，權廣東翁源縣事。捕賊殉難，賜卹。

辛酉，粵逆陷杭州，時中丞王有齡也。中丞以鹺尹洊至巡撫，不十年耳。城陷，殉節於鳳山門樓上。賜謚「壯愍」。南霞茂才詩云：「鳳山樓外草蕭蕭，湖上從今血作潮。報國有心知一死，問天何意縱群么。强支壞局談非易，但附孤衷恨不銷。莫歎東南擎赤手，梓邦高枕信誰教。」噫，如君者，可謂得死所矣。彼靦然人面，偷活草間。卒之，國有常刑，無所逃死，鬼而有知，其悔是哉？黄曼君大令斯人一首自注：在上海作。云：「天下儘多夫己氏，斯人若更妄爲尊。弦高早脱屠沽籍，衛獻依然糞土言。見説騎豬傳近笑，自注：用唐武懿宗事，斯人曾見賊而逃。聞今數馬失前喧。斯人之家，曾被查封。負乘致寇垂周易，讀向西窗可細論。」

仁和邵位西懿辰官比部，值軍機十年，持議大獄，皆落落有聲跡。癸丑二月，以河工奉使山東。其秋，以賊渡河被累，斥官。杭州之再陷也，位西既免矣，戀其著述，復入城，置一巨橐，負之出，遂遇難，其書亦亡。位西和人正氣閣詩云：「士之就死，不以其生。自迷如雲，去而見天。」蓋死生之際，辨之蚤矣。生平長於禮，今有禮經通論一卷行世。

趙忠節公景賢，歸安人。幼有奇氣。由舉人起家，簡授福建糧儲道。總辦本籍團防，善撫循，士卒樂爲用，每戰必捷。屬杭州再陷，逆衆以全力困之，糧援俱絶。壬戌五月初三日，千總熊得勝開門延敵，城陷，公冠帶罵賊不屈，被執至蘇，拘繫之。癸亥三月，我兵克復太倉，潰賊回蘇，言公通官兵，將襲蘇。譚逆紹光詰之曰：「汝通官兵耶？」曰：「我本官兵，何得謂通？」曰：「汝獻蘇城耶？」曰：「蘇城本大清土地，何得謂獻？」曰：「汝今死期至矣。」曰：「求之一年而不得者，今何幸也。」逆舉洋槍，一發中胸而隕。事聞，贈巡撫，謚「忠節」。金蓮生輓詩有云：「酒龍病渴百壺挈，西江吸盡驚一瞥。狂吟淋漓揮醉筆，慷慨罵賊肝膽裂。滿腔熱血灑愁絶，此心欲折如折鐵。」蓋公素豪飲。被擄，飲酒罵賊，並作詩。其絶命詩四首，有云：「亂刃交揮處，危冠獨坐時。」又云：「厚貌徒爲爾，孤忠矢靡他。」初，僞忠逆李秀成本欲送公歸，致書以「漢壽亭侯歸漢」爲言。公斥其儗不於倫，且曰：「歸我者之爲知己，不如殺我者之爲知己也。」

是年十一月，諸暨縣陷。包村民包立身倡議集團禦賊，遠近挈眷來依，不下十餘萬人。賊屢擊之，輒敗。大恚，誓必滅包村。後寧波、杭州相繼不守。同治元年三月，侍逆遂糾湖州僞梯王，由富陽進攻，環數十里爲營。立身以少勝衆，相持八九月，先後殺賊十餘萬人。無何，夏旱水涸，汲道、糧道俱爲賊遏。闔村十餘萬人，舐糠飲血，誓以死守。七月朔，賊用隧道破之。立身與妹美英率親軍潰圍出，至馬面山。賊追之，圍數匝，鏖戰，立身中礮殂。美英手刃賊數人，亦自刎。立身父達勳、母虞氏及家人俱死。計包村殉難官紳男女統共一萬四千七十七人。立身家世力農，乃逆燄滔天，竟能奮身倡義，雖村破家亡，而萬餘人斷脰捐軀，無一人肯少挫其志者，洵足挽末俗頹靡之風矣。枚如包村行云：「松柏出培塿，孤青照天地。男子包立身，皇帝識名字。生爲包村農，死是大清鬼。有妹曰美英，忠義亦同軌。咸豐十一年，髮匪不知幾。揚帆下浙江，郡縣皆殘毁。立身聞之怒，挺牀三四起。不解大老官，喪敗何乃爾。阿父語阿兒，當爲國家死。阿妹語阿兄，從賊妹所恥。豎我青布旗，脱我紅絲履。揮我田間鋤，閉我山邊壘。一十餘萬人，再生大歡喜。髮匪于于來，烹牛更徵米。揚歷數十村，坦道平如坻。立身獨慷慨，冷笑不之理。登高忽大呼，勢若虎攫豕。失聲無巨礮，失刃無長矢。髮匪各眙瞪，眙瞪更相視。不謂金湯城，乃在包村裏。包村信難攻，退舍姑且止。請待衆力齊，朝食而滅此。陰風吹孤雲，天色黄又紫。魚鱉莫浮屍，昂首出江汜。杭州一朝陷，富陽城亦圮。紅巾匝諸暨，列營數百里。髪匪指包村，遊魂在釜底。立身益從容，死守力相抵。支持八九月，雄心貫賊耳。求糧不得糧，求水不得水。餔糠當饔飧，飲血當甘旨。骨肉見無期，泉路重依倚。全此清白身，持以報天子。阿兒語阿父，兒真爲國死。阿兄語阿妹，妹今何所恥。斷我嚴顔頭，折我常山齒。剖我姜維膽，斬我南八指。一萬五千人，就義大歡喜。百尺馬面山，骸胔雜荊杞。提刀一盪決，當者尚披靡。有賊忽墜馬，辟易蹶其趾。礟火熱自佳，劍光冷無比。浩蕩天門開，拍手吾歸矣。同治建元秋，七月猶可紀。厥後二年餘，封疆有大吏。收復奏膚功，節義搜崇異。大書包立身，類書及女士。稽首告九重，五雲捧姓氏。培塿何卑卑，松柏何嶷嶷。包村隧道旁，碧血種蘭芷。」先是，山陰候選道田祥，家歡樂村，約舉人朱球、優貢生李向榮等起義。聯絡包村，共圖克復。後田力盡，奉母洪歸之。至是，母率祥與眷屬四十一人同時死節。其與包村犄角者，一曰平水山村，紳士五品銜何南昌募勇四千，與賊持半載，賊環攻之，敗而益集。以此食盡勇潰，南昌被磔。平水隸會稽縣治，距包村二十里，扼賊之衝，實爲包村門户。平水破，賊遂築長圍，斷汲道以困包村。詳禮科給事中周星譽請恤摺。一曰古塘村，包村破，團長陳朝雲知難守，退踞成功嶺，扼賊竄寧波路。旋戰晝堂村，山陰附生朱之琳死之，朝雲潰圍脱。詳吏科給事中高延祐請恤摺。均得旨褒奬，議恤。

杭州小逋仙感懷雜咏三十首序云：「荆妻既畢命於寒泉，幼子復陷身於戰壘。幾經白刃，魂飛鋒鏑之餘；屢乏黄粱，夢斷關山之阻。」蓋其遇慘矣。詩中警句如「萬事何如從所好，此身不願使人憐」「淚常洗面何妨冷，詩到言愁不計工」，皆可誦也。

賊自丹陽東下，陷數郡。秀水有莎哥者，姓沈名世麒，應募率鄉勇守平望，力戰死之。金蓮生莎哥行云：「生不願作多田翁，酒徒無賴皆英雄。又不願讀萬卷書，彎弓擊劍輕頭顱。莎哥一擲百萬賭，笑殺人間守錢虜。睚眦必報恣横行，孝侯爲害能射虎。鼓鼙動地飛艨艟，隻手直欲攖其鋒。有如寧武忠武公，功雖不成心則同。模糊碧血灑古渡，髑髏提出無人顧。英靈應儷五人墓。」

自粤事起，冠履易位，叛卒戕官，黠奴賣主，所在有之，然忠義卒不乏人也。秀水唐益之義僕行序云：「庚申，武林之變，聞溪沈氏老僕張大進携主人幼子共逸。途中被擄，泣求身代，竟獲免。後復失散。沈氏子於南匯邨爲酒家傭，適與僕家近，時以衣食相貽。問其年，七十八矣。作詩表之。」云：「君不見落井偏多下石徒，疾風勁草愧流俗。嗚虖疾風勁草愧流俗，人世難逢此義僕。」張仲甫中翰哭義僕序云：「陳四，諸暨人。道光戊戌來余家。性忠直敦朴，無嗜好，有膂力。惟好武習拳勇、弓石。咸豐癸丑，入仁和庠，應鄉試再。今春浙闈，馬步矢入選，未試刀石，賊至而輟。城破焚掠，四家與余家竝遭厄。是時，度無生理，四以同死約。余謂『吾老弱，待斃而已。但吾已無子孫，生仗汝扶持，死仗汝埋斂，汝不可死也』，則佯諾。乘間携刀矛出門殺賊，遂遇害。余走避僻所。數日，兵至賊走，求其屍不得。有見其殺賊四五人者，蓋賊怒之，投於火矣。」詩云：「傷哉肉成虀，壯矣膽如斗。烈士雖錚錚，故主倚誰某。恐懼棄如潰，流離活亦苟。平生失意事，此僕今無有。」其姪懌齋觀察和作云：「地雷一霆城門開，賊欲入城兵爲媒。兵耶賊耶合而一，反戈相向轟然來。殺人縱火恣淫掠，羅城頃刻飛黄埃。千家萬家盡號哭，哭聲上天天宇摧。或降或死或出走，官民一例同草萊。吾家有人奮袂起，袒臂大呼好男子。平生有膽大於身，見賊不殺真可恥。手携一刀肩一槍，挺身出門莫敢止。街頭遇賊急揮刀，漉漉頭顱血如水。連殺數賊衆賊來，前有戈矛後弓矢。裹創血戰戰方酣，可惜英雄力竭矣。肝腦塗地骨肉虀，怒目炯炯猶未死。事平無處覓遺骸，里鄙于今稱烈士。烈士者誰其姓陳，仁和武生諸暨人。年四十七勇絶倫，死於咸豐庚申春。吁嗟乎，匹夫之怒有如此，將帥紛紛反愛身。」吁，此兩僕者，皆許辛木比部所云「對客起斂容，宜在大書列」也。可以風矣。

賊踞浙江約有兩載。海監許辛木比部述客語故鄉事云：「思見故鄉人，畏聞故鄉事。侵晨起握髮，跫然足音至。預恐摧肺肝，且復慰來意。俄延羅酒漿，怫鬱難久制。

徐徐叩其端，傾耳已欲涕。虎狼乃非寇，昔士今鄉官。賊以士人爲僞鄉官。尺布黃抹額，儼如峩高冠。發機爲寇倀，鞭烙肌膚殘。株連到石椁，正坐金簪攢。往往面如生，斬之棄其元。跡其滔天惡，罄竹難書丹。借問皆何名，嚬蹙不忍言。人奴亦良苦，豈無豢養恩。賊至乃反噬，導令叩主門。門非主人舊，荒遠無名村。夜半束縛去，見謂多金銀。迫令出所藏，微命始得存。歸來對妻孥，愁泣動四鄰。卻顧應門犬，搖尾來依人。賣主代有人，忠義終不絶。敢謂臧獲儔，盡屬虺與蠍。同時有蒼頭，字未一丁識。爲主守門閭，從主負羈紲。念主困稻粱，代主謀薇蕨。朝出賣黃齏，歸納羨餘物。試語反噬奴，或轉笑其拙。此復何足論，所愧在簪紱。對客起斂容，宜在大書列。問年四十餘，宋姓名則佚。」溫柔敦厚，言有盡而意無窮也。

吴桐雲觀察邱將軍在田輓歌云：「南陽總兵人姓邱，氏曰在田將略優。酒半慷慨看吴鈎，英姿颯爽褒鄂流。是時米賊紛中州，公怒攘袂持戈矛。十盪十決風雲愁，一呼直前薄賊酋。逆賊破膽心爲憂，呼曰老虎名實侔。杞子國前烽火稠，大吏十萬統貔貅。畏賊不進賊所羞，檄公保衛公曰休。我前擊賊曷敢留，壯士七百隨兜鍪。振臂一戰烟塵收，金印斗大當封侯。大吏胡爲忘同仇，百計陷公與公讐。公憤腰刀跨驊騮，力戰格鬭賊踐蹂。自持利匕揕其喉，賊爭奪公衾襚周。送公屍歸鳴八騶，萬姓號哭聲啾啾。血戰一圖光九幽，青燐化碧啼鵂鶹。公績雖著志未酬，長城自壞將誰尤。安得劍斬佞臣頭。」嗟夫，猛虎依深山，只願松柏長。吾願有國有家者誦之。

海蕙田履綏堂稿有楊孝子詩。孝子，陽湖汀鷺孝廉傳第，罹捻禍也。許海秋輓汀鷺云：「深友始杯酒，識君葉侯潤臣席。華燈照儒冠，浩歌出金石。京師一鱗萃，論交常蹙額。一朝托性命，萬語瀉肝膈。當時葉侯外，汪仲穆朱伯韓共朝夕。心許徐君劍，游借阮公屐。春花千林紅，夜雪九衢白。裏中唱酬句，大字珍拱璧。萬事一過眼，長安本如奕。汪葉忽邱隴，朱亦江湖客。浮雲連太行，飛火中原赤。憂時多憤懷，仰天慘不懌。既客東諸侯，黄河盪心魄。再來益蒼老，文章空嘍唶。東南戰血流，鄉山暮天碧。豺虎方縱横，雞犬詎安逸。單車遠大梁，君庚申四月復還河南，遂成永訣。倏已生死隔。」「河梁五字詩，執手心同傾。憂患既迫促，歲月空崢嶸。滔滔烈塘河，巍巍毘陵城。賊至大焚獵，草木春不榮。親孥隔烽火，夜夢心膽驚。書來還告我，血淚交縱横。謂當涉大江，獨隨南鴻征。皓月照孤劍，放眼無奔鯨。乾坤獨悲嘯，痛至忘死生。預恐爲國殤，要我傳生平。庚申春，賊陷常州，君自大梁以書報余，謂當渡江尋親，戎馬在郊，事變不測。倘爲國殤，乞輓一詩，藉傳不朽。書詞慷慨，君之志已見矣。況君神峰峻，誓言尤硜硜。幸聞歸途中，骨肉能合并。拜母喜出險，君遇母吴太恭人於淮安途中。哭妻悲聲吞。君妻包安人，病殁於淮安。伶俜顧嬌女，君三女。百感中交縈。

淮陰大風雪，長河冰琮琤。僦居豈云久，世亂無坦程。歲晚客獨發，倚裝心怦怦。君以道梗，母與女僦居淮城，君隻身赴豫。」「鄭生頗英挺，從戎衣短後。尺書初結交，感君急將母。余弟子鄭生雲官客河南，君因張午橋太史通書訂交，俾以黃金十兩，爲君南歸迎母。一諾遂千里，上馬擲杯酒。南風四五月，冠纓滿塵垢。弱女方青春，衰親況白首。黃金何足惜，此事在良友。梁園天下中，賓客古才藪。鄒枚盛文藻，托迹亦其偶。形影一朝聚，神魂百年守。依依孺子心，萬事復何有。妖星吐欃彗，大地轉黑黝。汴河秋茫茫，飈風連夕吼。雄城賊所覦，變恐生腋肘。浮家蓮花陂，公寄母於距汴二十五里之黑墹。其地爲下南同知工次，積水數十頃。夏月多蓮花，地濱長河，有警，艤舟可待也。知君計非苟。堤荒有舟楫，野曠便趍走。」「狂寇不擇地，橫溢如奔潮。八月初四日，賊乘夜循大堤行，天明至黑墹。趙璧雖朝藏，楚炬已夕燒。大樹纏妖氛，黑墹風蕭蕭。桃源在人間，雞犬無安巢。賢母古伯姬，禍至安肯逃。賊至，家人請避，母以晨起衣未整，不肯出。賊怒索母金，母罵甘賊刀。賊索金，母罵之，遂死於刃。實八月初五日也。爾時君縋城，聞耗方在郊。君聞賊至黑墹，縋城出奔視。途聞惡耗，蹈水欲死。遇救，至黑墹。魯連蹈海水，屈原甘湘濤。兒身果泉壤，母尸空蓬蒿。固知援手人，憐君神魂怓。骸骨一拜視，血肉紛纖髾。行路且感傷，叫呼霜天高。披髮哭秋墳，嬌女旁悲號。君至，賊適去，遂厝母於黑墹。」「佛宮懸秋烟，鐘磬淒人腸。君返城，就相國寺諷經。丹旐宵巍峩，月上天茫茫。母兮在何處，泣下沾衣裳。殘燈照龕火，細字書端詳。以君文章才，敘述尤悲涼。君寺居，敘母生平事略極詳盡。烏乎中世士，苟賤輕綱常。君獨辦一死，隨親歸邱邙。三公且不易，萬事何可商。君以母歸葬事，遺令同祖弟傳瑞求地於河北。賊平後，再謀南歸，三女已先字人。當君仰藥時，君服靈寶丹二瓶死，距母死才八日。天地爲低昂。遺書告府主，謂遺書河帥。啓讀增慘傷。願爲鬼殺賊，不爲人無良。方今孤城危，四野皆豺狼。民窮易爲寇，在戰不在防。君遺河帥書言：『汴城雖堅，但恃登陴，賊不可滅。方今賊氛遍野，百姓怨苦。黠者生心，良者易脅，非防守一城所能了也。』書語皆入奏。肫然忠孝詞，遂以陳天閶。煌煌聖人詔，上諭『母烈子孝』，遂交部卹。千載同垂芳。」「事聞共驚歎，衡也尤悲酸。與君爲友朋，五載遊長安。治經古鄭孔，爲文今歐韓。良器不適用，薄俗交譏彈。往歲弔賈生，君庚戌歲有過洛陽弔賈誼文。深語傾心肝。賈生既痛哭，君亦同長歎。四海方風塵，一身多艱難。吾黨二三子，側視無羽翰。出門欲何往，倚柱悲無端。白日照黃壚，嚴霜彫芳蘭。揮涕爲君詩，風起天雲寒。」

中興將帥勠力中外，以僧親王爲最。捻匪肆擾，乙丑星隕。曹州海蕙田觀察挽詩二首云：「馳驅數千里，風雪勞何極。轉戰十數年，忠耿人孰測。威名播寰海，行誼範禹稷。甘苦與兵同，感人多以德。勝敗兵家常，不作矜張色。孤軍乏救援，夜黑天如墨。賊壘攻不開，層層密如織。將星隕自天，萬人淚頻拭。若論屏藩臣，賢王殊難得。敬瞻靈釁來，悲悼填胸臆。」「我朝龍興時，諸王功奇極。將軍自天下，神武殊難測。雄藩率部落，臣服心翼翼。垂及三百年，尚戴列聖德。所以賢王心，報國無難色。賊血赤不流，賊壘昏如墨。提刀陷陣中，包裹等羅織。大節洵凜然，寇氛待誰拭。」

四川敘府之圍，死事者二人，一馬爵齋天貴，一張秉萬天祿也。余兩將軍歌云：「風鶴驚倉黃，沙蟲莽昏黑。蜀中多將材，死者猶赫赫。慨自軍興來，師老遷延役。誰則張我軍，兵怯以義激。前後有馬張，剋期奮斬馘。期赴無濟師，鳶肩裹馬革。武臣不惜死，死則令人惜。入夜朔風吹，獵獵來毅魄。國殤如二公，汗青無慚色。」張，成都人，以湖南、江西戰功，官副戎。馬，新都人，以從征教匪，回、疆、川、楚、滇、黔功，官重慶總兵。

湘潭鄒叔積孝廉漢勳嘗撰平賊十六策，每篇後，歸重求才。王子槐少司徒茂陰奏進，上採納之，以知縣用。庚申殉難瀘州。林香溪燕臺曉望詩云「三湘方弔友，十策爲求材」者是也。

辛酉，黄子春方伯淳熙以楚軍從駱開府入川，陣亡，屍爲賊焚。董叔醇太守過二郎場弔以詩云：「一戰斬鯨鯢，功成禍亦奇。牛羊間廢壘，風雨護親祠。灰燼收忠骨，魂歸泣健兒。二郎場外月，終古駐雲旗。」

侯官林范亭觀察廷禧，咸豐初以京察一等出巡迤西，駐大理。丙辰，姚州回民倡亂，滇之官紳忿而滅回。既殺盡省城回民，遂密飭各屬。時范亭方勦邊境遊匪，密札至郡，郡守唐惇培，不學無術，洩於人，城中因鬨。蒙化之回，久劄於下關以觀變。至是有武進士馬明魁者，率以入。太守聞變，力難消弭，啓請范亭回郡，回民遂擁入道署。范亭以前次曾經彈壓而止，冀復如初，善遣之。出坐廳事，遽傷飛鏢，二妾隨焉，竝遇害。太和令毛玉成率役巷戰，死之。參將唐阿懷爲其下所殺。太守輿疾以行，從人遂縱火，乘機肆劫。聞公私金錢尚存數十萬，頃刻而盡，城遂棄爲回有，迄今不獲過而問之。范亭之死寃，即大理之陷亦寃矣。范亭遺詩三百首，前一年寄入都，林穎叔方伯梓之。其取材之富，結體之渾，非貌取七子者所可及也。今錄其足紀時事者。癸丑四月十八日退朝口占云：「紫禁森嚴夜五更，郎官待漏且徐行。廿年通籍朝班點，更向期門道姓名。近日申嚴，紫禁城門禁入朝者，投名刺乃入。」「宣室重叨晝接榮，是日以京察復帶記名，蒙召見於乾清宮西暖室。憂勤顏色識皇情。似聞飛騎軍書急，江北江南正用兵。」九月十二日奉旨以道員發順天委用旋奉府尹委辦糧臺總局紀恩云：「竽濫郎曹廿一秋，遷喬猶得傍皇州。奏名屢荷丹毫賁，夏初，京察復帶及此次揀發引見，均蒙硃筆圈出。進秩彌懷素食羞。師鋭芻茭急儲峙，時艱牖户費綢繆。時參贊大臣屯兵近畿，都城内外亦分設防兵。郊圻轉饟關宸慮，才薄何能贊一籌。」祈穀日雪云：「新歲郊壇覩衮衣，去年冬至郊祀，上以足疾未親行。回鑾輦路雪花靡。蒼生望已瞻雲慰，聖主誠原爲物祈。幾載勞師從粵嶠，今年報捷首燕畿。柳州早擬平淮雅，露布遄聞一騎飛。」

滇之滅回，創自滇紳，而滇撫從之。時督滇者恒宜亭春，方駐貴陽勦辦教匪，實不與聞。迨歸，則滇事决裂，不復可爲，於是及其夫人自經以死。竇蘭泉侍御哭以詩云：「畢竟人之死，其樂何如生。終古無知夫，不獨向子平。但有生之苦，便以死爲樂。死生各有命，豈可自我作。作死無不可，傷勇愧子輿。捨生能取義，熊掌美於魚。宜亭恒開府，與余邃交誼。捐軀兩白首，不出閨房地。公昧殺身仁，余慚責善義。公論既不歸，私情敢獨異。略迹原公心，公心亦自深。城邊十萬户，烽燧忽相侵。赤子蹈湯火，父母心如疚。以我二人死，續彼萬民命。其事未盡義，其心亦孔仁。願言告史氏，論人存其真。」

甲子，西安將軍多忠勇公隆阿，蕩平臨渭回匪，移師收復盩厔。時藍大順竄踞縣城。二月二十三日克之，而公受槍薨。謝枚如舍人過忠勇公祠云：「萬家立廟投青錢，萬衆稽首磨雙肩。崇宮邃宇纏香烟，靈旗髣髴南山邊。路人歎息嗟公賢，願公再來莫生天。公昔入關何慷慨，遺黎欣喜頭顱在。身經百戰皆尋常，第一奇功試馬塞。是時劇賊十萬强，夾道爭進成堵墻。塞前有溝賊所扼，賊旗蔽天天爲黑。公起指揮四百兵，四十馬隊從公行。忽前搏擊賊皆驚，骨飛肉走刀無聲。我馬如龍賊馬鼠，賊兵如豬我兵虎。長鎗沿溝捲風雨，百千萬人同日死。餘賊帶血無言語，奔縊荒林髮尺許。前軍猶響鼕鼕鼓，看公騎馬歸軍府。那知天不哀吾曹，神靈拱揖迎旌旄。公移兵收復盩厔，親自逼城撾鼓，劇賊藍二順燃礮傷公目，貫腦。公大怒，叱衆登城，城即復。及夜，公薨，盩厔神廟諸像皆流汗。將薨，公舉手上拱，口喃喃若勞人迎者。盩厔百姓登城號，公輕性命如鴻毛。危城雖得失人豪，再有劫運將安逃。暗中保障宜公叨，敢無報賽千牲牢。路人語罷淚痕濕，我亦曾窺文忠集。其中屢致都護書，推獎萬夫不能及。胡文忠集屢與多都護書，即忠勇也。大風捲地高鳥飛，仰首廟門悄然立。」

錢塘查也山錕，死於甘肅逆回之變。也山著有桐陰書屋詩鈔，余從翊卿手錄者，得窺一斑。其人日試筆云：「七日靈辰好，花光豔綺裘。傾來賢聖酒，滌盡古今愁。對弈軍威壯，臨池筆墨遒。緬懷韓吏部，遊興滿芳洲。」先是，翊卿假余陳作甫墉文集，有也山詩序，余讀之，異其爲人，詢之翊卿。翊卿曰：「也山生乾隆間，及見吳穀人、張船山、法時帆、羅兩峰、陳雲伯諸詩老壇坫之盛。今年將八十矣，目光如電。其自壽有云：『五度沙場親矢石，一生心血注蟲魚。』謂所著左傳地理事實、金石考諸書也。」作甫序云：「往墉爲寓公，涼州有客，長身白髭，張兩袪，撼門索見，閽人辭焉。客大怒，罵曰：『咄齷齪奴，以而公爲何如人也？而君，錢塘查也山也。』墉躡履出謝，敬揖。查先生入就坐，高睨大談，自言：『五參戎幕，騰躍金戈鐵馬中。』袒其衣，刀箭瘢著體。又善言星辰、禽遁之術，陰陽消長如指上紋。不遇，命也。墉竦然異之。報謁，共吐肝鬲。先生大喜，捋墉鬚曰：『吾固知若可與言者。』出示所爲詩，高五寸許，豪宕感激如其爲人。境雖困，無一衰颯語。於是墉又時喜過先生，與論詩，今四年矣。先生嗜古金石文，辨據甚詳。讀書尤精熟，覆誦十三經並其詁訓，汩汩然若瀉瓶水，無一字遺者。然好以經困人，狎侮嫚罵雜作。人畏其口，輒避去，而交墉尤篤。晨夕見，抵掌談事，數道楊忠武用兵，神施鬼設。齊、羅、桂諸將軍攻城野戰，倒山岳，鞭風霆，而關河扼塞，出奇制勝之方，可指而尋也。其説亦時時見於詩云。粵寇起，蹂躪蔓南北，先生忿恨不可忍。一日大風雪，戴狐皮冠大如斗，反被青豻裘，抵墉寓舍，賓客滿座，不一盼，大言曰：『楚氛之惡劇矣，老師糜餉，駓駓逐人者愈熾。倘令也山揮馱騠旗，將騎五千，步卒萬，江淮、漢沔間，許便宜從事，批搗而搔除之。越半年，尚留戾獸一牙一距者，斫吾頭去。』或竊目笑之。先生大怒，罵曰：『若曹真無心肝者。』擲冠几上，目光如星，客錯愕咋舌遁。先生時已七十餘，髮皚皚壓耳，其豪宕感激如此，即其詩可知矣。」

福建上下游之亂，始於咸豐癸丑，終於同治乙丑。守土之官，領兵之弁，往往聞風而逃。雖死者亦不乏其人，然以矢亡援絶而死者，一巡道徐、兩太守蔣、金，四大令孫、何、莫、趙，兩縣丞李、汪，自外不可多得焉。張船山詩云：「一樣沙場征戍死，糢糊敢信是忠魂。」誠有味其言之也。

癸丑，上下游土匪滋事。李月樓貳尹子馥條陳防勦機宜，大府激賞之，命赴仙游辦賊。賊猝至，督勇出陣，衆寡不敵。以所持少香師舊贈詩扇令小卒持歸，與所領百人力戰，死焉。徐中野上舍步莘詩所云「障塵詩扇留遺韻，濺血征袍噴異香」者是也。郭遠堂中丞詩云：「惡耗飛來介衆驚，斯人不枉負才名。朝廷原未卑丞尉，忠孝何曾計死生。故壘寒雲旌旆影，空郊落日鼓鼙聲。英魂莫逐蟲沙散，京觀行封海上鯨。」黄笛樓上舍經詩云：「馬革亦無分，忠魂泠戰旂。全軍逃將帥，一死畢男兒。瀕海仍烽燹，高堂有涕洏。問誰展經略，爲慰九原悲。」蓋其時尊甫古波大令尚在也。

丁巳三月，粤匪竄入上游，圍光澤。蔣一樵太守仁瑞激勸士民攖城固守。無油，各炷香，徹夜巡防，至旬日之久。援兵不至，城陷，死之。少香師哭以詩云：「萬竈無烟月黑時，孤城羅雀勢難支。三更曹社空謀鬼，七日秦庭枉乞師。榛莽已荒徐穉榻，余下榻東署。鄉村誰建蔣侯祠。書生報國尋常事，莫問升壇上將旗。」

邵武之陷，爲三月初六日。邵武令雲南孫蘭皐翹江死焉。符雪樵先生哭以詩云：「倉卒棄孤城，誰談紙上兵。大吏督兵防守。賊至，頃刻破城。再生原鄭重，君言前身事甚悉。一死甚分明。志潔蠅難玷，魂歸鶴有聲。逢君更何處，朝野漫縱横。」子□□，年十三，罵賊從殉，不死。何南霞次其師劉香雪詩云：「世間難事無如死，含笑九原乃有此。死忠死孝重邱山，忠臣門中宜孝子。飛蛾滚滚迷樵川，斗壘孤城萬難恃。堂堂孫令成其仁，城亡與亡良有以。膝前愛子搶地呼，不許死生計倫紀。無父之人安所逃，堅抱父屍哭不止。火槍近肘刀逼腋，仰面見賊益號詈。奮身陡入清泉中，賊見猶憐扶之起。相戒勿戕孝子軀，斯人何可輕殘毁。草草一坏安先靈，殘骸百折脱狼豕。軍門哭請同仇師，虎節重趨七百里。快事須將快筆傳，劉公之詩即青史。行間凛凛氣猶生，讀者忽悲忽而喜。百吟洩盡孤憤懷，擬向寒汀薦芳芷。唾壺粉碎眼眶裂，我亦東南一壯士。」

賊薄建寧，鎮將某不出，建安令何芸樵同年鎮之憤甚，督團出勦，力戰死，一子從殉。符雪樵先生詩云：「怒氣填胸慘變顔，孤城危在片時間。焦頭爛額終何算，策馬彎弓竟不還。賊勢已成强弩末，官軍休唱大刀環。世間豚犬紛紛是，並覺因君涕淚潸。」鄭修樓教諭詩云：「太息臧洪殉一言，綠林城外萬兵屯。功名血裏酬君父，性命湯中勵子孫。誓破朱三無賊黨，甘成南八亦忠魂。可憐文吏兼循吏，馬革從容早自論。」

崇安令莫自逸，字勵堂。素得民心，相與固守。賊不能攻，遂去犯鄰邑。勵堂與士民約，整齊兵勇，自成一隊，且爲鄰境援。戊午，賊入岑陽關，崇安界。圍崇安久之，糧盡城陷，勵堂死之。雪樵先生重有感云：「江海滔滔日，荆榛莽莽秋。更誰傾赤膽，特起奮蒼頭。民困生何益，官窮死即休。紛紛爭炙手，羊爛説封侯。」

紹興金穀生萬清，以名進士宰永安，極得民心。去而紅錢會匪王有泰亂作，令某不能禦。時漳州黄有使、永春林俊亦滋事，太守上書條陳愷切，大吏有對之痛哭者，因檄之往。符雪樵詩所謂「事到難爲惟痛哭」，又云「李陵畢竟難歸漢，元稹何曾果惜韓」者是也。太守至，則賊鼠竄去。明年，擢郡守。時會匪踞九龍山，太守討之，屢有破斬。賊遁入山，遂窮其穴而擒之，賊幾於盡矣。鄭修樓教諭詩所謂「公來踏遍九龍山，打破石扇雲開關」是也。不料支黨竄入建州諸村，復肆狂悖。太守急提兵趨建州，麾下守備王三韜、千總李景新素驍健，連戰皆死，太守憤痛。一日，率百人渡水，戰賊數百，遇害於萬金坑。鄭詩云：「萬古山川一流涕，酬恩空負十年志。豈真計拙輕餘生，欲爲事難揭忠義。」可謂知太守矣。偵其屍，十數日乃得。無首，視其服，太守也。袒其臂，有故創如掌大，乃信。蓋太守舊曾割臂療父疾，故得以徵實云。余友宋己舟有金縷曲輓詞云：「揮盡行人淚。迸將來，躍劍津頭，多於流水。太息彼蒼何夢夢，釀出干戈滿地。偏壞到，長城萬里。不爲溪山留保障，痛遺黎，誰作帡幪庇。天下事，奈何矣。　感恩況屬舊知己。但自愧，才非宋玉，招魂無計。寒雪壓關丹旐冷，枉是英雄蓋世。只博得，如斯而已。熱血一腔空欲灑，灑難成，兩個傷心字。嗚咽處，暮雲紫。」數年來，閩匪滋事，竊發無常。上游箐密山深，尤萑苻之所出没。半壁金湯，獨賴太守以安。而己舟之受知於太守實深。太守敦氣節，猥瑣之士不能蒙一盼。然則己舟之欷歔墜淚者，又豈爲一身之私恩哉？何南霞茂才過萬金坑，弔以詩云：「寒流如吼出前阬，猶作錚錚罵賊聲。一虎失援隅枉負，俾將王三韜先亡。九龍肆毒力難攖。全歸豈繫無完體，爲厲何疑不死精。斜日林根重掉首，男兒此際始功名。」

南霞竹情齋詩話云：「文本心謝賈似道啓云：『人家如破寺，十室九空；太守若頭陀，兩粥一飯。』説苦况，甚有妙語。金穀生太守知延平府有句云：『人方如鳥散，官亦似僧貧。』肖之。」太守死難，被賊凌虐兩日，猶書壁云：「死當爲厲鬼，生要作男兒。」亦常山、睢陽之匹。太守殉節之處，名萬金坑，儼然成讖。至今其地生草，有血痕一道，約長數丈，亦異已。徐筱亭弔之云：「魂歸夜雨天如墨，血灑春風草不青。」

太守死，繼之者嵐下縣丞汪連茹也。雪樵詩云：「延平太守賊所忌，太守既死賊益肆。嗚呼汪君丞尉耳，繼起殺賊乃如此。是時三郡賊氛惡，慘慘焚餘幾村落。調集將士方如雲，賊勢縱横難揣度。所到聲洶洶，嵐下攖賊鋒。汪君官此怒髮衝。持刀奮身斫賊壘，一卒不從一妾從。汪君本屬將門後，傳家竹帛兼鼎鐘。壯氣直攝虎豹凶。嗚乎，山林不若，虎豹食人。郭外微官，守無堅城。天摧地陷聞戰聲。郎主死，妾不生。賫志以殁，只恨事無成。雖恨事無成，並屍草野將士驚。高牙大纛無光晶。嗚乎，汪君生不爲達官，死應爲厲鬼。殺賊不死仍偷生，我愧江南一男子。高岸爲谷谷爲陵，百年飄瞥如風燈。富貴功名人則能，幾人能以死事稱。嗚乎，金郡守，汪縣丞。」汪父，提督道誠，故以武狀元官閩游擊。妾少習弓劍，與汪同戰而死。

甲子，李世賢竄漳州，巡道徐曉峰被虜，書壁間云：「壯志未酬，君恩莫報。取義成仁，臣心千古。」又絶命詞二章，有云：「何處更尋青草碧，傷心一片血模糊。」可哀也。此漳平縣廩生陳庭訓目擊之，漳屬紳士據以簽呈請卹。是役也，教授池秋如劍波赴任未踰月，遇害，士林哀之。

乙丑春，粵匪攻陷詔安，詔安令趙仁麟死之。馬子翊詩云：「漳海未安瀾，詔安復當厄。義勇七十人，同日死疆場。其令爲趙公，屍爲賊所磔。良人竟見殲，天意一何刻。天意渺難知，男兒當報國。」

校官無守土之責，然臨危授命，亦士之常。粵匪之躪東西溪也，先輩有死者。丁巳，武平之變，教諭林書甫先生寶辰，原名丞英。具衣冠坐明倫堂，門生七人列坐左右。賊至，不屈，皆遇害。戊午，浦城之變，教諭丁樸夫汝恭，從大令城守。無援，城破，駡賊，賊斷其一臂而去。兩先生皆劬於學。丁著有二樂堂詩文集，其勵志詩云：「貧賤天玉汝，古人多貧賤。胡爲齷齪夫，長抱貧賤患。我心別有天，身窮道乃見。不因咎悔多，何由錯頑鈍。至人與道遊，庸人爲利眩。所以貧賤中，賢愚區冰炭。」林詩文燬於火，其和先君甲寅感事述懷末章云：「吴楚烽烟眼未經，無緣殺賊仗青萍。只愁曉渡長淮水，仍恐宵明太白星。委瑣蟲沙空自化，模糊風鶴不堪聽。杞人欲掉談兵舌，一疏通侯足典型。」自注：「川楚之役，額侯將軍條例積弊入奏，始克臧功。」嘗夢中得句云：「八窗洞開虛白室，萬象紛列陽春臺。」爲人傳誦。

詔安謝琯樵穎蘇善畫，亦能詩。夕霽晚眺云：「開户暮雲散，遠山江上横。忽然見漁艇，宛爾有歌聲。月在樹裏白，雁歸天外輕。所思如可即，定慰燭邊情。」詩境高曠，余心識之。及晤其人，殊與詩畫不類也。以帶勇積功得知縣，從密卿軍門擊賊漳州，死於江東橋。

粤匪圍建州，躪東鄉。甌寧諸生陳儁聲偕鄉人殺賊，執旗前驅，遂歿於石龜嶺。其叔宏謀亦死之。修樓詩云：「始信青衿能報國，青山常自憶英豪。」時紅錢會匪遍擾諸村，林墩諸生饒書祥督團禦之。修樓詩云：「連歲將軍開幕府，書生豈料有王尊。」其明年，粤逆再至，戰歿於陣。

江西建昌與吾閩光澤接壤。杉關外，便屬建昌界。石逆之陷建昌也，閩中協陳上國督兵赴援死。鄭修樓教諭建昌詩云:「建昌忽已破,與閩實連疆。距關數十里,便是鋒鏑場。閩中亦多寇,大吏皆驚惶。受命陳將軍,奮袂理戎裝。帥兵二千人,倉皇馳建昌。攻之未能下,賊方嚴自防。來時日如火,駐久秋凝霜。諸軍不得戰,空望天蒼蒼。賊自撫州來,移助建昌守。昔僅數百人,忽遍虎狼吼。意謂諸官軍,困臥亦良久。今可乘其衰,一觸勝摧朽。將軍怒擊鼓,拔劍誓徒偶。大小數十戰,頭顱積如阜。沫血猶死前,奮呼無生後。賊急盡圍之,百里陣雲厚。天地亦慘然,白日越山走。賊遥謂官軍,我實嶺南人。與閩干何事,爭此西江民。壯士半已死,餘亦多酸辛。何不脱身去,空自成灰塵。官軍聞賊言,慷慨遍流涕。一命隨將軍,誰敢死時避。將軍顧左右,麾之令遠逝。余身受國恩,分當自捐棄。諸君皆男兒,且自留忠義。今日斷頭時,是我報君地。麾下八百人,脱生歸閩中。每道將軍事,哀淚皆沾胸。是時劍州守,勇與將軍同。屢戰九龍山,倉卒亡其躬。金太守萬清。群盜豈能爲,干戈何時終。嗟彼兩豪傑,身死未成功。天運苟如此,萬古空悲風。」

上游多事,馬參將玉元、王守備三韜皆以戰功顯。符雪樵大令詩云:「赳赳非武夫,恂恂類儒者。將有馬玉元,聞賊即上馬。踴躍不旋踵,縱横看竇刀。臨陣失壯士,人哭王三韜。」

粵逆之掩入鐵牛關也，守者皆奔，獨甌寧千總江禹鈞死之。鄭修樓教諭紀以詩云：「尚有偏裨堪力戰，如何大將已生還。」其入岑陽關也，浦城破。有許守備者，罵賊不屈。賊縛之樹，鳥槍叢擊之，至死罵不絕口，賊中觀者亦流涕。修樓詩云：「偏裨亦自知忠孝，始信人間有丈夫。」

丁巳，汀州變起倉卒。時余弟季士侍送郡試，警報至，先君奉檄催鄉團入保，季士留守學舍。無何，城陷，季士投印於汪，與僕偕避。遇賊，拷掠不屈，自投城邊古井。賊怒，鈎出害之，蓋四月十七日也。事平，屍不可得，痛哉。先君哭之云：「遭難而亡，誰收爾骨。見機不早，天奪吾明。」蓋傷之至矣。

嗟夫，高臺荆覆，涕掩聞琴；壯士蘭摧，悲深擊筑。黄沙浩浩，李華憑弔戰場；白骨纍纍，庾信銷魂新市。不可詳也，尚皆隱哉。讀秋水齋詩七律三十三首、五律五首，録者皆不署其題，蓋作於江浙縻爛之後。往復低徊，繁聲急節。紀時事，實痛國殤也。七律云：「忠赤遺民百不存，闡幽誰與叩丹閽。帶蘿被荔森山鬼，秋菊春蘭待禮魂。浩劫文章歸變滅，大千日月入塵昏。是非端藉微言在，獨抱空山細討論。」「野哭蒼茫百感生，故人入夢託音形。雲沉草地愁燐紫，雨澀苔痕戰骨青。丹荔黄蕉來倏忽，文貍赤豹走精靈。楓林月黑哀猿嘯，楚些聲聲不忍聽。」「夾岸垂楊媚碧隄，畫船燈火舊雲谿。啼蛄偏向雕欄泣，歸燕翻從林外棲。古井不波埋恨血，僧房無主竄驚鼯。琳宮梵宇今安在，衰草斜陽仄徑迷。」「屹屹長壕斷鳥飛，將軍妙算發神機。三年鴻雁聊安宅，百里狼貙盡合圍。反重七奔謀竟絀，孫吳九變計寧非。興亡誰道天公醉，空望朱方淚滿衣。」「虎威夙仰小張名，唱凱歸來雪滿城。十盪橫矛朝斫壘，萬人投甲夜翻營。孟明或冀終能蓋，中子先教愧此聲。潦倒英姿遭掣肘，鴛湖一潰負平生。」「虎牙皂纛大江南，坐擁貔貅逸興酣。麾下有人吟上堵，座中兀自唱何戡。玄言王衍渾無補，清嘯華歆固不慚。百萬蟲沙供一擲，問誰無恙木棉菴。」「推原禍始集憂端，吏狠民偷良可歎。長袖多財從仕樂，考鐘擊鼓處堂安。見豺戰慄吁羊質，攫肉盱睢儼虎冠。爲問滬濱諸將士，於今可否奉心肝。」「礮聲驚起九天中，殺賊爭傳厲鬼雄。但見摩牙弱之肉，更誰砥柱障而東。危途勝似羊腸險，好語都如馬耳風。惟有摸棱諸事了，休將得失較雞蟲。」「麞頭鼠目盡超騰，螳臂區區力不勝。駭獸有知猶走壙，瞻烏無路可逃矰。飛書馳檄何多讓，投筆封侯病未能。天目苕川龍鳳舞，風雲應待異人興。」「蕪城形勢壓江東，瓜步金焦一綫通。入穴定教奴膽落，拔山全仗將才雄。棘門往日原兒戲，李蔡爲人第下中。坐甲裹糧成底事，問誰破浪擊長風。」「山圍宣歙鬱崔嵬，誰遣長城汝自摧。敵勢坐收千里險，彈章方達九重來。左徒空灑憂時淚，劉表原非戡亂才。枉自勳名震江漢，英雄晚節使人猜。」「鴻溝天塹巘中分，吴會民爲區脱民。蟲臂鼠肝隨變化，桃人土偶話酸辛。高牙大帥遺君父，白首潛郎愧主臣。從此題詩編甲子，忍教遺事紀庚申。」「詩妖羽孽遞紛淆，獻頌呈祥任解嘲。異事共驚龜出郭，怪徵頻見雉來巢。群情自喜朝三術，世運參逢陽九爻。惟有幽蘭香未沬，破窗風雨聽雞膠。」「東南龍戰幾時休，破碎山河不復收。劍氣久埋獄室夜，露盤又泣漢宫秋。霧昏人鬼同臺戲，海淺蛟螭入浦游。應有奇才乘間起，莫教邂逅失田疇。」「狼奔豕突盡成群，玉石崑岡一例焚。城社狐憑原有自，官私蛙鬧本無分。劫灰已應紅巾讖，義憤還輸白帽軍。厚禄故人朝右在，麻鞵臣甫欲云云。」「勢去團兵可奈何，漫山賊比亂山多。遺民畏見諸于裾，義士誰當曳落河。寒日無暉常伏翳，迅霆失職不降魔。遙屯蟻聚終星散，上計攻心會倒戈。」「伐叛全憑威德臨，古來廟算本君心。立苗但欲鋤非種，食椹猶能懷好音。萬落不驚聞鼓角，一廬無恙弄書琴。此情只恐成虚願，回憶乾嘉淚滿襟。」「蝸角山河日鬬爭，物豐地大蘖芽萌。暴興梁羽猶中滅，發難陳吴詎有成。誰使么麽能割據，可憐黥隸亦勳名。螢光爝火時餘幾，氛翳消爲白日明。」「太平青領記同俳，讕語誣天豈有涯。符水聖神稱祭酒，摸金校尉本椎埋。人神流毒忘仇怨，仙佛無靈受擊排。擬向蒼蒼問消息，九關虎豹守天街。」「斗酒難澆塊壘胸，側身屠釣且從容。倚天獨耿龍文劍，積甲當齊熊耳峰。灼灼金芒猶吐燄，寥寥古寺不聞鐘。憑君莫灑新亭淚，極北神州佳氣濃。」「梅村重到路迷離，尚憶朋儕載酒時。亂後荒郊惟見礫，燼餘臥柳已無枝。幸留老屋三間在，不信天心一旦移。馬首男頭馬後女，不堪重讀蔡姬詩。」「空村日午不聞雞，急雪凋年倍慘悽。何處山頭饒鵲樂，誰家屋上有烏棲。井蛙豈自知碪斧，殤鬼猶應厭鼓鼙。蟣蝨孤臣空啜泣，遥天指點望雲霓。」「草澤微吟一病夫，中風狂走忽驚呼。刈人豈特如羊豕，踏地應教出賦租。七尺難憑三尺衛，千家剩有百家無。哀哀嫠婦郊原哭，鼠輩焉知骨髓枯。」「雪虐風酸觸悶懷，離憂無酒若爲排。謀生每笑傾身障，得死何須荷鍤埋。采藥餐薇諧隱願，白鹽赤米作長齋。何時竟斬蚩尤髆，便擬家家賣釧釵。」「平原極目莽蕭條，湖水無情山色凋。地下埋憂誰灑飯，蘆中託跡忍吹簫。自憐破帽趨荒徑，尚有殘人說本朝。聞道夫椒猶轉戰，角聲淒咽可憐宵。」「草堂月黑捲重茅，靜聽荒雞風雨交。吞炭有人師豫讓，泣庭無復效申包。一腔熱血憑孤劍，千里渾河待點膠。爲問檐前雙燕子，春來何處可營巢。」「楚歌幽怨不成腔，湖水湖風互擊撞。雲合四圍迷笠澤，天留一線達京江。黃頭合受朱邪縛，銅馬終從白水降。夢挽銀河洗金甲，覺來急雨打蓬窗。」「烏鵲南飛去不回，西風獨戰白楊哀。野狐每戴髑髏舞，妖鳥偏尋膏血來。殘角聲聲催落月，寒梅故故傍愁開。天工一夜回春意，休說金爐燼死灰。」「無多骨肉分南北，寥落田園廢柞芟。秦觀峰高遮望眼，新安江沸阻征帆。故山薇蕨桃花米，舊國衣冠白氈衫。寄語塞鴻須護惜，即今羅網遍幽巖。」「一宵朔雪壓茅檐，侵曉嚴寒透枕函。時有風來鳴了鳥，更無人與賦叉尖。孑身飄泊如秦贅，晚歲幽憂畏楚鉗。倚醉狂歌渾漫與，敢云蹤跡學陶潛。」「黄獨苗稀葉不肥，飯籮米缺鼠常饑。庾蘭成賦鄉關渺，江總持歸草市非。種豆南山萁已落，携家谷口願仍違。人民城郭今安在，誰識當年丁令威。」「不信人間世忽遷，伶俜瘦影逼華顛。采芝我欲從商皓，蹈海水能傲魯連。齏粥隨緣娱暮景，屠蘇有分餞殘年。脊令原上西風急，一望停雲爲惘然。」「句吴文獻日淪亡，曹檜風詩感霸王。静裏楸枰談劫局，醉來歲月幾滄桑。山邱姓氏隨磨泐，朱墨陽秋費品量。獨有才名塞天壤，浣花溪上吐光芒。」五律云：「群虜且逾紀，九州無一完。坦途增枳棘，潢潦亦波瀾。已有枯魚泣，終虞竭澤歎。罻羅隨地設，敢謂草間安。」「草澤身將老，蹉跎病更侵。光陰敲石火，珍重躍鑪金。鴻漸無恬羽，鸇敺少茂林。似聞耆舊語，不忘報韓心。」「十室幾人在，千家結隊俱。縱逃机上肉，難飽壑中臞。兔走心依穴，麋游命入廚。首邱吾願足，奚必問長途。」「側足立焦原，次且類觸藩。鳥鳶爭攫肉，魑魅儼乘軒。麥飯誰家塚，桃源何處村。餔糟聊可適，况有酒盈尊。」「醉眼小天地，此心達物情。川流原自在，雲態任紛更。穴内觀龍鬭，禪中但蝨爭。鼠肝蟲臂喻，妙語識無生。」

杭州兵燹，積屍如山，枯骸載路。城復，收髑髏，築數十大塚於南北兩山，題碣曰「義烈遺阡」，春秋祭祀。張憚齋觀察悲賦云：「胔骼欣蒙掩，形骸慘不分。一坏同混沌，萬鬼雜紛紜。義骨成京觀，寒燐結暮雰。那堪仙佛地，罹此劫灰焚。」「宋塔慘陵寢，元楊璉真伽發宋諸陵，將以骨築塔。唐義士收骨，別葬山陰。秦臺聳髑髏。赫連勃勃以戰場屍築髑髏臺。豈如仁政澤，慈卹義民儔。恨乏山陰客，能分涇渭流。古今千載事，涕淚滿杭州。」

袁簡齋曰：「唐當治平時，或詠所見曰：『可惜數枝濃豔好，不知今夜落誰家。』及世亂，或詠所見曰：『無窮紅豔烟塵裏，驟馬分香散八營。』」江南佳麗之地，自英夷滋事以來，繼以粵匪，其紅啼綠怨，可勝言哉。少香師詩云：「紅粉千行航海去，白旛一片上城來。」紀夷事也。劉蘭艭茂才凝禧題余百美帖體詩云：「江南江北未休兵，錦瑟無端作怨聲。修到佳人皆薄命，聞賊騎過江，聚蛾眉於金山寺，以一炬殲之。豺虎無情，遂使釵環罹劫，可勝浩歎。除非名士不鍾情。千山劫火成焦土，一縷詩心託遠旌。屈子離騷劉向傳，何勞綺語懺生平。」紀粵事也。期間有幸免者，紅粉飄零，或因之墜藩落溷，益復可傷。謝枚如曰：「余過漁溪，時有上海某氏婦，遭夷亂，家破夫亡去，遂流落作倚門裝。聽其言，極沉痛。余詩云：『魚龍跳舞海天寬，虎口餘生血未乾。猶有蘼蕪山下女，至今彈淚怨軍官。』」何南霞曰：「浦城閨秀王琴娘，工詩與畫。戊午遭寇之後，失身駔儈。怏怏之懷，一洩於詩。壬戌春，余適至浦，見一武弁手中秋海棠便面，乃琴娘所畫者，並系以詩云：『何處秋花不斷腸，寄人籬下倍淒涼。無端一點紅心在，空對西山媚夕陽。』殊覺寄恨無窮。遲日覓得其稿一篇，皆傷心之語。中有述慘二十首，尤足酸鼻。錄其四云：『入夜喧傳寇偪城，村村雞犬寂無聲。全家急徙方山頂，五日三餐野荇羹。』『一百日中風雨多，穴居共鑿土成窩。朝來聞有搜山信，不敢呼天淚暗沱。』『啼饑小妹枉求生，共怕風聲向母爭。不忍自家施毒手，倩人推落到深坑。』『半載妖氛漸漸銷，還鄉土已一場焦。披茅纔妥三間屋，不戒晨炊更慘燒。』」

金陵設女館，女紅外，並築城開壕。有在陷中目擊其事者，作香奩體詩以哀之。詩云：「晨光隱約上檐端，絳幘雞人促曉餐。顧影自憐風惻惻，回頭應惜步珊珊。蝦蟆堆上聞新令，蟋蟀堂前憶舊歡。明日鴻溝還有約，大家努力莫偷安。」然粵逆自金田至金陵，男女之別甚嚴也。甲寅以後，許配偶。於是貞女、節婦自裁者數千餘輩，而女館遂空。

賊圍建州，城中婦女避居村中，遇賊多死節者。修樓詩云：「兵戈忽入境中看，今日深閨夢亦寒。千里紅顏傷薄命，幾年大將誤登壇。極憐兒女捐生易，豈有英雄力戰難。滿目關山愁未奠，可堪雲鬟勝貂冠。」

浦城之變，賊掠婦女，悉貯季家樓中，死者不數。南霞季家舊樓詩云：「故燕何心覓玉鈎，紛紛粉怨復香愁。深春猶有閒花片，爭向風前學墜樓。」「綠樹垂陰宿雨零，簷端如見淚星星。椶櫚風定窗紗悄，蝙蝠飛來霧滿庭。」

紅錢會匪突至某村，村中人方娶婦，坐客驚散，婦死之。修樓哀新婦云：「春風初到合歡巵，虎豹催人生別離。剛博劉郎看一面，花開便是落花時。」

金壇諸生于貞甫慶元塗泥逃婦歎云：「盈盈浣紗溪，佼佼溪邊女。女兒生小朱樓中，嬌癡不解行路苦。烟氛起海濱，到處多橫行。白晝入人室，不辨賊與兵。女隨母走婦挈姑，出門茫茫何處趨。十步九倒足趄趦，遺簪墜舄滿路隅。行行日未斜，道逢無賴紛如鴉。匍匐飲泣何所恨，恨我父母胡爲生我顏如花。手掬道旁泥，垢面復塗體。蓬頭赤脚日夜逃，污辱難湔泥可洗。官符來急追，問汝去何之。汝不見鴛湖三十六鴛鴦，軍門日日圍紅粧。」大兵調浙，挾婦女來。長官訊得擄掠罪狀，誅數十人，婦女給資送還鄉。諸生陳覺菴長歌紀之，云：「捷書三楚方馳報，吴中殘虜猶群嘯。烽火無端犯浙西，頻年防堵真堪笑。餉費邱山萬萬錢，窮檐爨突苦無烟。猶道籌防兵未足，東西徵調羽書連。木蘭自昔從戎異，兜鍪巾幗今兒戲。雄兔紛馳雌兔隨，沿街咄咄群言沸。別有桃花馬上孃，羅裙血色豔紅粧。共説將軍新眷屬，營中寵異帳中藏。彼姝痛與耶孃決，白刃叢中啼不得。薄命隨鴉已可憐，傷心伴虎從誰説。到此思尋一死難，何時始解三生劫。刁斗無聲夜未央，鼠貓那管兵符急。火速元戎催進兵，大江昨夜雨如傾。蛟鼉怒吼波濤立，舳艫銜尾渡頭橫。榜人且勸將軍止，公無渡河憂變喜。此間之樂不可支，少住爲佳聊復爾。縣官日日事供帳，大酒肥羊索無已。廝卒横行白日驕，黄昏排闥驚人起。天公悔禍忽放晴，將軍無奈挂帆行。行行已過桐江驛，七里瀧中山水碧。森嚴如入亞夫營，長官執法惟威明。段廉訪光清。落落大旗鳴鼓角，點兵令下軍門肅。但聞蓬首送夫征，夫征那許同行役。長官怒目張，問女來何方。含悲訴長官，泣下淚千行。自言本是良家子，昨年被虜離鄉里。地棘天荆行路難，殘軀豈意今來此。長官聞言益慘傷，莫怪軍中氣不揚。雄狐就縛殺無赦，列隊前驅遂啓行。提來悍卒骷髏血，脱卻群娃豺虎穴。送女迢迢返故山，驚魂一縷竟生還。吁嗟乎，將軍失律身旋喪，女兒落劫猶無恙。長官段氏恩難忘。」此廿餘年中，青閨少婦不虐於賊則虐於兵，可哀也夫。

古今妓女殺賊者，彰彰簡册。如宋之毛惜惜、明之江陵兩俠妓，昔人嘗歌詠之，以諷將臣。粤匪之陷金陵也，秦淮校書半徙利涉橋北。有汪某女不及行，適賊至，逼與歡。女笑迎之，醉以酒，殺賊，而後自縊。此智於毛惜惜，而其事較之楚雲、瓊枝尤快人意，惜乎不得其名也。余友馬子翊孝廉詩云：「汪娘秦淮妓，磊落出塵俗。金陵城破時，母弟遭殺戮。妾命不須臾，妾心籌已熟。妾心在泥塗，妾志如白玉。雖屬風塵姿，詎受羶臊辱。歡笑迎賊奴，拂鏡事膏沐。高髻簪珊紅，脩眉描黛綠。捧觴言合歡，一笑蕩心目。迴腰作細舞，抗喉歌豔曲。締此百歲緣，大斝勸相續。賊奴倚醉筵，爲我几上肉。拔刀斫賊奴，刀缺血漉漉。血濺羅衣紅，擲刀緩結束。綵繩五尺長，用汝登鬼籙。寄謝金屋人，願以死相勗。汪娘秦淮妓，大節何卓卓。惓言溝水清，賤彼河流濁。」

秦淮校書冷絳雪，素與金陵某生昵。生弛不羈，士林薄之，目爲怪鴟。粵逆至，絳雪與母相失，心識生家，至則盡室行矣。方癡立間，生猝入，見絳雪，驚曰：「卿胡至此？」絳雪曰：「吾此來爲怪鴟解穢也。」出雙練示之，生拊掌大笑，磨濃墨大書堂壁曰「冷絳雪偕怪鴟雙環竝命處」，皆死。賊渠楊秀清義之，爲築塚，立碣曰「雪鴟」。嗟夫，明季秦淮多名妓，其卓然俯視顧、柳者，葛嫩而外，則有方芷，以從楊龍友，大爲姐妹齒冷。詎知芷之決計已定於從嫁之鏤金箱中哉？吴興鄭柳門先生信有勁骨行長古，紀其事，所謂「貴筑昂然一丈夫，全名翻藉金閨力」是也。越二百餘年，而絳雪情事，適與相合。嘻，異矣。王筱漪孝廉曰：「同時秦淮妓又有陸小雲者，清豔冠時。時賊陷金陵，投水死。未灰集有詩紀其事。」余亦有詩云：「破碎河山恨不勝，孤臣節概女兒身。蕪湖誰撤舟師返，愧殺同時姓陸人。」

後此有朱九妹者，武昌人，年二十，有姿色，能詩文。自爲賊擄，依廣西僞女官某，凡選女簿者，皆不列其名。女簿書，女記室也。後事洩，女官繯首，九妹遂入僞東府，結僞妃。將酖秀清，爲同伴者發覺，焚死。馬子翊九妹曲云：「芙蓉生是斷腸花，綵線休牽長命縷。」又云：「此際誰知妾意傷，此身拚與賊偕亡。」又云：「同時有女傅善祥，甘爲逆賊司縹湘。乍喜珠環標異飾，誰知鐵鎖換啼粧。」又云：「憶從兩粤興干戈，湘江水溢悲湘娥。十三樓下骷髏立，廿四橋頭燐火多。」

自人心涼薄而天下以亂，然細民可知，則亦有不轉移於風氣者矣。明季南京陷，有自沉秦淮河之馮小璫，有題詩百川橋之乞兒。此二人者，試語以馬、阮，彼必大怒曰：「吾意中惡有是人也？」余於是攫然於老曹、老張。老張者，京師保和班旦脚也，名柯亭。嘗與一墨吏暱，後吏伏法，柯亭在戲場聞之，更衣奔往，一慟幾絶。燕蘭小譜紀以詩云：「樹覆巢傾事可哀，感恩相伴逐輿臺。未知金鳳分飛後，曾爲東樓一慟來。」金鳳演鳳鳴記扮東樓，一舉一動，無不逼真，蓋暱之久矣。老曹者，福州祥陞班丑脚也，徽州人。咸豐初，林逆陷大田，典史某以失地繫獄，奄奄垂斃。老曹自詣某，許以日給銅錢二百文，數年無缺，蓋典史亦徽人也。陳子周□贈以詩云：「百般狡獪裝花臉，到處逢迎假笑顰。如汝能留真面目，官場可似戲場人。」

又有郭伶者，見鄭修樓教諭蔓草集，詩云：「建州夙多盜，窮山延千里。客自遠方來，遇盜色灰死。盜方摧其篦，取金如拾履。荒林風悲號，鳥驚飛不止。忽有偉丈夫，破襦赤雙趾。昂然草中來，旁觀乃髮指。張目大聲言，若曹何得爾。群盜愕且顧，舉刀怒相視。丈夫乃大怒，手中無劍矢。用布捲其刀，一揮同戮豕。龐然諸頭顱，墮地輕如紙。殺氣摇日光，血滿一刀喜。群盜盡膽裂，跪伏不能起。公乃笑揮之，奴輩可去矣。嗟嗟此壯士，優伶食他方。與客何所厚，平生多激昂。驚定竟無語，客子淚沾裳。輿夫匿復出，喜拜天蒼蒼。贈金公不受，解衣盡壺觴。赤手歸來時，鬚眉何揚揚。承平賤健兒，高歌自慨慷。戲效楊椒山，吐氣森秋霜。乃知俠烈心，千載猶忠良。咄哉市人目，安知王鐵槍。斯人何所終，萬里孤雲翔。」

蔓草集有東海盜一篇，亦可録也。詩云：「乾坤生正氣，幾人真孝子。蠻方一盜魁，磊落有如此。十年蕩海上，劫人日縱横。官軍不敢捕，兒童畏姓名。大吏羞且怒，嚴告諸官長。陰訪其家人，收之置羅網。厥家同安里，母衰賴承歡。有嫂亦孤寡，相依共盤飧。盜聞乃心恐，棄舟謝徒偶。倉卒忽見禽，慷慨誓不走。將死大聲言，有金寄旅店。願取以付余，母嫂得一見。大吏笑許之，列刃升堂皇。已取母嫂至，三人涕浪浪。盜起跪母前，泣言兒當死。今日金兩緘，他時備甘旨。兒死有嫂在，辛苦奉晨昏。母享百年壽，兒死有何寃。第痛兒活時，未曾竭兒力。萬事既如此，願母勿戚戚。堂下百餘人，日瞪心慘痛。大吏亦淒然，悲風激梁棟。當其面縛時，仰首神洋洋。狀貌既雄毅，鬚眉亦開張。吁嗟天地間，至性寓狼虎。鷙煞執刀人，忍淚殺曾武。」

後序

生爲男子，四十餘年矣。目擊禍亂，二十餘載矣。不居朝廷，不居草野。母老矣，何以養；子長矣，何以教？燥吻翕翕，饑腹隆隆，而猶盱衡不已，是殆天之僇民也。嗟夫，雞口牛後，果誰雄耶？螳螂黄雀，將安終耶？賈誼前，唐衢後，禰衡左，陳東右，彼豈無病而呻吟耶？時其不春矣，吾其將病矣。何神之衰也，何鬼之哭也，何風雷之慘淡而天地之蕭瑟也？乃成詩話，乃視枚如。枚如曰「蕪」，遂棄之。既而金陵剋復，東南軍務漸次告藏，餘匪竄入漳、汀。余奉局檄，稽察西城。時也破屋天寒，殘年景急，萬事窘於窮冬，百憂生於長夜。忽而拍案狂呼，忽而攬衣癡立，忽而顧瞻梁梠，涕泗縱横。劉孟塗所謂「愁多於葉來天外，事遠如雲到枕邊」也。未幾，雞聲四起，咄咄偪人。仰首問天，幾欲排雲闔，叫帝閽，一訴其胸中積憤。偶憶枚如言，晨起振筆删之。自甲子十二月，迄乙丑二月書成。枚如曰：「體大思精，可傳也。」爐火乍温，桃花新放，反覆披吟，以自怡悦。寒蟲聞而驚焉，饑鼠窺而笑之，頓足起舞，破涕爲歡。若將引河漢而上，抉星辰而下，萬象羅列，吾且俯仰揖讓於其中也。同治四年花朝識。

圖書在版編目（CIP）數據

陔南山館詩話 /（清）魏秀仁著；陳叔侗點校．
-- 福州：福建人民出版社，2023.12
（八閩文庫・要籍選刊）
ISBN 978-7-211-09258-1

Ⅰ．①陔… Ⅱ．①魏… ②陳… Ⅲ．①詩話—中國—清代 Ⅳ．① I207.22

中國國家版本館 CIP 數據核字（2023）第 252323 號

陔南山館詩話

作　　者：［清］魏秀仁　著　陳叔侗　點校
責任編輯：連天雄
美術編輯：陳培亮
責任校對：林喬楠
出版發行：福建人民出版社
電　　話：0591-87533169（發行部）
網　　址：http://www.fjpph.com
電子郵箱：fjpph7221@126.com
地　　址：福建省福州市東水路 76 號
經　　銷：福建新華發行（集團）有限責任公司
印刷裝訂：雅昌文化（集團）有限公司
地　　址：深圳市南山區深雲路 19 號
電　　話：0755-86083235
開　　本：890 毫米 ×1240 毫米　1/32
印　　張：18.625
字　　數：337 千字
版　　次：2023 年 12 月第 1 版第 1 次印刷
書　　號：ISBN 978-7-211-09258-1
定　　價：90.00 元